柏桦 ◎ 著

柏桦 唐诗三百首

修订版

中国长安出版社

目　录

卷一　初唐诗：出发上路

1　唐诗，从流亡开始 / 002

2　还我未生时 / 004

3　死当有酒作陪 / 005

4　美国偶像，中国制造 / 007

5　生死还双美 / 009

6　月与灯 / 010

7　风中"痴定"的狂人 / 012

8　黯然销魂的离愁别绪一扫而光 / 014

9　长江流水，物换星移 / 016

10　咏鹅的少年成了冲冠的壮士 / 017

11　蝉与人 / 019

12　惊新不快，赏心不乐的春游 / 021

13　苏味道的一首小杰作 / 023

14　文不如武 / 025

15　哀而不伤的小"忧"歌 / 026

16　华丽的思念 / 027

17　思妇之歌 / 028

18　大刀阔斧的开国气象 / 029

19　花会老，心会瘦 / 031

20　这个杀手不太冷 / 032

21　英雄末路的感慨 / 034

22　在春天的夜晚分别 / 035

23　盛唐之春在此吐露 / 037

24　妙手偶得的锦绣诗篇 / 038

卷二　盛唐诗：三国演义

25　美人就是美人，草木就是草木 / 042

26　月光是思念的礼物 / 043

27　毛泽东的好好学习
　　与商汤的日日新 / 044

28　旗亭画壁，诗人PK / 046

29　愁因薄暮起，兴是清秋发 / 048

30　荷风送香气，竹露滴清响 / 049

31　坐观垂钓者，徒有羡鱼情 / 050

32　一天的功课已在风景中做完 / 052

33　等待中看见了好风景 / 053

34　在追忆中落泪 / 054

35　"迷花不事君"的人也有
　　出山的念头 / 056

36　中国人的理想生活 / 057

37　安身立命，唯此唯大 / 059

38　将眼泪寄往远方 / 060

39　北风中想起了家乡和前途 / 061

40　还是坚守寂寞吧 / 062

41　挥毫落纸如云烟 / 063

42　活泼的春天 / 064

43　背时的旅愁是一幅画 / 066

44　在西施浣纱处寻幽 / 067

45　惊心动魄的眺望 / 068

46　在考场咏雪 / 069

47　狂人闲梦 / 070

48　黎明江上的思乡之情 / 071

49　葡萄美酒夜光杯 / 073

50　乘兴而来，尽兴而归 / 075

51　不受赏识的人有逃遁之志 / 077

52　在破山上闻见生命的黎明 / 079

53　自古美人嫁荡子 / 080

54　愤怒的葡萄 / 082

55　是赠别诗，也是人物画 / 084

56　连深山的妖精也来窃听 / 085

57　莫把流年辜负了 / 087

58　望仙不见，就约把酒临风 / 088

59　诗歌天子的压卷之作 / 090

60　这里有意志 / 092

61　这首诗可能是纸上谈兵 / 094

62　这个女人后悔了 / 096

63　对一首怨曲的"笨"解读 / 098

64　清如玉壶冰 / 099

65　"团扇"二字括尽了一切 / 101

66　君子之交与清爽之气 / 103

67　柳荫深处的读书堂 / 104

68　这首诗让诗仙也为难 / 106

69　在风景中获得永生 / 108

70　花花公子的真性情 / 109

71　白云无尽，足以自乐 / 110

72　诗画合璧，心手合一 / 112

73 "从日出而作"到"渭川田家" / 113

74 "旧人看新历"与"新人看旧历" / 114

75 老骥伏枥，志在千里 / 119

76 欢乐的王维 / 121

77 万事不关心是大智慧 / 122

78 妙境中的为官之道 / 124

79 禅的妙用 / 126

80 春光当随处留恋 / 128

81 不觉欢喜，真是欢喜 / 130

82 像古人那样去玩 / 133

83 花有千样红，不必问高下 / 134

84 "粗"与"细"及"大"与"小" / 135

85 一首技术全面的绝顶好诗 / 136

86 这两个字堪抵闪闪生辉的钻石 / 138

87 这诗里没有是非和美丑 / 139

88 你听寂寞在唱歌 / 141

89 这简单的语言潜藏哲理 / 142

90 中国汉人幸福的境界 / 144

91 小格局中亦有大快乐 / 146

92 这闲情让人涵泳 / 148

93 相思的信物 / 149

94 简单的技巧 / 150

95 青春义气捉酒行 /151

96 重阳节的思念 /152

97 动人心弦的伤感 /154

98 轻舟和快意 / 155

99 看到大平原的震惊 / 157

100 李白式的友情与惆怅 / 158

101 醉月迷花，风流天下 / 159

102 陶然于酒醉之中 / 161

103 明月和我，还有我的影子 / 163

104 清水芙蓉，家弦户诵 / 165

105 相见之欢来自无理之妙 / 167

106 相思情与民族恨 / 168

107 浑雄之中多少闲雅 / 169

108 一首后现代主义诗歌 / 170

109 我本楚狂人，凤歌笑孔丘 / 172

110 睡梦中的意志 / 174

111 分别也能是欢歌 / 177

112 八世纪的嬉皮 / 178

113 一夫当关，万夫莫开 / 181

114 大气派与大豪饮 / 183

115 悲欢双美，收放自如 / 186

116 信手拈来也中规中矩 / 188

117 没有谢将军，那就在路上 / 189

118 弹者、听者、笔者 / 190

119 在"配景法"中顺应
人生的蜀道 / 191

120 这里暗藏一本武林秘籍 / 193

121 酒精铸造的千古友谊 / 195

122 没有比这陈腐的赞美更能
打动芳心了 / 197

123 当垆的胡姬 / 199

124 青天里的太阳和月亮走碰了头 / 201

125 人生需要速度 / 204

126 登泰山而小天下 / 206

127 杜甫创格的"肖像诗" / 208

128 一字一泪，一笔一血 / 210

129 贫贱之交如今成了粪土 / 212

130 写故交久别之情，只是一真 / 214

131 愁到过不去就开自己的玩笑 / 216

132 这一句里有"悲"八种 / 219

133 英雄本色，沉着痛快 / 221

134 字字句句皆欢喜 / 222

135 花意和酒债皆为光阴而准备 / 223

136 老杜的长恨歌 / 226

137 新乐府在此埋下伏笔 / 228

138 老杜值夜班时写了一首
忠君爱国的好诗 / 230

139 老狂夫忍饥挨饿流连美景 / 232

140 平平和和消得长夏 / 234

141 春天的小民人生与大快乐 / 235

142 无赖春色 / 237

143 心中不爽，故而燕子可骂 / 238

144 冯唐易老，李广难封 / 239

145 身怀绝技却不得善终 / 241

146 古来材大难为用 / 244

147 暮年"沙鸥"再度飘零 / 246

148 老杜的解闷法 / 247

149 悲愤之间血热头痒 / 249

150 八阵图的遗恨也是
诗人的遗恨 / 251

151 剑器舞中有昔日的荣光 / 252

152 追忆 / 255

153 杜甫与波德莱尔的
"极乐"燃烧 / 258

154 自古逢秋悲寂寥 / 262

155 一首大诗写尽战争风云 / 264

156 不想当大官的不是好官 / 266

157 千树万树梨花开 / 268

158 壮美中有围棋高手曹薰铉说的
那个"体"字 / 270

159 功名只向马上取 / 272

160 战地菊花有哀思 / 274

161 闺中少妇打黄莺 / 276

162 一首流行于唐朝的民歌 / 277

163 春天在哪里？ / 278

164 细心而美丽的宫怨 / 280

165 唐人无处不是酒 / 281

卷三　中唐诗：姹紫嫣红

166　"风雪夜归人"的意境 / 284

167　风入松的声音 / 285

168　逼真和伤感的山水诗 / 287

169　凭吊贾长沙，可怜刘长卿 / 288

170　金钱对人情世态的"污染" / 289

171　花花公子不是那么容易当的 / 290

172　张继的失眠成全了一座寺庙 / 292

173　考场上写音乐之美 / 294

174　拐弯抹角，最终还是想当官 / 296

175　一首寒食诗惊动了皇上 / 298

176　着色的听觉 / 300

177　悲怆中还有生路 / 302

178　司空曙的两行名句 / 303

179　这不遇中有高调 / 304

180　以有心为无心 / 306

181　同一个月亮，不同的祈祷 / 307

182　宫怨与宫悦 / 309

183　怨在诗里，不在句中 / 311

184　戴叔伦的年终盘点 / 312

185　这妙趣连苏东坡也比不得 / 314

186　不用力的妙文 / 315

187　寄秾鲜于简淡之中 / 317

188　无赖成了诗人，也成了清官 / 318

189　一首写于秋夜的极品小诗 / 320

190　以斧头的名义隐居 / 321

191　春雨中的荒山野渡图 / 322

192　将军有神力，引弓箭入石 / 323

193　小诗写出英雄气 / 325

194　一边归心似箭，
一边痛斥战争 / 326

195　分别是为相见，但相见
也是为了分别 / 327

196　一面镜子照到了一生 / 329

197　一夜征人尽望乡 / 331

198　满纸荒唐言，一把辛酸泪 / 332

199　中国最伟大的孝子 / 333

200　骂出风格，也可自成一家 / 335

201　走马观花不是马虎，
而是得意 / 337

202　艳遇不成，成诗意 / 339

203　闺中少妇更盼着那鸳鸯之梦 / 341

204　这里有人间烟火 / 342

205　人世的风景 / 343

206　令人神往的江南小夜市 / 345

207　女子的心曲 / 348

208　游山玩水直到老年 / 350

209　韩愈的另一面 / 353

210　中国男女的命运 / 355

211　为何天下英雄的后代
终不成器 / 357

212 举眼风光长寂寞，
二十三年折太多 / 359

213 一只燕子里有一个女人的
内心世界 / 361

214 道是无情还有情 / 362

215 过去如此，人生亦如此 / 364

216 黍离之悲 / 365

217 春愁辜负了新妆 / 367

218 一首出自政治生活的诗 / 369

219 江雪中孤独的英雄 / 371

220 欸乃一声山水绿 / 373

221 "推敲"的来源 / 375

222 写诗写到被拘留 / 377

223 贾岛"画"的闲散快乐图 / 378

224 雪中的"小"快乐与大人生 / 380

225 野火烧不尽，春风吹又生 / 383

226 一部皇帝爱情悲剧的纪录片 / 385

227 用缓慢松散的语言写诗 / 388

228 花非花，雾非雾 / 392

229 读君诗，忆故人 / 394

230 人在旅途，汤团不圆 / 396

231 白居易教我们怎样
愉快地度过一生 / 398

232 欲懂生活，先懂睡觉 / 400

233 酿酒自乐，邀朋共醉 / 402

234 千年后，异域的回响 / 405

235 白居易的江南情结 / 408

236 逸乐生活的开创者
—— 白居易 / 411

237 元稹歌颂了贫贱夫妻
的百事哀 / 414

238 人到底能干什么？/ 417

239 痴心男子的忠贞诗 / 418

240 此诗可以消睡 / 420

241 妓女的身上有我们
平生的抱负 / 422

242 李贺的肚肠因愁而直 / 426

243 文人"出轨"的重要原因 / 429

244 从"雕龙"到"雕虫" / 431

245 天若有情天亦老 / 432

246 瘦比肥好的心理与生理妙处 / 434

247 这青春瑰丽里有晚年的感受 / 435

248 一曲菱歌值万金 / 437

249 怀地皆因怀人 / 439

250 不堪风月满扬州 / 441

251 生与死的好去处 / 443

252 赏玩旅愁 / 445

253 用"破心"写好诗 / 446

卷四　晚唐诗：落日熔金

254　错失的姻缘招来满腹惆怅／450

255　官场失意，才会情场得意／452

256　轻薄中仍不失风雅与缠绵／454

257　真名士自风流／456

258　小杜的"巧取豪夺"之法／458

259　这个冬饮，没有闲心／459

260　杜牧的逆向思维法／461

261　没有走的路／462

262　江南春日的酒旗与佛寺／465

263　亡国之音不可听／466

264　文人骚客的找酒歌／468

265　悲愤、放达，无所不可／469

266　人生短暂，自然永恒／471

267　唐诗的另一面／473

268　为日常生活加上梦的美／475

269　人生是何等之美，
　　　又是何等之苦／479

270　爱情的本色／481

271　以女人之心测爱情之痛／483

272　把生活中的美坚持到底／485

273　中国少女的成长史／487

274　今日景是明日事／489

275　同床异梦／491

276　这"高难饱"的生活
　　　如何是好／492

277　英雄的下场／493

278　唐代的怕和爱／494

279　当神仙也当后悔／495

280　不问苍生问鬼神／497

281　凡是好的文学作品，
　　　必然要给人以某些毒素／498

282　英雄一去豪华尽／500

283　最露骨的不遇之感／503

284　总是轻轻一手／505

285　乡间早行的快乐／506

286　大小俱在的边塞诗／507

287　正话反说，一语百情／508

288　醉酒也是一种境界／510

289　童心与活力／511

290　汉风之美／513

291　人到中年愁当头／515

292　无情的感受／517

293　为牢骚找一个出口／519

294　闲人的恨与愧／521

295　此时不乐，将待何时／523

296　这样的贫困形象也是英雄形象／524

297　人际关系中的高手／526

298　昨日的爱情故事／527

299　光阴的故事／528

300　在断肠中落幕／529

卷一　　初唐诗：出发上路

　　唐诗，当我们说出这个词时，我们不禁要问，它出生何处？它是什么样子？它从哪里来又到哪里去？犹如长江黄河是从最初的一滴水开始的那样，唐诗漫长的故事（或出生）也有一个开头，至少，我们可以来做一番文学想象。

　　第一声唐音是从隋末卫州黎阳的一株神秘之树奏响的。黎阳城东十五里处，有一户人家叫王德祖。相传这一年，他家一株林檎树生了一个巨大的瘤子。三年后，这瘤子朽烂了，德祖见状，将那裹在瘤外的树皮撕开，其中蹦出一个孩子来。德祖大惊大喜，当即收养。这孩儿长到七岁时，突然开口问道："谁人育我？复何姓名？"德祖指院中树木并告之为林木所生。遂得名王梵天，后改为王梵志。

　　从那株树开始，我们首次听到唐诗中王梵志预言家式冷酷的声音，接着是寒山忽东忽西的狂言，再接下来是王勃彗星般短暂的清歌，苏味道的小杰作，宋之问的小忧歌……接着是更多的声音，更多的样子，更多的道路，更多的光。而其中最激动人心的是陈子昂那近乎天人的歌声。他在幽州台发出了真正意义上第一声具有开国气象的浑厚力大的唐音。初唐的光荣由此在他手中完成了，唐朝的大道也从此被最初的青铜之光照亮了。唐诗已经出发上路！

1　唐诗，从流亡开始

诗　王梵志

他人骑大马，我独跨驴子。
回顾担柴汉，心下较些子。

王梵志（？—670？），僧人。原名梵天，黎阳(今河南浚县东南)人。其诗语言浅近，
大半类于佛家偈语。集已佚，唐宋诗话、笔记及敦煌残卷中尚保存若干诗篇。

　　这个开篇标题绝非是为了吸引读者诸君的眼球，而故作危言耸听之势。唐诗，这个我们最为熟稔的字眼，确曾在 20 世纪之初，惨遭洗劫。如今留下来的固然是其中的绝大部分，但不可否认其中某些重要的诗人、诗作早于百年之前就被西洋人从荒凉的西北戈壁带出中国，他们至今还逗留国外。在那里他们享有盛名，在国内却寂寂无名。这些诗人包括了在此讨论的对象王梵志，这个专以白话口语写作道德箴言或者描摹世态人情优秀诗篇的诗歌狂士。
　　这位狂士，在唐时缺乏官方市场，被视为"异端另类"。不过好在他的诗自有百姓喜欢，人谓其"不守经典，皆陈俗语，非但智士回意，实易愚夫改容，远近传闻，劝惩令善"（敦煌写本《王梵志诗原序》）。佛寺禅门往往用它来"教戒诸学道者"或"开悟愚士昧学之流"。唐代诗人中，寒山、拾得等人都直接继承了他的衣钵；而王维、顾况、白居易、皎然等，也或多或少受到他的影响。王维曾在自己写的两首诗下的小注里，注明是"梵志体"，可见其所受影响不小。唐以后的宋，还是有人模仿"梵志体"写诗。可是到了明清以后，王梵志的诗就开始湮没无闻。《全唐诗》不载其诗。直到敦煌藏经洞发现王梵志诗的手抄本后，才逐渐引起国内外的重视。可是一场突如其来的劫难又一次使得我们的诗人陷入绝境。1900 年，那位臭名昭著的"王道士"将无数珍贵的敦煌卷子廉价卖给了匈牙利裔英国考古学家斯坦因与法国考古学家（亦是当时的头

号汉学家）伯希和。余秋雨在其真正成名之作，即那本风行神州的畅销书《文化苦旅》中，开篇便为我们展示了敦煌遭劫这一幕：

> 1905年10月，俄国人勃奥鲁切夫用一点点随身带着的俄国商品，换取了一大批文书经卷；1907年5月，匈牙利人斯坦因用一叠子银元换取了二十四大箱经卷、五箱织绢和绘画；1908年7月，法国人伯希和又用少量银元换去了十大车、六千多卷写本和画卷；1911年10月，日本人吉川小一郎和橘瑞超用难以想象的低价换取了三百多卷写本和两尊唐塑；1914年，斯坦因第二次又来，仍用一点银元换去了五大箱、六百多卷经卷；……
>
> 道士也有过犹豫，怕这样会得罪了神。解除这种犹豫十分简单，那个斯坦因就哄他说，自己十分崇拜唐僧，这次是倒溯着唐僧的脚印，从印度到中国取经来了。好，既然是洋唐僧，那就取走吧，王道士爽快地打开了门。这里不用任何外交辞令，只需要几句现编的童话。
>
> 一箱子，又一箱子。一大车，又一大车。都装好了，扎紧了。吁——，车队出发了。
>
> 没有走向省城，因为老爷早就说过，没有运费。好吧，那就运到伦敦，运到巴黎，运到彼得堡，运到东京。

王梵志正是被这群洋人裹挟着出了境，开始了长达一个多世纪的流亡生涯。他的意义如今还是留在国外，在"三百首"的位置中他可能仅仅只有一首的分量，而这一首可能正是此处所选的这篇《诗》。

也许，在我们看来，它不过是一首还有那么点意思的"打油诗"，太简单了，纯粹的白话，时隔一千多年，连解释都是徒劳多余的。但是，正是在这样的声音中唐诗开始出发上路，它要用一百多年的时间来抵抗上个时代遗留下来的浓艳诗风，而这一百年正是初唐诗的一百年。一百年里，陈子昂、初唐四杰、张若虚被人们记住了，但唯独王梵志和寒山，这两位重要的口语诗僧，被人们遗忘了。因为他们简单，没有雕饰，所以显得如此无足轻重。他们的流亡还在继续，唐诗的流亡也还在继续，而这样惨痛的现实又如何能让我们舒心（"心下较些子"）呢？

2　还我未生时

我昔未生时　王梵志

我昔未生时，冥冥无所知。天公强生我，生我复何为？
无衣使我寒，无食使我饥。还你天公我，还我未生时。

拒绝死亡的故事，我们早已熟烂于心。秦皇汉武遍求仙丹，魑魅魍魉魂兮归来，事实与虚构，无不如此梦幻地编织人们对生命延续的珍视。但是唐诗的开始却恰恰与之相反，它拒绝出生。它从一个怪人、一件怪事开始。这怪事发生在隋末卫州黎阳。

黎阳城东十五里处，有一户人家叫王德祖。这一年，他家的一株林檎树生了一个大如斗的瘤子。三年后，这瘤朽烂了。德祖见状，去那树上将瘤子皮（即裹在瘤外的树皮）撕开，其中一个孩子硁然而出。德祖惊异却又大喜，当即收养之。这孩儿长到七岁时，突然开口问道："谁人育我？复何姓名？"德祖指院中树木并告诉他为林木所生。遂名王梵天，后改为王梵志。

王梵志的神秘出生冥冥中似乎包含着某种天意。唐代伟大诗歌的最初一个音符偏偏要被这位拒绝出生而又惊世骇俗（皎然将其诗归入"跌宕骇俗格"一类）的和尚诗人奏响。他对他生命的任务毫无所知，因此他才劈头叩问："生我复何为？"紧接着，他又要一个劲地重返未生时的境界。那是一个什么样的境界呢？那是"无"的境界。但神已经下达了一道密令，那就是"有"。

从此，唐诗从"无"到"有"（即从对生命前后的反复叩问）开始了它漫长的生命。唐诗已经上路了，从黎阳、从一株树上出发，从王梵志以及风尘仆仆、跟进而来的万千诗人出发。出发即呈现，而"还我未生时"只能成为一句永恒的"天问"。最后再说一点，《我昔未生时》曾被清代大才子袁枚称为"禅家上乘"，并以为他的诗"巧说不得，只用心传"。笔者也以为此说巧妙，所以聊带一笔，权当另一高论。

3　死当有酒作陪

吾死不须哭　王梵志

吾死不须哭，徒劳枉却声。只用四片板，四角八枚钉。
急手涂埋却，臭秽不中停。墓内不须食，美酒三五瓶。
时时独饮乐，沉尽更须倾。但愿长头醉，作伴唤刘伶。

死亡的密码各有各的译法。

孔子说："未知生，焉知死。"当一个人必须了断生死时，他应当"杀身以成仁"；庄子有"鼓盆而歌"；陶潜有"死去何所道，托体同山阿"；司马迁说："人固有一死，或重于泰山，或轻于鸿毛。"然而莎士比亚说死是一个问题，泰戈尔说死如秋夜之静美。波德莱尔带来的却是《腐尸》式的新的战栗。毛泽东则教导我们："一不怕苦，二不怕死。"

以上这些生死观都具有强大的精神繁殖力，即每一种生死观都拥有一大批信徒。而且我们还可以无止境地写出更多甚至更离奇的生死观，其中包括伟人的也包括凡人的。但暂且写到这里吧。

那么王梵志的生死观是怎样的呢？

在他眼中，死是一道险关，任何一个佛教徒都必须破"生死之执"，禅定"十念"中最后一念便是"念死"，所谓涅槃之境即和平之境。正是在这个大境界下，王梵志以死如酒这一和平之胸襟（而非阮籍、刘伶白热之情）破译了死亡之谜。同时也为后来"唯有饮者留其名"的李白以及在这一道路上奔走的中国文人提供了一种活法与说法。

人的身体是那么平凡，那么偶然，那么易朽。溃烂恶臭的死尸，简陋而匆忙的埋葬，连哭泣也显得如此徒劳。突然，另一道光为我们打开了。死应该如一位寂寂的饮者，从黎明到夜半，倾心沉醉，深入其中，甚至死后也应在墓中置酒三五瓶。后来的文人如当代武侠小说二泰斗之一的古龙死后便有友人在墓中置 XO 四十八瓶，为此古大侠在美酒中得到了永生。顺便说一句，古龙一生狂饮无度，活了四十八岁，加上他又特别喜欢喝 XO，因此才有四十八瓶 XO 陪葬的故事。

4　美国偶像，中国制造

时人见寒山　寒山

时人见寒山，各谓是风颠。貌不起人目，身唯布裘缠。

我语他不会，他语我不言。为报往来者，可来向寒山。

寒山，僧人。一称寒山子。传为贞观时人，一说大历时人。居始丰县（今浙江天台）
寒岩。好吟诗唱偈，与国清寺拾得交友。其诗语言通俗，近王梵志。有诗三百余首，
后人辑为《寒山子诗集》。

寒山疯疯癫癫，口气之大，虽然貌不起眼、衣不惊人，但他却偏偏要傲视
众人，希望别人来朝拜。

那么，我们不禁要问：这寒山到底是何许人也！

寒山，唐贞观年间居于浙江天台山国清寺的僧人。他以疯癫闻名于世。赞
宁《宋高僧传》曰："寒山子者，世谓为贫子风狂之士，弗可恒度推之。"又
录道翘语曰："此人狂病，本居寒岩间，好吟词偈，言不可详悉。"《五灯会
元》中称他为"风颠汉"。

寒山，这位佛教中的疯狂战士、诗歌英雄，在唐诗中的地位一直不太高，
在世时可谓并不得意。但如今他已名扬天下，尤其在日本和欧美拥有相当多的
崇拜者。他的诗以及他的生活态度甚至引起许多著名诗人的好奇、仰慕与仿效。
今天，众多的诗人都来"向寒山"，且看如下诗人和文士的说法。

肯尼思·雷克斯洛斯，这位生前充满异常活力又性格古怪的美国诗人（他
为自己取了一个中国名字叫王红公）是一位寒山的崇拜者。他"可来向寒山"，
即便是"他语我不会"。

而垮掉派诗人中的加利·斯奈德，在垮掉派运动激战美国的关键时刻却彻
夜翻译寒山的诗，以此作为第一推动力。同时他身体力行，以寒山的生活观

为楷模，住在美国西部的森林里，遥望明月，攀登山岩，饮着泉水，他一直以寒山的视角在当代美国歌唱。斯奈德曾于 1958 年在美国 East Wind Printers 出版社出版发行了一本寒山诗选，选诗 24 首，在此书（Riprap & Cold Mountain Poems）的序言中，他写道："他们（寒山与拾得）已经成仙了。但是，现在有些时候，在美国的穷街陋巷，果园中，流浪汉出没的丛林里和伐木营地里，你还会与他们不期而遇呢。"

胡菊人也曾在其《诗僧寒山的复活》一文中说："而他（寒山）以'桦皮为冠，布裘破敝。木屐历地，是故至人遁迹。同类化物，或长廊唱吟，唯言咄哉咄哉！三界轮回……''则与垮掉一代之蓄髯长发，粗衣破服，足屦破烂鞋，唱民歌，听爵士乐，基调是并无不同的。而寒山或于村野与牧牛子而歌笑，或逆或顺，自乐其性……'又正与垮掉者的生活格调相合，他们之特别以寒山作为他们的象征也即不足为奇了。"

如果我们把"自古英雄出少年"改动两个字，那就是"自古英雄出狂人"。而正是寒山，这位具有狂禅风骨的英雄影响了当今世界上的许多诗人，同时也影响了西方文化思潮。在西方 20 世纪 60 年代的嬉皮士运动中，寒山就被当之无愧地奉为最英勇、最先锋、最古老的先行者。据说，披头士乐队 1967 年的名曲《山上的愚人》描写的就是寒山：

> 没有人理睬他
> 人们说他傻了
> 但他却从不回答
>
> 山上的愚人
> 看那夕阳西下
> 心中的眼睛
> 看见宇宙的回旋

5　生死还双美

欲识生死譬　寒山

欲识生死譬，且将冰水比。水结即成冰，冰消返成水。
已死必应生，出生还复死。冰水不相伤，生死还双美。

　　王梵志（这位寒山的老师，但他们更像是一对诗歌密友）拒生享死，将生
死比作美酒。寒山却将其比作冰与水，冰水转换犹如轮回转换，生死同理，互
不相碍，刚好打了一个平手。推而广之，冰水不相伤，也可以说男与女不相伤，
即阴阳不相伤。今世与昨世同样不相伤。从而人间获得了一个和谐的大境界，
而且还形成一个双美。这双美充满绵绵的幸福感，使我不禁想起一些别的类似
比喻：生若春水，若黎明婴儿的哭声，若冬日里一个吃着草莓的小孩；死若白
雪，若深夜老人下棋的落子声，若水中无言的鸭蛋。
　　冰与水这象征生与死的双美，还继续使我忍不住吟出如下一首古老的日本
和歌：

　　　　深山井里的水
　　　　一向冻着，
　　　　如今怎么冰就化了呢？

　　　　薄冰刚才结着，
　　　　因为日影照着的缘故，
　　　　所以融化就是了。

6　月与灯

闲自访高僧　寒山

闲自访高僧，烟山万万层。
师亲指归路，月挂一轮灯。

    这是晚春晴朗的一天，寒山闲来无事，身穿桦皮衣裳（因他常以桦皮为衣），去另一座山间的清庙拜见一位高僧。时间在静静地流逝，谈话与品茗已到夜半，该告辞了。这时导师为寒山亲自指点归路，他在若灯高悬的神秘半月下返回。或许他还会在半路上独坐泉边陷入另一番离奇的沉思。

    但不管怎样，这时的寒山是寂寞的，犹如他常在山石竹木上刻写他寂寞的诗句一样。他甚至在流水上写下他的禅歌，即使这样，我想也不会让人吃惊吧。

    "月挂一轮灯"，多美的样子，意会易言传难，但我仍要斗胆地去试说一点点：我想那一定是蛾眉月吧，它在东边的山峰上，极细小地出来，恍若如豆之灯，清雅地朗照着飘向远方的道路；或者这样说，那小月若细细的佛灯预示了多少归途中秘密的命运。写到这里，我还想到 20 世纪 30 年代的诗人废名，他也是一个爱写"灯"——这一佛家语——的诗人，在其《十二月十九日夜》中，如是写来：

深夜一枝灯，
若高山流水，
有身外之海。
星之室是鸟林，
是花，是鱼，
是天上的梦，
海是夜的镜子。

思想是一个美人，

是家，

是日，

是月，

是灯，

是炉火，

炉火是墙上的树影，

是冬夜的声音。

朱光潜曾评说此诗，以为"有禅家与道人的风味"。而陈超也认为：

> 他将象征主义的直觉体验，与我国禅宗的静观本心结合起来，写无中之
> 有，有中之无；"吾心即世界"……（《20世纪中国探索诗鉴赏》）

7 风中"痴定"的狂人

杳杳寒山道 寒山

杳杳寒山道，落落冷涧滨。啾啾常有鸟，寂寂更无人。
淅淅风吹面，纷纷雪积身。朝朝不见日，岁岁不知春。

啸傲于山林风月间的寒山也有"痴定"之时。"杳杳""落落""啾啾""寂寂""淅淅""纷纷""朝朝""岁岁"，时光在这一气呵成的八组叠字间凝住了。冬天的寒冷很好，山、水、鸟、静、风、雪在一年一度，而人却不见天日，独坐幽林，静如止水。这里有寒岩的景色，也有寒山内心屏息的禅意。"痴定"适合于冬天，因为冷而增加了集中的幸福感，使我们与诗人一道进入超越现实的冬眠，并在幻觉中沉入无垠的黑暗与时间的零度状态。某种东西开始升华了，寒山与自然完全融为一体。

我仿佛听到寒山黄昏时分的吟经声，他一刻不停地吟着，连天光与春秋都忘记了。

这黑暗的诵经者或写诗人实在是了不起呀！

接着我又想起了另一件趣事。日本 13 世纪的道元禅师在他一首题名《本来面目》的和歌中，这样写着："春花秋月杜鹃夏，冬雪皑皑寒意加。"这真是典型的寒山意境。而道元禅师这二句正好成了川端康成一篇至美随笔《我在美丽的日本》的出发点。

也正是《杳杳寒山道》使我在 1990 年的深冬写下了《以桦皮为衣的人》，以此作为对寒山的怀念。下录之：

这是纤细的下午四点
他老了

秋天的九月，天高气清
厨房安静
他流下伤心的鼻血

他决定去天台山
那意思是不要捉死蛇
那意思是作诗：

"雪中狮子骑来看。"

8　黯然销魂的离愁别绪一扫而光

送杜少府之任蜀州　王勃

城阙辅三秦，风烟望五津。与君离别意，同是宦游人。
海内存知己，天涯若比邻。无为在歧路，儿女共沾巾。

王勃（约650—676），字子安，绛州龙门（今山西河津）人。麟德初应举及第，曾任
虢州参军。后往海南探父，因溺水，受惊而死。少时即显露才华。与杨炯、卢照邻等
皆企图改变当时"急构纤微，竞为雕刻"的诗风（见杨炯《王子安集序》）。原有
集，已散佚，明人缉有《王子安集》。

"海内存知己，天涯若比邻，中阿两国人民……"这首歌又把我带回到
四十年前中阿两国深厚的友情岁月里。毛泽东，这位唐诗的热爱者曾在 20 世
纪 60 年代说过，阿尔巴尼亚是欧洲遥远的一盏社会主义明灯。我国与阿国是"天
涯若比邻"般的兄弟国家。

从此，这两句诗开始传遍祖国大地，并开始印在各中学班级的毕业照片上，
以示人与人之间的革命友情。说来奇怪，那时人们天天讲无产阶级感情，我却
毫不理解，但这两行诗却给我带来一股强烈的冲动，它虽使我感到我一无所有，
但却产生了某种对遥远事物虚幻的渴望，朦胧中只想获得一个朦胧的东西。一
会儿是集体主义的冲动，一会儿是想获得一个兄弟的冲动。就在这辗转反侧的
难受时刻，这两句诗逐渐使我平静下来，我明白了我已经获得并理解了一种感
情，那就是无产者才会有的两袖清风般的感情。

而王勃却不管这些，一如既往地走红于那个时代，我开始更多地寻找并了
解他的诗文。很快，我读到了这首诗，只是不懂首联的意思。后来才知道这是
描写他送别友人的地理状况。伟岸的宫阙与城墙辅卫着三秦之地，即关中地区；
隔着迷濛的风烟、微雾远望蜀州大地，而五津是指岷江的五大渡口白华津、万

里津、江首津、涉头津、江南津。而王勃就要告别杜少府了，他劝慰说，你我同样远离故土、宦游他乡，这次离别，不过是客中之别，又何必感伤！更何况山高水远并不能阻隔我们在精神和感情上的沟通，只要心心相印，不就是近邻一般吗？所以临别之时，切莫像小儿女那样哭鼻子、抹眼泪。这样的王勃，乐观开朗，而又情深意重。他爽朗的声音将从前诗歌中那种黯然销魂的离别愁绪一扫而光。

9　长江流水，物换星移

滕王阁诗 王勃

滕王高阁临江渚，佩玉鸣鸾罢歌舞。画栋朝飞南浦云，珠帘暮卷西山雨。
闲云潭影日悠悠，物换星移几度秋。阁中帝子今何在？槛外长江空自流。

公元 676 年，诗人远道去交趾探父，途经洪州（今江西南昌）滕王阁，参与了一场盛大的欢宴。在酒席之上，清才俊发的他禁不住又一次抚今追昔，在一口气吟完他那不朽的华章《滕王阁序》之后，又乘未尽之意写下这首意兴阑珊的诗篇。它以极其凝练的语言和华美的措辞，概括了序的内容。

面对无常的繁华，王勃对今日的欢乐未著一字，他只是把目光集中在过去。的确一切都将转瞬即逝。往昔的春宴不是已经成为回忆了吗，人去楼空、盛景不在，江山真是寂寞啊！而当年骄纵逸游的滕王坐着鸾铃马车，挂着璀璨的玉佩来到阁上把酒临风，好一派笙歌穷日、曼舞终宵的景象。而今南浦的云依旧在飞渡，西山的暮雨飘打着冷落的珠帘，人生的华宴早已结束。唯有眼前悠悠的白云和无言东流的长江。诗人通过感慨与追忆，减缓了他对时光流逝的忧伤，一股莫名的平静又浮上心头。

逝去的终归要逝去，物是人非是人间之必然，但正因为如此，缅怀与挽留才成为诗歌永远的主题，王勃也才会在此诗的最后发出楼阁无恙、流水依旧，而滕王今归何处的浩叹。

当然这也是中国人对"日月逝矣，岁不我与"的普通感受。"物换星移几度秋"也早已成为我们表达流逝的一句口头禅。

10 咏鹅的少年成了冲冠的壮士

于易水送人 骆宾王

此地别燕丹，壮士发冲冠。
昔时人已没，今日水犹寒。

骆宾王（628—684），义乌（今属浙江）人。曾任临海丞。后随徐敬业起兵反对武则天，作《讨武曌檄》，兵败后下落不明，或说被杀，或说为僧。与王勃等以诗文齐名，为"初唐四杰"之一。有《骆宾王文集》。

骆宾王少有文采，七岁便成就了声名。《咏鹅》一曲更是家弦户诵，老少皆宜。但他以后的生活却颇不如意，起先是怏怏不得志，弃官不做，后来竟揭竿起义，与人亡命天涯，最终连人也不知所去。清人陈熙晋说他是"临海少年落魄，薄宦沉沦，始以贡疏被愆，继因草檄亡命"（《骆临海集笺注》），可谓精准地概括了他悲剧的一生。

一个咏鹅的神童最终成了怒发上指的侠士，与这一切偶然的生活遭遇关联重大。而这里的一曲"侠客行"，则又隐隐透露了天命一般不可抗逆的必然。

在易水边，荆轲第一次在此接头并饮下热酒，作别燕太子丹；壮士们的头发可是根根上指呀。而今易水依然寒冷，那是因为荆轲已经死去了。

易水，只要我们想到这个地名，就会想到这位伟大的侠客以及他那两句千古绝唱。

时间又到了唐代，骆宾王作为第二位接头人又来到易水边。与荆轲失败的命运一样，他似乎也预感到他不幸的命运了。

而事实正好言中，骆宾王少年落魄，薄宦沉沦，由于终生要与强大的武则天女皇作对，最后只得以悲剧收场。但易水却从此成了诗人们前仆后继的接头地点。骆宾王的心情无论如何要在此呼应着、轮回着，杀身以成仁或士为知己者死的形象也硬要再次上演。

上演(或接头)还在进行。李白上演了"十步杀一人，千里不留行"的壮歌;与骆宾王一样，这位七岁能诗的神童也在此借用荆轲的歌声，以吐心曲。诗人张枣于1986年11月13日在德国上演了他的另一幕"刺客之歌"。马松在20世纪80年代的漫游时期，随身只携带两件东西：诗稿与匕首。

易水，这个令人心悸而神往的地名，如今我可以大胆地说一句象征性的话:它已经成了中国诗人们接头的秘密地点。接头者们纷至沓来。

第一个接头者是荆轲(他也是"易水寒"的命名者)，第二个是骆宾王，那么谁是最后一个呢?无论是谁，我想他都会在人生的悲壮时刻吟唱那首诗人们的源头之歌(或侠之歌):

　　风萧萧兮易水寒，壮士一去兮不复还。

11　蝉与人

在狱咏蝉　骆宾王

西陆蝉声唱，南冠客思深。不堪玄鬓影，来对白头吟。
露重飞难进，风多响易沉。无人信高洁，谁为表予心？

中国文学常常是言此意彼，品菊赏梅，多是自我暗喻。只是通常的托物言志，都是香草美人，优美的意象居多。而这里骆宾王偏偏选蝉自况，咏蝉也咏人，蝉人对比，浑然天成，寄托遥深。清人施补华《岘佣说诗》中说："三百篇比兴为多，唐人犹得此意。同一咏蝉，虞世南'居高声自远，非是藉秋风'，是清华人语；骆宾王'露重飞难进，风多响易沉'，是患难人语；李商隐'本以高难饱，徒劳恨费声'，是牢骚人语。比兴不同如此。"唐代文坛的"咏蝉"三绝，因人事各不相同，而又各迭现清姿，这里且看骆宾王是如何因事谈吐心中块垒的。

唐高宗仪凤三年，命途多舛的骆宾王因上疏论事触忤武后，遭诬下狱。

狱中的骆宾王对着秋日的蝉鸣，陷入深思，这里的"南冠"指囚徒也。他实在没有办法忍受这乌黑的蝉影（"玄鬓"指蝉）来对着他青春的白发吟唱；可露气太重，蝉儿很难飞进狱中，秋风中它鸣唱的声音也显得沉沉。它高洁的品质无人信，而诗人又向谁去表达这颗心？最后二句，破空而出，骆宾王一语点破主题，那蝉是谁？那蝉即我。诗意在此陡起了一个层次。诗在此不仅完成了一个蝉的完美形象，而且获得了一个象征。

五六句，我以为写得极好，诗意醇厚，用字凝练工仗。"露重"与"风多"对，"飞难进"与"响易沉"比。最令人喜爱的是一"进"，一"沉"，这两个动词不仅有听觉的美感，也有朗读的口感，非常饱满、厚重。而且这两句通过写蝉的情形也暗指当时他身陷牢狱的严峻形势，可谓一举而获了两层意思，不愧高手笔法。

此诗读者一看便知，骆宾王表面写蝉，其实是写自己。诗人马松读后曾谓骆宾王为"歌颂自己的高手"，笔者以为评得入木三分，将骆宾王的本意一语道破。由此纵观天下诗人或每一个人，谁人又不想成为歌颂自己的高手呢？！

12　惊新不快，赏心不乐的春游

和晋陵陆丞早春游望　杜审言

独有宦游人，偏惊物候新。云霞出海曙，梅柳渡江春。
淑气催黄鸟，晴光转绿蘋。忽闻歌古调，归思欲沾巾。

杜审言（645—708），字必简，祖籍襄阳（今属湖北），迁居河南巩县（今巩义市）。杜甫祖父，咸亨进士。中宗时，因与张易之兄弟交往，被流放峰州。后官修文馆直学士。少与李峤、崔融、苏味道齐名，称"文章四友"。其五言律诗，格律谨严。原有集，已散佚，明人辑有《杜审言集》。

在江南的早春天气里，与友人相携游玩，踏青郊外，本该是一件赏心乐事，但可惜这眼前的旖旎风景，并非故乡景物。异地他乡，纵使是千般淑气，万里晴光，勾动的也无非只是一个感伤诗人的思乡热泪。

诗的起首说独有宦游人（即外地当官者）才会对景物与气候的变化十分敏感（或触目惊心）。为什么呢？笔者以为读者不必追问，因这是作诗，杜审言（杜甫的祖父）只是强调此诗的出发点而已。不仅宦游人，浪子、游子，甚至伤感的本地人也会"偏惊物候新"的。

接下来四句，杜审言用细致亮丽的笔触写出了江南早春的美景，属超级写实主义的描绘，一目了然，不必作一些散文式的解释以添蛇足。不过笔者在此倒是想到了朱文（著名先锋小说家、诗人，也是笔者的朋友）的另一个朋友（也是诗人）金海曙，他的名字正好出自"云霞出海曙"。推而广之，中国人的许多名字不都是出自唐诗中的这一行或那一行吗？甚是风雅有趣哩，随手指出。

然而真正的诗意就要呼之欲出了。最后两行，杜审言顺其心境又匠心独运，突然来了一个逆转，以一笔宕开之势，写出面对江南春景的另一番感叹。这感叹十分复杂，它蕴含了对自身的处境（因他当时只在江阴做一个县尉之类的小官）的郁闷之情，对家乡（河南）的思念以及青春飞逝和岁月艰辛的怅惘等。而这一切又是以两个动作完成的，一是忽然听到陆丞唱出的一曲古歌，而这古歌怦然击中杜审言内心隐秘的痛楚或愁思，他禁不住泪水涟涟，起了乡思。

"归思欲沾巾"是一种缠绵的也是有趣的小情调，属普遍之汉风情怀，唐人固定的写法，而远非陶潜"情在骏奔，自免去职，归去来兮，请息交与绝游"的断然做大隐的高格。

然而对于杜审言的细小胸怀，我们依然深情地体会并流连了他的美感，即"虽信美而非吾土"，不如归去；但又不能归去。因为审言最终还是对那小小的官位与薄薄的俸银割舍不下，加上走极端也实在不符孔子为士人所定下的中庸这条标准。但正是在这一点（矛盾之点）上，诗歌获得了它自身的张力，一首诗完成了它应该完成的任务。

13　苏味道的一首小杰作

正月十五日夜　苏味道

火树银花合，星桥铁锁开。暗尘随马去，明月逐人来。
游妓皆秾李，行歌尽落梅。金吾不禁夜，玉漏莫相催。

苏味道（648—705），赵州栾城人（今河北石家庄市栾城区）。九岁能诗文，少与李
峤以文辞齐名，号"苏李"。苏味道谙练台阁故事，善章奏。由于武则天时期复杂的
政治环境而常常采取明哲保身的态度，处事模棱两可，世号"苏模棱"。青年时与李
峤、崔融、杜审言合称初唐"文章四友"。所作诗今存十六首，载《全唐诗》，著有
《苏味道集》已佚。

　　一幅长安城里唐时元宵佳节的景象尽在眼前。普天同庆，官民同乐，仿佛
我们也陶然忘忧，侧身其间。

　　就在这一夜，烦恼被放在了一边；就在这一夜，百姓也可以欢乐直到天明。
这似乎还真有一点巴赫金所说的"狂欢化"效果呢。

　　此诗起首二句就为我们描绘出暗夜如白昼的画面，长安城的夜空被一片明
灯燃亮了。树与灯天然合一，树若火一样鲜亮，灯若花一样灿烂；而城门的吊
桥也已打开，桥上也像星星一样点起了灯盏。二句中的"合"与"开"互为对
称，又极为妥帖，有动荡之美感。

　　接下来是香车宝马卷尘而去，明月当空，人潮涌动。写完大景再写小景。
五六句，苏味道诗笔轻转，为我们勾勒出另一幅艳丽的画面。在画面中，夜游
的妓女香衣飘飘，面带桃花，她们边走边唱那曲《梅花落》。此一句可谓声、
色、香、韵俱在矣。

　　面对大唐如此良辰美景，苏味道不禁平生出一缕"欢娱苦日短"的心情。
金吾（指京城里的禁卫军）今夜不戒严，意思是万民大乐并可以疯狂一夜，这

简直就是我刚才说的巴赫金式的狂欢夜之现代性呢。然而白日终将来，一切又会复原，劳作也不可避免。如何是好呢？那只好祈求时间之神（即玉漏，古代计时器）不要催促吧。

此诗技巧稳当，用字镂金错彩，虽算不上大手笔，也称得上无可挑剔的小杰作。

顺便说一句，苏味道的名字极有味道，一个有味道的名字自然会有一首有味道的好诗。

14　文不如武

从军行　杨炯

烽火照西京，心中自不平。牙璋辞凤阙，铁骑绕龙城，
雪暗凋旗画，风多杂鼓声。宁为百夫长，胜作一书生。

杨炯（650—693？），华阴（今属陕西）人。十岁举神童。上元三年应制举及第，授校书郎，后官盈川令。为"初唐四杰"之一。擅长五律。其边塞诗气势较胜，原有集，已散佚，明人辑有《盈川集》。

当烽火（古时指边敌来犯的报警系统）传递到了长安，诗人心中汹涌澎湃。他在幻想中领了皇上调动军队的牙牌告别皇城，率大军将敌人的"龙城"围得水泄不通。接下来是一幅惨烈的打斗场面：大雪弥漫，军旗失色；狂风怒号，夹杂着王师冲击敌阵的鼓声。这一切为了什么或说明什么呢？那就是杨炯本诗的主旨：小军官胜过书生（或诗人），文不如武啊！

人总愿成为另一个人，也就是说一个人总愿意成为别人或另一个自己。这是西洋人的说法，推而广之全世界的人都是如此。而想成为另一个人又以中国文人为最。中国文人手里作着诗文，又瞧不起自己的行为，一心又想别的事，譬如当官、发财之类，这样的人可谓多多，自古有之。可以说中国文人有鄙视自己的小传统。仅举一例：曹植这位具有建安风骨的大才子就称自己的诗是雕虫小技，一心想着父亲的王位，总梦着有朝一日风云际会，纵横四海，龙旗一摇，遍地俯首。

杨炯这首诗也可见出中国文人这个小传统。最后一联可谓铁证。杨炯自称宁可当一个小军官（按周朝兵制，以一百人为一队，队长叫"百夫长"），也比当一个书生强。他在此忘了他本人只是一个崇文馆的举士，并非一英武悍将，只是为人很有些文人的傲慢而已。

不过话说回来，此诗也可看出他作为一名热血青年的别一番高调。

15   哀而不伤的小"忧"歌

题大庾岭北驿　宋之问

阳月南飞雁，传闻至此回。我行殊未已，何日复归来？
江静潮初落，林昏瘴不开。明朝望乡处，应见陇头梅。

宋之问（约656—712），一名少连，字延清，汾州（今山西汾阳）人，一说虢州弘农
（今河南灵宝）人。上元进士，官至考功员外郎。曾先后依附张易之和太平公主。睿
宗时贬钦州，赐死。诗与沈佺期齐名。律体形式完整，对律诗体制的定型颇有影响。
原有集，已散佚，明人辑有《宋之问集》。

　　宋之问前半生受享宫廷，富贵荣华自不待言，后来却遭贬发配，翻山越岭
地去到那连大雁也不愿前往的瘴疠之乡，两相对照，心中苦痛自然可想而知。
但好在宋之问是个聪明的诗人，大悲大痛之中只唱了一曲小"忧"歌。全篇不
着一个"忧"字，而怎一个"忧"字了得！诗兴若酒，在其中浸淫，并渐渐散
发开来。
　　通观全诗只是写景，然而这正是中国诗的个中三昧，由景到情，情由景生，
情景交融，才为正宗。宋之问这位曾经的宫廷诗人当然深谙此道。
　　诗从十月大雁南飞开始了，多美的形象，一起笔就是雁南飞。然而紧随其
后埋下一个伏笔，雁子们并不飞过大庾岭，至此遇春而返回。那么诗人的境遇呢？
宋之问在此不如雁子，他没有雁子的自由，他的行程还不能停止，他必须越过
此岭，去他那发配之地，归期迢迢不可知。写完头顶的大雁，又写目前的近景，
江水平静湖水初落，迷蒙的林间瘴气缭绕，南国的昏热似乎一寸寸地近了。
　　最后二句，诗人笔力折回，想到明天他走到岭头时可登高回望故乡，那梅
花可是应见到的吧。落难中的宋之问内心并不悲烈，诗写得仍然十分平和，不
失宫廷诗人的面子与风度。这也算是中国御用文人的一个传统吧。

16　华丽的思念

独不见　沈佺期

卢家少妇郁金堂，海燕双栖玳瑁梁。九月寒砧催木叶，十年征戍忆辽阳。
白狼河北音书断，丹凤城南秋夜长。谁为含愁独不见，更教明月照流黄。

沈佺期（约656—714？），字云卿，相州内黄（今属河南）人。上元进士，官至太子
少詹事。曾因贪污及谄附张易之，被流放驩州。诗与宋之问齐名，多应制之作。律体
谨严精密，对律诗体制的定型颇有影响。原有集，已散佚，明人辑有《沈佺期集》。

诗用乐府古题"独不见"，暗示"思而不得见"之义。写年轻的女子遥忆
征夫，可相思无用，徒然增添了伤心颜色，夜久不能成寐，愁苦万状。
　　起首二句是典型的齐梁诗风，细致而华美，写卢家少妇莫愁，她住在这样
一所华屋里：屋的四壁是用郁金（一种香料）和泥涂抹的，因此充满香气；屋
梁也用玳瑁壳（一种海龟壳）装饰，而且还有海燕双双飞来梁上筑窝。华屋之
美尽在其中了，只可惜卢少妇独守空房。下来的三四句一反前态，当场脱尽齐
梁体而境界大开。诗句说现在是九月，转眼就是秋凉了，长安城中家家户户的
女人们都在预备冬衣，那捣衣的砧声似乎在催促萧萧落下的无边树叶；而征夫
却远戍辽阳已经十年了啊。这三四句可谓细腻与博大、深情与景致都俱在了。
"九月寒砧催木叶"一句尤其给人一种耳目一新之感，一个"催"字用得极好，
光阴迫切，两地相思全在其中。"寒砧催木叶"有幻觉之美，本应是木叶催寒
砧，诗人却反其道而行之，而诗之美也正好达到了一个极点。
　　突然那本应来自白狼河北岸的音讯断了，丈夫凶吉未卜，因而长安城南的
秋夜才显得那么长（由于少妇思夫辗转难眠之故）。含愁至深，却又不能相见
远方的人，唯有那明月照映着流黄床帐。
　　华屋中娇妻的孤独生活可谓全景式展示于目前了，读来惊心而缠绵悱恻。

17　思妇之歌

杂诗　沈佺期

闻道黄龙戍，频年不解兵。可怜闺里月，长在汉家营。
少妇今春意，良人昨夜情。谁能将旗鼓，一为取龙城。

先从事实切入，即一直听说黄龙戍一带年年战事不断，然后再作一个转折，点出诗意的核心（中间四句）。

少妇在闺中窗前明月下为何如此可怜呢？那是因为没有丈夫陪伴。月亮在她的幻觉中似乎只照耀在千里之外的汉家兵营里，那儿有她从军的丈夫，他要么歇息了，要么在月亮下进行对敌夜战。

五六句，笔者以为写得最好，"今春意"与"昨夜情"互文对比，虽是笼统写来，但是含蓄有致。中国古代文人一般不作艳诗，更不在诗中直接写细致的性感受。何况沈诗人还是一位著名的宫廷诗人，也就是正统诗人。所以，他在此只能以朦胧笔法点出少妇盼君归的意思。既然有了昨夜情，那么今春意又如何消解呢？她只能希望一名良将去带兵克敌，结束战争，这样夫妇就可早日团聚，尽享月白风清之春意了。

18 大刀阔斧的开国气象

登幽州台歌 陈子昂

前不见古人，后不见来者。
念天地之悠悠，独怆然而涕下。

陈子昂（661—702），字伯玉，梓州射洪（今属四川）人。少任侠。举光宅进士，以上书论政，为武则天所赞赏，拜麟台正字，转右拾遗。曾随武攸宜击契丹。后解职回乡，为县令段简所诬，入狱，忧愤而死。诗文标举汉魏风骨，强调兴寄，反对柔靡之风，是唐代诗歌革新的先驱。有《陈伯玉集》。

陈子昂生为贵胄子弟，年少时"驰侠使气，至年十七八未知书"。但是这些看似浪费的青春，却成就了他的豪侠性格和坦荡胸怀，而这一点足可以让他后来出手不凡，一鸣惊人。且看，此诗就是明证。

1931 年，梁宗岱先生谈到此诗时，曾这样说道：

你们曾否在暮色苍茫中登高？曾否从天风里下望莽莽的平芜？曾否在刹那间起浩荡而苍凉的感慨？古今中外的诗里有几首能令我们这么真切地感到宇宙的精神（world spirit）？有几首这么活跃地表现那对于永恒的迫切呼唤？我们从这寥寥二十二个字里是否便可以预感一个中国，不，世界诗史上空前绝后的光荣时代之将临，正如数里外的涛声预告一个烟波浩渺的奇观？你们的大诗里能否找出一两行具有这种大刀阔斧的开国气象？

三年后，他又一次谈及这首诗：

我第一次深觉《登幽州台歌》的伟大，也是在登临的时候，虽然自幼便把它背熟了。那是在法国夏尔特勒（Chartre）的著名哥特式的古寺塔巅。

梁先生的感受是多么饱满而热烈，话又是说得多么好啊！

同样的情景也发生在我的身上。1997 年 10 月的一个黎明，我曾在德国斯图加特的"孤独"城堡远望南德壮丽山川，一种油然而生的内心悸动（是周遭天地悠悠的景色还是某种自我的伟大悲悯？）使我的双眼突然涌动起不绝的泪水。天地之浩渺，而人又如此脆弱；岁月匆匆又无穷，而人却终归一死。万念歇息，唯有以诗言志。此刻我不禁同我的画家朋友张奇开同声朗诵起《登幽州台歌》。

"把酒酹滔滔，心潮逐浪高"，刹那间多少伟大的诗行开始在我们心间传递着、欢呼着、感叹着、鸣咽着……

子在川上曰："逝者如斯夫，不舍昼夜。"

屈原在《远游》有云："唯天地之无穷兮，哀人生之长勤！往者余弗及兮，来者无不闻！"

陶渊明在《饮酒》中高歌："宇宙一何悠？人生少至百……"

阮籍在《咏怀》中叹息："去者余不及，来者吾不留。"

茫茫苍原，一夫独立，胸襟激荡，发而为歌。我开始幻想陈子昂慷慨登临幽州台的那一悲怆时刻，同时那也肯定是一个欢乐的时刻。

"天地"一直在等待，等待"悠悠"二字；光阴在催追，神必须做出安排。经过悠悠岁月，我们终于等到了，一个诗人，他就是陈子昂，他胜任了一个光荣与梦想的任务，他在幽州台一出手就联结了这两个一直等待相遇的词语。"念天地之悠悠"终于破空而出，一句如歌如泣的诗行降临人间。它来得那么神秘，那么平凡，又那么万古长新……这也便是本书的题目"日日新"矣！

而正由于有了这一行，子昂才可以"独怆然而涕下"。古今茫茫，大哭人生，从此成为正宗之汉音。

19　花会老，心会瘦

感遇三十八首（其二）　陈子昂

兰若生春夏，芊蔚何青青！幽独空林色，朱蕤冒紫茎。
迟迟白日晚，袅袅秋风生。岁华尽摇落，芳意竟何成？

我们知道，陈子昂一生写过一组大诗《感遇》，共得三十八首，这是其二。顾名思义，"感遇"即他对个人身世的感怀，对壮志难酬、不得开心颜的连篇浩叹。此篇正是借"芳草易衰，佳意难成"慨叹美好理想的不能实现。

诗说香兰杜若生于春夏，其枝叶何等青青，它们幽雅的形象独立于林中，朱红的花下是紫色的茎。渐渐白日短了，徐徐秋风吹来，年岁在流逝，而那芳意何日能成呀。

子昂在此以温和的留恋之情咏吟香兰杜若，而处处则以这花木喻自身的际遇。人与花木融为一体，此物即是诗人当下的写照。他托物寄怀，又感慨遥深。香兰杜若之于君子之美，又之于子昂之清雅风骨。吟咏至此，不禁令人生发出一缕美人迟暮之意。

20　这个杀手不太冷

感遇三十八首（其三十四）　陈子昂

朔风吹海树，萧条边已秋。亭上谁家子，哀哀明月楼。

自言幽燕客，结发事远游。赤丸杀公吏，白刃报私仇。

避仇至海上，被役此边州。故乡三千里，辽水复悠悠。

每愤胡兵入，常为汉国羞。何知七十战，白首未封侯。

这首诗的写法十分新鲜，富有独创性，子昂通过一位边塞战士的自述辗转写出他自身的英雄襟抱。

这位战士过去是一位江湖上的冷血杀手，如今为何在戍边的城楼上面对萧萧秋景唉声叹气呢？且听他细细道来：他曾是幽燕人，成人后进入江湖，远游天下，从事抓赤丸杀官吏、捅刀子替人报仇的行当。"赤丸"此典出于汉代，据《汉书·尹赏传》载，汉代京城长安，有少年结伙游侠，持刀杀人，为人报仇。他们靠抓摸弹丸来分配任务，抓到赤色弹丸杀武官，黑丸杀文官，白丸则料理后事。这属古代杀手的规矩。

后来这杀手为避仇家才到了辽海一带，结果又被征兵来边关作战。从此故乡迢迢三千里，面前是滔滔不尽的辽河。每一次外敌来犯，他怒火中烧，又为汉族之软弱感到羞愧。尤其是他已经血战了七十多场，而今白发飘飘还未得到一个官阶。

子昂不禁按捺不住，借杀手之口，大鸣不平，方显出他不吐不快的英雄本色。

从子昂的出生与为人，我们便知他属能进能出的大英雄，无什么朝野之分。他家世富豪，又少年好侠，十八岁才专心读书，是一位砰然诞生的天才。他不仅深谙朝廷制度礼仪，也精通江湖法术。按今天的话说就是通人，通黑白两道。他曾作《上军国机要事》，建议则天女皇广募江湖英雄入军作战。结果，游侠们落得个可悲的下场，他们（包括陈子昂）都忘了一个根本的道理，那就是朝廷与江湖是两个势不两立的对头。游侠们纵使拼命为朝廷杀敌，也是不可能得到提升的。最终只能是"白首未封侯"！《水浒传》中的众英雄受招安后不是以悲剧收场吗？这道理最简单不过，被杀不知，实在可怜也！

21　英雄末路的感慨

燕昭王　陈子昂

南登碣石馆，遥望黄金台。

丘陵尽乔木，昭王安在哉？

霸图今已矣，驱马复归来。

在诗歌作为上，陈子昂上追建安，下启盛唐，是那种开一代风气的人物。卢藏用说他："卓立千古，横制颓波，天下翕然，质文一变。"（《陈伯玉文集序》）杜甫也说："国朝盛文章，子昂始高蹈。"陈子昂一登诗坛，就扫尽采丽尽繁的风月之作，"独开古雅之源"，一曲《登幽州台歌》更是名震天下。可是相比之下，政坛上的他，却是诸般的不如意，激情备受煎熬，有苦难言："道可以济天下，而命不通于天下；才可以致尧舜，而运不合于尧舜。"（《陈公旌德碑》）一生怀才不遇，难怪他感遇连连。

在这首小诗中，子昂又一次以内心极为深厚的情怀讴歌他对明主的渴望。

这一天，他驱马来到燕昭王当年招贤纳士的碣石馆，接着又远望燕昭王大宴英雄的黄金台。然而一切都成为过去，此处尽是古木森森，燕昭王这样的明君早已作古。即使有称霸天下的宏图，但如今也消停了。面对如此情景，子昂只好驱马归去。子昂此诗并非单发思古的幽情，而是凭古而吊今，读来令人顿生英雄末路之慨。

此诗表面读来几乎是平静的，但在平静的内部却有一股宿命而备受煎熬的激情。子昂表达了想把自己立即献出去，献给某个更伟大人物（暗指如燕昭王一类的明君）的急迫之情。这也成为他一生的一个情结。他要献出，却无人接受。用今天的话说，就是报国无门。如此这般，只有归隐了，"驱马复归来"就含着此意。退一步也海阔天空，既然不能"兼济天下"，那就"独善其身"吧。中国文人就是用这两种方法，即入世与出世，来轮番平衡自己内心的，子昂当然也不能例外。

22　在春天的夜晚分别

春夜别友人　陈子昂

银烛吐青烟，金樽对绮筵。离堂思琴瑟，别路绕山川。
明月隐高树，长河没晓天。悠悠洛阳道，此会在何年。

江淹有《别赋》，华彩辞章，极写离别的千情万状：

　　黯然销魂者，唯别而已矣！况秦吴兮绝国，复燕赵兮千里。或春苔兮始
生，乍秋风兮暂起。是以行子肠断，百感凄恻。风萧萧而异响，云漫漫而奇
色。舟凝滞于水滨，车逶迟于山侧。棹容与而讵前，马寒鸣而不息。掩金觞
而谁御，横玉柱而沾轼。居人愁卧，怳若有亡。日下壁而沉彩，月上轩而飞光。
见红兰之受露，望青楸之离霜。巡层楹而空掩，抚锦幕而虚凉。知离梦之踯躅，
意别魂之飞扬。

　　可以说，如何与友人分别，自古以来就是一门学问。有痛哭流涕的分别（如
王勃的"儿女共沾巾"），有陶陶欢乐的分别，也有深沉凝重的分别，而子昂
的春夜别友人显得温雅美丽、哀而不伤，可谓汉族告别学问中最有魅力之一种。
　　春夜的华宴就要结束了，银色的烛台在吐着青烟。这可是子昂与友人作别
的最后春宴呀。"我有嘉宾，鼓瑟吹笙。"宴乐在耳边奏响，子昂对酒当歌，
内心一片离别的情绪，分别的路程似乎已在绕着山川了。
　　接下来，子昂又将离情从宴会室引领出来，指点着另一番情景。明月已在
西下，隐没于高高的树木里，长河也淹没于破晓的曙色之中了。告别的时刻终
于来临，而人生没有不散的宴席。
　　收尾二句，子昂点明他将沿无尽的洛阳古道渐行渐远，下一次相聚也不知
在何年。

离别是忧伤的，子昂却不发悲声，尽力将其写得温雅美丽。尤其是在春夜作别友人，又从宴饮写起，更平添了一番哀而不伤的兴味，让人读来不免流连徘徊，也要在春夜里把酒歌唱了。

在此我还想到了苏联已逝的著名诗人(也是笔者最热爱的一位俄罗斯诗人)曼德尔斯塔姆的一行诗："I have to study the science of good-bye."译成汉语便是："我得学习告别的学问。"

看来告别的学问很不简单，不仅中国诗人要学，西方诗人也要学。

23　盛唐之春在此吐露

咏柳　贺知章

碧玉妆成一树高，万条垂下绿丝绦。
不知细叶谁裁出？二月春风似剪刀。

贺知章（约659—约744），字季真，自号四明狂客，越州永兴（今浙江萧山）人。证
圣进士，官至秘书监。后还乡为道士。好饮酒，与李白友善。"吴中四士"之一。其
诗今存二十首，多祭神乐章和应制诗；写景之作，较清新通俗。

这是一首别致、新颖而又巧妙的诗。诗咏垂柳，但又不止于此，而是借歌
咏柳树也歌咏了妆扮我们的春天。诗人以剪刀喻春风，巧说她细叶轻裁，剪出
丝绦，状成碧树，吹到哪里，哪里就是勃勃生机。这诗里的青春之气，仿佛使
人嗅到了即将展开的盛唐之春的鸟语花香。

诗虽然只有四句，却也层次变化分明。前二句一看便知，是写柳树的形貌。
其中"妆成""垂下"两个动词用得平凡而准确，虽不惊人，却也是高手所为。
尤其为后二句的出现打下坚实的基础。那柳枝的细叶究竟是谁裁出来的呢？二
月的春风就是这剪刀手。一问一答，问得天真有趣，答得巧妙机智。用剪刀喻
春风，并以春风裁出细叶，这一写法颇有今日用白话写诗的先锋诗人的做派，
突兀但又传神。

贺知章，这位晚年号"四明狂客"的诗人，眼光的确有些与众不同。难怪
他能慧眼识英雄，最早发现李白的天才，并称其为"谪仙人"。

24　妙手偶得的锦绣诗篇

回乡偶书　贺知章

少小离家老大回，乡音无改鬓毛衰。
儿童相见不相识，笑问客从何处来。

陆放翁有句："文章本天成，妙手偶得之。"贺知章的这篇诗，题叫"偶书"，而诗本身又写得情趣盎然，不假雕饰，正属于上等的天然成品，足可见陆游所言不虚。但话说回来，这"偶然"当中又怎会没有"必然"呢？我想，唯有浮云世事看过，心中潮起潮落几度，然后才会有这水到渠成的诗文吧。贺知章中年离乡，一去便是五十余年，这期间的乡思乡恋，怎是一杯浓酒可以化开，所以这"偶然"，也是花了"必然"的代价的。

贺知章八十六岁这年告老还乡，唐玄宗亲自写诗送行，文武百官饯送都门外，可见其宦海风云之一斑。

然而正是这位一生显赫的老诗人，却又是那样朴实无华，充满童趣。

这首回乡诗不仅归绚烂于平淡，而且还在平淡中见出他的稚童心态。我们知道他本性旷夷，善谈说。诗如其人，他常常是若说话一般吟出他的诗句。此诗便是证明，知章用大白话自然流畅地说出了他归乡时的真实心情。

然而其中也蕴含了一个道理，即人生易老，光阴难留。但人不应以伤老之情面对生命。在此，知章并未流露过多的哀情，仅一句"乡音无改鬓毛衰"实事求是交代年龄，即自认衰老。这里我想到了英国哲学家罗素《论老年》中的一段话（此段话与知章这首诗颇有灵犀相通的意味）：

> 每一个人的生活都应该像河水一样——开始是细小的，被限制在狭窄的两岸之间，然后热烈地冲过巨石，滑下瀑布。渐渐地河道变宽了，河岸扩展了，河水流得更平稳了。最后河水流入了海洋，不再有明显的间断和停顿，尔后

便毫无痛苦地摆脱了自身的存在。能够这样理解自己一生的老人，将不会因害怕死亡而痛苦，因为他所珍爱的一切都将继续存在下去。

第三四句，画面陡转入与儿童对话的情景，更是别有一番真性情、老还小的意味。"老还小"指人到老年后就变得像小孩子一般。

面对儿童"笑问客从何处来"，知章当然会笑答："我从京城来。"从这节对话中，又见出知章是一位和平祥瑞的老人，此等形象也是中国理想老人的形象。然而笔者在此又想到一位疯狂的英国诗人狄兰·托马斯（Dylan Thomas）写的《不要温和地走进那个良夜》（Do Not Go Gentle into That Good Night）中的二句诗："Old age should burn and rave at close of day;Rage, rage against the dying of the light."（老年应当在日暮时燃烧咆哮；怒斥，怒斥光明的消逝。）看来英国诗人对老年的理解却是青春狂歌、热血沸腾，远非中国诗人的太极拳味道了。

卷二　盛唐诗：三国演义

　　唐诗的黄金时代被三分春色：一分为仙，一分为圣，一分为佛。还有人另作三分：魏，蜀，吴；天，地，人；真，善，美。此说绝妙，不过暂时放过。

　　且听，马蹄在嗒嗒地响起，当李白已在长安城笑傲江湖、狂歌痛饮，过着他飞扬跋扈的诗仙生活时，孟浩然仍在鹿门山或醉卧松月或怀愁独行。而杜甫刚以少年天才的文名出入于岐王李范的华宅。在那里，这位"开口咏凤凰"的小诗人正安静地听着闻名帝国的歌唱家李龟年的歌声，也许在座之人都没想到，这位少年日后会成为"暮年诗赋动江关"的一代诗圣。几乎与此同时，另一个奇迹出现了，老王维写出了《辋川集》，"世界被创造出来，实质上就是为了达到一本美的书的境界"（法国诗人马拉美语）。《辋川集》所达到的美的境界是中国精神中最宁静、最自然的部分。它所定下的标准从此成为中国诗歌的一个标准。如果说李白是仙人，只在天上飞；杜甫是圣人，只在地上走；那么王维就是佛与美的化身。

25　美人就是美人，草木就是草木

感遇十二首（其一）　张九龄

兰叶春葳蕤，桂华秋皎洁。欣欣此生意，自尔为佳节。
谁知林栖者，闻风坐相悦。草木有本心，何求美人折？

张九龄（678—740），字子寿，一名博物，韶州曲江（今属广东）人。擢进士第后，
累官至中书侍郎同中书门下平章事。开元二十四年（736）为李林甫所谮，罢相。其
《感遇诗》以格调刚健著称。有《曲江集》。

前有陈子昂作《感遇》诗三十八首，在其二首中，他以香兰杜若自喻之；
后有张九龄作《感遇》诗十二首，在其一首中，他以兰、桂自喻之。可见感遇
诗一般以托物寄怀的比兴手法写来。

张九龄这首诗写得章法谨严。前四句写春兰勃发、秋桂皎洁，它们欣欣向
荣、充满生机而又各自享受着属于自己的佳节（即春华和秋月）。

接着笔锋突转，又别开了一个生面，在花木中引出一位林中高雅的隐者，
他闻到了春兰或秋桂的芳香，他在风中静坐、嗅闻，心中尽是喜悦呀。

收尾二句，诗人再作逆转，而不是顺势写来，使诗意达到一个突拔而"含
不尽之意于言外"（欧阳修《六一诗话》）的更高境界。什么是春兰秋桂的本
心？那就是它们的芬芳。既然它们有这芬芳的本心，又何求美人来采折呢？这
正是典型的比兴手法，诗人在此并非单写草木而在写自己了，即他正孤芳以自
赏，何求他人来欣赏呢？诗之主旨终于突现了。张九龄不愧作诗高手，虽用了
大力而丝毫不着痕迹。他以他的耐心等待并触物而成。真是物各自然，目击道
成也。这一切又正如《四溟诗话》所说："诗有天机，待时而发，触物而成，
虽幽寻苦索，不易得也。"

而就在最后的一刹那，张九龄于有意无意间只手得之。

26　月光是思念的礼物

望月怀远　张九龄

海上生明月，天涯共此时。情人怨遥夜，竟夕起相思。
灭烛怜光满，披衣觉露滋。不堪盈手赠，还寝梦佳期。

望月怀人是中国文学长盛不衰的母题。张九龄之前有谢庄的《月赋》："隔千里兮共明月。"在他之后又有苏东坡的《水调歌头》词："但愿人长久，千里共婵娟。"这里张九龄的诗句写："海上生明月，天涯共此时。"三种体式（一赋、一词、一诗），共写一个意思，一种相思，可谓各极其妙。这里且让我们看看张九龄如何相体裁衣，以诗写思。

张九龄一上来就出语平凡而又意境开阔。在这博大旷渺的场景下，情人可在埋怨良夜呀，因为她（或他）尽夜都被相思摧折着又无药可救。

满屋的明烛，令人起了怜惜之情，那就将它灭了吧，披衣去屋外走走，可又觉静夜露凉。

那又以什么相赠遥远的人儿呢？只有满手的月华，却不堪相送，那还是去梦中与之共度佳期吧。最后二行化用晋人陆机诗《拟明月何皎皎》："安寝北堂上，明月入我牖。照之有余晖，揽之不盈手。"

这整首诗写情人相思，纵是深情厚谊，亦不过平简自然。只有说不出的悠悠情思，袅袅余音，却无六朝诗歌的繁复柔靡。无怪后人常将"陈（子昂）张（九龄）"并称，且有这样的评语："唐初承袭梁隋，陈子昂独开古雅之源，张子寿首创清澹之派。"（胡应麟《诗薮》）

27　毛泽东的好好学习与商汤的日日新

登鹳雀楼　王之涣

白日依山尽，黄河入海流。
欲穷千里目，更上一层楼。

王之涣（688—742），字季凌，晋阳（今山西太原）人。官文安县尉。豪放不羁，常击剑悲歌，其诗多被当时乐工制曲歌唱，以描写边疆风光著称。传世之作仅6首。

　　清人沈德潜在《唐诗别裁集》中曾这样评说这首诗："四语皆对，读来不嫌其排，骨高故也。"这是德潜从技术方面来说这首诗。的确，前一联是"正正对"，后一联是"流水对"，对得一气贯之而又不着半点对仗之痕迹，技巧娴熟，当无话说。

　　不过笔者只想在这里谈一点对这首意思明晰的小诗的自我感受。

　　这首诗曾印在我们小学课本里，我早已对它耳熟能详、倒背如流了。它使我总是想起我那简陋多灰的小学教室，那教室由于阴暗，整日照着雪亮的日光灯，黑板的上端写着一行红色的大字："好好学习，天天向上。"每日端坐课堂，自然每日必流连一番这行文字。一天，老师上课，开始讲授王之涣这首诗。她讲了很多，但我都忘记了，却永远记住了她的结语。她说："同学们，你们好好想一下，这首诗到底是讲的什么呢？我不是问它的字面意思，而是它字里的意思。"这时，我正好又盯着黑板上方毛主席的那句话。也恰好在这时，老师又开口了："同学们，诗的意思，就是毛主席教导我们的要'好好学习，天天向上'。"从此，毛主席的这句话就成了我解开"白日依山尽"的钥匙。如今，我仍是循着这个思路来感受并理解这首诗，同时我也明白了中国教育自古以来的一条颠扑不破的法则，那就是以务实、有效、古朴、简洁之精神鼓励学生"生命不息、冲锋不止"，换句话说就是以"宏大叙事"的姿态"更上一层楼"。而且，不光中国人喜欢这样的格局精神，就是老外也欣然会意，乐于"领命"。曾有美国诗坛巨擘级的人物将这样的意思连着孔子的箴言变成了领巾上的"MAKE IT NEW"（"日日新"）：

> 1934 年，埃兹拉·庞德（美国诗人，20 世纪西方现代文学的助产士）
> 把孔子的箴言"日日新"三个字印在领巾上，佩戴胸前，以激励自己的诗艺。
> 而且庞德在他的《诗章》中国断章部分还引用了中国古代的一段史事：

> Tching prayed on the mountain and
> 　　　wrote MAKE IT NEW
> on his bath tub
> 　　Day by day make it new.
> 　　　　　　　　——Canto LIII

庞德的这节诗其实是从如下这段中国史事中化用出来的：汤在位二十四年，是时大旱，祷于桑林，以六事自责，天亦触动，随即雨作。继而作诸器用之铭，曰："苟日新，日日新，又日新。"以为警戒。

28　旗亭画壁，诗人 PK

凉州词　王之涣

黄河远上白云间，一片孤城万仞山。
羌笛何须怨杨柳，春风不度玉门关。

关于此诗，有一则好听的故事，即那有名的"旗亭画壁"。故事出自薛用弱《集异记》，书中记载：

开元中，诗人王昌龄、高适、王之涣齐名。时风尘未偶，而游处略同。一日天寒微雪。三诗人共诣旗亭，贳酒小饮。忽有梨园伶官十数人，登楼会宴。三诗人因避席隈映，拥炉火以观焉。俄有妙妓四辈，寻续而至，奢华艳曳，都冶颇极。旋则奏乐，皆当时之名部也。昌龄等私相约曰："我辈各擅诗名，每不自定其甲乙，今者可以密观诸伶所讴，若诗入歌辞多者，可以为优矣！"俄而一伶，拊节而唱曰："寒雨连江夜入吴，平明送客楚山孤。洛阳亲友如相问，一片冰心在玉壶。"昌龄则引手画壁曰："一绝句。"寻又一妓讴曰："开箧泪沾臆，见君前日书。夜台何寂寞，犹是子云居。"适则引手画壁曰："一绝句。"寻又一伶讴曰："奉帚平明金殿开，强将团扇半徘徊。玉颜不及寒鸦色，犹带昭阳日影来。"昌龄则又引手画壁曰："一乐府。"之涣自以得名已久，因谓众人曰："此辈皆潦倒乐官，所唱皆'巴人下里'之词耳，岂'阳春白雪'之曲，俗物敢近哉？"因指诸妓中紫衣貌最佳者曰："待此子所唱，如非我诗，吾即终身不敢与诸子争衡矣。脱是吾诗，子等当须列拜床下，奉吾为师。"因欢笑俟之。须臾次至，双鬟发声，则曰："黄河远上白云间，一片孤城万仞山。羌笛何须怨杨柳，春风不度玉门关。"之涣即与二子曰："田舍奴，我岂妄哉！"因大谐笑。诸伶不喻其故，皆起诣曰："不知诸君何此欢噱？"昌龄等因话其事，诸伶拜曰："俗眼不识神仙，乞降清重，俯就筵席。"三子从之，饮醉竟日。

三个诗人打一个美人擂台赛，而王之涣独占花魁，故事十分有趣，却不可完全当真。但是小美人唱优歌，良人佳境，红粉诗酒，如此场景人物又不能不说是赏心悦目，人间美意。

诗的起首二句就神思飞动，气象阔大，西域壮景跃然于目前。远处的黄河仿佛奔流于白云间，这分明是视角使然，从下往上看；而大漠中的孤城却背临峻岭丛山。

写完苍凉与孤危的大风景之后，诗人笔力一转，写出婉约中的另一番愁杀景致。羌笛何必吹奏《折杨柳》的怨曲，那春风（抑或江南的绿意）可从不吹到玉门关呀。由此可见这儿的荒凉。

此诗悲怆慷慨，壮阔蕴藉，因此成为正宗唐音之一种，并在民间广泛地谱曲传唱。

29　愁因薄暮起，兴是清秋发

秋登万山寄张五　孟浩然

北山白云里，隐者自怡悦。相望始登高，心随雁飞灭。

愁因薄暮起，兴是清秋发。时见归村人，平沙渡头歇。

天边树若荠，江畔洲如月。何当载酒来，共醉重阳节。

孟浩然（689—740），襄州襄阳（今属湖北）人。早年隐居鹿门山。年四十，游长
安，应进士不第。后为荆州从事，患疽卒。曾游历东南各地，诗与王维齐名，称为
"王孟"。其诗清淡，长于写景，多反映隐逸生活。有《孟浩然集》。

　　孟浩然属闲云野鹤，优游于山水间的诗人。他每每"遇思和咏，不钩奇抉异"
（皮日休语）。诗虽闲逸清淡，不搞新奇古怪之类，但"语淡而味终不薄"（沈
德潜语）。他那作为隐者的人生观和真性情使他的诗到达了一个高远清幽的境界。

　　在这首登山怀友人的诗中，孟浩然率先化用陶潜《答诏问山中何所有》诗："山
中何所有？岭上多白云。只可自怡悦，不堪持赠君。"接着点明登高之具体原因，
是为相望隐居在对面山中的友人张五。浩然之心随着秋雁飞远了。而时间已到黄
昏，哀愁泛起，但哀愁中又夹着些许清秋的逸兴。接下来续写逸兴的情状。浩然
举目望去，只见山下一片和平的样子，农人收工归来，三点两点，有人坐歇于渡
头。而天边的树木远远看去似细小的荠菜，那江畔的沙洲在渐暗的暮色中宛如一
弯小月。乡村的景致如此悠闲从容、宁静致远，浩然不禁遥寄张五，邀其共演重
阳载酒、大醉山头这一幕。"重阳载酒"典出《续晋阳秋》："陶潜尝九日无酒，
坐宅边东篱下菊丛中，摘菊盈把。未几，望见白衣人至，乃刺史王宏送酒也。"

　　另：中国文人有一个悠长的传统，重阳日必以糕酒登高眺远以畅秋志或以
怀友人。孟浩然少好节义，喜振人患难，由此可见他是一个重情感的人。这样
的人写出畅秋志怀友人的诗当在情理之中了。

30　荷风送香气，竹露滴清响

夏日南亭怀辛大　孟浩然

山光忽西落，池月渐东上。散发乘夕凉，开轩卧闲敞。

荷风送香气，竹露滴清响。欲取鸣琴弹，恨无知音赏。

感此怀故人，中宵劳梦想。

　　这是孟浩然又一首怀友人的诗。起首二句是写他居处南亭的夏日黄昏的风景。夕阳映照的山光忽然西落了，一池小月逐渐东升。一"忽"一"渐"给人以一种雍容运动之美感，同时也是浩然幽居的实际写照。

　　再看他何等潇洒。三四句，浩然以极细的笔触写他在夏日黄昏时的形象，那正是孔子所说的君子应有"居不容，卧不尸"的形象，即自然宽松的居家形象。浩然散发乘凉，在打开的窗前闲卧，享受着清风与快意，好不从容潇洒。另，景与人在此也两两相照，互为贴切，这等真实平凡的神仙生活着实令人神往！

　　接着再进一步，续写景致。只此二句（五六句），就随手描写出香气和音响来，就如后来象征主义诗人们所运用的"通感"，而浩然得来全不费功夫，个中境界"一时叹为清绝"（沈德潜语）。

　　最后四句，情才从景中脱现出来。浩然面对晚凉、香气、清响，不由弹拨一曲，可惜独居山中，无知音欣赏音乐。为此尤怀辛大，并只有在梦中去想念他了。

　　人间竟有这样的夏夜，这样的人物，实在令我辈不胜唏嘘、叹为观止。除了反复吟咏，谐于唇吻外，我们难道还敢置一词吗？

31　坐观垂钓者，徒有羡鱼情

临洞庭上张丞相　孟浩然

八月湖水平，涵虚混太清。气蒸云梦泽，波撼岳阳城。
欲济无舟楫，端居耻圣明。坐观垂钓者，徒有羡鱼情。

　　即便像孟浩然这样的大隐士有时也想出山做事。他身为中国文人之一员，必然要受出世与入世这两方面的夹攻。这一点是可以理解而且也是正常的。

　　在这首诗中，前四句浩然先写洞庭湖的浩阔与涵浑，后四句却点出主旨。但其主旨出语委婉，十分得体，仅向张九龄丞相说明了他希望得到引用的意思。浩然在此还作了一个比喻，说他想渡过洞庭湖却没有船，用意很明确，那就是想借张丞相之船渡过去，或张丞相就是那只渡他的船。说完这层意思后，他又说自己闲居山野似乎有些羞耻，对不起清明盛世。而且看着张丞相在人生舞台上叱咤风云，也不愿在一边徒然羡慕而已。后两句分寸极好，既美言了张九龄，又说了自己想加盟并助其一臂之力这件事。"羡鱼情"典出《汉书》："临渊羡鱼，不如退而结网。"陶潜也有"望云惭高鸟，临水愧游鱼"。意思却与浩然大为不同，他在此表达的是对自由的渴望，是继续出世并甘当大隐者的决心。然而像陶潜这样的人，中国能有几人，恐怕是唯一一人。笔者在这里不作深说，单讲浩然的情况。

　　浩然一直隐居鹿门山，四十岁那年游京都。在一次文人大聚会的宴席上，他当场赋诗，弄得一席皆服无人敢言。张九龄、王维对他尤其看重。一日，王维邀请他去皇室内署玩耍，不料唐玄宗突然来到，浩然匆忙躲到床下。王维坦然相告玄宗这个情况。玄宗大喜，问道："朕闻其人而未见也，何惧而匿？"诏浩然出来。玄宗又问他的诗歌写作情况，浩然受皇恩，再拜之并当场咏诵起来，当读到"不才明主弃"一句时，玄宗打断道："卿不求仕而朕未尝弃卿，奈何诬我！"从这段可见浩然名声远播，不仅震动京城，连皇帝对他的情况也很了解。

　　后来，张九龄被贬为荆州长史，设幕府，邀浩然做僚属。不久，浩然闲云野鹤之趣又起，辞职而归，仍到鹿门山流连他的风景去了。

　　经过这番出世与入世的辗转反侧之后，浩然的心终于平静并明确了，他又回到了他命定的"悠然见南山"的生活，直到开元末年，病疽背卒。

32　一天的功课已在风景中做完

夜归鹿门歌　孟浩然

山寺鸣钟昼已昏，渔梁渡头争渡喧。人随沙岸向江村，余亦乘舟归鹿门。
鹿门月照开烟树，忽到庞公栖隐处。岩扉松径长寂寥，惟有幽人自来去。

　　山寺传来了黄昏的钟声，渔梁渡头乘船归家的人们正热闹而喧哗；世人向
他们的江村去了，而浩然却去他的隐居地鹿门。
　　黄昏已逝，月亮初临，静穆的夜色已隔离了尘世，浩然在松风与幽泉间独
行，不觉已到达鹿门了。鹿门的月色照亮了烟雾缭绕的古树(诗人用了一个"开"
字，而不用亮字，顿时神韵即出。另"开"字有禅意之感觉，如"开悟"等。
"开"字在此还有隐逸之风，而且诵读起来口感也更好一些)，他感怀良久，
驻足留恋，因为这也是汉末隐士庞德公的居处啊。当年他采药不返，从此走上
了寂寂隐者的道路，而今夜，浩然又走在了这条先人曾走过的幽渺道路上，心
绪沉静又热情。空阔的夜晚，广大的天地，唯有他一人在这长而寂寞的松径间
独来独去。这是他选择的生活，他向往的生活，同时也是他清远而闲适的日常
生活。在此，我还想到俄罗斯诗人勃洛克的诗句："道路轻轻飘向远方。"那
是俄罗斯人的浪漫之声，而非"幽人独来去"的汉人之禅声。
　　一天的功课已在风景中做完，"夜归鹿门歌"成全了诗人内心的任务。

33　等待中看见了好风景

宿业师山房待丁大不至　　孟浩然

夕阳度西岭，群壑倏已暝。松月生夜凉，风泉满清听。
樵人归欲尽，烟鸟栖初定。之子期宿来，孤琴候萝径。

约会的朋友长等不至，难免会让人万般揣想，或担心，或责备。时间太慢，而内心焦渴，所以眼前即便有再好的风景也是不堪入目，我想，这或许正是现代人的少有闲心。你且看一个古人如何在一场漫长的约会中静候风景的光临的。

夕阳、群山、松月、风泉、樵人、烟鸟，这就是周遭的景致。这一夜，浩然将歇息于此。他约了好友丁大今晚来这儿的业师山房把酒晤谈或弹琴歌咏。然而丁大还未到，他只好持琴于窗前，双目望着幽径。就在静候丁大的光景里，满眼风物令其沉醉，他多想与友人共享这良辰美景啊，而丁大却迟迟不至。

此时，浩然的心已随"烟鸟初栖定"。他并不急躁（指等待的急躁），也不多言，只是慢慢流连，似乎仅在幻想中与友人坐看幽泉与松月。

丁大后来是否来了业师山房，这一点并不重要了，重要的是一首诗从此响在了我们的耳畔。"每诵之，有泉流石上、风来松下之音。"

"松月生夜凉，风泉满清听。"这种天仙般的意境被浩然请到了人间，它使我们永远有初逢唐诗，抑或中国诗歌之美的惊喜。这两句诗不仅有着我们中华古国最美的风景之表达，还有着古中国人清雅生活之写照以及恬淡宁温之禅意。有了这样的风景与生活，我们还祈求什么呢？难道我们还须夜以继日地崇尚洋人的风景与生活吗？然而，"一切都变了，一种可怕的美已经诞生"。今天的中国与中国人早已是另一番神情与模样了。

为此，我们在拜读此诗之余，不禁要追问一句：什么才是属于我们自己的最美的风景与生活？而孟浩然在此已作出了圆满的回答。

34　在追忆中落泪

与诸子登岘山　孟浩然

人世有代谢，往来成古今。江山留胜迹，我辈复登临。
水落鱼梁浅，天寒梦泽深。羊公碑尚在，读罢泪沾襟。

　　浩然登岘山，读罢羊公碑上的铭文后，不禁热泪涟涟。究其缘由，美国哈佛大学教授斯蒂芬·欧文为我们做了精彩的分析，他讲：

　　　　这里的风景不是冷漠无情的自然，而是充满历史意义，留下了过去时代许多伟大人物的"遗迹"。这里有隐士庞德公生活过的鱼梁；有著名的云梦泽，使人追想古代楚国的国王和诗人。持续性正存在于人们的记忆里，每一辈和"我辈"都牢记和认识了古代的伟大人物。在这样的背景下，洒在羊祜碑上的泪水体现了特殊的意义：它们不仅是一种失落的迹象，更主要的是一种延续的姿态，一种发生于过去、现在和将来的追忆。开头警句对于无常的认识，被转变成为与之矛盾的对于永恒的认识。

　　这里需要补充的是关于羊公碑的出典。据《晋书·羊祜传》所说，西晋名将羊祜好乐山水，每风景必造之。在他镇守荆襄时，常登岘山饮酒咏诗，且终日不倦。有一次他对同游者感叹道："自有宇宙，便有此山，由来贤达胜士，登此远望如我与卿者多矣，皆泯灭无闻，使人悲伤！"羊祜生前有政绩，死后襄阳百姓在岘山上立庙树碑纪念他。由于百姓望碑落泪，所以杜预称此碑为"堕泪碑"。
　　诗之一二句，诗人从大处着眼，惜叹人终将一死，春秋代序、朝代兴灭、时光流逝。这是一哭。三四句，如画江山留下先人胜迹（在此指羊公碑），今天浩然携子登临，寄怀古人。这是二哭。五六句，诗人点明吊古之时间正值寒冬，由景渲染悲情。这是三哭了！七八句那可就是真正的大哭了！所以，见碑堕泪仿佛是历史传承，先是由羊祜来哭，接着是浩然哭，那么下面就轮到我们来哭了。

斯蒂芬·欧文在其震动中华学术界的著作《追忆》中，曾用大量的篇幅谈及此诗。他认为：

> 孟浩然的诗使我们恍然如置身于一场追溯既往的典礼中：所有在我们之前读到"堕泪碑"的人都哭了。现在，轮到我们来读，轮到我们来哭了。……
>
> 在前六句诗里，我们做他（羊祜）做过的事，感受他（羊祜）感受过的情感。此时与彼时的区别在于这座石碑，在于刻在上面的名字和隐藏在背后的《晋书》告诉我们的那段逸事。区别在于：羊祜登高、眺望，然后流泪；我们阅读、登高、眺望、读碑文，然后流泪。这里，是"名"和"铭"把我们的经验联成一体。直到"读罢"，我们才流下眼泪。

35　"迷花不事君"的人也有出山的念头

岁暮归南山　孟浩然

北阙休上书，南山归敝庐。不才明主弃，多病故人疏。
白发催年老，青阳逼岁除。永怀愁不寐，松月夜窗虚。

　　孟浩然在人们的心目中一直是一个高人、隐士，李白就曾说他"红颜弃轩冕，白首卧松云"。但是这位白衣胜雪、状颀而长的道隐，实际上也是不甘心蜗居山野的。他的《书怀贻京邑同好》说："执鞭慕夫子，捧檄怀毛公。感激遂弹冠，安能守固穷。"正是因为他壮志不平，所以才有"为文三十载，闭门江汉阳"的苦读岁月。当然也才有此诗的抑郁不得志的吐露。这一年，即开元十五（728）年，浩然来长安应进士举落第了。

　　然而悲中有喜的是他结识了张九龄、王维等大诗人，而且他的诗名也已在京城流播。可惜梁园虽好并非久留之地，没有具体的职位待在长安总不是一个办法。而且像浩然这样一位大诗人总不能靠打滚（四川土话，指混社会）讨生活。到了年底，浩然决定打道回府，仍回南山闲居。想必此诗就作于这段日子里。

　　诗中的"北阙"指皇宫的北门。起首二句，浩然开宗明义，直说：自己不要去皇宫北门上书了，还是回南山那陋室去吧。为什么呢？三四句中，他又点出原因，将正话反说，发一点文人的牢骚，即我也没什么才学，所以贤明的皇帝弃之不用；而且自身又多病，与老朋友们的来往也疏淡得很。接着，浩然再往前大进一步，连用两个极端动词"催""逼"，说自己老了，青春也早到了头。最后二句干脆来一个内心大揭露，即不能做官，终于心不甘：我就是永远愁闷不能睡，只见松林间的月光照临虚掩的窗户。最后一个"虚"字用得极好，真是意味无穷，在此虽有出世之意，也有淡出之意；有期待之意，也有解愁之意；有空虚之意，也有自然的空灵之意。也正是这个互为紧张的"虚"字，使浩然最终回到了务虚之隐逸人生，也正因为这样，才造就了浩然这位"出语洒落，洗脱凡近"的自然诗人。

36　中国人的理想生活

过故人庄　孟浩然

故人具鸡黍，邀我至田家。绿树村边合，青山郭外斜。
开轩面场圃，把酒话桑麻。待到重阳日，还来就菊花。

中国人的理想生活是什么呢？就是田园生活。对此，中国古代文人已论述若干，陶潜开其先河，之后可谓自成一个流派。它不仅影响了代代诗风之一种，同时也影响了中国人的实际生活。近人丰子恺、林语堂、周作人等也乐于其道，做过多种论述，在此不赘。这里就诗说诗，单表孟浩然的《过故人庄》。

这是多好的一首诗啊！欢乐的乡间生活之场景正一一在目，仿佛令我们亲历其中。请看：

> 老朋友已摆上了鸡肉与米饭，请我去他乡间家中作客。那儿绿树与村舍合二为一，别有兴味；城郭外的青山悠悠横斜。而此时，欢乐的高潮来了，我与老朋友凭窗对坐，把酒闲话。窗外是和平的打谷场和清芬的菜地。欢乐在继续，浩然与老友在流连光景、共叙家常。直到分手时刻，浩然还依依说道，待到秋气爽朗的重阳节那一天，他会再来饮酒赏菊。

笔者以为此诗五六句写得最为传神、细腻，乡间美好风物尽在纸上，读后不觉令人掩卷向往。"话桑麻"化用陶潜《归田园居》二句："相见无杂言，但道桑麻长。"这虽是一般乡间的家常话，但吟来极为自然妥帖。

浩然这首诗出语平凡而恬淡，正合孔子所说："子不语怪力乱神。"同时，他还告诉了我们一个人生活的奥妙，那就是过古朴的田园生活并和谐地与世无争。现代都市人一天到晚无比忙乱，偶尔也去都市边上的乡村过一日半日田园生活，这种"农家乐"式的生活不正是对唐人生活的回应吗？另外，浩然的这一境界还令我想起了 16 世纪陈眉公的一首《清平乐·闲居书付儿辈》，笔者在此抄录下来，作一个互文对举：

> 有儿事足，
> 一把茅遮屋。
> 若使薄田耕不熟，添个新生黄犊。
> 闲来也教儿孙，读书不为功名。
> 种竹，浇花，酿酒；
> 世家闲户先生。

37   安身立命，唯此唯大

秦中寄远上人　孟浩然

一丘常欲卧，三径苦无资。北土非吾愿，东林怀我师。
黄金燃桂尽，壮志逐年衰。日夕凉风至，闻蝉但益悲。

　　依然被苦闷所缠，浩然辗转反侧，又陷入左右为难的境况。他虽然常卧山野，安居田园，却又感无生活资助。如此这般，浩然的散淡人生也过不下去。最初他还想在长安博得一个功名，用今天的话说就是找一份工作。哪知考试又未通过，滞留帝京时的随身盘缠也用尽了。"黄金燃桂尽"典出《战国策》："楚国之食贵于玉，薪贵于桂。"浩然化用此典入诗，说的是长安城物价很贵，生活不易。因此，他不愿生活在"北土"，即长安，而又怀念起庐山东林寺的高僧来了。加之他年届不惑，壮志又逐年衰退，最后不得不以萧瑟秋风与嘶嘶蝉鸣来寄托自己的悲哀。

　　读此诗不免让人悲从中来，怎一个惨字了得！中国文人自古以来穷愁潦倒的形象可谓栩栩如生，尽在眼前。浩然这番坦露令我想起"安身立命"这个问题，这也是现在的诗人们必须面对和解决的问题。只是不必过分用力去解决，须知在中国当好诗人有一个唯一的条件，那便是："诗穷而后工。"

　　如果今天哪位诗人再唱"三径苦无资"，那就好笑并应感到羞愧了。

38　将眼泪寄往远方

宿桐庐江寄广陵旧游　孟浩然

山暝听猿愁，沧江急夜流。风鸣两岸叶，月照一孤舟。
建德非吾土，维扬忆旧游。还将两行泪，遥寄海西头。

由谢灵运开头的山水诗歌，虽然在彼时还拖着长长的玄言诗尾巴，但经过了谢朓等人的努力，到了孟浩然的时代已经脱尘出新，不饰雕琢了。特别是浩然本人描摹的山水景物已经不再是"模山范水"，而是完全内化为自我了。皮日休说他"遇景入韵，不拘奇抉异"（《孟亭记》），写景言情自然而高远。

这就是浩然一首在山水间感怀身世、遥寄友人的诗篇。前四句写他乘舟停宿桐庐江时周遭的景致。天光已暗，唯有一片声音响在他的耳畔，猿啼、夜流、风鸣，似乎声声都是哀愁。其中"听""急""鸣"三字更显出声音的激荡，而在这激荡的音响中，突然又有了某种无言的大寂静。滔滔黑夜里的沧江之上，一轮小月照着浩然夜宿的孤舟。如此清幽料峭的月夜写来独具匠心，浑然天成，实在让人屏息。

然而诗人并未仅仅流连在这月夜里，他的诗情还在徐徐吐露，那当然也是本诗怀友的主旨。古人说："虽信美而非吾土。"浩然虽身在风光秀丽的桐庐、建德一带，但仍有"独在异乡为异客"的感觉，因此才有这"猿愁"之夜，自怜自伤并怀念起扬州的老朋友们。

"男儿有泪不轻弹，只是未到伤心时。"而此时，浩然想到自身的际遇，实在是越想越伤心，不由得哭泣起来。在悲伤的幻觉中，他甚至要把他那两行泪水带向"海西头"（指扬州）。"海西头"出自隋炀帝《泛龙舟歌》中二句："借问扬州在何处，淮南江北海西头。"

风景、感怀、忆人、哭泣，这些都是浩然好歌咏的题目，由此可见他对他人生的大部分光景是不欢喜的。

39　北风中想起了家乡和前途

早寒有怀　孟浩然

木落雁南渡，北风江上寒。我家襄水曲，遥隔楚云端。
乡泪客中尽，孤帆天际看。迷津欲有问，平海夕漫漫。

　　前面我们讲过，孟浩然本来是一位襄阳鹿门山的大隐士，可一直又被"入世"之念纠缠，想出山做官。此诗就是写他自己出山后所受的痛苦折腾，一会儿想展风云之志，一会儿又思家痛哭流涕。

　　诗中说，雁南飞，秋风寒，浩然有家归不得，仍在江中行走；遥思故乡（湖北），他不觉又要将泪水流干了。而前途依然是一片模糊，真不知何去何从。因而才有"迷津欲有问"，可问也问不出什么来，江水与海相平，漫漫无边。顿时，浩然大迷茫，除哭之外，只有做水上漂了。

　　浩然不事营生，又好面子，原不是务实之人，但又想成为另一个人，因此搞到最后是手足无措，真不知如何是好了。于是在这自我的矛盾与不得伸展中，我们的耳畔又响起了他那熟悉的悲歌，这真是一曲接一曲，声声入耳呀。

40　还是坚守寂寞吧

留别王维　孟浩然

寂寂竟何待，朝朝空自归。欲寻芳草去，惜与故人违。
当路谁相假？知音世所稀。只应守寂寞，还掩故园扉。

浩然年四十，游京师，虽然以一句"微云淡河汉，疏雨滴梧桐"，让举座皆惊，但毕竟时运不济，最后他还是应进士不第，为明主所弃。而此诗一看便知，正是写在他这时人生失意，要快快离开长安之时。

这首诗是留给王维的。二人虽然诗风相近，但在人生的际遇上却有着大不同。首先是浩然比王维大十二岁，其次是王维一直做大官，浩然却一直是一个老百姓，如要说得好听一点，只是一个鹿门隐士而已。

关于浩然来长安应进士、遇王维、见玄宗等事前面已有交代，这里就不多说了。

单就这首临行前写给王维的诗来看，孟浩然落寞之情怀已表露无遗。

落第之后，门前清冷，无人来访，唯有每天空自归来，独守孤灯。而长安城物价高昂，亦非久留之地，因此，浩然又起了归去隐逸之思。由于自己所要走的道路与王维不同，浩然才叹曰"惜与故人违"，在此指惜别王维。

接着浩然又大放悲声，感叹人生中有谁能欣赏他或任用他，知音难觅啊。以沉痛之情暗表王维是他的知音。

后半辈子如何安排料理呢？浩然似乎当断即断，下了一个决心，那就是坚守寂寞，归隐于鹿门故园了。

面对世态凄凉，浩然只有在一边细细咀嚼个中辛酸，以诗解忧。而我辈文人至今读来，也只有爱莫能助，惨不忍睹呀！

41　挥毫落纸如云烟

晚泊浔阳望庐山　孟浩然

挂席几千里，名山都未逢。泊舟浔阳郭，始见香炉峰。
尝读远公传，永怀尘外踪。东林精舍近，日暮空闻钟。

司空图在《诗品》中说："诗至此，色相俱空，真如羚羊挂角，无迹可求，画家所谓逸品是也。"浩然这首"挥毫落纸如云烟"的诗篇便正是如此。

起首一句写得最好。气象远大，江上舟行的壮阔之感呼之即出。我们可以想象这样一幅画面：浩然把酒临风、独立船头、扬帆千里的风雅神貌，其实，也是他的自我形象在努力拔高升华，起一个自我安慰的作用罢了。

接着第二句埋下一个伏笔，只说一路上未见什么名山。然而当停舟浔阳城边时，他见到了庐山的香炉峰。一个"始"字，用得实在灵妙，把内心的等待与欢喜一语道出。可见浩然炼字之功。

如此名山近在眼前，浩然乘兴开卷，读起了高僧慧远的传记。浩然的心笃定了，他再不为出世与入世所折腾，他已决定当一名永恒的隐者，在尘外云游。

尘外的风景独好，东林精舍（即庐山东林禅舍）已越来越近了，日暮的禅钟依稀可闻。那可是另一番绝尘清幽的天地呀。浩然在进入，并引领后来的读者进入。

最后一句中的这个"空"字，更见诗人虽锤炼经营但又不着力气之功夫。浩然再一次证明自己不愧是大诗家，"空"字含有不尽之意，有空灵、空山、万事皆空、色相俱空之佛法奥妙与山水奥妙。写到此处，又想到德国汉学家顾彬的一本著作《空山》，这本书是专门讨论中国文人的自然观的。

42 活泼的春天

春晓 孟浩然

春眠不觉晓，处处闻啼鸟。
夜来风雨声，花落知多少。

浩然终于一洗悲心，唱出了一首近似儿童的欢歌。那也是我童年时对春天的第一次感受。时光漫随流水，算来一梦浮生。如今我已过天命之年，对春日的感受竟然未变，仍是孟浩然早年"春晓"的熏陶。

春日思睡，儿童如此，成年人也如此；春日鸟儿欢叫，年年春天都是这样。

春天的夜雨又是多么美好呀。一夜雨过，落红遍地，这般青春盛景，正是儿童们在清新的空气里玩耍、奔跑的大好时光。

而此时，浩然想必正隐居鹿门，躺卧榻前，伴着春眠，欣闻鸟啼，在风雨落花中，尽享闲适之情吧。

而此情此景不禁令人想起日人清少纳言在《枕草子》中所谈的《四时情趣》中的"春之情趣"，那也是谈的春晓之情：

> 春天是破晓的时候最好。渐渐发白的山顶，有点亮了起来，紫色的云彩微细地飘横在那里，这是很有意思的。

而宋时杨万里的诗《闲居初夏午睡起》，写夏之慵懒，同样可与孟浩然这春之顽态等量齐观，都有活泼之美，不妨也顺手录下，以飨读者：

> 梅子留酸软齿牙，芭蕉分绿与窗纱。
> 日长睡起无情思，闲看儿童捉柳花。

然而，即使在春天的欢喜中，浩然仍透出些许惜春之意。春光将一去不返，不可挽留。"夜来风雨声，花落知多少"，其中有多少绿肥红瘦、流水飘红的感慨。浩然入仕不第，羁旅长安，遭受了无数伤心、断肠与离愁之苦，这一系列人生际遇使他在面对来之不易的欢乐时要咏吟一首惜光阴的诗篇。

"文章本天成，妙手偶得之。"浩然这首《春晓》可谓"着手成春，如逢花开"（司空图语），真是可喜可贺呀！

最后补充一点，此诗一二句有儿童感，三四句有成人感，能把这两种迥然不同的感觉不着痕迹地扣在一起，如此配合妥帖、自然天成，可见浩然的确是作诗的高手。

43　背时的旅愁是一幅画

宿建德江　孟浩然

移舟泊烟渚，日暮客愁新。
野旷天低树，江清月近人。

浩然又在做水上漂了。这日黄昏，他停舟于建德江上一个微雾迷蒙的小洲边上，心中不觉又起了羁旅的新愁。

周遭是多么旷远而静穆的风景呀，浩然独宿江畔，在此只言景不言愁，然而愁却自见，正如沈德潜所说："下半写景，而客愁自见。"

广袤的原野上，诗人从舟中望去，天空似乎比树木还低，一轮明月在水中却又离得那么近。这二句，诗人显然运用了高超的中国绘画技巧。这简直是一幅难得的山水图。远与近、高与低在中国画的透视法中虚实相间，大小合体，互为映衬，颇得神韵。正是诗中有画，画中有诗，让人浑然不觉而又吟之则醉也。

沉醉之中，我们不由得想到了孟浩然一生中的许多片断，尤其是他那时时哀叹的背时的旅愁。而就是在这旅愁中，孟浩然日复一日地衰老下去了；但他的诗却一寸一寸地精进了，犹如这一幅画也让我们永远铭记了。

44　在西施浣纱处寻幽

春泛若耶溪　綦毋潜

幽意无断绝，此去随所偶。晚风吹行舟，花路入溪口。际夜转西壑，
隔山望南斗。潭烟飞溶溶，林月低向后。生事且弥漫，愿为持竿叟。

綦毋潜（692—749？），字季通，荆南人。开元十四年登进士第，迁右拾遗，终著作郎，
后归隐江东。诗多写山林隐逸生活和方外之情。《全唐诗》收录他的诗一卷二十六首。

春夜泛舟若耶溪，流连山水，独发幽思，綦毋潜风神散朗（诗中浮现之形
象），平生隐逸之快意。

若耶溪在今日浙江绍兴东南，据传为西施浣纱处。风景之美，当不在话下。

这一夜，诗人随飘飘幽意，在若耶溪作漫兴之游。"无断绝""随所偶"
活脱出诗人散淡闲逸、兴之所至的神形。

游春的兴味正在这泛舟二字上，且看诗人泛舟之路线。三四五六句已交代
清楚。温婉的夜风吹送着轻舟，一路进入山花烂漫的溪口；景致在江湾中变幻
着，不久已转入另一美景"西壑"了，诗人不禁逸兴遄飞，举头遥望已隔了一
个山头的南天斗宿。八句，诗人又将中国画的技巧用于诗中，产生一种颇有运
动感的构图效果。碧潭间的山岚水雾蒙蒙横飘，舟行江中，令人感到夹岸林木
在月色中徐徐向后退去。

诗人周遭多少朦胧的美景在眼前缥缈着、流动着。笔者以为第七句写得壮
阔浓重，第八句细微清雅，两种景色交相浑融，大获双美。尤其是以"飞溶溶"
来描绘"潭烟"，"低向后"来描绘"林月"，可谓神形俱在，举体清香。如
果诗人说"潭烟多朦胧"，则诗味顿时"死于句下"。

面对如此幽景，诗人在最后借景咏志，以吐心曲。想到自身的命运若这春
水般弥漫，诗人不觉萧萧脱俗，愿做一位垂钓的隐者了。

45　惊心动魄的眺望

望蓟门　祖咏

燕台一去客心惊，笳鼓喧喧汉将营。万里寒光生积雪，三边曙色动危旌。
沙场烽火侵胡月，海畔云山拥蓟城。少小虽非投笔吏，论功还欲请长缨。

祖咏（699？—746？），洛阳（今属河南）人。后迁居汝水以北。开元进士，与王维
友善，其诗多藉状景绘物宣扬隐逸生活。明人辑有《祖咏集》。

此诗写作者登燕台眺远，顿感惊心动魄。开篇的一句气韵充沛，有蓄千钧
之力而待发之精神。开门见山，直写客心之惊。

那么客心为何而惊呢？且看下文五句，一气写出"燕台五惊"，亦可看作
祖咏此时此地的"人生五惊"。

一惊汉军营中战鼓擂动，响声震天；二惊塞外积雪万里，寒光刺目；三惊
三边微茫曙色里，营中旌旗翻卷摇动，一片肃杀之气（三边，指幽州、并州、
凉州，古属边城，故称三边），一个"动"字用得无可替换，成为唯一之动词，
"动"字在此有凝重、严整、气派的意思，用于写汉军旗帜在风中之姿，可谓
尽出大国之风度；四惊沙场烽火燃处连着胡地之月色；五惊大海之滨与巍巍群
峰簇拥着蓟城（此句尤写蓟城地势之险峻，因蓟门的南边是海，北边是燕山山
脉，依山傍海，有不可撼动之势）。

写完五惊，诗人笔力急转，带景咏志，让诗人之务虚的形象在如此辽阔激
荡的风景中焕然一新。诗人早年虽不是投笔吏（指班超初为书吏，后投笔从戎，
成为名将），但要成就一番功业还得待命请缨，一缚苍龙。

祖咏此诗读来令人慨然感奋、内气澎湃、惊心动魄，仍不愧为边塞诗中的
杰作。

46　在考场咏雪

终南望余雪　祖咏

终南阴岭秀，积雪浮云端。
林表明霁色，城中增暮寒。

据传此诗是祖咏在长安应试时所作。按规矩唐代应试诗应该写成六韵十二句，但他只作了这四句就交了卷。有人问他为何如此，他说意思已经写完了。既然是应试诗，那就一定作于考场。可以想见，祖咏那天正坐在靠窗的位置上，一边活跃诗兴一边眺望远处的终南山。很快一首吟咏终南山余雪的诗写完了。

此诗前三句都是实写。他望去的角度，正是终南山阴岭（即山北面），总括一个"秀"字，从整体说终南山北边的美丽。接着续写具体之美，那正是山上的积雪仿佛飘浮在云端，可见在诗人眼中终南山之高。然后是写雨雪初晴，山中林木的表面反照着白光。最后一句写出诗人自己对寒冷的感受。傍晚时分，长安城里可增添了寒意呀。这收束全篇的末句出现了人在雪天的感受，而又写于黄昏，更让人浮想联翩，有不尽之意。前三句只表雪景，不著一人，最后才来一句景中寓情，而情和平深厚，并不伤悲也不欢喜，这正好给读者留下一个在雪景中想象的空间。唯此，王士禛在《渔洋诗话》里才称赞这首诗为咏雪佳构，并将此诗和陶潜的"倾耳无希声，在目皓已洁"、王维的"洒空深巷静，积素广庭闲"等并列。

47　狂人闲梦

桃花溪　张旭

隐隐飞桥隔野烟，石矶西畔问渔船。
桃花尽日随流水，洞在清溪何处边？

张旭，字伯高，吴郡（今江苏苏州）人。景云进士。官仙州别驾。任侠使酒，恃才不
羁。以行为狂放，贬道州司马，旋卒。原有集，已失传。

古往今来，陶渊明"落英缤纷，芳草鲜美""有良田美池桑竹之属"的桃花源，不知打动过多少世事沉浮的人们。他们希望借此疏解怀抱，远离纷纷扰扰，滚滚红尘，只可惜千古一梦，黄粱不熟。到最后，梦想还是梦想。尽管人人失望，但这梦还是要继续下去，因为梦里有人生，梦里有自我。

而如今这梦终于落到了草书皇帝张疯子的生活里，且看他如何写来。

桃花溪这一带的山野云烟缭绕，似乎隔断了空中时隐时显的飞桥。在如此深幽的风景中，诗人款款来到石矶西畔，询问渔船中的捕鱼人，似乎那捕鱼人就是陶潜笔下的"武陵渔人"。桃花飘水整日长流，那么那桃源洞口又在哪里呢？

这最后一问，也是旷古一问，是对所有想避世隐逸的人提问，即我们共同的桃花源究竟应从哪儿进去。

张旭是一个很有意思的人，人称张颠。他嗜酒如命，每大醉后，就呼叫狂走然后挥毫书法，有时甚至用头颅去蘸墨书写。文宗时，诏以李白诗歌、斐旻剑舞、张旭草书为"三绝"。可见张旭在唐朝书法界是首屈一指的人物。但这位神人不仅书法好，也会作诗，但多隐逸之音，而此诗便是一例。

48   黎明江上的思乡之情

次北固山下　王湾

客路青山外，行舟绿水前。潮平两岸阔，风正一帆悬。
海日生残夜，江春入旧年。乡书何处达，归雁洛阳边。

王湾，洛阳（今属河南）人。先天年间进士，官洛阳尉。曾往来吴、楚间。多有著述。开元中卒。《全唐诗》存其诗十首。

古人写黄昏、月夜下的怀乡景致，大多婉转缠绵，但像王湾这样写行旅中的乡情，却没有一点凄凉情调的实属少见。如是，笔者不妨在此漫说一二。

王湾是洛阳人，虽不是大诗人，但"词翰早著"，一生中最爱往来于吴楚山水之间。这首诗就是他泊舟于江苏镇江北面的北固山下而作的。

开篇二句写北固山的地势，江行客路过于青山之下，江舟之行则于绿水之前。北固山下有陆路也有水路。

接下四句尽写江面春意的壮阔。潮水涌起，水面浩大，似乎平了两岸，这是诗人在江舟中远望使然。然而春风浩荡，诗人行舟的风帆在江中独立高悬，此句（属小景）与前句（属大景）对照，怦然击出诗意，张弛有度、轻重熨帖，尤其"阔"与"悬"正印了大景传小景之神。反过来说，即小景传大景之妙，真是两两相扣，相得益彰。五六句更显大手笔之风采，历来为人颂扬。唐人殷璠评此联云："诗人以来少有此句。张燕公（说）手题政事堂，每示能文，令为楷示。"清人纪晓岚说："全是锻炼工夫。"谭友夏在《唐诗归》中评此联云"不朽"。胡应麟也说过："海日一联，形容景物，妙绝千古。"海上升起初阳，而残夜还未尽消；江上刚呈春意（指立春），而旧年还未过完。

王湾以"海日生残夜，江春入旧年"之自然景观写光阴流逝、新旧替换，的确诗意顿出而饱满。虽未直叹时光匆匆，却辗转达意，并意在其中。"生"

和"入"利落精确，尤其是"入"非经营锤炼不可得。而正因为有了这个"入"，比较平常的"生"字才有了生命的意义，"生"字在此得到了拯救。同时也可看出诗之用字并非刁钻古怪，而应在于相互映衬，形成天然之张力。

最后二句，诗人一笔宕开，从江面风景写到头顶飞雁，并以"雁足传书"的故事引出乡思之愁绪。诗人的家书该如何寄回呢？归雁请为我捎去洛阳吧。

49　葡萄美酒夜光杯

凉州词　王翰

葡萄美酒夜光杯，欲饮琵琶马上催。
醉卧沙场君莫笑，古来征战几人回。

王翰，生卒年不详，字子羽，并州晋阳（今山西太原）人。睿宗景云元年（710）进士。性豪荡，恃才不羁，喜纵酒游乐。存诗十四首，多壮丽之词。

"葡萄美酒夜光杯"如今已成了一句俗语，专用于描绘灯红酒绿之生活情状。而在当时却是稀罕之物，是异域风情。据日人青木正儿的理解，此处所说的"夜光杯"，即我们今天所谓的玻璃杯。现在是平常之物，但在唐代却是统治阶级专享的进口货。这里我们不妨引上一段长文一看究竟：

> ……这斟满葡萄美酒的夜光杯究竟是什么东西呢？一般认为其典出自《海内十洲记》，据说周穆王时，从西方胡地献来一种叫作"夜光常满杯"的杯子，那是白玉之精，光明夜照，在黑暗的夜晚把它朝天放在庭中，早晨液体满杯，而液体甘甜香美。但这是文学的美谈，不是王翰所指的实物。那么，实物是什么呢？我记得有位西洋学者把它解释为玻璃杯。的确，这是现实的、合理的说法。葡萄酒也好，玻璃杯也好，都是从西域传来的东西。用西域之器斟西域之酒，在西边的沙漠地带饮此美酒的光景是多么的和谐！（青木正儿《中华名物考（外一种）》）

诗中这第一句是以酒与杯来总括边塞宴席之大，第二句是说有些将士还想喝个不停，但其他一些将士已骑马出征了，并拨动琵琶催促饮酒人不要再喝，快快去打仗。而那些喝得昏醉的将士却在三四句说道：喝个痛快吧，即便醉倒在战场上你们也不要笑话，自古以来打完仗后有几个活着回来的。醉酒人此语豪气干云，乘着酒兴已置生死于度外。

清人施补华评这最后二句道："作悲伤语读便浅，作谐谑语读便妙，在学人领悟。"此说极佳，我们当然应将这两句当作幽默语来读。

的确，哪有喝得醉醺醺地去打仗呢？那无疑是一些吊儿郎当的散淡之人，东倒西歪上战场岂有"君莫笑"之理，君当大笑。

因此，这首诗成了一首诙谐曲。传唱至今，也可见它成了一首古老的流行歌曲。

当今人唱起"葡萄美酒夜光杯"时，只是在旧瓶里装上新酒，唱彻今日之醉生梦死之生活罢了。

另：王士祯曾把这首诗评为唐人绝句第一。无论此说是否妥当（将其看作一家之言），至少可见此诗影响之广。

50　乘兴而来，尽兴而归

寻西山隐者不遇　丘为

绝顶一茅茨，直上三十里。扣关无僮仆，窥室唯案几。
若非巾柴车，应是钓秋水。差池不相见，黾勉空仰止。
草色新雨中，松声晚窗里。及兹契幽绝，自足荡心耳。
虽无宾主意，颇得清净理。兴尽方下山，何必待之子。

丘为，嘉兴（今属浙江）人。天宝进士，曾官太子右庶子。与王维、刘长卿友善。卒
年九十六。其诗大抵为五言，多写田园风物。原有集，已失传。

古人写隐者之诗颇多，此诗却别具一格，独写"寻隐者不遇"。然而虽是
不见其人，其人之隐逸风神俱在，同时诗人自己的幽情静气也随之即出，读来
似有两位高人出其左右。这是一首一举两得的诗，可见丘为出手之不凡。

欧阳修说："醉翁之意不在酒，在乎山水间。"将其引申之，即深山寻隐
者，不在于寻到否，在于体味深山之幽。

《世说新语·任诞篇》也说了一个王子猷雪夜访友的故事：

　　王子猷居山阴，夜大雪，眠觉，开室，命酌酒，四望皎然。因起彷徨，
咏左思《招隐》诗。忽忆戴安道。时戴在剡，即便夜乘小舟就之。经宿方至，
造门不前而返。人问其故，王曰："吾本乘兴而行，兴尽而返，何必见戴？"

丘为作《寻西山隐者不遇》，也是同样的道理。

此诗一开篇便说隐者住在西山绝顶上面的一所茅屋里，离山下有三十里之
遥。第二句是一语双关，一写隐者远离尘世，二写丘为登山的实际路程。

接下来，诗人已到了隐者的居处，叩门进去不见童仆，只见书案。隐者去

哪儿了呢？诗人猜测，要么乘柴车出去了，要么就是去垂钓了，说"钓秋水"而不说"钓鱼儿"，更显诗意，同时也一笔轻点出寻访的时间正是秋天，写来流利而不费力气。

一路寻来不得见，似乎只有尽力空空敬仰一番了。然而却非如此，丘为接下来又别开了一个生面。他开始独自流连起周遭的幽景，雨后青青的草木，松涛声在黄昏的窗边响起，诗人的心在这幽绝的晚景里感到自足而神怡。即便没有与隐者把酒（或饮茶）闲话，诗人在这一日也开悟了清静的道理。

最后，诗人乘兴而来，又尽兴而归，的确真得了"隐"之大道。

51　不受赏识的人有逃遁之志

宿王昌龄隐居　常建

清溪深不测，隐处唯孤云。松际露微月，清光犹为君。

茅亭宿花影，药院滋苔纹。余亦谢时去，西山鸾鹤群。

常建，长安（今属陕西西安）人，开元进士，与王昌龄同榜。曾任盱眙尉。仕途失意，后隐居于鄂州武昌（今属湖北）。其诗多为五言，常以山林、寺观为题材。也有部分边塞诗。有《常建集》。

虽然关于常建的生平资料极少，但无疑他一直是一位具有奇特吸引力的诗人。

首先我们知道，常建和王昌龄是开元十五年(727)同榜进士，二人也是好友。《唐才子传》说，常建"大历中，授盱眙尉。仕履颇不如意，遂放浪琴酒，有逃遁之志。后寓鄂渚，招王昌龄、张偾同隐，获大名于当时"。

虽然常建的才华在仕途上只"沦于一尉"，但在殷璠看来，他的诗却代表了那种未被赏知的天才之作。殷璠的《河岳英灵集》把常建放在了第一位，而且所选诗篇的数量仅次王昌龄而排名第二。他的天赋，同他所写的那些诗篇一样，都趋于隐逸，所以大有必要好好挖掘一番。

常建此诗便是在夜宿王昌龄隐居处抒发感慨并言归隐之志。

前六句，尽写昌龄隐居地之幽清静寂，常建喜爱之情溢于言表，难以自抑。后二句，转入言志。

深不可测的清溪，月空中片片孤云，一弯小月从松树间透出，那清风月白似乎尤钟隐者，夜宿的茅屋外有花影拂动，院中的药草滋润着青苔。面对如此良辰美景，常建不禁感叹遥深：我也要息交绝游，与西山的鸾鹤为伴，踏上幽雅的隐逸之路。

此诗"其旨远，其兴僻，佳句辄来，唯论意表"。

诗中最佳之句为"药院滋苔纹"，此句尤显常建炼字造句之苦功。一个"滋"字，写透了暗夜里草药与青苔互为滋润，在风中散发异香的样子。

52　在破山上闻见生命的黎明

题破山寺后禅院　常建

清晨入古寺，初日照高林。曲径通幽处，禅房花木深。
山光悦鸟性，潭影空人心。万籁此皆寂，唯闻钟磬声。

破山在今日江苏常熟，寺指兴福寺，南齐时建，至今遗址犹存，因常建此诗而得名天下。

常建这首诗书写清晨游寺后禅院的观感，笔调古朴，表面上看只有黎明中山光潭影，然而景中却活脱出一个"禅"的境界。兴象深微，从风景中天然幻化出境界，可见常建诗风的高格独拔、难能可贵。

唐人殷璠评常建诗云："建诗似初发通庄，却寻野径，百里之外，方归大道。"可谓一语言中也。

诗中佳句是三四句，欧阳修尤为喜爱，他曾说："吾常喜诵常建诗云：'曲径通幽处，禅房花木深。'故仿其语作一联，久不可得，乃知造意者唯难工也。"

五六句，沈德潜解释说："鸟性之悦，悦以山光；人心之空，空因潭水。此倒装句法。"施蛰存却在《唐诗百话》中说，"空"与"悦"作动词解，因而不是倒装句法。笔者赞成施先生的解说。然而撇开文法不谈，此二句诗确写得非常之好，读来颇有禅的警策之意。景中有禅，心中有禅，心景合一，方归大道，是谓闻见生命的黎明也。

在破山的黎明，一座古寺由于一位诗人的吟咏而获得了一个永恒的形象与境界。常建也与破山寺一道而成为不朽者。而这也正如滕王阁之于王勃，黄鹤楼之于崔颢，红桥之于王士祯，承德避暑山庄之于陆忆敏一样，都是人、物相彰，各得意趣的。

53 自古美人嫁荡子

古意　李颀

男儿事长征，少小幽燕客。赌胜马蹄下，由来轻七尺。杀人莫敢前，须如猬毛磔。
黄云陇底白云飞，未得报恩不得归。辽东小妇年十五，惯弹琵琶解歌舞。
今为羌笛出塞声，使我三军泪如雨。

李颀（690？—751？），赵郡（今河北越县）人。开元进士，曾任新乡县尉。所作边
塞诗，风格豪放，七言歌行尤具特色。有《李颀诗集》。

　　胡兰成在《山河岁月》里讲："自古江山如美人，她只嫁于荡子……"其
实何必只有江山许给荡子，美人自古就是荡子的佳偶。不是彼时有句话颇为流
行吗？"男的不坏，女的不爱。"说男的有一点小小的"恶意"，更受女子的
欢喜。一本正经板起脸来恋爱，果然有些不可理喻。所以，小小的瑕疵反倒成
全了一块美玉。"水至清则无鱼"一句，想来就是这个道理。而此处李颀讲的
正是这样一个荡子美人的故事。
　　此诗前八句即讲这位"荡子"的形象与动作。起首二句即点明这位在边塞
征战的男儿出身于幽燕一带。接着写他的"坏"：在马蹄下与人赌输赢，从来
就不看重他那七尺之躯，他杀得敌人不敢向前。这等人物长得如何呢？仅此一
句（第六句）就呼之欲出了，他一脸浓密坚硬的短须尽显刚烈与杀气。再看他
的动作，在茫茫苍原、滚滚黄沙下，他策马狂奔；突然他稍动了一下思乡之念，
但当即又坚定下来，为了报答国恩，他不得回归故里。
　　后四句，诗人笔法突转，另开一个局面，引出"辽东小妇"。这位"惯弹
琵琶解歌舞"的小妇人今日却吹起了一首出塞曲。音乐之声的凄怨使得将士听
后不觉泪如雨下，其中当然包括那位"杀人莫敢前"的幽燕男儿。
　　这整首诗流溢着英雄美人的中国文学传统。因此才有后来辛弃疾的"倩何

人，换取红巾翠袖，揾英雄泪"。英雄与美人、征战与歌舞、热血与眼泪，这些强对比从此成了中国文学的迷人之处。而李颀此首《古意》正扣合了这个迷人诗意的传统。

54　愤怒的葡萄

古从军行　李颀

白日登山望烽火，黄昏饮马傍交河。行人刁斗风沙暗，公主琵琶幽怨多。
野云万里无城郭，雨雪纷纷连大漠。胡雁哀鸣夜夜飞，胡儿眼泪双双落。
闻道玉门犹被遮，应将性命逐轻车。年年战骨埋荒外，空见蒲桃入汉家。

1962 年诺贝尔文学奖的得主约翰·斯坦贝克的名作《愤怒的葡萄》讲述了 20 世纪 30 年代，美国经济恐慌期间大批农民破产逃荒，在生死线上挣扎、反抗的情景。而此诗则写中国的汉军将士为君王出生入死，得来的不过是君王个人的生活享受。一个个鲜活的生命最终换取了一串串无谓的葡萄，这葡萄里如何能不饱含人们的怨怒和愤慨？

此诗与前诗一样均是写军旅生活这个主题，只是手法有些不同。前诗细致激越，这一首则粗大平缓，最后一句速度奇快，但仍整体透出塞外的风物与气氛。

开篇一二句写战士白天至黄昏的工作情况，三四句写夜晚风沙漫漫的凄清情状。"刁斗"指古代军中铜制饮具，容量一斗。白日用于煮饭，夜里用于打更。"公主琵琶"出自汉朝公主远嫁外番时所弹奏的琵琶怨曲。这里比喻塞外的荒凉以及征夫的思乡之情。五六句写具体地理之苍凉严酷。七八句，不正面写汉军战士，而借"胡雁"（本地雁子）"胡儿"（本地人）哀鸣、落泪的样子来暗指边塞战士的悲苦之心。

慢慢写完以上惨况后，诗人再往前疾进一大笔，速度增快。"闻道玉门犹被遮"典出《史记·大宛传》："汉武帝太初元年，汉军攻大宛，攻战不利，请求罢兵。汉武帝闻之大怒，派人遮断玉门关，下令：'军有敢入者辄斩之。'"

既然玉门关已被遮断，汉军将士的性命就只能"逐轻车"了，作抵死相拼，最后战死荒野。这样残酷的血战为了什么呢？

最后一句，诗人凌空掷出答案，打来战去，死伤无数，换来的只是一些西域的葡萄。此句举重若轻,承接前十一句的层层递进、铺排,显出诗人不愧是真正的作诗高手。他顺势直写,到终点时又陡起一笔,婉转接应,天衣无缝。前面十一句来得平稳,最后一句则来一个急转弯。收笔之妙在于意味突拔又速度奇快。

帝王为了区区葡萄竟然可以牺牲这么多年轻的生命,可见这帝王是多么坏呀!这小小的葡萄里酝酿了多少愤怒自然也可想而知了。而在中国的文学史上,岂止葡萄里面有愤怒,荔枝里头也有骂意,且看杜牧《过华清宫》一首如何写来:

> 长安回望绣成堆,山顶千门次第开。
> 一骑红尘妃子笑,无人知是荔枝来。

55　是赠别诗，也是人物画

送陈章甫　李颀

四月南风大麦黄，枣花未落桐叶长。青山朝别暮还见，嘶马出门思旧乡。
陈侯立身何坦荡，虬须虎眉仍大颡。腹中贮书一万卷，不肯低头在草莽。
东门沽酒饮我曹，心轻万事如鸿毛。醉卧不知白日暮，有时空望孤云高。
长河浪头连天黑，津吏停舟渡不得。郑国游人未及家，洛阳行子空叹息。
闻道故林相识多，罢官昨日今如何？

　　李颀的赠别诗，以善于刻画朋友的独特性格而著称。比如他所写的草圣张旭的形象就颇得原型兀傲狂放的性格："左手持蟹螯，右手执丹经。瞪目视霄汉，不知醉与醒。"而此处李颀又为我们画来另一人物——陈章甫。

　　这首送别诗写得层次井然，颇有章法。前四句写送别之时间与场景，语气与风物都显得爽朗旷达，不作常见之悲声。接下来八句专门刻画描写人物陈章甫，他的人格、形象、才学、风度尽在其中。他为人坦荡，一表人才，诗中"大颡"指他的前额很宽；他读书破万卷，因此有兼济天下之心，不肯在民间做一布衣；然而他虽为官，却与同僚开怀畅饮，不关心世事；他常醉不醒，有浮云之志。如此形迹脱略、襟怀高古的陈章甫便在这八句中赫然展现于眼前了。

　　最后六句，诗人引领我们进入全诗的第三个层次。他已送友人来到渡口，可是正遇风高浪急，不得不停止渡河。"郑国游人"指陈章甫，"洛阳行子"指诗人自己。前者"未及家"，后者"空叹息"，写出两人在渡口等待之心情。最后二句，诗人将心情调整到欢快超脱之境界。他知道陈章甫交游颇广，相知甚多，即便已辞官归去，又会如何呢？以这一问句收场，留下回味之余韵。随遇而安，处之泰然，正是诗人在诗后面隐藏着的诗意。诗意只可缓缓领会，不可多作言传。

56　连深山的妖精也来窃听

听董大弹胡笳声兼寄语房给事　李颀

蔡女昔造胡笳声，一弹一十有八拍。胡人落泪沾边草，汉使断肠对归客。
古戍苍苍烽火寒，大荒沉沉飞雪白。先拂商弦后角羽，四郊秋叶惊摵摵。
董夫子，通神明，深松窃听来妖精。言迟更速皆应手，将往复旋如有情。
空山百鸟散还合，万里浮云阴且晴。嘶酸雏雁失群夜，断绝胡儿恋母声。
川为净其波，鸟亦罢其鸣。乌孙部落家乡远，逻娑沙尘哀怨生。
幽音变调忽飘洒，长风吹林雨堕瓦。迸泉飒飒飞木末，野鹿呦呦走堂下。
长安城连东掖垣，凤凰池对青琐门。高才脱略名与利，日夕望君抱琴至。

在一首诗中写三个人物，并让其各就各位，方寸不乱，可见李颀的诗艺之妙。

从诗的题目看，此诗有两层意思，一是诗人听董大（即董庭兰，唐天宝年间著名琴师）演奏《胡笳弄》，二是诗人也借此寄语房给事（即当时官至给事中的房琯）。

但此诗一开篇却先不谈二人，单从东汉末年蔡文姬从匈奴归汉时创制的琴曲《胡笳十八拍》切入。三四五六句也只写文姬这首琴曲在当时震动人心的场面。

做完这个历史交代，诗人才滔滔不绝，从四面八方专说董大的琴艺。

古琴有七弦，即配宫、商、角、徵、羽、变宫、变徵。但见董大从商弦拂到角弦，这一起手就惊得秋叶飘飘下。结果还不止如此，这通灵的董大的弹奏，还引来深山里的妖精窃听。而指法又是如此娴熟，得心应手，反复往来，感情充沛。随着琴声之高低疾徐，宛如空山的鸟群时聚时合，万里白云有阴有晴，大自然也随着董大的琴声变幻着喜怒哀乐的感情。接着董大只作哀声，那哀声若辛酸的雏雁迷失在夜空中并呼唤雁群，若胡儿恋母的阵阵悲声。琴声在夜空下响起，甚至令流水静止，鸟儿屏息。接着再用两个典故，"乌孙部落"（汉朝乌孙公主远嫁异国）和"逻娑沙尘"（唐朝文成公主远嫁西藏），以此形容琴声的哀怨与乡愁。琴声还在神出鬼没地变幻，幽音一起，飘飘洒洒，如长风吹林，雨打屋瓦，如飞泉飒飒滴在木叶之上，如野鹿鸣叫奔跑于堂下。

以上这节写董大弹琴，可谓"乱石穿空、惊涛拍岸"，笔法敏感又幻化万端，堪称大手笔实不过分。

末四句，诗人又一笔转过，"兼寄房给事"，这四句皆是美言。先说房琯身居高位。长安皇宫坐北朝南，禁中左右两掖分为门下省与中书省。"凤凰池"是中书省，"青锁门"为门下省。诗人在此表面说中央两部委的地理位置，但实质却是说房琯的地位之显赫。说完地位，又说房琯不重名利属高才脱略之人，他每日傍晚只一心盼着董大持琴来家中弹奏。事实亦如此，肃宗时，房琯升任宰相，常召集琴客，大开宴饮，听董大弹琴。

从结尾处可见，李颀对房大人的生活是十分艳羡的。这里充满了中国古代文人的欢喜和悲哀。它不禁使我想起另一位中国当代诗人曾写过的四行诗：

> 做官就是荣誉
> 就能骑在马上
> 就能找到水源
>
> ——陆忆敏《沙堡》

房琯不仅骑在了马上，而且还找到了董大这个"水源"。只可惜李颀这位大诗人只能在一旁望洋兴叹。

57　莫把流年辜负了

送魏万之京　李颀

朝闻游子唱离歌，昨夜微霜初渡河。鸿雁不堪愁里听，云山况是客中过。
关城树色催寒近，御苑砧声向晚多。莫见长安行乐处，空令岁月易蹉跎。

盛唐诗中七言律诗数量寥寥无几，成功的作品更是屈指可数。但李颀这首
《送魏万之京》却写得格律谨严，韵味婉厚，颇得历代评论家的美赞。

魏万早年走求仙之路，隐居王屋山。曾走遍江南为寻李白，后来二人相遇
于广陵。李白十分欣赏他，并将文章交给他代为编集。魏万是比李颀晚一辈的
诗人，他于上元初登第。此诗是李颀送他去长安时所作，可见二人关系当属"忘
年交"。

开篇四句写送别时的景致，正逢深秋。接着以"鸿雁""云山"渲染送别
的离愁别绪。这四句写得虽不惊人但稳稳当当、饱满妥帖。尤其第四句读来谐
于唇吻，音韵慷慨辽阔，有光阴之感，仅此一句救活前三句。

五六句，李颀展开想象。在诗中，魏万正在走向潼关，临近长安城。那一
带的秋景更是萧瑟了。黎明的霜气在催促着秋天的寒意；长安暮色里，千家万
户正在捣衣预备过冬。此二句虽写京城左近的深秋实景，却从景中透出李颀对
自己身世的感慨。他一边在送友人，一边又在借景浇愁、自我悲悯。此二句最
能扣合殷璠的评说："颀诗发调既清，修辞亦绣，杂歌咸善，玄理最长。"其
中有多少叹息光阴不在的情绪，但并不明示，只设玄机暗语，让人吟咏流连。

最后二句以老人之心寄语魏青年，到了京城可不能去行乐呀，切莫把光阴
虚度。这二句也可委婉见出李颀对自己早年长安生活的追悔。所以这二句既可
看作李颀对自己说，同时也在对魏万说。

此诗虽是送友人进京，却处处一语双关，警策老练，情绪浓烈而又复杂，
的确堪称一首追悔与寄语的佳作。

58　望仙不见，就约把酒临风

九日登望仙台呈刘明府　　崔曙

汉文皇帝有高台，此日登临曙色开。三晋云山皆北向，二陵风雨自东来。
关门令尹谁能识，河上仙翁去不回。且欲近寻彭泽宰，陶然共醉菊花杯。

崔曙（生卒年不详），宋州人。开元二十六年（738）进士。

关于崔曙，史书上语焉不详，只知道他是唐时宋州人，开元二十六年进士。
不过，他的死倒是离奇有趣，据说是因为中了自己的谶。他的名作《奉试明堂
火珠》有云：“夜来双月满，曙后一星孤。”写完这一句的第二年，他就一命
呜呼了，唯遗一女儿名星星。而按中华谶纬学的说法，就是死于诗谶。

死于诗谶的诗人历来都有。唐代诗人刘希夷曾作《代悲白头翁》诗，有“今
年花落颜色改，明年花开复谁在”句，作后感觉此诗有谶，于是又作一联：“年
年岁岁花相似，岁岁年年人不同。”过了一会儿，刘希夷叹道：此句似乎还像
是诗谶。人之生死由命，难道会因此而改变吗？遂把两联都写入诗中。谁知此
诗写后不足一年，刘希夷竟被奸人所杀。论者以为刘希夷中了“明年花开复谁
在”和“岁岁年年人不同”之谶。20世纪30年代的徐志摩生前写过一篇《想飞》，
不久中谶，死于飞机失事。

以上所说，未谈崔曙之诗，而是说他死亡经过，并附带一笔刘、徐等人之
死，这些并非闲话，而是十分神秘有趣的事。笔者将这些记录下来，并非相信
诗谶，读者且姑妄听之，以广所闻就行了。

崔曙这首诗写得颇为壮阔而又有仙气。起首二句就说，他在一个黎明登临
汉文帝早年为远望河上公而筑的望仙台。接下二句写望仙台周遭地势的雄奇与
伟岸。“三晋”典出《孟子》：“魏氏、韩氏、赵氏，共分晋地，号为三晋。”“二
陵”出自《左传》：“殽有二陵焉：其南陵，夏后皋之墓也；其北陵，文王之

所避风雨也。"此二句诗写得气象万端、视野远大。

五六句，用了两个典故。"关门令尹"出自《列仙传》："关令尹喜者，周大夫也。善内学，隐德修行，时人莫知。"老子出关时，尹喜辞官随老子仙去。"河上仙翁"出自葛洪《神仙传》："河上公，汉文帝时结草庵河上。帝读《老子》有不解，遣问之。曰：'道尊德贵，非可遥问。'帝幸其庵问曰：'普天之下，莫非王臣，不能自屈，无乃高乎！'公即冉冉在空曰：'余上不至天，中不至人，下不至地，何臣之有？'帝乃下车稽首，公授素书一卷。"诗人的意思在此是明确的，即无人知道的尹喜已出关随老子仙去了，河上公也杳无踪迹，我辈唯有登临此台而望仙，也可以说在此追今思古。

最后二句，崔曙感慨系之，既然望仙不见，我只有约刘明府把酒临风、共醉菊花了。此处又用一典，《南史·隐逸传》中说：陶潜九月九日这天无酒喝，只有在门前菊花丛中闲坐，不久，王宏送酒来了，渊明当即大饮，醉卧菊花。

既然不能见仙人显身，那就做酒中仙吧。崔曙的仙气从中也可见一斑了。

59　诗歌天子的压卷之作

出塞　王昌龄

秦时明月汉时关，万里长征人未还。
但使龙城飞将在，不教胡马度阴山。

王昌龄（698—约757），字少伯，京兆长安（今陕西西安）人。一作太原（今属山西）人。开元进士，授汜水尉，再迁江宁丞。晚年贬龙标尉。因世乱还乡，道出亳州，为刺史闾丘晓所杀。其诗擅长七绝，边塞诗气势雄浑，格调高昂。原有集，已散佚，明人辑有《王昌龄集》。

自古以来就有这样一个说法，即王昌龄是唐代诗人中作七言绝句的高手。闻一多先生曾经评价说：

> 王昌龄的诗，在文学史上值得大书特书。唐代诗人的作品被当事人推为诗格者，只有王昌龄和贾岛二人。所以他别有绰号叫"诗家天子王江宁"，"天子"有的记载作"夫子"，实误。被人尊为"天子"或"夫子"，可见他作诗技巧的神奇高妙。（《闻一多论古典文学》）

明朝诗人李攀龙曾认为王昌龄这首《出塞》为唐人绝句第一，而清朝的王渔洋则认为王维的《送元二使安西》为第一。各种说法还很多，在此不一一列举。但由此可见王昌龄此诗名气之大，当不可以怀疑。

要理解此诗的字面意思并不难。其主旨沈德潜曾在《说诗晬语》中说过："'秦时明月'一章，前人推奖之而未言其妙，盖言师劳力竭，而功不成，由将非其人之故；得飞将军（指李广）奋边，边烽自熄，即高常侍《燕歌行》归重'至今人说李将军'也。防边筑城，起于秦汉，明月属秦，关属汉，诗中互文。"

此诗前二句写得意态雄健，气象伟大，祖国壮丽河山及远征汉军的"风萧萧兮易水寒"之军容扑面而来；后二句音节高亮，"但使""不教"让人读来荡气回肠，平添英雄之气。

"秦时明月汉时关"这句写得极为苍古，其中有画面，有颜色，也有历史。而且每一个字的字形以及配合的读音可谓又悦目又悦耳，的确是大诗家的手笔。

另外，此诗用字看上去平凡，但经营锤炼的功夫暗藏不露。这正叫看似平凡但出手不凡。

60　这里有意志

从军行七首（其四）　王昌龄

青海长云暗雪山，孤城遥望玉门关。

黄沙百战穿金甲，不破楼兰终不还。

　　王昌龄此诗境界壮阔而着笔仔细，笔者以为第一句写得极好。如将此句直译成现代汉语，那就是青海一带上空弥漫的长长乌云遮暗了雪山。然而诗意则顿时死去。如再译成外文，诗意将死得全无。可就是这七个字，一个不能多，一个不能少，中国诗的意境已尽在其中了。尤其这个"暗"字用得多好呀，仅此一字就显出乌云压雪山的壮丽与心惊，似有盘古开天地的画面感。

　　另：第三句也是千古传唱的名句，读来坚不可摧又势如破竹，好不痛快！再想到眼下一些现代诗人写的那些刁钻古怪的句子，实在是大汗淋漓，成当场昏死状。

　　其实，何止笔者一人对此诗情有独钟。作为千古绝唱，它历来为人所爱，毛泽东还曾以此诗鞭策女儿。1958 年 2 月 3 日这一天，毛泽东给他的女儿李讷写了一封家书，在这封充满智慧与亲情的家书中，他谈到了这首诗。下面让我们来共读这篇家书的全文。

　　李讷：

　　念好。害病严重时，心旌摇摇，悲观袭来，信心动荡。这是意志不坚决，我也常常如此。病情好转，心情也好转，世界观又改了，豁然开朗。意志可以克服病情。一定要锻炼意志。你以为如何？妈妈很着急，我也有些。找了小员、院长计苏华、主治大夫王历耕、内科大夫吴洁诸同志今天上午开了一个会，一致认为大有好转。你昨夜睡了九小时，你跑出房门在小廊上看画报。

白血球降下来了，特别是中性血球，已恢复正常。他们说不成问题，确有把握，你可以放心。这点发烧，应当有的，完全正常。妈妈很不放心，打了电话给她，她放心了。李讷，再熬几天，就可完全痊愈，怕什么？我的话是有根据的。为你的事，我此刻尚未睡，现在我想睡了，心情舒畅了。诗一首：青海长云暗雪山，孤城遥望玉门关。黄沙百战穿金甲，不斩楼兰誓不还。这里有意志。知道吗？你大概十天后准备去广东，过春节。愿意吧。到那里休养十几天，又陪伴妈妈。亲你，祝贺你胜利，我的娃！

爸爸

二月三日上午十二时

　　毛泽东在抄写这首诗时，将其最后一句改动了一个字。这一改动，使这一句读来更为斩钉截铁、英迈响亮。尤其一个"斩"字，堪称"只着一字，却境界全出"（王静安语）。

　　毛泽东以他高超的古典文学修养以及敏锐的现代意识，仅用"这里有意志"五个字，就将此诗的根本一语点破。

61　这首诗可能是纸上谈兵

从军行七首（其五）　王昌龄

大漠风尘日色昏，红旗半卷出辕门。
前军夜战洮河北，已报生擒吐谷浑。

像我们这代人从小就熟读毛泽东的诗词一样，我从小就能背诵《减字木兰花·广昌路上》和《渔家傲·反第一次大围剿》。这两首诗中各有一句更是刻骨铭心。第一首中一句"风卷红旗过大关"，第二首中一句"前头捉了张辉瓒"。时至今日，才知这二句诗均从王昌龄这首《从军行》中脱化而来。

王昌龄的"红旗半卷出辕门"写出唐军出征的肃杀与古风，但在出征的气势上却稍逊于毛泽东这句"风卷红旗过大关"。一是"半卷"，一是"风卷"；一是"出辕门"，一是"过大关"，一比之下，高低即出。后者从声音的响亮及用字的奔畅上都高出许多，有大英雄之音；而前者则是纯诗家之章，气魄与胆识都低了一等，只是特别注重炼字功夫，还是值得称道的。不过我并非一定要在这里评一个高下，袁枚早在《随园诗话》中就说过："凡作诗者各有身份，亦各有心胸。"为此才有闺阁语、大臣语、词客语、英雄语，等等。说完以上闲话，下面转入"纸上谈兵"这一问题。

哈佛大学的宇文所安教授在《盛唐诗》中说：

> 王昌龄是一位边塞诗名家，这一点使得许多学者推测他曾在边塞军事中任职。但是，最可靠的证据却表明王昌龄诗中的中亚是诗歌传统和他自己想象的结合物。

所以说，王昌龄的诗在气魄上不及古为今用的毛泽东，那是因为他并没有真正像毛那样身经百战。这些诗句尽管不乏气度，但毕竟是纸上谈兵，故而难免要比毛的诗词来得小气一些。

但话说回来，就诗论诗，昌龄这首诗写得极端凝练，有景色、场面、人物、故事。因此它可以是一部小说或一篇报道的浓缩。这短短的四行包含了多少惊心动魄的叙事。前锋部队在洮河北岸连夜激战，大获全胜并生擒了敌酋。

"已报生擒吐谷浑"这句写得自信，但用字上仍有文学化的色彩，虽然淡化了许多，而且近于白话。

"前头捉了张辉瓒"则毫不斧凿，以大白话说出，看似随意，却更显毛泽东其人其诗的与众不同之处。

62　这个女人后悔了

闺怨　王昌龄

闺中少妇不知愁，春日凝妆上翠楼。
忽见陌头杨柳色，悔教夫婿觅封侯。

那些善以雄浑笔调叙写边地景物、战事的诗人，几乎无一例外地对闺怨题材充满兴趣。因为，闺怨和战争是如此紧密地联系着，以至于所有雄风悲壮的诗句之中或背后都有一个凄凄惨惨的故事，这就是我们通常所说的"征人思妇"。如今，王昌龄也一反其雄阔笔调，以轻弱之声写来一个哀怨故事。

且看这少妇的闺怨是如何发生的呢？诗中已说得明白。她曾经是不愁的，春日的一天，她打扮齐楚上高楼去眺望，忽见街头杨柳青青，她顿觉孤寂，因为丈夫不在身边，不能与他共享春光。她开始后悔叫丈夫去从军打仗"觅封侯"，也就是悔叫丈夫去争当大官。

据史书载，当时的妇女都愿丈夫立功边塞。"觅封侯"乃男儿成功富贵之根本一途。岑参也吟咏过："功名只向马上取，真是英雄一丈夫。"没想到这唐朝的闺怨还延续至今，现代的闺怨也与之如出一辙。只是现在不是去戍边，而是去经商。

时下读报，读者常会遭遇这样的文章。某某夫妇过去恩爱无限，如今怨怼极深。究其原因，老婆想过荣华生活，逼不适合经商的丈夫去"下海"，结果丈夫日夜在外东奔西走，为发大财连家也不回了。老婆由此得了"闺怨"之病，悔不该叫丈夫去当商人，而只想他重返过去，仍去上班下班，夜夜与之厮守。

推而广之，每个时代都有每个时代的"闺怨"。闺怨来源于一种浪漫综合征。患有闺怨的妇女一般都是好高骛远之辈，总想自己的男人成为别人，这别人指被公认为的那种成功的集体形象之英雄代表。

记得小时候，学过一句成语，叫天下乌鸦一般黑，它的象征意思是说天下地主的心都是黑的。后来又知道，这句成语是说世间万物某种东西的本质是一样的。为此，今日借写王昌龄《闺怨》为由，小改一下这句成语，"天下闺怨一般黑"。

63　对一首怨曲的"笨"解读

春宫怨　王昌龄

昨夜风开露井桃，未央前殿月轮高。
平阳歌舞新承宠，帘外春寒赐锦袍。

前面我们已说，王昌龄不仅善作隽拔苍古的从军、边塞诗，也善作宫词、闺怨一类。沈德潜曾说他的诗："深情幽怨，意旨微茫。"

此诗表面看去未着一个怨字，"只说他人之承宠，而己之失宠"，但幽怨之情仍"悠然可会"。起首一句写得极好，让人有亲临唐朝春日夜晚的逼真之感。"露井桃"出自古乐府："桃生露井上，李树生桃旁。"我们可以想象这样一个美丽的画面：一株桃树在春夜的风中生长在一口幽井边上，细小的桃花在月光下闪烁。露井指无盖子的井。接着画面切入未央殿，景致也变得比前面堂皇了。汉武帝正在殿中与新宠欢宴。虽未明说，只说"月轮高"，但一看便知，属比兴写法，不必直说。第三句直接说出这新宠的名姓。她叫卫子夫，原为平阳公主的歌女。一次武帝来平阳处宴饮，遇到了这个歌女，一见欢喜，便召入宫中，从此深得帝宠。第四句写得既细致又很有余味。字面上的意思是帘外春寒，汉武帝赐给卫子夫这位新宠一袭锦袍，用于御寒。而后人对此句都有一些解说。王尧自在《古唐诗合解》中说："不寒而寒，赐非所赐，失宠者思得宠者之荣，而愈加愁恨，故有此词也。"

然而王昌龄本人对作诗是颇有讲究和心得的。他一贯看重写诗的"入作"（诗之发端）和"落句"（诗之结尾）。他以为他作诗都用"含思落句势"收尾，也就是说"每至落句，常须含思，不得令语尽思穷"。由此可见，每读昌龄之诗，使人有测之无端、玩之无尽之感。

因此，对第四句，我们还当细细把玩，不可轻下评说。这也是对诗歌的正确态度，不求甚解时得不求甚解，毕竟，诗无达诂也。

64　清如玉壶冰

芙蓉楼送辛渐 　王昌龄

寒雨连江夜入吴，平明送客楚山孤。
洛阳亲友如相问，一片冰心在玉壶。

　　迷蒙的烟雨笼罩在吴地江天，天色已经微微放明，我们的诗人正要在此地
送别友人。诗人遥望江北的远山，想到行人不久就要隐没在这楚山之外，孤寂
之感油然而生。友人去到洛阳，如果那里的朋友问起我的情况，那么就请转告
他们我依然冰心一片。

　　诗末的这句"一片冰心在玉壶"，如今已成了享誉海内的名言。"一片冰
心"甚至收入《汉语成语词典》，词典中的解释是："形容性情淡泊，不热衷
于功名。"前半句是对的，后半句则错了。请看如下小考。

　　如果按字面意思解释昌龄这行诗，应该为：我那一颗心在玉壶里若冰一般。
如引申来讲，应将其看作一个比喻，即冰清玉洁的人格。

　　早在六朝时，鲍照在《代白头吟》中就写过"清如玉壶冰"一句。唐开元
初，宰相姚崇曾写过一篇《冰壶赋》以告诫官吏。赋前一段序文这样说道："冰
壶者，清洁之至也，君子对之，不忘乎清。夫洞澈无瑕，澄空见底，当官明白
者，有类是乎？是故内怀冰清，外涵玉润，此君子冰壶之德也。"姚崇讲的是
做官应清正廉洁，若内清外润的冰壶一般。

　　后来，王维、陶翰、卢纶、韦应物都以冰壶自勉，并作"玉壶冰"一类诗
章。李白也作过："白玉壶冰水，壶中见底清。清光洞毫发，皎洁照群情。赵
北美佳政，燕南播高名。"李白讲的也是一个做官之人应做清官，即"玉壶冰"
一样的官。

　　昌龄这首诗也应与上面所说同出一理。他请辛渐回洛阳时转告父老乡亲，
他为官一定是"玉壶冰"一样的清官，具有冰清玉洁的高尚人格。

所以我说词典中解释的"不热衷于功名"是不对的。"形容性情淡泊"说对了一大半，但也不够准确。应该是冰清玉洁的人格才准确合理。

我们知道，中国文人，尤其是古代文人都有做官的理想。他们的首选是儒家入世的正宗哲学，"达则兼济天下"。只有实在当不了官的时候，才借出世之理自慰，闲云野鹤，走"穷则独善其身"之路。

教育使中国古代文人都有当官梦及功名梦，只是他们仅愿做一名清官。立功、立德、身后留名已成为他们脚踏实地的奋斗目标。王昌龄也不能幸免。

再说一句题外话，中国当代已逝的著名诗人、作家谢冰心，她的名字就出自这一千古名句："一片冰心在玉壶。"

65   "团扇"二字括尽了一切

长信怨　　王昌龄

奉帚平明金殿开，暂将团扇共徘徊。
玉颜不及寒鸦色，犹带昭阳日影来。

西汉，这个历史学家汤因比乐意生活的时代，先是有阿娇的长门宫怨，如今又有了失宠于成帝的班婕妤的长信怨。

这是深秋的一天，天色刚刚破晓，我们失宠的女主角班婕妤正手持扫帚，打扫宫中庭院。

自成帝有了新宠赵飞燕后，班婕妤就在唉声叹气中去了长信宫侍候太后。她是否真的如她自己所咏唱的那样："奉供养于东宫兮，托长信之末流；供洒扫于帷幄兮，永终死以为期。"我不得而知，但昌龄此首诗却回答了这个问题。

长信宫是寂寞的，尤其是这个黎明。当金殿的门开了后，秋天的晨风吹拂着黄叶，班婕妤一边打扫，一边因此更加寂寞。

扫洒了一会儿，她甚感无趣，就将那团扇打开，一边徘徊，一边留恋起过去与成帝欢喜的时光来了。那团扇本是夏日驱热的良物，为何在深秋的黎明把玩轻摇呢？班妃心情之凄苦悲凉由此可见。闻一多先生曾经在评说此诗时说道：

> 次句用班婕妤的故事，"团扇"二字括尽一首《怨歌行》意境，全首诗眼也就在"团扇"二字，整首诗因之而活。（《闻一多论古典文学》）

正当班婕妤悲不能抑地思量着既往之时，赵飞燕却正伴成帝睡在堂皇华丽的昭阳宫里。她正以另一种生活享受着同样的秋日黎明。

突然，班妃看见一只乌鸦从昭阳宫那边飞来了，它带着清晨的曙光，飞到了长信宫的房顶上。班妃的心为之一动，她在幻觉中感到那乌鸦带来的"昭阳日影"正是成帝的光辉。可那光辉早不属于她了。

就这样，班妃一动不动，盯着那只乌鸦，她突然又痛哭起来。她似乎真的明白了，她的容颜还不如这只清晨孤单的乌鸦。

一个悲剧故事就这样结束了。

我讲这个故事用了近八百个字，也许一个更高明的说书人会讲得更长更精彩，一个小说家会写出一篇优美动人的小说。然而，王昌龄，这位唐朝的绝句高手，却只用了二十八个字，就使这个发生在西汉宫中深秋的故事得以永垂不朽，而他的法宝亦不过是写了一把"团扇"。

66 君子之交与清爽之气

送魏二 王昌龄

醉别江楼橘柚香，江风引雨入舟凉。
忆君遥在潇湘月，愁听清猿梦里长。

橘柚飘香，江楼醉别，这是何等风雅的事。然而这也是古代诗人们的寻常事。又一个清秋的好日子，王昌龄在江边的楼台上饯别友人魏二。

起首一句就立显意境。周遭是秋日幽深美丽的风物，橘子和柚子的清香从窗外吹来，江面澄澈，舟子待发，而方才留恋处却是对酒当歌，依依惜别。如只说"醉别江楼"，诗意顿失。但一添上"橘柚香"，诗意就当即发生，这七个字可谓天作之合，一拍即美。

接下一句是"江风引雨入舟凉"，更让人朗朗读来，不忍离去。一个"引"，一个"入"，有徐徐前行的感觉，再加上"风""雨"，并非让人觉得凄清，而最后一个"凉"字，却使这一行有了一种酒后清凉之感。

这一二句诗实在是耐人低吟，妙不可言，它透骨地洋溢着绵绵不绝的君子之交与清爽之气。

三四句，昌龄对友人的行程作了一番想象。不久，魏二将孤身停舟于潇湘月下，那水浪声夹着夜里两岸凄清的猿声，羁旅之愁可若梦一般长啊。"长"字，有猿声之长、夜梦之长，浑然一处，朦胧生辉，昌龄又用得一个绝好之字。

昌龄此诗不仅写出了文人生活的一个美丽侧影，也写出了唐诗中最清秀、最沉醉的别离，笔者以为当属唐诗里送别诗的上佳之作。同时，正如本文题目所示，当读完此诗时，我亦在橘香与酒香中领悟了什么是君子之交与清爽之气。

67　柳荫深处的读书堂

阙题　刘眘虚

道由白云尽，春与青溪长。时有落花至，远随流水香。
闲门向山路，深柳读书堂。幽映每白日，清辉照衣裳。

刘眘虚，江东人。开元进士，官夏县县今。少时即善作文。其诗今仅存十五首，大都
为五言，多写自然景物。

　　中国的诗词常常冠以"无题"的名字，那是"无"，但亦是"有"，虽不
言说一二，却也是万语千言。而此诗题为"阙题"，那是真的无题了。"阙题"
即为缺题，是原有题目的，后来遗失了。

　　虽然此诗题目亡佚，但其主旨却一看便明，是写踏青寻隐者一类。与丘为
所作《寻西山隐者不遇》一样，诗人也只作乘兴而游，并非一定要见到隐者。
只要自己心中有"隐"就足够了。

　　前四句写隐者居处周遭景色，云水落花、香气俱在，点染十分得体。

　　后四句写隐者居处内部环境。寂寂的闲门，读书堂掩映在深深的柳树中，
虽有春阳朗照，然而清幽散落，一切都是那么宁谧、舒适。诗人可以想象一位
襟怀旷达、雅致肃静的隐者的日常生活是多么美好而丰富。而读书是他隐逸生
活的至乐。

　　全诗之美并不从人物描绘中见出，而是从风景中自见，正是"一切景语，
皆情语也"。风景似乎在春日里向我们喃喃低诉着什么。这也正应了王国维所
说的："无我之境，以物观物，故不知何者为我，何者为物。"最后达到物我
两忘，唯平生出一番涵咏不至的兴味。

　　"深柳读书堂"一句写出中国读书人隐逸生活之典型场景。它犹如蒙田，
这位法国 16 世纪随笔作家所说的隐者的"后栈"，在这个"后栈"（即乡间

读书堂）里，"整个我们的，整个自由的，在那里，我们建立我们的真自由，更主要的是退隐与孤寂。在那儿，我们日常的晤谈是和我们自己，而且那么秘密，简直不存在为外人所知或泄露出去的事儿；在那里面，我谈笑对妻子，产业和仆人都一无所有。"在这静雅的深柳中阅读，将使你在孤寂里自成一个世界，而且不用担心在隐逸生活中会沦入那无聊的闲散之境。

68　这首诗让诗仙也为难

黄鹤楼　崔颢

昔人已乘黄鹤去，此地空余黄鹤楼。黄鹤一去不复返，白云千载空悠悠。
晴川历历汉阳树，芳草萋萋鹦鹉洲。日暮乡关何处是，烟波江上使人愁。

崔颢（？—754），汴州（今河南开封）人。开元进士，官司勋员外郎。早期诗多写
情，流于浮艳。后历边塞，诗风变得雄浑奔放。明人辑有《崔颢集》。

据元人辛文房《唐才子传》记载，诗仙李白登黄鹤楼，本想赋诗一首，因
见崔颢之作，只好罢手，并叹曰："眼前有景道不得，崔颢题诗在上头。"李
白从此于心不甘，后作《鹦鹉洲》摹仿崔颢，又作《登金陵凤凰台》要与崔颢
打一个擂台赛。

正是因为这首"不古不律，亦古亦律"的诗让诗仙李白都感到为难，所以
在唐朝，乃至后来漫长的岁月里，崔颢的这首诗成为一首具有轰动效应的诗，
它甚至成了诗歌史上的一个小神话。围绕这个小神话，简直是好评如潮。严沧
浪认为："唐人七言律诗，当以崔颢《黄鹤楼》为第一。"刘克庄认为："今
观二诗（《黄鹤楼》与《登金陵凤凰台》），真敌手棋也。"

方虚谷则认为："太白此诗与崔颢《黄鹤楼》相似，格律气势，未易甲乙。"
明代怪才金圣叹说得更为刻薄："然则先生当日，定宜割爱，竟让崔家独步。
何必如后世细琐文人，必欲沾沾不舍，而甘于出此哉。"吴昌祺甚至说《黄鹤
楼》是"千古绝唱，何独李唐"。

笔者以为以上说法，均是故意要制造《黄鹤楼》这个神话，为崔颢大戴高帽。
还是20世纪30年代著名新小说家施蛰存说得中肯：

> 这首诗之所以好，只是流利自然，主题思想表现得明白，没有矫作的痕迹。

在唐诗中，它不是深刻的作品，但容易为大众所欣赏，因而成为名作。

真是一语中的："容易为大众所欣赏。"

笔者以为此诗最多只属中流，如给一个评分，顶多只能得到七十分。

这样的千年神话在今人的目光下理应破灭。

顺便说一句，毛泽东1927年春所作的《菩萨蛮·黄鹤楼》苍凉慷慨、沉雄俊爽，其境界与气魄远胜过崔颢的《黄鹤楼》。

69　在风景中获得永生

行经华阴　崔颢

岧峣太华俯咸京，天外三峰削不成。武帝祠前云欲散，仙人掌上雨初晴。

河山北枕秦关险，驿路西连汉畤平。借问路旁名利客，何如此处学长生？

在去咸京（长安）途经华阴的路上，崔颢为华山美景所打动，总算写了一首好诗。此诗汇风景名胜于一炉，写得大气雄浑又兼及人生哲理，笔者以为比《黄鹤楼》胜出了一大筹。

起首二句就尽写西岳华山的险峻壮观。一个"俯"字使华山平添了某种对京城的压迫式神力，同时也为最后一句发问埋下妙手得之的伏笔。"天外三峰"指华山的莲花、玉女、松桧三峰。为何"削不成"？这分明指这三峰绝非人间造化，而是鬼斧神工所铸成。接下来依然写景，诗人向前远望，武帝祠（汉武帝观仙人掌这一华山中最为陡峭的山峰时，特立巨灵祠以示祭礼）这一古迹前已是云开雾散，名峰仙人掌也雨过初晴。五六句，诗人如围棋高手之布局，一气写下华山一带的地理格局，"北枕秦关""西连汉畤"。一"枕"一"连"将地理经纬勾连得稳稳当当，同时也显出华山位置之重要。最后二句，诗人突然加速，似"羚羊挂角"，又似"空穴来风"（其实前六句已铺排踏实，就等这最后二句劈头问来）！从华阴奔赴京城的人群日夜不断，这些人都是些追名逐利之人。这些人面对如此壮丽之华山美景，为何不停下来，就在此处超脱尘世、求仙问道呢？这些人群当中当然也包括了崔颢本人，但他不明说自己，只是"借问路旁名利客"来曲折地吐露了内心的声音。

崔颢（包括所有中国文人）在人生艰辛的道路上，又想停下来了（其实常常都想停下来），想流连并拥有一片风景，并甘愿在这片风景中获得永生。歌德却借浮士德之口，同样表达了西方文人也想停下来的念头。但浮士德是面对劳动，并在对劳动的赞美中永远地停下来的。由此可见中西文人的人生态度大相径庭。

70　花花公子的真性情

长干曲二首　崔颢

君家何处住？妾住在横塘。
停船暂借问，或恐是同乡。

家临九江水，来去九江侧。
同是长干人，生小不相识。

前面我们说，美人配荡子，那是因为荡子是活泼的、生动的，而不是僵硬死板的。这里我要说，如果这生动活泼过了头，荡子成了浪子，那又是不能为人所爱的。可是话又不能说绝了，因为浪子也未必没有真性情，我们不是常讲"浪子回头"的故事吗？那正是说这真性情最惹人、最引人。自然，这种情感若化成了诗篇也就别有其韵致了。

照辛文房的《唐才子传》来看，崔颢的人品不好，爱赌博，又滥酒；专挑美女为妻，而且稍觉人家不好看就抛弃之，前前后后大概抛弃了三四个女人。而《唐诗纪事》里却将他一棒打死，干脆说他"有文无行"，可以说是个不折不扣的花花公子。但不管以上说法是否准确，即便准确，笔者以为也不必计较。看一个诗人应该针对他的诗，而不是他的人品。就崔颢这二首长干曲来看，我们看到了一个心灵单纯、朴素自然的崔颢。其实崔颢是否如此并不重要，他这两首诗写得如此，就足够了。诗在说话，在表达，在让我们读后感到诗人的态度，仅为这一点理由，我们就应谢谢诗人了。

这两首诗是写一对男女在江中行舟相遇的一个片刻。第一首是女子提问，第二首是男子作答。犹如乡间里的男女对唱，其中有言之不尽的平凡和令人向往的世俗生活。这二首民歌体的小诗，在唐诗中不可多得，其清洁健康、直抒感情的文字，可谓浩浩唐诗中一个美丽的亮点。

71　白云无尽，足以自乐

送别　王维

下马饮君酒，问君何所之。
君言不得意，归卧南山陲。
但去莫复问，白云无尽时。

王维（701—761），字摩诘，原籍祁（今属山西），其父迁居蒲州（今山西永济西），遂为河东人。开元进士。累官至给事中。安禄山叛军陷长安时曾受职，乱平后，降为太子中允。后官至尚书右丞，故亦称王右丞。晚年居蓝田辋川，过着亦官亦隐的生活。诗与孟浩然齐名，称为"王孟"。前期写过一些以边塞为题材的诗篇。但其作品最主要的则为山水诗，通过田园山水的描绘，传达隐士生活和佛教禅理；体物精细，状写传神，有独特成就。兼通音乐，工书画。有《王右丞集》。

这是一首送别诗，但同时亦是一首自慰诗。诗人借对友人不得意的安慰，也写自己对隐居的欣羡，借那无穷无尽的白云来否定转眼灰灭的人间富贵。所以，此诗看上去平凡而简单，但却含着深意。这深意在最后一行昭然若揭而又绵绵不尽，读之让人顿生旷远之感。

既然友人说自己人生不得意，要去归隐南山，王维也顺势说来，南山的白云无穷尽，正好与君做伴。沈德潜评最后二句说："白云无尽，足以自乐，勿言不得意也。"

日日坐看山中白云，洗尽世俗烦人的杂念，这是中国古代文人自我拯救的一条重要途径，即归隐之路。王维说的"白云无尽时"，不单是对友人说，也是在对自己说。

归隐不仅仅是东方人心爱的题目，西方人亦如此。梭罗作《瓦尔登湖》便是证明。法国 16 世纪哲人蒙田也说过：

我们既然要过隐逸的生活，并且要息交绝游，让我们使我们的满足全靠我们自己吧；让我们割断一切把我们维系于别人的羁绊吧；让我们克服自己，以至于能够真正独自活着而又快乐地活着吧。

王维一生官运不薄，但他亦官亦隐，是一个能真正懂得生活与艺术的人。

明人张岱说王维做诗苦吟时曾走入醋瓮，笔者对此不得而知。仅从此诗看，却是妙语天成，不着丝毫力气，岂有苦吟之理。

坐看白云，享受人生，这才是王维真面目。旧来论诗，曾以仙、圣、佛称李、杜、王三家，或称为魏、蜀、吴，或称为天、地、人，也有称为真、善、美的。笔者以为此说甚有意思。的确，王维当是人间的一尊美佛。

72　诗画合璧，心手合一

青溪　王维

言入黄花川，每逐青溪水。随山将万转，趣途无百里。
声喧乱石中，色静深松里。漾漾泛菱荇，澄澄映葭苇。
我心素已闲，清川澹如此。请留盘石上，垂钓将已矣。

这是王维早期的一首山水诗，虽不及他后来辋川风月系列的幽远清寂，但却可见其山水诗的特色。这特色已被苏东坡言中并沿用至今："味摩诘之诗，诗中有画；观摩诘之画，画中有诗。"

这就是王维为我们染墨尽出的青溪山水图，乱石深松，流水潺潺，菱荇葭苇，漂浮其间。面对这葱茏静谧的青溪，诗人以闲闲之心坐于盘石之上，又起了垂钓归隐之意。借景生情，情随景起，心境、物景在此陶然忘机，合二为一。

袁枚在《随园诗话》中说：

> 诗家两题，不过"写景、言情"四字。我道：景虽好，一过目而已忘；情果真时，往来于心而不释。孔子所云"兴观群怨"四字，唯言情者居其三。若写景，则不过"可以观"一句而已。

王维此诗正应了袁枚此说，即写景全是为了写情。一首好诗，哪怕只作景语，其实皆情语也，王静安一语道破天机。王维，"中国最伟大的一位写景诗人"（林语堂语），当然深谙个中三昧。

73 "从日出而作"到"渭川田家"

渭川田家 王维

斜阳照墟落，穷巷牛羊归。野老念牧童，倚杖候荆扉。
雉雊麦苗秀，蚕眠桑叶稀。田夫荷锄至，相见语依依。
即此羡闲逸，怅然吟式微。

这是一幅暮春时节农家晚归的图画。牛羊在静静地归来，乡村老人在盼候着牧童，野鸡鸣唱于麦地，蚕儿眠于桑叶。农夫们扛着锄头来了，在夕阳映照的村落里，说着家常。看着这番闲适的乡村生活，王维禁不住吟唱起《诗经·邶风》中的那篇《式微》："式微，式微，胡不归？"以此表达他对这种生活的羡慕、向往。

乡间生活真是风调雨顺，十分适宜于人之身心。王维想归于田园的心情是可以想象的。

王维此诗也使笔者蓦然想到《古诗源》中一首描绘中国上古时代农人淳朴与简单生活的杰作：

> 日出而作，日入而息。
> 掘井而饮，耕田而食。
> 帝力于我何有哉！

这里有中国人生活的全部智慧和真谛，那就是自食其力。如此这般，"帝"（皇帝或神）拿我也是没有办法的。

又是多少时光过去了，王维在唐朝，具体地说在《渭川田家》这首诗中，不仅为我们重画了这幅"日出而作，日入而息"的美好图画，同时也通过"怅然吟式微"表达了他自己对"帝力于我何有哉"的另一番感受。

74　"旧人看新历"与"新人看旧历"

春中田园作　王维

屋上春鸠鸣，村边杏花白。持斧伐远扬，荷锄觇泉脉。
归燕识故巢，旧人看新历。临觞忽不御，惆怅远行客。

此诗依然写初春农家的田园生活。斑鸠鸣春，杏花吐白，农人或持斧修整林木桑树，或荷锄疏通泉水渠道。

燕子归来，旧人翻看新日历，诗人欲举杯却忽又放下，因为他在惆怅中思念起远方的异客来了。

初春的气息随着此诗的展读扑鼻而来，令人神气清爽而又有亲临的欢喜。只是欢喜中夹着一缕"东风暗换年华"的惜春之情。

人是旧的，日历是新的，王维说得笔者的心为之悸动。生活日复一日，年复一年，人在和平与渐渐的衰老中流逝着，真是寸寸流逝、秒秒陈旧啊！然而旧人却在初春的第一天阅读着新历；燕子也是旧的，但它已飞临这老屋。这的确是一个令人流连的春日，一幅让人轻轻啜泣又浅酌春酒的乡间小风景。

王维这两句（五六句）写出了平凡的中国人对美好生活的憧憬。他们以乐天知命的情怀在初春的黎明或上午随意翻看日历。这一景象是多么细腻，多么感人，读来不觉叫我掩卷沉思，悲喜交加。

如果说王维是在一本新历中看到了生命的悲喜，那么我本人就是从一本旧历中发现了一个古典的江南，一个梦中的苏州。

那是一个冬日的下午，阳光斜照入室内，我正埋首于一本偶得的关于苏州的黄历，其中大量极为奇特的话语吸引了我。一行行从未见过的词语（组合），几乎是异想天开又证据确凿的民俗（意义），真是太新鲜了，新鲜得我情不自禁动手抄写它那自在不变的活力。

我虽然当时还没有去过苏州，但一本黄历却创造并记录了我梦中的苏州。

汉语在现当代思想光辉照不到的地方，在一本发黄的旧历书中保持了它潜伏的强盛不衰的精神繁殖力。《苏州记事一年》从黄历中轻缓地步出：

正月初一，岁朝
农民晨起看水
开门，放爆竹三声
继续晨，幼辈叩头
邻里贺年
农民忙于自己

初五，财神的生日
农民迎接不暇
采购布匹

十五，悬灶灯于厨下
连续五夜
挂起树火，大张灯市
山水，人物不见天日
妇女为去病过三座石桥
民众击乐，鼓励节日

二月初八，大帝过江，和尚吃肉
前三后四风雨必至
有人称龙头，有人吞土
农家因天气而成熟
有利无利但看"二月十二"

三月初三，蚂蚁搬米上山
农妇洗发、清目
又吃油煎食品

清明，小麦拔节，踏青游春
深蓝、浅绿插入水中
妇女结伴同行
以祈青春长存

四月初一，闲人扛大锣、茶箱
老爷从属西军夜
红衣班扮刽子手
（演员出自肉店、水果店、豆腐店）

立夏见三新：樱桃、青梅、元麦
中医这天勿用
蚕豆也等待尝新

四月十四日，轧神仙
吕纯阳过此
无需回避
他的影子在群众中济世

五月五，端午出自蒲剑
也出自夏至的替身
儿童写王字于前额
身披虎皮，手握蒜头
而城隍是大老爷

六月六，寺院晒经
各户晒书籍、图画、衣被
黄狗洗澡、打滚
老人或下棋，或听书，或无事
小孩吃茶于七家

面貌动荡不宁

立秋之日，以西瓜供献
也制巧果、蝶形油炸
以期颐养天年

八月十五，中秋
柿饼、月饼于月下
蔬菜吃完了
摆上鲤鱼
得下签者不予参加

九月九，郊外登高
望云、望树、望鸟
小贩漫游山下

十一月，日短夜长，市场发达
财主收租、收账、剥皮
而冬至大如年
农民重视

冬至，全家吃夜饭
豆芽如意，青菜安乐
年糕、汤团、圆之意
儿子不得外出
嫁女不利亲人
南瓜放出门外过夜

十二月过年，送灶
灯具多自制

热热闹闹、繁文缛节

除夕，又是鸡鸭鱼肉
提灯笼要钱者
来往不绝，直到天明

除夕之末，男孩怀旧
果子即压岁，即吉利
老鼠即女孩的敌人
唯大人不老，放爆竹三声

75 老骥伏枥，志在千里

老将行 王维

少年十五二十时，步行夺得胡马骑。射杀山中白额虎，肯数邺下黄须儿。
一身转战三千里，一剑曾当百万师。汉兵奋迅如霹雳，虏骑崩腾畏蒺藜。
卫青不败由天幸，李广无功缘数奇。自从弃置便衰朽，世事蹉跎成白首。
昔时飞箭无全目，今日垂杨生左肘。路旁时卖故侯瓜，门前学种先生柳。
苍茫古木连穷巷，寥落寒山对虚牖。誓令疏勒出飞泉，不似颍川空使酒。
贺兰山下阵如云，羽檄交驰日夕闻。节使三河募年少，诏书五道出将军。
试拂铁衣如雪色，聊持宝剑动星文。愿得燕弓射天将，耻令越甲鸣吾君。
莫嫌旧日云中守，犹堪一战取功勋。

古有"廉颇老矣，尚能饭否？"的疑虑，一代枭雄曹操的答案是"老骥伏枥，志在千里"，而此处王维的回答则是："莫嫌旧日云中守，犹堪一战取功勋。"豪情壮志绝不下于曹孟德。

明人张岱评王维的诗云："王右丞如秋水芙蕖，倚风自笑。"这是王维诗之主调，然而王维的这首《老将行》却写得杀气翻飞，滚滚不绝，为我们活脱出一个老将一生的光荣与梦想，那就是忠君报国、戍边杀敌，当然也望"觅封侯"了。

然而在这个老将的形象里，我们自然也近距离地观察到了王维的形象——一个青年王维的尚武形象。在这个形象里，我们当然又体会了王维一生的光荣与梦想。

此诗总分为三段，每段十句。第一段写老将青年时代如何英雄了得，简直有武松再世的感觉(武松是宋代天人般的英雄，这里泛指，并非犯有时代错误)，打虎夺马，有一夫当关万夫莫敌之慨。第二段写老将所历人世沧桑：左臂肘生疮，又穷又老，只有在路旁卖瓜度日。最后一段写老将再显青春之勇，犹如"老夫聊发少年狂"，"烈士暮年，壮心不已"，又想请缨去边"一战立功勋"。

此诗技巧老练，写法汪洋恣肆，浑脱沉转，侠气一贯到底，兼具雄沉之气。用古人诗评家的话说，就是诗气很厚。

另：此诗用典极多，在此不予以详说，蘅塘退士所编《唐诗三百首》早已一一解说殆尽，故不愿再拾人牙慧矣。

总之，从这首诗里，我们看到了另一个王维。他不是"晚年惟好静，万事不关心"的王维，而是一个少年任侠、英雄终老的王维。这正是诗人的"变脸术"。

76　欢乐的王维

辋川闲居赠裴秀才迪　　王维

寒山转苍翠，秋水日潺湲。倚杖柴门外，临风听暮蝉。
渡头余落日，墟里上孤烟。复值接舆醉，狂歌五柳前。

王维后期的主要生活是啸傲山林、吃斋奉佛。《旧唐书·王维传》说王维：
"晚年长斋，不衣文彩。得宋之问蓝田别墅，在辋口。辋水周于舍下，别涨竹
洲花坞，与道友裴迪，泛舟往来，弹琴赋诗，啸咏终日。"而此诗正是与裴迪
相酬为乐之作。

由诗可见，此时已值夕暮的光景，深秋清朗萧爽的风物在辋川一带徐徐展
现。王维与裴迪泛舟水上，把酒临风，陶醉在隐者的大欢乐里。且看这欢乐之
大（最后二句），裴迪又若接舆般大醉了，在王维面前载歌载舞起来。酒后忘
形，真情流露，王维不禁当歌一曲隐者的欢乐颂。"接舆"是春秋时楚国狂士，
"五柳"指陶潜。陶潜作《五柳先生传》说："宅边有五柳树，因以为号焉。"

王维这首诗显示了他高超的写作手法，的确堪称艺高人胆大。前六句只写
风景，气韵闲雅、节奏舒缓；末二句突然加速，陡然切入，看上去似乎画面不
和谐。然而诗之张力（紧张度）即刻发生了，诗意的高度与深度也得到最终的
落实。

这里，顺便再说几句，我们知道唐诗中真正的欢乐英雄是李白，而王维却以
宁静擅长。但宁静的王维也有欢乐的时刻，"狂歌五柳前"一句便活脱出一个欢
乐的王维。只是他在欢乐中仍不失平静的心绪（此诗前六句就写得十分和平）。

裴迪大醉这一节，还使我想到了周作人说过的一段话。他以为古人的酒量
其实不大，一般只喝淡薄的米酒。而今人的酒量却大得多，一般人都能喝半斤
以上白酒。然而即便是淡薄的米酒，裴迪也大醉了，可想他这天是何等的疯狂
与欢喜。

77 万事不关心是大智慧

酬张少府 王维

晚年惟好静，万事不关心。自顾无长策，空知返旧林。
松风吹解带，山月照弹琴。君问穷通理，渔歌入浦深。

王维真的"自顾无长策"吗？不是。面对官场失意与人事纠缠，他有他的长策。他返去旧林，且让松风释怀，对月弹琴。然而张少府还要一个劲地追问他有关人生的终极道理。王维一言以蔽之："渔歌入浦深。"这一句若金石之声，充满玄机与禅意，只可慢慢体悟，不能随意乱说。正如严沧浪所说："大抵禅道在妙悟，诗道亦在妙悟。"

梁宗岱先生在谈到王维的诗时曾说过：

> 谁都知道他的诗中有画；同时谁也都感到，只要稍为用心细读，这不着一禅字的诗往往引我们深入一种微妙隽永的禅境。这是因为他的诗和他的画一样，呈现在纸上的虽只是山林、丘壑和泉石，而画师的品格、胸襟、匠心和手腕却笼罩着全景，弥漫于笔墨卷轴间。

唱着渔歌进入河浦的深处，这里面暗藏了多少人生的道理和欢乐的秘密。在此，这隐者已抛弃了妨碍其身心的世俗生活。他已彻底地回到大自然的深处。或对月弹琴或唱着渔歌，这便是他的日常生活与工作。他并未堕入隐逸生活的懒惰与闲散之中。"渔歌入浦深"不仅具有公案禅机的味道，也具有洞彻人生的大智慧。闲云野鹤、与世无争正可以穷尽通理。这里还使笔者想到了云门文偃的一节对话：

> 问：如何是佛法大意？

答：春来草自青。

这一对话所显出的智慧不正是"渔歌入浦深"吗？而此诗之美却是光明正大、一目了然的，它融合冲淡、天然入妙，的确令人涵咏且深思不止。

王维的大智慧（或说大禅机）在此已百炼成钢、晶莹剔透，同时也让我辈后来人望而却步，啧啧惊叹！再说一句，"渔歌入浦深"，就是让思想回到事物中去，按 W.C. 威廉斯的话说，就是"No ideas but in things"（不要观念，除非在事物中）；或按胡兰成的话说，就是"讲思想不如讲风景"。

78　妙境中的为官之道

送梓州李使君　王维

万壑树参天，千山响杜鹃。山中一夜雨，树杪百重泉。
汉女输橦布，巴人讼芋田。文翁翻教授，不敢倚先贤。

王维这首送人诗写得极有特色，且看他如何剪裁。

起首四句有王维一贯的闲远清朗之色泽。他所绘出的巴蜀山川景致"高调摩云"（纪昀语），幽深俊迈。如此写景正如王士祯所言："兴来神来，天然入妙，不可凑泊。"

尤其是三四句已成千古写景之绝句。林语堂对此却专门有一番评说：

　　当然，设想树梢的重泉，需要相当费一下力。但适因这样的写景法是那么稀少，而且只能当高山峡谷，经过隔宵一夜的下雨，在远处形成一连串小瀑布，显现于前景的几枝树的外廓时，读者才能获得此配景的印象，否则不可能。

林语堂还为此总结道：

　　中国诗令人惊叹之处，为其塑型的拟想并其与绘画在技巧上的同系关系，这在远近配景的绘画笔法上尤为明显。这里中国诗与绘画的雷同，几已无可驳议。

写完蜀中风景，王维才点出送人的主旨。后四句写巴蜀的风俗民生以及使君政事。

那里的妇女多为官府织橦布（一种布匹），男人又经常为芋田发生诉讼。

接着，王维又用了一个《汉书》中文翁治蜀的典故，即文翁在蜀地办教育，从此使蜀郡"大化"。用今天的话说，就是文翁在蜀地搞"五讲四美"，把百姓教化成讲文明、守礼貌的中规中矩之人。王维用此典在于劝勉友人李使君。望他去蜀之后，也要学文翁，干出一番政绩来，而切莫依仗前辈的政声与搞法。再用今天的话说，就是劝友人去蜀地大搞改革，为巴蜀儿女谋福利。

现在再回到文章开头的那句话，为什么说王维这首诗极有特色呢？

以一句话总括：此诗不仅有写景之妙，也有为官之道，把这"二道"揉于一诗，可见难度之高，但它却浑然天成，分割不得。

79 禅的妙用

过香积寺 王维

不知香积寺，数里入云峰。古木无人径，深山何处钟。
泉声咽危石，日色冷青松。薄暮空潭曲，安禅制毒龙。

王维这首诗有一种刺骨的神秘幽冷。寂静再寂静，无声再无声，幻觉中我似乎已置身于香积寺，并感到自己的心跳。参天古木，杳无人迹，神秘的钟声依稀可闻；泉水呜咽，危石峥嵘，黄昏的青松显得寒冷而荒凉。

而这一幕阴惨惨的画面也不禁勾起了我幼时的一段"幽潭恐惧"的回忆。

记得小时候，有一次随一班同学去重庆南温泉春游。下午时分游玩到了一处岩洞中的幽潭旁边。那幽潭暗绿深厚，像一千年古潭，我在潭边只看了一眼，就觉得十分恐惧，总感到有一个人或某个鬼怪深藏在里面，随时都可能伸出头来狂笑或吃人。我当时留下的创伤或对大自然恐惧之情结从此深深扎根于心间。幽潭是我至今头等害怕的神秘之物，因为我永不知道那深潭下面有什么东西，当然更不敢以手去触摸潭水。它带给我的是暗夜浸凉的惊恐与神秘的战栗，但我知道一点，那妖怪是十分苍白和女性化的，因妖精总和某种冷笑而神经质的女人联系在一起。

现在，当我在回忆并描述这一恐怖的往事时，我已是另一番心情了。但我也知道我所传递的某种神秘的害怕是不够细心准确的，只怪我笔力笨拙，写不出我曾体会过的那刺入人心肠而又悠长的害怕。

后来，我读了乔治·奥威尔写的《1984》，其中有一个细节使我又想起那童年的幽潭。"老大哥"（书中主角）深懂人性中致命的弱点，比如当他要惩罚一个人时，他知道这个人是一个天不怕地不怕的人，但他怕老鼠，因此老大哥派人将这个人的头放进一个老鼠笼子里，如此这般，此人就彻底被摧毁了。

而我呢，我将在此公开我的秘密。如有人要惩罚我，可将我押至一池暗淡的幽潭边，不超过十分钟，我就会彻底疯掉。

"薄暮空潭曲"，那可怕的幽潭出现在王维的诗歌中，而且又是在夕暮时分，正是我童年时最害怕的光景。但是，于无声处，我似乎就要在这寂灭的幽林里听到一声惊雷，"安禅制毒龙"。无边的佛法制伏了那幽潭里的千年毒龙。有关这一节，法国汉学家郁白在他的《悲秋：古诗论情》一书中有很精彩的谈论，在此就不引来了，只为有心的读者指出便罢。

悠闲的王维（在诗中）不仅体会了我的恐惧，也解开了我的幽潭情结。就在我写完前面这个句号的同时，我捏笔的手渗出了汗水。我唯一想说的一句话就是：感谢王维。因为（从诗中看）他不仅也有我童年的幽潭恐惧症，更重要的是他能快语压邪，立斩毒龙。

最后顺便谈一点此诗的写作技巧。整首诗都写得小心、缓慢、静谧，末句突然飙升、一飞冲天，有打破死寂、力挽狂澜之势。也正是这末句更显出香积寺的幽深神秘，因此在这里突发大力并无半点刺目与突冗之感。此种以一句对七句的对照写法（一片黑暗中的唯一亮点或闪电）非大手笔不可为之。

80　春光当随处留恋

山居秋暝　王维

空山新雨后，天气晚来秋。明月松间照，清泉石上流。
竹喧归浣女，莲动下渔舟。随意春芳歇，王孙自可留。

中国的文人，在旅途上耗费了一生中的许多光景，有的人是为了观光，像谢灵运；有的人则是在履行公务，像鲍照。但不论形式如何，我们都有理由相信，这些风景不纯粹只是一种视觉上的愉悦，它们同样也是心灵的慰藉。这些美好或伤悲的风光，就是诗人们自己情感的投射。孙康宜在谈到谢朓的时候，启动了"山水的内化"这个概念。在她看来，小谢的诗歌，或者推而广之，所有的中国文人的山水诗歌中都有一种自我映写的敏感音调隐藏在风景中。"这种感情，无论它是什么，总之是通过自然物象含蓄地表现出来，而非直截了当地陈述。"（《抒情与描写》）

如果我们同意上述的观点，那么王维的这首小诗也当此理解。而且可以毫不夸张地说，在王维的这首小诗里有我们汉族最美丽而亲切的风景。这种风景不让人感到敬畏，因为它并不苍凉、雄伟、神圣或者阴森。《山居秋暝》"意清理惬"，又平常可人，的确使人留恋并不忍离去。

笔者自幼能背诵这首诗，字面的美应是懂得的，只是深意领会太少。现在人到中年，才渐渐悟得个中点点滴滴。近日夜来反复读之，虽在隆冬，却平生出"身世两忘，万念皆寂"这番前人同样的感受。正巧又读到王士祯说这首诗，他以为此诗"字字入禅"。细读下来似乎也参悟到一点禅机。

如此诗起首一个"空"字，以及接下来的清幽之画面，倍使人觉得有"空中之音，相中之色，水中之月，镜中之象"的朦胧玄妙之感。王维的山水诗爱用"空"字，后面我们还将反复读到。而这里的"空山"却非真空，但又是空的，这正是佛法中所说，看山是山，但看山又不是山。空即不空，不空即空，王维当然深知这"穷通理"。

接下来是一片美的小缀片，绘出了人间美景：明月、青松、清泉、流石、竹林、浣女、水莲、渔舟。这里不仅有景致，也有生活。这景致与生活不禁让王维又生起了感慨。

王维的感慨虽不如孔子、陈子昂那么悲烈壮丽，但却细心而绵长，读之令人悄悄沉醉。他在对自己说，同时也在对我们说，人之一生，春、夏、秋、冬，但请再随意一些吧，春芳消歇，落花流水，我们也当如这季节一样，和平地面对流逝，并在这里享受我们有限的光阴。正因如此，王维才将《楚辞·招隐士》中二句"王孙兮归来，山中兮不可久留"反其意而用之。他以为"王孙自可留"，不留在此处，还留在哪里呢？有此等风景足令我辈乐不思蜀了。

中国文人，据我所知也包括西方文人，最美的理想就是想拥有一片风景。既然有了，那就"随意春芳歇"吧。

不久前，与马松谈及此诗，他以为王维是想煽起全民归隐运动。我以为这一说法很有些味道。其实全民归隐运动是历代文人的梦想，部分西方文人也想搞大型归隐运动，但真正实行起来并不容易，都市的繁华时时牵动人心，那真实的山居生活可是要让人寂寞得发疯的呀。岂不知现代诗人顾城就在寂寞的激流岛搞个体归隐运动，其结果却是弄得家破人亡。看来反现代性的现代性策略还是不能随便乱用的，如仅是以此来发发牢骚，倒无甚大碍。

说了这么多，并非说王维此诗不好。相反，这是一首相当好的诗，而且是一剂清新的良药，刚好能拯救我们这些患了"城市病"的重病人。

81 不觉欢喜，真是欢喜

终南别业 王维

中岁颇好道，晚家南山陲。兴来每独往，胜事空自知。

行到水穷处，坐看云起时。偶然值林叟，谈笑无还期。

叶嘉莹教授的授业恩师顾随先生在谈到这首诗的时候，曾作如下表述，他说：

> 王维受禅家影响甚深，自《终南别业》一首可看出。放翁"山重水复疑无路，柳暗花明又一村"（《游山西村》）与王维《终南别业》之"行到水穷处，坐看云起时"颇相似，而那十四字真笨。王之二句是调和，随遇而安，自然而然，生活与大自然合而为一。陶之"采菊东篱下，悠然见南山"（《饮酒》），采菊偶然见南山，自然而然，无所用心。王维偶然行到水穷亦非悲哀，坐看云起亦非快乐。
>
> 天下值得欣赏事甚多，而常忽略过去，不必拍掌大笑，只要自己心中觉到受到、舒服即可。令人大笑之事只是刺激。慈母爱子相处，不觉欢喜，真是欢喜。然后知"采菊东篱下，悠然见南山"是多大欢喜，而不是哈哈大笑。"行到水穷处"二句亦然。"山重水复"十四字太用力，心中不平和。诗教温柔敦厚，便是教人和平。王此二句或即从陶诗二句来。

又说：

> 读文学作品不能只是字句内有东西，须字句外有东西。王维《终南别业》：行到水穷处，坐看云起时。有字外之意，有韵，韵即味。合尺寸板眼不见得就有味。味不在嗓子，味于尺寸板眼之大小高低之外。《三字经》亦叶韵，

道理很深，而非诗。宋人说作诗"言有尽而意无穷"，此语实在不甚对。意还有无穷的？无论意多高深亦有尽，不尽者乃韵味。最好改为"言有尽而韵无穷"。在心上不走，不是意，是韵。（《顾随诗词讲记》）

的确，"行到水穷处，坐看云起时"，真是"行无所事，一片化机"（沈德潜语）。由此观其诗，又如宋人所说："观其诗蝉蜕尘垓之中，浮游万物之表也。"

我在此还想到王维的另几行诗："遥爱云木秀，初疑路不同。安知清流转，偶与前山通。"这四句诗同样有行至水穷又见云起的禅机妙意。王维"纡回尽致地描画出这探寻与顿悟的程序来"（梁宗岱语）。

王维的《终南别业》（注：别业即别墅）总的说来写得脱略悠闲。五六句却回旋往复，有"目既往还，心亦吐纳，情往似赠，兴来如答"的彻悟之心境。

如今"行到水穷处，坐看云起时"，几乎已作为成语在用了。它的意思在当代多指天无绝人之路。不是吗？人之一生处处有这样的感慨，早年的红军以及普通人物时好时坏的命运，等等，不一而足。它当然也是另两行同样普及的诗之意思："山重水复疑无路，柳暗花明又一村。"或者再用大白话来说，就是东方不亮西方亮，黑了北方有南方。此外，它还有其他更多的意思，但需要我们去参悟。这两行诗如今早已超越了王维原初的意旨，达到了一部复杂而伟大作品的地位。它的复杂性前面已说一二，那么它的伟大性呢？

又如梁宗岱先生所说：

> 一切伟大的作品必定具有一种超越原作者的意旨和境界的弹性与暗示力；因为心灵活动的程序，无论表现于哪方面，都是一致的。掘到深处，就是说，穷源归根的时候，自然可以找着一种"基本态度"，从那里无论情感与理智，科学与艺术，事业与思想，一样可以融会贯通。

简而言之，梁先生在此指出了一切伟大作品的两个特征：其一，读者可以对作者的作品有不同的理解，即超越作者的意旨；其二，读者又能与作者的心灵或意旨保持同一性，即融会贯通。

以此标准来衡量王维这首诗，尤其是五六句，我们可以说王维达到了这个伟大的标准。这二句诗既单纯又复杂；我们既可遵循此道，又可悟处世事变之无穷的玄机。

王维这二句诗不仅在中国早已家喻户晓，而在古代的日本已是许多禅师们的座右铭了。在此，让我们来看一段"本有缘成佛"的公案，以期豁然大悟。

> 宗弼禅师有一天与关山大师问答。他先说："此心一了不偿失，利益人天尽未来；佛祖深恩难报谢，何居马腹与驴胎。"于是师问："心在何处？"答："充满了虚空。"又问："到底拿什么造福于天界世间？"答："行到水穷处，坐看云起时。"大师又问："如何报佛祖深恩？"答："头上顶天，脚下踏地。"大师大笑，赞道："上人今日是大彻大悟了。"

82　像古人那样去玩

汉江临眺　　王维

楚塞三湘接，荆门九派通。江流天地外，山色有无中。
郡邑浮前浦，波澜动远空。襄阳好风日，留醉与山翁。

　　细腻的王维也有泼出雄浑慷慨的笔墨的时候。这天，王维泛舟汉江，举目四望，以沉闲俊逸之情吟出这首《汉江临眺》。

　　起首二句，就率先点出汉江所在的地理形势，显得干脆而大气。接下二句单写远景，但读来有"羚羊挂角"之妙，着笔空蒙浩渺。王士禛评这二句说："江流天地外，山色有无中，是诗家俊语，却入画三昧。"平望过去，城郭似在水上漂浮，波涛似在长空运动。如此写来虽是视野所至，却也见出诗人胸中所容纳的壮丽山河。最后，诗人不吐不快，但又让勃发之气徐徐舒缓下来。也就是说，这里不再加速而是减速。王维临风把酒，开怀聊作一笔："襄阳好风日，留醉与山翁。"山翁典出《晋书·山简传》，说的是襄阳太守山简，当时常去山水园林游玩，每游必醉，醉后归家。这里，王维当以山简自况，想必这天他也要醉卧在风和日丽的汉江之上。如此纵情于山水的生活，实在令我辈后来文人艳羡不已。待得今年暮春，笔者也想邀二三知己出演汉江大醉一幕了。

83　花有千样红，不必问高下

归嵩山作　王维

清川带长薄，车马去闲闲。流水如有意，暮禽相与还。
荒城临古渡，落日满秋山。迢递嵩高下，归来且闭关。

此诗明白如话，读来落落自然，无须再作蛇足式的散文化解释。沈德潜说："写人情物性，每在有意无意间。"方回亦言："不求工而未尝不工。"都可谓是一语中的，颇能符合此诗恬淡清新之特点。宇文所安说：

回归是王维及同时代人诗歌中最引人注目的主题之一，所回归的是基本的和自然的事物。盛唐诗人以各式各样的"回归"显示了他们正在离开的地方：充满危险、失意、屈辱的京城社会的虚伪世界，以及京城的诗歌。可是，他们的"回归"目标以及对"自然"的定义，却往往大相径庭。

在王维诗中，回归的目标通常是一种寂静无为的形态：他选择的是将自己与现实世界分隔，而不是以放任行为显示对世俗礼法的蔑弃。王维的自由观念是"从……自由"，而不是"对……自由"。（《盛唐诗》）

在这一点上，王维和陶渊明是一致的。但是同样写归去，王诗与陶诗却还是有着大分别。陶潜作《归去来兮》是"情在骏奔"，犹如乘着欢乐的翅膀飞去；王维却是"车马去闲闲"，沉郁而恬淡地款款归去。前者激烈高扬，用一字来形容就是快；后者平缓舒朗，用一个字来形容就是慢。这其中有各人的个性及意趣，不可随意来分一个高下。二人均属第一流的世外高人。如此说，是想破一下中国人一贯的迷信，因为中国人动不动就一定要分一个胜负，一定要决出一个顶尖高手来，总之喜排座次，如《水浒传》中就排了一百零八个座次。试想，谁人能排王、陶二人的座次呢？花有千样红，而人各有所爱，重要的是花，而不是草就行了。

84　"粗"与"细"及"大"与"小"

终南山　王维

太乙近天都，连山接海隅。白云回望合，青霭入看无。

分野中峰变，阴晴众壑殊。欲投人处宿，隔水问樵夫。

太乙当指终南山，此山接近天帝之都，可见山之高。王维健笔凌云，上天入地，将终南山外貌神形玩耍于股掌之间，功夫之深厚令人刮目。

先写山之高峻，再写山之绵长（山脉延至大海边）；接着是白云环绕，雾霭空蒙；从中峰回望，阴晴变幻不定，此二句（五六句）写得粗大中有细腻。

最后诗人面对雄伟大山，继续从细小处着笔。这也是中国山水画家一贯的运笔方法，即大风景中有二三粒小人物。诗人因是大画家，当然深懂此道。末二句，二粒小人出场，旅人借问樵夫山中住处。王夫之对此二句曾有一番细致的评说，不妨抄录下来："'欲投人处宿，隔水问樵夫'，则山之辽廓荒远可知，与上六句初无异致，且得宾主分明，非独头意识悬相描摹也。"沈德潜也说："今玩其语意，见山远而人寡也，非寻常写景可比。"

王维正是以画家的目光，对远、近、高、低，尤其是粗与细及大与小的妥帖安排，沉沉稳稳剪裁出这座终南山的。

85　一首技术全面的绝顶好诗

观猎　王维

风劲角弓鸣，将军猎渭城。草枯鹰眼疾，雪尽马蹄轻。
忽过新丰市，还归细柳营。回看射雕处，千里暮云平。

我们知道唐诗中如按粗分，可分为文诗、武诗两类。王维这首《观猎》当属武诗一类。另外我们还知道，王维早期写过一些武诗，但他写得最多也最有名的还是他后期所作的大量文诗。

不过在此闲话少说，只说这首《观猎》之武诗。清人沈德潜在《唐诗别裁集》中如此评论此诗："章法、句法、字法俱臻绝顶。盛唐诗中亦不多见。"此诗确如德潜所说，堪称完美无瑕。

从此诗中，我们还见出一贯写慢诗的王维的另一面，那就是快诗。这八句诗写出猎（前四句）与归猎（后四句）可谓迅捷如风、一气呵成。顾小谢在《唐律消夏律》中说得最好：

> 此诗全是形容一"快"字，耳后风生，鼻端火出，鹰飞兔走，蹄响弓鸣，夫有瞬息千里之势。

顾随在谈及此诗时也言道：

> 王维的《观猎》像老杜，是向外的，好。
>
> …………
>
> 岂止不弱，壮极了。天日晴和打猎没劲，看花游山倒好。鹰马弓箭，有风才好。此诗"横"得像老杜，但老杜的音节不能像摩诘这么调和，老杜有时生硬。老杜写得了这么"横"，没这么调和；别人能写得调和，写不了这

么"横"。

王维这首诗写得颇为讲究，技巧相当高超。如施补华所说："起处有峻嶒之势，收处有完固之力，则中二联愈形警策。"一二句用倒戟法，笔势轩昂。这二句如果倒转便是凡笔（沈德潜语）。王维当然深懂此道，先写势，再写人，而不是先写人再写势。三四句正写猎字，精神十足，"枯""疾""尽""轻"四字俱佳，而其中"疾"字更是妙不可言。它不仅写出鹰眼的锐利，而且写出鹰飞扑猎物的动作，一个"疾"字含了多层意思，饱满而传神。五六句写猎后光景，"忽过""还归"一笔走过，具有运动的美丽英俊，而且自然呈现出归猎的欢快之速度。"新丰市""细柳营"两个地名用得含而不露且又平添了汉字的优雅，实属不易。末二句作回顾之笔，兜裹全篇，恰与起笔倒入者相照应，最为整密可法。可以毫不夸张地说，此首《观猎》有作诗的全部技巧，尤其值得我辈后来诗人细细研读并效法。

86　这两个字堪抵闪闪生辉的钻石

使至塞上　王维

单车欲问边，属国过居延。征蓬出汉塞，归雁入胡天。
大漠孤烟直，长河落日圆。萧关逢候骑，都护在燕然。

《红楼梦》四十八回香菱跟黛玉学诗，谈到这首诗时香菱笑道：

> "大漠孤烟直，长河落日圆。"想来烟如何直？日自然是圆的。这"直"
> 字似无理，"圆"字似太俗。合上书一想，倒像是见了这景似的。要说再找
> 两个字换这两个，竟再找不出两个字来。诗的好处，有口里说不出来的意思，
> 想去却是逼真的；又似乎无理的，想去竟是有理有情的。

香菱愚笨，其实，这烟如何不能直呢？要知道这烟断非人间炊烟，而是那
边地的狼烟呀。段成式《酉阳杂俎》中说："狼粪烟直上，烽火用之。"又宋
陆佃《埤雅》："古之烽火用狼烟，取其烟直而聚，虽风吹之不斜。"狼烟浓
厚故而笔直上浮，所以这"直"字乃是有根据的。

"大漠孤烟直，长河落日圆"，可以说是全中国人民都极为熟悉的诗句。这
二句诗结晶般地描写出祖国西部边塞雄奇壮丽的大风光，从小便被我铭记在心。
长大后读到王静安的评说，他称这二句诗"千古壮观"，此言精当之至，毫厘不虚。

清人刘熙载在《艺概·诗概》中说："王维诗一种似李东川（顽），一种
似孟浩然。"而这首《使至塞上》就犹如李顽所写的那类边塞诗。但五六句都
大大超出李顽的境界，一举成为千古名句：其中"直"与"圆"也从此成为西
域孤烟与落日的永恒写照，这两个字堪抵两粒闪闪生辉的钻石，不仅辉映在唐
诗中，也辉映在中华诗歌的史册上。

87　这诗里没有是非和美丑

秋夜独坐　王维

独坐悲双鬓，空堂欲二更。雨中山果落，灯下草虫鸣。
白发终难变，黄金不可成。欲知除老病，唯有学无生。

顾随说：

> 文人，特别是诗人，"自我中心"。人说话总是三句话不离本行。诗人写诗也有个范围，只是并非别人给他划出。
>
> …………
>
> 自我中心的路径有：一、吸纳的，二、放射的。吸纳——静；放射——动。一个人的诗也有时是吸纳，有时是放射。王摩诘五律《秋夜独坐》是吸纳的……《观猎》像老杜，是向外的……

还说：

> 诗之境界乃无意，如：
>
> 雨中山果落，灯下草虫鸣。
>
> 岂止无是非，甚至无美丑，而纯是诗。如此方为真美，诗的美。（《顾随诗词讲记》）

下面不妨就让我们来重复一遍这没有是非美丑的诗篇吧。

诗中说，在一个深秋的雨夜，王维独坐空堂，进入痴定状态。已是二更天色了，深山的果子在雨中飘坠，落入黑暗潮湿的泥土；孤灯下小院里的虫子在草丛间哀鸣。万物在寂静中发出微弱细小的声音，王维在寒夜中参禅，并觉悟到"山川溪色，皆悉佛性"的道理。渐渐地，王维又进入了自身的内部，或者说他正开始从体内观看自己。人生易老，已添白发，而"黄金"（即炼丹术）也不可挽留年华。老来又苦病繁多，如何是好呢？王维蓦然顿悟："唯有学无生。""无生"从字面上讲，即无生命状态，或不出生。但人已经出生，已获得生命，因此只有在生命中保持无生命状态，才能获得拯救，摆脱生老病死之苦。而什么又是生命中的"无生"呢？那就是素处以默，空心坐禅。王维"秋夜独坐"，直至二更天色，正是以身示法，学习"无生"，并从"无生"中穷尽生命的含义。

88　你听寂寞在唱歌

鹿柴　王维

空山不见人，但闻人语响。
返景入深林，复照青苔上。

赵毅衡在《诗神远游》一书中写道："西方诗是有一分讲成十分，作感伤性的发泄，中国诗是有十分只讲一分，隐而不露。因此'克制陈述'（understatement）是中国诗的基本手法。"这种手法，用庞德的话来说，就是"接近骨头"（nearer to bone）；或也可说接近罗兰·巴尔特所谓的"零度写作"。而此诗正是王维众多"零度作品"中的一首。

这首诗将中国山水的寂与幽写到了极致。寂中有声才是真正的大寂，幽中有光才是真正的大幽。王维能体会到这一层，全仗他的禅学功夫，同时他将自己的身与心完全融入自然之中。这四句诗使人读来似乎不是王维在说话，而是自然本身在说话。或者也可这样说，他以自然自身呈现的方式呈现了自然。

正如叶维廉所说：王维对物象作凝神的注视，不是从诗人的观点看，而是"以物观物"，不渗入知性的侵扰。王维在脱离了种种思想的累赘之后，仿佛具有了另一种听觉、另一种视觉（读者因而亦袭染了他的听觉视觉），听到他平常听不到的声音，看到他平常觉察不到的活动。这一切（在《鹿柴》中均已呈现）又正如陆机所说："课虚无以责有，叩寂寞以求音。"

王维为叩开"大寂"之门，在诗中他变成了寂寞本身，如寂寞在空山静享那青苔上最后一抹夕阳。他这样做了，因此寂寞才显形并对他说话，而他才记录下寂寞的话语（即本诗）并了解了寂寞的真秘密（声音与光亮）。一句话，王维知道了寂寞内部所脉动着的全部生命。最后，二者浑然莫辨。王维即寂寞，寂寞即王维，是王维在吟诗，也是寂寞在唱歌。

89 这简单的语言潜藏哲理

竹里馆 王维

独坐幽篁里，弹琴复长啸。
深林人不知，明月来相照。

在 20 世纪开头的几十年里，当外国诗人们大量翻译中国古典诗词时，曾经注意到这样一个现象，那就是正常的英语句法并不能很好地反映出中国诗歌中那种不确指的现象。为此，他们有意模仿中国句法而省略了冠词、指示代词，甚至主语，出现了一种所谓的"脱体句法"（disembodiment）。汉诗译家伯顿·华曾（Burton Watson）对此曾有过一个有趣的分析，而他的案例正是王维的这首《竹里馆》：

> 他认为，使用规范英语，翻译家无法对付这种人称、时态等都不清楚的诗。王维是有意识地安排他的自然意象，以创造一种神秘的气氛，一种"物体性"（bodilessness），这样就取得了一种抽象度，以使象征意义能清楚地表现出来。用这种办法，这首诗，就像王维的许多其他诗一样，虽然表面上使用最简单的语言写成，却是利用了古典汉语那种简洁和含混结合的敏锐性，暗示表面之下潜藏着的哲理。（赵毅衡：《诗神远游》）

这首诗美在何处？不言而喻，正如华曾所说，美在它的简单和含混，美在意境。此诗若译成现代汉语或外文，诗意将顿死。那么为何在这二十个字里却充溢着无尽的诗意呢？这在于我们对这幅月夜弹琴图的体悟，在于我们对这种遥远清幽生活的向往，在于我们尤其在春夜一边浅酌一边默读此诗所感到的幸福。

王维就这样，在"竹里馆"中为我们汉族人定下了一个美的标准。这个标

准正如闻一多先生所说:

> 王维替中国诗定下了地道的中国诗的传统，后代中国人对诗的观念大半
> 以此为标准，即调理性情，静赏自然，他的长处短处都在这里。

"调理性情，静赏自然"，王维不仅在"竹里馆"中如是做来，在《辋川集》中，在他一生的大部分诗作中都是如是实行的。

顺便再说一句，唐诗三分天下，成三足鼎立之势。李白一分为仙，杜甫一分为圣，王维一分为佛。由此可见，王维的伟大之所在以及他在中国精神中所占有的重要地位。如用两个字来概括中国精神．那就是慢与静。而王维在《竹里馆》里正体现了此点。

90　中国汉人幸福的境界

鸟鸣涧　王维

人闲桂花落，夜静春山空。
月出惊山鸟，时鸣春涧中。

王维这首抒写山中春夜景致的小诗，读后的确让人"万念皆寂"。叶维廉在分析它与王维的另一首意境相似的《辛夷坞》时，说道：

> 景物自现，几乎完全没有作者主观主宰知性介入去侵扰眼前景物内在生命的生存与变化。……作者仿佛没有介入，或者应该说，作者把场景展开后便隐退，任景物直现读者目前，不像大量西方的诗，景物的具体性往往因为作者的介入分析说明而丧失其直接性而趋向抽象思维……
>
> 王士祯解读严羽的禅悟诗时说，讲的就是这种自由无碍活泼泼的任自然事物自然兴现，他举的例子都是王（维）孟（浩然）一路，他说："如王（维）裴（迪）辋川绝句，句句入禅，他如'雨中山果落，灯下草虫鸣''明月松间照，清泉石上流'……"（《中国诗学》）

"花落"使得周遭的风物与看花人更加闲寂，山鸟的叫声使得春月朗照的空山更加幽静。总之，诗人王维为我们绘出的这幅山中春夜寂静图并非如《过香积寺》那样令人惧怕，而是给人带来某种幸福的感受与和平的心境。

这首诗不仅有画面、声音、动作、香气，同时还有禅机，有佛教之"静"与"寂灭"的大境界。而担任这大境界的并不是一首大诗，而是一首小诗。诗人正是从一粒沙或一朵小花中看到了一个伟大的世界。在这"无言独化"的春山中，诗人只选取万物万象中的几点，花落、月出、鸟鸣，就抵达了静中之动、动中之静、寂中之音、音中之寂、虚中之实、实中之虚……这一至深的"山水之道"，即"山水如何自成天理"的。同时，王维在这一刹那也顿悟了"人闲"的道理。

　　试想一位终日忙碌的人又怎能体会"人闲桂花落，夜静春山空"呢？然而现在的中国人日日在生意间奔走，这正是"活得匆忙，来不及感受"（普希金），殊不知岁月就在匆忙中流逝了，最后人也老了、死了。

91   小格局中亦有大快乐

漆园 王维

古人非傲吏，自阙经世务。

偶寄一微官，婆娑数株树。

后面我们会讲高适因当小官，备受折磨，试图归隐的《封丘作》一首；而此处我们却能读到王维因当小官，而得大快乐的另一番滋味。人生事业，心酸苦乐，大概全在个人的心境吧。不是说，有人望见半杯水，以为只有半杯，认为人生不满；但亦有人觉得还有半杯水，幸甚足矣。

好了，闲话少说，让我们回到诗歌本身来一睹这快乐。"古人"（在此指庄子）并非一傲吏，只是自觉缺乏经世治国的本领。这二句切入直接，属实写，看上去似未出什么诗意。但诗意紧接着在后二句出现了，并使这首小诗成为一个整体，含有丰富的诗意。

后二句王维寄托了他的人生理想之一种。那就是说，如果一个人只当一个不足道的小官，而且是随意当当，优游于山林，看看树木的婆娑，岂不是人生的一大快事吗？我们知道，小官就是小格局，但小格局中亦有大快乐。小官事务少，可常与三朋四友自成天下，赏花吃酒。也正如王维诗中所说，与几株树为伴，平生为此足够了。这也是中国文人一般的理想。当小官，无为而治，拥有一片风景，过半隐半仕的生活。

古罗马诗人贺拉斯也有类似的表达。当人们问及他的人生理想时，他认为他只要一个小院落，几株树，门前一湾流水就足矣。他虽未提到当小官一事，但其心境与中国古代文人之心境是相通的。他所处的现实是可以不当小官也可以在他向往的小格局中流连光阴的。而中国现实则有些不同，一个文人若连小官都不当，就根本谈不上"婆娑数株树"了。他只有四处痛叹，并嚎哭"茅屋为秋风所破歌"。从王维此诗，我们可以推出一个道理，即中国文人想当小官，是为了过一种文人的闲逸生活。在这种生活中，他们吟诗作赋的权利才可以得到保证。如果按今天的现实来说，那就是中国文人都想过一种小（或中）资产阶级的生活，要么就是地主的生活。在这样的生活里，他们又会重唱"漆园"之歌了。

92　这闲情让人涵泳

杂诗　王维

君自故乡来，应知故乡事。
来日绮窗前，寒梅著花未？

睹物思人，借景伤情，这是中国人为文作诗的主要手法，亦是《诗经》中最突兀的"比兴"之义理。王维所起的乡思，并不直接说出，而是辗转借问窗前的梅花是否开了说出的。"故乡事"似乎不用一一过问了，单问梅花的消息已足见乡思之浓（当然也有诗思之妙）。风雅的王维在清晨的窗前望着寒梅初放，内心涌起的除了乡思之外，还有多少淡淡的感怀。其心境想必也与藤原良房，这位日本古代诗人的一首古歌相近吧：

年岁过去，
身体虽然衰老
但看着花开，
便没有什么忧思了。

真的没有什么忧思了吗？王维或滕原。我想还是有的，只是那"忧思"已化为和平而幸福的闲情。这闲情让诗人们或懂得它的读者们涵泳流连，细细体悟。

93   相思的信物

相思　王维

红豆生南国，春来发几枝。
愿君多采撷，此物最相思。

中国的植物多有人意，常有别旨。比如，梅兰竹菊那是君子之谓，松柏常青那是长寿之征。此外，青草显春意，落红示无奈，秋叶见悲苦，蜡梅表贞洁，不一而足，处处有意，点点有趣。而何物最表相思呢？国人更是可以不费思索地引来王维这首《相思》。但相思有多种多样的情形，朋友间的相思，男女间的相思，亲人间的相思，等等。此诗究竟指何种相思，并不重要，也不必在此计较。它只是指人发乎于情，想念远方人而已。

此诗不仅在现代已成为一首老幼皆知的诗，早在遥远的唐代就已经相当流行了。它读来明白如话，素朴深沉，自然为大众所喜爱。

然而真正使这首诗唱彻神州、深入人心的应是开元年间京城最著名的歌唱家李龟年。安史之乱中，李龟年流落江南，常在飘零的贵族们的酒宴上演唱这首歌（由《相思》谱成的歌），同时还演唱王维的另一首著名的相思之曲《伊州歌》。每当李龟年面对良辰美景，歌咏"红豆生南国"或"清风明月苦相思"时，听者莫不掩泣罢酒，悲恸不已。

《相思》从此走进了中国人的心间，"红豆"自然也成了中国人表达相思的最美丽的信物。我们当然知道，红豆本是生长在中国南方的一种植物，这植物结出鲜红如豆的子来，故名红豆。民间也有红豆传相思之情的说法，但王维一锤定音，正式命名（官方意义上）了红豆作为相思豆的文本意义。

相思在中国人的心中，再也不仅仅是一种辗转反侧的思绪了，它获得了一个形象，一个细小而鲜红的豆状物；或者也可以说，它获得了一个汉族化的爱情暗喻。

94　简单的技巧

书事　王维

轻阴阁小雨，深院昼慵开。
坐看苍苔色，欲上人衣来。

哈佛大学的宇文所安给王维的评价是"简单的技巧"。他说：

> ……王维诗的简朴语言阻挠了一般读者对修饰技巧的兴趣，迫使他们寻
> 找隐含于所呈现的结构中的更深刻意义……王维力求某种真实性——不是从
> 类型惯例中获得的普遍反应的真实性，而是直接感觉的真实性。通过在诗中
> 描写所见而不是诗人的观察活动，诗人将使读者的眼睛重复诗人的眼睛的体
> 验，从而直接分享其内在反应。（《盛唐诗》）

在这首名为《书事》的即景小诗中，我们清楚地体会了这种作者自行消退，
而让事物自由自在的情境。它的真实性来自我们自己的观看，而非王维的叙述。

小雨初止，天气轻阴，白昼的深院闲闲而慵懒地开着。在这幅静寂的小景
中，还有更深的静寂呢。王维坐看青苔的颜色，仿佛入了禅定，在幻觉中，那
青苔的颜色似乎染上了他的衣裳。这是幽寂的幻觉所致，也是禅定的幻觉所致。
人与物能静到如此地步，诗人能表达到如此地步，可谓要感天地泣鬼神了。

"轻阴"二字，一起笔就渲染出浓郁的静气，"轻"字极为精确传神，写
出小雨后，天气阴而透明的样子，令人击节称绝。

在这里，我们不但感到了最静的诗，最静的人，最静的世界；也感到了一
种无须言说的状态，即王维不说，让"静"本身说。最后是静说出了静。

95　青春义气捉酒行

少年行　王维

新丰美酒斗十千，咸阳游侠多少年。
相逢意气为君饮，系马高楼垂柳边。

王维又以他飒爽英姿的一面，为我们着手成春地剪裁出一幅盛唐时期，京华一带少年游侠的日常生活图景。

开篇一句写酒，酒的青春勃发之气扑面而来；虽不见人，但已觉翩翩到来的"咸阳游侠"了。第二句只用了轻轻一笔，但与第一句的重笔正好形成轻重流利、婉转自如的朗诵声调，读来十分谐于唇吻，口感清朗，天然得了英雄少年之气息。这二句的确得了"一张一弛，文武之道"的神髓。

三句写少年游侠的风骨。他们一见倾心，快慰平生；真是人逢知己千杯少，少侠们壮怀激烈，相逢必"为君饮"。此句写得极有动感，而又从容豪迈。

末句更是妙不可言。王维突然转折，并不续写饮酒场面，而是"另起炉灶"来烘托画面。少侠们将马匹系在酒楼旁的垂柳边。不言而喻，他们要去高楼为"意气"痛饮一番了。末句如此写来，虽是虚写，却得了不尽之诗意。用马儿、高楼、垂柳来传达少侠们的饮酒光景，着实让人感到无限浪漫而又钦羡不已。

最后再补说一点，中国的古诗于技法上常有两事，一为留白写法，一为补足细节之法。前者正如此诗，写饮酒而不直面其宴饮过程、细部，而单表系马上楼这一行为，留足空白以供读者想象。这个写法后来宋人刘子翚也挥洒自如：

梁园歌舞足风流，美酒如刀解断愁。忆得少年多乐事，夜深灯火上樊楼。

至于后者，则恰与之相反，不留空白，而一一补足细节之场面，如我们将要于后面谈的李贺的《将进酒》一首，细致具体，"无微不致"。

96　重阳节的思念

九月九日忆山东兄弟　　王维

独在异乡为异客，每逢佳节倍思亲。
遥知兄弟登高处，遍插茱萸少一人。

在具体谈论王维的这首诗之前，我们不妨先来说说重阳节。在日人青木正儿的《中华名物考》中，关于重阳有如下叙述：

> 古时候中国汉代有个叫作费长房的有名仙人，有一天对弟子桓景说："九月九日你家有灾祸，但如果全家人一起把茱萸装在红袋子里挂在手臂上，登高而饮菊花酒，灾祸就能消除。"桓景依从所教，全家登山，傍晚回到家里发现鸡犬牛羊都死了，于是知道这是作为家族的替身而死的。

> 这就是九月九日重阳节人们佩带茱萸袋登高饮菊花酒的风俗的缘起。后来，也有把茱萸的子房直接插在头上的，以代替茱萸袋，到了唐代这种风俗就很普遍了，所以王维的《九月九日忆山东兄弟》诗有"遥知兄弟登高处，遍插茱萸少一人"的诗句。白乐天也有"舞鬟摆落茱萸房"的诗句。

王维自己当然不会想到，他十七岁时写的这首诗会因为第二句而成为千古绝唱。这首诗只是王维自己私下写的作客他乡的个人感怀，但如今的意义已被远远扩大了。在毛泽东时代，每逢佳节，人民要慰问解放军。报纸、广播、舞台演出最爱说的一句话就是"每逢佳节倍思亲"。这里的"思亲"当然是指思念亲人解放军。改革开放后，这句话仍在佳节（尤其是春节）被频频使用，但意思却不单指解放军了，也包括港澳及台湾同胞、海外侨胞等遍及全球的中国人。中国政府和大陆人民每逢佳节就会成倍地思念他们。

王维这句诗早已脱离了他那"九月九日忆山东兄弟"的狭小范围，而一举成为中华民族行大思念的典礼与仪式时一句隆重而热烈的口号。

　　少时，我也曾借用过这首诗，以表达我对另一位同学李果的思念。当时，他在城中，我在山上，可见只取了思念的大意而不准确，用得有些懵懂，至今引为憾事。

97　动人心弦的伤感

送元二使安西　王维

渭城朝雨浥轻尘，客舍青青柳色新。
劝君更尽一杯酒，西出阳关无故人。

这是王维又一首为人广为传唱的诗歌。由于被编入乐府，因此成为人们在离别宴席上演唱得最多的一首流行歌曲。此诗也叫《渭城曲》，或称《阳关三叠》。

顾随先生在点评此诗时专门以"伤感"和"悲哀"对举，认为："感伤是暂时的刺激，悲哀是长期的积蓄，故一轻一重。诗里表现的悲哀是伟大的，诗里表现的伤感是浮浅的。"但在王维的这首诗里：

> 以纯诗而论，以为艺术而艺术而论，前两句真是唐诗中最高境界。而人易受感动的是后两句，西出阳关，荒草白沙，漠无人迹。其能动人即因其伤感性打动今人的心弦。（《顾随诗词讲记》）

此诗起笔清新从容，落笔诚挚动人。前二句写渭城的晨景，正是轻风细雨，路上的尘土不飞扬了，刚好湿润。旅店在翠柳的带映下看上去也十分清新。"浥轻尘"三字用得俱妙，虽是写景，却显出王维温文尔雅的风度。如此风景，未见西域的壮烈，只是暗含离愁。后二句又款款道来，劝友人再饮一杯。因出阳关之后，就再无故人了啊。这二句似乎随口说出，却蕴含了无尽的深情。看来诗人深懂欲言又止的道理。而诗意也正好停在了这个劝酒的当口，让读者自己慢慢去体会。比如有人就从中看出了劝酒的技巧，也有人从中看出了惜别的深情。或许你会慢慢看出另一些东西。

98　轻舟和快意

早发白帝城　李白

朝辞白帝彩云间，千里江陵一日还。
两岸猿声啼不住，轻舟已过万重山。

李白（701—762），字太白，号青莲居士。祖籍陇西成纪（今甘肃秦安东），隋末其先人流寓碎叶（今巴尔喀什湖南面的楚河流域），他即于此出生。幼时随父迁居绵州昌隆（今四川江油）。二十五岁离蜀，长期在各地漫游。天宝初供奉翰林。受权贵谗毁，仅一年余即离开长安。安史之乱中，曾为永王李璘幕僚，因事败牵累，流放夜郎。中途遇赦东还。晚年漂泊困苦，卒于当涂。诗风雄奇豪放，想象丰富，语言流转自然，音律和谐多变。有《李太白集》。

这位唐代头号欢乐英雄，这位与美酒、佳丽、游仙长相伴的诗仙，这位"五岁诵六甲，十岁观百家"，十五习剑术，二十"申管晏之谈，谋帝王之术"的青年俊才，在五十八岁那年做了一次超越诗人的事，由此而撞上一桩不幸事件。

事件发生在安史之乱后。当时李白隐居在庐山屏风叠，每日饮酒赋诗、求仙问道，但同时也密切关注天下大事。天宝十五年（756），永王李璘欲与哥哥唐肃宗李亨争天下，亲上庐山请李白下山入幕府，李白慨然加盟。没想到不久，肃宗大胜，李白因而获罪，并入狱浔阳城，即后来宋江题反诗的那个江州城。对于此事，闻一多先生颇有微词，他认为：

> 李白在乱中的行为却有做汉奸的嫌疑，或者说比汉奸行为更坏。试想当时安禄山造反，政府用哥舒翰和封长清去抵御他，遭了大败，国家危机非常严重，所倚靠只有江南的财富和军队，而永王李璘按兵不动，妄想乘机自立，太白被迫接受伪署，还作诗歌颂他，岂不糊涂透顶！他无形中起了汉奸所不

能起到的破坏作用。（《闻一多论古典文学》）

后来，李白被判长期流放贵州夜郎。乾元二年（759）春天，李白带枷长行去夜郎，行至四川万县白帝城时，突遇大赦，终得放还。这正是"天生我材必有用"，"柳暗花明又一村"。夜郎不必去了，李白当即放舟东下江陵。

清晨白帝城的江边，李白登舟远行，周遭彩云飞渡、大好气象，只见诗人通首精神飞越，当歌一曲。

此诗洒脱骏利，真是快人快语，快船快意。在临空飞动中正如杨慎所说："惊风雨而泣鬼神矣。"沈德潜也在《唐诗别裁》中说：

> 七言绝句以语近情遥，含吐不露为贵。只眼前景口头语，而有弦外音，使人神远，太白有焉。

张岱说李白"遗响白云"，此首正是李太白"行到水穷处"遗响白云间之真实写照。不是吗？昨天太白还是阶下囚，只有无声垂泪；今天却一展轻快之歌喉，唱出一曲悠扬的欢歌。人生就是这样此一时、彼一时。然而一生都在寻求"突围"的李白必得神助，诗仙终归是诗仙，他已化险为夷，乘舟东进。

99 看到大平原的震惊

渡荆门送别　李白

渡远荆门外，来从楚国游。山随平野尽，江入大荒流。
月下飞天镜，云生结海楼。仍怜故乡水，万里送行舟。

李白二十六岁这一年"仗剑去国，辞亲远游"，开始了他青年时代的"壮游"时期。

由此诗可见，李白已出巴蜀，过夔门，来到湖北一带。

开篇二句写在湖北荆门送别同舟人的情形，也同时交代自己的行程。两个动词"渡远""来从"用得环环相扣又从容不迫，大诗人的风度已尽在其中了。

中间四句写湖北平原的风景，景中亦露太白高远的青春之志。太白蜀人也，蜀中少大平原，多崇山峻岭。此时，太白初遇广阔平原，又见浩荡长江在无涯的平原上滚滚东流，心中不觉澎湃欢喜。为此，应景作笔，皆从大气入手，单写明锐浩瀚之大风景。而五六句尤显李白后来"谪仙"之气象，写得惊心动魄而又无比壮美。你看，月映江水，恍如明镜从天而降；江上云气缭绕，犹如海市蜃楼。"飞"与"结"两个动词用得迅速笃定，又极具神采。

末二句，太白一面为远离故乡而感慨，一面又壮思遄飞，万里送行而又不得不别。正如后来太白所唱"直挂云帆济沧海"，好男儿当志在四方，岂能只在家枯守。虽"怜故乡水"，但太白已被命运所注定，他不得不远游。

100　李白式的友情与惆怅

黄鹤楼送孟浩然之广陵　　李白

故人西辞黄鹤楼，烟花三月下扬州。
孤帆远影碧空尽，惟见长江天际流。

这首送别诗既不同于王勃《送杜少府之任蜀州》中"儿女共沾巾"式的少年愁肠，也不同于王维《渭城曲》中"西出阳关无故人"的感伤体贴。李白此诗不着儿女情感，不述离别之苦，落笔在繁华时代、繁华季节、繁华都市，但满心之中有多少但看流水悠悠、斯人憔悴之意。

李白刚出蜀地，正当青春年华，就在他人生快意的当口，结识了隐居于湖北襄阳的孟浩然。浩然那时已名满天下，而李白才出道不久。他们二人的相见，用现在的话说，应是一位晚辈诗人去拜见一位大诗人。但太白诚挚自然，写了《赠孟浩然》一诗相送，作为见面礼也作为对孟夫子的仰慕。此事应看成文人相"亲"的佳话。

不久，孟浩然要去扬州游玩，李白专程饯行于黄鹤楼，并又赋得此诗，以送浩然去扬州。此时正是春意迷蒙的三月，而扬州的三月更是富贵温柔、十里春风。那有名的"扬州梦"正期盼着风流的诗人去实现并完成。扬州自古就是淮左名都，历来有"扬一益二"之说，"天下三分明月夜，二分无赖是扬州"，"夜市千灯照碧云，高楼红袖客纷纷"，"人生只合扬州死，禅智山光好墓田"。而正是这个我们中华古国最风雅、最繁华的梦中之城，才逗引出李白的向往，并以一句"烟花三月下扬州"将其尽括其中矣。难怪清人孙洙将此句赞为"千古丽句"。

通观全诗，李白不仅只此一句便写出了扬州的神韵，也借送孟浩然去扬州而表达了他自己对扬州的向往，友情与憧憬俱在，当属离别的欢歌（没有半点悲声）。

101　醉月迷花，风流天下

赠孟浩然　李白

吾爱孟夫子，风流天下闻。红颜弃轩冕，白首卧松云。
醉月频中圣，迷花不事君。高山安可仰，徒此揖清芬。

数十年前，闻一多先生在谈及孟浩然时，曾引李白的这首诗为证，他讲：

> 盛唐时代社会环境变了，人们复活了追求人格美的风气，于是这时期是
> 人的作品都能活现其人格，他们的人格是否赶得上魏晋人那样美固然难说，
> 但以诗表现人格的作风却比魏晋人进步得多。这中间，孟浩然可以说是能在
> 生活与诗两方面足以与魏晋人抗衡的唯一的人。他的成分是《世说新语》式
> 的人格加上盛唐诗人的风度，故他的生活与诗品的总成绩远在盛唐诸公之上，
> 无怪太白写诗赠他不道其诗而单道其人了。（《闻一多论古典文学》）

下面就我们一起领略李白这幅流水般绘来的风神散朗的高人隐逸图。

诗行开宗明义，李白直抒胸怀，以一个"爱"字总摄并引领全篇。接下来
是细写天下风流的孟夫子之形象以及李白热爱他的原因。

在李白的眼中，孟浩然年轻时就抛弃"轩冕"，即车马冠服，这里指仕途；
晚年又潇洒于松风白云间，走上归隐之路。"红颜""白首"两相对照，太白
写得既鲜明又稳当。浩然又如何具体"卧松云"呢？他常在清风明月夜，把酒
频频，沉醉至深，"频中圣"典出《三国志》中一个叫徐邈的人之故事，他欢
喜饮酒，称清酒为圣人，浊酒为贤人，中圣即醉酒也。

"迷花不事君"此句写得极有一番兴味。浩然的风雅已入木三分地呈现于
目前。他不仅醉酒，还要醉于花丛之中，颇有太白后来"天子呼来不上船"的
豪气。难怪二人心有灵犀，彼此欢喜。"不事君"那当然是说连君王都不放在

眼里。诗人马松对此句诗也极为欣赏，难怪他曾写出过"再见了，蜜蜂爸爸；再见了，我的妈妈花"这样的"儿语"，这也是我们这个时代最幸福最天真的儿语。

闲话说过，再看太白末二句对浩然的大赞美。他化用《诗经》中"高山仰止，景行行止"，单说这高山"安可仰"？既然太高不能仰，那就拜揖浩然高洁清芬的人品吧。

从李白所绘的这幅孟浩然醉月迷花图中，我们不仅看到了一个孟浩然，还看到了更多的诗人，他们正前赴后继地生活在醉月迷花之中。

102　陶然于酒醉之中

下终南山过斛斯山人宿置酒　　李白

暮从碧山下，山月随人归。却顾所来径，苍苍横翠微。

相携及田家，童稚开荆扉。绿竹入幽径，青萝拂行衣。

欢言得所憩，美酒聊共挥。长歌吟松风，曲尽河星稀。

我醉君复乐，陶然共忘机。

　　太白所吟唱的这首田园饮酒歌虽出自陶潜一路的大传统，但与陶潜还是有些不同。陶潜写田园饮酒诗内心十分恬淡，语气也极徐缓，如"采菊东篱下，悠然见南山""相见无杂言，但道桑麻长""过门更相呼，有酒斟酌之""白日掩荆扉，对酒绝尘想"，此类诗句均是款款道来并不灿烂飞扬。但李白写田园饮酒诗，尤其是单写饮酒诗时却是浓墨重彩、鲜亮刺目，不过此诗还算是收敛了一些。

　　夕暮与山月在这里有了一种人性的感情，它正随着李白的诗兴而感动。这天，太白踏着月色去终南山拜访一位叫斛斯的隐者。从诗中可见，二人惺惺相惜，一同去了附近的一户田家。这田家的院落幽静而清翠，二人在此欢言谈笑，吟风弄月，共挥美酒，直到星汉稀落。李白这时已大醉了；斛斯也饮了许多酒，心中十分欢喜。两人共陶醉在美丽夜色之中，忘记了人世的机巧。

　　此诗虽写要忘尽人事，寻求人生平静，但第十句中的一个"挥"字仍显出李白那压抑不住的英迈之气，全无陶潜的"浊酒且自陶"的真农家之心。这里可打一个比喻，如果说李白是少年，陶潜就是老人。这里，我还想起闻一多曾说过的一段话，十分有意思，现录于此："拿哭来作比喻，太白之哭像婴儿，并没有什么真正的人生病苦，子昂倒是像成年人的哭声，他诚然是有所激而发的，也就容易感人。"闻先生这段话对了一半，也错了一半，"对"是说李白像婴儿，"错"是说李白没有真的人生痛苦。我们知道华兹华斯这个英国伟大的浪漫主义诗人曾说过一句至理名言（诗句）：Child is the father of the man.（小孩是成年人的父亲。）由此句推之，小孩应比成年人更懂得人生的真痛苦。说了这些闲话，再转到正题上，李白与陶潜不能分一个高下，也就是说不能硬评出一个第一名来。二人只是异曲同工，平分秋色而已。

103　明月和我，还有我的影子

月下独酌　李白

花间一壶酒，独酌无相亲。举杯邀明月，对影成三人。
月既不解饮，影徒随我身。暂伴月将影，行乐须及春。
我歌月徘徊，我舞影零乱。醒时同交欢，醉后各分散。
永结无情游，相期邈云汉。

日本汉学家吉川幸次郎在讲述李白的这首诗歌时，用了以下这段最为平浅的语言。他说：

> 即使朋友一个也不在身边，对李白来说也有知己，那就是明月。独酌无伴时，就以明月为伴饮酒。呀，回过头来一看，还有一人，一个朋友。那就是我的影子。明月和我，还有我的影子。就这样三个人。喝吧！我唱歌的话，明月也会高兴起来；我起舞的话，影子也会起舞，多有趣呵！（《中国诗史》）

这是一个精心剪裁出来的场面，写来却是那么自然。李白月下独酌，面对明月与影子，似乎在幻觉中形成了三人共饮的画面。在这温暖的春夜，李白边饮边歌舞，月与影也紧随他那感情的起伏而起伏，仿佛也在分享他饮酒的欢乐与忧愁。从逻辑上讲，物与人的内心世界并无多少关系。但从诗意的角度上看，二者却有密不可分的关系。这也正是中国诗歌中的"兴"之起源，按现在的西式理论，那便是"物"乃人的心情之"客观对应物"（T.S.Eliot语）。而这"兴"从《诗经》开始就一直赋予大自然以拟人的动作、思想与情感，如"月出皎兮，佼人僚兮""愁月""悲风"，等等。李白此诗正应了这"兴"之写法，赋明月与影子以情感。也正如林语堂所说："它是一种诗意的与自然合调的信仰，这使生命随着人类情感的波动而波动。"但在诗之末尾，李白又流露出一种独而不独、不独又独的复杂情思，他知道了月与影本是无情物，只是自己多情而已。面对这个无情物，李白依然要"永结无情游"，意思是月下独酌时，还是要将这月与影邀来相伴歌舞，哪怕是"相期邈云汉"也在所不辞。可见太白之孤独之有情已到了何等地步了！

斯蒂芬·欧文曾说："诗歌是一种工具，诗人通过诗歌而让人了解和叹赏他的独特性。"李白正是有了这首"对影成三人"的《月下独酌》，才让我们了解和叹赏他的独特性的。今天，无论男女老少，任何一个中国人，只要他举杯浅酌，都会吟咏"举杯邀明月，对影成三人"以表他对所谓风雅与独饮的玩味。而这首诗的独特性早已化入我们民族的集体无意识之中了。

104　清水芙蓉，家弦户诵

静夜思　李白

床前明月光，疑是地上霜。
举头望明月，低头思故乡。

我们常说诗贵在朴素自然，李白本人亦说"清水出芙蓉，天然去雕饰"，但这个标准是最难把握的。有些人为求朴素自然，却过了头，将诗或文写得如白开水一般。朴素自然的要诀是个中的境界。犹如一个人的能力有大小一样，一个人的境界也有高低之分，他因人的天性、胸襟、修养而定。胡应麟说："太白诸绝句，信口而成，所谓无意于工而无不工。"又说李白此首诗"妙绝古今"，也是说它达到了朴素自然这个标准。我以为此诗并不在构思的精巧、语言的明白如话，而在于李白是有境界的。"举头望明月，低头思故乡"，诗人举手投足、静夜思乡的神形写得十分落落大气、浑厚深长。一看便知，诗人是一个有相当自信心的人，为人处世绝不小气，更不会一味地锤炼经营，非得做"语不惊人死不休"之状。

此诗从诞生的那一刻起，就开始广为流传。如今每一个中国人，甚至连五岁孩童都能背诵，的确是令人震惊的。

我们不妨也看看我们的邻居日本人对此诗的翻译和解读。兴膳宏在《中国古典文化景致》一书中多处提及《静夜思》。这里我只录《李白与月》一文中提及的相关内容。其他的部分，读者如有兴味，可自寻来一阅。文中称：

　　所谓"床前"，是指在床的前面的意思。中国的情况虽然与西方稍有不同，但也使用床。这种床是固定的，大多设置于相同的地方，不仅可以在上面睡觉，而且可以在上面一边看书，一边做一些琐碎的事。

　　当月光照在床上的时候，给人产生的感觉是："啊！地面好像下了霜一样啊。"在这里，月光被当作地面上的霜，成为人们身边近距离的东西。

李白把月光比喻成地上的霜，这种写法确实非常高明，这首诗的判断也非常有意思，充满奇特的想象。

"举头望明月，低头思故乡。"

当月亮升起时，月光应该是照在山上，故而才能看到月亮。站在床头，眺望头顶的月亮时，低头就会想到故乡，由望月想到故乡也就成为极其自然的事情。作者在这里所感受到的即是上述的心理状态，因而便也不由得望月而思乡了。

通过月亮的媒介，人与故乡联系在一起，这种吟咏方法从《静夜思》中是可以看出来的。这种吟咏方法是中国诗人传统的写诗方法，李白对此虽然有所因袭，但又不是单纯的继承，他以独特而敏锐的感觉，为自己的诗歌创作带来一种新鲜的意味。

105　相见之欢来自无理之妙

春思　李白

燕草如碧丝，秦桑低绿枝。
当君怀归日，是妾断肠时。
春风不相识，何事入罗帏？

春思从燕秦两地春天的景物开始。征夫在燕地，思妇在秦地。李白先从远景入笔，再带入近景，别有格式与张力，同时也为照应下两句。

三四句仍先说夫君将从边塞归来，再说思妇之情状。思妇是何等情状呢？乍看起来似不合理，既然是夫君归来，为何她还要愁断肠呢？须知这正是诗人运笔绝妙之处。表面无理，若细细玩味，却是蕴含至情至理。思妇日日思君，愁肠百结，而一旦知他回归，更是悲喜交集，酸甜苦辣一并涌来。在这心情澎湃的当口，正话反说，使诗情之张力更有了一种紧张感，诗意也在这一刻陡地应运而生了。

接下来，太白再接再厉，又以无理之妙往更深处挖掘诗之张力。思妇突然对春风（已拟人化了）说起话来，埋怨春风为何来吹动她的床帐，即撩拨她的春思。太白这最后一转一顿，诗在问句中刹那收住，却是恰到妙处，读来令人涵泳至深。

106　相思情与民族恨

子夜吴歌　李白

长安一片月，万户捣衣声。
秋风吹不尽，总是玉关情。
何日平胡虏，良人罢远征。

　　秋深了，思妇们又在为征夫们准备冬衣。头四句，李白从大象入手，为我描绘出长安城的秋月下万户捣衣的壮观景致。这里有光，有影，有风，有人，还有声音。随手四句就打开了我们的五官，使我们能全身心地感受到这动人的一刻。亲人们远在玉门关，但秋风依然吹不尽思妇的想念之情。这四句看似平常却天然入妙、情景和谐。王夫之誉之为："前四句是天壤间生成好句，被太白拾得。"的确是俯首拾得，但没有太白的身手又何从拾得。

　　有关末二句，还有一些说法。有些人觉得应删去。田同之在《西圃诗说》中这样说道："余窃谓删去末二句作绝句，更觉含浑无尽。"然而田氏岂不知这正是歌谣之妙，"声势出口心"。李白这末二句正好使思妇之情有了一个踏实的落脚处，有了一番令人悬想回味的圆满结局，同时也让一首诗有了一个完全的交代。终有一天边烽歇息，良人从此不远征，李白最后这一问，其实应读成感叹句。

　　李白这首以大诗口气写成的小诗，笔者以上皆是从技术方面来说的，而且原来的标题也是从技术方面考虑的。但诗人马松却更着重于内容，因此改为"相思情与民族恨"。此番改动同样准确。思妇与征夫两地相思又不得相见，何为？还不是边关年年战事不断。这理所当然是我民族之恨了。

107　浑雄之中多少闲雅

关山月　李白

明月出天山，苍茫云海间。长风几万里，吹度玉门关。
汉下白登道，胡窥青海湾。由来征战地，不见有人还。
戍客望边邑，思归多苦颜。高楼当此夜，叹息未应闲。

明代胡应麟在评论此诗时曾说："浑雄之中，多少闲雅。"此说当称言简意赅，一语中的。此诗前四句是典型的李白笔法，他以他一贯的浑雄磅礴之气一举将边塞辽阔浩渺的风光尽收眼底，令我辈读来真有明月长风苍茫吹度的壮丽之感，气概与品格也似乎随着太白的雄姿而升华。后四句太白轻转一笔，写征夫思妇的思念之情，这正是从闲雅处着色，显出李白豪气中有婉约，心胸随张随弛，从容自如得很。这两两对照（浑雄与闲雅）又天然入扣，非等闲之辈可以出之，而太白单手写来却是十分珠联璧合，婉转流畅，平添了一番诗之张力与美感。而中间四句却写得踏踏实实，只叙事，讲边塞历来是争战之地。由于有了这四句之"实"，前四句与后四句的"虚"才得以承诺。情景交融、虚实相间也才一并抵达了写作的法度，而这个法度是多少人不能抵达更不能掌握的。但太白得来全不费功夫。

最后补一句，"汉下白登道"是说汉高祖刘邦出兵白登道（今山西大同市）讨伐匈奴之事。胡兰成说："李白诗里的思妇是尚在想着征人，有两种不同的写法，遂觉更是好的了。中间'汉下白登道，胡窥青海湾'，简略而不着色，却能没有不足，此等处最是汉诗的本领。"（胡兰成：《中国文学史话》）

108　一首后现代主义诗歌

长干行　李白

妾发初覆额，折花门前剧。郎骑竹马来，绕床弄青梅。
同居长干里，两小无嫌猜。十四为君妇，羞颜未尝开。
低头向暗壁，千唤不一回。十五始展眉，愿同尘与灰。
常存抱柱信，岂上望夫台。十六君远行，瞿塘滟滪堆。
五月不可触，猿声天上哀。门前迟行迹，一一生绿苔。
苔深不能扫，落叶秋风早。八月蝴蝶黄，双飞西园草。
感此伤妾心，坐愁红颜老。早晚下三巴，预将书报家。
相迎不道远，直至长风沙。

　　现在中国有些诗人专心于写日常生活或商业生活，并冠了一个全球通用的
名号"后现代主义"，自此就以为找到了一个史无前例的法宝。殊不知，唐代
的李白也作过这类日常生活或商业生活的诗篇。这正应了"太阳下面无新事"
的话语，"后现代主义"的写作方法早在唐代就已有之，并无什么特别新鲜之处。
　　如果再往前追溯仿佛还可上延至南朝的乐府诗。我们知道，南朝乐府有吴
歌、西曲之别，前者柔媚，后者真率。但大抵都是富庶的长江沿岸城市里的水
调谣曲，属女子的思君情歌，哀怨缠绵。特别是西曲多写水边旅人思妇的别情，
表现船户、贾客的生活。鲁迅说："如子夜歌之流，会给旧文学一种新力量。"
或许，说的正是这古诗中的新意和后现代吧！
　　李白这首《长干行》可看成"后现代主义"诗歌的率先之作。下面且看此
诗如何写来。
　　此诗主旨是写商人之妻忆念从长干（即南京古时里巷）去长江上游四川东
部（即诗中的三巴：巴郡、巴东、巴西）经商的丈夫。写法却是夹叙夹议兼及
抒情。文字毫无雕饰，除个别用典之外，一律明白如话，几乎是用现代口语写

成。同时，李白也一反中心话语，大力采掘现实（或市俗）题材。

全诗以女主角的口气来写，以年龄推进为序。先说小女子童年时头发披复，在门前折花玩耍游戏（诗中"剧"字指游戏）。接着太白将游戏写得更仔细一些，男女儿童的游戏是"骑竹马"（男方），"弄青梅"（女方），同处一巷，两小无猜。但青梅竹马的情窦也从此初开，当然，"青梅竹马"的成语也从此诞生。十四岁时，小女子初为人妇，情状颇为娇羞，令人怜惜。十五岁时，已懂为妇之道，愿与夫君同生死，本已信誓旦旦、恩爱不分，哪里想过会上"望夫台"受相思之苦。"抱柱信"典出《庄子·盗跖》：说一个名叫尾生的人，与一女子约会于桥下，尾生先到，忽遇水涨，尾生抱桥柱不愿离去，以免失信于女子，结果被水淹死。后人因此有"抱柱信"之说，意指守信约。十六岁时，丈夫就去三巴经商了，小女子好不担忧，瞿塘峡口"滟滪堆"是一块大礁石，五月水涨，行船易触礁出事，两岸猿声也凄凄哀鸣。接下八句写小女子所受的相思之苦状。门前等待所留下的足迹已长满青苔，黄叶飘飘，蝴蝶翻飞，妇人触景生情，顿感伤心断肠，而年华消磨，红颜渐老，更是她痛中之痛。末四句，妇人只有寄望远方人从三巴回归时，先报一个音信，她好早早去"长风沙"（今在安徽安庆市东长江边上，距金陵七百里）迎候夫君。

这就是一个商人之妻的日常生活写照，李白洋洋洒洒将其写出。有关这类题材，李白还写过《江夏行》，也是写思妇忆夫君从江夏去扬州经商的苦楚。其中有"谁知嫁商贾，令人却愁苦""悔作商人妇，青春长别离"，这些诗句全是直言做商人之妻不好。联想到目前中国，女人多愿嫁与商人为妻，实在有一种新鲜好奇的感觉。或许真的是如 W.B. 叶芝所说："一切都变了，一种可怕的美已经诞生。"

109　我本楚狂人，凤歌笑孔丘

庐山谣寄卢侍御虚舟　李白

我本楚狂人，凤歌笑孔丘。手持绿玉杖，朝别黄鹤楼。
五岳寻仙不辞远，一生好入名山游。庐山秀出南斗傍，屏风九叠云锦张，
影落明湖青黛光。金阙前开二峰长，银河倒挂三石梁。
香炉瀑布遥相望，回崖沓嶂凌苍苍。翠影红霞映朝日，鸟飞不到吴天长。
登高壮观天地间，大江茫茫去不还。黄云万里动风色，白波九道流雪山。
好为庐山谣，兴因庐山发。闲窥石镜清我心，谢公行处苍苔没。
早服还丹无世情，琴心三叠道初成。遥见仙人彩云里，手把芙蓉朝玉京。
先期汗漫九垓上，愿接卢敖游太清。

如前面所说，李白遇大赦后，早发白帝城，沿江而下，一路上心情十分畅快。当轻舟到得浔阳，太白又乘了诗歌的翅膀，飞向庐山，来一番旧地重游。这时的李白早已拂去"达则兼济天下"之心，而踏上了求仙之路。一腔仙气正带动着他的诗篇在庐山上天入地，热烈非凡。

本诗一开篇，就口出豪言，令人震撼，同时也抛出掷地有声的人生观。"楚狂"名叫接舆，春秋时楚人。孔子去楚国，接舆在他车旁唱歌，首句云："凤兮，凤兮！何如德之衰！"因此有"凤歌"之说。李白化此典入诗，用得神妙无比，不仅表明了心迹（绝非孔子奔走于官道的行为），同时还以白眼望青天的傲气压孔子一截。如此率真豪迈，非李白不敢为之。这样的起句起得太高，一口气提将起来便是高潮，若是一般人物恐怕难以后继，但以李白才力却不足挂齿。但见他又随手轻笔一转，勾勒出一个形迹脱略、风神散朗的半人半神的自画像。这二句也见出李白是一个极会写诗之人。先起了一个高潮，但又缓缓向前移一步，这一步看上去只是一般交代，但却将诗之气韵谐调到张弛有度的最佳状态。现在他可以不急不慢，犹如江中波浪自然向前了。

这位"寻仙不辞远""一生好入名山游"的诗仙在此开始浓墨重彩、迂回错落地将庐山真面目层层写出，读来实在是灿烂缤纷，令人眼界大开。这段写景，太白笔姿飞动，尽从大处入手，写得好生快意酣畅。此等笔法，唯有神灵之子才可出之。难怪太白被誉为"谪仙人"，此说精妙。

写完庐山雄奇秀丽的风光，太白再起一个层次，专写修炼升仙之道。美景与成仙，是多么天然的扣合，真是景中有仙，仙中有景，二者浑然莫辨，融为一体。"还丹""琴心三叠""玉京"皆是道家用语，《唐诗三百首》均有详细解释，在此不想拾人牙慧，故不讲解。

最后，李白似乎真的驾驭诗歌飞上九天。他已预先感到汗漫（即不可知之神仙）在九垓（九天）之外相招，并愿接卢敖博士漫游仙境。此时的李白在幻觉中已忘却了人间的一切，自从在白帝城轻舟进发，一路到得庐山之后，一切苦难都灰飞烟灭，他已乘风飘去，迎接他的将是另一番万千气象。

110　睡梦中的意志

梦游天姥吟留别　李白

海客谈瀛洲，烟波微茫信难求。越人语天姥，云霓明灭或可睹。

天姥连天向天横，势拔五岳掩赤城。天台四万八千丈，对此欲倒东南倾。

我欲因之梦吴越，一夜飞度镜湖月。湖月照我影，送我至剡溪。

谢公宿处今尚在，绿水荡漾清猿啼。脚著谢公屐，身登青云梯。

半壁见海日，空中闻天鸡。千岩万转路不定，迷花倚石忽已暝。

熊咆龙吟殷岩泉，栗深林兮惊层巅。云青青兮欲雨，水澹澹兮生烟。

列缺霹雳，丘峦崩摧。洞天石扇，訇然中开。

青冥浩荡不见底，日月照耀金银台。霓为衣兮风为马，云之君兮纷纷而来下。

虎鼓瑟兮鸾回车，仙之人兮列如麻。忽魂悸以魄动，恍惊起而长嗟。

惟觉时之枕席，失向来之烟霞。世间行乐亦如此，古来万事东流水。

别君去兮何时还？且放白鹿青崖间，须行即骑访名山。

安能摧眉折腰事权贵，使我不得开心颜！

　　西格蒙·弗洛伊德的精神分析之法，如今早已是全球尽知了。他的"释梦"理论，更是让那些眠梦中无可解说的荒诞离奇找到了现实依据和童年根源。只可惜，他的理论是在一群精神病患者身上发掘出来的，以至于人们对这样的言论总抱有一定的怀疑心理。但是，如若他读过李白这首梦游记，想来也不必要做那么多引人怀疑的临床分析了。

　　好了，闲话少说，让我们回到李白的这首记梦诗中来。

　　天宝三年（744），李白被玄宗赐金放还，这一年他已四十五岁了。出了翰林院后，他离开了长安，回到东鲁，不久又从高天师受道箓，遁入方外；还在他家附近建了一座酒楼，日夜沉醉其间，正是"常时饮酒逐风景，壮心遂与功名疏"。天宝四年（745），李白动荡的心灵又安定不下来了，他决定南下吴越，在告别东鲁诸公的酒宴上，太白神思飞越，一口气写下这首与天地星辰同呼吸、与天仙神灵相往来的旷世名篇。

全诗剖为三个层次。第一层写梦之缘起，因海上来客对他谈起过瀛洲（即海市蜃楼或蓬莱岛），吴越来人又向他谈起天姥山（即浙江天台山）。由于瀛洲难求，太白在此单言天姥山。五六七八句尽写天姥山的雄奇伟壮，用语虽极为夸张，但蓄势尤其厚实有力。第二层由"我欲因之梦吴越"到"失向来之烟霞"，在此，太白以疾风闪电的笔力从四面八方挥洒书写梦中之境。太白在梦中攀登青云梯（即天梯），"见海日""闻天鸡""熊咆龙吟"，山林战栗。此等景象读来已令人喘不过气来，但太白精神太足，依然滚滚向前，直逼神仙世界。神仙们从天而降，风为他们的骏马，云是他们的衣裳，甚至老虎为其鼓瑟，鸾凤为其驾车，仙人们一大群，简直列如麻。就在这最光华璀璨的关头，李白突然惊醒，发出长叹，原来眼前唯有枕和席，刚才祥瑞的烟霞全已消失。第三层从"世间行乐亦如此"到结束，此层写梦醒后的感叹，及继访名山的风雅。末二句更是一吐心中恶气，直抒人生理想。一位伟大诗人的形象从此在这里得到确立。李白，虽然闻一多说他如婴儿一般，但正是这位梦游的婴儿终于成为所有诗人的榜样，这位"天子呼来不上船"的婴儿使我们懂得了如何去做（仅仅是做）一个人！做一个每时每刻都"仰天大笑出门去"的人！前人评此诗谓：

> 以气为主，以自然为宗，以俊逸高畅为贵，咏之使人飘扬欲仙。此篇夭矫离奇，不可方物，然因语而梦，因梦而悟，因悟而别，节次相生，丝毫不乱，若中间梦境迷离，不过词意伟怪耳。

此说精妙无比，专录于此，以作艺术之讲究。这位"梦中往往游仙山"的诗人正是这样梦游天姥山的。最后说一点逸事。毛泽东从年轻时起就很喜欢这首诗，而且能倒背如流。他在湖南长沙第一师范学校读书时，曾在一次图画课上创造性地引用了"半壁见海日"一句。这里让我们来听听他的现身说法：

> 我尤其讨厌一门静物写生必修课。我认为这门课极端无聊。我往往想出最简单的东西来画，草草画完就离开教室。记得有一次我画了一条直线，上

面加了一个半圆，表示"半壁见海日"。（《西行漫记》）

而我也正是从《西行漫记》中这一段第一次领略到李白的风采的。"半壁见海日，空中闻天鸡。"这是多么奇美的画面，而我十二岁读到时的感受又是那么新鲜古怪。

111　分别也能是欢歌

金陵酒肆留别　李白

风吹柳花满店香，吴姬压酒劝客尝。
金陵子弟来相送，欲行不行各尽觞。
请君试问东流水，别意与之谁短长？

自古以来写送别之诗都以哀愁立意。而李白此诗却陶陶欢乐，十分与众不同。可见太白确是诗人中最潇洒的一位，是真正的欢乐英雄。

开头一句就见出太白飘逸轻快的精神。春风释怀，杨柳飞絮，一间酒肆正满店飘香。接着又是吴姬劝酒，金陵子弟簇拥相送。李白欲行而子弟不行，但都举杯痛饮，享受眼前江南春光。这正是诗人最心爱的场面，有美酒、有红粉，有欢宴的热闹，真可谓诗意皆足了。如此送行，自然没有半点悲伤。太白最后一问当着妙笔，别意与东流水谁短谁长呢？这个计较悠然不尽，单留与读者吟咏流连，细细玩味。而这多少又让人不禁想到后来，李煜有句："问君能有几多愁？恰似一江春水向东流。"愁绪飘荡，总似汤汤流水，绵长不绝，让人欲说还休，欲言又止。

此诗语言流畅明白，不作雕刻。线路虽短，但清晰可辨。先写场景，再写人物，后写人物之活动，最后飘然一问才将意境托出。个中尽管有这些讲究，但对太白来说却是脱口吟出。立意特别，技艺完美，为李白磅礴大诗中的一首小欢歌。

112 八世纪的嬉皮

宣州谢朓楼饯别校书叔云　李白

弃我去者，昨日之日不可留。乱我心者，今日之日多烦忧。
长风万里送秋雁，对此可以酣高楼。蓬莱文章建安骨，中间小谢又清发。
俱怀逸兴壮思飞，欲上青天揽明月。抽刀断水水更流，举杯消愁愁更愁。
人生在世不称意，明朝散发弄扁舟。

此诗读罢，不禁又要感叹一句：太白之诗真是首首见其一贯潇洒之形象。
奚密在谈到该诗的最后一句时，用了以上这个标题，也算是为李白画了一个形
象。而至于如何会有这样的形象，我们不妨先听听她的理由，而后再到诗里诗
外看看这样的提法是否恰切。在《诗生活》一书中，奚密言道：

> 作为文化符号，发式一如服饰，被用来标志性别、年龄、阶级、职业之别。
> 而拒绝遵守符号传统，则象征对世俗规则的摒弃与个人性格的标榜。李白的
> 《宣州谢朓楼饯别校书叔云》最后两句有云："人生在世不称意，明朝散发
> 弄扁舟。""散发"和"弄扁舟"两个意象同质且互为表里。"散发"相对
> 于"束发"，泛舟赏月的"江湖"相对于钩心斗角的"庙堂"。诗人欲从社
> 会框架中的"我"回到天然本真的"我"。只有打破人为规矩的束缚，才能
> 返璞归真，逍遥自在。
>
> 　8 世纪的李白和 20 世纪欧美的嬉皮，在这点上不谋而合。1960 年代
> 有一首流行歌叫《进来吧！》（Walk Right In），主题的歌词是："进来
> 吧！坐下吧！爸爸，披散你的发！""披散你的发"（Let your hair hang
> down）这句话进入日常美语，通用至今，是叫人不要古板拘谨，放松一下的
> 意思，接近"loosen up"的说法。披头散发正是当年嬉皮的注册商标。外形
> 上，他们既拒绝保守的西装头，也自别于油光光的"包头"。理念上，从反

战到东方玄学，从人权到回返自然，他们是"垮掉的一代"，追求另类的音乐、文学、艺术及生活方式。在邋遢的外表和异端行径的背后，是对体制的批判以及大同世界的理想主义。当披头散发蔚然成风，嬉皮所代表的政治与文化运动便产生了巨大而长远的影响。

听完了奚密的这段论述，感受了李白的"嬉皮"形象后，最后让我们回到诗歌上来。我们知道李白平生最喜欢大小二谢（即谢灵运、谢朓）。他自比为小谢，亦清发多奇（由此诗可见），同时还认为他的朋友李云（宣州秘书省校书郎）的文章有建安风骨（也由此诗可见）。看来二人心心相印，关系非同一般了。

这天，浪游惯了的李白又坐不住了，他要离开宣州。李云在谢朓楼为李白饯行。饮酒途中，一首千古绝唱的诗篇也随之诞生了。

此诗的起句尤其突然。李白一鼓作气写出二行长达十一字的长句，率先将心中的至深烦忧与郁闷以及愤烈一腔倒出，干脆坚决，不做半点掩饰。李白为何如此烦忧？我们知道像李白这样的天才诗人内心是极其复杂的。他具有多重面目，多重人生理想。他一会儿是诗人，一会儿是隐士，一会儿是刺客，一会儿是游侠，一会儿是策士，一会儿又是酒仙。如此多的形象，如此多的任务，李白要一一完成，岂不是"难于上青天"吗？因此，太白时时感到心焦难耐。从本诗窥察，李白也将其烦忧说得明白，那就是"人生在世不称意"。其实谁的人生又是称意的呢？每一个人的人生都是烦忧，上至皇帝下至百姓无一能幸免。然而此点也无须纠缠，须知太白这是在作诗，作诗就是一口气，在太白这里就是一口豪侠之气、慷慨之气、神仙之气。

龚自珍曾说："儒、侠、仙实三，不可以合，合之以为气，又自白始也。"真是一语说破太白天才的秘密。太白正是以这股儒、侠、仙三气为一气，才写出这首杰作以及众多杰作的。

"蓬莱文章建安骨，中间小谢又清发"可谓儒气，接下二句可谓仙气，再接下二句可谓侠气。三气俱在，又合而为一，非李白不可有第二人。

"抽刀断水水更流，举杯消愁愁更愁"写得十分高华英俊。虽是比兴写法，但极有创意，读来有金石声，特别宜于朗诵。用语明白，似无修饰，但给人有不着一字尽得风流之感。难怪这二句在中国早已家喻户晓，人人会诵。

末二句写太白执意要去走落魄潦倒之路，但读来铿锵有力，给人一种精神俊朗、豪迈端正的落魄形象，因此这种潦倒样子并不可悲可怜，反而令人神往。太白连自暴自弃都写得如此美丽，可想太白是何等可喜可爱的人物。

此诗在艺术上有很大的难度。因全篇起落无迹，断续无端，起句很陡，中间与最后转折又大，烦扰与欣喜在其间并举流转，极不易把握，弄不好就会把诗绪搞到"剪不断，理还乱"的地步。但李白一口气上来，随心所欲，让急与缓收发自如，最后天然结晶。

113　一夫当关，万夫莫开

蜀道难　李白

噫吁嚱，危乎高哉！蜀道之难，难于上青天！
蚕丛及鱼凫，开国何茫然。尔来四万八千岁，不与秦塞通人烟。
西当太白有鸟道，可以横绝峨眉巅。地崩山摧壮士死，然后天梯石栈相钩连。
上有六龙回日之高标，下有冲波逆折之回川。黄鹤之飞尚不得过，猿猱欲度愁攀援。
青泥何盘盘，百步九折萦岩峦。扪参历井仰胁息，以手抚膺坐长叹。
问君西游何时还，畏途巉岩不可攀。但见悲鸟号古木，雄飞雌从绕林间。
又闻子规啼夜月，愁空山。蜀道之难，难于上青天，使人听此凋朱颜！
连峰去天不盈尺，枯松倒挂倚绝壁。飞湍瀑流争喧豗，砯崖转石万壑雷。
其险也如此，嗟尔远道之人，胡为乎来哉！剑阁峥嵘而崔嵬，一夫当关，万夫莫开。
所守或匪亲，化为狼与豺。朝避猛虎，夕避长蛇，磨牙吮血，杀人如麻。
锦城虽云乐，不如早还家。蜀道之难，难于上青天！侧身西望长咨嗟。

李白带着他的诗与剑出川之后，开始在以安陆为中心的地区漫游。三十五岁后，他将家搬去了山东济宁，但他那日夜不宁的自由之魂仍不能歇息，他继续在祖国的名山大川间漫游。此时他已在民间享有极高的诗歌地位了，但京城他还不能说彻底征服。

天宝元年 (742)，四十二岁的李白带着他那神奇莫测、璀璨炫目的《蜀道难》进入长安。他一到长安就去拜访唐玄宗十分器重的宫廷诗人贺知章。知章见李白状貌不凡，便主动叫他拿作品来读。太白当即出示《蜀道难》，知章读后大惊，呼他为"谪仙人"。这故事说得明白，知章对太白的评价其实质就是此等作品非仙人不可出之。

李白一首《蜀道难》名动京都，一时京城文人雅士大哗，均以为仙人来了。玄宗皇帝也受了震动，旋召李白进宫，赐为翰林，不在话下。

我们知道李白最擅写乐府与歌行，因此种形式正好适合他狂放不羁、痛快淋漓的性格。下面让我们来看看这首"落笔摇五岳，笑傲凌沧州"的雄奇诗篇吧。

全诗分为四个部分，内容之组织是按从秦到蜀地的叙述线索展开的。

诗篇第一部分一起句，就有凌空一笔的感觉，两个感叹使巴蜀的险峻山川轰然迸出。"蜀道之难，难于上青天"之咏叹在诗中反复出现，可谓一唱三叹（刚好出现三次），更使此首五音繁会的大诗有了回旋往复、震荡心灵的交响乐章的感觉。蜀国开国史为何如此茫然？因为它已有四万八千年了。太白气足，加上蜀道雄浑，因此用字均以豪迈壮大为妥。此段的蚕丛鱼凫、五丁开山都是神话传说，借以渲染险峻气氛。

第二部分起头二句写得实在太好了，山之高之险，若六龙回日、高标插天；而山下是激流回旋、波涛汹涌。山险水危令人惊绝。这二句读来有壮烈心惊之感，有画面，有音响，而且共有险峻之色，实属天才之句。接下来又一一分写难中之难，黄鹤、猿猱、悲鸟、子规均感蜀道之难，因此才有胁息、抚膺、凋朱颜之畏艰。这段叙述与描绘既粗放又细腻，既紧张又松弛。太白作诗之法度与气韵运用得分外恰切。

第三部分主写蜀地山川之险，其中有静有动。山静而高峻，水动而激荡。惊险写过，太白突然发问：如此危险的旅途，远方人为何要到那里去呢？这一问颇有诗意，也有技巧。它的诗意在于让读者停下来想一想；它的技巧在于，李白有意一顿，换一口气或再蓄一口气，继续向结尾处写去。

第四部分，首点蜀地要冲剑阁雄关。它究竟如何险要呢？李白一语道出："一夫当关，万夫莫开。"此二句写得既有英雄神情，又有关隘之险，真可谓一举获了一个双美。"所守或匪亲，化为狼与豺"化用晋代张载《剑阁铭》中二句："形胜之地，匪亲弗居。"太白在此的意思是说，如果这样的险关没有亲信之人去把守，将十分危险呀。最后太白兜了一圈，仍回到"蜀道难"的主题："锦城虽云乐，不如早还家。"还是回去好，锦城（成都）虽是一个行乐之地，但蜀道太难，太多危险，不如回到关中平原上去。

李白这首《蜀道难》运用了多种写法，其中有散文句式、乐府句式、诗经句式等。太白正是在诗、骚、乐府、词赋、骈文等多种形式的经营锤炼下，幻化出他那自成一体的太白风格的。他也正是以他的"太白风"在蜀国的天空与大地"驰走风云，鞭挞海岳"。

114   大气派与大豪饮

将进酒   李白

君不见黄河之水天上来，奔流到海不复回。

君不见高堂明镜悲白发，朝如青丝暮成雪。

人生得意须尽欢，莫使金樽空对月。天生我材必有用，千金散尽还复来。

烹羊宰牛且为乐，会须一饮三百杯。岑夫子，丹邱生，将进酒，杯莫停。

与君歌一曲，请君为我倾耳听。钟鼓馔玉不足贵，但愿长醉不复醒。

古来圣贤皆寂寞，惟有饮者留其名。陈王昔时宴平乐，斗酒十千恣欢谑。

主人何为言少钱，径须沽取对君酌。

五花马，千金裘，呼儿将出换美酒，与尔同销万古愁。

众所周知，李白写诗以饮酒、游仙、美女、任侠为最，但当时以及后来的一些人常以此说李白不是。如王安石就曾说，李白之诗虽"迅快无疏脱处，然其识污下，十句九言妇人与酒耳"。"迅快"指李白诗歌速度很快，这是说好的方面；"其识污下"是指李白的人生观格调不高，当说坏的方面。其实此言太过。像李白这等神仙界的人物，一般人岂能妄加评说。然而李白诗才太高，犹如鹤立鸡群，易于遭人妒忌憎恶。加上他本人白眼望天，必得罪许多人，受到攻评也属正常。天下哪个文人不受打击，何况李白又是众矢之的，过于狂放、傲岸。但李白的人生快事与任务就是饮酒作诗，除此之外他还能做什么呢？余光中先生有赞诗：

酒入豪肠

七分酿成了月光

还有三分啸成剑气

秀口一吐就是半个盛唐

——余光中《寻李白》

闲话少说，且看李白这首震动古今的《将进酒》。

李白一上来就一气鼓荡，凌空掷出两组长句，先取诗之大开之势，让人抖地得了精神。这精神中含了多少感叹。黄河之水奔流大海，犹如逝者如斯不舍昼夜；而青丝转银发更说人生若白驹过隙，青春转瞬不再。李白在此痛叹人生的无常，其中有英雄的末路，也有佛教的慈悲。但接下二句李白幡然一变，变大悲为大喜。两相对照，给人以"刺人心肠的欢乐"（波德莱尔语）。人生得意之时应开怀畅饮，切莫辜负清风明月。如若人生不得意呢？太白也有办法，那就是"散发弄扁舟"。此开篇六句显得雄快俊逸，已露仙人面目。

"天生我材必有用，千金散尽还复来。"这又是何等夺日的形象，它不仅是所有诗人的宣言书，也是全人类的宣言书，它宣告了诗人和所有人的慷慨、舍身、责任与光荣。它同时也是我们现实中一个可以实现的完美的梦。太白说出了，做到了，当然也告诉我们并引导我们了。

关于这四句，顾随有个意见值得一听，他讲：

《将进酒》和《远别离》最可代表太白作风。

太白诗第一有豪气，出于鲍照且架而上之。但豪气不可靠，颇近于佛家所谓"无明"（即俗所谓"愚"）。一有豪气则成为感情用事，感情虽非理智，但真正感情亦非豪气。因真正感情是充实的、沉着的，豪气则不充实、不沉着，易流于空虚漂浮。如其：

功名富贵若长在，汉水亦应西北流！（《江上吟》）

汉水原向东南，不向西北，故功名富贵不能长在。

譬喻诗人如见，加强读者感受。是更须如此。如但言一清二白，使人知而未见，歇后语曰"小葱拌豆腐——一清二白"，则令人如见。《将进酒》首云：

君不见黄河之水天上来，奔流到海不复回。

君不见高堂明镜悲白发，朝如青丝暮成雪。

一说即令人如见。诗好用比兴（譬喻），即为得令人如见。上所述"功名富贵"二句，豪气，不实在，唯手腕玩得好而已，乃"花活"，并不好，即成"无明"，且令读者皆成"无明"。

晋左思太冲、宋鲍照明远、唐李白太白，说话皆不思索冲口而出，皆有豪气，有豪气始能进取。《孟子》谓："狂者进取，狷者有所不为也。"豪气如烟酒，能刺激人神经，而不可持久。豪气虽好，诗人之豪气则好大言，其实则成为自欺，故诗人少成就。有豪气能挺身吃苦固然好。凡圣古先贤、哲人、诗人之言，皆谓人为受苦而生。佛说吃苦忍辱，必如此始为伟大之人。而诗人多为不让蚊子踢一脚的，因其虽有豪气而神经过敏，神经过敏成为歇斯底里（hysteria）。老杜《醉时歌》曰：

> 但觉高歌有鬼神，安知饿死填沟壑。

此等处老杜比李白老实。太白过于夸大——"千金散去还复来"——人可以有自信，而不能有把握。（《顾随诗词讲记》）

接下来大气派与大豪饮也随之登场。烹羊宰牛，盛宴已开；举杯痛饮，应是"三百杯"。人生有如此痛快，的确不枉活一世，笔者读到此处，也要"将进酒，乘大白"了！

突然，太白插入几个短促的句子，叫他的两个朋友岑勋和元丹邱猛饮不停。这几个短句不仅未破坏诗之节奏，反而使诗之通篇读来变幻多端、起伏有致，十分谐于唇吻，是真正的大手笔。

对李白来说，"钟鼓馔玉"的富贵生活根本不以为"贵"，他只愿长醉不醒，犹如魏晋时的刘伶、陶潜等人。而这些古代圣贤的确堪称寂寞高人。整个魏晋的风雅之士不正是由于善饮而留下声名的吗？李白仰俯古今，心发浩叹。接着还化用陈思王曹植《名都篇》二句："归来宴平乐，美酒斗十千。"此时的李白已经是酒气翻飞，狂出天外了。他已"手之舞之，足之蹈之"。节奏又徐徐加快，径直"呼儿"去用"五花马、千金裘"换来美酒，非来一个大醉方休不可。万古愁绪为之一扫而空，实在是痛快淋漓。

李白此诗还多处使用大数字（如三百杯、万古愁等），这是他的典型风格。但用来并不觉得空泛，因其内气十分厚实，读来自感充沛有力。

宋人严羽评其诗云："一往豪情，使人不能句字赏摘。盖他人作诗用笔想，太白但用胸口一喷即是，此其所长。"此说精当，太白此诗一读便知，非当即喷涌不可出之，而这番喷涌又非天人不可为之也。

115　悲欢双美，收放自如

行路难　李白

金樽清酒斗十千，玉盘珍馐直万钱。停杯投箸不能食，拔剑四顾心茫然。
欲渡黄河冰塞川，将登太行雪满山。闲来垂钓碧溪上，忽复乘舟梦日边。
行路难，行路难，多歧路，今安在？长风破浪会有时，直挂云帆济沧海。

我们知道，李白自小就有"谋帝王之术"的远大抱负，非常想建一番"使寰区大定，海县清一"的功业。四十二岁那年太白诗名动京城又受玄宗赏识，一时好不风光。哪知两年后，又被皇上"赐金放还"，李白为此感到茫然是可以想象的。《行路难》一诗正是在这样的背景下所作。

此篇一开首就是呈现于目前的美酒佳肴，可这位"天子呼来不上船，自称臣是酒中仙"的诗人却没有乘兴"一饮三百杯"，而是推开酒杯，放下筷子，拔出长剑，四顾左右。"停""投""拔""顾"，四个动词一气写出内心起伏辗转的郁闷之情。"拔剑四顾心茫然"一句尤见李白请缨无路、拔剑不平的英武精神。

接下二句直写"行路难"。"冰塞川""雪满山"都说渡河登山之艰难状况。然而太白却不是一味沉醉于忧愁之中，他忽地闲着一笔，似要去临溪垂钓，去逐风景、养雅气。但其中也暗含了一笔，"垂钓"与"梦日"仍可见李白的用世之心。他只是想有朝一日，某位明君会三顾茅庐将他请出山来。

正在这紧要处，李白又来一个大逆折，速度急促、节奏加快，将七言当即转为三言，连发对"行路难"的浩叹。

随着这浩叹，一般诗人就会在此收束了。而太白"天马行空，不可羁勒"，哪能以忧愁结束。他又以欢乐的信念当歌起来。末二句真是写得精神俊爽，一鼓作气，读来无不令人大获感染、击节叹赏，奔放飘逸、寥阔雄快的李白又飞跃于我们的眼前。

此诗感情此起彼伏，悲欢交替激荡。从美酒之铺陈写到拔剑之苦闷，再写到黄河太行以及"垂钓""梦日"之设想，最后写行路之艰与云帆沧海的两相对照，可谓匠心独运，百步九折，以一个不大的篇幅胜任了一首大诗的分量。

　　"太白诗虽若升天乘云，无所不之，然自不离本位，故放言实是法言。"（刘熙载《艺概》）此说扣中要害，是懂诗之人说的话。"放言"指豪放不羁之言，"法言"指谨严合法度之言。换句话说，"故放言实是法言"就是诗中的开阖之道、张弛之道、收放之道，用今天的话说，就是感性与知性的结合。李白当然是深知此道的诗人。作诗之气与度，他是天生就能把握的。此首《行路难》如此，但哪首又不是如此呢？

116　信手拈来也中规中矩

送友人　李白

青山横北郭，白水绕东城。此地一为别，孤蓬万里征。
浮云游子意，落日故人情。挥手自兹去，萧萧班马鸣。

我们从前面知道，太白诗才不羁，擅写长短参差的歌行。这位"痛饮狂歌空度日，飞扬跋扈为谁雄"的李白天生就是一个不受拘束之人。但就是这赤子依然能写出谨严端正的律诗。此首《送友人》"风格已逼近杜甫了"（施蛰存语）。工稳沉静，仿佛让我们看到了另一个李白。

首联即点明送别地点，对偶工丽，极为稳当。山"横"，水"绕"，仅两笔就勾出一幅清秀的山水图。

颔联是一流水对，十分舒展自然。太白殷殷说道，此地别过友人，友人就要像蓬草一般飘落至远方了。

颈联依然写得工仗，而且情景相交。"浮云游子意"当指友人，"落日故人情"指李白自己。

尾联写道别的最后时刻，只挥一挥手，从此友人便随着萧萧班马远去了。"班马"指离群之马。《诗经》中有"萧萧马鸣"，李白加一"班"字，随手化用出来，为己所用。

李白这首送别诗最觉清爽雅致，并无大悲大喜，以平常心面对离别之事，而且"诗中有画，画中有诗"颇得韵味。绿水、青山、白云、落日、萧萧马鸣这一切诗之普通道具，李白信手拈来，稍加组织，便自成诗篇。

顺便说一句，毛泽东曾于1923年写过一首《贺新郎》，这是一首与爱人杨开慧的离别之诗。此诗劈头一句就是化用李白"挥手自兹去"，借以定下叙事兼抒情的声调，并尽写二人离别时凄然相对、依依难舍的情状。

117　没有谢将军，那就在路上

夜泊牛渚怀古　李白

牛渚西江夜，青天无片云。登舟望秋月，空忆谢将军。
余亦能高咏，斯人不可闻。明朝挂帆席，枫叶落纷纷。

牛渚是安徽当涂县西北靠长江边上的一座山。这夜，李白停舟于此，在月白风清之间，感怀平生，发思古之情。

幽情或怀古的出发点是从这牛渚矶下一个遥远而真实的故事开始的：东晋时，有一孤贫青年叫袁宏，颇有些诗才，但出身下层，只有靠在江上运送租米为生。在一个秋天的夜晚，袁宏运租米时，正好将船停在牛渚矶下歇息。皓月当空、清风徐徐，这袁宏的诗兴也随之催发，不禁吟诵起他那几首得意的咏史诗来了。

而此时，镇守牛渚镇的西将军谢尚也恰巧在作秋夜乘月泛江游。须知这谢尚不但是朝中将军，而且出身豪门，又是当时的大诗人，月夜泛江、把酒临风自然是其行风雅的日课。袁宏的诵诗声也就在这个当口飘到了谢将军的耳畔。谢尚立即派人将这运租米的袁宏请到他的船上，与他饮酒长谈，讨论诗艺，直到天明。从此，袁宏这匹千里马在遇到谢尚这位伯乐之后开始转运。他先在谢将军手下做一名参军，渐渐名气日大，甚至官拜东阳太守。

一个人一生的命运有许多偶然的因素，袁宏正是逢了这次偶然的贵人相助，才得以发达的。太白此首怀古诗一读便知，他也想逢着一位能真正理解他的谢将军啊！可命运不济，他只能对江"空忆"，因为"斯人"已经不可听见了。这又如何是好呢？太白也有他自己的一套办法，那就是当着这纷纷飘落的枫叶，明天挂帆而去。意思很明确，就是继续走在路上，走在风景、游仙、饮酒与美女之中。总之乘风顺江而去，也有另一番人生的快意。

118   弹者、听者、笔者

听蜀僧濬弹琴　李白

蜀僧抱绿绮，西下峨眉峰。为我一挥手，如听万壑松。
客心洗流水，馀响入霜钟。不觉碧山暮，秋云暗几重。

　　蜀僧仲濬公抱着"绿绮"（汉司马相如有一张琴名叫绿绮，这里泛指琴）
从西边的峨眉山下来了。太白开门见山，用两句交代蜀僧持琴下山的风雅，接
下来写弹琴者与听者之间的交流与感受，"为我一挥手"化用嵇康《琴赋》中
二句："伯牙挥手，钟期听声。"这里，太白以钟子期自况，而蜀僧当是伯牙
了。世上虽知音难觅，但太白与蜀僧由琴结缘，成为知音。
　　但见蜀僧一挥手弹琴，太白即感到耳边的琴音如激荡的松涛，客中的情怀
仿佛被流水般的琴声洗过。当弹者戛然而止时，那袅袅余音和寺院的晚钟正浑
融共鸣。太白在不知不觉中才发现青山已在暮色里了，厚厚的秋云幽暗地浮于
长空。
　　笔者以为太白这首五律写得虽还清新，也较自然，但终究不如他那奔腾雄
伟的歌行。太白擅从大处着笔，胸中时时风云际会、热烈如火，写这种小诗颇
有些受束缚，伸展不开。加之小诗也从大处着笔，细致不够，角度不巧，读来
总觉有些许遗憾之处。

119　在"配景法"中顺应人生的蜀道

送友人入蜀　李白

见说蚕丛路，崎岖不易行。山从人面起，云傍马头生。
芳树笼秦栈，春流绕蜀城。升沉应已定，不必问君平。

此诗一开始就写蜀道难，但语气平静，只作叙述，不像那首《蜀道难》一起句就是大感叹，感情激烈。"蚕丛"是神话传说中的蜀国开国君主，而"蚕丛路"当指蜀道。接下二句便写蜀道是如何"崎岖不易行"的。"山从人面起，云傍马头生"这二句写得既细腻又博大，当属千古名句，用以形容蜀道峥嵘艰险也可谓精确无误而又别开境界。

林语堂曾从绘画的角度评说过这二行诗，说得极为精彩，现录于此：

　　这么二句，不啻是一幅绘画，呈现于吾们的面前，它是一幅何等雄劲的轮廓画，画着一个远游的大汉，跨着一匹马，疾进于崇高的山径中。它的字面，是简短却又犀利，骤视之似无甚意义，倘加以片刻之沉思，可以觉察它给予吾人一幅绘画，恰好画家所欲描绘于画幅者。更隐藏一种写景的妙法，利用几种前景中的实物（人面和马头）以抵消远景的描写。假若离开诗意，谓一个人在山中登得如此之高，人当能想出这景色。由诗人看来，只当它绘在一幅平面上的绘画。读者于是将明了，一似他果真看一幅绘画或一张风景照，山顶真好像从人面上升，而云气聚积远处，形成一线，却为马首所冲破。这很明显，倘诗人不坐于马上，而云不卧于远处，较低的平面就写不出来。充其极，读者得自行想象。他自己跨于马背上而迈行于山径之中，并从诗人所处的同一地点，以同一印象观看四面的景色。用这样的写法，确实系引用写景的妙法，此等"文字的绘画"显出一浮雕之轮廓，迥非别种任何手法所可奏效。

林语堂认为这二句的写法为"配景法"。

太白写了蜀道之险后，又宕开一笔，书写美丽的一面，五六句便是。而且"笼""绕"两个动词流转自如，用得俱妙。"笼"字丰满可人，用于呼应"芳树"可谓天仙之配，仅此一句就写出由秦入蜀的葳蕤绿意，而春水环绕蓉城，更是美中之美。两两扣合，彼此衬映，真是别有洞天，令人啧啧神往。

末二句可当作太白对友人的临别忠告。他劝友人，一个人的命运沉浮早已由天裁决得当，不必强求，更不必去问严君平。严君平是西汉算命高手，隐于成都君平街卖卜为生。而如今君平街还在，诗人钟鸣曾居于此，后因建高楼大厦，钟鸣之父母迁往他处。

李白此诗中间四句最好，给人有美不胜收之感。结尾再折一笔，点出送人主旨，意味蕴藉也属好句。正如前人所说，太白此诗"且工丽中别有一种英爽之气，溢出行墨之外"。

120　这里暗藏一本武林秘籍

侠客行　李白

赵客缦胡缨，吴钩霜雪明。银鞍照白马，飒沓如流星。
十步杀一人，千里不留行。事了拂衣去，深藏身与名。
闲过信陵饮，脱剑膝前横。将炙啖朱亥，持觞劝侯嬴。
三杯吐然诺，五岳倒为轻。眼花耳热后，意气素霓生。
救赵挥金槌，邯郸先震惊。千秋二壮士，烜赫大梁城。
纵死侠骨香，不惭世上英。谁能书阁下，白首太玄经。

　　李白自小就喜好任侠，长大后"混游渔商，隐不绝俗"，与许多民间侠客相往来。"游侠"主题不仅是李白诗歌的一个重要部分，也是他生活的一个重要部分。"笑尽一杯酒，杀人都市中"（《结客少年场行》），以及本诗的"十步杀一人，千里不留行"，读之，英锐之气扑面而来，千年过后仍兀自虎虎生威。李白身上和诗里的这股侠气，宇文所安认为源自他对陈子昂的模仿和学习。《盛唐诗》曰：

　　　　蜀地的两位大诗人司马相如和陈子昂，都成为李白的重要学习模式。陈子昂年轻时就曾经以轻率的侠少而著称，直到近二十岁才开始学习文学。同样地，李白夸口在十几岁时擅长剑术，曾经杀死数人。关于陈子昂还有一则轶事，他初到京城时，购了一把昂贵的琴，却把它摔碎，以此吸引城中人对其诗的注意。李白则自夸能够凭一时兴致而散发资财。这两位诗人一起行动于和自得于一套价值观的背景，与官廷贵族诗人的价值观极不相同，后者的价值标准是宁静的隐士，或儒家道德家。陈、李的这套价值观，与豪士或游侠的角色相关，但更一般的是涉及豪迈慷慨的行为和侈夸逾常的姿态，与率意违抗社会行为准则联系在一起。

此首《侠客行》写的是战国时魏国信陵君门下两位侠客朱亥和侯嬴的故事。全诗一气鼓荡，尽写侠客的作风与气度。最后二句又超越一层，说谁愿意像杨雄那样终生只埋首于著作，写那《太玄经》一书呢？其实质就是向往并实行慷慨悲歌的豪侠生活而抛弃那白首儒生的寂寞书斋生活。

说来也巧，千年之后，金庸，这又一位名重天下的武侠小说大师写了一本《侠客行》，此书便是以太白这首诗为契机和线索的。书中有个侠客岛，岛上有二十四座石室，各室书写李白《侠客行》诗中一句，并配图谱，每一句都包蕴了古往今来最博大精深的武学奥秘。

按金庸的说法，那第五句"十步杀一人"，第十句"脱剑膝前横"，第十七句"救赵挥金槌"，每一句都是一套剑法。第六句"千里不留行"，第七句"事了拂衣去"，第八句"深藏身与名"，每一句都是一套轻功。第九句"闲过信陵饮"，第十四句"五岳倒为轻"，第十六句"纵死侠骨香"，则各是一套拳掌之法。第十三句"三杯吐然诺"，第十八句"意气素霓生"，第二十句"炟赫大梁城"，则是吐纳呼吸的内功。

一首诗在金庸的手里被幻化为一部武林神功，其中有剑法、掌法、内功、轻功，实在是十分有趣。不知九泉之下的李白读了金先生的《侠客行》后会有怎样的想法。而笔者以为，能通过一首诗得一部四十多万字的小说，的确可喜可贺。一首千年前的古诗具有如此大的能量，也可得知此诗定是自有一番精神繁殖力的。而精神繁殖力这一项正是检验一切伟大诗歌的唯一标准。金庸从太白的《侠客行》中繁殖出他自己的《侠客行》，太白的《侠客行》当属千古不变的伟大杰作无疑。

读者在朗读太白这首震古烁今的《侠客行》时，也不妨对照阅读金先生的《侠客行》，此番对读或许将使之更深地明白武学至理与为人至理，并获益良多。

121　酒精铸造的千古友谊

赠汪伦　李白

李白乘舟将欲行，忽闻岸上踏歌声。
桃花潭水深千尺，不及汪伦送我情。

此诗几近口语，随手写来，既明白如话，又有一般大众能理解的送别感情，因此千古以来老幼传诵，成为一首流行诗篇。笔者选择此诗正是因为它十分流行，并不想对它作过多解释。这里仅撷日本汉学家吉川幸次郎的一段清浅的解语，以飨读者：

> 秀美荡漾的桃花潭水，那水虽然很深，怎比得上汪伦君心中的深情？在中国南方旅行，所到之处，皆有小舟。称为桃花潭，那也一定是一个秀美如画的傍水村落吧，而那个村庄中人们的美好情意，和李白为了报答那美好情谊而作的隽美诗句，千年以后，还在荡涤着我们的心田，产生出美的情感。(《中国诗史》)

领略完了诗中的美好情意，对于李白作此诗的一点逸事，笔者在此也不妨略说一二。

天宝十四年（755），李白从安徽秋浦到了泾县，作桃花潭之游。求仙狂饮的李白初来乍到，觉得无甚兴趣，欲草草看过桃花潭后就去另处云游。哪知，就在这时，李白结识了当地慕太白诗名又好风雅的汪伦。汪伦天天请李白吃酒，奉太白为神明，偶尔还拿些诗出来让太白指点批改。太白不觉也喜欢上了这乖巧的汪伦，便与他把酒论诗，日夜沉醉。过了些时日，李白又生了厌倦，欲去作另一番名山游。临走时，汪伦又提了酒菜赶到太白的轻舟上，大饮一顿，并委婉向太白讨诗留存。太白乘着酒兴，随手挥毫，写于另纸相送，那汪伦若得珍宝，感激得哭将起来。

宋代杨齐贤曾说：宋时汪伦的子孙还珍重地保存着李白这首赠诗。真是人易朽而艺术长存。太白哪管这些，只要有关酒、有关山水便可随意流连。而汪伦却是一个懂得艺术珍贵之人。他妙用酒精，得了《赠汪伦》这个传家宝，当可以大炫耀于后人了。当然，最应让他炫耀的还是他与李白之间这段不因时间而更易的悠长情意！

122　没有比这陈腐的赞美更能打动芳心了

清平调三首　李白

其一
云想衣裳花想容，春风拂槛露华浓。
若非群玉山头见，会向瑶台月下逢。

其二
一枝红艳露凝香，云雨巫山枉断肠。
借问汉宫谁得似？可怜飞燕倚新妆。

其三
名花倾国两相欢，常得君王带笑看。
解释春风无限恨，沉香亭北倚阑干。

　　《清平调》三首是李白在长安供奉翰林时所作。一日，玄宗与太真妃杨氏（后封贵妃）在兴庆宫沉香亭前赏牡丹花。宫中著名歌者李龟年将欲歌之。玄宗曰："赏名花，对妃子，焉用旧乐词为？"即命翰林学士李白立进《清平乐》词三章。李白当场挥毫，尽写花光之美与杨妃之美，为玄宗呈上一份厚礼（也可以说是见面礼）。玄宗见太白如此了得的诗才，大为赞赏，不在话下。

　　第一首，开篇一句便说明丽的春云也想贵妃的衣裳，缤纷的春花也想贵妃的容貌，由此可见杨妃是何等美丽照人了。衣裳若云，人面若花，真是春风如酒，花光如颊呀。接下一句往深一步写牡丹花带露时的艳冶，同时又暗喻了君王对杨妃的恩泽，一语双关，使春色佳丽尽显精神。

　　"群玉山""瑶台"，为神话传说中西王母所居之地。这三四句一看便知，分明是说杨妃之美唯有在神仙界中才可看见。太白婉转一笔，但实际上已说明，杨妃当是仙女下凡的人物。

第二首，一起笔看似写牡丹之美，但亦是写杨妃之美，色、香俱在，着笔细致。接下来宕开一笔，化用宋玉《高唐赋》中楚王梦见巫山神女而断肠的典故，来说梦中神女不如面前羞花闭月的杨妃，以及汉宫美女赵飞燕也得倚了新妆才有美可言，来说杨妃有清水芙蓉、天然之美。此为尊题法，古诗中常用此技法，为后来宋人所总结出来。太白在此压神女飞燕一截，以独尊杨妃之美并不为过。自唐以来就以女人的丰腴为美，因此有"环肥燕瘦"之说。意思很明确，唐人的审美观已发生变化，那就是以肥为美，以瘦为丑。

第三首，一起句就点出花与人，名花指牡丹，倾国是说倾城倾国的美女杨玉环。这二个人间绝色当然是"两相欢"了，也当然是"常得君王带笑看"了。此句极为风流蕴藉，虽写玄宗的风雅，但其中也见出太白的风雅。"解释"此处意思为消除、消释等。名花美人呈现于眼前，君王又带笑，纵然有无限春愁春恨，都可以消除尽了。末一句，李白似写君王，又写自己，沉香亭畔，倚阑观花，实在是人生的头等大乐事也！

太白一口气连唱三首，尽写宫中春日盛景。这份花光如颊的见面礼（敬献给皇上与贵妃的）不仅胜任了愉快，也胜任了美丽。哈佛的宇文所安在谈及这些诗章时说：

酒、李龟年的歌声及杨贵妃的丰满身姿，对于玄宗可能富于刺激，但这篇诗词作为一首纯粹的诗，不过是消遣作品。它所阐释的旨意只是"杨贵妃像花和女神"，几乎没有比这更陈腐的赞美女性美的话了。（《盛唐诗》）

可谁又知道，正是李白这陈腐的赞美让杨贵妃何等地高兴和受用啊！

123　当垆的胡姬

少年行（其二）　李白

五陵年少金市东，银鞍白马度春风。
落花踏尽游何处，笑入胡姬酒肆中。

　　"少年行"，属乐府旧题，一般古诗人以此题吟咏少年壮志，以抒发其慷慨激昂之情。尽管这类专门歌咏少年壮志的诗篇在数量上不及模山范水、状物言志之作，但这类诗大都写得富有诗味，颇具特色。比如李白这首《少年行》，就写出了诗仙的俊朗飘逸的爽直性格。

　　关于此诗，我不想多费唇舌，毕竟明白如话，直见性命。倒是关于末句中"胡姬"一词，我想要援日本人石田干之助的考据来谈些趣事，如下引来便是，好处由读者诸君自己拿捏。

　　　唐代长安的酒家有胡姬待客，是讲述当时市井社会风流世相的不可缺略的一环。路边酒肆，往夜光杯里倒着葡萄酒的浓妆艳抹的胡姬，以她们的与平康三曲歌妓不同的风情，恼杀游侠少年。而让少年们"遗却珊瑚鞭，章台折杨柳"的胡姬，为数也一定不少。

　　　…………

　　　酒楼的胡姬，自然容貌秀丽的居多，李白诗说：

　　　琴奏龙门之绿桐，玉壶美酒清若空。催弦拂柱与君饮，看朱成碧颜始红。胡姬貌如花，当垆笑春风。笑春风，舞罗衣，君今不醉欲安归。（《前有一樽酒行》二首之二）

　　　这里说："胡姬貌如花。"其中另一首又写：

春风东来忽相过，金樽绿酒生微波。落花纷纷稍觉多，美人醉欲朱颜酡……

酒醉后的朱颜一转而成为酡色的胡姬的绰约的风姿，由这两首乐府便足以想见。说"当垆笑春风"，红唇启绽，那娇媚的笑靥也一定很清新自然。

胡姬是这样地受到长安轻肥、骚人的喜爱，逐渐为人熟悉，便有人特意将她们写进诗题，引起人的注意。

…………

然而，这些胡姬是在哪里出生的呢？唐代的"胡"，既可以用来称呼像突厥、回鹘、奚、契丹那样的北狄，又可用来称呼从东突厥斯坦各部族来到粟特、波斯、大食的西域人，把印度人叫作胡姬的也有不少。蒙古、土耳其、伊朗乃至于闪族人等，都是胡人，单一个"胡"字，并不能将他们区别开来。不过上述诗歌中的胡姬，恐怕指的是北狄的女子。

北狄的女子作为人质和政治婚姻的牺牲品，来到唐朝宫廷，确有其事，但在街巷间里做生意的那些人，又是怎么一回事情？传为陈鸿所写《东城父老传》说：今北胡杂处京师，娶妻生子。长安中少年有胡心。这里说的是在京的北狄娶了中国女子后，生下的混血儿子，我想它也暗示着杂居都城的北胡，基本上都是男人。就算有北胡的女子来到京师，在朔北草原上以穹庐为家、过惯贫苦生活的她们，又怎么可能靠美声美色引诱那些富有青春、财富的大唐首都的子弟？上述诗歌中的胡姬，都还是当时跳"胡旋""胡腾""白题"舞的高手，要说她们与粟特等地来的舞女，大体上都属于伊朗女子，大概较为恰当。唐代的"胡"，如上所述，一般指北狄西戎，但以"胡"特指粟特诸国，限制在所谓昭武九姓，也是人所共知的事实。综合来看，要说"胡姬"是伊斯兰系统的妇女，应该比较契合。（《对中国文化的乡愁》）

看来，中国在盛唐时，已是一个相当开放的国家，早就具有了关于世界文化共同体的想象，哪是后来人们所说的吾国历来闭关自守，只能在"冲击—回应"这一模式（此为美国汉学家费正清研究中国之固定模式）下穷于应付西方。

124　青天里的太阳和月亮走碰了头

赠李白 　杜甫

秋来相顾尚飘蓬，未就丹砂愧葛洪。

痛饮狂歌空度日，飞扬跋扈为谁雄。

杜甫（712—770），字子美，诗中尝自称少陵野老。原籍襄阳（今属湖北），迁居巩县（今属河南）。杜审言之孙。开元后期，举进士不第，漫游各地。后寓居长安近十年。及安禄山军陷长安，乃逃至凤翔，谒见肃宗，官左拾遗。长安收复后，随肃宗还京，后为华州司功参军。不久弃官居秦州同谷。又移家成都，筑草堂于浣花溪上，世称浣花草堂。一度在剑南节度使严武幕中任参谋，武表为检校工部员外郎，故世称杜工部。晚年携家出蜀，病死湘江途中。其诗显示了唐代由盛转衰的历史过程，被称为"诗史"。以古体诗见长，风格多样，而以沉郁为主。有《杜工部集》。

天宝三年（744）初夏的一天，三十三岁的杜甫在洛阳第一次与比他大十一岁的李白相遇。当时李白已名满天下，他每写一篇新诗都将震动诗坛，而杜甫才刚刚建立起自己的诗风，尽管二人当时交往的差距尚在，但还是很快一见如故并成为终生的朋友。他们二人的相遇及友谊早已成为中国文学史上的千古佳话。1928 年闻一多为《新月》杂志所写的《杜甫》一文中如是说道：

　　我们当对此大书特书。我们四千年的历史里，除了孔子和老子（假如他们真是见过面的话），没有比这两个人的会面更重大，更可纪念的。那就像青天里的太阳和月亮走碰了头。

从这一次伟大的见面开始，杜甫写了许多诗，题赠李白，他终生为李白的天才与风采所倾倒，自不用多说。正如清代杨伦所说："窃谓古今诗人，举不能出杜之范围；谓太白天才超逸绝尘，杜所不能压倒，故尤心服，往往形之篇什也。”

在众多杜甫送李白的诗中，为何单单挑选了这首，那是有一点意思的。如果我们把盛唐诗歌分为两个时代，第一个时代就是李白的时代，第二个时代是杜甫的时代。李白的时代可以用杜甫这首诗中一句总括之：“飞扬跋扈为谁雄。”即施蛰存所说的“盛唐前期是李白诗‘飞扬跋扈’的时代”。杜甫的时代也可按施先生的解说，即“盛唐后期是杜甫‘暮年诗赋动江关’的时代”。

现在，我们再回头来看一下这首诗。天宝四年（745）秋，杜甫在兖州又与李白重逢了。杜甫在悲喜交加中写出这首《赠李白》。吉川幸次郎认为：

> 在这首诗中，全然没有疏远之感。坦率地、毫无掩饰地吟唱了两个不合时务，像无根野草一般飘零之人所共有的愤然不平和相互间的同情。（《中国诗史》）

此诗一二句写杜甫自身。他以尚在飘零之身于这个秋天“相顾”李白；同时他还感叹他访道不成，“愧葛洪”（葛洪著《抱朴子》，为晋代道仙）也可解为愧李白。因李白最喜游仙访道，饮酒吃药（即服丹砂一类）。杜甫初遇李白时，也曾被李白的人生追求所吸引，受其影响，他还跟随李白去求过一阵仙道，后终因现实生活所累而放弃，当然也从此走上了一条与李白“天上飞”的诗风迥然不同的道路。这是后话，在此不多说。

末二句专说李白。看得出他对李白的敬慕之情。太白“痛饮狂歌”“飞扬跋扈”，当是天神一般的人物，而杜甫却飘蓬江湖，当是自愧不如了。

诗中“相顾”二字，可见杜甫对李白用情之深。正如金圣叹所说：“看他用相顾字，每每舍身陪人，真是盛德前辈。”

他们二人在兖州度过了一个愉快而难忘的秋天，把酒夜谈文学，醉时共被酣眠。也是在这个秋天，李白才送给杜甫唯一的一首诗《鲁郡东石门送杜二甫》。之后（兖州一别之后），他们就永久分手了。

下面是冯至所写的《杜甫传》中一段，笔者以为用在此处颇为贴切，现录之：

> 兖州一别后，那海阔天空的李白在他的旅程中又遇见了许多新的朋友，

杜甫的名字再也不在他诗里出现；可是一往情深的杜甫，后来无论是在长安的书斋，或在秦州的客舍，或是在成都或夔州都有思念李白的诗写出来，而且思念的情绪一次比一次迫切，对于李白的诗的认识也逐渐加深：在长安时说"白也诗无敌"，在秦州时说李白"笔落惊风雨，诗成泣鬼神"，在成都时说他"敏捷诗千首，飘零酒一杯"，再也不说他的诗只像阴铿了（阴铿为南朝诗人）。

125　人生需要速度

闻官军收河南河北　杜甫

剑外忽传收蓟北，初闻涕泪满衣裳。却看妻子愁何在，漫卷诗书喜欲狂。
白日放歌须纵酒，青春作伴好还乡。即从巴峡穿巫峡，便下襄阳向洛阳。

此诗全无杜诗一贯的凝重稳健，只一个快字当头，一气流注，奔跃直下，春意与喜意交相涌泻。

金圣叹说此诗"字字化境，在杜律中，为最上乘也"。浦起龙在《杜诗心解》中说："老杜生平第一首快诗也。"的确，杜甫以五十二岁的年龄写出这等快诗，当令人为之一震。

当时杜甫正流离在四川三台。他身在剑外，因叛乱未息，唯有以诗书消遣度日，而心却时时挂念洛阳老家，突然，安史叛军的老巢蓟北已被官军收复。消息传来，老杜不觉大喜遍身，喜极反泪。接着又宕开一句，但看妻子的忧愁都去哪里了呢？而平日她可是愁肠断呀。意思很明确，妻子不愁了，也在为官军的大胜仗而喜悦。那么平日用于消遣的诗书又有何用呢？见摊在案头好不碍眼，趁手一总卷去，丢在一边，只管欢喜就是了。前四句"写初闻光景如画"（金圣叹语），好生快意！

后四句更是本诗精彩之处。且再看金先生的讲解：

临老得见太平，即一日亦是快乐。我纵不善歌，当为曼声长歌。纵饮不得酒，当为长夜泥饮，皆所以洗涤向来之郁勃也。好还乡"好"字，见此时不归更待何时，趁此春天，一齐归去。此二句说归。后二句见说着归时，妻子皆飞得起要归。一似不待束装即上路为快者。"即"是即刻，"便"是便易。巴峡在重庆，巫峡在夔府。"穿"字见甚轻松，有空即过去也。遂至襄阳，此是一水之地，故用"下"字。洛阳已是陆路，故用"向"字。此写闻过即

欲还乡，神理如见。（《金圣叹选批杜诗》）

末二句，最见老杜此诗的神速，句式从容不乱，动词蕴藉准确，经营功夫好不老道潇洒。二句中用四个地名，也觉不着痕迹，妙入化工，诗意浓烈。其中有汉字本身的诗性，也有老杜妙手着春的手段。真是天然与匠心俱在，实在读来令人欢喜。

笔者最喜爱"青春作伴好还乡"一句。按前人的解释，"青春"在此当春天讲。但笔者还想升发一点，古人有"衣锦还乡"之说，但还乡时若逢暮年就无什么兴味了。"出名要趁早呀！"我想起了张爱玲年轻时说的这句话。我的另一个朋友到五十多岁才出名，他曾对我感慨道："已没什么意思了，这么老了才出名，即使是衣锦还乡，又有什么用处呢？"人之一生"譬如朝露，去日苦多"，因此应当只争朝夕，趁着青春时节，尽快风云得志，快慰平生。只有"青春作伴"才能真正"好还乡"，如此行事也才可大快！此句诗尤要与青春朋友共勉，加紧呀年轻人，过了今天就无昨天了。速度，速度就是一切！

126   登泰山而小天下

望岳 杜甫

岱宗夫如何？齐鲁青未了。造化钟神秀，阴阳割昏晓。

荡胸生层云，决眦入归鸟。会当凌绝顶，一览众山小。

杜甫的青春也曾有过"裘马清狂"的英俊生活。他虽不像李白那样仗剑远游，但也胸怀凌云之志漫游天下。此诗便是他二十多岁时北游齐、赵之地所得，前人认为杜诗"当以是为首"。清人浦起龙说得好："杜子美心胸气魄，于斯可观。取为压卷，屹然作镇。"美国人宇文所安亦持相似说法，他讲：

> 《望岳》，作于杜甫在八世纪三十年代末第一次东游时，或后来 744 年
> 的旅行中。这首是传统系年中最早的诗篇之一，但甚至在这首诗中，已经无
> 可否认地出现了杜甫个人声音的标志。（《盛唐诗》）

杜甫此首《望岳》，即望东岳泰山，且看他如何经营得来。

起句便是一问，泰山到底如何？仅此一问已显杜甫心胸气魄。一题当前，杜甫并非心手茫然。"齐鲁青未了"一句落得尤其惊艳。在齐鲁两国的辽阔幅员上依然能望见那一碧无涯的泰山。正如金圣叹所说："凡历二国，尚不尽其青，写岳奇绝，写望又奇绝。"这五言没有一字是岳，也无一字是望，但五字天造地设，正是"望岳"二字。

接下二句专写岳之形势。"造化"（即大自然）钟情于它的神奇秀丽。山后为阴，山前为阳，日光所到处为晓，日光不到处为昏，而"割昏晓"中的"割"字，用得"奇警"，可见杜甫炼字功夫如何了得。

五六句，专写"望"。前句写望之辽阔，望者胸中为层层云气所激荡；后句写望之高远，诗人睁目远望，用眼过力，望之出神，故觉眼眶似要决裂一般。

而此时归鸟返林，日暮飞鸟入望诗人眼中。

末二句，诗人一举登上顶峰，心胸大开，境界也随之大开。以"一览众山小"作结，"真是有力如虎也"！

在逐句解读该诗过后，且让我们借宇文所安的一段文字为它做个总结：

> 这是一首戴了一半律诗面具的"古体"诗。诗中迅速的风格转换是杜甫艺术的特征：首联是随意松散的散文式语言，中二联转变成宏丽、曲折、精致的诗歌语言，尾联又变为直截了当的期望，模仿孔子的登泰山而"小天下"。（《盛唐诗》）

127　杜甫创格的"肖像诗"

饮中八仙歌　杜甫

知章骑马似乘船，眼花落井水底眠。

汝阳三斗始朝天，道逢麹车口流涎，恨不移封向酒泉。

左相日兴费万钱，饮如长鲸吸百川，衔杯乐圣称避贤。

宗之潇洒美少年，举觞白眼望青天，皎如玉树临风前。

苏晋长斋绣佛前，醉中往往爱逃禅。

李白一斗诗百篇，长安市上酒家眠。天子呼来不上船，自称臣是酒中仙。

张旭三杯草圣传，脱帽露顶王公前，挥毫落纸如云烟。

焦遂五斗方卓然，高谈雄辩惊四筵。

太白有句："古来圣贤皆寂寞，唯有饮者留其名。"诚哉斯言，你看此处，杜甫不仅为我们镌刻了唐史上有名的八大酒仙之名，更是为我们绘出了他们各自迥异的饮酒"疯劲"图，人人得有一幅肖像画。此诗写八个酒仙狂饮图，人人各异，可谓呼之欲出，同时也应了"醉八仙"这一中国古典。其中妙趣横溢，当属写太白最为突出。

八仙中首先登场的是"性放旷、善谈笑"的四明狂客贺知章。仅二句极写他的狂态。他醉后骑马犹似水中乘船，颠来荡去。就在两眼昏花的当口，他跃进井中，竟在水里呼呼大睡起来。此处的夸张为我们烘托出知章这位老酒仙的散朗风神。

第二个上场的是汝阳王李琎，他是皇帝的侄儿，当然敢饮酒三斗后方才去朝见天子。而且路上遇到运酒车，还流了口水，恨不能把自己的封地迁到酒泉去。酒泉，今甘肃酒泉，相传城下有泉，水味如酒。李琎的酒态沾了口水甚是不雅，但这位皇族子弟竟这般嗜酒如命，也可见喝得之颓废英勇了。

第三个现身的是李适之。此人雅好宾客，饮酒一斗不乱。天宝元年（742），代牛仙客为左丞相，以如此地位，他更是饮起酒来有一夜千金散尽的气度。诗中说他每日只要兴起，不惜花费万贯钱财大宴宾客，酒量之大犹如鲸鱼吞吐百川。五年后，他被李林甫打压，只做了一个知政事，但酒还是照常喝，"衔杯乐圣称避贤"，其中"乐圣"为喜喝清酒，"避贤"为不喜喝浊酒。清酒为圣人，浊酒为贤人，此典出自《三国志·魏志·徐邈传》，前面已经说过。

第四个亮相的是翩翩美少年崔宗之，宗之为李白好友，二人常诗酒唱和。宗之举杯神形脱略，犹如阮籍那般傲岸，能作青白眼，又气韵皎洁，如稽康饮酒后"玉树临风"那般俊美潇洒，当然又引人神往。

第五个出场的是苏晋。此人是一个矛盾人物，他一边长期吃斋，又一边常醉逃禅。

第六个隆重登场的就是杜甫心中的至爱李白了。李白在长安做翰林时，日日与一帮酒徒沉醉于酒肆。唐玄宗每每度曲，欲造乐府新词，都只得派人去酒楼中找李白入宫，大醉的李白常被高将军扶以登舟，入宫后又以水洒面。帝令其秉笔，李白一挥而就，多成十余首诗篇。玄宗时时为之惊叹而大为欢喜。"天子呼来不上船，自称臣是酒中仙"，属极写太白的浪漫与狂放，并非真的是"天子呼来不上船"。但由此可见他桀骜不驯的诗仙神采，以及他"安能摧眉折腰事权贵，使我不得开心颜"的酒仙豪气。

第七个出场的人是张旭，时人号为张颠。此人草书天下第一，但好饮酒。每醉后，呼号狂走，索笔挥洒，变化无穷，若有神助。杜甫说他三杯酒下肚，就"脱帽露顶"奋笔狂草，字若烟云，好不潇洒。而"脱帽露顶"一说尤其令人震吓。此说出自《国史补》："旭饮酒辄草书，挥笔而大叫，以头渥水墨中而书之。"的确是疯出天外，张旭竟将头蘸墨代笔而书。

最后一个出来的是焦遂。他没有前面七个人那么"疯"，只是饮了五斗酒后，精神卓然，妙语连珠，也就是酒后脸大红、话极多。

这醉八仙神态各殊，栩栩生动。写一人，用二句、三句、四句不等，但却一韵贯注、八面生花，诗评家誉为"创格"。正如王嗣奭所说："此创格，前无所因。"

128 一字一泪，一笔一血

春望 杜甫

国破山河在，城春草木深。感时花溅泪，恨别鸟惊心。
烽火连三月，家书抵万金。白头搔更短，浑欲不胜簪。

至德二载(757)三月，杜甫正陷在安史叛军所占据的长安城。然而阳春三月，故都春光依然，只是世事全非。诗人不禁感时伤怀，在长安城中作了一番疼痛的春望。

起首一句，一破一在，尤其触目，意思相左，发人深思。此句为后人广为传诵，甚至传到了海外。几年前，笔者偶读到一则美国当代山水诗人（曾是垮掉派运动一名健将）加里·斯奈德的采访记。他一开始就大谈人类的环境问题，并引用杜甫"国破山河在"这句诗。其用意是提醒人民爱惜生存环境。"国破"，他在此指城市污染；"山河在"，他意指还未被污染的自然景色。杜甫写的这句诗，能在一千多年后被一位异国诗人引用，杜甫这位平生不甚得意的诗人闻之，也该含笑九泉了。

第二句也同样出人意表，"城春"，当欣欣向荣，而"草木深"却荒凉残废。此一对比与前句中的对比，分外鲜明夺人，难怪明人胡震亨说这二句："对偶未尝不精，而纵横变幻，尽越陈规，浓浓浅深，动夺天巧。"一壮（国破），一秀（城春），相反相成，别外动人。顾随有解，可供参详：

> 西洋之文学艺术有两种美，一为 Grace（秀雅），一为 Sublime（雄伟）。
> 实则所谓秀雅即阴柔，所谓雄伟即阳刚。前者为女性的，后者为男性的；亦
> 即王静安先生所谓优美与壮美。前者纯为美，后者则为力。但人有时在雄伟
> 中亦有秀雅。如老杜之《春望》：国破山河在，城春草木深。即在雄伟中有
> 秀雅，壮美中有优美。（《顾随诗词讲记》）

三四句，以拟人手法，说感时伤别。杜甫用自己内在的情感之力，迫使花、鸟为之动情，为之同忧。读来意象丰满，极有诗味。

写完"春望"之景，再以景抒情（其实前面四句景语也皆情语），自然带出春望的另一主题。在这阳春三月，战事紧张，烽火不息，与家人音讯隔绝（当时杜甫正坐困长安），诗人是多么盼望能收到一封家信呀。"家书抵万金"如今早已成为人人会吟的名句，无须多说。

最后，杜甫在惶急无奈中，频搔白发，因而愈见短少，简直不能以簪插发了。当时杜甫四十六岁，是否头白发稀，笔者不得知。或许应作诗人夸张之语解。这最后的悲哀是诗人对年华流逝，转眼就老去了的悲哀。这悲哀的动作写得十分传神，仿佛让我辈又一次目睹了中年的杜甫在故都的深春自叹苦厄憔悴之情状。这痛中的春望是值得的。正因为有了这番春望，一首诗才得以流传至今。为此，我们还得感谢老杜在一千两百多年前那个春天的疼痛。以疼痛换好诗，这是诗人的天职，老杜自不能幸免，我想他是懂得这个英勇行为的回报的。

129　贫贱之交如今成了粪土

贫交行　杜甫

翻手为云覆手雨，纷纷轻薄何须数。
君不见管鲍贫时交，此道今人弃如土。

人们常说今不如昔，尤其是在德行方面，今人更不如古人。连鲁迅也说过"九斤老太"一类的话。殊不知这一论调（今人大肆鼓吹）早在唐朝就有了。老杜的《贫交行》便是一语道破此论。怪诗人王梵志也有一首《吾富有钱时》，直写世态炎凉，冷暖自知，诗云：

吾富有钱时，妇儿看我好。
吾若脱衣裳，与吾叠袍袄。
吾出经求去，送吾即上道。
将钱入舍来，见吾满面笑。
绕吾白鸽旋，恰似鹦鹉鸟。
邂逅暂时贫，看吾即貌哨。
人有七贫时，七富还相报。
图财不顾人，且看来时道。

孔子也曾说过"吾从周"，那意思是明确的，也是说古人好，今人坏。总起来说，中国文人的理想之人就是上古时代的那种人，他们"日出而作，日入而息"，为人古道热肠、毫无机巧。

现在还是让我们回过头来看看这首诗，闲话就不多说了。

此诗开篇一句就尽写人情反复与世态炎凉的状况。浦起龙在《杜诗心解》中说："只起一语，尽千古世态。"我们平常都会说的一句成语"翻云覆雨"

便出自这里。老杜经营炼字的手法实在了得。不仅堪称一代诗圣，而且还为我们锻打了一个成语出来。

第二句，杜甫往深处又着一笔，为何"纷纷轻薄何须数"呢？须知这"轻薄"二字主写那些势利之交、酒肉之交，总之是表面之交而不是深厚真心之交的那些人。如此"轻薄"之交何必历历数来，诗人只有对此作白眼望青天了。

第三句，杜甫转折一笔，宕开来说一个故事，让世人领教一番古人是如何交谊的。此句典出《史记》，是说管仲与鲍叔牙之间那种贫富不移的友谊。古朴、诚实、忠贞不渝，毫无今人的虚伪、势利、假仁假义。此句虽平淡出之，却如当头棒喝，令世人警醒。

末一句，诗人再回头借古说今，说今人早已抛弃这个"管鲍贫时交"的古道了，而且是弃如土块，真是抛弃得彻头彻尾呀。

前人曾评杜甫这首小诗是"语短而恨长"。的确如此，杜甫对势利小人当然是"恨长"了。而世态炎凉这个大主题若以一般写手着笔，往往会下笔千言也搔不到痒处，杜甫虽"语短"，却一剑刺中要害。此诗读过，小人愈显小人，君子愈显君子。

130　写故交久别之情，只是一真

赠卫八处士　杜甫

人生不相见，动如参与商。今夕复何夕，共此灯烛光。
少壮能几时，鬓发各已苍。访旧半为鬼，惊呼热中肠。
焉知二十载，重上君子堂。昔别君未婚，儿女忽成行。
怡然敬父执，问我来何方？问答未及已，儿女罗酒浆。
夜雨剪春韭，新炊间黄粱。主称会面难，一举累十觞。
十觞亦不醉，感子故意长。明日隔山岳，世事两茫茫。

杜甫在乾元元年（759）被贬官，随后去了华州做司功参军。在这年冬天，又去了洛阳。第二年春天，他又从洛阳返华州，在途中与卫八处士相遇，卫八是杜甫青春时节的朋友。二十年后重逢，当是无限感慨，杜甫即作此诗相赠。所以，这一首诗是写一别二十年的老友在战争离乱中忽然相见，乍惊乍喜，如梦似幻，宛有九死一生的感情。清人黄生评此诗说：

> 写故交久别之情，若从肺腑中流出，手未动笔，笔未蘸墨，只是一真。然非沉酣于汉魏而笔墨与之俱化者，即不能道只字。因知他人未尝不遇此真境，却不能有此真诗，总由性情为笔墨所格耳。（《杜诗说》）

与他同朝代的吴冯栻亦对杜甫该诗中流露的"真"大作一番文章，他说：

> 通首妙在一真，情真，事真，景真，故旧相遇，当歌此以侑酒，读之觉翕翕然一股热气，自泥丸直达顶门出也。（《青城说杜》）

说了这通篇的"真"字，下面让我们回到诗文中来看它是如何一一地展现和流露的。

"人生不相见，动如参与商"，随着岁月的增长，人之孤寂也开始增长，这是古今中外不变的至理。少年人岂能懂得这中间悲欢。然而我少年时的朋友彭逸林就深懂这个道理。这也是我选这首诗的原因。它在我少年时就经他的吟咏深深铭刻于我的心间。还清楚地记得他在一个初冬的下午为我讲说"参与商"的含义。那是指两颗星辰，参星与商星，它们在星际中此出彼没，永不相见。而那时我们却日日相见，岂能料到日后却很难相见呢？这其中有人生的宿命，也有人生的美好。幸福其实是刹那间的事，天下没有不散的宴席，再是好朋友也有长分别的时候。这是天道使然，谁又拗得过呢？今夜重读此诗，不觉悲喜交集，心中感情激荡而又有一些急促紊乱。真是"如此质朴，又如此神奇，几乎说尽了生命的奥秘，然而又是何等自然！使得我们这破碎不堪的现实，由于这样的咏叹竟充实得多了"。（朱英诞：《美人之迟暮——纪念"五四"和唐俟》）

二十年若流水般过去，许多老朋友都已不在人间，而杜甫与卫八的少壮年华也将倏忽即逝，真是"东风暗换年华"呀。而今卫八儿女已成行，他过去可是还未结婚，是一个好呼啸成群跟着杜甫玩耍的小哥儿们呀！接下来，杜甫的唱叹在欣喜中更加感人，震撼人心的艺术力量愈来愈强。只见他宕开一笔，转说卫八的儿女们。他们"敬父执"，彬彬有礼地问诗人来自何方。诗人款款答来，卫八却兴奋不已，叫儿女们去准备酒菜，其中还有一细笔，十分让人流连："夜雨剪春韭。"接下是老朋友把酒叙谈的场面。一举饮了十杯，十杯仍不醉。诗人深感卫八对自己的情谊是那么深厚，实在对"今夕"眷恋不已。而明日呢？明日又将别离，茫茫人世，相会又待何年呀。

此诗语言古朴简质，"情景逼真，兼极顿挫之妙"，从老友相逢到共度此夜，再到杯酒晤谈以及最后的"世事两茫茫"，可见诗人内心深处的疼痛。但这疼痛又是那么圆润而幸福，因为它包含了老友仅此一夜的重逢。老杜此诗"正而能变，大而能化，化而不失本调，不失本调而兼得众调，故绝不可及"（胡应麟语）。的确，杜甫此诗虽写悲哀，但绝不乖戾，当然不会失去本调。哀而不伤，又可见杜甫温柔敦厚的一面。

131　愁到过不去就开自己的玩笑

茅屋为秋风所破歌　　杜甫

八月秋高风怒号，卷我屋上三重茅。

茅飞渡江洒江郊，高者挂罥长林梢，下者飘转沉塘坳。

南村群童欺我老无力，忍能对面为盗贼。

公然抱茅入竹去，唇焦口燥呼不得，归来倚杖自叹息。

俄顷风定云墨色，秋天漠漠向昏黑。

布衾多年冷似铁，娇儿恶卧踏里裂。

床头屋漏无干处，雨脚如麻未断绝。

自经丧乱少睡眠，长夜沾湿何由彻！

安得广厦千万间，大庇天下寒士俱欢颜，风雨不动安如山。

呜呼！何时眼前突兀见此屋，吾庐独破受冻死亦足！

　　如若我说此诗尽是老杜的幽默自嘲语，想来读者定然不信。何故？茅屋为秋风所破，身无庇护，哪来幽默，哪来自嘲，要有也是呼号、呐喊、控诉与悲痛欲绝吧。其实不然，这个中缘由先让我们来听听顾随和宇文所安两位是如何解析的。

顾随说：

　　老杜在愁到过不去时开自己玩笑，在他的长篇古诗中总开自己个玩笑，一笑了之，无论多么可恨可悲的事皆然。

　　常人在暴风雨中要躲，老杜尚然，曹公（指曹操）则决不如此。渊明有时也"避雨"，不似曹公坚苦，然也不如杜之幽默。（《顾随诗词讲记》）

宇文所安则言：

在著名的《茅屋为秋风所破歌》中，杜甫这种半幽默、半怜悯的自我形象表现得最明显……杜甫在描述的自然主义世界和象征幻想的世界之间自如地移动：隐喻的大厦在稳固性和规模上都与茅草屋顶的易破小屋不同，这一区别超过了现实和隐喻之间的强烈区别。这两个世界统一于诗人的形象，既滑稽可笑又豪壮英勇，既富于同情心又幽默诙谐。个人叙述变成了祈求，不是如同社会批评歌行中向朝廷权威祈求，而是向宇宙秩序的更高权威祈求。而在向这些看不见的力量祈求时，诗人采用了帝王礼仪的方式，说明祈请者愿意以死表白真诚。（《盛唐诗》）

说过了该诗的主观情志，我们不妨再宕开一笔，由笔者的感受说起，进入此诗。

众人尽知，"安得广厦千万间，大庇天下寒士俱欢颜"，不仅是杜甫这位寒士（贫困知识分子）的梦想与呼告，也是今天每一位寒士的梦想与呼告。几千年来，寒士们居住之恶劣，也由此可想而知。笔者曾在中国的好几所大学教过书，一晃十年，一想到那居住的惨况不觉悲从中来，痛定思痛，个中愁苦与老杜可是心心相印。仅举一例（如一一举出，至少可举百例），我曾住在重庆一所大学的最为简陋的住房里，楼下是幼儿园，日日喧闹，颇有老杜诗中所说"南村群童欺我老无力"之感。加之天气潮湿，"布衾"当然是"多年冷似铁"。那门前臭水沟以及沟中的残渣剩饭、蚊虫、苍蝇、老鼠令人感到恶心。而最令人恶心的却是那公共厕所，日日恶臭扑鼻，粪便堆成小山，几乎要贴上屁股。这是坏的方面。不过也有好的方面。正是在这种生活的长期熏陶下，我能够更深切入骨地感受并理解《茅屋为秋风所破歌》。更有甚者，眼下中国搞"改革开放"，房地产尤其兴隆，一片大兴土木、百废待兴的局面。寒士们也参与了市场经济，也可靠勤劳的双手建设家园。虽不说能建一座草堂，占地几亩，但也能有几间独立居室供安身立命了。

说到此处，我们还是来看看杜甫当时情况吧。

乾元元年（759）岁末，杜甫到了自古便有"扬一益二"之说的"花重锦官城"成都。他四处求援，在亲友们的八方帮助下，终于在成都西郊浣花溪建起一座茅屋以及林园花圃。乾元三年（761）春，"杜甫草堂"终于在温暖的天气中落成了。一生飘零的杜甫总算有了一个安身的处所。从此这"茅屋"便成了中国文人心目中的圣地。然而茅屋经不起"八月秋高风怒号"。茅屋顶上三重茅草全被尽数卷去，一些挂在林梢，一些沉入池塘。黄昏风定但黑云又聚拢了，雨下个不停，室内遍湿，老杜当此无眠的长夜只有高唱《茅屋为秋风所破歌》。在他歌声的结尾处，他似乎在大悲痛中产生了一个英勇而崇高的幻觉。他惊喊道：何时眼前会陡地一下耸立起高楼华屋来，为天下寒士带来庇护与欢乐，即使我房破、受冻，死也心甘。

在这个狂风猛雨的八月之夜，一介寒士杜甫成了天下寒士的痛苦领袖，他代其受难、受冻，并以他个人的悲声鼓荡起天下寒士共同的悲声。但这悲声中的确不失幽默，其中句子前面已有指出，在此单说一句，"娇儿恶卧踏里裂"，读到此句，我竟笑出声来。且看，这儿童的睡眠是多么有趣却又如此蛮横无理，双脚乱蹬，将那棉被里的棉花蹬得乱七八糟，即其中一些地方多，一些地方少，有些地方甚至没有了棉花。看来"娇儿"还未学会"寝不尸"（孔子语），即谦逊小心的睡姿。这"娇儿"夜夜"恶卧"，真弄得杜甫哭笑不得也。

132 这一句里有"悲"八种

登高 杜甫

风急天高猿啸哀，渚清沙白鸟飞回。无边落木萧萧下，不尽长江滚滚来。
万里悲秋常作客，百年多病独登台。艰难苦恨繁霜鬓，潦倒新停浊酒杯。

九月九日重阳节，古人有登高眺远，以寄志向的传统。文人更是要饮酒作诗，大抒抱负。而杜甫此时的登高却是"艰难苦恨"、悲怆汹涌。但这悲怆不独是杜甫一人的，亦是你我一干人的。顾随有言，可资证明：

> 老杜写此诗对得起我们，他是成功了，而我们受他传染，置自身于何地？
>
> 严羽《沧浪诗话》所谓"兴趣"，虽不甚洽，而意思是对。"言有尽而意无穷""无迹可求"，诗最高应如此，并不是传染我们或抹杀我们。读者与作者混合一起，并非以大压小。我们读古人诗，体会古人诗，与之混融是谓之"会"，会心之会。与古人混合而并存，即水乳交融，即严氏所谓"无迹可求"，"言有尽而意无穷"。若读了不受感动是作者失败；若读了太受感动我们就不存在了，如此还到不了水乳交融——无上的境界。（《顾随诗词讲记》）

下面，且看老杜如何感化你我。这年秋天，老杜以暮年之残躯流寓夔州孤城。他身患疟疾、肺病、风痹、糖尿病等多种病症，牙齿落了，耳朵聋了，因此他不得不"新停浊酒杯"，即因病断酒。虽不吃酒，杜甫仍拖着他那"百年多病"的身子登高抒怀。他远离家乡，独在异地，只好"万里悲秋"了。满头白发、身心潦倒的杜甫虽然"肺枯渴太甚，漂泊公孙城"，但仍在长江之滨的高山上发出了慷慨激越的悲歌。此诗前四句尽写秋景，景中含情。首联吐纳稳当，视野壮阔；颔联却气势奔流，"古今独步"了，颇有子昂"念天地之悠悠，独怆然而涕下"之大感慨，只是写得更加含蓄沉着，不离其诗法之精妙处。笔者推之，恐怕正因为此二句，胡应麟才推举为"旷代之作"，杨伦也才认为它是"杜集七言律诗第一"。后四句转到以景直抒胸臆。又如胡应麟所说：前六句飞扬震动，末二句软冷收之，而无限悲凉之意，溢于言外。

罗大经《鹤林玉露》曾指出颈联含八层意思：万里作客一可悲；又当秋天二可悲也；他乡作客三可悲；经常作客四可悲；百年易尽，忽已半百，五可悲；身衰多病六可悲；重阳佳节登台望乡七可悲；亲朋寥落独自登台八可悲。

古人曰：诗穷而后工。杜甫堪当此说的楷模。他正是在这"艰难苦恨""百年多病"的磨炼中，才得到这足以笑傲江湖的作诗绝技的。可以说，杜甫这首诗是他晚年写得最好的诗之一，也是他在抵达生命的终点时最后一次倾情放歌。不久，他就离开夔州，南下沅、湘，最后死于耒阳，时年五十九岁。

关于他的死有一个传说，不妨在此简略说来。杜甫在耒阳时，饿了许多天，县令得知此事后，立即送来丰富的酒肉。杜甫在一夜痛饮后，于当晚死去。而李白却是醉酒后，去水中捞月而死。诗圣、诗仙，不同的诗风与人生，不同的活法与死法，实在令人每每沉思。

133　英雄本色，沉着痛快

蜀相　杜甫

丞相祠堂何处寻？锦官城外柏森森。映阶碧草自春色，隔叶黄鹂空好音。
三顾频烦天下计，两朝开济老臣心。出师未捷身先死，长使英雄泪满襟。

　　杜甫作为一代诗圣，并非将身心只局限于诗文而已，他从青年时代起也是
一个身怀天下的人物，他一直怀抱"致君尧舜上，再使民风淳"的崇高政治志
向。但他却终生不得志，颇为潦倒。因此他在蜀中吟咏丞相孔明，应算是英雄
惜英雄，借古抒怀，以浇块垒了。
　　此诗当有机地看作两个部分。前四句咏武侯祠，后四句咏诸葛亮。起首二
句甚为干净，点明祠堂在锦官城外，而且周遭是柏树森森，"沉挚悲壮"之气
氛轰然而出。接下来是碧草春色，黄鹂好音，其中入"自"字与"空"字，更
见凄清之极。而碧草映阶、黄鹂隔叶，面前景物使人有旷世之慨，其感物怀人
之意在此以自然化出。后四句，紧承前面，迎面直说孔明一生事迹。"自始至
终，一生功业心事，只用四语括尽，是如椽之笔。"（清人邵子湘语）刘备三
顾茅庐，孔明献天下大计，两朝丞相，又扶阿斗，可怜老臣之心。这些故事均
被诗圣神笔一一化进诗中。最后二句尤其震撼人心，早已成为千古名句。"出
师未捷身先死"说诸葛亮六出祁山，以图"兴复汉室，还于旧都"，但最后一
次出师却病逝于五丈原头。此句看似平平实写，但为最后一句的登场蓄了一股
势大力沉的内力。正因为有了前句的平实，才会有后一句的深重。二句互为关
联互为映带，声口吞吐极其谐于唇吻，而且"骨气端翔，音情顿挫"尽在里面
了。"长使英雄泪满襟"中的"英雄"，老杜在此泛指忠贞报国、胸怀天下的
人物，当然也包括诗人本人。须知是他在此凭吊江山胜迹，并一洒英雄泪啊！
　　此诗神、气、情，三者并举，自然浑成，读来"优游不迫，沉着痛快"（严
沧浪语）。

134　字字句句皆欢喜

春夜喜雨　杜甫

好雨知时节，当春乃发生。随风潜入夜，润物细无声。
野径云俱黑，江船火独明。晓看红湿处，花重锦官城。

杜甫一生欢快的日子不多，有，亦只在成都之时，因生活上受了友人的资助，不愁吃穿，于是诗歌中颇有些闲适欢快之音。譬如这首《春夜喜雨》，更可谓是字字有雨，句句欢喜。行文不离题目中"雨""喜"二字，从头至尾写来都是"春意盎然""夜色斑斓"。

杜甫此诗进入的角度并不刁钻，是以端正大方的态度当面进入。发句极好，已振起全篇并奠定了胜局。"好雨知时节"，似是脱口而出，但内气笃定；不由分说，就一锤定音。"好"字看似普通，但有化腐朽为神奇之功，此字一发便总括并统率以下三十九字，通篇洋溢着好雨好春之气息。"当春乃发生"更是字字坚挺、明快干净。尤其是朗读起来，口感清脆响亮，唇间似乎也着了春意。接下二句便是用心细写春雨之动作了，"潜入夜"与"细无声"两相扣合，步步轻灵，正如沈德潜所说"传出春雨之神"，这样的慢工细活，也只有"语不惊人死不休"的老杜才能完成。五六句，老杜再接再厉为春雨着色，宛如画师在尺幅上泼墨写意。郊野一片漆黑，而江船上的灯火"独明"。"黑"与"明"对比衬映，十分鲜明，经营锤炼颇为考究，并非随手写出，此"十字咏夜雨入神"（邵子湘语），的确不虚。

一夜雨过，处处落红，清澈欲滴。老杜从春夜之雨写到春晓之"喜"。诗中虽无这"喜"字，但"喜"之情已借景传出溢满全篇。末二句不仅写出了春日雨后黎明的美景，也自然奔流出诗人对春日的欢喜。"红""湿""重"三字写春雨后的花朵，可谓字字珍贵。明人谭元春说："红湿字已妙手说雨矣。重字尤妙，不湿不重。"

135　花意和酒债皆为光阴而准备

曲江二首　杜甫

一片花飞减却春，风飘万点正愁人。且看欲尽花经眼，莫厌伤多酒入唇。
江上小堂巢翡翠，苑边高冢卧麒麟。细推物理须行乐，何用浮荣绊此身？

朝回日日典春衣，每日江头尽醉归。酒债寻常行处有，人生七十古来稀。
穿花蛱蝶深深见，点水蜻蜓款款飞。传语风光共流转，暂时相赏莫相违。

　　老杜这两首诗均是写在曲江畔赏花吃酒、感物抒怀之时。只是"前一首，
着意在花，带出酒字；后一首，着意在酒，带出花字"（金圣叹语）。
　　且先看他前一首诗。开篇使用曲笔，倒追至一片初飞说起，而"减却春"
三字又透出春天寸寸流逝的消息。落红万点齐飘，正引出"正愁人"，物候惊
心，诗人真为可悲可痛，全无少年人的"为赋新词强说愁"。从"风飘万点"
到"经眼"之花"欲尽"，春之气息正节节退去，诗人惜春之情已尽在无言之
中。金圣叹评这三句说：

　　　　看他接连三句飞花。第一句是初飞，第二句是乱飞，第三句是飞将尽，
　　裁诗从未有如此奇事。（《金圣叹选批杜诗》）

　　如此剪裁翻飞的春花，的确可见老杜笔力。既然是花欲尽春要去，老杜只
有以酒挽留光阴，像太白那样"一杯一杯复一杯"了。酒"伤多"，但切莫厌，
得不停地喝下去，不可辜负这转瞬即逝的良辰美景啊！这第四句"直是老人千
金一刻中之一点一点血泪也"（金叹圣语）。
　　后四句，老杜又往深处流连一番人事，"更发奇想惊人"。春光易逝，其
实也是生命易逝。那小堂翡翠，不过一小鸟，而如今现存却金碧可喜。高冢麒

麟，虽是达官贵人，而今日不在早已没入黄土。"巢"字妙，写出加一倍生意；"卧"字亦妙，写出透一步荒凉。"江上"二字，于生趣旁边写得逝波不停，最宜及时行乐；"苑边"二字，又于死人旁写出后人行乐，便悟更不能强起追陪也。这二句中，寄托了无数的悲痛感悟。这就是"物理"，即生命的道理。老杜"细推"之（即前面六句均是"细推"），从而得出"须行乐"之结论。既然春将去，人要死，留那浮名绊此身太过无聊。还不如饮酒作乐，痛痛快快过他一生。

在此，我们再来看他第二首诗。承接前首，起首四句便是痛饮。劈头二字"朝回"写得尤其巧妙，这是说诗人从朝中回来，此间自然透出前面"浮荣绊此身"的行为。但诗人却已细推了"物理"，懂得了"须行乐"的道理。所以紧接"朝回"点出另一番人生观来，即"日日典春衣"。为何将春衣典当了？诗人再逼一句，"每日江头尽醉归"。酒债多有，故至典衣。这二句已将懒朝的意思埋伏在此了。用今天的话说，就是上班不积极，得过且过。那干什么积极呢？每日江头大醉，吟诗作赋，流连光景，一扫绊此身的浮荣。为"尽醉归"这门功课，诗人只得四处欠酒债。原因很明确，"人生七十古来稀"，故须尽醉忘忧。"酒债寻常"甚妙。金圣叹评这四句说：

> 一日醉，一日债，一日无债，一日不醉。然而日日典春衣，一年哪有三百六十春衣。每日尽醉归，三百六十日又哪可一日不醉而归。如是而又毕竟以酒债为寻常者，细思人望七十不大寻常。然则酒债乃真是寻常。真惊心骇魄之论也。日日每日，接口成文。（《金圣叹选批杜诗》）

我们知道作诗者最忌用巧太过，即使用巧也不能见刻削之痕，杜甫"穿花蛱蝶深深见，点水蜻蜓款款飞"二句，虽用巧却不见刻痕，显得天然工妙，一见便知是老杜笔法。叶梦得评这二句说：

> "深深"字若无"穿"字，"款款"字若无"点"字，皆无以见其精微如此。然读之浑然，全似未尝用力。此所以不碍其气格超胜。

"蛱蝶"在此带出了残春，而蜻蜓又呼出初夏了。"深深见"余春未褪尽，

"款款飞"初夏已浅浅而来。风光（可引申为时光）为何流转得如此迅速啊。蛱蝶与蜻蜓似乎在风光中"传语"，而望空传语，又不知传语与谁。"共"字一语双关，有诗人自己，也有周遭的美景与生物，甚是精妙。老杜面对如此风物，只有"且尽芳樽恋物华"，老人岂有多时，不过暂且相赏，并不相违于这暮春时光。

老杜此诗，春、酒俱在，景、情婉转，读来涵泳至深，真是"足空唐人"。我辈思之欲涕，更要"且尽生前有限杯"了。

136 老杜的长恨歌

哀江头 杜甫

少陵野老吞声哭，春日潜行曲江曲。江头宫殿锁千门，细柳新蒲为谁绿？
忆昔霓旌下南苑，苑中万物生颜色。昭阳殿里第一人，同辇随君侍君侧。
辇前才人带弓箭，白马嚼齿黄金勒。翻身向天仰射云，一笑正坠双飞翼。
明眸皓齿今何在？血污游魂归不得。清渭东流剑阁深，去住彼此无消息。
人生有情泪沾臆，江水江花岂终极。黄昏胡骑尘满城，欲往城南望城北。

《哀江头》是老杜叙事诗中别具特色的一首，它形象丰富，而形象之间若断若续，似联不联，好像有许多话要说，却又不愿一一说出，给读者留下许多驰骋想象的空间。关于此诗，苏辙的评论说得很好：

> 予爱其词气如百金战马，注坡蓦涧，如履平地，得诗人之遗法。如白乐天诗词甚工，然拙于纪事，寸步不遗，犹恐失之，此所以望老杜之藩垣而不及也。

老杜行文，选裁得当，详略得法，故而叙事也别具一格，不是白居易的巨细不漏可以企及。如下且让我们来一看老杜如何去粗取精，组织文章。

至德二载春，即安史叛军攻占长安后的次年春天，杜甫在长安东南曲江风景区作旧地重游并触景伤怀。曲江过去可是香车宝马、富贵温柔之地，玄宗与贵妃及万民在此同乐，共享繁华。正如诗人在另一首诗《丽人行》中所唱："三月三日天气新，长安水边多丽人。态浓意远淑且真，肌理细腻骨肉匀。"那时的曲江可是瑟瑟珠翠、灿烂芬芳啊，贵妃也正值"炙手可热势绝伦"之时。而如今繁华销息，"少陵野老"（即杜甫）只有哭泣一条路走了。

此诗组织如平常的乐府歌行，四句一节并转折。前四句写今日曲江，虽有"细柳新蒲"报告初春消息，但江畔宫殿却已"锁千门"，一个"锁"字已尽显凄清，而"为谁绿"却更是寂寞无聊。老杜面对此景，唯有"吞声哭"了！

接下来"忆昔"二字一转，引出两节八句诗来。昔日，彩旗招展、簇拥，皇帝与贵妃出游"南苑"（在曲江南头），苑内可是万物生辉呀。"昭阳殿里第一人"本指汉宫赵飞燕，这里借指杨贵妃压后宫"三千佳丽"的至尊地位。她此时正与君王同车游览，真是艳光四射、风光八面。接下四句是对前一节的补充。诗人着笔细写皇上与贵妃游乐的情景。镜头倏地切入眼前，但见一个宫中的"才人"（即宫中的女官）骑马张弓跃了出来，身手是何等英俊潇洒，那白马还装饰着黄金勒口哩。她一箭射向云中，双鸟当即落下，贵妃见此等情景，自是破颜一笑，好不娇美，实在又令君王爱怜不已。第四节，悲剧陡起，秒秒逼人。"明眸皓齿"翻作"血污游魂"，人生之沉浮、惨烈可谓触目惊心，读来令人冷汗大出。这二句写贵妃缢死后连魂魄都不得归。后二句写贵妃被埋于渭水之滨的马嵬后，玄宗由剑阁深入蜀地，继续逃难。从此这一死一生便永远隔离了。也正是白乐天在《长恨歌》中所唱"一别音容两渺茫"也。去者贵妃如渭水东流去，住者玄宗却深入剑阁，彼此从此不相干。

最后一节，老杜写得更是凄切动人，把自己的悲剧也带进了李唐王朝的悲剧之中。贵妃已死，圣上西逃。诗人在曲江凭吊江山，莫不生情落泪，而"江草江花"却年年盛开，"当春乃发生"。花草本是无情物，它自然枯荣，并无悲欢，只是诗人的悲观才使得花草也悲观了。此时又是黄昏了，诗人不得不向城里家中走去。而安禄山的"胡骑"却四处乱窜，搅得满城尘土飞扬。诗人内心一时大迷惘，连城南城北的方向都找不到了，明明该去城南却往城北走。

老杜此诗正是他沉郁凝练之一贯写法，全诗今昔对照，开阔流畅，属诗史笔力。通篇读之，犹如一曲挽歌，好一个"哀"字了得。最后再说几句闲话，开头我们已说苏辙拿此诗与白居易的《长恨歌》作比，他认为：

> 《长恨歌》费数百言而后成。杜言太真被宠，只"昭阳殿里第一人"足矣；言从幸，只"白马嚼齿黄金勒"足矣；言马嵬之死，只"血污游魂归不得"足矣。

苏先生此说颇得要领。老杜深懂砍削之功，当知粗写、细写与略写之妙。白乐天是另一种笔法，万无一失，从头至尾细细写来，犹如白话小说一般。因此，二人可作此比较，定下优劣；也可不作比较，诗与小说岂能对比？

137　新乐府在此埋下伏笔

兵车行　杜甫

车辚辚，马萧萧，行人弓箭各在腰。
耶娘妻子走相送，尘埃不见咸阳桥。
牵衣顿足拦道哭，哭声直上干云霄。
道旁过者问行人，行人但云点行频。
或从十五北防河，便至四十西营田。
去时里正与裹头，归来头白还戍边。
边庭流血成海水，武皇开边意未已。
君不闻汉家山东二百州，千村万落生荆杞。
纵有健妇把锄犁，禾生陇亩无东西。
况复秦兵耐苦战，被驱不异犬与鸡。
长者虽有问，役夫敢申恨？
且如今年冬，未休关西卒。
县官急索租，租税从何出？
信知生男恶，反是生女好。
生女犹得嫁比邻，生男埋没随百草。
君不见，青海头，古来白骨无人收。
新鬼烦冤旧鬼哭，天阴雨湿声啾啾。

《新唐书·杜甫传》说："甫又善陈时事，律切精深，至千言不少衰，世号诗史。"此一言，含义两重。一是说，杜诗有及时性和纪实性，对各种社会生活、政治事件皆有及时反映。此诗正是写玄宗天宝年间，对外发动战争，接连失败，人民负担着过重的赋税和徭役。

二是说，杜诗善于音律，煅字炼句别有特色，虽工却不艰深。人人尽知，杜甫写诗含蓄、沉郁、凝练，而且如他自己所说："为人性僻耽佳句，语不惊人死不休。"但他写的一些新乐府诗，如《三吏》《三别》以及《兵车行》等却为我们展现的是另一个杜甫。这些诗（当然也包括《兵车行》）如同对普通人说话一般，平铺直叙，犹如一个农夫正喃喃诉苦。须知这可是老杜创开的一条新路，好似现在的年轻诗人喜写更新更怪的后现代派诗歌一样。总之他要求变求新。正因为有了杜甫《兵车行》这类新乐府诗，中唐时才出现了白居易等人掀起的"新乐府运动"。而这个运动的"始作俑者"该是"先锋诗人"老杜了。老杜这类诗，白乐天最为欢喜，因为完全符合他的诗学标准。他提出："文章合为时而著，歌诗合为事而作。""为时""为事"都是说文学作品要切合现实，具有当代性与社会性。然而，杜甫这类诗在他那个时代还只能落落寡欢，因为太先锋了，似乎有些不合诗学正格。只有等到白居易、元稹出来搞"运动"后，才发生了广大的影响。这影响甚至还成了胡适之后来发动白话新诗运动的强力古典资源及反文言的利器。此是另话，还是懒得说它。

此诗正如前人所评："语杂歌谣，最易感人，愈浅愈切。"通篇写得明白如话，其中少许出典，《唐诗三百首》中均一一指明，不必拾人牙慧，再作解说。

简略说之，此诗面上写朝廷四处抓壮丁去戍边打仗之事，实际写诗人对此事的悲愤情绪，正是"歌诗合为事而作"也。

诗中"点行频"三字至为重要，它是全篇的"诗眼"。当过路人问及这兵车隆隆、战马嘶鸣、万人哭喊的原因时，征夫首先回答的就是"点行频"，即连年征兵没完没了。接下一直到结束，全是征夫的详细陈述，征夫的惨况在此被一一说尽。

这首诗是一首叙事诗。但在叙事的深处，却起伏着诗人的感情。情与事互为交错，一隐一显。隐处深沉感人，而显处却踏实可信。正因为有了这样悲惨的事，才会流露出（字里行间）这样悲愤的情。

杜甫，这位在诗歌中永不疲倦的开路先锋，终于在唐诗的大道上杀出了一条新路，发了一次"少年狂"。

138 老杜值夜班时写了一首忠君爱国的好诗

春宿左省 杜甫

花隐掖垣暮，啾啾栖鸟过。星临万户动，月傍九霄多。
不寝听金钥，因风想玉珂。明朝有封事，数问夜如何？

从此诗题目所看，是说杜甫春夜的一天在"左省"（即左拾遗所属门下省）住宿；用今天的话说，就是杜甫在中央的某部机关值夜班。当时，杜甫官拜左拾遗。左拾遗这个官职主管供奉讽谏，大事廷诤，小事上封事。"封事"（诗中也出现）就是密封的奏疏。

杜甫是夜在左省当班，突然诗兴大动，当此春风明月夜，感念君王，彻底未眠，挥毫落纸写下这首忠君爱国的小诗。

起首一句中的"掖垣"即左省。左省的花儿隐隐约约，光景已是夕暮时分。这时鸟儿也从晚空中啾啾飞过，它们也要去歇息了。春日的黄昏在诗人的笔下显得十分宁静致远，运笔也很沉着考究。紧接下来是一幅辽阔而博大的夜空图。"星临万户动"，表面是说群星照临千家万户，"动"字极妙，有星光闪烁之"动"，也有万家灯火之"动"。这"动"不仅饱含了万物的生命，也饱含了诗人的深情。正如金圣叹所说："于左省而念及其民也。"因此，从深处说，此句充满了老杜的爱国爱民之心。"月傍九霄多"，"多"字亦妙，此句是说高入云霄的宫殿，由于靠近月亮，所以月光就多些。金圣叹认为此句是"于左省而念及其君也"。峨峨宫殿当然是君王的住地，它直耸霄汉，当然也有更"多"的月白风清。

"金钥"即金锁，"玉珂"即马铃。这二句是说值夜时不能安眠，似听到有人在开宫门而弄响了钥锁；风吹动马铃声，百官似已走在早朝的路上，并愈发近了。金叹圣对此二句评说道："则宿而思其君有辟门之难也；则宿而思其臣有献替之忠也。"即前句指君王之难，后句指人臣之忠。老杜经过这番想象后，又回到自己春宿左省的情况，因明日早朝有"封事"，老杜整夜挂在心上，丝毫不敢松懈。"数问夜如何"，此句含蓄婉转，将老杜期盼黎明早早到来的那种焦急之情尽数传出。

"若欲知老杜封事为何语，则不出下念百姓，上念君父；上者纳言，下者效忠。"金圣叹的解说不差。"忠君爱国"正是老杜在这个春夜，在左省的一间值班房里，以诗明志、念念不忘的。

139　老狂夫忍饥挨饿流连美景

狂夫　杜甫

万里桥西一草堂，百花潭水即沧浪。风含翠篠娟娟净，雨裛红蕖冉冉香。
厚禄故人书断绝，恒饥稚子色凄凉。欲填沟壑唯疏放，自笑狂夫老更狂。

　　题目是《狂夫》，主旨是挨饿。本当一上来就写得疯狂备至、悲烈满纸，
但老杜却别有一番剪裁，开篇四句只从美景中赏花之乐事写来。
　　起首二句写草堂周遭环境，一气用了四个专名，即万里桥、草堂、百花潭、
沧浪，而丝毫不觉碍眼，反有款款领略一路风光之感。"沧浪"出自《楚辞》
"沧浪之水清，可以濯吾缨"一句，这二字已为"狂夫"形象蓄起势来，既然
是清清沧浪水，老杜也当有傲视世人的"老更狂"了。
　　翠竹在微风细雨中娟娟明净，荷花也传来淡淡的清香。"含""裛"两个
动词用得极为细心。"风含翠篠"，风之动作很轻，有呵护之意味，如用"吹"
或"拂"字就显得粗率了，与当时斜风细雨的天气不相配。"雨裛红蕖"，同
样是点点滴滴浸润之意，细雨飘得轻柔可人。而"娟娟净"与"冉冉香"扣合
工细，读来爽口，平添声音之美。写到此处，不觉又想到清人徐子能咏杜甫的
一首诗：

　　　　诗史春秋笔，大名垂草堂。
　　　　二毛反在蜀，一字不忘唐。
　　　　佛让王维作，才怜李白狂。
　　　　晚年律更细，独立自苍茫。

此时的杜甫，不正是"晚年律更细"吗？
专注而细致地将这美景写成后，老杜翻转一笔，谈自己的饮食起居，并加

三百首　唐诗　柏桦

快向"狂夫"逼近。孩子们脸色苍白，一看便知一直未吃过饱饭，这自然引出了老杜"恒饥稚子色凄凉"一句悲歌。有什么办法呢？老杜来成都草堂安家后，一直靠故人严武分赠禄米度日，一旦这"厚禄故人"的书信断绝了，他一家人不免要忍饥挨饿。老杜只有不断写诗寄诗给各方友人讨他一家人的生活费，其中冷暖悲苦可想而知了。

末二句虽有"疏放""自笑"这等胸次，但读来仍令人悲伤难过，难免为一代诗圣垂泪。"填沟壑"就是饿死呀。一家人都快饿死了，但诗人还只是疏放，还只是流连美景，真是"此谓其狂不可及"也！

美景与生计，这两个风马牛不相及的东西因老杜的手段偏偏形成了张力。为此，老狂夫才合情合理地登场亮相了。

140   平平和和消得长夏

江村 杜甫

清江一曲抱村流，长夏江村事事幽。自去自来梁上燕，相亲相近水中鸥。
老妻画纸为棋局，稚子敲针作钓钩。多病所须唯药物，微躯此外更何求？

　　光景正值夏日，江水抱村，天气明朗，老杜也不觉陶醉于长夏幽事之中。
不久前，诗人还在流亡途中，如今已安居在风光清幽的浣花溪旁。想到此处，
诗人不禁感慨良多，要当歌一曲眼下天伦之乐的家居生活了。

　　周遭是风调雨顺的风物，清江曲折，长夏幽幽，梁上燕子呢喃着飞来飞去，
享受着夏日的自由；水中的鸥鸟也相亲相近，正凉快地畅游清江。生物如此之
幽，更何况人了。草堂边，诗人的老妻正在白纸上画着棋盘的格局；小儿子也
在敲打一枚钢针，欲制造一个钓鱼钩。在此，不仅"事事幽"呼之欲出，美好
和平的家居生活也跃然于眼前了。如前人所说：言老妻弈棋，稚子钓鱼，文人
无事，徜徉其间，真大快活也！

　　在这消夏之乐中，老杜也想到了他那多病的身子。在这清朗的夏日，他那
些老毛病都是些慢性病，因此来得并不剧烈。在这"事事幽"的光景里，病也
显得缠绵而温和，只需日日用些"药物"，慢慢将息调养就行了。正如他在另
一首诗中所说"江村独归处，寂寞养残生"，其间虽有淡淡忧思，但并不悲烈，
仍取中庸调息之法。结尾一句，更流露出老杜知足常乐、带病延年的寒士之人
生观。"微躯此外更何求"，那只是不再贪求更好的生活，只求如眼前这样安
安稳稳、舒舒适适过完一生，他最多只是需求一些药物。而这也并不太难，他
在草堂边就自行开垦出一块药圃，而且故人也会送些药钱给他，他只需作诗酬
答就行了。

141　春天的小民人生与大快乐

客至　杜甫

舍南舍北皆春水，但见群鸥日日来。花径不曾缘客扫，蓬门今始为君开。
盘飧市远无兼味，樽酒家贫只旧醅。肯与邻翁相对饮，隔篱呼取尽余杯。

日日闲居江村，老杜难免寂寞。忽然一天有客人到来，他当然会喜出望外。
老杜自离开了洛阳、长安入蜀以来，就一直住在西郊的浣花溪。他所居住的草
堂，四邻也无亲朋旧友。平日与之往来的多是些落魄文人或田野农夫。

冯至在其《杜甫传》中说到老杜居住江村时的情形：

> 北邻是一个退职的县令，爱诗能酒，常常踏着蓬蒿来访；南邻有朱山人，
> 曾经留杜甫在他的水亭中饮酌，还有卖文为生的斛斯融也是他的酒伴；在春
> 天，黄四娘家的万花盛开，把树枝都压得低低垂下；此外野人赠送樱桃，邻
> 家的美酒小孩子在夜里也能赊来；到了寒食，大家聚在一起，是这样快乐。

杜甫虽有这些快乐，但总有美中不足之感，因为真正能了解他内心的人这
里却没有。这天客至，从作者自注中得知，此客人是崔明府，杜甫当然欢喜得
很，如他自己所说："喜崔明府相过。"

此诗一二句是说诗人所住的草堂四周皆春水环绕，每日只见群鸥飞来飞去。
此景虽美，但天天目睹，也就无什么兴味了。

接下便别开一股喜气，诗人开门迎客。花径虽没有因客人到来而打扫，但
草门已为客人的到来而打开了。"为君开"三字足见老杜的欣喜之情，亦足见
二人交谊之厚。仅此三字，无须多说，诗人已将画面切入了饮酒场面。

老杜先来了一番抱歉，说他住的地方离市区很远，买东西不便，因此盘中
无"兼味"（即多种食品）；又由于家境清贫，买不起好酒，只能享用家中自

制的旧酒。然而酒席不在丰，仅在于情。此外又应了两句常言：酒逢知己千杯少，话不投机半句多。

　　末二句，诗人将待客之情推向一个欢乐的高潮。老杜乘着酒兴，呼请隔邻的老翁也过来加入酒席共饮几杯。这结尾两句诗写得极妙，不仅有一股浓郁的乡土生活之气息，而且乡村生活的快乐图景也实在让人痴痴神往。有春景，有客至，有邻翁过来吃酒助兴，这正是小民人生的大快乐也！

142　无赖春色

绝句漫兴九首（其一）　杜甫

眼见客愁愁不醒，无赖春色到江亭。
即遣花开深造次，便教莺语太丁宁。

关于杜甫的《漫兴九首》，金圣叹先生有段话可供我们了解其大致：

> 九首自初春、仲春、残春、又初夏，一路写流光迅速，人命不停，正在愁恼。第九首忽然横插一论，假使或初春，或仲春，不待春残入夏，中道忽然断绝，又当如之何？真乃愁又愁不及，恼又恼不及，唯有瞪目噤口，更自动转不得，而"漫兴"遂以九首终也。不然，便如世间俗笔，自夏而秋而冬，十二月月月吟遍，岂不口臭。（《金圣叹选批杜诗》）

其实，不光这九首的编排毫无口臭嫌疑，就是这内中篇章写来亦不落窠臼，自成奇妙。比如这第一首。我们知道，诗人写春天多是探春、惜春、伤春、怀春之情，杜甫一般也不例外。但此首诗，他却反其道而行之，满纸只写春天的无赖与恼人。可见他心绪之烦，客愁之深。

谁"眼见客愁愁不醒"，当然是春之眼。但春之眼全然不顾诗人的"客愁"，偏偏要撞进诗人的睡眼，毫无半点礼貌可言，真是"无赖春色"也。春天不请自到，遣花朵盛开，叫莺鸟乱唱。一片炫目之景聒耳之声，实在恼人得很。这便是太过造次，太过叮咛，可厌可恶也。杜甫如此写春，只是以当时心境而出。正如前人所说："人当适意时，春光亦若有情；人当失意时，春色亦成无赖。"春天本是"无情物"，自有其兴衰，而"看他将春便当作一人相似，滑稽极矣"（金圣叹语）。写到此处，还想到 T.S. 艾略特的长诗《荒原》劈头一句："四月是最残忍的一个月。"看来春天不仅有无赖，还有残忍，都是以人之心情而定。

143　心中不爽，故而燕子可骂

绝句漫兴九首（其二）　杜甫

熟知茅斋绝低小，江上燕子故来频。
衔泥点污琴书内，更接飞虫打着人。

范仲淹说，人生当"不以物喜，不以己悲"。可是，说来容易，行来难呀。不随喜、不迁怒这样的事情，想来少之又少。你看，老杜这样一个饱经风霜的人物，依然会为心中的不悦而转骂一只无辜的燕子。想从前，他写"微风燕子斜"，那是何等的乖巧之物，如今已经成了"眼中钉子"，可恶得很！

实在这春燕也讨厌之极。它明明"熟知"这茅屋低小局促，却偏偏要来穿梭飞翔。它不仅明知故犯，而且还频频叨扰。只见它如何惹人厌烦，它衔来筑巢污泥弄脏了诗人的琴书，还在小屋内飞捕虫子并碰到了人。

燕子，这曾是多么美丽的生物，它在郁金堂上、玳瑁梁间，呢喃得那么可爱，而如今却被老杜一顿痛骂。此时的燕子可非彼时的燕子，此时老杜"远客孤居，一时遭遇，多有不可人意者"。无奈这陋屋中的燕子也只有遭骂了，因老杜此时的心绪就恶劣异常。这正如金圣叹所说：

夫燕子何异之有，此皆人异其心，因而物异其致。先生满肚恼春遂并恼燕子。看其熟知字、故字、频字，皆恼极，几于欲杀欲割，语可笑也。（《金圣叹选批杜诗》）

老杜不愧是一代诗宗，坏心情并不明说，只借燕子传出；运笔也是大胆而奇妙，骂燕子述烦恼，天下诗人谁敢如此写来？

144　冯唐易老，李广难封

登楼　杜甫

花近高楼伤客心，万方多难此登临。锦江春色来天地，玉垒浮云变古今。
北极朝廷终不改，西山寇盗莫相侵。可怜后主还祠庙，日暮聊为梁甫吟。

对于"冯唐易老，李广难封"一句，想来今人早已烂熟耳根。古往今来，
不知有多少人曾经身怀良玉之才、鲜洁之思，却未见于人主，不得施展抱负。
金圣叹说，老杜此诗正有此意：

> 虽负稀世之才，而国无容贤之臣。追想隆中抱膝之吟。其寄托一何深远也，
> 不觉于《登楼》发之。（《金圣叹选批杜诗》）

"万方多难"是此诗的真实出发点。当时的唐王朝仍不太平，虽安史之乱
已平定，但"西山寇盗"（即吐蕃）又起战端，并攻陷长安，接着兵指四川，
陷剑南、西山诸州。国家又陷入灾难深重的岁月。老杜此时仍在蜀地，因"万
方多难"才登临高楼，吊古伤今。

起首四句就气势宏阔，悲怆激越，犹如万箭钻心。在这国难当头之际，诗
人观花当然会触目伤心。然而登高望远，锦江春色依然浩浩荡荡，从天边汹涌
而来；玉垒山正浮云变幻，犹如古今之变化。"浮云变古今"，其中有多少朝代、
多少英雄，如今都成为过去，诗人在此生出一种白云苍狗、沧海桑田之感慨。

朝廷就如北极星，其正位终究不改。虽几几欲改，而如今又有吐蕃来侵，
但大唐江山气运长久，"终不改"在此反衬"变古今"。

渐渐已至夕暮时分，老杜伫立高楼，不由得想到那后主刘禅，此君虽亡了
国，蜀人还可怜他并为其立庙，《梁甫吟》是诸葛亮隐居隆中未遇先主刘备时
喜欢吟唱的一首乐府诗。而此时，老杜浮想联翩，在这落日楼头，百感交集，

不由得也聊吟《梁甫吟》以寄其志。然而老杜一生报国无门，空有一颗匡世济世之心。正如金圣叹所说："但把武侯梁甫吟聊为吟之，未知北极朝廷曾知有此老否。"

此诗虽不长，却足有一首大诗的分量。国家灾难、个人情怀、祖国山川、古今之变尽在其中，读来莫不令人感慨遥深，一洒英雄之泪。难怪沈德潜评此诗："气象雄伟，笼盖宇宙，此杜之最上者。"

145 身怀绝技却不得善终

丹青引赠曹将军霸 杜甫

将军魏武之子孙，于今为庶为清门。英雄割据虽已矣，文采风流今尚存。
学书初学卫夫人，但恨无过王右军。丹青不知老将至，富贵于我如浮云。
开元之中常引见，承恩数上南薰殿。凌烟功臣少颜色，将军下笔开生面。
良相头上进贤冠，猛将腰间大羽箭。褒公鄂公毛发动，英姿飒爽来酣战。
先帝御马玉花骢，画工如山貌不同。是日牵来赤墀下，迥立阊阖生长风。
诏谓将军拂绢素，意匠惨淡经营中。斯须九重真龙出，一洗万古凡马空。
玉花却在御榻上，榻上庭前屹相向。至尊含笑催赐金，圉人太仆皆惆怅。
弟子韩干早入室，亦能画马穷殊相。干惟画肉不画骨，忍使骅骝气凋丧。
将军画善盖有神，必逢佳士亦写真。即今漂泊干戈际，屡貌寻常行路人。
途穷反遭俗眼白，世上未有如公贫。但看古来盛名下，终日坎壈缠其身。

《庄子·列御寇》中有讲"屠龙之术"，说：

> 朱泙漫学屠龙於支离益，殚千金之家，三年技成，而无所用其巧。

"屠龙之技"虽属高超，但却并不实用，所以为人所弃也属情理之事。宋代黄庭坚《林为之送笔戏赠》有诗曰："早年学屠龙，适用固疏阔。"但是，即便真是有那治事的绝技，可能也未必受宠于时，得意于世。上面我们已说"李广难封"之事，这里再看老杜为我们画来这些良材最后的悲惨身世。当然，这悲惨中也有老杜自己。

杜甫写过两首有关曹霸的长篇歌行。在另一首《韦讽录事宅观曹将军画马图》中，杜甫观其画九马，叙出无数马来，格最奇；而此篇《丹青引》，却以画马而逗出无数人来，格尤奇。

唐代宗广德二年（764），流亡成都的杜甫遇见了同是天涯沦落人的唐代大画师（尤善画马）曹霸，他不禁感慨惜之，写了这篇长诗（更像写曹霸的小传），赠给飘零潦倒的曹霸。

这首诗在章法技巧上颇有功力。起处写当时的曹霸，好不春风得意。结尾写今日的曹霸，如何凄凉落魄。人生沧桑，命运沉浮，真是令人不胜唏嘘。方东树谈此诗，以为"其妙处在神采气来，纸上起棱"，这是虚说。张阳庵却实说如下："多少事实，多少议论，多少顿挫，俱在尺幅中。章法跌宕纵横，如神龙在霄，变化不可方物。"

笔者以为此诗除前后人生悲喜剧之大对比之外，中间更写得峰回路转，争奇斗艳。犹如金圣叹所说：

> 中间述其丹青之恩遇，以画马为主。马之前后，又将功臣佳士来衬。起头之上，又有起头。煞尾之下，又有煞尾。至于插入学书卫夫人一段，授弟子韩干一段，昔日右军为弟子，贤过其师，今日将军得弟子，师贤于弟。波澜叠出，分外争奇，却一气混成，真乃匠心独运之笔。（《金圣叹选批杜诗》）

且看此诗起头就"工于发端"（王士祯语）。先说将军是曹操之后，如今却沦为庶民。接着折一笔述先祖"三分天下"之功业，而重点在于逼出第四句，即曹将军的"文采风流"是有家学渊源的。

接下写将军初学书画一节，先学卫夫人之书法，但恨不能超越王右军，只好埋头于丹青事业。从此，一心敬业，不知老之将至。"富贵于我如浮云"更显大画师的高尚人格。寥寥四句，就将曹霸学艺经过以及人生态度尽数写出。既用细笔，又得以总括，老杜的手笔可见一斑也。

"开元"以下八句，先写曹霸承圣恩去南熏殿，奉诏画凌烟阁二十四功臣。此处画人已为下面画御马埋下伏笔。且看他画人的功夫。"良相头上进贤冠，猛将腰间大羽箭"这只是总写，也可说粗写，而接下二句就是细写了。画褒公（段志玄）、鄂公（尉迟敬德）这二位百多年前唐代功臣时，直画得"毛发动"，仿佛百多年后又回到酣战的光景一般。这正是我们常谈的出神入化。

再接下八句，单写画御马的情形。玄宗这匹宝马，不知多少画工画过，各个不同，无一神似。这天，帝亲命人将这宝马牵来阊阖（即天门）宫的赤色台阶前，诏曹霸当场展绢纸画来。只见那马儿若天马行空之势，烈烈"生长风"也，好不傲岸神俊！"拂素绢"中这"拂"用得轻妙，只一字就见出曹霸与其他画师的不同之处，出手不凡，颇具大画家的韵致。你看，连皇帝的诏书都似被将军轻轻拂去，那将军是何等的自信。"当胜他画工之累日不成也。"然而将军虽手展绢素，并不轻易落笔。他凝眸沉思之状正是诗中这句"意匠惨淡经营中"。这并非真"惨淡"，而是意匠经营也。何谓经营？还是金先生说得好："将马从头至尾一直看去曰经。复从马四面看转来曰营。"曹霸如此经营良久，然后落笔挥洒，须臾之间天马凌空跃出。仅此一匹画中之马宛如飞龙在天，"万古凡马"无不当场失了颜色。此段画马当是惊心动魄而又淋漓尽致。

榻上所画这马与庭前的真马互相对峙，一时浑然莫辨，真令人眼花缭乱，实在分不清谁为真了！皇上大喜，急催赐金于曹霸。"催"字用得好，仅一字就将皇上的欢喜、激动以及要迫切赏赐曹霸的内心活动一一带出。而"圉人太仆"（即朝中的马伕与马官）为何"皆惆怅"？因为这些凡人都以为真马是画不像的，当见榻上画中之马犹如真马时，只能对之惆怅了。仅三字，写出一时之人情。

以下又四句，写曹霸自从画了御马后，名声大振，一时许多人跟他学画。如他的入室弟子韩干也以画马有名，但终不能与他相比。韩干画的马只见肉不见骨，而中国画（也包括中国诗）是最讲究"骨"的。

"将军画善盖有神"，之所以有神，是能够画骨。他不仅画马，也画人，而尤其是为高人雅士写真画像。从来"佳士"重骨不重肉也。而今战乱纷飞，曹霸只身漂泊，佳士难逢，只有为相貌平平的寻常路人画像，讨得一口饭吃。读到此处，我辈只有为大画师的遭际放声大哭。且看末四句，世态是何等炎凉。曾经享受皇恩的曹霸，如今落魄江湖，贫困潦倒，只能遭人白眼，真是不幸可怜啊！在此，老杜不仅写将军末路，也写自己末路，同时也写尽自古负有盛名的文人的末路。这等悲惨人生，读之无不又叫人垂泪涟涟。

146　古来材大难为用

宿府　杜甫

清秋幕府井梧寒，独宿江城蜡炬残。永夜角声悲自语，中天月色好谁看？
风尘荏苒音书绝，关塞萧条行路难。已忍伶俜十年事，强移栖息一枝安。

　　杜甫在草堂过着吃酒赏花、躬耕田园的生活，心情虽有些寂寞但仍是闲逸而快乐的。他的故友严武在成都当府尹，也喜诗歌，常与杜甫来往，还分赠他禄米。杜甫在蜀中的生计，全靠严武料理。二人经常诗酒唱和，交往十分密切。严武一直劝杜甫出来做官，不要以为自己会写诗就什么都瞧不起。

　　唐代宗大历二年(767)，在严武左说右劝下，杜甫只好离开他那幽静的花溪，去城中严武的幕府当一名参谋。就一般人的眼光看，这是一件好事，老杜本来就贫困，如此这般还可领到一份薪水，而且严武也会照顾他，真是何乐而不为？但老杜是一个散淡惯了的人，每日的功课就是吃酒、赏景、忧愁，等等，用今天的话说，就是只度务虚之人生。突然一下叫他去进入一个组织，难免使他感到颇多约束，很不习惯。加之老杜时年已五十三岁，按今天的工龄推算法，差不多也快到退休年龄了。

　　这个参谋并不好当，对一般人好当，可对诗圣就勉为其难了。幕府工作就是坐办公室，抄抄写写，充其量只能算是一个文案秘书。每天天亮就得办公，到晚上才下班。杜甫家在西郊，离办公地点又远，那时又没自行车或公共汽车，因此不得不长期住在府内。这种枯燥、呆板的生活使诗人极不适应。我们可以想象，这位满头白发、穿着局促的职业装在办公室里工作的诗人内心是多么厌烦难过呀。而且办公室里盛产小人，他还不得不与这群小人应酬、周旋，"当面输心背面笑"（他在另一首《莫相疑行》诗中这样论及这些小人），诗人自是"愁更愁"了。

　　就在这年秋天的一个晚上，不愿坐办公室（但出于无奈，一为生计，一为友人）的老杜在单身宿舍里写下这首独宿幕府的凄凉诗篇。

清秋夜，井梧寒，诗人睁目对残烛，真是长夜漫漫难熬呀。长夜角声又响起了，诗人只能喃喃自语，悲切之声无人过问；中天的秋月煞是宜人，但诗人此时恼火得很，哪有心思去流连呢？元人张胜说：

第二联雄壮工致。当时夜深无寐独宿之情，宛然可见。（《杜律演义》前集）

角声是战乱的象征，明月是思乡的触媒，不由得勾起独宿人无限的国恨乡愁。接下来的颈联写老杜想到自己沦落人间，音书断绝，亲友难见，只能独守幕府，要返回故里洛阳或京都长安又是那么困难，只好当此秋夜肝肠寸断了。最后，诗人突生去职之意。说自己既然十年飘零都忍受过来了，难道还要在这区区幕府内"栖息一枝安"吗？

此时的老杜早已年迈体衰，他年轻时就患过肺病、疟疾，这时又添了风痹，在办公室坐得久了，就会腰酸背痛、四肢麻木。总之，他天生是一个诗人，哪是坐办公室当职员的材料。此夜他写完这首悲凉的《宿府》后，就愈发想走了。他一再请求严武放他回草堂去过田园生活，并一直写诗给他。他甚至还抄了两句他以前写的诗"苦被微官缚，低头愧野人"赠给严武，以表去志之坚。第二年春节刚过，严武只得惜别这位不愿当小官的大诗人，让他回浣花溪去了。同时，他也慢慢明白了杜甫所说的"古来材大难为用"的道理，即老杜并非不愿当小官，而是"材大难为用"也。

不仅是杜甫，中国文人自古以来就有辞官归去的传统。明代大才子袁宏道做苏州知县时，就一连向上司上了七封辞呈，以表他不喜欢这磕头奉迎的勾当，坚决要回家去过闲云野鹤的生活。

最后，且引吴农祥的一句话对本诗作一总结：

八句皆对，既极严整从容，复带错综变化，此公之神境。（《杜诗集评》卷十一）

147　暮年"沙鸥"再度飘零

旅夜书怀　杜甫

细草微风岸，危樯独夜舟。星垂平野阔，月涌大江流。
名岂文章著，官应老病休。飘飘何所似，天地一沙鸥。

就在杜甫辞去节度参谋职务的两个月后，即四月，严武死去了。杜甫一下失去了依靠，生计又成了问题，于是他决定乘舟东下。五十多岁的人了，又得靠云游讨生活，其心情之悲苦是可想而知的。此诗便是他暮年再度自蜀流亡到渝州、忠州一带所作。

诗之前四句为"旅夜"，后四句为"书怀"，就在这停舟过夜的江畔，虽有细草微风，诗人落寞孤苦之情已开始逐渐透出，"独夜舟"正是人生旅途中的大寂寞啊！三四句虽也"开襟旷远"，极有精神，但也是烈士暮年，最后一呼了。诗人面对广阔的平原、奔流的大江以及旷渺的星汉，只有人生不得意的大感叹、大眼泪。为此，这二句内气十足、苦心锤炼的诗句才会成为千古绝唱的名句。

后四句转入"书怀"，先自问自答，说了两句反话：我的名声难道是文章给我带来的吗？当官可应该是因年老多病而退休啊。此二句看似一般叙述，却至为含蓄，个中含有老杜一生的情结与牢骚。那意思是文名有一些，但不足道（也是中国文人普遍想当大官，从来瞧不起自己诗文，即本职工作的老毛病），而官却未当成，最后只当了一个无聊的参谋，也算不上什么"老病休"。老杜在此只有作一番自暴自弃、自怪自怨之语。最后，诗人又继续追问自己如今到底是一个什么形象，那就是一只飘零于天地间的沙鸥。人若沙鸥，落魄江湖，无依无靠，真是字字泪、声声血。我辈无不为老杜如此凄凉的晚景放声痛哭，或干脆翻作"仰天大笑出门去"，举杯狂销"万古愁"。

148 老杜的解闷法

遣闷戏呈路十九曹长　杜甫

江浦雷声喧昨夜，春城雨色动微寒。黄鹂并坐交愁湿，白鹭群飞大剧干。
晚岁渐于诗律细，谁家数去酒杯宽。惟君最爱清狂客，百遍相过意未阑。

在细解诗歌之前，不妨先让我们来读一段金圣叹的题解，以助思路清明。

> 此诗是遣闷。不可因百遍相过句，便谓与江阁邀宾许马迎一首是一意也。
> 每见粗心人，见题中有一戏字，便谓先生老饕馋食，动以杯酒赖人。殊可嗤也。
>
> 愁闷之来，如何可遣？要唯有放言自负，白眼看人，庶可聊慰。然不搜
> 求出一同志人作伴则众醉指摘，百口莫辩。方将搔揉无路，又焉望其自遣哉。
> 此诗题是遣闷，先生独能找出一路十九相陪，便知必定心满意足。若夫戏字，
> 则落魄贫人不戏又焉得遣去闷平？非但要看先生诗是妙诗，切须要看先生题
> 时妙题。（《金圣叹选批杜诗》）

说完了妙题，再来看这首妙诗。

你我皆知，从古以来，文人好小聚（或大聚）吃酒论文、评品人物、消磨
时间。杜甫自不例外。他这回心中就无端烦闷得慌。为排遣这烦闷，他专写此
诗给路十九，硬要去路家痛饮一番。

且看他如何说来。先从昨夜雷雨说起，再说今日春寒微微，天未见晴。接
下写黄鹂、白鹭的分别。前者怕雨，最喜在林木间；后者不怕雨，最宜于江浦
上。因此才有前者的"并坐交愁湿"和后者的"群飞大剧干"。一夜雨过，这
两种鸟类一湿一干。杜甫在此却经二鸟婉转传出两种意图来。如果按黄鹂之湿，
就不应出门，只能闷坐家中；如果按白鹭之干，就可出门。杜甫虽不明说，但
意向已在，那就是不管下不下雨，非要去路十九家吃酒解闷不可。既然解诗人

之闷者非路十九莫属，诗人灵机一动，当即先戏呈一诗，只望与路先生一拍即合。诗写到此处，已呈化境。

接下来，句句直逼路十九，要他拿酒来吃。可见老杜赤子之心煞是可爱。他仍先说自己"晚岁渐于诗律细"，如此细腻的诗律，何人懂得？数来数去只有你路十九能窥个中神秘。"酒杯宽"仅三字，就给路先生戴了一顶高帽，意思是我老杜遇你老路可是酒逢知己千杯少啊。你家"酒杯宽"，正好与我大饮；再加论诗说话，更是人生之大快乐也！当然，老杜心知肚明，老路拿酒给他吃，是爱其"诗律细"。老杜紧接一语道破："惟君最爱清狂客。"这清狂客当然是诗人自己了。既然你老路爱我这个清狂客，那我就是在你家吃一百遍酒，你也会手舞足蹈，欢喜不已。由此可见，路家真是诗人遣闷之宝地也。哪怕是下雨天，老杜也急着性子要去。他过去写诗呈李白时曾说："何时一樽酒，重与细论文。"而今李白不在，或许早将他忘了，李白朋友更多，更是到处吃酒，加之游仙、任侠、美女等事，哪有时间与他再"细论文"呢？二人早已断了音讯，万般无奈之际，老杜又在众朋友中发现了一个路十九，此人正好可以拿来吃酒、论文、解闷。

149　悲愤之间血热头痒

阁夜　杜甫

岁暮阴阳催短景，天涯霜雪霁寒宵。五更鼓角声悲壮，三峡星河影动摇。
野哭千家闻战伐，夷歌数处起渔樵。卧龙跃马终黄土，人事音书漫寂寥。

这晚，杜甫在夔州西阁夜宿。放眼周遭冬景，不觉又感怀多多，大发悲声，
遂写成此首"气象雄盖宇宙，法律细入毫芒"（胡应麟语）的动人诗章。

既是"阁夜"，就是从"夜"入手，首言岁暮短景，即冬天日短，不知不
觉中已是夜幕垂临了。"催"字更显光阴迫切，寸寸逼人。"阴阳"即日月也。
是夜白雪刚歇，寒宵湛然如同白昼。诗人当此冬夜，辗转反侧，不能入睡，又
不觉已是五更天色，鼓角之声刺人心肠，尤显悲壮。老杜凭窗遥望，只见雪光
晴朗，星汉灿烂。汉代东方朔曾言：星辰动摇，民劳之应。杜甫今夜想到此节，
推己及人，更对九州苍生感慨多多。此二句笔势沉练、精爽，诵之使人平生意气。

本诗第二句"天涯"应作何理解？还是金圣叹说得好："心在此处，则以
别处为天涯。心在别处，则以此处为天涯。此第二句用天涯二字之法也，人断
断用不出，于是断断看不出也。"虽一般人"用不出"，其实金先生已经看出
了，此"天涯"当然是"以此处为天涯"，杜甫身在夔州而心却"在别处"。
所谓老杜沦落天涯，此时正沦落在夔州也。

正因为沦落江湖，老杜才有下面的悲愤之语。为何遍地无不"野哭"？因
千家万户新闻战端又起、兵革难息。"野哭"未完，渔人樵夫的"夷歌"（川
东少数民族的歌）又声声入耳了。两种悲声似是悲怆的和声，老杜自是悲痛欲
绝。家事、国事、天下事，现如今正是事事紧迫。在此关头，诗人思念起卧龙（诸
葛亮）、跃马（公孙述）这二位往昔的英雄。殊不知此等盖世英雄也有死日，
不能转世拯救国难，诗人再转想自己境况，人事不来，音书又断，唯有漫漫寂
寥，坐等死期了。这末二句，口气是何等悲凉，如前人所说，诗人思千古贤愚

同归一死，则目前生涯，远地音信，亦漫付之寂寥可矣。"终黄土"仍然是金先生说得妙极，不妨引来与读者共赏之："从来终黄土语，都作放手叹世用，此翻作血热头痒用，大奇。"的确，用今天的话说"终黄土"即撒手人寰。但此处"卧龙跃马终黄土"却平生一股英雄气来，当然诵之令人"血热头痒"了。

150 八阵图的遗恨也是诗人的遗恨

八阵图　杜甫

功盖三分国，名成八阵图。
江流石不转，遗恨失吞吴。

自古以来，中国文化中就有功名之说。此首小诗，杜甫劈头二句分写诸葛亮的功与名。首句写他辅佐先主定三分天下之功业，二句写他军事天才上的一项杰作"八阵图"，正因此阵图，他才获得声名。"八阵图"，垒石为八行，由天、地、风、云、龙、虎、鸟、蛇八种阵势组成。孔明设此阵是为制止东吴寇蜀之路。

后二句是老杜在夔州江畔，面对"八阵图"遗址而发出的英雄相惜的感慨。"江流石不转"正是说大江日夜奔流，十围巨木、百丈枯槎皆被江水冲去，而八阵图的石堆却纹丝不动，六百年来依然如旧。即使有如此奇阵，但"遗恨"仍然留下。诸葛亮设此阵本意是暗中牵制东吴来犯，并非先讨伐。他生平是主张联吴抗魏的，哪知关羽却奋一朝之勇，先主又逞一击之愤，非要去吞掉吴国。这一来就破坏了他的一统天下、光复汉室的大战略。时光荏苒，浪花已淘尽千古风流人物。八阵图虽在，却空有其名，这不仅是孔明之遗恨，也是凭吊江山胜迹的老杜之遗恨。通篇小诗虽是为孔明扼腕叹息，也是诗人为自己潦倒之一生叹息。犹如黄生所说"伤己垂暮无成"也。

151　剑器舞中有昔日的荣光

观公孙大娘弟子舞剑器行　杜甫

昔有佳人公孙氏，一舞剑器动四方。观者如山色沮丧，天地为之久低昂。
霍如羿射九日落，矫如群帝骖龙翔。来如雷霆收震怒，罢如江海凝清光。
绛唇珠袖两寂寞，晚有弟子传芬芳。临颍美人在白帝，妙舞此曲神扬扬。
与余问答既有以，感时抚事增惋伤。先帝侍女八千人，公孙剑器初第一。
五十年间似反掌，风尘倾动昏王室。梨园弟子散如烟，女乐余姿映寒日。
金粟堆前木已拱，瞿塘石城草萧瑟。玳筵急管曲复终，乐极哀来月东出。
老夫不知其所往，足茧荒山转愁疾。

　　诗题中有"舞剑器"三个字，即跳剑器舞的意思。那何谓"剑器舞"呢？
这里我们不妨略说一二，以广见闻，尔后再回到诗歌本身。

　　按载，唐代的舞蹈大致分两类，即健舞和软舞，前者刚健，而后者轻柔。
当然，剑器舞就属健舞一类。司空图《剑器》诗中说："楼下公孙昔擅场，空
教女子爱军装。"由此可知，剑器舞乃是当时的女子穿着军装跳的舞蹈，而且
以公孙氏的舞蹈最为著名。这种舞蹈舞动起来雄健刚劲，赫赫有威，晚唐郑嵎
《津阳门诗》中有说"公孙剑伎皆神奇"，自注曰："有公孙大娘舞剑，当时
号为雄妙。"

　　正如杜甫在序中所说，他在大历二年（767）十月十九日于夔州长史元持
的家里看了临颍李十二娘的剑器舞。杜甫当即为她的舞技所震惊，问她跟谁学
的，她回答说是公孙大娘的弟子。这一回答使杜甫顿时思潮翻涌，眼前的舞蹈
仿佛让他又回到了儿童时代，他想起了六岁时在郾城观看公孙大娘舞剑器浑脱
时的情景。时光也仿佛等待了五十年（当时他已五十六岁了），就为今夜，为
一首诗而获得了时光的意义，抑或生命的意义。如前所述，老杜一生不仅饱经
沧桑忧患，而且此时已是多种疾病缠身，来日不多了。但他直到生命的最后时

期，仍在努力地感受生活并发而为诗。他就这样在他生命的暮年，在川东的最后几个秋夜，一气鼓荡写下这首"豪荡感激"的大诗。

仅仅是一瞬间，他回到了开元盛世，回到了他六岁时的一个场面。现实（李十二娘）与回忆（公孙大娘）让这位衰老的诗人打开了一双儿童的目光，昔日的公孙大娘出场了。

且看公孙大娘的舞蹈（此诗前八句）。她一舞剑器便震动四方，围观者犹如群山环抱着舞者。但见公孙大娘身穿军装登得场来，观者无不倒吸凉气，感到紧张而失色，空气似乎也在这一刹那凝结了。突然，她展动舞姿，打破周遭的目瞪口呆与寂静，天地万物也随她的舞蹈而起伏低昂。人们（当然包括六岁的杜甫）被她陡然裹进一个激烈而迅捷闪动的世界：剑光翻飞，如后羿射九日；身段矫捷，如群仙驾龙翔。忽又如雷霆收怒，忽又如江海凝光，轻重缓急、迅猛与华丽当一一俱在了。这正是舞者从舞蹈中创造出来的最高境界，她被这境界笼罩着、支配着，忘记了一切，甚至自我。在这样的气氛中，"四围的人谁还有能力把握住自己，把握住舞者在瞬间万变中的一个舞姿、一个舞态呢"（冯至语）？

接下来，杜甫又从回忆中转到现实。仅一句"绛唇珠袖两寂寞"，就概括出公孙大娘死后剑器舞寂寂无闻的情况。但紧跟一句，说"晚有弟子传芬芳"。诗人幸甚至哉，公孙大娘终有传人了。这传人正是"临颍美人"李十二娘。她的妙舞同样是神采飞扬呀。我老杜还同她谈了话，知道她的学舞渊源，为此，我老杜只有感怀往事无限神伤。

再接下六句，诗人以浓缩的诗史笔法写来。他深情地回忆起开元盛世，那个恣纵耽乐的时代。玄宗建教坊、梨园，亲选乐工，亲教法曲，大唐的文艺歌舞是何等的繁荣昌盛啊。如此宏伟的篇幅，杜甫只一句就说尽："先帝侍女八千人。"当时情况也如此，从接近皇帝的宜春院、梨园的宫中艺人以及宫廷外的官妓就有八千多人。而公孙大娘的剑器舞却是一枝独秀，名列第一。然而五十年犹如反掌之间，一切都变了。只见神州大地狼烟四起，安史之乱搅得大唐江山天昏地暗。梨园弟子自然也在这兵荒马乱中亡命天涯，"散如烟"了。但"野火烧不尽，春风吹又生"，在这个秋夜，在夔州，在元持的家中，诗人又见到了李十二娘的"余姿"在辉映着"寒日"，那舞姿是多么凄凉而美丽，它似乎又给垂暮的诗人带来了"昔日重来"的璀璨幻影。

一个辉煌而雄歌健舞的富庶时代就这样结束了，玄宗也已经作古，他埋在金粟山陵墓的树木都成了参天大树，可以拱抱了。而诗人却飘零到这草木萧瑟的瞿塘峡边的白帝城。这时元持家里的盛宴也已接近尾声，在最后一曲急管繁弦的音乐之后，月亮已从东边升起，诗人不觉又乐极生哀，一片茫然。他不知应往哪里去，只有拖着长满厚茧的双足以及衰老的病躯，神态恍惚地在荒山独行。由于内心悲愁难当，当然行走起来反而"转愁疾"了，也就是说脚步反而快了。

老杜此诗圆浑流走，谋篇布局上极见功力。全篇虽围绕剑器舞之事来写，却纵横牵扯，绾连今昔，容量极大，开元天宝五十年兴衰治乱尽在其间。有前人总评此诗时也如是说：

> 此诗见剑器而伤往事，所谓抚事慷慨也。故咏李氏，却思公孙；咏公孙，却思先帝；全是开元天宝五十年治乱兴衰而发。不然，一舞女耳，何足摇其笔端哉！

但正是从舞女这一线索入手，老杜才以他那沉郁顿挫之笔力将五十年的历史风云铺展呈现出来。

152　追忆

江南逢李龟年　杜甫

岐王宅里寻常见，崔九堂前几度闻。
正是江南好风景，落花时节又逢君。

　　"追忆"作为文学的母题历来为文学作者所爱，宇文所安的名作《追忆》就深入探讨了中国古典文学对往事的再现。当然，既是追忆，那必定随兴所至，篇幅可自长短不一。比如，普鲁斯特可以写煌煌百余万字的《追忆似水年华》，杜甫就可以写这二十八个字的回忆录。

　　唐代宗大历五年（770）冬天，杜甫死于湘江上的一叶扁舟之上，时年五十九岁。正如他在《登岳阳楼》中所吟咏的那样："亲朋无一字，老病有孤舟"，他就是泛着这孤舟在凄冷的江水中走完了他生命的最后历程。而就在他即将抵达生命终点的六个月前，他在潭州（长沙）一个暮春的黄昏遇到了"同是天涯沦落人"的开元年间绝代歌唱家李龟年。这突然的偶逢打开了他追忆的闸门，他想起了他七岁时"开口咏凤凰"的黄金时代；想到了他大约十五岁时就以少年才子的文名出入于岐王李范与玄宗宠臣崔涤的华宅，在那儿他有幸能亲耳聆听闻名帝国的李龟年美妙的歌声，这歌声犹如公孙大娘的剑器舞一样让他终生难忘，那可是一去不复返的"开元全盛日"啊。而如今龟年却与诗人一样成为垂垂老人，流落江南，只有在小酒馆、小茶馆唱歌讨生活，或"每遇良辰胜赏，为人歌数阕。座中闻之，莫不掩泣罢酒"。时光、回忆以及面前的情景似乎在作最后的努力，在最后一次召唤诗人投入一项工作。杜甫开始了，他以他平生的全部功力完成了这最后一次投入，仅用二十八个字，一首堪称伟大的诗歌从此降临人间。

　　人们或许会问，它的伟大或诗意在何处呢？还是让我们来听一下哈佛大学著名学者斯蒂芬·欧文（即上文所说的宇文所安）的一番精辟之见吧。

这里的诗意何在呢？没有值得注意的词句，看不到动人的形象，整个景象太熟悉了，诗人也没有用什么新奇的方式来描写，使得熟悉的世界看上去不那么眼熟。假定我按字面的意思来叙述它的内容，那就是："我在岐王和崔涤那里经常看到你，听到你歌唱，现在，在晚春，我在江南又遇到你了。"难道这也算诗？更不用说是为人交口称誉的诗了。要回答这个问题，或许不能仅仅从诗本身着眼，或许问题应该这样提：既然我们明知这首诗确实富有诗意，那么，在什么情况下，才有可能发掘出这首诗的诗意呢？

这是一首描述相逢的诗，它追忆的是很久以前的某一时刻，要让对方想起这个时刻，只需要稍微提醒一下就可以了。因为关系密切，所以只需要稍微提醒一下，就像与一位老朋友谈话时，我只需要说："还记得那个夏天吗……"各种细节会涌入我们的记忆，也许各人有各人不同的方式，但无疑都是无声地涌入脑海，都是事实原来面目的再现。因此，诗人在这里只需要提到"岐王宅"就够了。而我们这些后来的、当时并不在场的读者，由于这种私人间打招呼产生的吸引力，想要重温隐藏在字里行间发挥作用的事件：他们的相逢成了我们与之相逢的对象，我们因此也沉入无声的回忆——回忆我们曾经读过的东西，回忆在我们的想象里，当时（即开元年间）是怎样一幅情景。

这四行诗的诗意究竟在哪里？在说出的东西同这两个人正在感受和思考的东西之间是存在距离的，诗意不单是在唤起昔日的繁华，引起伤感，而且在于这种距离。让我把这一点阐述得更清楚一些。诗意不在于记起的场景，不在于记起他们的事实，甚至也不在于昔日同今日的对比。诗意在于这样一条途径，通过这条途径，语词把想象力的运动引导向前，也是在这条途径上，语词由于无力跟随想象力完成它们的运动，因而败退下来。这些特定的语词使失落的痛苦凝聚成形，可是又作为想要掩盖它们的模样。这些词句犹如一层轻纱而徒有遮盖的形式，实际上，它们反而增强了在它们掩盖之下的东西的诱惑力。

往昔的幽灵被这首诗用词句召唤出来了，而这些词句用得看上去使劲会显得对这些幽灵一无所知；装得越像，幽灵的力量（即诗意）就越大。对我们来说也一样。我们读这首小诗，或者是在某处古战场发现一枚生锈的箭镞，或者是重游故景：这首诗、这枚箭镞或这处旧日游览过的景致，在我们眼里就有了会让人分辨不清的双重身份：它们既是局限在三维空间中的一个具体的对象，是它们自身，同时又是能容纳其他东西（如我们所阅读的有关开元年间的或有关此诗的其他书籍，以及我们对这段历史的理解与想象）的一处殿堂，是某些其他东西借以聚集在一起的一个场所。这种诗、物和景划出了一块空间，往昔通过这块空间又回到我们身边。（《追忆》）

按欧文对此诗的"诗意何在"的阐述出发，我们也触到了这二十八个字后面丰富深厚的矿藏。那就是一首小诗担负并胜任了一部历史书或一部回忆录的重任。

153　杜甫与波德莱尔的"极乐"燃烧

杜位宅守岁　杜甫

守岁阿戎家，椒盘已颂花。盍簪喧枥马，列炬散林鸦。
四十明朝过，飞腾暮景斜。谁能更拘束，烂醉是生涯。

　　在中国诗人中，杜甫无疑是被论述得最多的一位。"他的文学成就本身已成为文学标准的历史构成的一个重要部分。"（《盛唐诗》宇文所安）无论国内国外，我敢说人们几乎从一切可以穷尽的方面研究了他（其实大部分研究是重复劳动）：他的诗艺，他的为人，他的世界观，他的饮食起居，甚至他的怪癖。"杜甫是律诗的文体大师，社会批评的诗人，自我表现的诗人，幽默随便的智者，帝国秩序的颂扬者，日常生活的诗人，及虚幻想象的诗人。他比同时代任何诗人更自由地运用口语和日常表达；他最大胆地试用了稠密修饰的诗歌语言；他是最博学的诗人，大量运用深奥的典故成语，并感受到语言的历史性。"（《盛唐诗》宇文所安）有人从新批评，即语言学批评的实践，解读杜甫，如高友工对杜甫《秋兴》的著名分析。甚至还有人说："杜甫晚期诗作平衡感性与智性，以超现实意象以写现实，已逗出现代之先绪……"（《中西同步与位移——现代诗人丛论》江弱水）纵观当代，不仅有人论述杜甫诗歌现代性的问题，也有人论述其后现代性的问题，各种论述真是万花迷人眼，在此不必一一举出。

　　现在，我要提出这样一个问题，有关杜甫，我们是否还有什么新的发现可说？而这里所要回答的正是这个问题，即杜甫研究中有一个从未被人谈论的形象或诗歌品质，那就是他有一种极乐的自我虐待倾向，并且他常常是十分忘我地陶醉于自身的苦难。

　　如何界定极乐的自我虐待呢？让我们先来读一段 T.S. 艾略特在论述《波德莱尔》一文中所说的话：

他是这样的一个人之一，他们有伟大的力量，但那仅仅是受苦的力量。他不能逃脱苦难，也不能超越它，因此他就把痛苦吸引到自己身上。他所能做的，就是运用痛苦所无法削弱的那种巨大、被动的力量和感受性，来研习他的苦难。在这一局限内，他根本不像但丁，甚至也不像但丁地狱中的任何人物。但另一方面，波德莱尔所受的这种苦暗示了一种积极的极乐状态的可能性。

波德莱尔用如此巨大的力量及感受性来拥抱苦难并以此达到一种积极的极乐（beatitude）状态（这一状态是许多诗人都曾经历过的写作状态），这是对波德莱尔其人其诗最精准的阐释。有关这种自虐式的极乐状态，这种因苦难而勃发的一种极乐状态，在波德莱尔的诗歌中可谓随手拈来：

是魔鬼牵着使我们活动的线！
腐败恶臭，我们觉得魅力十足；
每天我们都向地狱迈进一步，
穿过恶浊的黑夜却并无反感。
——《告读者》

感谢你，上帝，是你把痛苦
当作了圣药治疗我们的罪污，
当作了最精美最纯粹的甘露，
让修炼者去享受那神圣的极乐！
——《祝福》

——哦痛苦！哦痛苦！时间吃掉生命，
而噬咬我们心的阴险敌人
靠我们失去的血生长并强盛！
——《仇敌》

啊危险的女人，啊诱人的地方，

我可会也爱你的白雪与浓霜？

我可会从严寒的冬天里获得

那比冰和铁更刺人心肠的欢乐？

　　　　——《乌云密布的天空》（郭宏安译评《恶之花》）

　　从以上所引波德莱尔四首诗歌的片断可见，他是怎样沉醉于这种至苦的极乐状态的，并赋予这种极乐状态以积极性，那正是比冰和铁更刺人心肠的极乐。在此，我们感到的是一种灿烂亡命的颓废激情，一种冒着烈火出入地狱的英勇决心，一种弗洛伊德所说的死本能（death instinct）冲动，一种争分夺秒的残酷燃烧，但那正是对苦难的极乐燃烧。为此，他的诗歌才得以如此白得炫目，令人震惊，犹如雨果所说："波德莱尔给我们带来了一种新的战栗！"为此，他诗歌中的陌生化、张力、爆发力以及一种美学意义上的反现代性的现代性（指反社会范畴的现代性）才由此而生。

　　波德莱尔代表了某一类诗人的精神病症候，即对于苦难的偏执和陶醉以及死本能冲动。如疯狂的炼金术士兰波，如"我享受这残忍的伤害"的曼德尔施塔姆，如"我将创造一个紧迫的狄兰"的狄兰·托马斯，如"我吃男人如吃空气"的西尔维亚·普拉斯，如"万人都要从我刀口走过"的海子……我们诗人中这些可泣的极乐亡魂的名单，我已不忍继续开列了，还是让我们把目光转向唐朝吧，且看另一个诗人就要出场。

　　现在，杜甫正带着他的极乐——一种自虐式极乐——向我们走来了。

　　这首《杜位宅守岁》是杜甫写于长安十年那段时期的一首诗。杜甫当时在他那颇为发迹的族弟杜位家中过年。他看到的是椒盘颂花的过年仪式，以及前来族弟家中过年的其他宾客的热闹场面。一些人骑马而来，另一些坐车而来，马槽边一片喧腾，点燃的火炬吓得林中雀鸟四散飞去。这四句书写景致，文笔和平、规矩，速度平缓。接下四句，杜甫突然翻转一笔，犹如川剧变脸，从实景写到自己的命运。五六句是蓄势，七八句简直是晴天霹雳，速度似疾风野火，铿锵刮过，读来给人无半点思考与喘气的时间。这种前后迅速的风格转换正是杜甫艺术的特征（借自宇文所安论杜甫的一个观点）。诗歌中的快、慢节奏，情、景张力，在此杜甫真是拿捏得稳当。顺便指出一点，第五句颇具现代感，如 T.S. 艾略特在《叶芝》一文中所说：

其中有这样伟大的诗句（指叶芝写的《责任》一诗）："饶恕吧，为了贫瘠的热情，我已快满四十九岁了。"在诗中说出自己的年龄是有意义的。将近用了半生时间才达到词语的随意性，这是一个胜利。（T.S.艾略特：《叶芝》，柏桦译，《二十世纪外国重要诗人如是说》）

唐代的杜甫早已达到了这词语的随意性，这种口语的胜利他早已驾轻就熟了。

让我们再回到议论的中心。如前所述，艾略特在谈论波德莱尔时使用了一个词"极乐"，这个词用在杜甫此诗的末二句上真是十分恰当，绝不突兀。这二句诗是一种典型的自虐式死本能冲动，自然也是一种积极的写作时的极乐状态。这种对于痛苦的极乐状态并非波德莱尔独有，前面已说过，一切有死本能冲动的诗人都有。杜甫四十岁时决定烂醉度一生，从此不拘束，同样是对"极乐"一词最好的中国注释。正因为是中国注释，我们从杜甫这首诗中看到的是一种从慢到快的极乐，一种汉人的极乐，而不像波德莱尔等西方诗人一上来就是狂飙突进，义无反顾。

为了获得极乐状态，众所周知，波德莱尔用酒精和大麻杀伤自己。杜甫何尝不是如此，仅仅是他没有大麻而已，但用酒精使其达至自虐式的极乐状态可以说与波德莱尔不相上下，同样达到了登峰造极之程度。联系到杜甫写酒之诗极多更能说明问题。这里要区分的是李白。李白的诗也几乎是篇篇沾酒，但李白是欢乐英雄并不以酒来拥抱苦难，因此不像杜甫，只能以酒进入极乐的自我虐待状态。至于整个从古至今的中国诗人与酒之关系，在此就不作过多的议论了。

154　自古逢秋悲寂寥

秋兴八首（其八）　杜甫

昆吾御宿自逶迤，紫阁峰阴入渼陂。香稻啄馀鹦鹉粒，碧梧栖老凤凰枝。
佳人拾翠春相问，仙侣同舟晚更移。彩笔昔曾干气象，白头吟望苦低垂。

刘禹锡的诗"自古逢秋悲寂寥"一句，道出的乃是中国文学中长盛不衰的
一个文学母题——悲秋。上迄《诗经》《楚辞》，下到历代诗歌，可以说，没
有哪位诗人不曾"染指"这一共同的情感。而在这些所有的"悲秋"诗中，最
不能回避的自然就是老杜的这《秋兴八首》了。美籍华人学者高友工、梅祖麟
曾以纯技术的手法分析了这八首不朽的诗篇，足见其魅力之大。法国汉学家郁
白也曾在其专著《悲秋》中给予了如下颇高的评价：

> 杜甫的《秋兴》，十个多世纪来被公认为中国诗中不可与之争锋的代表作。
> 该诗有力地确定了抒情与抒情相和谐的比兴，在表达自我认同中的必要作用。
> 诗中的情与兴，由于诗人对朝廷剪不断的眷眷深情，且只有在梦里情与兴才
> 能调和起来，因而带上了悲苦的浓重色彩。

这里我所选录的正是《秋兴八首》的最后一首。这首诗因为颔联而绝唱千
古，它特殊的句法引人叹止。但此处我并不准备就字句作逐一的分析，读者如
有兴趣可寻《唐诗的魅力》一书来细读，中间有对此的绝妙分析。我这里要做
的，正如本文的标题所示，是展示其如何表达了一种浓郁的悲秋之情。因为郁
白的大作实在精彩不迭，所以，我们只管引他的论述来一看奇妙，而不必自己
废话添足：

> （这）最后一首诗就像是杜甫的谵妄之语，在一连串对天堂的回忆中，

夹杂着不可言说的衰老印记。记忆变得支离不定，最终只剩下痛苦和倾覆。

这首律诗的结构几乎是第五首诗（"蓬莱宫阙对南山"）的翻版：前六行诗描绘了对环绕渼陂湖之长安西郊的回忆。杜甫曾在多首诗中提及该湖，在玄宗时代，诗人常与好友于该湖湖边散步。香稻、鹦鹉、碧梧、佳人以及晚舟，都是富足快乐的真实见证。然而，与第五首诗所提到的京城不同，这一美景也充斥了衰败的征兆。

从开头起，诗人对御宿的描写——"自逶迤"——就十分奇特：虽然正如曲江，运河之弯曲本身确实既能令人愉悦也能使人不安，而它全程独自奔流（代词"自"的概念）的景色应该令读者注意，尽人皆知它是人工的；事实上，随后的描述并非真实的往昔留影，而是在诠释无形之现今。与"漂"在昆明池的莲子一样，人们现在看到的是映于湖中之山峦倒影。我们走进了一个颠倒的世界。该诗的语法有些混乱：中文诗中主宾倒置，似乎是香稻在啄鹦鹉，又似乎是碧梧栖息在凤凰身上。还有，鹦鹉真的有东西充饥吗？因为诗中说只有些"剩余"（不同版本中的"残"或"馀"）的米粒供它啄食。凤凰真能在"老"枝上栖息吗？麦克克劳指出，这些迹象至少暴露了诗人的精神状态，即现在渗入并改变过去。程抱一从这种错乱中看到"一种想要打破世界秩序、创造事物之间另一种关系的愿望"。实际上，杜甫又一次自比鸟类，他觉得自己衰老了（"老"），成为多余人了（"残"或"馀"）。

此时，仙侣的出现令这一场景变得具有戏剧性：如果说在青年时代，杜甫确实品味过湖畔郊游的乐趣，有佳人仙侣为伴，甚至忘了日色已晚。而现如今，他在这个"江湖满地"的世界里不得不"漂泊扁舟"，这是何等的局束而没有丝毫快乐。

这首律诗的尾联，在众多评注者看来——他们总算又达成了一致——是对这整篇诗章的综合概括。

……杜甫，周遭为洪水般的荒蛮所威胁，孤独地处在文明世界之末端，只能将目光投向远方（"望"，此处我将其译为"惊慌"）；此外，由于他无法逾越岩石、乌云和急流的阻隔，只能任由岁月（和秋天）将头发漂白。诗人困于自身境遇，无处可逃。他留给我们的无奈低垂目光，说明了这种弃绝带给他的痛苦（"苦"）。（《悲秋》）

155　一首大诗写尽战争风云

燕歌行 高适

开元二十六年，客有从御史大夫张公出塞而还者，作《燕歌行》以示适，感征戍之
事，因而和焉。

汉家烟尘在东北，汉将辞家破残贼。男儿本自重横行，天子非常赐颜色。
摐金伐鼓下榆关，旌旗逶迤碣石间。校尉羽书飞瀚海，单于猎火照狼山。
山川萧条极边土，胡骑凭陵杂风雨。战士军前半死生，美人帐下犹歌舞。
大漠穷秋塞草衰，孤城落日斗兵稀。身当恩遇恒轻敌，力尽关山未解围。
铁衣远戍辛勤久，玉箸应啼别离后。少妇城南欲断肠，征人蓟北空回首。
边庭飘飖那可度，绝域苍茫更何有。杀气三时作阵云，寒声一夜传刁斗。
相看白刃血纷纷，死节从来岂顾勋。君不见沙场征战苦，至今犹忆李将军。

高适（702—765），字达夫，渤海蓨（今河北景县）人。早年仕途失意。后客游河
西，为哥舒翰书记。历任淮南、西川节度使，终散骑常侍。封渤海县侯。边塞诗和岑
参齐名，并称"高岑"，风格也大略相近。有《高常侍集》。

　　高适这个人在唐代诗人中还有些奇怪之处。他五十多岁时才开始学写诗，
几年之内便获了诗名，竟与岑参并坐，史称"高岑"。
　　高适这首《燕歌行》在边塞诗中历来占了一席地位，被认为"第一大篇"
（赵熙语），其原因恐怕主要在这"大"字上。
　　此诗开篇八句写出征之事。"汉家""汉将"实指唐朝、唐将。"男儿本
自重横行，天子非常赐颜色"写将军领命出征，天子召见的场景。如此隆重的
场景，若一般写手写来，定用许多铺张之笔墨。而高适却两句总括，就栩栩如
生，十分传神，"男儿"与"天子"的形象真要呼之欲出了。"重横行"写出

男儿的英武、自信与霸气，这正是出征讨伐的男人应具有的。"赐颜色"，写出皇恩浩荡，天子对即将出征的"男儿"的爱意。此等笔法壮阔气派，读来颇有大唐风度。

接下写金鼓声声、旌旗翻飞的大进军，兵锋直指山海关外的碣石一带。前方军书传递，敌人单于的猎火也在狼山点燃。战云密布之气氛在这四句中尽出，句句催人心紧。

写完出征后，立即进入战斗的描写。边境是那么荒凉萧条，胡骑挟风裹雨，来势凶悍。"战士军前半死生，美人帐下犹歌舞"，这二句尤为精警，正如清人吴汝纶所评："二句最为沉至。"此两句形成鲜明对照，士卒奋勇拼杀，流血牺牲，而长官却在帐中纵情歌舞声色，行为极端颓废，不负责任。如此作战，岂能"重横行"，看来这将军先前在皇上面前的表态只是装点脸面，或逞一时之勇，哪是什么真正的铁血男儿，只是一个喜好风月的绣花枕头，总之是一个颓废者。

"大漠穷秋""孤城落日"，笔墨简练，却已透边塞悲壮之颜色；而"塞草衰"与"斗兵稀"已传出唐军败仗之信息了。"身当恩遇恒轻敌，力尽关山未解围"，前句照应"男儿本自重横行，天子非常赐颜色"，既然蒙受皇恩，当一贯轻生杀敌。但"犹歌舞"的"男儿"又怎能不被敌兵围困呢？虽"力尽关山"却依然不能突破重围，看来败局已定。

以下六句写被围官军的凄苦之色。又是征夫思妇想断肠之类。两两相望，离愁别恨，有家归不得，真是"相去万里，永无见期"啊！

再以下从"杀气三时作阵云"直至末句，又接写战事。壮烈与悲怆交相错落，只见战士白刃相斗，血染沙场，从不为名利功勋；而通宵夜寒，唯有刁斗巡更传报。以"至今犹忆李将军"作结，更发人深省。诗人借此一笔，婉转讽刺了那"美人帐下犹歌舞"的风月将军。李广勇猛善战，与士卒同甘苦，连蕃敌也为之赞叹，称他为"汉之飞将军"。两个将军两种形象，在此诗人不作评论，只作古今对比，而美丑已尽在眼前了。

"杀气三时作阵云，寒声一夜传刁斗"不仅写出白天的大搏杀与夜晚的大悲哀，而且读来声音铿锵，豪放与凄婉俱在，又如前人所说："有金戈铁马之声，有玉磬鸣球之节。"此二句当称描写战争的千古绝句。

156　不想当大官的不是好官

封丘作　<small>高适</small>

我本渔樵孟诸野，一生自是悠悠者。乍可狂歌草泽中，宁堪作吏风尘下。
只言小邑无所为，公门百事皆有期。拜迎长官心欲碎，鞭挞黎庶令人悲。
归来向家问妻子，举家尽笑今如此。生事应须南亩田，世情尽付东流水。
梦想旧山安在哉，为衔君命且迟回。乃知梅福徒为尔，转忆陶潜归去来。

西谚有云：不想当将军的士兵不是好兵。那意思是说要志存高远。这里我们不妨套用此句，说不想当大官的不是好官。为什么要这样说呢？大概原因不是志向是否远大的问题，而是这小官不好当，也不能当。当小官向上要阿谀奉承，对下要鞭挞黎庶，实在是夹在中间受累啊。

想做官又不愿做小官，做小官觉卑微琐细又想归隐，其中百结愁肠、辗转反侧正是高适当下写照。广而言之，中国文人尽如此，大事做不来小事又不做，只有左右不是，矛盾过一生了。顶多也是以诗言志，发发牢骚。

从高适传记得知，此人早年"一卧东山三十春"（见其《人日寄杜二拾遗》），是一个优游于山水的闲人。年近五十岁时，又出道做了一名小官，即封丘县尉。从此诗可见，他对这小吏身份是极不满意的，正好与王维在《漆园》一诗中所言小官的闲逸与快乐彻底相反。

开首四句，高适就单刀直写本来面目。说自己原来就是孟诸（古泽薮，现在河南商丘东北）的渔人樵夫，过的是闲云野鹤、悠然自得的隐士般生活。接着愤语泄出，又说自己宁可在山野间狂歌，即啸傲于山林，哪能在尘世间当一名小官吏。打一个比喻，前二句为矛，后二句为盾，矛盾相交，左右不是的面目显出，诗之张力也随即显出。

接下四句写小吏的难堪及内心的大不快。高适最初也是搞错了的，他原以为小官清闲无为，正好颐养天年，像王维那样"偶寄一微官，婆娑数株树"（《漆园》）。哪知衙门里的公事都有期限约束，刻板至极；加上还要对长官迎来送往，如此点头哈腰更让诗人心肝尽碎。而更"令人悲"的是鞭挞百姓，但又事出无奈，县尉不得不日日升堂断案。

这世道艰难凄凉究竟为哪般呢？高适在悲伤中只好回家向妻子儿女倾诉苦哀，究明其理。而家里的人却笑他迂腐，说什么世道早就是这样了，就听之任之随大流吧。家人的劝说并未令高适停止思考，他又起了抛弃富贵功名、归隐躬耕的念头。

就在这内心激烈斗争的当口，高适又生出左右为难的思归不得归的情绪。一方面说自己梦中的故乡"安在哉"，一方面又说自己对受君命做小官之事还一时半时割舍不下，真是来去之时"剪不断，理还乱"呀。

最后，只有以梅福（西汉人，曾任南昌尉，后弃官居家读书）与陶潜之大隐事迹来寄托自己的隐逸之心，表达一番对归隐的向往罢了。

157　千树万树梨花开

白雪歌送武判官归京　岑参

北风卷地白草折，胡天八月即飞雪。忽如一夜春风来，千树万树梨花开。
散入珠帘湿罗幕，狐裘不暖锦衾薄。将军角弓不得控，都护铁衣冷难着。
瀚海阑干百丈冰，愁云惨淡万里凝。中军置酒饮归客，胡琴琵琶与羌笛。
纷纷暮雪下辕门，风掣红旗冻不翻。轮台东门送君去，去时雪满天山路。
山回路转不见君，雪上空留马行处。

岑参（约715—770），南阳（今属河南）人。天宝进士，曾随高仙芝到安西、武威，
后又征于北庭、轮台间。官至嘉州刺史，卒于成都。长于七言歌行。所作善于描绘塞
上风光和战争景象。气势豪迈，情辞慷慨，语言变化自如。与高适齐名，并称"高
岑"。有《岑嘉州诗集》。

岑参和高适都以七古见长，又两人都是以边塞诗著称。而且，不唯如斯，
就是诗风，他们也颇为一致，难怪后人将其并举，名为"高岑"。严羽《沧浪
诗话》内云："高岑之诗悲壮，读之使人感慨。"又胡应麟《诗薮》中说："高
岑悲壮为宗。"虽则两人像极，但又毕竟不同，元陈绎曾说："高适诗尚质主
理，岑诗尚巧主景。"（《诗谱》）看来，岑参的诗歌多的是奇巧景致，而高
适诗里则多为边塞主张。上述的这首《白雪歌》便是一个最好的证据，足见岑
诗的瑰丽奇美、洒脱鲜艳。

他的这类新鲜而具有异国情调的诗歌在开元、天宝年间曾风光了一阵，甚
至形成了一个流派。他写出的"每一篇绝笔，则人人传写，虽闾里士庶，戎夷
蛮貊，莫不讽诵吟习焉"（杜确《岑嘉州诗集序》）。

岑参此首"白雪歌"当以"雪"为主，又兼及送别；前十句尽在咏雪，后
八句转入送别。但通篇都围绕着雪铺展开来，情与景配合妥帖，十分自然流利。

此首诗中有两个千古传诵的名句，连一般小孩子都能背："忽如一夜春风来，千树万树梨花开。"这二句也使人想到了一个故事，且听我转述出来。

毛泽东 1918 年初到北京时，故都的美激发了这位身无分文、心忧天下的英俊青年的感情。他几乎是一下子就爱上了这座城市。多年之后，他在延安的一个深夜，满怀深情地对斯诺缅怀起这段往事：

> 我自己在北京的生活条件很可怜，可是在另一方面，故都的美对于我是一种丰富多彩、生动有趣的补偿。我住在一个叫作三眼井的地方，同另外 7 个人住在一间小屋子里。我们大家都睡到炕上的时候，挤得几乎透不过气来。每逢我要翻身，得先同两旁的人打招呼。但是，在公园里，在故宫的庭院里，我却看到了北方的早春。北海上还结着坚冰的时候，我看到了洁白的梅花盛开。我看到杨柳倒垂在北海上，枝头悬挂着晶莹的冰柱，因而想起唐朝诗人岑参咏北海冬树挂珠的诗句："千树万树梨花开。"北京数不尽的树木激起了我的惊叹和赞美。（斯诺《西行漫记》）

我们当然知道，岑参本是以这二句奇绝的景致来比喻边塞八月的飞雪盛景的。但毛泽东以此一句来感受北国早春的故都光景，非常神似又极为恰切。岑参这句是否吟北海冬树挂珠，在此就并不重要了。重要的是毛泽东对故都之美的最初感受。而正是这种感受（通过岑参的诗句）引起了他对青春时代的理想与人生未来的激动，以及他对祖国壮丽山河的毕生热爱。也正因为这种激动和热爱，才使他后来吟出"江山如此多娇，引无数英雄尽折腰"这样的王者之诗。

最后顺便说一下，毛泽东在 1930 年 2 月写过一首《减字木兰花·广昌路上》，其中有一句"风卷红旗过大关"。这句的初稿原为"风卷红旗冻不翻"，亦是化用岑参此诗中一句"风掣红旗冻不翻"。岑参此句是描写武判官这个归客在中军帐吃完酒宴，听完歌舞，在黄昏"暮雪"时分出了辕门，准备启程归京时见到的一个情景：那辕门上的红旗因被冰雪冻结而不能迎风翻卷。但一经毛泽东化用过后，诗句就立见精神了。"过大关"不仅有运动的奔腾之美感，也尽显诗人步步逼来的英雄气概。同时用语自然流畅，毫无修辞苦吟的痕迹。

158　壮美中有围棋高手曹薰铉说的那个"体"字

走马川行奉送封大夫出师西征　岑参

君不见走马川行雪海边，平沙莽莽黄入天。

轮台九月风夜吼，一川碎石大如斗，随风满地石乱走。

匈奴草黄马正肥，金山西见烟尘飞，汉家大将西出师。

将军金甲夜不脱，半夜军行戈相拨，风头如刀面如割。

马毛带雪汗气蒸，五花连钱旋作冰，幕中草檄砚水凝。

虏骑闻之应胆慑，料知短兵不敢接，军师西门伫献捷。

　　岑参《白雪歌送武判官归京》是写边塞大雪，此首诗却是写边塞风沙。前者奇美，后者壮美。在用韵方面，前者不太齐整；后者却句句有韵，又三句一转，读来节奏急促、声势猛烈，与飞沙走石的夜行军场面十分吻合。

　　诗人起笔并不从行军入手，而是先来一番西域自然景观的大渲染。笔笔紧扣风沙，从白昼直写到夜晚，在"风夜吼"中，"碎石大如斗""满地石乱走"，借石头传达风之狂暴，西域的艰难顿时活跃于目前。诗人紧接着转了一笔，连下三句，交代敌我情况。敌方在"草黄马正肥"之时，发动了进攻，"烟尘飞"三字已尽显进攻之意。我方当然出兵西域迎敌。"汉家大将西出师"一句写得朴实无华，却得了中华大国之凛然正气与体面。这使我想到了韩国围棋高手曹薰铉，他曾用三个字"点、线、体"来概括日、韩、中三国围棋的特点，说明他深谙中华文化的精神。这里的"体"是说中国围棋最讲究的是大布局，即聂卫平所说的大局观，或中国人所推崇的大乘佛教。为何不是小乘佛教呢？我在此也借这"体"字（中国人的面子观也正出自这"体"字）来说这句诗，按今天的话说，就是宏大叙事这一理路。这句诗也显出中国文人普遍的泱泱华夏的帝国心理，处处要摆出大度、从容、端庄的架子来，出师当然也要讲究这"体"，即得体、体面、气度、隆重等，总之"汉家大将"就是王师出动，或隆重推出的意味。

接下写将军夜不脱军装，率大军连夜进发的场面。其中多是细笔，如"戈相拨"，是说战士在漆黑的夜色里衔枚急走，引起戈矛相碰而发出的声音。而风头如刀割面，更是异常生动，没有亲身感受是写不出来的。战马急驰，虽大汗淋漓，却转眼之间便凝成了冰。而在起草公文时，砚水也冻成冰了。如此细笔配衬，可见岑参写诗手腕之一斑。

最后三句是说敌人听到这大军夜进的声势就必望风而逃，哪敢当面交锋，如此这般，胜利之捷报当顺理成章，指日可待了。这三句也显出"汉家大将西出师"的"体"之精神。似乎王师只要隆重登场亮相，摆一个风度，敌人就会缴械投降了，而事实是这样吗？

159　功名只向马上取

轮台歌奉送封大夫出师西征　岑参

轮台城头夜吹角，轮台城北旄头落。羽书昨夜过渠黎，单于已在金山西。
戍楼西望烟尘黑，汉军屯在轮台北。上将拥旄西出征，平明吹笛大军行。
四边伐鼓雪海涌，三军大呼阴山动。虏塞兵气连云屯，战场白骨缠草根。
剑河风急雪片阔，沙口石冻马蹄脱。亚相勤王甘苦辛，誓将报主静边尘。
古来青史谁不见，今见功名胜古人。

戍边杀敌，博取功名，是盛唐一般人的最高理想，岑参更是这一最高理想的热衷者与鼓吹人。他在《送李副使赴碛西官军》中就高唱过当时万口流传的二句诗："功名只向马上取，真是英雄一丈夫。"

此首《轮台歌》是继《走马川行》之后，又一次对"功名只向马上取"的热烈呼唤。

开篇六句写两军对阵，战云密布，一片紧张、肃杀之气。"轮台城头""轮台城北"，口口相接，故意造成逼人的军事气氛。我军营盘是"夜吹角"，以激励士气；而"旄头落"却是从天象中见出敌兵必败之相。《史记·天官书》中说："昴为旄头，胡星也。"望气者认为旄头跳跃为胡兵兴，旄头落为胡兵灭。战事又是何等的紧急，"单于"已驻扎于金山西面，"羽书"就在昨夜传过了渠黎县城。而且汉兵已集结在轮台北面，严阵以待了。

接下直写上将"拥旄"（旄为军权之象征）于破晓时分开始了军事行动。且看这进军阵势之大，战鼓隆隆的声音震得雪海翻涌，三军将士高声呐喊，连阴山也为之动摇。我军气势虽在此写足，但下面诗人又转了一笔，说敌方"兵气"更盛，兵力更为庞大，因此才有"战场白骨缠草根"的大血战。以下两句写得极妙，"剑河""沙口"虽是地名，却自带一股杀气，与战争气氛天然扣合。"风急雪片阔"中的"阔"字用得好，西域的大气辽阔之意尽出；"石冻马蹄脱"，更是搔到了战争的痒处，其艰难困苦已不言自明，也正是下句中"甘苦辛"的映照。

"亚相"在此当指封大夫，他已立下重誓要报效皇恩，洗静边尘。战争胜负一事虽未提，但已从诗中透出唐军胜券在握的喜气。

"古来青史谁不见，今见功名胜古人"更见岑参的得意，以及他那"功名只向马上取，真是英雄一丈夫"的凌云壮志。

自古以来，男儿就看重建立军功，以博得青史留名。如今真的是"数风流人物，还看今朝"，那更该"一生大笑能几回，斗酒相逢须醉倒"（岑参《凉州馆中与诸判官夜集》）了。

160　战地菊花有哀思

九日思长安故园　岑参

强欲登高去，无人送酒来。
遥怜故园菊，应傍战场开。

以重阳登高为题材的唐诗，不在少数，而且其间佳作迭出，让人叹绝。但是岑参的这首登高诗却别具一格，抛开了一般的思乡念友的情怀发抒，而直写对国事的忧虑。此诗平直朴素，而又情韵无限，笔者本欲亲自动手料理一番，不巧读到丰子恺的一篇随笔《九日》，拜读之下，心怀敬佩，不敢在先生面前舞文弄墨，且听丰先生登场说来：

唐人岑参诗云："强欲登高去，无人送酒来。遥怜故园菊，应傍战场开。"这是"九日思长安故园"的诗。我学生时代在《唐人万首绝句选》中读到这首诗，便很喜欢它，一直记忆着。这会旅途中到一处地方的小客栈里去投宿，抬头望见柜内老板娘的头顶的壁上挂着一个阴阳历对照的日历，其下面写着"九月初九"，便又忆起这首"九日"诗。

从前的欢喜它，现在想起了可笑；我小时候欢喜喝酒，而学生时代不得公开地喝。到了秋深蟹正肥的时候，想起了故乡南湖大蟹正上市，菊花盛开，为之神往；但身为制服所羁绊，不得还乡去享受。酒欲不满足，便不惜把故乡比着战场，而无病呻吟地寄同情于岑参这首诗，这与大欲不满足的人嗟叹"世间何等荒凉！我的心何等寂寞！"同一心理。无病呻吟常可为满足欲望之物的代用品。

现在重忆这首诗，仍觉得可爱。但滋味与前不同。现在我不喝酒了，即使要登高去，也无须叫人送酒来，上面两句与我无关，但读到下面两句，似觉有强烈的感动，因而想起了最近的过去经历：前年（即1932年）暮春，我搭了赴战地摄影的新闻记者汽车到江湾时，曾经看见坍圮了的旧寓中的小棕榈树，还青青地活着。虽然我在沪战前早已离去江湾，但这棕榈是我亲手植的，这时候正傍着战场而欣欣向荣着，使我对那首诗强烈地感动的，便是这一点实地经历。

重阳将跟了废历而被废除了。登高将成为历史风俗中的事了。唐代的战场到现代早已沧海桑田了。但唐代人的这首《九日》诗，还能给现代人以强烈的感动。当此菊花盛开的时候，对于无数的战地丧家者，当更给以切身的感动呢。

以上便是丰先生对这首诗的两次感受。第一次感受是在他学生时代，第二次感受是在他人到中年时，前一次是对诗中一二句的体会，后一次是对三四句的体会。此文虽短，却如陈年美酒，足可以与岑参这首小诗竞美。只是丰先生文中所提到的棕榈树，我有一点诧异，我最不欢喜的树正是棕榈树，不过丰先生讲究万物平等，他的境界哪是我能了解一二的。

另：我在《钟鸣随笔小引》一文中曾说过中国白话散文自周作人一出，一改中国现代散文不美的形象。五四以来中国散文可谓大家辈出，但我只首推一人，丰子恺。而多年之后，我再推一人：胡兰成。真是幸甚至哉，二人都是浙江人也。

161　闺中少妇打黄莺

春怨　金昌绪

打起黄莺儿，莫教枝上啼。
啼时惊妾梦，不得到辽西。

金昌绪，生卒年不详。余杭(今浙江杭州市)人，身世不可考，诗传于世仅《春怨》一首。

　　此诗虽不着一个怨字，却处处有怨。用语虽浅，却写法别致。起句就十分突兀，令读者满怀疑问一头进入，但跟踪读来，直至最后又茅塞顿开。真似抽丝剥茧，一眨眼工夫就随了余杭的金先生一气蝉联而下。

　　为何要打那黄莺？黄莺本是闹春的喜鸟。是因为要它停止吵闹，不要在树上啼唱了。为何不要那莺歌唱呢？因为人对万物的好恶全由心情而定。此刻闺中少妇正在做着甜蜜的春梦，那可厌的啼声自然要惊醒她的梦了。那么那又是一个什么样的美梦呢？前三句虽不是问句，却自有一番自问自答的意味。诗人为自己解答，也为读者解答。

　　"不得到辽西"，这"辽西"成了梦中地点，当然也是本诗的关键。不言自明，那少妇正在暖洋洋的春日小睡中梦到去辽西与从军戍边的丈夫相会。如此良辰美景，虽在梦中，但也不愿遭半点破坏。而此时黄莺来尖声尖气地高唱，自然令思春的少妇充满怨气了，恨不能将这些鸟儿一一打杀干净。

162　一首流行于唐朝的民歌

哥舒歌　西鄙人

北斗七星高，哥舒夜带刀。
至今窥牧马，不敢过临洮。

西鄙人，西北边境人，生平姓名不详。

在开元、天宝年间，西北一带就流行着这首民歌。民歌的作者叫西鄙人，也就是指西北一带的人民。看来此诗属集体创作，具体何人所作不得而知。此诗歌颂的是一个叫哥舒翰的将军。他当时是这一带的节度使，用今天的职位来说，就是军区司令员。此人作战骁勇无比，曾率唐朝大军大败吐蕃主力部队于石堡城。从此吐蕃再不敢犯我西北青海，当地民众非常热爱他，因此才有了这首《哥舒歌》。

开首二句，仅从一个夜色的侧面便将哥舒翰的英武神勇之气写得十足。天空是北斗七星高照，哥舒翰驰马夜巡，腰挎宝刀。何等威风凛凛的夜行将军，似有一夫当关，万夫莫敌之气概。"夜带刀"三字读来铿锵、畅快又干净利索。

正因为有了这样一位大将军镇守边关，敌人至今虽窥伺着想越过边境来牧马，但终不敢越过我临洮边境。此二句简洁有力地将这一事实一语道出，并无修饰之功，是民歌真本色。连老杜后来也化用过这二句写出这样两行诗："近闻犬戎远遁逃，牧马不敢侵临洮。"

而李白也化用过此诗的前二行，在《答王十二寒夜独酌有怀》中这样写道："君不能学哥舒，横行青海夜带刀，西屠石堡取紫袍。"李白劝王十二不要学哥舒，比武力得功名，看来是有另一番用意的，在此不必多说。

163　春天在哪里？

月夜　刘方平

更深月色半人家，北斗阑干南斗斜。
今夜偏知春气暖，虫声新透绿窗纱。

刘方平，洛阳（今属河南）人。开元、天宝在世。一生隐居不仕。与皇甫冉为诗友，
为萧颖士赏识。诗多咏物写景之作，尤擅绝句。《全唐诗》存其诗一卷。

　　"春天在哪里？春天在哪里？春天在那小朋友的眼睛里。"这首轻快的儿
歌，曾经传遍神州，为各个阶段的孩童所熟知。歌谣中这恒久的一问，看似轻
巧，却历来耗费不少大诗人的笔墨。苏轼的《惠崇春江晚景》中就曾用"竹外
桃花三两枝，春江水暖鸭先知"来作答这个问题。而此处，唐人刘方平，他虽
不能称大诗人，但其诗"默会风雅"，有"悠远之思"（此首《月夜》足见个
中精神），也正为我们款款答来。
　　这是一个夜深沉的春夜，月色笼罩着半边庭院，而另一半却消隐在黑暗的
林木中，北斗星横陈着，南斗星已倾斜。春夜在这空庭里正静静地流逝。此等
写景笔法只从大处着手，却为后面二句细笔酿足了气氛。因为一首好诗应是一
个整体，而不是从一句二句中进行评判。所以这二句虽写得一般，但由于有了
后面两句，终不愧成为一首绝妙好诗。
　　料峭春寒中的第一丝暖气，被诗人极其敏感细腻的神经感触到了。他究竟
是如何"偏知"今夜的春之暖气的呢？庭院里唧唧的虫声在暗夜中刚刚透过了
这绿色的窗纱。春天的暖气就在这一刹那被小小昆虫的鸣声唤起了。庭院幽寂，
晚风吹度；昆虫鸣叫，向听者的耳畔，向这辗转难眠的春夜，一个最新的讯息
已经发出：春天在这一刻正式抵达了。
　　诗人的感官也熟稔地打开了，仿佛门怦然地打开沉入清越的风中，吸纳着

春夜中的万物。诗人在无限喜悦中却十分安静地选择了"虫声"，它是万物合唱中的第一声，而就是这一声"新透绿窗纱"，热烈的春天将像波涛般涌来。如此春夜虫鸣，真叫人要哭泣起来了。

深夜的虫声无论在春、夏、秋、冬都是极好听的，只是韵致不同而已，全由人的心绪而定。在此，又想到《枕草子》中两句话："凡是夜里叫的东西，无论什么都是好的。只有婴儿除外。"

164 　细心而美丽的宫怨

春怨　刘方平

纱窗日落渐黄昏，金屋无人见泪痕。
寂寞空庭春欲晚，梨花满地不开门。

　　这是一首宫怨诗，点破主题的是诗的第二句"金屋无人见泪痕"。此处"金屋"一语，自是大家熟悉的汉武帝幼时愿以金屋藏阿娇的故事。可惜后来，汉武帝情变，阿娇秋扇见捐，被冷落于长门深苑。虽然后有司马相如挺身相助，为她写《长门赋》，可是赋虽动人，情不可逆，唯有长门阿娇静静落泪，遗恨半生了。

　　所以，金屋虽贵，当有良人陪伴，才有快乐可言。而此时的光景却是日影西斜，黄昏渐浓。室内由于纱窗阻隔，光线自然是更幽暗了。她独自一人以泪洗面，孤苦伶仃，无人相伴，"怎一个愁字了得"。室外是空庭落寞，晚春已至，转眼就是夏日了。光阴就这样在孤寂中渐渐流逝，惜春之情又怎不叫人悲从中来。"梨花满地"正是春将尽的最后消息。泪水与落红两相映照，更衬出思春少妇独守"金屋"的幽怨。幽怨之极，竟使她懒得去开门了。反正无人来，加之也无心观赏晚春落花的庭中景致，就干脆坐在昏暗的屋内落泪吧。

　　此诗三四句写得好，尤其第四句更是"墨妙无前"，只此一句意境全出。"寻寻觅觅，冷冷清清，凄凄惨惨戚戚"（李清照）就尽在不言中了。

　　此诗色泽也好。写晚春黄昏天气，配以少妇伤春之情，其中身世悲凉、青春不再都在诗中点点滴滴透出，并达到一幅图画的整体效果。难怪《唐才子传》说诗人是一位善画山水的高手了！

　　整首诗都笼罩在一个"静"字的气氛中，仿佛让人切身感到诗人写诗时那沉郁安静的气息。正是他那一口静气才写出了"梨花满地不开门"这样细心而美丽的图画般的诗句。

165　唐人无处不是酒

石鱼湖上醉歌　元结

石鱼湖，似洞庭，夏水欲满君山青。山为樽，水为沼，酒徒历历坐洲岛。
长风连日作大浪，不能废人运酒舫。我持长瓢坐巴丘，酌饮四座以散愁。

元结（719—772），字次山，号漫叟，河南（今河南洛阳）人。天宝进士。曾参加
抗击史思明叛军，立有战功。后任道州刺史。原有集，后佚，明人辑有《元次山文
集》。又曾编选《箧中集》行世。

元结的诗歌语言质朴，接近散文，他是新乐府运动的前驱之一。元好问曾
评价他说"浪翁水乐无宫徵，自是云山韶濩音"（《论诗绝句》）；沈德潜亦
说："次山诗自写胸次，不欲规模古人，而奇响逸趣，在唐人中另辟门径。"
（《唐诗别裁》）

元结后来虽官至道州刺史，但早年过了一段散漫的生活，"耕艺山田"并
且"与丐者为友"，他被称为浪士，又曰漫郎。《唐书·元结传》中说："酒
徒又曰公漫久矣，可以漫为叟。"

这位"漫叟"曾在《刘侍卿月夜宴会诗序》中以四个字表达了他的文学理
想和诗学标准："道达情性。"

从此诗可见，此人便是一个日日饮酒的性情中人。这位为人狂放的诗人在
欢醉中，甚至伸臂去石鱼湖水中舀水当酒喝。

再从"夏水欲满君山青"一句可得知时令正值夏日，青山绿水正是消遣光
阴的大好时刻。元结携友同游湖上，以青山为酒杯，以湖水为酒池，痛饮狂歌。
酒兴之豪迈无不令人咋舌。即便连日狂风大浪，也不能阻止运酒人运送美酒。
当他饮得飘飘欲仙之时，他一边环顾在他四周的历历酒徒，一边持"长瓢"向
水中取"酒"，"以散愁"。何为"愁"，诗人之常见病也，太白有"与尔共

销万古愁"。有愁就应驱散，这驱散之法，唐人尽以酒为之。太白的"巴陵无限酒，醉杀洞庭秋"，"人生飘忽百年内，且须酣畅万古情"，无处不是说饮酒散愁，元结这首质直朴重的"醉歌"，也是一派唐人作风（吃酒助兴散愁）。看来这位道州刺史也是一位正宗酒仙，日夜沉醉于碧波荡漾的石鱼湖上。真是唐人无处不是酒啊！

卷三　　中唐诗：姹紫嫣红

　　在经历了仙、圣、佛的"三国演义"之后，开元盛世也随之落下了帷幕。然而盛唐之音并未就此中断，王维、孟浩然依然后继有人，韦应物、刘长卿等辈承传其香火并续步其淡泊宁静之后尘。白居易（一位了不起的人物，笔者至爱）、元稹、韩愈等辈也沿着杜甫辟开的大道各发一枝鲜花。元、白为老杜的新乐府正其大名，韩愈则全力采摘老杜的语言，并从其古诗中蜕变出之。这时虽有"大历十才子"的伤感，以细致之笔反盛唐伟岸高华之气，但终由于其成就不高，无法代表中唐之音，仅学了点王、孟的皮毛，无多大独创性。真正发出属于中唐自己的声音还需时日，直到孟郊、贾岛的出现，才以其瘦骨清寒、硬语盘空的诗格，别开出一个小生面。闻一多曾说孟郊的诗有一种陀思妥耶夫斯基的味道（说得很怪，笔者惊讶）。但二人绝不能担当中唐的重任，中唐的大旗还得等另一个人来树起，他就是李贺（已成神话了，又觉无趣）。这位身体细长、青春早逝的诗人几乎是在诗中自铸色彩斑斓之颓废语词，并独创一个传统。纵观中唐，虽未出现巨人式的人物，但仍是诗家辈出，其数量之多，不可不谓群星璀璨也！

166　"风雪夜归人"的意境

逢雪宿芙蓉山主人　刘长卿

日暮苍山远，天寒白屋贫。
柴门闻犬吠，风雪夜归人。

刘长卿（？—约786），字文房，河间（今属河北）人。天宝进士，曾任长洲县尉，因事下狱，两遭贬谪，两移睦州司马，官终随州刺史。长于五言，称为"五言长城"。有《刘随州诗集》。

刘长卿流传于后世的有一部诗集《刘随州诗集》，此集开卷第一首便是此诗。刘长卿对他写的五言诗尤其自负，曾自称为"五言长城"。不过，从这首诗可见他的口气与自负是有一番道理的。

此诗写得明白如话，用词也十分简单，但一读之下令人感到有一种说不出的幽远意境。由此可见，长卿的写诗手腕与剪裁功夫实不亚于一些前辈大诗人。

这是一幅中国山水画中常见的情景：天寒日暮时分，一位羁旅之人迎着风雪，在暮晚投宿。起首一句，诗人从大处写来，心情自然也从大处开始。紧接一句"天寒白屋贫"，已有一些近景了，运笔也收到细节之处，那贫寒的白屋也正是诗人今夜的落脚之地。第三句，诗人更向近处逼一句，柴门内的黄狗叫了起来，似乎那"犬吠"在提醒旅人，就在这里歇息吧。最后一句，可称意境洞开，其中许多笔墨尽数略去，"风雪夜归人"的冬景图并未把我们引入愁境，而是引入一种深冬寒夜的美丽境界之中。此句意境，妙在它只点出"归人"，而不再作归人之后的室内描写。读者的想象也自然而然地在"风雪夜归人"这句中绵绵地展开，他们可以无穷无尽地设想"归人"入室后的各种情形：温暖的炉火，主客之间在灯下饮酒对谈，或下棋或弹琴，等等。他们对每一种情形的设想，正是这一句涵泳至深的地方。多少丰富的内容与细节尽在其中，而诗人只用五字当场收住。

167　风入松的声音

弹琴　刘长卿

泠泠七弦上，静听松风寒。
古调虽自爱，今人多不弹。

唐朝大历年间，诗坛上又出了一批新人，史家称为"大历十才子"：

> 大历十才子是唐代最享盛名的一批诗人，这是当时社会一般人的看法。他们的诗是齐梁风格而经张说所提倡改进过的，虽时髦而无俗气，境界趣味完全继承了张说这一派。张说本人地位虽高，而诗境较低，他只是替盛唐诗奠了基，盛唐诗坛便建筑在这层上面，论功绩和贡献自然是不可磨灭的。从时间来说，盛唐中唐之相接也依此为联系，并远承谢康乐的传统不断，十才子的地位和价值也由此可见。（《闻一多论古典文学》）

这些诗人并不走李白、杜甫的道路，而是部分地循王维、孟浩然的诗风，专心于山水田园的描写。刘长卿便是这派诗风的开创人。如闻一多先生所说：

> 写得情深意厚，得温柔敦厚之旨，正是标准的中国诗，十才子的风格即由此（刘长卿）发端。

长卿此首诗便写得古雅厚朴。起首直写在七弦之上，静听《风入松》这曲古调。"泠泠"使琴音清越自出，"寒"字又让这古调平生一股"清泉石上流"的幽雅之感。正是只着一字，境界全出。"寒"字还有风来松下的高古之意，"寒"便是优雅，热就俗了，而此处这一"寒"字，直让人渐生崇敬之情。

只二句写完听琴的境界与感受之后，诗人转折一笔，抒发议论。面对如此高雅和平的古调，只有孤芳自赏一条路可走了，而今人大多数都再不弹奏了。诗人以此表明心迹，即热爱古风，同时也感叹今不如昔，今人趋时随俗之态。

从刘长卿身世得知，他一生做官两遭贬斥，极不得意，自有世无知音的感慨。此诗虽是写听弹琴，却寄慨遥深，其主旨当是"所贵知音难"也，然而"风入松"的声音却让他感到温和欢喜。

168　逼真和伤感的山水诗

送灵澈上人　刘长卿

苍苍竹林寺，杳杳钟声晚。
荷笠带斜阳，青山独归远。

　　这首小诗写诗人在傍晚送灵澈返竹林寺的心情，即景抒情，语言清秀，为中唐山水诗中的名篇。闻一多先生曾总结出十才子诗的两大特点，其中当然有十才子的创始人刘长卿的特点：

　　（一）写得逼真，如画工之用笔，描写细致；
　　（二）写得伤感，使人读了真要下同情之泪，像读后来李后主的词一样。
用字的细腻雅致，杜甫比起他们都嫌太浑厚了。（《闻一多论古典文学》）

　　长卿此诗便十分地应了闻先生说的第一个特点。他的确如"画工之用笔"极细地画出了一幅僧人晚归图来。
　　已是黄昏时分，寺院的钟声已在远方隐隐响起，灵澈（中唐时一位有名的诗僧）欲归竹林寺了。第三句，只五字便写出灵澈的闲云野鹤的风度，他头戴斗笠，在夕阳的余晖下向远处青山间的竹林寺走去。"青山独归远"不仅有诗僧远去的身影，也有诗人伫立目送的依依别意。此首作别诗既有隐隐的伤感之情（即闻先生说的十才子诗的第二个特点），也有一缕淡淡的悠远之情，可见诗人与诗僧所共有的淡泊情怀与境界。

169　凭吊贾长沙，可怜刘长卿

长沙过贾谊宅　刘长卿

三年谪宦此栖迟，万古惟留楚客悲。秋草独寻人去后，寒林空见日斜时。
汉文有道恩犹薄，湘水无情吊岂知？寂寂江山摇落处，怜君何事到天涯。

以贾谊寄托自己坎坷的命运是刘长卿此诗的主旨。诗人一生两遭贬斥，这首诗正是他第二次遭贬斥时所写。

开篇二句便将贾谊生平事迹总括出来，同时也暗喻自己。贾谊本是汉文帝时的青年俊才，由于被权贵中伤，只好出为长沙王太傅三年，后又被召回京都，但一生终不得志，抑郁而死。"三年谪宦"便是说贾谊在长沙三年的事情。"此栖迟"是说贾谊住在贾谊宅内，如歇息的鸟儿不能振翅欲飞。如此难得的人才只有被埋没掉了，当然是"万古惟留楚客悲"啊！

即便是万古留悲，诗人仍要在这个深秋的黄昏去凭吊一番。三四句写出贾谊宅周遭萧索幽暗的光景，悲秋之气不觉油然而生。

自古有汉文帝"有道"的说法，然而这"有道"的汉文帝对贾谊都如此薄恩，那我刘长卿今生今世又会如何呢？诗人在此巧妙地借贾谊的故事暗说自己薄恩的命运，诗的言外之意自然带出。紧接一句也是说贾谊凭吊湘水以寄托对屈原的哀思的故事，而屈原哪知百年之后还会有一个贾长沙来追怀他呢？此句当是刘长卿在秋日的向晚时分对贾谊的述说，他在此时凭吊他，而早已作古的贾谊可知道他这份情谊？这二句诗可见诗人作诗的手腕，含蓄婉转，又一吐了心中块垒。

最后二句，诗人更是大放悲声了。面对秋风黄叶，寂寂古宅，诗人"怜君"，当然也怜己，我辈英才究竟为了何事而沦落天涯呀！此诗虽是处处写贾谊，也处处写自己，伤今怀古又丝丝入扣，不愧正宗唐音。

170　金钱对人情世态的"污染"

题长安壁主人　张谓

世人结交须黄金，黄金不多交不深。
纵令然诺暂相许，终是悠悠行路人。

张谓(711—777)，字正言，河内(今河南沁阳)人。天宝进士。入封常清安西幕。乾元中以尚书郎使夏口，曾与李白于江城南湖宴饮。大历时为潭州刺史，后官至礼部侍郎。《全唐诗》存其诗一卷。

　　文学，是社会的一面镜子，所以诗词中有言：世事洞察皆学问，人情练达即文章。言外，从这诗文中可以观照社会，了解社会。这不，张谓正于此处为我们画来一幅唐代"钱病"患者的嘴脸，从中我们可以管窥中唐时候人们社会生活的部分风貌。

　　从此诗题目看，便可得知长安壁主人是"钱病"重症患者。他身在花花世界的京都长安，内心想的全是黄金的重量。关于金钱，古今中外不知多少人对此作过评说，莎士比亚曾说过黄金可使盲人重见光明。美国当代已逝的著名作家索尔·贝娄说过："金钱是唯一的阳光，它照到哪里，哪里就发亮。"中国自古以来就有"有钱能使鬼推磨"的民间说法。

　　张谓这首诗更是一针见血地指出，世人交情的深浅完全由黄金的多少来衡量。钱多交情就深，钱少交情就浅。今人最爱说世风日下，一切都向钱看。殊不知正如我们前面所说的"贫贱之交如今成了粪土"一样，唐代也有世态炎凉，也有金钱至上论了。这正是"贫居闹市无人问，富在深山有远亲"。

　　这些唐代的"钱病"患者是如何行事的呢？张谓只两句便把这种人的丑恶的嘴脸勾勒出来了，这种人即便暂时许下了诺言，但从不讲任何信义，更谈不上半点友谊了；他们如同行路人一般冷漠，他们的内心只装着金钱这个秤砣。

171　花花公子不是那么容易当的

公子行　*顾况*

轻薄儿，面如玉，紫陌春风缠马足。双鞍悬金缕鹘飞，长衫刺雪生犀束。
绿槐夹道阴初成，珊瑚几节敌流星。红肌拂拂酒光狞，当街背拉金吾行。
朝游咚咚鼓声发，暮游咚咚鼓声绝。入门不肯自升堂，美人扶踏金阶月。

顾况(？—806)，字逋翁，苏州海盐(今属浙江)人。至德进士，曾官著作郎。以嘲诮当权
贵，被劾贬饶州司户。后隐居茅山，自号华阳真逸。善画山水。其诗平易流畅。原有
集，已散佚，明人辑有《华阳集》。

　　"花花公子"一词大有贬义，多指那些轻薄的公子哥儿，整日里只专心吃
喝，沉溺玩乐，不务正业。可谁又知道这花花公子历来不好当，要当，也务须
备足以下五个条件方可。至于是怎样的五条，请让我们逐句看来。

　　春风释怀，落木开道，这位花花公子在长安城内策马扬鞭，好不招摇。此
诗劈头二句已将这"轻薄儿"的形象总体指出并领起全篇。这花花公子面庞如
玉，由此得了花花公子五大条件的第一条：潘安的貌（潘安，魏晋时美男子，
后为美男子的代称）。"紫陌春风缠马足"这句写得尤为神似，将花花公子五
大行头的余下四条一一补足，即驴的大行货，邓通般的钱，小若绵里针忍耐，
有的是闲工夫。正所谓潘、驴、邓、小、闲已一一具备了。另"缠"字用得俱
妙，仿佛春风在环绕，在竭力奉迎这位日夜沉醉于灯红酒绿的唐代西门庆。

　　继"起句发意"之后，接下二句单写公子的鞍马服饰。但见他马下的双镫
全用耀目的黄金制成，马鞍上却雕着鹘鸟展翅的图案；身着刺绣的丝绸长衫，
雪白的花朵格外惹人注目；腰间还系着名贵的犀牛皮带。如此行头打扮，可见
已精神十足了。

　　再接下来二句写公子骑马飞驰的狂放之态。长安宽阔的大道上，春槐刚刚

成荫，正是公子游冶驰骋之时。只见他扬起镶着珊瑚的马鞭，那光彩夺目的鞭子在空中鞭策，似敌过了夜空中灿烂的流星。

"红肌拂拂酒光狞"一句，更将公子春风得意之状全盘托出。和煦的春风仅"拂拂"二字便如神地传出。这温暖的春风轻轻吹拂着这公子酒后的"红肌"，"红肌"二字也极好，如说"红脸"就立失诗意了。"红肌"令人想到血性男儿的精悍，以及饮酒的猛烈，正是赧颜极饮，美酒佳肴，好不热闹。而且也正因为这二字才使"酒光狞"落到实处，得了"正果"。为何公子吃得一脸酒光狰狞？后一句写出他青春杀气、无法无天的"酒光狞"来。"当街背拉金吾行"，"金吾"，前面已说过，指皇帝的禁卫军军官。这里，他连皇帝的禁卫军军官都敢当街推来搡去，可见其权势煊赫，无人敢惹了。

公子就做着这浪荡的功课，随着"朝鼓"的咚咚声开始游乐，又随着"暮鼓"的咚咚声才回得家来。夜以继日放浪形骸，真可谓"紫陌春风缠马足"了。更有甚者，这公子归家之后，还"不肯自升堂"，即自己歇息，还要成群妻妾、奴婢一一伺候一番，可见其淫乐颓唐到何等程度。这样的人物活脱脱就是一个日嫖夜赌的当代西门庆 (用今人的眼光来看待)。

黄甫湜曾说顾况："偏于逸句长歌，骏发踔厉，往往若穿天心，出月胁，意外惊人语，非寻常所能及，最为快也。" (《顾况诗集序》)

172　　张继的失眠成全了一座寺庙

枫桥夜泊　张继

月落乌啼霜满天，江枫渔火对愁眠。
姑苏城外寒山寺，夜半钟声到客船。

张继，字懿孙，南阳(今属河南)人，一说襄州（今湖北襄阳）人。天宝进士，曾
任检校祠部员外郎、洪州盐铁判官。其诗多登临纪行之作，不事雕琢。有《张祠
部诗集》。

这是一个唐朝秋天的良夜，张继，这位浪迹天涯的诗人停舟于苏州城外的
枫桥。此时正值月落乌啼、寒夜霜天的光景，诗人面对江枫渔火难以入眠，不
觉一股孤舟客子的愁思袭上心头。而"夜半钟声"更显出此地、此人的寂寥与
清冷，其中万千感受尽在不言之中了。闻一多先生曾评此诗说：

> 妙在以景传情，写景不但有精细的画面，而且有浓厚的气氛渲染；所传
> 之情，也是当时一般的旅客愁思，带有典型意义。（《闻一多论古典文学》）

从此夜开始，诗为寺发，寺因诗显，诗韵钟声，千古流传。寒山寺如今已
扬名四海，《枫桥夜泊》却为它传神定音。

自古以来，寒山寺就以夜半钟声闻名天下，张继诗中所称的"唐钟"，早
已失落。明嘉靖年间重又铸钟建楼。江南才子唐伯虎曾为此作《姑苏寒山寺化
钟疏》，可惜此钟后流入日本，不知去向。日本友人山田摹铸唐式青铜乳头钟
送归，至今仍挂在大雄宝殿内。至于现在寺内钟楼上悬挂的这口大钟，为清末
所铸，撞击一次，钟声洪亮，余音绕梁长达一百二十秒，有诗境再现之妙。如
今，每年除夕，有寒山寺听钟声之俗，日本僧俗人士不远千里而来，虔诚聆听

一百零八下夜半钟声。早已作古的张继如闻此事，当含笑于九泉之下了。

另：张继这首诗不仅人人能背诵，而且还早已编入日本小学课本，更是妇孺皆知；岁末寒山寺听钟声也成了中日两国人民一年一度的共同民俗活动。

一千多年过去了，"夜半钟声到客船"早已不是张继在唐朝的那个秋夜孤单清廖的气氛，而是万民齐听、期盼带来吉祥如意的欢乐场面了。

173 考场上写音乐之美

省试湘灵鼓瑟 　钱起

善鼓云和瑟，常闻帝子灵。冯夷空自舞，楚客不堪听。
苦调凄金石，清音入杳冥。苍梧来怨慕，白芷动芳馨。
流水传湘浦，悲风过洞庭。曲终人不见，江上数峰青。

钱起（710？—780？），字仲文，吴兴(今属浙江)人。天宝进士，官终考功郎中。
"大历十才子"之一。诗以五言为主，多应酬投赠之作，有关山林诸篇，常流露追慕
隐退之意。有《钱考功集》。

　　诗题中的"省试"，是说唐时各州县贡士到京城参加尚书省的礼部主试。
用今天的话说，就是去参加公务员考试。这次考试的题目为"湘灵鼓瑟"，即
写一首试帖诗。"湘灵鼓瑟"出自屈原《楚辞·远游》中二句："使湘灵鼓瑟
兮，令海若舞冯夷。"

　　我们知道，历来考试诗卷，考生全按八股行事，中规中矩，惜守陈法，毫
无生气可言，而此首考场上写出的诗却能千古传诵，实为难得。此诗专写音乐
之美，颇有"听韶乐，不知肉味"的快乐。

　　既然是试帖诗，诗人起首二句仍照规矩办，一上来就总括题旨。先赞美湘
灵善于演奏云和山的琴瑟，并使美妙的音乐时常萦绕耳畔。

　　那音乐一下就吸引了河神冯夷，他不禁当空手舞足蹈起来。但他并不能解
其中曲意，因此只能"空自舞"，显得徒劳欢喜。而"楚客"，却深懂那悲哀
的曲意。谁为楚客？屈原、贾谊，甚至那位"过贾谊宅"的刘长卿，等等。这
些人都是"不堪听"的"楚客"，心中郁结悲愁，当然不忍欣赏"湘灵鼓瑟"
了。那曲调愁苦凄怨直胜过金石，而它的"清音"却飘到幽缈的远方。那优美
哀怨的音乐惊动了苍梧（九嶷山）的舜帝之灵，他竟也流露出哀怨与思慕之情

来了，而白芷（一种芬芳的芳草）也更是随着音乐催动它的芳香。乐音仍在广为传播，在湘江两岸，在八百里洞庭的水面，乐音若流水、若悲风正铺展荡漾开来。

音乐在天地间回旋。突然，诗人立马收束，笔锋急转，推出此诗最后二句千古名句："曲终人不见，江上数峰青。"音乐戛然而止，而神秘的湘江女神仍未露面，唯有江面上几座青山历历在目。听音乐之美，当然有欲窥伊人（演奏者）之美。而终不得相见，更有一番搔首踟蹰、心痒难熬之快感。

174 拐弯抹角，最终还是想当官

赠阙下裴舍人　钱起

二月黄鹂飞上林，春城紫禁晓阴阴。长乐钟声花外尽，龙池柳色雨中深。
阳和不散穷途恨，霄汉常悬捧日心。献赋十年犹未遇，羞将白发对华簪。

闻一多说：

　　他（钱起）以《湘灵鼓瑟》诗著名，尾联：曲终人不见，江上数峰青。
当时传为名句，并制造神化加以渲染，钱亦因此颇有盛名。于此可见出张说
派的直接影响，代表典型试帖诗的作风。他的赠别怀人诸作，才显出这个时
代的共同格调。（《闻一多论古典文学》）

虽说此诗亦是投赠诗，但却不怀人，而是表意也。这首写给裴舍人的诗，
其实可以看成一封措辞婉转含蓄的求职信。

起首四句，诗人为我们描绘出一幅皇宫林苑的春景图。光景正是早春，黄
鹂在上林苑里翩翩飞舞，紫禁城内的黎明正被一片春阴笼罩。长乐宫的钟声四
处飘荡，仿佛散落在花树丛中；龙池（玄宗居住与办公地点）春柳在细雨中也
显得愈发幽深青翠。

钱起先从这等气派的皇家苑林景致入手，而意并不在景。犹如欧阳修所说：
"醉翁之意不在酒，在乎山水之间。"钱起这四句分明是借景为裴舍人戴一顶
高帽。因裴舍人日夜在皇帝身边伺候，对这皇宫苑林的景致自然相当熟识。这
里，虽不直接说裴舍人，但处处有裴舍人的影子。如此华贵的风景里衬映出裴
舍人身居要职的地位。这样写来，裴舍人自然一看便明白了。由此也见出钱起
手法之巧。

接下来，诗人转折一笔，才说到请求引用的主题上来，暖和的太阳无法消

散诗人的穷途末路之恨；天空日日悬着诗人一颗捧日之心，即对皇上的忠心，以及为国家做事的热心。

钱起越写越激动，最后干脆说自己十年来不断向朝廷"献赋"，即参加各种科举考试，但从来没有得到高人知音的赏识。如此下去，我钱起只有将自己一头惭愧的白发去面对戴着华簪的达官贵人了。意思很明确，诗人深感怀才不遇，又无出路，只能在高官面前惶惑羞愧。不知裴舍人能否成为援引我钱起的知音，免去我"羞将白发对华簪"的下场呢？

此诗写得颇有技巧。诗人先写裴舍人的显赫身份，尽含蓄恭维之笔力；然后才将自己的身世际遇不卑不亢地道出，其目的当然是想让裴舍人推举他出来做官。

175　一首寒食诗惊动了皇上

寒食　韩翃

春城无处不飞花，寒食东风御柳斜。
日暮汉宫传蜡烛，轻烟散入五侯家。

韩翃，字君平，南阳（今河南）人。天宝进士，官至中书舍人。"大历十才子"之一。原有集，已散佚，明人辑有《韩君平集》。

寒食日如今已经革除，人们早不沿袭了。而在古代，这个节日却颇受重视。每逢清明前两天，正是寒食之日。这两天，家家禁火，只吃冷食，即现成食品，这就是寒食的意思。

韩翃，这位大历十才子之一的诗人，在寒食这天专写了一首吟咏长安城春日的"寒食"诗篇。

起首一句点明时令，这时正值暮春天气，京城到处落红片片，柳絮飘飘。"春城无处不飞花"写得鲜亮夺目，很有气派，读之精神无不为之一振。此一句足以振起全篇，胜局也由此显出。接下一句，诗人又从整个京城的热烈春意中剪取一角，即寒食日的东风吹拂皇宫的柳枝，那春风已将柳枝都吹斜了。这一句不仅细写了春日的一景（即皇宫景致），同时也应了寒食日折柳插于门上的风俗。

后二句更是专写寒食日的一件特殊情事。日暮时分，汉宫（这里就是指唐宫）忽传出点燃的蜡烛，那烛光的轻烟正袅袅飘散入"五侯"的家中。"五侯"指皇帝的宠臣。我们知道，寒食日是禁火的，京城此时的景象应是无处不同，而宫中传烛正好与整个场景又形成一个对照。那是皇上的特权，贵近宠臣们当然能得到这份恩典。这也是为什么历代诗评家都认为此诗含有讽刺之意。但笔者以为诗人并无专门去讥讽的意思，说不定应是羡慕的意思哩。

据唐代孟棨《本事诗》载：唐德宗李适是一位爱写诗也好与人谈诗的皇帝。当他读到韩翃这首诗时，十分赏识，特赐官给韩翃。由于当时的江淮刺史也叫这个名字，德宗亲抄此诗并批道："与此韩翃。"

176　着色的听觉

听邻家吹笙　郎士元

风吹声如隔彩霞，不知墙外是谁家。
重门深锁无寻处，疑有碧桃千树花。

郎士元，字君胄，中山(今河北定州)人。天宝进士，官郢州刺史。"大历十才子"之
一，与钱起齐名。诗多酬赠之作。有《郎士元集》。

　　20 世纪 80 年代初的中国青年诗人们都曾热衷于象征主义的诗歌写作，对
波德莱尔更是推崇备至。尤其对他那首《相应》(梁宗岱译成《契合》) 可以
说是烂熟于胸了。因为此诗不仅给人以高度的美的享受，而且尤以其结构复杂
的"通感"模式令人瞩目，且又与一般诗歌的线性叙述方式相区别。"通感"，
即视觉、听觉、味觉、触觉、嗅觉相互沟通转换，形成联觉，这种写作手法是
象征主义诗歌的一种常见手法。
　　"通感"理论源自西方，是钱锺书先生率先将它介绍到了中国。他借用通
感这块"他山之石"，对中国诗歌里的文学现象给予了科学的分析和总结。后
来他又在《管锥编》里多次论及通感，可以说是通感在中国的形象代言人和版
权持有者。但事实上，朱光潜也谈论过这个问题，只是他们两个谈得不一样，
一中一西。朱光潜在象征理念和契合观点的范畴内来谈论通感，认为：

　　　　一部分象征诗人有"着色的听觉"，一种心理变态，听到声音就看到颜色。
　　他们根据这种现象发挥为"通感说"(参看波德莱尔用这个字为题的十四行
　　诗)，以为自然界现象如声色嗅味触觉等所接触的在表面上虽四个不相谋，
　　其实是遥相呼应，可相通感的，是相互象征的，所以许多意象都可以借声音
　　唤起来。

尽管通感的理论源自西方，但这种通感的手法，中国诗文中历来都有。且看郎士元这首诗便应用了这种手法。

起首一句便是典型的象征派诗。正如闻一多先生所说：

> 用视觉的形象写听觉的感受，把五官的感觉错综使用，使诗的写作技巧又进了一层。他开了贾岛、李贺两派的苦吟之路。

"风吹声"当是听觉的感受，而"隔彩霞"自是视觉的形象了。这笙乐之音自天上彩霞飘然而降，这等仙乐犹如杜甫所唱的："此曲只应天上有，人间能得几回闻。"

然而这笙乐虽听如天降，但这毕竟是写诗之夸张也。如诗题所示"听邻家吹笙"，诗人在此当然要叩问一句"不知墙外是谁家"了，即隔壁吹笙人家不知是何方高人？而"重门深锁无寻处"，更使诗人心痒难熬，探不出一个究竟来，好奇与幻想也随之加剧。经过此二句实写之后，又虚作一笔，以"疑有碧桃千树花"来进一步描写这音乐之声。此句与前面的"隔彩霞"遥相呼应，十分吻合，这里的"碧桃"，当然是天上王母娘娘的仙桃。这景致是何等绚烂，千树碧桃竟发鲜艳之花。笙乐如花之美当然又不在话下了。此句又是通感之运用，顺便指出，以免漏掉。

177 悲恸中还有生路

云阳馆与韩绅宿别　司空曙

故人江海别，几度隔山川。乍见翻疑梦，相悲各问年。
孤灯寒照雨，湿竹暗浮烟。更有明朝恨，离杯惜共传。

司空曙 (702？—790？)，字文明，一作文初，广平(今河北永年东南)人。曾举进士，
入剑南节度使韦皋幕府。官水部郎中。为"大历十才子"之一。较长于五律。有《司
空文明诗集》。

这是一首相见与惜别之诗，也是那悲恸中还有生路的最好例证。

诗文先说与故人作江海之别，已历数年，自然是山川阻隔，不得相见。今
夜在云阳馆相逢，的确给人以一种如梦如幻的感觉。"翻疑梦"将老友多年不
见乍一相逢的悲喜交集之情充分写尽，然而悲多于喜。"各问年"，即互问年
龄，只是叹惜年华已逝，白发丛生，又是悲从心来也。

接下来诗人转入室内叙谈的场景。孤灯寒照映照着室外蒙蒙细雨，淋湿的
竹林飘浮着暗淡的云烟，这些凄凉的景色正用来点染明朝惜别的气氛。人生世
事难料，悲欢离合都在转眼之间。明天便又是离愁别恨，各在天涯。没有办法，
只好多饮几杯薄酒，以此来共同珍惜你我不多的余生吧。

此首诗犹如闻一多所说："司空曙多写凄淡之句，既写感伤情绪，又以诗
境自慰。这些诗句都表现出当时大的战乱后诗人心情的悲哀沉恸，却又从诗
的创作中得到一种暂时止痛的麻醉剂，以维持在彷徨时代中继续生活下去的勇
气。"

闻先生此说也有一番道理，当时情况亦如此，诗人自叹命途多舛，只有悲
声一条路可走了。

178 司空曙的两行名句

喜外弟卢纶见宿 　司空曙

静夜四无邻，荒居旧业贫。雨中黄叶树，灯下白头人。
以我独沉久，愧君相见频。平生自有分，况是蔡家亲。

　　静夜荒村，两位寒士 (同时也是大历十才子的诗人) 在贫屋陋室里相见了。
从"平生自有分，况是蔡家亲"可看出二人相交颇有情谊，而且还是表兄弟。
"蔡家亲"出自羊祜为蔡邕的外孙，从而有表亲为蔡家亲之说。

　　此诗"前半首写独处之悲，后言相逢之喜，反正相生，为律诗一格" (俞
陛云语)，此说基本上是对的，但整首诗的气氛仍是悲凉的。

　　其中"雨中黄叶树，灯下白头人"写得极好，难怪明人谢榛在《四溟诗话》
中这样评论道："韦苏州曰：'窗里人将老，门前树已秋。'白乐天曰：'树
初黄叶日，人欲白头时。'司空曙曰：'雨中黄叶树，灯下白头人。'三诗同
一机杼，司空为优：善状目前之景，无限凄感，见乎言表。"从这二句可见出
司空曙最善造凄凉之境。

　　另外，王维也曾在《秋夜独坐》中写过："雨中山果落，灯下草虫鸣。"
司空曙的诗风 (包括大历十才子的诗风) 基本上是以王维、孟浩然为楷模的，
因此化用王维的"雨中""灯下"也属自然而然之事。而且"'雨中''灯下'
虽与王摩诘相犯，而意境各自不同，正不为病" (高步瀛《唐宋诗举要》)。

　　的确，二人意境相异。王维写的是寂寞之境，有禅定与佛意；司空曙写的
是流逝之境，哀叹秋风苦雨以及时光不再。

179　这不遇中有高调

寻陆鸿渐不遇　　皎然

移家虽带郭，野径入桑麻。近种篱边菊，秋来未著花。
扣门无犬吠，欲去问西家。报道山中去，归来每日斜。

皎然(生卒年不详)，字清昼，本姓谢，长城(今浙江长兴)人，出家为僧，久居吴兴杼山
妙喜寺。有《皎然集》，一名《杼山集》。

　　今人读诗，常会发现一个有趣的现象，那便是诗人们多是寻访不得，遍求
不遇的。前面有"云深不知处"的提法，这里有"归来每日斜"的诗意。想来，
是遇见了就俗了，家长里短，菊花桑麻，反倒还是不遇见的好，清廖之中，多
少还有些怅惘的遗憾。
　　本书开卷便以二位诗僧领头。这里再向读者介绍一位诗僧皎然。此人在中
国文学史上已有如下定评：唐代诗僧"惟皎然为杰出"(叶梦得语)；"释皎
然之诗，在唐诸僧之上"(严羽《沧浪诗话》)。
　　皎然的诗之所以得到后世诗评家的认可，是因为他作诗符合古朴温厚的中
国诗歌的一般原则，不像王梵志、寒山那样怪异、先锋，甚至大白话。
　　仅从此诗便充分见其闲适恬淡的风度。这首诗从题目可知，写于访陆鸿渐
(即陆羽)不遇。陆羽世称"茶仙""茶神""茶圣"，写有名著《茶经》一书。
皎然与他是莫逆之交，经常诗茶唱和。
　　当时陆羽迁了新居，离城不远，但十分幽趣。皎然一路寻访过来，先以野
径、桑麻点染陆处士居处的清幽。时间是晴朗的秋天，陆家篱边种着菊花，或
许是刚种上的吧，如今还未开花。诗人款款上前去叩门，却无人在家，连狗叫
之声都没有。只好去问西边邻居。邻居只答道：陆先生去山上了，每天回来都
是日暮时分。

此诗通篇写得安静、细致。末二句颇有神韵，使人切身感受到陆羽的飘逸风雅，他日日在青翠的山中做着游山玩水的功课，邻人的回答似乎对陆羽浪迹山水的行为有些不解，在他的眼中，这陆羽或许是一个怪人吧。

人虽未遇，皎然也通过对乡间景物的描写，将陆羽的隐退格调层层展现了出来。不仅咏了陆羽家居四围的清氛，也咏了陆羽本人的精神。正是"此诗之潇洒出尘，有在章句外者，非务为高调也"（俞陛云《诗境浅说》）。

读此诗，犹如品香茶一般，清淡和平，令人唇齿留香，不能忘怀。也犹如皎然在另一首诗中所吟咏的那样："俗人多泛酒，谁能助茶香。"

皎然此诗之所以能写得如此清空如话，在于他一生所追求的诗禅合一的最高理想以及平时的点滴修为。在此，笔者不觉还想到元好问的两行诗，正好拿来印证皎然："诗为禅客添花锦，禅是诗家切玉刀。"

180　以有心为无心

听筝　李端

鸣筝金粟柱，素手玉房前。
欲得周郎顾，时时误拂弦。

李端，字正己，赵州(今河北赵县)人。大历进士，授秘书省校书郎，官终杭州司马。为
"大历十才子"之一。喜作律体。有《李端诗集》。

诗云："有意栽花花不发，无心插柳柳成荫。"而此处正是"有意栽花"也，
只是这意太重，以至于时时显出笨拙来。可是你看那笨拙之中，又显透出多少可
人的媚态，虽笨犹美。清人徐增在《而庵说唐诗》中对此诗有相当精辟的评说：

> 妇人卖弄身分，巧于撩拨，往往以有心为无心。手在弦上，意属听者。
> 在赏音人之前，不欲见长，偏欲见短。见长则人审其音，见短则人见其意。
> 李君(指李端)何故知得恁细。

李端的确是个细腻深婉之人。从此诗可见他深懂女人卖弄风情的内心活动。
且看这位弹筝女人，她坐在华美房屋前拨弄"金粟柱"，即弹奏装饰华贵
的筝弦。为何这女人要时时弹错乐音呢？诗中已说得明白，欲博得"周郎顾"。"周
郎"当指三国风雅儒将周瑜。周瑜精通音律，《三国志·吴志·周瑜传》中有"曲
有误，周郎顾"之说。每当周瑜听人弹琴，一旦有误，哪怕喝醉了酒，也要转
头去盯一眼弹奏者。此诗中的"周郎"并非是说让他去欣赏弹筝女的音乐之美，
而是引他去注意弹筝女内心的恋爱的款曲。弹筝女此意不在弹筝而在于眉目间
的传情，所以故意"误拂弦"。只两句诗便将一位风骚妇人的邀宠之态玲珑写出。
这一细节使那妇人微妙的内心一看便知，那妇人正是"卖弄身分，巧于撩拨"啊！

181   同一个月亮，不同的祈祷

拜新月 李端

开帘见新月，便即下阶拜。
细语人不闻，北风吹裙带。

这首小诗写少女拜月之事。看上去似乎很简单，实则呕心沥血、精细描绘也。无怪乎，有评者说，古诗中常常有些短小篇幅，言少而情多，含蓄不尽。诗人驾驭文字，举重若轻，形往神留，动人心魄。李端的这首《拜新月》即其一例。闻一多说：

> 古诗在这段时间早已绝响，李端又重整旗鼓创出新的境界。

且看这境界如何出来。

首二句，"开帘见新月，便即下阶拜"，少女在寂寂浩渺的夜色里，见月便拜，其中有多少心事、多少幽思要托之明月呀。而开帘便拜，动作如此迅捷笃定，也可见这少女一颗虔诚之心了，她似乎十分坚定地要去作一番祈祷。"开帘""便即"这四个字用得颇有精神，读来气韵流畅，谐于唇吻。少女迫切的祈祷之心已尽在这二句中了。

"细语人不闻，北风吹裙带"，这二句诗可当"俱妙"二字，诗人以极细的笔触将少女月下喃喃倾诉、祈祷之情态相当精确地再现出来。"细语"的少女在说着什么呢？在说着她内心的秘密。这是一个关键之处，如诗人直接说出秘密就将使诗意顿时死去。然而李端的确是会写诗的人，他当然知道只用"细语"二字足矣。留下一个空间，一个说的什么细语的空间给读者去想象。既然是细语，当然也不愿让人听闻。而这时正是寂寂空庭，阒无一人，少女的秘密除了她本人喃喃低述，自己知道外，更是"无人闻"了，只有寒冷的北风吹动

着裙带。末句虽是纯客观描写，殊不知诗意正是从客观和具体中飘然而出的。少女内心的绵绵思绪似乎就从那风中的裙带间渐渐流出。

这位中国唐朝少女的月下祈祷，也使我想起德国诗人里尔克一千多年后所写的另一首诗《少女的祈祷》。在此且不妨抄录如下，让读者做一个参考比较，也算是自有一番兴味吧：

瞧，我们的日子多么局促，
夜晚的闺房令人生畏；
我们全都那样笨拙地
想攀取那红色的蔷薇。

玛利亚，你要温和地对待我们，
我们是靠你的血开出的花，
只有你才能知道，
憧憬之心使我们多么难过；

这种少女的心中的痛苦，
你自己早尝过它的味道：
虽然觉得它好像是圣诞节的白雪
可是却完全有烈焰在燃烧……

唐朝少女与德国少女的月下祈祷是不同的，前者安静、隐秘、含蓄；后者，火热、响亮、坦白。

182　宫怨与宫悦

题红叶　韩氏

流水何太急，深宫尽日闲。
殷勤谢红叶，好去到人间。

韩氏，为唐宣宗时宫人，无小传。

关于此诗，有一个动人的故事，这里不妨说来，以便互文参照，增其意趣。据《云溪友议》所说，唐宣宗时，有一位诗人叫卢渥去长安应试。一日，他在御沟旁拾到一片红叶，上面正题了此诗。多年后，他娶了一位被遣出宫的宫女，这位宫女姓韩。一天，韩氏偶翻箱笼，发现了这片红叶，不觉感叹道："当时偶题诗叶上，任水飘去，哪知却收藏在这里。"

这"红叶题诗"的故事应验了一个神秘的姻缘。卢诗人与韩宫女终结百年之好。韩宫女真该"殷勤谢红叶"了。那些年，她正值思春之华，却幽居深宫，真是度日如年啊！是红叶让她在寂寞中向往"到人间"，不想却成真了。

此诗虽写得明白如话，但细读之下却十分空灵蕴藉，别有隽味。从诗中，以及一般中国古典诗中，宫中仕女多是凄、寂、怨三字可概括之。然而，笔者读《枕草子》，清少纳言写日本古代宫中仕女则多和平幸福之感，正好与唐代的宫怨相反。

日本宫女在"闲着无聊的时候，虽不很亲密，却也有不大疏远的客人来讲些闲话，凡是近来事情有意思的，讨厌的，稀奇古怪的，天南地北，不问公私，都说得清清楚楚，这时听了很是愉快"。宫女们"穿着现今时式的唐衣，那么样走来走去有多好啊"。在清少纳言的笔下，日本宫女却写着另一种宫中的恋歌（她们不吐悲声、怨声）：

　　像在经常潮满时的海湾

我是经常地，经常地，

深切怀念着我的主君。

183　怨在诗里，不在句中

征人怨　柳中庸

岁岁金河复玉关，朝朝马策与刀环。
三春白雪归青冢，万里黄河绕黑山。

柳中庸，名淡，以字行，河东(今山西永济)人。曾授洪府户曹，不就。和李端为诗友。
今存诗仅十三首。

前面已说，"大历十才子"师法"王孟"，多写些山水田园的清凉诗歌，
但此外也不妨有些边塞之音、征人之怨。柳中庸的此首便是也。闻一多说他善
将寻常小事诗化，能在艺术创作中求得失望生活的满足。但是这里，作者却是
在不着一个"怨"字地描写"怨恨"。诗题为"征人怨"，但全诗并不着一个
"怨"字，而怨气、怨情已通体从全篇透出。年年岁岁，朝朝暮暮，戍边的征
人东奔西走，转战于西北边疆。"金河""玉关"均是西北战略要地，前者即
大黑河，在今呼和浩特；后者即甘肃玉门关。首句中一个"复"字用得妙，征
人枯燥单调的战地生活从此字尽出。"马策与刀环"即指马鞍与刀柄上的铜环。
诗人仅以此细笔就传达出军中将士日日巡守边关的日常生活，颇为准确传神。
后二句写征人日日所见，仍继续表达单调枯燥的征人生活。"三春白雪"
当指暮春白雪，而白雪何所在，尽数"归青冢"。凄惨之景立显。"青冢"，
即传说中的塞外草白，唯独昭君坟上草色青青，后人便以"青冢"来指王昭君
墓，此墓现在呼和浩特。末句写得颇具气势，塞外雄阔的地理形势从此句传出。
"黑山"也在今之呼和浩特。此句虽写地势，但读之仍有绵绵不绝之怨情。与
第三句互为照应，塞外一片苦寒与荒凉透彻骨髓，转战跋涉的辛苦也尽在其中。
"黄河""黑山"，这两个词的颜色也好，一黄一黑，既天然相谐，又共指苦寒。
此诗对仗严谨工整，含蓄别致，难怪传诵极广，一直为后人所称道。

184　戴叔伦的年终盘点

除夜宿石头驿　戴叔伦

旅馆谁相问？寒灯独可亲。一年将尽夜，万里未归人。
寥落悲前事，支离笑此身。愁颜与衰鬓，明日又逢春。

戴叔伦 (732—789)，字幼公，一作次公，金坛(今属江苏)人。曾任抚州刺史、容管经略
使。其诗多表现隐逸生活和闲适情调。原有集，已散佚，明人辑有《戴叔伦集》。

　　时下，"盘点"一词甚为流行，而且又多用在一年将尽之时。仿佛每至岁
末年关，来一番总结，然后顺势展望一下美好未来，成了年尾应有之义。或者
这就叫对上面有个交代，对自己有个说法，证明这一年如果昏昏，但是明日还
是昭昭啊。当然，这些盘点文章，难免会是应景之制，多少有些作态，但也可
以不必深究，这里我们只关心一个诗人如何写他这一年的履历，想来年的光景。
　　除夕之夜，正是家人团聚，吃年夜饭的幸福时刻。然而诗人却有家归不得，
滞留在石头驿的一家旅店，独自打发大年三十之夜，其中凄凉悲苦可想而知。
　　此诗起句十分突兀，却偏偏诗兴顿出。"旅馆谁相问？"应是无人问。戴
诗人只有枯坐旅馆，与寒灯相依为伴，漫漫长夜里的孤苦之状已尽在眼前了。
除夕，当然是"一年将尽夜"，而奔波了一年的诗人此时仍是"未归人"。到
处都是家人团圆的欢乐，而诗人这一夜当然是心潮难平，百感交集，许多往事
不禁涌上心头。
　　他到底想了一些什么呢？诗中并不具体说明。只"寥落悲前事，支离笑此
身"二句便足以让读者去想象了。诗人以寥落之心在这寥落的空舍里自悲自叹
先前的往事。而从往事中醒来面对自己支离破碎的身体时，又不禁要含泪苦笑
一番了。诗人如今已入暮年，四处漂泊，身体又有病，正是"愁颜与衰鬓"呀！
　　然而流年似水，光阴不再，衰老的终会衰老，新生的终会新生。末句"明

日又逢春"一是说除夕夜过后就进入正月初一，即初春的第一日；二是以此感慨抒怀，说自己一年一年将老下去，而新春（即新的生命）却一年一度，永不衰败。末句与前一句两相对照，异常鲜明，正好形成诗之张力。生与死这一伟大主题赫然呈现于读者眼前。真是人之年龄，春、夏、秋、冬。我辈至今读来，也不禁要平生悲凉。这正是青山不改，绿水长流，而人将老去。

185　这妙趣连苏东坡也比不得

兰溪棹歌　戴叔伦

凉月如眉挂柳湾，越中山色镜中看。
兰溪三日桃花雨，半夜鲤鱼来上滩。

戴叔伦不仅长于写客愁旅思和送行之作，比如前述的《除夜宿石头驿》和《客中言怀》，而且还善写风土诗和抒情小诗。闻一多说这首七绝便是风土诗的绝佳力证，又说：

> 末二句有鲜明的民歌色彩。写景如画家之画花鸟一般，生动而集中，东坡题《惠崇春江晚景》绝句无此妙趣。（《闻一多论古典文学》）

春夜凉月如眉，何等细腻的笔触，何等风雅的春景。雨后的月儿凉爽宜人，如美人纤纤蛾眉挂在柳梢头。而仅一个"湾"字就幻化出兰溪水月透光之感。起句就是一幅清秀的山水图。

兰溪当属越地，即今日之浙江，因此有"越中山色镜中看"一句。前句写水，后句写山。"镜"在此指溪水在月色的朗照下，宛如明镜。两岸青山倒影于水中，真是湖光山色美不胜收呀！正如标题所示，前二句单写兰溪秀色，后二句转入棹歌，即渔民的船歌。春潮鱼汛，美上加美。一连三日的"桃花雨"（即春雨）使得春水盘漾，鱼儿欢快。"半夜鲤鱼来上滩"一句虽是实写，在此读来却有神来之笔的奇妙，一股渔人和平快乐的生活气息扑面而来，令人无不心向往之。此句在艺术上亦有日本俳句之妙，还不禁使笔者想到日本17世纪俳人（即诗人）芭蕉的一句名诗"青蛙扑通一声跳进池塘"，这句也是实写，但透出"寂寞"的诗意。而"半夜鲤鱼来上滩"却如前所说是一种"快乐"的诗意。这两句诗写的是不同的美，但却各自达到了各自的美的极点。

186　不用力的妙文

寄全椒山中道士　韦应物

今朝郡斋冷，忽念山中客。涧底束荆薪，归来煮白石。

欲持一瓢酒，远慰风雨夕。落叶满空山，何处寻行迹？

韦应物（737—约792），京兆长安(今陕西西安)人，少年时以三卫郎事玄宗。后为滁州、江州、苏州刺史，故称韦江州或韦苏州。其诗以写田园风物著名，语言简淡。有《韦苏州集》。

韦应物长于五言，苏东坡说："乐天长短三千首，却避韦郎五字诗。"可见其在五言诗上的成就不是一般的人可以与他匹敌的。而在韦应物众多作品中，历来被认为是最具代表性，当然也是最有名的一首正是上述的《寄全椒山中道士》。

这首诗，尤其是从宋元以来，得到了许多诗评家的激赏。洪迈在《容斋随笔》中称其"结尾两句，非复语言思索可到"。沈德潜也认为这二句为"化工笔，与渊明'采菊东篱下，悠然见南山'，妙处不关语言意思"。还有人说它是"一片神行"。

我们知道，中国诗自陶渊明创古淡之风后，一直未有真正的传人。王维、孟浩然虽有一些像陶诗，但也仅走清淡之路。韦应物却在学习王、孟一派诗风之后，直接继承了陶渊明的风格，即清淡中有古朴，从而成为中唐诸诗人中的一个佼佼者。然而他在生前并不为人爱重，死后才渐获大名。白居易首先发现了韦应物，称其诗："高雅闲淡，自成一家之体，今之秉笔者，谁能及之？"

现在让我们来看一看这首诗。由此诗题目可知，这是一篇忆念全椒山中道士而寄去的诗。当时，韦应物任滁州刺史. 全椒离滁州不远。因此，一上来，韦应物便直说自己今天的郡斋很冷，由这冬日之冷而念及山中的道士。接下二句，诗人并不续写"冷"，而是去说山中道士的生活。那道士在寒冷的冬日去涧底打柴，打柴回来却是"煮白石"，即煮白石子来当饭吃，可见道士生活之清寒。此处典出葛洪《神仙传》中的那个白石先生，"尝煮白石为粮，因就白石山居"。其实就是道家食"石英"的一种修炼功夫。五六句，诗人又回过头来说自己的想念之情，很想送去一瓢酒，好让他在这风雨之夜得到一点安慰。最后二句，却又说在这落叶遍地的空山之中，何处才能找到那道士的踪迹呢？想必那道士也是云游之人，今天住这山，明天住那山，真是漂泊无定哩。言外之意，也是说这道士隐逸之深，神龙见首不见尾之类。

苏东坡也很喜欢这首诗，还用原韵和了一首，也寄给一位姓邓的道士。他本意想超越韦应物此诗，结果后来的评价不高。清人施补华在《岘庸说诗》中一针见血地指出："《寄全椒山中道士》一作，东坡刻意学之，而终不似。盖东坡用力，韦公不用力；东坡尚意，韦公不尚意，微妙之诣也。"说穿了，这正是自然和造作的分别。现将东坡费了很大力气摹仿韦应物的这首诗抄录如下，以让读者辨认：

> 一杯罗浮春，远饷采薇客。
> 遥知独酌罢，醉卧松下石。
> 幽人不可见，清啸闻月夕。
> 聊戏庵中人，空飞本无迹。

187 　寄秾鲜于简淡之中

初发扬子寄元大校书　　韦应物

凄凄去亲爱，泛泛入烟雾。归棹洛阳人，残钟广陵树。
今朝此为别，何处还相遇？世事波上舟，沿洄安得住！

　　一望诗题便知，此乃赠别诗也。诗写于韦应物离开广陵回洛阳的途中。内
中的"元大"正是此诗的寄赠对象，亦即是诗行第一句中所称的"亲爱"。由
这个称谓可知，韦、元两人感情可是非同寻常。

　　诗文写韦应物登舟离去之时，犹如今人挥手告别，不禁触景生情，回眺广
陵的烟树，耳畔又传来寺庙的禅钟，这位"归棹洛阳人"在船头上从内心深处
发出了第一声惜别之歌。他与元大校书凄然分别，就要远离这位亲爱的朋友了。
紧接着他的孤舟也要消失在烟波之中。就此别过，何处相逢；这一切世事人情
恍如水上的孤帆，随水漂流，或在水上打旋，一切都由天命来决定。

　　韦应物此诗写得内在秾鲜，外在简淡，的确是颇有意思的。我们知道，韦
诗人年轻时是一个不读书、不识字的无赖少年，他在宫中当卫士，即"三卫郎"，
经常横行乡里，干一些违法乱纪的勾当。正是这位使气任性、桀骜不驯的青年
在中年之后突然来了一个人生观的大改变，他开始了狂热读书与作诗，性格也
为之巨变。"为性高洁，鲜食寡欲，所居焚香扫地而坐"（引自李肇《国史补》）。
像韦应物这样前后判若两人的大诗人，在中国诗歌史上可谓前无古人后无来者。
更古怪的是，这位早年"身作里中横，家藏亡命儿"的"歹徒"在走向诗歌道
路时，却偏偏选中了陶渊明作为师法的对象。后人对他评价极高，宋濂竟称他
"一寄秾鲜于简淡之中，渊明以来，盖一人而已"。如此崇高的评价实在让人
震撼。此诗便正是"寄秾鲜于简淡之中"，譬如第四句，应物内心对元大及曾
生活过的广陵的浓烈情感并未直接抒发，而是以一句"残钟广陵树"便尽括其
中了。看似"简淡"，却内中格外"秾鲜"。

188　无赖成了诗人，也成了清官

寄李儋元锡　韦应物

去年花里逢君别，今日花开又一年。世事茫茫难自料，春愁黯黯独成眠。
身多疾病思田里，邑有流亡愧俸钱。闻道欲来相问讯，西楼望月几回圆。

　　韦应物的山水田园诗很多，过去人们常把陶、韦并称，王、孟、韦、柳并称都是根据这类诗歌。但是，他和王、孟毕竟不同。他的田园诗并不仅仅是寄托洁身自好、乐天知命的思想，而且还流露出对农民辛苦的关心，即他修的是大乘，而不像王维修的是小乘（不过笔者本人倒是偏爱小乘的）。为什么这么说呢？此诗中一句"身多疾病思田里，邑有流亡愧俸钱"，便是绝佳的旁证。在此，他想的是如何度人呀。

　　如前所述，韦应物年轻时是一个狂放不羁的无赖，中年之后洗心革面，一变为性情高洁、喜好作诗之人。不仅如此，从此诗可见，他还成了一名清廉正直的官员。五六句便是证明，而且历来备受赞誉。范仲淹称其为"仁者之言"，朱熹也称"贤矣"，黄彻也在其诗话中说："余谓有官君子，当切切作此语。彼有一意供租，专事土木，而视民如仇者，得无愧此诗乎！"的确，从这二句诗中可见韦诗人的困惑之心与爱民之心。前句是说自己身多疾病，想归隐田园；后句是说自己看到百姓流离失所，未尽职责，而愧对国家所给的俸禄。尤其是第六句最见其仁者之心。

　　当时，韦应物已任滁州刺史，并到任一年。因此他在寄给李儋这位诗交好友的诗中，一上来便说"去年花里逢君别，今日花开又一年"，正是指去年长安别过，已有一年光景了。而这一年中，韦诗人只有深感世事茫茫，面对春景也觉黯淡无光，百无聊赖。心下起了归去之意，但又左右为难，因"邑有流亡"，即他管辖的地区有百姓因贫困成为盲流。在这万般痛苦与矛盾之中，他自然想到了李儋，很希望得到他的安慰。为此才有这样的结尾，韦诗人急切地盼望着好友来访。他禁不住去滁州西楼，既观风望月，又巴望着与好友重逢、团圆。

　　韦应物的人生巨变，先是无赖之徒，后成为诗人，又成为清官，可算是人生奇迹。他后来品德高尚、淡泊名利，终在中年之后修成正果，更令我辈好好思索，以作借鉴。

189　一首写于秋夜的极品小诗

秋夜寄邱二十二员外　韦应物

怀君属秋夜，散步咏凉天。
山空松子落，幽人应未眠。

在一个秋凉的夜晚，韦应物徘徊流连，思念起在山中学道的友人邱丹。"山空松子落"一句不仅写出邱丹的隐逸之气，也写出山中的道家之气，而这一切又是山中秋夜的实写。如此良夜，韦应物在"散步咏凉天"，那么邱丹呢？想必也未睡眠吧。"幽人应未眠"甚妙，其中有无尽之言，有许多修道的细节，但诗人只拈来一句，从虚处落笔，而邱丹深夜的修炼功夫便尽在此中了。

此诗五绝堪称字字珠玑，句句神妙，却来得如此自然从容，正如施补华所说，此诗"清幽不减摩诘，皆五绝中之正法眼藏也"。也如沈德潜所说："苏州（韦苏州，即韦应物）之古淡，并入化境。"此诗起句显得十分自信，单从大处写来，又格外明白。如没有后一句映衬，只能算是一句空话。而"散步咏凉天"，便是细笔了，写得具体，诗人秋夜怀君的形象一下子就活动起来，让人有亲临之感。三四句更是实写，却给人有空灵虚幻之美感，可见韦苏州写诗手段的确非凡了得。宛如转眼之间，这首至美的小诗便落地生根，其中有多少忆念、多少话语、多少神交尽在省略与无言中了。

笔者以为此诗应算是五言绝句中的极品之一，尤其值得沉默之人在深夜涵泳流连。

190　以斧头的名义隐居

长安遇冯著　韦应物

客从东方来，衣上灞陵雨。问客何为来？采山因买斧。
冥冥花正开，飏飏燕新乳。昨别今已春，鬓丝生几缕！

　　韦应物的这首诗写得清新明了，开头几句更是白话口语，自由拈来，不费工夫。但是深读之下，又品味无尽，逗人喜爱。难怪刘辰翁评说此诗曰："不能诗者，亦知是好。"诚哉斯言！

　　灞陵在长安东边，那里的山区在汉代是著名的隐逸之地，冯著从那儿下得山来，入了京都长安。这位隐士来京城何干？诗中已说明了"采山因买斧"，即采购伐木的斧头。此句虽是实写，却诗兴极浓，与前面"衣上灞陵雨"对照，冯著作为一名高卧林泉、风雅自赏的隐士形象跃然而出。在灞桥的绵绵春雨中，冯著向韦诗人走来，也向我们今天这些读者走来。而那"斧头"，正成了风雅的象征。犹如美国诗人梭罗扛着斧头走向瓦尔登湖，一去就是两年；犹如加里·斯奈德，他也扛着斧头深入崇山峻岭，一边吟诗，一边开采。而冯著早在一千多年前就领略了斧头的诗意，韦应物却也早在一千多年前，在《长安遇冯著》一诗中命名了斧头的诗意。

　　诗中后四句是说长安城的春色，花正开，燕儿飞，朋友分别似在昨天，但转眼之间又是春日了。韦应物看着冯著新添的几缕白发不觉又感叹逝水流年来了。

　　笔者以为此诗第二句、第四句写得最好，足见隐者之风貌与精神。尤其是一种单纯的劳动工具斧头，在此获得了意想不到的诗意，从而使笔者也平生了"采山因买斧"的向往。真想如冯著一般，去长安城买一把斧头，独自去灞陵山砍伐山林，以度余生。

191　　春雨中的荒山野渡图

滁州西涧　韦应物

独怜幽草涧边生，上有黄鹂深树鸣。

春潮带雨晚来急，野渡无人舟自横。

韦苏州善于观物，对自然景色的描摹更是别具匠心。他的这首七绝就纯以白描的手法，抓住了最有情趣的刹那，构成一个画面。他不仅把春雨中荒山野渡的景色写得优美如画，而且也传达出行人待渡的惆怅心情。

由诗题可知，韦应物在安徽滁州当刺史时的一年春天，游西涧、赏春景并写下这首山水诗。欧阳修在《醉翁亭记》中曾写道："环滁，皆山也，其西南诸峰，林壑尤美。"而西涧正位于这优美的林壑之中。且看西涧景色：水边幽草生长，黄鹂在佳木葱茏中歌唱。暮色渐浓，晚雨急来，春潮上涨；而郊野渡口，杳无人迹，唯有一叶孤舟横于岸边。景色之幽独以及诗人内心之幽独已从这诗中活活透出了。尤其最后一句，不仅使幽独之意更为浓郁，而且还成为千古流传的佳句。欧阳修极为欣赏此诗，尤好"野渡无人舟自横"一句。他在《采桑子》中用过此句："残霞夕照西湖好，花坞苹汀，十顷波平，野岸无人舟自横。"

此诗也犹如一幅幽静的中国山水图。诗中有画，画中有诗，煞是可爱。笔者在此还想到毛泽东于1916—1917年间写的一首《七律》中的一句"野渡苍松横古木"，顺手写下，不为别的，仅为读者做一番自由联想。

192　　将军有神力，引弓箭入石

塞下曲六首（其二）　卢纶

林暗草惊风，将军夜引弓。
平明寻白羽，没在石棱中。

卢纶（737?—798?），字允言，河中蒲（今山西永济）人。为"大历十才子"之一。
曾在河中任元帅府判官，官至检校户部郎中。诗多送别酬答之作，也有反映军士生活
的作品。原有集，已散佚，明人辑有《卢纶集》。

闻一多先生曾评介卢纶说：

　　卢纶诗风较李端更为沉酣，感伤情调可以和耿湋并驾……他的最出色的
创作当推《和张仆射塞下曲》六章。（《闻一多论古典文学》）

这六章尽写边塞壮景，但都是用小篇幅，而且多有作者的逸气在，好不威
风。下面先看其中一首，看他如何写来自己的气魄。

我们知道，一般人写将军勇猛，不外是直写打斗场面。而卢纶却别具一格，
从一个让人意想不到的角度把将军的勇猛淋漓曲折地写了出来。

犹如四两能拨千斤，这虽是一幅小景，却鼓荡着大威猛。光景正是日暮时
分，深林幽暗，风吹草动，将军夜猎到此，神情十分警觉。一阵风过，将军便
弯弓射去，心想一定射中了一条大虫。哪知天亮时一看，却见那有着白色羽毛
的箭镞却射进了一块巨石之中。可见将军发射力之大，箭虽未射上老虎，却射
进了石头。这首小诗亦出自《史记·李将军列传》，汉代名将李广有一次出猎，
见草中石，以为是老虎，便射之，箭头当场直入石中。李广一瞧是一块石头，
甚觉怪异，又射之，但箭却不能再入石中。

此诗初读之下，令笔者惊异。将军射虎却射了一块石头，而且箭头还入石三分。但稍稍转念一想，便觉诗兴顿生。将军的勇猛偏偏就只能从这"没在石棱中"的箭头平生出来。如此写法，虽有夸张之感，却极富戏剧性。诗意与将军之神力俱在也。

193　小诗写出英雄气

塞下曲六首（其三）　卢纶

月黑雁飞高，单于夜遁逃。
欲将轻骑逐，大雪满弓刀。

　　还是同上面的一首一样，简短二十字，不多不少，小小篇幅。可是这其间尽管万马奔腾，飞沙走石，英雄壮志，仍然来去自由无碍。所以，大气魄不一定非要盛在大制作里，微言可有大义，短章也可写来豪壮声势。而且此诗依然不是正面写将军神勇，而是侧着一笔，如此做法，是会写诗之人的手段。

　　此诗妙在渲染气氛这一点，同时也妙在省略。留下的格斗场面单让读者去想象。起首一句便将气氛托出，这样漆黑的夜色下，正是杀伐之时，而敌人夜逃。后两句只写一个追击场面，却写得轻松、自信，胜局自出。读来尤其挑逗人心，不觉驰骋想象：这一时刻，即"欲将轻骑逐，大雪满弓刀"的时刻，正是一个高潮临近的时刻，正是箭在弦上不得不发的时刻。同时诗歌也将读者带到了这样一个扣人心弦的英武时刻。此诗不仅有一种气氛的美感，也有一种画面及运动的美感，真可以说是得了慷慨尚武之精神。

　　卢纶的《塞下曲》历来评价甚高。闻一多先生曾说："写边塞壮景，比盛唐太白、龙标（即王昌龄）的七绝又别开生面，在全唐诗中也是独造境界，成为千古绝唱。"此言不差，如今男女老少谁不会背诵这首"月黑雁飞高"的英雄小诗呢。

194　一边归心似箭，一边痛斥战争

晚次鄂州　卢纶

云开远见汉阳城，犹是孤帆一日程。估客昼眠知浪静，舟人夜语觉潮生。
三湘衰鬓逢秋色，万里归心对月明。旧业已随征战尽，更堪江上鼓鼙声！

卢纶作为大历十才子诗人之一，在中唐还是颇有一些名气。据说德宗皇帝极爱读他的诗，皇帝自己写了诗，也常令卢纶和作。后来文宗皇帝也爱读他的诗，还派宰相李德裕去卢纶家中收集遗稿，那时卢纶已过世二十多年了。看来卢纶的诗能经得起光阴的考验。

此首诗写得并非十分突出，只是还稳稳当当。其中三四句写江上行舟事情，作笔细致生动，一直被誉为名句。

此诗前四句写事。一看便知是卢纶作于归乡途中。是夜，诗人舟停鄂州，即今日武昌。武昌位于长江之南，与北岸的汉阳遥遥相对。诗人在云开雾散之时，隔岸望去，内心却计算着行程，看来渡江还需一日的光景。接下二句，诗人宕开一笔，似不续写自己的归心，却以估客（即商人）、舟人（即船夫）的闲适之态来与自己的归心作一个对比。估客在风平浪静中安然入睡，舟人在闲适中感受江潮的到来，周遭的事物是如此和平安泰，而诗人呢？接下四句，诗人开始直接抒情，说自己在三湘一带浪游多年，如今已是两鬓如霜；而此时卢纶的"万里归心"只有独对夜空中的一轮秋月。此情此景，又令他感时伤怀、浮想联翩。末二句便是这类痛叹，老家的产业已被战争毁灭了，更哪堪忍受听那江上的战鼓之声。言下之意，当然是表达了对战争的厌恶和痛恨。

195　分别是为相见，但相见也是为了分别

喜见外弟又言别　李益

十年离乱后，长大一相逢。问姓惊初见，称名忆旧容。

别来沧海事，语罢暮天钟。明日巴陵道，秋山又几重。

李益（748—829），字君虞，陇西姑臧（今甘肃武威）人。大历进士，初因仕途不顺，弃官客游燕赵间。后官至礼部尚书。其诗音律和美，为当时乐工所传唱。长于七绝，以写边塞诗知名。有《李益集》。

　　古人写别离诗，感受最深者，莫过于道路不通，所以往往有"秋山又几重""明日隔山岳"的诗行，写崇山峻岭重重叠叠，阻断了相遇的道路。但如今的人，条条大路通罗马了，对这山岳之事的自然真切无法感受了，所以，现在的人已没了什么一去经年的感受，分别相逢不过是转眼之间的事情。

　　好了，闲话少说，还是让我们回到诗中。

　　此诗写人生聚散，十分朴素真切，不费半点力气又明白易懂。从头二句可知，李益童年时就与外弟分别了。十年之后，二人都已长大，初逢之下，自然是认不出来。因此才有三四句的问姓称名，并在"惊初见"之下，竭力回忆对方的容貌。

　　十年一别，今又重逢，当有多少话要说。而诗人只化用一句沧海桑田的成语，便把十年的艰辛苦楚尽写了。二人开怀畅谈，家事、国事、天下事无不一一触及，从清晨谈到黄昏，不知不觉之中，已是日暮时分了。此夜过后，又是分别，明天，外弟将踏上通往巴陵的道路，消失在重重秋山之中。

　　诗题是"喜见外弟又言别"，有喜相逢之意，但通读下来，却有些惆怅感伤，闻一多先生曾说："读这时代的诗（即大历十才子的诗，李益也是大历十才子之一），往往使人引起像怜悯幼儿的心情。"这可算是一家之言。闻先生是诗人，

论诗当从总体感受入手，而非纯学术研究入手，不过笔者以为闻先生的说法似有些夸张。李益（包括大历十才子的诗）此诗的感伤并非幼儿情怀，当然也没有引起我们像怜悯幼儿的心情了。

196　一面镜子照到了一生

立秋前一日览镜　李益

万事销身外，生涯在镜中。
惟将两鬓雪，明日对秋风。

　　镜子有妙用，童话中它分辨美丑，神话里它甄别善恶，现实中，唐太宗说得最清楚：以铜为镜，可以正衣冠；以史为镜，可以知兴替；以人为镜，可以明得失。而如今我们读李益的这首《览镜》，还可补上一句：它也照到了我们的一生，红颜都在镜中，年华都在镜中。

　　年华流逝，人生悲凉，是中国诗人最爱吟咏的题目。李益在立秋前一日自照镜子也不免感慨一番。然而他的感慨却有一种无可无不可的超脱之情。在镜中他平静地审视着自己的"生涯"，即年华，虽两鬓如雪之白，但却已将万事一笔勾销，总之将人生一切之愁烦勾销殆尽，置之度外，干脆听之任之或不闻不问。反正明日就是立秋之日，一年一度的萧瑟秋风正好又让他去面对。诗写到这点上，李益算是看破红尘、吃透人生了。

　　此诗写得别致、巧妙，从万事不关心到镜中生涯，其中勾连过渡均十分自然流畅，而且跨度极大，空间感与诗之张力俱在。"两鬓雪""对秋风"既明白也含蓄，诗意在此不着丁点力气。

　　李益此首"生涯在镜中"的诗还使我想到诗人张枣二十几年前在重庆写下的一首曾震动中国诗坛的小诗《镜中》。他在镜中也看到了他生涯中"后悔的事"。现不妨原诗抄录如下，以飨读者：

　　　　只要想起一生中后悔的事
　　　　梅花便落了下来
　　　　比如看她游泳到河的另一岸

比如登上一株松木梯子

危险的事固然美丽

不如看她骑马归来

面颊温暖

羞涩。低下头，回答着皇帝

一面镜子永远等候她

让她坐到镜中常坐的地方

望着窗外，只要想起一生中后悔的事

梅花便落满了南山

两首镜中之诗，意趣上颇有一些分别。前者是苍老之淡漠，后者却是青春之怅。写法上，前者抽象而概括；后者却是意象之诗，并有一个具体的故事。这些也正好体现了古典诗与现代诗的分别吧。

197   一夜征人尽望乡

夜上受降城闻笛　　李益

回乐烽前沙似雪，受降城外月如霜。
不知何处吹芦管，一夜征人尽望乡。

据史传说，李益绝句一类的诗，"每作一篇，为教坊以赂求取，唱为供奉歌词"。而"回乐烽前"这首，更是"天下以为歌词"的千古名作，为当时的"流行歌曲"。

《诗薮》曰："七言绝，开元之下，便当以李益第一，如《夜上西城》《从军北征》《受降城闻笛》诸篇，皆可与太白、龙标竞爽，非中唐所得有也。"闻一多先生也说："李益的绝句为中唐之冠。七绝可抗太白、龙标。"由于篇幅所限，我们不能多录李益的优美绝句，单从此首诗就可领略他七绝的精神。尤其后二句早已老幼皆知，还被谱成歌曲，天下广为传唱。说此诗是中唐绝句之冠，并非虚言。

古人写诗多离不开"花""月""酒""乡"四字。"一个人只要能一生坐在故乡的家里对花邀月饮酒，就得其所哉"（丰子恺语）。因此，我可以说"望乡"是汉风中最古老的美感。然而现代人却都要离家去大都会，家乡的概念早已从他们心中剥落，甚至忘却。他们很少甚至从不为怀乡、望乡而堕泪，只是在甘苦的竞争中疯忙一生。因此，他们也很难体悟到"不知何处吹芦管，一夜征人尽望乡"的美感与诗意。在广阔边关的静夜里，晚风吹来了幽凉凄美的芦笛声，士兵们无不尽数升起了浓浓的乡愁，尽向家乡的方向遥望，这是何等的意境，何等的情怀。而联想到今天的人们，全一头扎进城市里，从不怀念故乡，又是何等可悲、可笑的生活啊！

"望乡"这一消失了的美，应该再次在我们心中被唤醒；"望乡"而非四海为家，才是我们汉族永恒的农业之美的根源。

198　满纸荒唐言，一把辛酸泪

江南曲　李益

嫁得瞿塘贾，朝朝误妾期。
早知潮有信，嫁与弄潮儿。

　　曹氏雪芹先生的“红楼”奇书，写一班小儿女们的情感生活，内中荒唐繁华，最终不过一片大雪茫茫，成了一把辛酸血泪。而此处，李益虽无雪芹先生的鸿篇巨制，但二十字里，也有一个人的起落沉浮，内中情急之语，诸多荒唐，可也正是辛酸所在。

　　闺怨诗是唐诗中一大特色，几乎所有诗人都写过这类题材。闺怨在唐诗中分为两种：一种是思征夫，另一种是怨商人。前面已讲过，李白也写过这类诗篇。

　　此诗仍以闺中少妇口吻来说话。一上来便是直接埋怨，说自己嫁给瞿塘商人，而“商人重利轻别离”，当然是朝朝误她的佳期了。这二句显得平实牢靠，若无后二句的补充，可以说了无诗意。但诗意却在后二句中凌空而出，的确可说是平生波涛。后面这一转折、跳荡，不仅救活了前两句，而且使这首小诗的整体获得了意想不到的效果。诗人在此一笔宕开，说了一个无理之妙的意思。这妇人蓦然联想到潮水来时有定期，犹如定时来信一般，而夫君一走不回也无书信。面对此情此景，她真后悔当初不如嫁给那弄潮儿了。这等非非之想却正构成了诗意的关键所在。如钟惺所评：“荒唐之想，写怨情却真切。”也如黄叔灿所说：“不知如何落想，得此急切情至语。乃知《郑风》‘子不我思，岂无他人’，是怨怅之极词也。”如此情之所至的吞吐，难怪闻一多先生也对此诗极力推崇。

　　另：此诗以民歌口气来写，更显得有一股扑鼻的生活气息，因此也极有真实感。

199　中国最伟大的孝子

游子吟　孟郊

慈母手中线，游子身上衣。
临行密密缝，意恐迟迟归。
谁言寸草心，报得三春晖。

孟郊(751—814)，字东野，湖州武康(今浙江德清)人。年轻时曾隐居于河南嵩山。三次
应进士试，于德宗贞元十二年(796)才及第。做过溧阳县尉、河南水陆运从事、试协律
郎。有《孟东野诗集》。

孟郊一生为苦寒之士，因此诗多凄苦。闻一多先生曾说他颇有点像现代人
读俄国陀思妥耶夫斯基小说的那种味道。

孟郊长于小学，故用字生僻。韩愈称其诗为"横空盘硬语"，苏东坡也有
"郊寒岛瘦"之说，他虽不太喜欢孟郊之诗，但也认为其"诗从肺腑出，出辄
愁肺腑"。

这里所选的一首《游子吟》并不能代表孟郊的艺术风格。但由于历来备受
选家欢迎，读者喜爱，因此也选此首。我们知道，过去选家选择的标准同现在
的情形一样，多以思想性和教育意义为首要。最著名的《唐诗三百首》（蘅塘
退士编），用今天的话说，也是以精神文明建设为第一选诗标准的，他在书中
选孟郊的《游子吟》《列女操》便是从儒教的忠孝节义为出发点，而并非从艺
术的优劣来选择。

此诗题下孟郊曾作了一个注："迎母溧上作。"当时他已五十多岁了，正
在江苏溧阳做县尉。这位诗人县尉一天到晚都是吃酒吟诗，不太喜欢去办公室
办公事，县令很恼火，扣了他一半的俸禄，本身就贫寒的孟郊此时更为贫寒，
而且心情也更坏了。但在这首迎接他母亲的小诗中，他却以一个忠孝之子的情

怀歌颂了母亲那无限的母爱。

　　前四句均是实话实说，写母亲为出门的儿子赶制衣服的情状，读上去并无多大诗意，但末二句却用了一个比喻，使诗意顿从"肺腑出之"。如按表面意思，是说那小草岂能报答春日阳光的恩惠？而这里的比喻分明是"寸草心"，当指儿子的一点孝心；"三春晖"当指母爱的博大温暖。正因为有了末二句，整首诗才立住了脚，或者说有了诗之骨。也正因为这末二句，此诗才为人们永恒地记住并传唱。当然，从此之后，孟东野便成了中国最伟大的孝子诗人。后来"朦胧诗"的前驱精神导师食指在写《这是四点零八分的北京》时，也曾在此诗第三节化用孟郊这二行诗："慈母手中线，游子身上衣。"他如是写道："我的心骤然一阵疼痛，一定是 / 妈妈缀扣子的针线穿透了心胸。"

200　骂出风格，也可自成一家

秋怀（其二）　孟郊

秋月颜色冰，老客志气单。
冷露滴梦破，峭风梳骨寒。
席上印病文，肠中转愁盘。
疑虑无所凭，虚听多无端。
梧桐枯峥嵘，声响如哀弹。

闻一多说：

> 孟郊一变前人温柔敦厚的作风，以破口大骂为工，句多凄苦，使人读之
> 不快，但他的快意处也在这里，颇有点像现代人读俄国杜斯妥也夫斯基小说
> 的那种味道……韩昌黎称他这种骂风叫"不平则鸣"，可见他在继承杜甫的
> 写实精神之外，还加上了敢骂的特色，它不仅显示了时代的阴影，更加强了
> 写实艺术的批判力量。（《闻一多论古典文学》）

孟郊一生不仅生活相当凄苦，而且生子屡夭，一共生了三个儿子都相继死
去，其老年的孤苦可想而知。在这首秋怀诗中，他就说自己是"老客志气单"，
这位衰老的客子在寒冰般的秋月下的确感到形势孤单。他在另一首《老恨》中
也唱过这种无子之痛："无子抄文字，老吟多飘零。有时吐向床，枕席不解听。"
他在《教坊小儿》一诗中也说自己是"六十孤老人，能诗独临川"。这个孤老
头真是愁苦可怜得很呀。然而也正是这种孤苦贫寒的生活使他写下古朴、奇险、
艰涩、生硬的诗句，创出了一条崭新的诗歌道路（与众不同的诗风）。

此诗便尤见孟郊用字、造句的风格。三四句"滴梦破""梳骨寒"中的"滴"
字与"梳"字十分精辟，给人留下深刻印象；而后二句的"印病文"可见病痛

之深刻，"转愁盘"可见愁思之百结。如此写来虽生僻但也十分妥帖，不失为炼字高手所为，而且按今天的话说，还颇有一些超现实主义的笔法呢。最终，这一切辛酸、病痛均统一在第一句"秋月颜色冰"之下，一个"冰"字概括了整首诗的格调。

最后诗人又自我宽解，说什么疑虑是毫无根据的，道听途说也是无端端地毫无意义。干枯的梧桐正是制作琴具的良材，它的乐音哀怨动人。而这末二句的比喻正应了诗人苦吟一生、贫困一生的真实形象。

201 走马观花不是马虎，而是得意

登科后 孟郊

昔日龌龊不足夸，今朝放荡思无涯。
春风得意马蹄疾，一日看尽长安花。

成语"走马观花"或者叫"走马看花"，是说人观察事物粗略，毫不用心，十足的贬抑，没有一点的认真在里头。可是，如果我们读过了孟郊的这首《登科后》又当知道，这马虎中有多少得意方才至此，这春花春水皆为我而准备，那么了其大致便可，哪有什么必要条分缕析，太执着了，连欢乐也不欢乐了。

其实，人之一生并非时时都是悲剧相伴，连孟郊这种终生穷愁潦倒之人也有"春风得意"之时。从诗题所示便知，孟郊登科后心情陡变，一股按捺不住的狂喜从心中油然而生。孟郊虽能苦吟，但不会考试，应进士试，竟一败再败，直到四十六岁时，才终于得以及第。此诗便是写及第后的得意之色。

"昔日龌龊"当指孟郊过去一直窝囊，志气不得伸展，生活也是一塌糊涂。这样的生活当然"不足夸"，早不该再提起了。如今已是金榜题名，孟郊感到自己终于钻出苦海，前程似乎是花团锦簇，立马就要风云际会了。因此他要"今朝放荡思无涯"，即要我行我素、无拘无束地神游八极，大胆任性地行乐一阵子。

且看他如何"放荡"，后二句写得生动分明。那就是骑着骏马在长安城里迎着春风走马看花。那马儿跑得之迅疾，孟郊的心思也若龙腾虎跃般的有劲并迅疾。以前他是人穷志短，犹如马瘦毛长；如今却是"春风得意"，口气与气魄都上来了，偌大一个皇城的春色似乎单为他一人盛开，他策马狂奔，让春风释怀，落木开道，仅用一天的工夫就要把长安的春花看尽。这二句诗写得尤其神妙，将老进士那种"老夫聊发少年狂"的青春之气写得勃勃生动、痛快淋漓，一个短暂欢乐的孟郊跃然而出，让人看上去也平生一股喜气。

谁爱看一个一天到晚唉声叹气的诗人呢。连苏东坡都说"我憎孟郊诗"，

因为东坡是瞧不起这个"寒虫号"的诗人的，他只爱欢乐英雄或安贫乐道之士。
但如果东坡读了此首《登科后》，又该如何想呢？

202　艳遇不成，成诗意

题都城南庄　崔护

去年今日此门中，人面桃花相映红。
人面不知何处去，桃花依旧笑春风。

崔护，字殷功，博陵（今河北定州）人。贞元进士，官岭南节度使。

自古天意不遂人，在偶然不经之间常能遇到的美好事物，但当你有意追求时，却往往失之交臂，确实有点我们前面讲过的"有意栽花花不发"的意味。由此想来，人事多不能强求，行到水穷处，自有白云飘，往往寻访不遇，大抵都要成诗意，如下崔护便要在惘然错失中写来美丽故事。

过去的某个故事（也可以说事件或经历）在某个时刻总会被回忆唤醒，而诗人又总是在这个被回忆唤醒的时刻写出诗歌。因此，在这个意义上说，诗不是情感而是经验（借自德国诗人里尔克的一个观点），对于这个一般的写诗规律，崔护也不例外。

崔护这首诗就正是由一个故事酿成的。那是清明的一天，崔护独自踏青去了都城南，到了居人庄，便见深重的花木掩映着一座房舍，甚是寂寂可人。他走上前去叩门，一会儿，有一女子将门开了一个缝隙，问道："是谁？"崔护答道："寻春独行，酒渴求饮。"看来崔护一边游山玩水，一边还饮了许多酒，此刻正是潇洒松弛之时。女子听他答话，便开了门，让他坐下，并拿水与他喝。崔护趁着酒兴，打量这女子，只见她款款斜靠在一株小桃树旁，眼波流转，妖姿媚态，极有韵致。崔护边喝水边以言语挑逗她。那女子并不对答，只将那目光对着他。又过了一会儿，崔护竟然莫名其妙地告辞走了。辗转又是第二年的清明，崔护突然又想起去年清明日的寻春遇艳之事，内心一下又翻腾起来，真是情难压抑，急忙又去故地重游。这次他见到的却是门墙依旧，但已上了锁，而美女早已不知去了何方。崔护顿时怅然不已，感叹连连，颇有人不如花的感想。然而，他思索片刻，便当即题此诗于门上。

此节故事正好是对此诗最好的理解。同时，这首诗以及这个故事也正好应了李商隐《锦瑟》中最后二句名诗："此情可待成追忆，只是当时已惘然。"

崔诗人虽没在当时完成那桩艳遇，却最终完成了一首美丽感人的诗篇。这也算是天意吧。顺便说一句，往往能轻易艳遇的诗人都写不好艳遇的作品，如俄罗斯诗人蒲宁 (Ivan Bunin, 1870—1953)，他一生毫无艳遇，却成为全世界写艳遇的第一高手。

203　　闺中少妇更盼着那鸳鸯之梦

玉台体　权德舆

昨夜裙带解，今朝蟢子飞。
铅华不可弃，莫是藁砧归。

权德舆（759—818），字载之，天水略阳（今甘肃秦安东北）人。以文章进身，官至
礼部尚书同平章事。有《权文公集》。

玉台体这种诗风源于梁朝徐陵所编的一部诗歌总集《玉台新咏》。玉台体主要写闺情、香艳及宫体诗。权德舆此首诗写的也是闺中少妇的情怀，当然应标明为玉台体。只是此首玉台体不像《玉台新咏》中的那些诗那么妖冶纤艳，而是写得十分素朴自然，十分贴近生活。

此首小诗总共四句，句句都是写少妇所感所思，其主旨是盼夫君归来。先用两个具体事情来说少妇的心思。"昨夜裙带解"，即昨天晚上裤带松开了，少妇自是辗转难眠，喜不自禁；而"今朝蟢子飞"，亦是好兆头迭来，说的是第二天早上，少妇起床后又见到蟢子（喜蛛，这种蜘蛛专捕蚊虫）在屋梁上翻飞。此二句均表示出夫妇即将相会的喜兆。

接下二句便是少妇的内心独白了。既然丈夫就要归来了，那可得好好打扮整理一番，以美丽姿容迎夫君啊。"铅华"当指粉黛一类化妆品，"藁砧"本是切草的砧石，这里做"丈夫"的隐语。

看来这位闺中少妇整日闲闲无事，一门心思都在预感夫君快快回来与她共度鸳鸯之梦。

204 这里有人间烟火

成都曲 张籍

锦江近西烟水绿，新雨山头荔枝熟。
万里桥边多酒家，游人爱向谁家宿？

张籍(约766—830)，字文昌，原籍吴郡(今江苏苏州)，少时侨寓和州乌江(今安徽和县乌
江镇)。贞元进士，历任太常寺太祝、水部员外郎、国子司业等职，故世称张司业或张
水部。和王建齐名，世称"张王"。有《张司业集》。

自古以来就有"扬一益二"之说，即扬州的繁华美丽为天下第一，"天下
三分明月夜，二分无赖是扬州"（徐凝），"人生只合扬州死，禅智山光好墓
田"（张祜）。而益州（成都）却是仅次于扬州的天下第二名城。

在少陵笔下的"花重锦官城"，在张籍的笔下却是另一番兴味，如此和平、
热闹的人间烟火真正使人神往。

从诗中可知，光景正值初夏。诗人泛舟于锦江之上，向西望去，只见烟水
碧绿，新雨刚过，两岸青山荔枝熟了，正清香四溢。成都周遭自然的美景已从
这二句中浓浓透出。但笔者以为只有这二句是不够的，诗味还未尽出。后二句
甚妙，也全因有了后二句，整首诗才显得令人涵泳了。在烟水绿波的万里桥边，
市井繁华的画面向我们展开了。店铺、绿树、深巷、草药、风俗、绸衣、茶楼，
而这一切之中最逗人兴致的是迎风招展的酒旗，只三字"多酒家"，便将市俗
生活的美景写了出来。面对如此多美酒纷呈的酒家，游人真不知该挑选哪一家
去流连忘返了。末句这一问尤其有弦外音、味外味，如向往的美人，使人神远。
直让人也想时光倒流，重回古代，去那万里桥边的酒家留宿一日，痛饮一番，
以畅其诗酒之乐、人景之乐。为此，还要感叹一句：唯有这样的风景才是我普
通人的风景，那皇宫林园的庄严华贵又与我何干呢。

205 人世的风景

新嫁娘　王建

三日入厨下，洗手作羹汤。
未谙姑食性，先遣小姑尝。

王建(约766—约830)，字仲初，颍川(今河南许昌)人。出身寒微。大历进士。晚年为陕
州司马，又从军塞上。擅长乐府诗，与张籍齐名，世称"张王"。所作《宫词》一百
首颇有名。有《王司马集》。

　　沉鱼落雁、闭月羞花的尤物，当可有她的妖娆情致，但身为人妇亦有她的
无限风景。汉乐府里讲：

　　　天上何所有，历历种白榆。
　　　桂树夹道生，青龙对道隅。
　　　凤凰鸣啾啾，一母将九雏。
　　　顾视世间人，为乐甚独殊。
　　　好妇出迎客，颜色正敷愉。
　　　伸腰再拜跪，问客平安不。
　　　请客北堂上，坐客毡氍毹。
　　　清白各异樽，酒上正华疏。
　　　酌酒持与客，客言主人持。
　　　却略再拜跪，然后持一杯。
　　　谈笑未及竟，左顾敕中厨。
　　　促令办粗饭，慎莫使稽留。
　　　废礼送客出，盈盈府中趋。

送客亦不远，足不过门枢。

娶妇得如此，齐姜亦不如。

健妇持门户，一胜一丈夫。

　　这首《陇西行》，"开头讲天上的风景，可是还有人世的风景更好，一份人家的主妇会知人待客，家务事情料理得头头是道，连天上的白榆树影都到了这家的堂前，青龙彩凤高高地望下来，望着这家亦看之不厌"。（胡兰成：《山河岁月》）

　　秦汉有私情之美，唐朝气象里亦不乏这样的人间美意。王建的《新嫁娘》便是如此一番风景。这正是一首咏新嫁娘的绝句，写得相当细致而传神，一个可爱的女人简直要从这幅小小的图画中呼之欲出了。

　　她下厨房为婆婆做羹汤，由于还不知道婆婆的口味，因此将做好的汤先拿给小姑尝尝。

　　一首小诗胜任了一生的家务，我们再次领略到一位中国传统女性的贤德、细腻。她成为我们男人的理想，而这理想又显得那么平常、易见，只是现在已不多见了。朴素的家居生活、悄悄的小而持久的快乐、知足恬淡的岁月、温暖而闲闲的家务，真是"布衣菜饭，可乐终身"。除此之外，我们还有什么可以期求呢？

　　这里有着人间一切的良辰美景，有淡泊的清福，有羹汤、对饮、谈话与瞌睡……总之有很多很多，而唯一没有的就是潦倒、野心、仇恨和折磨。

　　面对这样的女人，我们唯一能说的就是"得妇如此，吾无憾焉"。在我们中华古国，这样的妇人可是寻常见的呀（而现需大力寻找）。她们温顺、雅静、清洁（如诗中所示一细节，做汤前先洗手）、勤俭，同时又是烹饪和缝纫的专家。面对这样的女人，我们必须心服口服。

206　令人神往的江南小夜市

江馆　王建

水面细风生，菱歌慢慢声。
客亭临小市，灯火夜妆明。

唐人笔下的旅馆夜宿多是凄寂之叹，乡愁绵绵。而王建此首夜宿临江旅舍的小诗却写得灯火灿烂、和平悠闲。

起头一句便十分轻柔可人。既然是"江馆"，自然离不开水与风，清风细细地吹拂着水面，一缕不绝的凉意使诗人感到快乐，读者也不觉跟随他快乐的心情流连起来。江南水乡多采菱之歌，而此刻江船上的歌女正柔曼地轻唱着采菱曲，这"慢慢声"美女的神韵，使前句恬静的环境中又添了一个温婉柔美的场面。

接下二句，在和平的气氛下，诗人又将热闹的夜市展现于我们的眼前。此时诗人或许凭窗闲览，把盏独饮，享受着拂面的细风与绕耳的菱歌。客亭位于"小市"，小市当指临江市镇的商市，这种商市不大，但麻雀虽小却五脏俱全，商市上物产丰富也是应有尽有的。如此环境，如此夜市，诗人不禁油然而生一种对生活的热爱和憧憬。这种热爱与憧憬并非直接说出来，而是在整个诗篇中透出来的。"灯火夜妆明"一句便写出灿烂夜市里的人气，灯火楼台、茶肆酒馆、闲人、花花公子、歌女或普通妇女美丽的容颜等等，无不尽在此句之中了。

一首小诗写出了市俗生活的美感，而诗人选择的又是日常生活中夜市这一景，总共着笔只二十个字，却将唐代江南小镇初夏的夜生活完美而诗意地展示在我们的眼前。

笔者最喜欢第三句，此句虽是一般叙述，单独看并无诗意，但在其他三句（均具体描述）的映衬下，诗意顿出。"客亭临小市"之"实"与其他三句之"虚"正扣合了虚实相间之法，而此句之妙也妙在具体可靠，使全诗有了一个稳稳当当的立足点，其他三句都环绕它而令人心生对如此美丽的夜市的遐想。

而晚他一个时代（晚唐）的诗人杜荀鹤的《送人游吴》诗中，曾经将他在苏州所见的夜市情景作了具体而生动的描述：

> 君到姑苏见，人家尽枕河。
> 古宫闲地少，水巷小桥多。
> 夜市卖菱藕，春船载绮罗。
> 遥知未眠月，乡思在渔歌。

当然，此种江南的熙攘夜市，自唐以来，也一直繁盛，到了宋代更是登峰造极，精致而颓美。坊间各类的图文杂记自有不少精彩记述，应有尽有。可是琳琅之余，不免烟海迷离。

为求方便，并不斤斤计较，顺手就用笔者案头的《梦粱录》第十三卷中"夜市"一条，引来如下，以大夜市证小夜市，从大繁华中见小精致，以期读者会心一笑：

> 杭城大街，买卖昼夜不绝，夜交三四鼓，游人始稀；五鼓钟鸣，卖早市者又开店矣。大街关扑，如糖蜜糕、灌藕、时新果子、像生花果、鱼鲜猪羊蹄肉，及细画绢扇、细色纸扇、漏尘扇柄、异色影花扇、销金裙、段背心、段小儿、销金帽儿、逍遥巾、四时玩具、沙戏儿。春冬扑卖玉栅小球灯、奇巧玉栅屏风、捧灯球、快行胡女儿沙戏、走马灯、闹蛾儿、玉梅花、元子槌拍、金桔数珠、糖水、鱼龙船儿、梭球、香鼓儿等物。夏秋多扑青纱、黄草帐子、挑金纱、异巧香袋儿、木犀香数珠、梧桐数珠、藏香、细扇、茉莉盛盆儿、带朵茉莉花朵、挑纱荷花、满池娇、背心儿、细巧笼仗、促织笼儿、金桃、陈公梨、炒栗子、诸般果子及四时景物，预行扑卖，以为赏心乐事之需耳。衣市有李济卖酸文，崔官人相字摊，梅竹扇面儿，张人画山水扇。并在五间楼前大街坐铺中瓦前，有带三朵花点茶婆婆，敲响盏，掇头儿拍板，大街玩游人看了，无不哂笑。又有虾须卖糖，福公个背张婆卖糖，洪进唱曲儿卖糖。又有担水斛儿，内鱼龟顶傀儡面儿舞卖糖。有白须老儿看亲箭闹盘卖糖。有标竿十样卖糖，效学京师古本十般糖。赏新楼前仙姑卖食药。又有经纪人担

瑜石钉铰金装架儿，共十架，在孝仁坊红杈子卖皂儿膏、澄沙团子、乳糖浇。寿安坊卖十色沙团。众安桥卖澄沙膏、十色花花糖。市西坊卖蚫螺滴酥，观桥大街卖豆儿糕、轻饧。太平坊卖麝香糖、蜜糕、金铤裹蒸儿。庙巷口卖杨梅糖、杏仁膏、薄荷膏、十般膏子糖。内前杈子里卖五色法豆，使五色纸袋儿盛之。通江桥卖雪泡豆儿、水荔枝膏。中瓦子前卖十色糖。更有瑜石车子卖糖糜乳糕浇，亦俱曾经宣唤，皆效京师叫声。日市亦买卖。又有夜市物件，中瓦前车子卖香茶异汤，狮子巷口焌耍鱼，罐里焌鸡丝粉，七宝科头，中瓦子武林园前煎白肠、鴂肠、灌肺岭卖轻饧，五间楼前卖余甘子、新荔枝，木檐市西坊卖焦酸馅、千层儿，又有沿街头盘叫卖姜豉、膘皮牒子、炙椒、酸粑儿，羊脂韭饼、糟羊蹄、糟蟹，又有担架子卖香辣罐肺、香辣素粉羹、腊肉、细粉科头、姜虾、海蜇鲊、清汁田螺羹、羊血汤、猪滠、海蜇、螺头滠、馉饳儿、滠面等，各有叫声。大街更有夜市卖卦：蒋星堂、玉莲相、花字青、霄三命、玉壶五星、草窗五星、沈南天五星、简堂石鼓、野庵五星、泰来心、鉴三命。中丸子浮铺有西山神女卖卦，灌肺岭曹德明易课。又有盘街卖卦人，如心鉴及甘罗次、北算子者。更有叫"时运来时，买庄田，娶老婆"卖卦者。有在新街融和坊卖卦，名"桃花三月放"者。其余桥道坊巷，亦有夜市扑卖果子糖等物，亦有卖卦人盘街叫卖，如顶盘担架卖市食，至三更不绝。冬月虽大雨雪，亦有夜市盘卖。至三更后，方有提瓶卖茶。冬闲，担架子卖茶，馓子慈茶始过。盖都人公私营干，深夜方归故也。

207　女子的心曲

罚赴边有怀上韦相公　薛涛

闻道边城苦，而今到始知。

羞将门下曲，唱与陇头儿。

薛涛（？—约834），字洪度，长安（今陕西西安）人。幼时随父入蜀。后为乐伎。能诗，时称女校书。曾居浣花溪，创制深红小笺写诗，人称薛涛笺。《蜀笺谱》谓其卒时年七十三，但也有不同意其说者。现存薛涛诗以赠人之作较多，情调伤感。原有集，已佚，明人辑有《薛涛诗》，后人又辑录她与李冶的诗合为《薛涛李冶诗集》二卷。

中国古时候的女子是很少能由自己发言的，之前我们所读的各类闺怨诗都出自男子之笔。他们代女子立言，其中虽也仪态万方，但毕竟曲折之中都是自己的人生失意，并非真的看到了女子的细密和心痛。如今，这薛涛为我们写来了女子的苦乐，那欲说还休的声音，好一番娇羞，又好一派哀怨啊。

王建曾写过一首诗《寄蜀中薛涛校书》："万里桥边女校书，枇杷花里闭门居。扫眉才子知多少，管领春风总不如。"从中可见薛涛当时盛名。不仅王建，当时的大诗人白居易、刘禹锡、元稹等都曾与薛涛诗酒唱和。

这位能诗善歌又好吃酒的女诗人，同时也是一位蜀中名伎，后来才修成了正果。剑南西川节度使韦皋（即诗题中的韦相公）先召其入幕为乐伎，后又授予她秘书省校书郎衔，因此才有后来的"万里桥边女校书"一说。

这位女校书虽颇有姿色与诗才，但早年曾在青楼谋生，常陪一些文人（其中有高级文人，也有烂文人）吃花酒，性情自然有些轻浮。一次，她就在雅士共饮的酒席上大醉而猛争酒令，极为失态，韦皋很是不满，就罚她赴边，去今日四川的松潘县一带，这是后话。而薛校书闻知将被罚赴边，不觉平生感慨，起了诗兴，当即写了这首小诗，吐心中曲折。

此诗前二句均是实话实说，她当然早就听说边城苦寒，如今到了才冷暖自知。后二句却在叙述中有一些描绘，将处境与内心活动一一刻画出来，颇有女人的情致。她觉得将曾在宴席上所唱的那些艳曲唱给边城战士们听，十分害羞，似乎难以启齿。个中娇羞与哀怨尽在后二句中。正如明人钟惺所说："此诗如边城画角，别是一番哀怨。"

在此，笔者还由薛涛想到了文人聚会的一种风尚（无论哪个国家和哪个时代），那就是总喜欢有女人参加进来。由于这种风尚，于是就有了才女或歌女。如谢道韫、秦淮八艳等，尤其是柳如是更是中国文人的集体"宠物"，而唐朝男诗人们的"宠物"当然就是薛校书了。

208　游山玩水直到老年

山石　韩愈

山石荦确行径微，黄昏到寺蝙蝠飞。
升堂坐阶新雨足，芭蕉叶大支子肥。
僧言古壁佛画好，以火来照所见稀。
铺床拂席置羹饭，疏粝亦足饱我饥。
夜深静卧百虫绝，清月出岭光入扉。
天明独去无道路，出入高下穷烟霏。
山红涧碧纷烂漫，时见松枥皆十围。
当流赤足踏涧石，水声激激风生衣。
人生如此自可乐，岂必局束为人鞿。
嗟哉吾党二三子，安得至老不更归。

韩愈 （768—824），字退之，河南河阳（今河南孟州）人。自谓郡望昌黎，世称韩昌黎。贞元进士。曾任国子博士、刑部侍郎等职，因谏阻宪宗迎佛骨，被贬为潮州刺史。后官至吏部侍郎。卒谥文。倡导古文运动。其散文被列为"唐宋八大家"之首，与柳宗元并称"韩柳"。其诗力求新奇，有时流于险怪，对宋诗影响颇大。有《昌黎先生集》。

吉川幸次郎在《中国诗史》一书中谈到韩愈的时候是这样评述的，他讲：

一扫中国诗歌单纯吟唱风云月露之丽，无论在题材还是在表现手法上，强调要以雄浑、刚劲、力度之美为课题，在唐朝中叶，是李白、杜甫首开其途。而在李杜之后，极力将诗歌朝这一方面推进的，则是韩愈。

苏东坡也曾说："诗之美者，莫如韩退之，然诗格之变，自退之始。"尤其是"诗格之变"，东坡此说可谓切中要害。我们都知道，韩愈一直致力于文体革命，提倡古文运动。他不仅在文章中追求"惟陈言之务去"的标准，在诗歌上也力求用字"奇崛险怪"，并将散文文体引入诗歌，开创了一个"以文为诗"的新流派。

此首《山石》正是韩愈以文为诗的成功之作。题为"山石"，但并不是歌唱山石，只是用全篇头二字为题。他以游记散文的笔法写了这首记游诗。诗人所游的是洛阳北部的惠林寺，所写的也是游山寺的全过程。

诗人下午开始游山。一路行来，山石的险峻、山路的高低不平自不在话下，直到黄昏才到得目的地，此时又见蝙蝠劈头翻飞。如是所见所感诗人都一一实写出来。以下便写寺内景物与人事。只见诗人游兴起来了，先"升堂"，即坐在堂屋内，后"坐阶"，即又坐在堂前石阶之上，由于近日"新雨足"，即雨水饱足，因此才有"芭蕉叶大支子肥"这一妙句。此句中"大"与"肥"本是平常口语，但用在此处却很是鲜明刺目，诗意在这二字中怦然而出，如此用字确是深得了作诗的要领。再接下来便有些热闹了。寺内和尚也上来与诗人交谈，说什么寺内"古壁佛画好"，边夸还边去取火烛来照亮四壁的佛画给诗人看。令韩愈扫兴的是所见佛画甚稀。然而和尚仍是殷勤伺候，将诗人夜宿的床铺之草席铺好拂净，还准备了粗糙的斋饭。诗人吃了饱饭后便歇宿了，而夜宿的情况仅用二句写尽。夜深了，寺内听不到丁点虫鸣；诗人内心也清空得很，静卧床上，入神地看着清月从山岭间跃出并将清光泻入窗扉。

"天明"以下六句写离寺回家的情况。此时山中浓雾未消，光景甚早，因此才有"无道路"的实事，即摸索着往前走，看不清路径，而美景随着云开雾散也开始历历展现在诗人的眼前：山花烂漫，流水碧绿；巨大的松树或栎树更是好看。清风徐徐，流泉潺潺，诗人在兴奋中也赤脚行走于溪水碎石间，让整个身心沉浸其中，享受着早晨的激激水声与和风吹衣的境界。

结尾四句，诗人作了一个总结，也可以说是升华或点出了主题。那就是通过这次游山，诗人感悟了人生快乐的奥秘，即归隐山水之间，自有乐事而不必被人所拘束。诗人为此大叹：唉，我们这二三个人干脆就留在此地，游山玩水直到老年，不用再辞官归乡了罢！当时与韩愈同游惠林寺的还有李景兴、侯喜、尉迟汾三人。因此诗人说"吾党二三子"，此说当是借用孔子之说。

此诗在结构上并无什么新鲜怪异之处。从"黄昏到寺"写到"夜深静卧"，最后写到"天明独去"，均按时间顺序与行程顺序这一逻辑线索一一写来，似有些老套古板，但这也是正宗中国人的思维习惯与写作习惯，不必厚非。然而关键在于此诗内气充沛刚劲，写法上是典型的文章写法，因而增加了诗歌写作手法上的多样性。犹如施补华所说："七言盛唐以后，继少陵而霸者，惟有韩公。"韩愈七言继杜甫之后能独霸诗坛正是在于他的充沛后劲、硬语盘空这两点上，总之在于他"以文为诗"这一发明之上。因此我们可以说韩愈是一位诗歌中的革命者。

209　韩愈的另一面

早春呈水部张十八员外　韩愈

天街小雨润如酥，草色遥看近却无。

最是一年春好处，绝胜烟柳满皇都。

韩愈诗风深险怪僻，好追求奇特形象。正如在《调张籍》一诗中，作者自己的表白一样：

> 我愿生两翅，捕逐出八荒。
>
> 精诚忽交通，百怪入我肠。

可以说，绝大多数选家也都最爱选韩愈的七言古诗，因这类诗最能代表韩愈"硬语盘空"、艰险古怪、"以文为诗"这一风格。而笔者却并不太喜欢这类诗，读来太过干涩拗口。然而正是这类诗使韩愈能别开一个生面，从而独步诗坛，形成一个流派。这一点也是无可厚非的。前面已选了《山石》，此诗是能代表他的风格的。

这里所选的一首诗，却让我们看到韩愈的另一面，即轻松、美丽、巧妙的一面。这首小诗当然也是笔者十分喜爱的。

这是一首写给他的朋友张籍（另一位诗人）的诗。"张十八"是说张籍在他的兄弟中排行十八。这首诗着笔于早春，单写并赞叹早春美景。

起始一句便十分惹人欢喜，"天街小雨"中的"天街"是说京都的街道。老杜有"润物细无声"这样的诗句来描写早春细雨，古人也有"春雨贵如油"这样的形容，而韩愈笔下的春雨却是"润如酥"。如此滋润的小雨点点滴滴洒在大街上，空蒙的春日早晨的光景就在这句中展现于我们的眼前了。而第二句却是传神妙笔，却又十分准确。早春的草色从远处看去只是青青模糊一片，近看却没有，这正是早春的特征。青草刚刚发芽，还未到蓬勃生长之季，此景正是"草色遥看近却无"。这又使我想起了诗人《春雪》中的二句："新年都未有芳华，二月初惊见草芽。"诗人盼春的心情在此是何等的浓烈。新年已到，然而寒冬还未消尽，当然"都未有芳华"了。然而春色在二月的草芽中初显了，诗人难免在焦盼春色中"初惊"起来。春来了，一寸寸地来了。这种惊喜之感，韩愈在"草色遥看近却无"中又一次更为精确绝妙地表达了出来。

早春犹如生命伊始，诗人当以为胜过仲春、暮春，因此说它"最是一年春好处"，它比暮春时节"烟柳满皇都"的浓重春意更为可爱。这后二句诗，诗人以一个对比写法，从另一个角度，再次强调早春之美，而非仲春与暮春之美。一句话，早春之美是春之至美。而至美之点已在头二句中说尽，读者可慢慢吟咏，好好流连。

210　中国男女的命运

青青水中蒲三首　韩愈

青青水中蒲，下有一双鱼。
君今上陇去，我在与谁居？

青青水中蒲，长在水中居。
寄语浮萍草，相随我不如。

青青水中蒲，叶短不出水。
妇人不下堂，行子在万里。

　　韩愈这位古文大家，在诗歌上也是向古人看齐的。这三首小诗正是继承了《诗经》、汉乐府的传统，以民歌般朴素的语言一气呵成。同时，这三首诗都是写同一主题，即思妇的寂寞与凄苦。在这位思妇大悲苦的背后，我们也理所当然地深感了一般中国男女的命运。

　　第一首诗一上来便用比兴手法，说在青青的水中蒲草下面，有一对鱼儿在游弋，而夫君如今要去陇州，我独自一人在家，谁来与之做伴呢？言下之意，妇人似在哀叹自己的命运还不如那水中的鱼儿。鱼儿都能成双成对，而她自己却落得个独守空房。此诗中"下有一双鱼"应是全诗的重点，写得极妙，十分富有意象之美。

　　第二首诗仍以比喻开始，先说那水中的蒲草长年居于水中，这是一个事实，但诗人在这里却明显有所指代。其实是用来说那妇人长年独居家中，说穿了，那妇人犹如那水中蒲草只能"长在水中居"。最后，妇人只好"寄语浮萍草"来自我宽解。浮萍能随水漂流，当然不像"水中蒲"长年待在一个老地方，如今这妇人只是"水中蒲"，却幻想着某一天会变成"浮萍草"，如此这般，便能四处相伴夫君。而结果呢？妇人只能是"水中蒲"，这一宿命不禁让妇人感叹起来："相随我不如。"说自己的命运好苦，连随水漂流的浮萍都不如。总之，思妇的苦恼都起于不能与夫君长相伴，寂寞难熬呀。

第三首诗，还是以比兴开始。诗人又说水中蒲的叶子短，露不出水面，此说便是用来比喻妇人不能外出相伴夫君，那妇人更是进一步可怜了。先是"长在水中居"，如今又是"叶短不出水"，那不是要憋得慌吗？无法，最后，诗人干脆说："妇人不下堂。"即只能守空房；而"行子在万里"，即丈夫必然在万里之外。两种命运在这两个肯定句中显示出来。这命运便是自古以来中国男女的命运：女人永不下堂，丈夫永在万里之遥。

这三首诗是一气贯通的小组诗，诗人将思妇之苦层层写来，虽不明写其苦，而其苦已自见。此点正如前人所言："托兴高远，有风人之旨。"

211　为何天下英雄的后代终不成器

蜀先主庙　刘禹锡

天下英雄气，千秋尚凛然。
势分三足鼎，业复五铢钱。
得相能开国，生儿不象贤。
凄凉蜀故妓，来舞魏宫前。

刘禹锡(772—842)，字梦得，洛阳人。贞元九年(793)进士，任监察御史。后贬朗
州司马，迁连州等地刺史。后经裴度推荐，迁太子宾客，也称刘宾客。有《刘梦
得文集》。

刘禹锡这位被白居易称为诗豪的诗人，在唐朝长庆、大和年间可谓名重天
下，其诗名与白居易几乎不分上下，并同为当时诗坛领袖。

刘禹锡作为一代大诗人，尤其具有政治抱负。这首《蜀先主庙》更是寄托
了他的内在雄心。

起首二句极为不凡，可见诗人境界与气度之浩大。这二句诗虽是写先帝刘
备的"英雄气"，还不如说是诗人借刘备鼓自己的一腔"英雄气"。在诗人的
心中，真正的英雄气是千秋万代后也威风凛然的。

既然此诗是咏"蜀先主庙"，诗人当扣题写来，不过字里行间多有自己的
许多叹惜、英雄泪。

三四句写刘备功业，他建立蜀国，从此与魏国、吴国形成三足鼎立之势。
而"业复五铢钱"却是一个历史典故。"五铢钱"是汉武帝时的一种钱币，后
来王莽将其废除，再后来光武帝刘秀又将其恢复，因此这句诗是比喻刘备重振
汉室的雄心壮志。

五六句仍以总括之笔交代蜀国之历史。前句说了诸葛亮才建立了蜀国，然

而后主刘禅却不能学习先人的贤德，因此种下败因，导致亡国。

七八句则是从一个侧面写亡国后的惨况。这二句诗也同样出自历史典故。刘禅亡国后，一天，司马昭宴请刘禅，并叫过去蜀宫中的故妓来舞蹈助酒，旁人皆为之感怆，而禅哥喜笑自若。诗人写到此处，个中悲怆已浸透于字里行间。

全诗脉络极为分明。前四句赞刘备的英雄之气，后四句却说事业的衰败，其中历史的教训与警示尽在不言中了。读后无不令人掩卷深思，又连连叹息：为何天下英雄的后代终不成器？

212 　举眼风光长寂寞，二十三年折太多

酬乐天扬州初逢席上见赠　刘禹锡

巴山楚水凄凉地，二十三年弃置身。

怀旧空吟闻笛赋，到乡翻似烂柯人。

沉舟侧畔千帆过，病树前头万木春。

今日听君歌一曲，暂凭杯酒长精神。

这是刘禹锡贬官二十三年后回到故乡的深沉感叹。沉舟侧畔，千帆竞发；病树前头，万木争荣。人事代谢，世事更易，作者却不为此而感到不快和颓唐，相反，他在颓败中看到春意和新意，为此精神奋发。白居易赞他这两句"神妙"，"在在处处应有灵物护之"。

唐宝历二年（826），刘禹锡与白居易两位大诗人在扬州相逢了。此时，乐天罢苏州刺史，从苏州归洛阳；刘禹锡罢和州刺史亦返洛阳，两人当时都是五十五岁了，罢官后的相逢使二人"宠辱皆忘"，竟一块在扬州玩耍了半个月。古代诗人相聚，必然诗酒唱和，二人自也不例外。在初逢的酒宴上，白居易先写了一首《醉赠刘二十八使君》送给禹锡。诗是这样写的：

为我引杯添酒饮，与君把箸击盘歌。

诗称国手徒为尔，命压人头不奈何。

举眼风光长寂寞，满朝官职独蹉跎。

亦知合被才名折，二十三年折太多。

乐天在诗中盛赞禹锡的诗才与名望，然而对他二十三年来不幸的命运又感慨多多。禹锡当更是感慨万端，便也当场赋诗一首赠乐天，以此寄怀自身际遇，同时也宽解友人。

此诗是唱和诗，当然有一个上下文的关系，因此诗人一上来便接过白居易"二十三年折太多"的话头，直接说出自己这二十三年来的不幸遭遇。诗人谪居巴山楚水这片荒凉之地，到如今已经是第二十三个年头了。

　　接下来，诗人用了一个典故，发出一番感慨。"闻笛赋"，晋向秀经过嵇康的旧居，听见邻人吹笛，触动他的哀思，写下一篇《思旧赋》，以表达他对亡友嵇康的怀念，而这里的"闻笛赋"即指《思旧赋》。"烂柯人"，晋王质进山砍柴，看见二童子下棋，他还未看完一盘棋，他手中的斧柄便烂掉了。回家时，人事已非，已经过去百年。诗人用这二典故，是说自己二十三年后回来，只有徒然空吟《闻笛赋》，因许多故交都相继去世了；回到家乡，一切都恍如隔世，旧日的光景已彻底地改变了，真是人事已非，自己也成了那"烂柯人"。

　　而第三联当是全诗最精彩之处，历来传颂，经久不衰，如今更是老幼皆知。禹锡在此虽以"沉舟""病树"自比，但哀而不伤，胸襟十分开阔达观，毫无命运不济的颓唐落寞之感。其中境界自比白居易的第三联高出很多。同时也辗转宽解乐天，希望他能以平淡之心来看待世事变迁与宦海沉浮。

　　正因为有了前面的"千帆过""万木春"，诗人的心情也为之一振，便顺势写来，在杯酒笑谈中回到唱和的主题：今日听了老朋友的诗歌，我也暂且以酒助兴长点精神吧。这样的收尾正好与前面二句的豪迈形成对照，诗人以和平沉郁之心缓缓结束全篇。谈到此处，更令人涵泳不止，内心也渐渐宽松下来。

　　笔者以为此诗不仅可见出刘禹锡是一位写酬答诗的高手，同时也可见出他在落魄中不同凡响的境界。

213　一只燕子里有一个女人的内心世界

淮阴行　刘禹锡

何物令侬羡？羡郎船尾燕。
衔泥趁樯竿，宿食长相见。

　　现今时髦的心理分析题目中，常会有如下一题，那便是要问如果可能，你愿意做下面的哪种动物。自然，答案不同，其中的隐喻和象征意味也就不同，从而折射出来的人格形象亦就不同。当然，这种问答多是闲时消遣用的，不过自我快乐一下。但是，如果将这道题目问刘禹锡笔下的这位女子，恐怕答案中有的不是快乐，而是无限的悲情。

　　如前面所说，刘禹锡在外度过了二十多年的贬谪生活，然而这种四处迁徙的边地生活也同时丰富了他的诗歌。刘禹锡特别注意各地风土人情以及民间歌谣，他所创作的著名的《竹枝词》便是最好的说明。

　　这首《淮阴行》不仅有乐府特色，也可看出他对民歌学习之心得。这首诗妙在曲写而不是直抒。诗人准确地捕捉到了生活中一个燕子的细节，并以燕儿的呢喃飞翔来委婉说出一个女人的内心活动。这是早春的一天，这位少妇去水中码头送别夫君，且看她是如何恋恋不舍的。起首一句，那少妇便说了一句奇怪的话：什么东西令我羡慕呢？诗意显得有些突兀，但很快苏醒并洋溢开来。出人意料的回答却是这样的：我羡慕夫君船尾的春燕。这又奇怪了，在这送别之际，怎去留恋一只燕子？其中必有妙处。妇人紧接着将原因说来：那燕子可以衔泥去船中樯竿上筑巢，而夫君每日食宿都能见到它。就在这一刹那，谜底被揭开了，诗的言外之意也出来了。妇人的深情已不言自明。那就是妇人以为自己不如那燕子，因她不能与夫君长相伴，而燕子却能日日在那船中与夫君相守。妇人的深情通过燕子婉转而诗意地表达了出来，这样的写法又是西洋的客观对应物呢，即，不直说观念而是托物说之。当然这也是该诗的绝妙之处：一只燕子里有一个女人的内心世界。

214　道是无情还有情

竹枝词　刘禹锡

杨柳青青江水平，闻郎江上唱歌声。
东边日出西边雨，道是无晴却有晴。

　　竹枝词是巴渝（今四川东部重庆一带）民歌中的一种。唱时以笛、鼓相伴，同时起舞，声调婉转动人。《刘梦得集》现存的两卷乐府诗，正是他努力学习民歌的成绩。其中的《竹枝词》是他流寓巴山蜀水期间学习当时民歌俚曲写成的作品。从《竹枝词》的序中，我们可以知道他当时看到了民歌"含思婉转"的特色，并有意学习屈原作《九歌》的精神，写了这些民歌体的小诗。《九歌》本是民间祭神之词，但刘禹锡却将其用来描写民间男女健康活泼的爱情，记录劳人生活和地方风物。此处所选一首正是其中代表。

　　如今当人们说"东边日出西边雨"时，人们自然知道后面一句"道是无晴却有晴"。而这首具有浓郁民歌特色的诗同样早已家喻户晓，尤其后面二句（本意是说一种气象，后用于代指男女之情）也早已成为我们表达恋爱时心情的日常口语。而前些年中央电视台还播送了一个极合大众胃口的电视连续剧，其内容是写当代中国男女爱情生活的，而这个剧的名字正是《东边日出西边雨》。

　　既然是民歌，那么这首诗就十分简单，不必作什么解释。它是说一位女子在江边听到一位男儿在江船中唱歌，突然就起了相思。用今天的话说，就是爱上这个男人了，但又搞不清对方是否爱她，不免内心忐忑起来，也不知那歌声是不是对她而唱的。这女子忐忑之心在后二句中被淋漓写尽。她以为那个男人有点像黄梅天的雨，说它晴，西边又在下雨；说它下雨，东边又在出太阳。真是这一个"晴"（即情）字摸不透呀。

　　顺便说一下，这种诗也叫"风人体"，即"谐音诗"，而"晴"字正好与"情"谐音。而运用同音假借字作诗之隐语，正是中国民歌中一个古老的传统。

刘禹锡喜向民歌学习，当然能写出这样人见人爱的大众诗歌。而"东边日出西边雨"自然也成了中国人表达爱情的日常口语。

215 过去如此，人生亦如此

石头城　刘禹锡

山围故国周遭在，潮打空城寂寞回。
淮水东边旧时月，夜深还过女墙来。

王夫之曾说过，刘禹锡的绝句有"小诗之圣证"，此说可谓精当。他的《金陵五题》便历来为人激赏，而此首《石头城》就是《金陵五题》中的第一首，它与《乌衣巷》可谓五题中的双璧，二诗之美真是难分伯仲。现在让我们先来看一下《石头城》。

石头城即南京，此地为六朝故都，历来是温柔富贵之地。而今在诗人的眼前，却是繁华消歇，唯有江月依旧。

诗一开篇便从地理形势下手，群山依旧是围绕着故都，潮水也在拍打着这座"空城"。这真是一座空城吗？不是的，而是诗人咏颂江山胜迹时发出的一番慨叹。想当年的金陵城真是"六代竞豪华"（刘禹锡《台城》），彻夜笙歌妙舞、灯红酒绿，春风楼台的秦淮河正是贵族王公们留下"青楼薄幸名"（杜牧）的地方。然而天下没有不散的宴席，也没有永恒的繁华。如今有的只是群山依旧、水拍空城和寂寞光阴。而此时，诗人仿佛又见到当年的明月从秦淮河的东边升起来了，在夜深人静之时，这"旧时月"从女墙（城垛）上照进城来。结尾二句虽写明月，却是一片凄凉。故国如此，人生亦如此；人有腾达之时，也有潦倒之时。诗人在朦胧的月夜中，含蓄地表达了所有生命繁荣与萧条的悲凉。一切都会过去，一切都会灰飞烟灭。

白居易读了这首怀古诗后，也不禁赞叹连连，认为："后之诗人不复措辞矣。"如此高的评价让人无语。之后，许多诗人写过金陵怀古一类的诗，似都没有超越刘禹锡这首《石头城》。

216　黍离之悲

乌衣巷　刘禹锡

朱雀桥边野草花，乌衣巷口夕阳斜。
旧时王谢堂前燕，飞入寻常百姓家。

"黍离之悲"源自《诗经》，"王风"中有《黍离》一篇，内云：

> 彼黍离离，彼稷之苗。行迈靡靡，中心摇摇。知我者，谓我心忧；不知我者，
> 谓我何求。悠悠苍天，此何人哉！
>
> 彼黍离离，彼稷之穗。行迈靡靡，中心如醉。知我者，谓我心忧；不知我者，
> 谓我何求。悠悠苍天，此何人哉！
>
> 彼黍离离，彼稷之实。行迈靡靡，中心如噎。知我者，谓我心忧；不知我者，
> 谓我何求。悠悠苍天，此何人哉！

《毛诗序》对此篇的解释是：

> 《黍离》，闵（悯）宗周也。周大夫行役至于宗周，过故宗庙宫室，尽
> 为禾黍，闵周室之颠覆，彷徨不忍去，而作是诗也。

由是可知，"黍离之悲"乃繁华流水、盛世不复之悲恸也。而此处刘禹锡
的这《乌衣巷》自然也属此列。

因为想当年，金陵城的朱雀桥边，乌衣巷口曾是香车宝马，何等繁华，只
有豪门巨族居住在这里。而其中最有名的却是王导、谢安这两家最为显赫的华
丽家族。而如今这一带却是杂乱的"野草花"与冷寂的"夕阳斜"。那瑰丽的
高堂华屋早已荡然无存，只有寻常百姓的低矮房屋。在春日的黄昏时分，当野

草在夕阳下寂寥地开放时，燕子仍在一年一度地飞翔，仍在衔泥筑巢，但燕子只能飞入那些普通的民房了。

我们也跟随着诗人为我们展示的这幅画面，进入了世事变迁与历史岁月，我们也仿佛亲自感受到金陵昨日与今天的不同气氛。曾经流溢着六朝金粉的秦淮河在黯然神伤地流着，曾经风流倜傥、钟鸣鼎食的王、谢大族也早已灰飞烟灭。这一切犹如诗人在另一首诗《西塞山怀古》中所说："金陵王气黯然收。"面对此景，诗人不觉油然生情，起了怀古之幽思，借旧燕来痛叹金陵之废也。这正是"万户千门成野草"（刘禹锡《金陵五题·台城》），刘诗人只有"人世几回伤往事"（《西塞山怀古》）了。

这首《乌衣巷》景物十分平常，语言也极为普通，然而诗之魅力正好来自这平常与普通。尤其是后二句托思苍凉，读来无不令人感慨系之，沉思良久。不是吗？如今的乌衣巷连刘禹锡吟唱过的野花也早已消失殆尽了，有的只是一条狭窄破旧的小巷以及来往穿梭的身穿西装的南京青年。而朱雀桥也是一座现代水泥桥，看上去更是不堪入目；而燕子，我们却很少看到，看到的只是乌烟瘴气的汽车以及熙熙攘攘的人流。乌衣巷那往昔的风流早被雨打风吹去矣！

217　春愁辜负了新妆

春词　刘禹锡

新妆宜面下朱楼，深锁春光一院愁。
行到中庭数花朵，蜻蜓飞上玉搔头。

中国古典文学的一个传统是"伤春悲秋"。因为那春虽然美艳，但容易付
了流水，转眼不再，所以值得伤心，你看红楼主人为一并女子取的名号：元春、
探春、迎春、惜春，一路下来，春来春去，多少娇美，又多少寂寞；秋属金，
肃杀悲凉，繁华人事的不如意都在里头，是凋败之象，你看《金瓶梅》的故事
起于秋而又终于秋，人去楼空，多少悲伤，又多少慈悲。

而此处刘诗人写春词，自然也有上面的这个因素。但看他如何写来。

我们知道，诗人此首诗原是与白居易唱和的一首。白居易的《春词》是这
样写的：

低花树映小妆楼，春入眉心两点愁。
斜倚栏杆背鹦鹉，思量何事不回头？

白居易这首诗偏于写女人的形象。最后一问，引而不发，颇有味道。而刘
禹锡这首《春词》却重在写女人的动作，最后二句尤显曲折并别出心裁。

春日融融之时，也正是春心荡漾之时。那妇人也妆点一新下得楼来流连春
景。哪知无人欣赏那妇人宜面的新妆，她独自一人面临深深的庭院，正好是人
与春光都共深锁在空庭之中。这二句诗写得十分流畅，看上去似乎得来全不费
功夫，但却也有讲究。第一句颇有普适性，出语也并不突兀，一般妇女都这样
梳妆打扮一新去迎接并流连春光。第二句便来了一个戏剧性的转折，春光深锁，
人却寂寞，这一院的"愁"恰恰辜负了"新妆宜面"的少妇。诗意在这二句之

间开始溢出，但诗意的最浓处却在三四句。如果说前二句还是平写，后二句便是婉曲神妙的一笔了。既然是一人赏春，妇人在百无聊赖之中只好闲数庭中花朵，以消磨大好春光。而蜻蜓无知，也爱这新妆妇人，还以为这妇人也是庭中的一个大花朵哩，因而飞上了"玉搔头"。这"玉搔头"正应了前面的"一院愁"，只是这"玉搔头"之"愁"流露得十分含蓄别致。美人恋花，而蜻蜓错将美人当花。寂寂院内，空无一人，除了花朵、蜻蜓外，还有这一位妇人，其中春愁亦不言自明。面对如此春天，妇人的心中是何等失望，何等惆怅。

218　一首出自政治生活的诗

登柳州城楼寄漳汀封连四州刺史 　柳宗元

城上高楼接大荒，海天愁思正茫茫。
惊风乱飐芙蓉水，密雨斜侵薜荔墙。
岭树重遮千里目，江流曲似九回肠。
共来百越文身地，犹自音书滞一乡。

柳宗元（773—819），字子厚，河东解(今山西运城)人，世称柳河东。德宗贞元九年
（793）进士。任礼部员外郎，后贬为永州司马，又迁柳州刺史，故又称柳柳州。卒于
柳州。有《柳河东集》传世。

对柳宗元的熟悉来自幼时小学课本上他的两篇小品寓言《黔之驴》《捕蛇者说》。同时也知道他的文章写得好，散文与韩愈齐名，因此有"韩柳"之说。但他的诗却与韩愈大不相同，与韦应物有些接近。后来读到苏东坡的一段议论："李杜之后，诗人继作，虽间有远韵，而才不逮意，独韦应物、柳子厚发纤秾于简古，寄至味于淡泊，非余子所及也。"（《书黄子思诗集后》）

而这位"寄至味于淡泊"的诗人有时也发出悲愤郁结的歌声。此诗便是证明。

此诗刚好写于柳宗元命运大起大落之时，时间是贞元二十一年（805）正月。这一月德宗去世，李诵嗣位做了皇帝，就是顺宗。这顺宗是一位改革派，当然重用朝廷中的改革派人物王叔文、柳宗元等人。一时间柳宗元这位少怀雄心大志的诗人开始参与了十分有名的"永贞革新"。然而好景不长，五个月之后，顺宗被逼退位，保守派大肆反扑，改革派主要成员全被贬到边远之地。这就是历史上所称的"八司马"事件。从此，王叔文、柳宗元集团被一网打尽了，而这场轰轰烈烈的政治改革也烟消云散。

就在这大失意的心情下，柳宗元登上了柳州城楼一口气写下这首诗。一方

面遥寄和他沦入同一命运的难兄难弟，即韩泰、韩晔、陈谏、刘禹锡这几位四州刺史，另一方面也抒发了他内心的悲愤郁结。

此诗一二句写得最好，有吐纳八荒之大气魄，又有沉着痛快之大悲愤。城上高楼相接大荒，不仅点出边地的荒凉辽阔，同时也有感物起兴的作用。而茫茫的海天愁思，又正是思念难友们的感情浓烈之时，同时也点出此诗寄四州刺史这一主题。

三四句写柳州夏日风景，特取在高楼望远所见的惊风密雨，"乱飐""斜侵"当是暴风雨的情状，而这情状又暗示了诗人当时悲烈的心境，这一写法正是"一切景语皆情语"也。

写完近处的暴风雨，诗人再举目远望，望见了什么呢？岭树遮目，江似回肠，友人不能相见，只有各自沦落天涯。

末二句实写这群难兄难弟的真实处境。一是共在"蛮夷"之地，二是彼此隔离、音书不通，而言下之意当然是只有写诗一首，以遥寄内心的思念之情了。

犹如我们通常所说的，诗歌出自于对生活的感受，柳宗元这首诗便出自于他对政治生活的特定感受。

219　江雪中孤独的英雄

江雪　柳宗元

千山鸟飞绝，万径人踪灭。
孤舟蓑笠翁，独钓寒江雪。

清人沈德潜曾说柳宗元的山水诗得了陶渊明的"峻洁"之气，情致深沉委婉，描绘细致简洁，艺术成就颇高。比如《江雪》这一首，作者以白描手法，勾画了一个寒江独钓的老人，由此也传递出诗人高怀绝世的人格风貌。所以，山水之间有人意，景语之下尽是心声。

而这也正是中国文人自古以来普遍运用的方法，即寄情于山水之间，做一名风花雪月下的吟者或饮者，当然这也成了落难的柳宗元排解他悲愤郁结的方法。纵观宗元一生，他写过许多清幽的散文与山水诗，难怪苏坡说他的诗是"寄至味于淡泊"了。这首《江雪》便十分应了东坡此说，同时也应了中国文人寄情于山水的排忧之道。

当时柳宗元被贬至永州，心绪自是非常郁闷，但山水正好给他带来寄托，以打发他落寞的心境。此首诗便是借江雪之幽景以抒胸臆。

诗人一上来就从大处着手，为我们勾勒出一个寂静无声的山中白雪世界。在这个纯粹洁白的世界里，鸟儿飞绝，周遭没有半点人影。这二句诗是浩大寂静的总括。犹如电影镜头，首先推给我们一个鸟瞰式全景，就在"千山""万径"这一万象全景之中，一个单独的物象吸引了我们的视线，这物象就是苍茫江雪中的一位老渔翁。读者的心此刻也被这景象震动了。渔翁的形象突然从巨大江雪的画面中活动了，在极端寂静与绝对缄默的世界里，一点生命或生气（即"独钓寒江雪"的老渔翁）给我们带来了一股似乎在幻觉中才有的仙气。这里的老渔翁，也可以说是柳宗元自己成了茫茫寒江上最风雅的隐士或笑傲天地的孤独英雄。

中国文人评诗爱说"只着一字，便境界全出"或"只着一字，尽得风流"。而柳宗元此诗题为"江雪"，全诗的末尾二字正扣了这题目。因此，我们也可以说只着二字也得了境界与风流。另外，此诗之主旨是言大寂寞，但并不明言，只言江雪。而寂寞从江雪中活活透出，浓烈逼人。此种写法不仅可见宗元的境界，也可见出他作诗手段的高妙。他仅用二十个字，便将一幅静中之动、动中之静、寂中之音、虚中之实、实中之虚的江雪垂钓图呈现于我们的眼前。而这种山水诗也最得庞德（Ezra Pound）之流赞许：认为中国古代诗人是现代人，老早就写现代诗了，写诗不带情绪，情绪尽藏于物中。且看这柳诗人以"独钓寒江雪"所吟出的寂寞物相，这可是何等风雅的"寂寞"之客观对应物呀。

220　欸乃一声山水绿

渔翁　柳宗元

渔翁夜傍西岩宿，晓汲清湘燃楚竹。
烟销日出不见人，欸乃一声山水绿。
回看天际下中流，岩上无心云相逐。

"史法骚幽并有神，柳州高咏绝嶙峋"（姚莹《论诗绝句》），前面已说，柳宗元写山水诗虽情景各不相同，但处处都有他清峻高洁的人格，以及由此转移出来的内心忧愤之气，所以沈德潜评说："柳州诗长于哀怨，得骚之馀意。"

但是，柳州在哀怨自外，还有清流。比如这首写渔翁的诗，明显与前一首很有一番不同的心境。前一首多少有些着意拔高的孤独之感，而这一首却写得闲适轻松得多，给人一种是高人自风流的感觉。

且看这渔翁如何徜徉、生活于山水之间。先是夜宿西岩下，然后清晨去湘江打水并点燃竹子生火做饭。接下来便是放舟江中。这样的生活在诗人的笔下写来真是要令人神往了。不是吗？当"烟销日出"之时（也正是青山绿水历历在目之时），为何不见人呢？这貌似"反常"，但却尤为"合道"。因人虽不在，却正在水波荡漾之间。"欸乃一声山水绿"是一句绝妙好诗，声音与颜色、空灵与实境俱在，而此句通感之运用亦十分妥帖。从荡桨之声到山水碧绿本并无半点关系，但这正是诗意之所在，清幽的桨声仿佛真的催绿了山水。这三四句与钱起的"曲终人不见，江上数峰青"亦有异曲同工之妙。

末二句写回望湘江上游的景致，岩上有无心的白云正在"相逐"。此句化用陶潜《归去来辞》中一句："云无心以出岫。"唐汝询说这末句为："泛舟中流，而与无心之云相逐，岂不萧然世外耶。"这高卧林泉、流连白云的渔翁在此实在令人艳羡。

对于这首诗，苏东坡十分欣赏，专此发了一通议论："诗以奇趣为宗。反常合道为趣。熟味此诗，有奇趣。然其末两句，虽不必亦可也。"笔者非常赞同苏东坡对这首诗的评价。如果柳宗元在"欸乃一声山水绿"此一奇句作结当是更妙，而且此句读来已有结尾的意思了。如在这里打住，也更令人回味流连。加上后二句的确显得多余，使本来"余情不尽"的诗意被活生生地拦腰斩断。柳子厚一首好诗在此被破了些许神像。虽有遗憾，但也有欣慰，毕竟子厚得了一句"欸乃一声山水绿"。

221 "推敲"的来源

题李凝幽居 贾岛

闲居少邻并，草径入荒园。鸟宿池边树，僧敲月下门。

过桥分野色，移石动云根。暂去还来此，幽期不负言。

贾岛（779—843），字阆仙，一作浪仙，范阳（今河北涿州）人。落拓为僧，法名无本，后还俗，屡举进士不第。曾任长江主簿，人称贾长江。其诗喜写荒凉枯寂之境，颇多寒苦之辞。以五律见长，注重词句锤炼，刻苦求工。与孟郊齐名，有"郊寒岛瘦"之称。有《长江集》。

现代汉语中的"推敲"一词系指斟酌字句、反复琢磨之意。关于该词的来历，有个好听的故事，也有一首出色的诗。这里不妨先讲故事，后说诗。

相传，有一天，贾岛骑一匹瘦驴去拜访李凝的幽居，路上突得了两句诗："鸟宿池边树，僧敲月下门。"他边走边想，又觉得这"敲"字应改为"推"字更好一些。就这样他进入了写诗的忘形状态，便伸出手来在驴背上作推门、敲门的姿势。不知不觉撞上了京兆尹韩愈的仪仗队，这可犯了冲，士卒便把他押至韩愈的马前。韩愈责问他为何如此大胆，竟敢冲犯官家队伍。贾岛便将作诗时正遇"推"与"敲"的难题一事从实说了。韩愈也就没有再责备他，想了一会儿，就对他说："作敲字佳矣。"从此以后，二人以推敲结缘，遂成为诗友。这正是肥瘦相宜，犹如红绿相配一般。

苏东坡曾说过"郊寒岛瘦"。前面孟郊的诗已经谈了，孟郊不仅人以寒酸闻名，诗也以苦寒著称。这贾岛却以苦吟出名。两人差不多，只是后者的诗写得更干瘦、更用心（或更推敲）而已。如他自己在《送无可上人》一诗中写过这样两句："独行潭底影，数息树边身。"为此他十分得意，又写一首绝句来自我激赏此二句："两句三年得，一吟双泪流。知音如不赏，归卧故山秋。"

用三年时间写成这两句诗，而且一经写出就泪流满面，并且还说如没人欣赏，他就从此不写诗了。这样的诗痴以及苦心可谓前无古人后无来者了，所以东坡这位以"肥"著称的诗人（指苏诗的华彩铺排）要说他"瘦"了。

现在让我们来看一看这首历来为人传诵的"瘦诗"吧。

从题目看，知贾岛是去山中拜见一位叫李凝的隐者。一二句写隐者幽居的环境。李凝的居处没有邻居，只有一条青草覆盖的小径通向荒芜的园子。这二句并不着"幽"字，却幽气自出。接下来三四句进一步写此处的幽静。这两句如今早已老幼皆知，而"推敲"的故事也口口相传。

再接下来四句诗，以景语又写到情语。先说诗人过了桥后便见郊野之幽。如何幽法，却是"移石动云根"，即古有云生于山石之说。而云彩飘动，仿佛也使山石在移动。此句写得奇佳，而一般人却忽略了（由于"推敲"之故）。面对这幽幽风景，诗人当然动了暂时离去还将重来的念头，而且他与李凝还定下过共同幽居的约期，诗人更当不负此言了。

纵观全诗，贾岛用字并不像孟郊那样艰涩，还颇有一股瘦瘦的幽气，想必这与他早年出家当过和尚有关吧。

222　写诗写到被拘留

忆江上吴处士　　贾岛

闽国扬帆去，蟾蜍亏复圆。秋风吹渭水，落叶满长安。
此地聚会夕，当时雷雨寒。兰桡殊未返，消息海云端。

司空图《与李生论诗书》曰："贾浪仙时有警句，视其全篇，意思殊馁。"贾岛长于五律，但他的诗往往是以片言只语取胜，而缺乏完整的构思。而如下这首《忆江上吴处士》便有这样的嫌疑，可作如是观。

贾岛这首诗是因怀念他的一位朋友吴处士而写的。由诗中可知，吴处士已乘船去福建了，许久未有他的消息，而月亮（诗中的蟾蜍代指月亮）已亏而又圆。现在渭水上起了秋风，长安城早是满地落叶。就在这萧瑟的秋天，诗人触景生情，回忆起不久前与吴处士聚会的那个晚上，当时长安城里可是雷雨交加的初秋天气。如今你的船（即诗中的兰桡）早已远去，至今还未返回，我贾岛只有向海云之间打听你的消息了。

此首诗本属一般忆人之诗，但由于有了"秋风吹渭水，落叶满长安"二句才算是一流好诗。这两句"风格颇高"（沈德潜语）的诗（虽然沈德潜认为此诗有句无篇）使通篇得以振起，大有一个亮点照耀通体的感觉。

而且这首诗也包含了一个诗人苦吟的故事。吴处士走后，诗人魂不守舍，又连连苦吟起来，贾岛这人本是"一日不作诗，心源如废井"（《戏赠友人》）的职业诗人。这一天，他又骑了瘦驴满街乱走，寻找诗兴。突然，一阵秋风猛刮过来，满地落叶当即触发了他的诗情，得了一句"落叶满长安"。沉思了一会儿，又得了一个对句"秋风吹渭水"，一时心中大喜，不觉又忘形起来。这时京兆尹刘栖楚正随大队人马而来。贾岛也忘了回避，硬是劈头迎上去。这一下又是冲犯了高官，而这一次也没有遇到韩愈那次幸运了。诗人当场被抓了起来，还被拘留了一夜，第二天才得以释放。

223 贾岛"画"的闲散快乐图

寻隐者不遇 贾岛

松下问童子，言师采药去。
只在此山中，云深不知处。

闻一多在《唐诗杂论》中说贾岛：

> 他的诗以清奇僻苦为特色，他爱瘦、爱冷，也爱这些情调的象征——鹤、石、冰雪。黄昏与秋是传统诗人的时间与气候，但他爱深夜过于爱黄昏，爱冬过于爱秋。他甚至爱贫病、丑和恐怖。

即使是比较好的诗也是一片荒凉之意，比如这首《寻隐者不遇》。但不论如何，笔者以为这是贾岛写得最好的一首诗。从中可见诗人不仅着意于词句的"推敲"，也着意于意境与构思的锻炼。

此诗作于访友人不遇，便以自为问答之词言之。先问童子友人去哪里了。这里"松下"二字既是询问地点，也显出隐者居处的幽雅，可谓一举两得，画面也十分美丽。童子答道：师父采药去了。又问去何处采药？（此句在诗中省掉）童子又答：只在此山白云深处，而不知其具体所在也。后二句虽也是实话实说，但幽人高隐之意自在其中了。松云之间，一位真隐士的风骨也不言自明了。

此首明白简洁的小诗流溢着道家的风神，不免使我想起林语堂的一段有关闲话来：

> 中国文化中重要特征之田野风的生活与艺术及文学，采纳此道家哲学之思想者不少。中国之立轴中堂之类的绘画和瓷器上的图样，有两种流行的题材。一种是合家欢，即家庭快乐图，上面画着女人、小孩正在游玩闲坐；另

一种则为闲散快乐图，如渔翁、樵夫或幽隐文人，悠然闲坐松荫之下。这两种题材，可分别代表孔教和道教的人生观念。樵夫、采药之士和隐士都接近于道家哲学，在一般普通异国人看来，当属匪夷所思。而一首小诗（《寻隐者不遇》），它就明显地充满着道家的情调。此种企慕自然之情调，差不多流露于中国所有诗歌里头，成为中国传统的精神上一主要部分。

而贾岛这首小诗当最能代表中国传统文化中的道家精神。

224　雪中的"小"快乐与大人生

问刘十九　白居易

绿蚁新醅酒，红泥小火炉。
晚来天欲雪，能饮一杯无？

白居易（772—846），字乐天，晚年号香山居士。其先世太原(今属山西)人，后迁居下邽(今陕西渭南东北)。贞元进士，授秘书省校书郎。元和年间任左拾遗及左赞善大夫。后因上表请求严缉刺死宰相武元衡的凶手，得罪权贵，贬为江州司马。长庆初年任杭州刺史，宝历初年任苏州刺史，后官至刑部尚书。在文学上，主张"文章合为时而著，歌诗合为事而作"，是新乐府运动的倡导者。其诗语言通俗，相传老妪也能听懂。与元稹常唱和，世称"元白"。有《白氏长庆集》。

白居易在我国可谓妇孺皆知，而真懂他的人极少，他真正的大名是在日本。江户时代的学者室鸠巢在《骏台杂话》中说：

> 我朝自古以来疏于唐土文辞，能读李杜诸名家诗者甚少。即使读之，难通其旨。适有白居易的诗，平和通俗，且合于倭歌之风，平易通顺，为唐诗上等，故只学《长庆集》之风盛行。（吉川幸次郎：《中国诗史》）

白居易的诗歌看起来平易，但中间却煞是风雅，所以吉川幸次郎说："发现不仅仅是平易的内涵，这恐怕就是读者的任务吧。"既然如此，不妨我们就以此诗为例，来一探白氏诗歌之下的风雅情调。

这是一首欲雪之夜的邀饮诗，也是一幅围炉漫叙的饮酒图。这里有中国古代文人享受生活的实情，也有他们诗酒人生的理想。这一寂寞人生中的小快乐（如果说大快乐是不恰当的，也缺乏美感），即诗中的"红泥小火炉"是我们为之神往的美之大人生。围绕着这个大人生（或这个传统），我们的祖国诞生过许多流连人生、品赏生活的大诗人，如明人张岱，清人沈复、李渔，近人林语堂、丰子恺、周作人等，不一而足。而他们的诗文之美，或所感受的生活之美可以说尽在白居易这二十个字之中了。这种对美的理想与李白那一路诗风是完全不同的。李白是仙人或天人，当有大气魄、大美丽、大英勇、大感叹！而以白居易开创的"红泥小火炉"这一派文人则是更细心、更"小气"、更婉约地慢慢体味人生这杯纯酒。的确，从某个角度说，中国不需要"体"而需要"点"和"线"（"点、线、体"之说，笔者已在前面谈岑参的《走马川行奉送封大夫出师西征》一诗中有所谈论。有关此说，读者可参考前面对此诗的解释），不需要大局观或大乘佛教，而需要"斤斤计较"或小乘佛教。当然"大"是美的，反过来"小"则更美。而此首诗的美正在于它的"小"，而不在于它的"大"（即李白的"会须一饮三百杯"那种大）。这小快乐里更有一番大人生的道理。众所周知，一粒沙也可见世界嘛，何必多说。

雪夜饮酒（还有雪夜闭门读禁书等）是中国文人的赏心乐事，再邀二三知己围炉对饮，更有延年益寿、快慰平生的舒心了。

白居易正是以上面这种心情在一个欲将下雪的冬夜想到了他的一位朋友刘十九。他要邀他来共饮一场，以消得这良夜。此时新酒已酿好（"绿蚁"即酒未滤清时酒面浮起的酒渣，细小如蚁），小火炉也燃得通红。外面大雪将来，阴森寒冷；而室内却温暖如春，酒香扑鼻。白居易正以"能饮一杯无"的好心情静静地等待刘十九前来小饮一场。

看来刘十九与白居易的关系应是无话不说的挚友了。白居易曾在另一首诗《刘十九同宿》中说过："唯共嵩阳刘处士，围棋赌酒到天明。"二人不仅是酒友、诗友，还是棋友。这里使我突然想到《枕草子》中的一个意境：冬天下围棋，下到深夜时分将棋子放进盒子里，那棋子清朗的声音伴着温暖冬夜的炉火实在令人怀念。岁月就在这棋声中流逝了，也在酒中流逝了。白居易却在诗中挽留了这个流逝，至少要让这流逝慢下来。

刘十九当然会命驾前往，他们在"红泥小火炉"旁也一定会再一次"围棋赌酒到天明"的。

白居易这首诗还使我想到张岱的《湖心亭看雪》，这另一幅雪中饮酒图。此文至妙，不妨录下，让读者与此诗对照欣赏：

崇祯五年十二月，余往西湖。大雪三日，湖中人鸟声俱绝。是日更定矣，余拿一小舟，拥毳衣炉火，独往湖心亭看雪。雾凇沆砀，天与云、与山、与水，上下一白。湖上影子，惟长堤一痕，湖心亭一点，与余舟一芥，舟中人两三粒而已。到亭上，有两人铺毡对坐，一童子烧酒，炉正沸。见余大惊喜，曰："湖中焉得更有此人！"拉余同饮。余强饮三大白而别。问其姓氏，是金陵人，客此。及下船，舟子喃喃曰："莫说相公痴，更有痴似相公者。"

接着让我们再来欣赏一段清少纳言所说的雪夜中女人的快乐：

　　雪也并不是积得很高，只是薄薄地积着，那时候真是最有意思。还有，或者是雪下大了，积得很深的傍晚，在室内可以看到外面的靠窗处两三个意气相投的人，围绕着火盆说话。其时天已暗了，室内却也不点灯，只靠了外面的雪光，隔着帘子看去全是雪白，用火筷搅着灰消遣，互相讲讲那些可感动的和有风趣的事情，觉得很有意思。女人都不能够那样地整夜坐谈到天明，可是像这样有男人参加，便同平常的时候不同，很有兴趣地过这风雅的一夜，大家聚到一块互相谈论着男子的风度等话。（《枕草子》）

　　雪夜中的小快乐不仅中国人欢喜，日本人也欢喜，连清少纳言这位日本最富天才的女诗人（当然她也是白居易的崇拜者，须知，整个日本平安朝的文人都崇拜白居易呀）也体会至深。日本平安时期的一位歌人平兼盛也作过一首雪夜中的小诗：

　　山村里积着雪，路也没有，今天来访的人煞是风流啊。

　　而白居易所邀的刘十九将踏雪前来饮酒下棋，这也正应了平兼盛此句诗："今天来访的人煞是风流啊。"

225　野火烧不尽，春风吹又生

草　白居易

离离原上草，一岁一枯荣。野火烧不尽，春风吹又生。
远芳侵古道，晴翠接荒城。又送王孙去，萋萋满别情。

　　苏东坡在评价白居易的诗时曾说过一句"元轻白俗"，即元稹的诗轻薄，白居易的诗浅俗。用今天的话说，白居易的诗是流行诗，有点像流行歌曲，通俗易懂。这位提倡"新乐府"运动的现实主义诗人虽然写过《卖炭翁》之类老幼皆知的通俗诗，但也写过他自己"随感遇"的感伤诗（如《长恨歌》《琵琶行》），以及风雅闲话的小诗（如《问刘十九》《花非花》等）。白居易的诗在当时，可以说全国人民都会吟诵，甚至在日本、高丽等国也争相抄写贩卖，连契丹国王也译他的诗诏群臣诵读。有关他写诗的故事也很多，最具代表性的是据说有一次他写了一首诗，念给一位老太婆听，边念边改直到老太婆听懂时为止。这种贴近大众的写法，当然也就给白居易带来了十分巨大而广泛的名声。他的出发点很清楚，写诗不为自己也不为少数几个人，而是为人民。但一般读者肯定会产生误会，以为白居易就是一位"人民"诗人，错矣！白居易可是中国诗人里第一位开创逸乐价值观的大诗人呢，关于这点，后面将谈到。
　　前面我们已经说了白居易的诗俗而能雅，正是其可贵之处，这一点特别应了江户时代杰出的学者伊藤仁斋跋《白氏集》中的一段话，他说：

　　　　目之以俗之处，此正白氏不可及之所，但伤稍冗。盖诗以俗为善，三百篇之所以为经者，亦以其俗也。诗以吟咏性情为本，俗则能尽其情。俗之又俗，固不可取；俗而能雅，妙之所以为妙也。（吉川幸次郎：《中国诗史》）

　　说了以上这些闲话，现在再让我们转过头来读一读诗人十六岁时写的这首

《草》。此诗在《唐诗别裁》中作《赋得古原草送别》，此诗的主旨亦是借吟咏古原草而送别。此诗三四句是千古传唱的佳句，天下没有不会背诵之人。这两句诗朴实有力，毫不刻意，真正做到了雅俗共赏。关于这首诗，尤其是这两句还有一个生动的故事，在此不妨道来让读者听听。

白居易十六岁那年，已写出一批自己觉得不错的好诗，便决定步入江湖，去长安寻访高手谈诗论文，也尝试打一片天下出来。

自江南入京都后。白居易就拿着他的诗稿到处拜访名人。这一天，他又带了一批诗去见当时的大诗人顾况。顾况看他太年轻了，又看了看他的名字，就脱口道："长安物价高昂，在这里混可是不容易的啊！"顾况一方面是以"居易"这名字开一个玩笑，调侃一下这位年轻诗人，即在长安居住大不易呀；另一方面也是委婉劝白居易不要在这繁华之都"打滚"（四川土话，即混社会），还是回家乡去好好读书，学好一些营生本事再来，无意之中，已流露出一些对白居易的不屑。但没想到情况一下又变了。当顾况在顺手乱翻白居易送上来的诗稿时，突然，他在《草》这首诗上停了下来，当读到"野火烧不尽，春风吹又生"时，不觉大惊，连忙改口道："能写出如此句子，在长安居亦易矣。刚才我说的那番话，只是戏言。"

从此，白居易便开始在诗坛立住了足，也很快地打出了一片天地。

这个故事正是说明居易初显江湖便立马扬名。

226　一部皇帝爱情悲剧的纪录片

长恨歌　白居易

汉皇重色思倾国，御宇多年求不得。杨家有女初长成，养在深闺人未识。
天生丽质难自弃，一朝选在君王侧。回眸一笑百媚生，六宫粉黛无颜色。
春寒赐浴华清池，温泉水滑洗凝脂。侍儿扶起娇无力，始是新承恩泽时。
云鬓花颜金步摇，芙蓉帐暖度春宵。春宵苦短日高起，从此君王不早朝。
承欢侍宴无闲暇，春从春游夜专夜。后宫佳丽三千人，三千宠爱在一身。
金屋妆成娇侍夜，玉楼宴罢醉和春。姊妹弟兄皆列土，可怜光彩生门户。
遂令天下父母心，不重生男重生女。骊宫高处入青云，仙乐风飘处处闻。
缓歌慢舞凝丝竹，尽日君王看不足。渔阳鼙鼓动地来，惊破霓裳羽衣曲。
九重城阙烟尘生，千乘万骑西南行。翠华摇摇行复止，西出都门百余里。
六军不发无奈何，宛转蛾眉马前死。花钿委地无人收，翠翘金雀玉搔头。
君王掩面救不得，回看血泪相和流。黄埃散漫风萧索，云栈萦纡登剑阁。
峨眉山下少人行，旌旗无光日色薄。蜀江水碧蜀山青，圣主朝朝暮暮情。
行宫见月伤心色，夜雨闻铃肠断声。天旋地转回龙驭，到此踌躇不能去。
马嵬坡下泥土中，不见玉颜空死处。君臣相顾尽沾衣，东望都门信马归。
归来池苑皆依旧，太液芙蓉未央柳。芙蓉如面柳如眉，对此如何不泪垂。
春风桃李花开日，秋雨梧桐叶落时。西宫南内多秋草，落叶满阶红不扫。
梨园弟子白发新，椒房阿监青娥老。夕殿萤飞思悄然，孤灯挑尽未成眠。
迟迟钟鼓初长夜，耿耿星河欲曙天。鸳鸯瓦冷霜华重，翡翠衾寒谁与共。
悠悠生死别经年，魂魄不曾来入梦。临邛道士鸿都客，能以精诚致魂魄。
为感君王辗转思，遂教方士殷勤觅。排空驭气奔如电，升天入地求之遍。
上穷碧落下黄泉，两处茫茫皆不见。忽闻海上有仙山，山在虚无缥缈间。
楼阁玲珑五云起，其中绰约多仙子。中有一人字太真，雪肤花貌参差是。
金阙西厢叩玉扃，转教小玉报双成。闻到汉家天子使，九华帐里梦魂惊。
揽衣推枕起徘徊，珠箔银屏迤逦开。云鬓半偏新睡觉，花冠不整下堂来。

风吹仙袂飘飘举，犹似霓裳羽衣舞。玉容寂寞泪阑干，梨花一枝春带雨。
含情凝睇谢君王，一别音容两渺茫。昭阳殿里恩爱绝，蓬莱宫中日月长。
回头下望人寰处，不见长安见尘雾。唯将旧物表深情，钿合金钗寄将去。
钗留一股合一扇，钗擘黄金合分钿。但教心似金钿坚，天上人间会相见。
临别殷勤重寄词，词中有誓两心知。七月七日长生殿，夜半无人私语时。
在天愿作比翼鸟，在地愿为连理枝。天长地久有时尽，此恨绵绵无绝期。

历来读者对此诗的意见不一，有人认为是讽刺诗，暴露统治阶级荒淫；有人认为是爱情诗，讴歌帝王和妃子的真挚情感；也有人认为这中间既有讽刺，亦有歌颂，是个矛盾的主题。在这三种观点中，笔者还是愿取第二观点，即这是一部皇帝爱情悲剧的纪录片。

一个帝王（唐玄宗）与一个美女（杨贵妃）的爱情悲剧正是"一篇长恨有风情"。而长恨与风情也正是这首长诗的主旨与基调。从另一方面说，我们也可将其看作是一部皇帝爱情悲剧的纪录片。

此诗可以分为四个段落来阅读。

第一段从起首一句至"惊破霓裳羽衣曲"，这段似一个序曲，写安史之乱前玄宗与玉环的行乐岁月。前者"重色思倾国"，点出玄宗的本性风流、逸乐这一特征；后者却果真有倾国之容，"天生丽质""回眸一笑"，杨妃之美尽在其中了。而玄宗呢，由此大为迷醉，从此不早朝了，犹如坠入"迷楼"，日夜与美人相伴，歌舞酒宴不断。然而乐极生悲，"恨"就要登场亮相了。"渔阳鼙鼓动地来，惊破霓裳羽衣曲"这两句诗承上启下，"长恨"的哀歌已经奏响。

接下来至"夜雨闻铃肠断声"为第二段，写玄宗在安史之乱中入蜀以及玉环死于马嵬坡之事。由于"六军不发"，即史书上所说的马嵬兵变，玄宗只好赐玉环死。当倾国之色终被逼死后，玄宗又恋恋不舍，追忆不绝，其长恨之情不禁油然而生。

再接下来至"魂魄不曾入梦来"为第三段，写玄宗对玉环的相思之苦以及他暮年的孤单凄凉。爱情的悲剧似乎不在赐死的那一刻发生的，而是在日后睹物思人、触景生情中发生的。长夜难熬，皇上夜不能睡，一股刺人心肠的"恨"使他难以自已，此别悠悠已经好多年了，但玉环的灵魂却一直未入梦中。

最后接下来到结束为第四段，写道士如何用法术招玉环之亡魂，以解玄宗相思之苦。这一节，笔法恣意挥洒，上天入地，颇具浪漫主义色彩。仙境中的杨妃仍以"梨花一枝春带雨"的美丽形象注视着玄宗，而且还说出了一番忠贞不渝的爱情誓语，以"比翼鸟""连理枝"来形容二人的爱情。

这首千百年来为广大读者所传颂的《长恨歌》历来褒贬不一。有人说它"情至文生""脍炙人口"。也有人说它啰啰唆唆，事无巨细都要写到。苏东坡就并不看好这首诗，他不仅认为白诗浅俗，而且尤其这首诗写得毫无节制。笔者以为此诗除有一些佳句外，整个结构显得笨拙，太长了，读后令人思睡。此诗虽是叙事兼抒情，但写法呆板，一条直线贯串到底，无变化、无宕开、无节略，的确不是专家手笔。然而此诗由于简单，因此很容易理解与背诵，不少人为了炫耀记忆力，还特别背诵此诗。这种人，我就亲自遇到好几个。他们也不管诗之好坏，只要是长篇就背，就认为好，而且还认为有难度。我本不愿选择此诗，但由于此诗名气极大，只好选来作一番议论。

白居易不仅这首诗写得长，而且写的诗也极多，约有两千八百多首，其中许多是"泥沙俱下"之作。清代叶燮在《原诗》中曾这样批评白居易："诗文务多者必不佳。古人不朽可传之作，正在不多。苏、李数篇，自可千古。后人渐以多为贵，元、白《长庆集》实始滥觞。其中颓唐俚俗，十居六七，若去其六七，皆卓然名作也。"笔者十分赞同叶先生的评价。这首《长恨歌》就完全没有必要写这么长，也可"去其六七"，即在原篇中删去十分之七。如此这般，或许会使此诗成为一首真正的杰作，而不是一首让不识字的老太婆与小儿都分外喜欢的所谓的杰作。这样说并非对大诗人白居易不敬，而是在告诫那些盲目崇拜者，诗不在于长、大、肥，而在于短、小、瘦。汉诗尤其如此！

227 用缓慢松散的语言写诗

琵琶行　白居易

浔阳江头夜送客，枫叶荻花秋瑟瑟。主人下马客在船，举酒欲饮无管弦。
醉不成欢惨将别，别时茫茫江浸月。忽闻水上琵琶声，主人忘归客不发。
寻声暗问弹者谁，琵琶声停欲语迟。移船相近邀相见，添酒回灯重开宴。
千呼万唤始出来，犹抱琵琶半遮面。转轴拨弦三两声，未成曲调先有情。
弦弦掩抑声声思，似诉平生不得志。低眉信手续续弹，说尽心中无限事。
轻拢慢捻抹复挑，初为霓裳后六幺。大弦嘈嘈如急雨，小弦切切如私语。
嘈嘈切切错杂弹，大珠小珠落玉盘。间关莺语花底滑，幽咽泉流冰下难。
水泉冷涩弦疑绝，凝绝不通声暂歇。别有幽愁暗恨生，此时无声胜有声。
银瓶乍破水浆迸，铁骑突出刀枪鸣。曲终收拨当心画，四弦一声如裂帛。
东船西舫悄无言，唯见江心秋月白。沉吟放拨插弦中，整顿衣裳起敛容。
自言本是京城女，家在虾蟆陵下住。十三学得琵琶成，名属教坊第一部。
曲罢曾教善才伏，妆成每被秋娘妒。五陵年少争缠头，一曲红绡不知数。
钿头银篦击节碎，血色罗裙翻酒污。今年欢笑复明年，秋月春风等闲度。
弟走从军阿姨死，暮去朝来颜色故。门前冷落车马稀，老大嫁作商人妇。
商人重利轻别离，前月浮梁买茶去。去来江口守空船，绕船明月江水寒。
夜深忽梦少年事，梦啼妆泪红阑干。我闻琵琶已叹息，又闻此语重唧唧。
同是天涯沦落人，相逢何必曾相识。我从去年辞帝京，谪居卧病浔阳城。
浔阳地僻无音乐，终岁不闻丝竹声。住近湓江地低湿，黄芦苦竹绕宅生。
其间旦暮闻何物，杜鹃啼血猿哀鸣。春江花朝秋月夜，往往取酒还独倾。
岂无山歌与村笛，呕哑嘲哳难为听。今夜闻君琵琶语，如听仙乐耳暂明。
莫辞更坐弹一曲，为君翻作琵琶行。感我此言良久立，却坐促弦弦转急。
凄凄不似向前声，满座重闻皆掩泣。座中泣下谁最多？江州司马青衫湿。

吉川幸次郎在《中国诗史》中谈到白居易的时候，曾经说道：

> 我以为，白居易诗的特征，最明显的，就是它的繁复性。

> 与他并列的同时代诗人——韩愈的诗也是繁复的，但在韩愈那里，他喜欢用新奇冷僻的字，读者多注意冷僻的方面，繁复感便淡薄了。而在白居易那里，非常平易的，或是常见的语词不断出现，因而繁复感就更加显著。

> 当然，繁复未必不适合作诗，但至少，不适合写抒情诗。然而，他就以此法写诗，不仅《长恨歌》《琵琶行》那样的叙事诗是如此，即使写抒情诗歌，也照样繁复。也就是说，他是用难以作诗的方法在作诗，在这点上，他是一个特殊的诗人。

> 那种特殊性，在中国历代的诗歌中也是特殊的。对于唐诗来说，就更为特殊。唐代继承了前代中国诗歌的传统，成了诗歌的黄金时代。就是因为，唐代的诗歌扬弃了中国前代诗歌所常有的叙述的平淡感（比如《文选》中的诗歌即是如此），而将它提炼成为高度凝练、概括的语言结晶。一般所谓的唐诗名作，人们一般所认为的唐诗，就是这种凝练的语言。

> 但白居易的诗不是这样。与其说使人感到的是凝练的语言，毋宁说使人感到缓慢松散的语言，与一般的唐诗有很大的不同。

如下就让我们来看这首用缓慢松散的语言写成的《琵琶行》，并从中领会白居易的不同。

首先，《琵琶行》与《长恨歌》一样，早在诗人生前就流行海内外了。当时可谓"童子解吟《长恨》曲，胡儿能唱《琵琶》篇"。

《枕草子》第八十一段也有一位日本琵琶女的描写：

> 在中宫休憩处的帘子前面，殿上人整天弹琴吹笛作乐游戏。到走散的时候，格子窗还没有放下，灯台却已拿了出来，其时门也没有关，就整个儿可以看见屋子里边。也可看出中宫的姿态：直抱着琵琶，穿着红的上褂，说不出的好看。里面又衬着许多件经过砧打的或是板贴的衣服。黑色很有光泽的琵琶，遮在袖子底下的情形，非常美妙；而从琵琶的边里，现出一点雪白的前额，真是无可比拟的艳美，我对坐在近旁的一位宫女说道：从前人说那个

半遮面的女人，实在恐怕还没有这样的美吧？况且那人又只是平民罢咧。

的确，白居易在其诗中所写的那个琵琶女（她正是"犹抱琵琶半遮面"）只是一个沦落天涯的歌女，后来也只有"老大嫁作商人妇"，因此只是一个平民罢了。

然而两个琵琶女，一个是以姿容夺目（清少纳言所描写的），另一个则是以技艺突出（白居易所描写的）。前者的命运是和平，后者的命运是忧愁。

下面不谈清少纳言笔下的日本琵琶女，专谈白居易笔下的中国琵琶女。

在"琵琶行并序"中，白居易吐出了此诗的经过。那是元和十一年（816）秋天的一个晚上，被贬到九江当司马的白居易（在此已两年了）去渡口送一位朋友。这时，他听见船上有人弹琵琶，其音色颇有京城的韵味。他问那演奏者，才知道她原是长安歌伎，曾随名师学艺。后来年龄大了，姿色衰退，就下嫁给一位商人。白居易来了兴致，因他是一个喜欢音乐歌舞的人，便立刻吩咐了酒菜，叫那女人弹奏来助他酒兴。女人弹完后，还述说了她早年春风得意的生活，而今却飘零憔悴，在江湖中辗转流离。哪知歌女的伤心事却大大地触动了诗人的内心，白居易此时满腔的迁谪之感，不禁要借这商妇以发之了。他当场落墨挥毫，写下这首长诗送给这位琵琶女。在诗中，他不但赞赏她那"大珠小珠落玉盘"的技艺，而且还在"似诉平生不得志"的琵琶声里，成了这女人的知音。"同是天涯沦落人，相逢何必曾相识"，这二句不仅是全诗的主旨，也是对这位歌女及他本人（这位"谪居卧病浔阳城"的贬官）的宽慰。

此诗虽写尽琵琶之声，即音乐之声的美感，但同时也写出沉默的美感。沉默的力量在琵琶女奏完一曲后停了下来："别有幽情暗恨生，此时无声胜有声。"无声的力量创造出一股无声的氛围。正如斯蒂芬·欧文所说：

> 诗人（白居易）所以会创造出无言的雄辩，在他自己来说，是因为除了在本可以继续写下去的地方停住不写外，他想不出更好的办法。沉默可以表示情调、主题、背景或意向的一种突然的转变，读者的注意力准确无误地被引而不发的东西吸引过去。

但一般来说，对"沉默"技巧的运用一般都在诗的结尾处，而白居易却用在了全诗的当中，不过这一运用还是饶有味道的。当大家都以为"无声"之时，琵琶女开始"银瓶乍破"、水浆奔涌、"铁骑突出"、刀枪轰鸣，一股大恨涌上心头。此女被激动了，白居易也被激动了。

除写音乐之美外，诗人还写了人生际遇。这其中不仅有歌女的人生兴衰，也有诗人自己大起大落的命运。因此，感慨之声贯穿全篇。两位同样沦落天涯的人在江中偶然巧遇了，他们都曾在京都长安风光过，而今却又都漂落到这个偏僻的地方。一个下嫁，一个卧病；一个是歌人，一个是诗人。"对酒当歌，人生几何"，白居易只有一条路可走了，那就是"江州司马青衫湿"，二人抱成一团，大哭人生，痛浇其愁。

228　花非花，雾非雾

花非花　白居易

花非花，雾非雾，夜半来，天明去。
来如春梦几多时？去似朝云无觅处。

此诗从形式上看，有别于一般的唐诗，以三字句和七字句轮换的形式写成，颇有当时民谣三三七句式的神韵，也像极了后来的宋词小令。当然了，这种"诗似小词"的现象出现在唐代较早从事词体创作的诗人白居易笔下，根本无所惊怪。

倒是白居易写诗多以浅近易懂出名，而此首诗却写得很有一点朦胧诗的味道，颇要费你我一番思量了。他说花不是花，雾不是雾，似乎别有一番意思。那么这"来如春梦""去似朝云"的"花非花""雾非雾"到底是什么东西呢？

据施蛰存在《唐诗百话》中的讲法：此首诗是为妓女而作。"花非花"两句比喻她的行踪似真似幻，似虚似实。唐宋时代旅客招妓女伴宿，都是夜半才来，黎明即去。施先生这一解说很有一些意思，算是一家之言吧。

而笔者却从这首诗领悟到禅宗传灯录的一段十分有名的公案：

> 老僧三十年前参禅时，见山是山，见水是水。及至后来亲见知识，有个入处，见山不是山，见水不是水。而今得个休歇处，依然是见山只是山，见水只是水。

其实这种看山水的目光可理解为人感知外物的三个阶段。在第一个阶段"见山是山，见水是水"，人还未进入认识论的哲学思维之境，也可以说还未进入禅境，人只以素朴之心照相式地反映外界。而当进入"见山不是山见水不是水"这个第二阶段时，人的主观意识开始活动了，开始进入了找寻意义及联系这一层面上。而最后一个阶段，"依然是见山只是山，见水只是水"，又把人引向物自身，此时人已进入了一个更高的境界，即抛弃语言和心智活动而回归于物的原始存在。这也是现代西方哲学中说的"还原"。

在这首诗中，白居易的"花非花，雾非雾"就是"见山不是山，见水不是水"的境界，他正进入认识世界三阶段中的第二个阶段，这是承上启下的一个重要阶段（即诗人写诗的阶段）。在这必须说出的阶段中，诗人自由的心灵捕捉到了这"花非花"的玄妙之机。这一点犹如胡塞尔所说：我们可以直看一棵树，想象一棵树，梦想一棵树，哲理化一棵树，但树之为树本身不变。而白居易想象或玄说一朵花，正好澄清了物我之间的关系与意义。在这一点上，他达到了诗歌朦胧美的境界，同时也达到了禅意之境。

229 读君诗，忆故人

舟中读元九诗　白居易

把君诗卷灯前读，诗尽灯残天未明。
眼痛灭灯犹暗坐，逆风吹浪打船声。

　　唐宪宗元和十年（815），宰相元衡遇刺身亡，白居易上书要求严缉凶犯，因此得罪权贵，被贬江州司马。在漫长而寂寞的谪戍途中，诗人想起了早他五个月被贬的好友元稹，即此诗中所提的元九，而写下这首忆人之作。

　　关于本诗，笔者不想过多地讨论，因为在此之前哈佛大学中国文学和比较文学教授斯蒂芬·欧文已对此作了精彩的分析。欧文先生对中国古典文学有非凡的造诣（这儿主要指他那无与伦比的阐释功夫，而不是任半塘、傅旋宗之类的考据真功夫），尤其对唐诗（当然也包括宋词）更是独具慧眼。下面是他谈论的白居易这首诗，笔者认为欧文先生的见解极有启示性，同时也大开了我们的眼界：

　　　　首先我们必须认识到，这首小诗确实是为元稹写的；如果说白居易把它拿给我们这些后世的读者看，那看来也是他事后才想到的，而且不是把这首诗作为一件艺术品。然而，正因为如此，当我们在一旁听他对元稹说话时，我们了解到了他同他最要好的朋友之间的关系。白居易对元稹谈起的，与其说是一个真实的时刻，倒不如说是时间长河中的一个断片。这首诗有叙事的各种要素，但是它没有叙事的内在的整一性；它的两端都呈开放状——通向他的生平、他俩在此之前的关系、白居易所收到的元稹的诗以及他的诗将会为元稹所收到这件事。它不折不扣地是来自更长的延续性中的一则断片，如果不这样写，元稹就有可能误解他的意思。由于把这首诗仅仅作为一则断片而寄送出去，白居易就能够让元稹明白，无论是读还是写，过后他都继续在思索。

　　　　中国文学作为一门艺术，它最为独特的属性之一就是断片形态；作品是可渗透的，同作诗以前和作诗以后的活的世界联结在一起。诗也以同样的方式进入它的读者生活的那个时代，元稹和后世的读者大声朗诵白居易的这首诗，这首诗是在大声朗诵元稹的诗的基础上写成的，而这些诗元稹早些时候曾经一边写一边大声朗诵过。我们能感到诗的情态在继续发展，所以会产生这种情态，是因为我们明白了元稹诗的情态是如何继续发展的。这种延续性的最神秘的一面，也许就出现在白居易停止朗读、侧耳倾听的那个时刻，出现在新的沉默中。这时只有水浪拍打船侧的声音，就在同一时刻，我们的朗读声也停了下来，我们倾听着从我们自己的新的沉默中传出的声音。这一首特定的诗教会我们应该如何去读它，如何去读所有的诗，它超越于诗的时间性之外，向我们指出了围绕着它的生活世界以及在它之中的内在的感情世界。没有人告诉我们元稹的诗说些什么，也没有人告诉我们白居易读到它们时的感受如何，我们看到的只是一则表面的断片，而这则断片却足以使我们朝整体延续下去。

他展开诗卷，大声朗读，在灯光下一首一首地读着，一直读到"诗尽灯残"，读到"眼痛"，同结尾的那句诗一样，在这里也可以感受得到这首诗的力量。某些东西把我们同物理世界联系起来，在物理世界里我们老是遇到终结和限度：诗卷到头了，灯油快点完了，眼睛的承受力几乎到顶了。然而，每一次快要终结时，每一次快到限度的临界点时，都转换成一种延续性。他熄灭了灯光，东方却已经晨曦微现。他灭了灯是想休息一下，然而却没有休息。他坐在黑暗中。他的朗读声停住了，然而水浪声仍然哗哗作响。

最后一句诗与其说是"情语"，不如说是"境语"。如果白居易在最后这句诗里用上类似"我感伤地听着……"这样的词句，那么，摆在我们面前的就不会是一首出名的绝句了，它只会成为这个时代成百上千首伤感的绝句中的一首而已。在它现在的形态中，最后一句为人们提供了一种不完整的状态。它省去了，而且在省略中寻找着某个以特殊的心理状态在聆听的人。它把我们的注意力抛出它自身之外，抛向此时此刻的感受。它仅仅是一则"断片"，只不过是整个境遇的一则碎片；最后一句是延续性在形式上的具体化，正像不断拍打着船侧的水浪是延续性的形象化，以及白居易坐在黑暗里是一个为他仍然在继续想他的朋友提供证据的行动一样。白居易没有把当时的情况全都告诉元稹，没有告诉他全部有形的细节，也没有告诉他自己的全部心理状态；因此，他寄送出去的只是一则断片，它让读者知道自己是断片，把读者的思想引向它自身之外。

230　人在旅途，汤团不圆

邯郸冬至夜思家　白居易

邯郸驿里逢冬至，抱膝灯前影伴身。
想得家中夜深坐，还应说着远行人。

冬至是深冬里一个欢乐热闹的节日。在唐朝，朝廷要放假，民间也十分看重，他们互赠饮食、穿新衣、贺节，一切有如新年。笔者曾在一首诗中这样写道：

　　冬至，全家吃夜饭
　　豆芽如意，青菜安乐
　　年糕、汤团、圆之意
　　儿子不得外出
　　嫁女不利亲人
　　南瓜放出门外过夜

而这一天（诗中冬至的一天），白居易并未在家与家人吃夜饭，当然更没有如意的豆芽与安乐的青菜了。更何况圆之意呢？他正值"人有悲欢离合，月有阴晴圆缺"之时。他，这位家中的儿子正在遥远的邯郸一个旅店里。人在途中，虽逢佳节，却不能与家人共度，这是何等的寂寞感伤啊。他独自一人抱膝枯坐于灯前，唯有与自己的孤影相伴。这犹如戴叔伦在《除夜宿石头驿》中所感叹的：

　　旅馆谁相问，寒灯独可亲。
　　一年将尽夜，万里未归人。

白居易像中国所有诗人那样，也发着同样的羁旅之叹，只是他的感叹更为实在、具体。后二句便是如此，而且笔者认为是非常好的诗句，颇有点现代派的写法，完全近乎日常口语，读来极有远韵。诗人在深夜寒冷的旅舍想念着家中人，家人这时想必也未入眠，正在围炉夜话吧，正在说着我这个远行人哩。这后二句诗没有深切的生活感受是写不出来的。看似简单，却有着极丰富的画面与内容，所以宋人范希文在《对床夜语》里说：

> 白乐天"想得家中夜深坐，还应说着远行人"，语颇直，不如王建"家中见月望我归，正是道上思家时"有曲折之意。

这个说法其实并不确切。因为仅这一句，我们便完全可以想象出这样一幅图画：冬至的夜晚，白居易全家人在热热闹闹地吃着丰盛的夜饭，享受着人间的天伦之乐。诗人不在身边，但全家人都在说着、念着这个远行人。究竟说了什么？已不必说出了，而诗意正在于留下一个空间不必说出，仅此一句"还应说着远行人"已使诗意完足。

231　白居易教我们怎样愉快地度过一生

欲与元八卜邻，先是有赠　白居易

平生心迹最相亲，欲隐墙东不为身。明月好同三径夜，绿杨宜作两家春。
每因暂出犹思伴，岂得安居不择邻。可独终身数相见，子孙长作隔墙人。

白居易这首诗用意明确，从题目一看便知是专为择邻而作的。诗题中的元八，名宗简，与白居易诗交甚厚，二人有二十多年的友谊，一起在朝中供职。宗简先在长安升平坊买了一所房子，诗人一见心也痒了，也想购房并与之结邻。

我们知道，择邻而居，不仅文人如此，连平常人家亦如此。古有孟母三迁的故事，说的是孟子的母亲为了择得好邻居为孟子提供一个良好的环境，而搬了三次家。俗话也说远亲不如近邻。这些都说明邻居对中国人的饮食起居以及儿童教育是何等重要。那么，白居易与元八为邻，到底有哪些好处呢？且看他如何细细写来。

此诗前四句，诗人着力渲染了一番与元八结邻的美好情景。头二句先说与元八的关系是最亲密的挚友，可谓心心相印；二人都有隐居避世的人生观，并不想在功名场上混一辈子。后二句却直说结邻的好处了。是什么好处呢？两家可共享清风明月夜与绿杨春色，如此快乐人生如无朋友分享岂不可惜！

后四句写结邻的必要，颇有百年大计的眼光。诗人说，一个人哪怕暂时外出也需良伴同行，那么一个人如想长期安居，岂有不择佳邻呢。我们二人一旦做了邻居，不仅终身可以常相见，子孙后代还可以继续做好邻居，常来常往，更是妙不可言啊！这一切正是与友人结邻，可度终生。其中的快乐，诗人与元八当然有深切体会。

全诗虽是说结邻的道理，但三四句也有优美的抒情，为读者提供了一个想象的画面。在这明月清风、绿杨春色里，诗人与元八或散步，或闲话，或下棋，或对酌，或观景，总之陶然忘忧，对酒当歌，以享天年。这样的生活，知足长乐，又有好友陪伴，实在是令人神往啊！看来白居易深懂生活之美，深懂中国人应该怎样愉快地度过一生。因此我们又可以说，白居易是唐朝最会享受人生的人，犹如李笠翁是清朝最会享受人生的人，以及林语堂是现代中国最会享受人生的人。这样的人乐天知命，的确是有福了。读者诸君若要协调身心以度美好人生，白居易这首诗不可不读，不可不反复体味并实践之。

232 欲懂生活，先懂睡觉

秋雨夜眠　白居易

凉冷三秋夜，安闲一老翁。卧迟灯灭后，睡美雨声中。
灰宿温瓶火，香添暖被笼。晓晴寒未起，霜叶满阶红。

读者朋友切莫以为这个标题仅是一句玩笑，天下大有各种紧急的事情需要懂得，何必这睡觉要列在首位呢？其实，睡觉不只休息这样简单，这其中大有文章呢，不然孔子怎么会说"寝不尸，居不容"呢。不信，你听林语堂是怎么讲的，他曾说："安睡眠床艺术的重要性，能感觉的人至今甚少。这是很令人惊异的。"今人不懂安眠之艺术，然而白居易早在唐代就已深享了夜眠的快乐了。

深秋的夜晚，天气"凉冷"，其中"凉"字湿润柔和，符合秋气。如用"寒"字就不准确，也不好听、不好看了。正因为"凉冷"，才有老翁的"安闲"。寂寂的秋夜，安闲的老翁，他在恬淡中闲坐养神，迟迟未睡（俗话说三十年前睡不醒，三十年后睡不着），老人瞌睡很少，直到深夜白居易才睡去。他静躺在床上，屋外秋雨潇潇，诗人将灯盏熄灭了，在细雨声中享受着安睡眠床的日常快乐。而"睡美"二字中的一个"美"字，便将安睡的愉悦与美丽写足了，实在让人感觉温暖。

不觉已是天明时分，白居易仍继续高卧不起，充分享受着他的"睡美"。虽然那用于烤火的温瓶已经冷却了，但诗人还要"香添暖被笼"，还要在温暖的床榻上流连一番。这正是闲散人生伴闲散光阴，老文人最能体会的一点快乐。

清晨醒来的老翁虽躺在床上玩耍，却也有一些思想了。他凭经验知道一夜秋雨后，外面天气更添了几多寒意，红叶在秋霜中飘零，落满台阶。而这一切秋日的晨景，再无需用青年人惊讶的目光出去观赏。老人只需躺在床上想象，如同李笠翁在清晨醒来后，卧听百鸟的鸣声一样。老人有老人的境界，老诗人更有老诗人的淡泊颓唐（这里的颓唐指万事不关心，只专注于个人身心的享乐

之法)。而只有淡泊颓唐的老诗人才深深懂得睡觉的大快乐。

白居易不仅是他那个时代文人，也是从古至今整个中国文人里最出名的闲人与"头号快活人"。他在唐代所创造的睡眠及逸乐生活艺术，到宋代（尤其是颓废的南宋）可谓获得了至高无上的地位，从皇帝到整个士大夫阶层无不叹服他的生活情调。连宋徽宗也曾手书白居易的诗《偶眠》中如下四句："放杯书案上，枕臂火炉前。老爱寻思事，慵多取次眠。"而宋孝宗有一次在亲自抄录了白居易的诗《饱食闲坐》后，发出感慨："白生虽不逢其时，孰知三百余年后，一遇圣明发挥其语，光荣多矣。"的确，白居易的光荣从此以闲散"睡美"的方式朗照人间，引来无数追随者。仅有宋一代就有邵雍的《小圃睡起》，司马光的《闲居》，苏东坡的"午醉醒来无一事，只将春睡赏春晴"（《春晴》），吴文英也有"半窗掩，日长困生翠睫"，周密更是"习懒成癖"，就连辛弃疾这等英雄人物也如此唱来："自古高人最可嗟，只因疏懒取名多。"

20 世纪 30 年代的林语堂也大谈睡觉的快乐，还有一位早逝的文人叫梁遇春，他当时年纪轻轻就十分懂得睡觉的快乐了，为此还专门写了一篇谈睡觉的长文《春朝一刻值千金》。他在文中开宗明义道：

> 十年来，求师访友，足迹走遍天涯，回想起来给我最大益处的却是"迟起"，因为我现在脑子里所有聪明的想法，灵活的意思多半是早上懒洋洋地赖在床上想出来的。

连现代派诗人芒克也在 20 世纪 70 年代高唱过："生活真是这样美好，睡觉！"

233　酿酒自乐，邀朋共醉

与梦得沽酒闲饮且约后期　白居易

少时犹不忧生计，老后谁能惜酒钱。共把十千沽一斗，相看七十欠三年。
闲征雅令穷经史，醉听清吟胜管弦。更待菊黄家酿熟，共君一醉一陶然。

出于对生命的热烈留恋和对死亡突然降临的恐惧，自古以来文人无不沉醉于美酒之中。饮酒之风从汉末大盛以来，其中有多少有关文人饮酒的故事，在此不必多说了。仅唐朝诗人为例，可以说人人喝酒，尤其李白、杜甫更是酒中的仙、圣。

酷爱音乐、美人的白居易，当然也热爱吃酒。此首诗便是专写他与刘禹锡这位老朋友吃酒之事。

酒有各种吃法。李白"会须一饮三百杯""且须酣畅万古情"，吃得可谓勇猛无畏。杜甫"朝回日日典春衣，每日江头尽醉归"，吃得却是郁闷困顿。而白居易才是最懂得享受生活之人。他与梦得沽酒闲饮，这"闲"字最能见出他吃酒的细致与风雅。他不像太白大碗喝酒、大块吃肉；也不像子美借债买醉。就像他在诗中头二句所说，他年少时从"不忧生计"，老了后也从不"惜酒钱"，看来白居易属富贵之人。的确，他在另一首诗《从同州刺史改授太子少傅分司》中就说过："歌酒优游聊卒岁，园林潇洒可终身。月俸百千官二品，朝廷雇我作闲人。"这闲人饮酒也有豪爽的一面，因此与梦得对饮时，才有"共把十千沽一斗"的豪情。想当年，即唐开成二年（837）三月四日这一天，他曾与刘禹锡等十五人会宴于水上，从清晨至夕暮，整整一天"前水嬉而后妓乐，左笔砚而右壶觞"，如此盛况空前的饮酒作乐，引来的可是"观者如堵"，万民"望之若仙"（有关详情可参见《容斋随笔》）。然而，如今两人毕竟老了，已经是六七十岁的人了。光阴飘忽、人生短促的道理，诗人的体会可是至深、至痛。但诗人却化深病为和平恬淡的闲饮，又见出他的人生态度，即并不以年轻时的猛饮来增加生命的密度，而是以缓缓的细啜来流连人生。或行闲雅的酒令，或引经据典，或在半醉之中听听老朋友的"清吟"，而老友的吟诗当胜过音乐弦管啊。

闲饮之后，还续约下次再喝。时间定在重阳佳节，那时家中自酿的菊花酒已是浓香扑鼻了。诗人再请老友去家中小饮一场，共求"陶然"之兴，以度"闲饮"人生。

另，此诗中颇值得一说的是"家酝"一词，日人兴膳宏曾在《漉我新熟酒——酿酒自乐诗赏析》一文中曾说：

> ……在白居易诗中是能够体会到他自己酿酒的乐趣的。白诗中有表现自己酿酒的"家酝"一词。"家酝"作为诗语，在杜甫的诗歌中虽只能找到一例，但检索索引，在白诗中却有十六例。"家酝"成为白居易常用的诗语。最早的用例，是白居易四十岁时因服母丧而归乡里下邽（位于渭水边的城市）所作的《仿陶潜体十六首》，其序曰："余退居渭上，杜门不出，时属无雨，无以自娱。会家酿新熟，雨中独饮，往往酣醉，终日不醒。"其第八首的开头是：
>
> 家酝饮已尽，村中无酒赊。
>
> 白居易非常推崇陶渊明的诗歌风格，因而摹仿其诗也绝非偶然。喜爱饮酒，并且也喜爱自己酿酒的陶渊明，令白居易非常倾倒，而"家酝"一词便必定成为其中的一个点缀。换言之，作为对陶渊明敬意的一种表现，"家酝"一词也表现出作者对陶渊明等人生活的一种共鸣。（《中国古典文化景致》）

白居易这种"家酝"的陶然之兴、闲饮人生的世界观非常符合中产阶级的生活方式（用今天的话来说），这种生活方式自古有之，并被林语堂确定为"是中国人所发现的最健全的理想生活"。另一位文人李密庵在他的一首《半半歌》里把这种生活最详尽美妙地展示了出来。这里不妨抄录此歌（读者可从中更为细致地体会白居易这首诗）如下：

> 看破浮生过半，半之受用无边。
> 半中岁月尽幽闲，半里乾坤宽展。

半郭半乡村舍，半山半水田园。

半耕半读半经廛，半士半姻民眷。

半雅半粗器具，半华半实庭轩。

衾裳半素半轻鲜，肴馔半丰半俭。

童仆半能半拙，妻儿半朴半贤。

心情半佛半神仙，姓字半藏半显。

一半还之天地，让将一半人间。

半思后代与沧田，半想阎罗怎见。

饮酒半酣正好，花开半时偏妍。

帆张半扇免翻颠，马放半缰稳便。

半少却饶滋味，半多反厌纠缠。

百年苦乐半相参，会占便宜只半。

在这首《半半歌》里，我们不仅看到了一个闲饮的白居易，也看到了最快乐的人（中产阶级）的形象。这种人（当然包括白居易）"所赚的钱足以维持独立的生活，曾替人群做过一点点事情，可是不多；在社会上稍具名誉，可是不大显著。只有在这种环境之下，名字半隐半显，经济适度宽裕，生活逍遥自在，而不完全无忧无虑的那个时候，人类的精神才是最快乐的，才是最成功的"（林语堂：《吾国吾民》）。

234   千年后，异域的回响

山游示小妓   白居易

双鬟垂未合，三十才过半。本是绮罗人，今为山水伴。
春泉共挥弄，好树同攀玩。笑容共底迷，酒思风前乱。
红凝舞袖急，黛惨歌声缓。莫唱杨柳枝，无肠与君断。

选择白居易的这首诗来讲析，并非因为它有多么出众的表述，或者引人入胜的故事和情感，而是因为其有着古典诗歌最为寻常的"语调"。前面我们已经多次提及，中国诗歌有一大部分是酬赠诗，即它们是写给特定的朋友或者某个具体的倾听者的。正是在这种以"信"（"五伦"之一是朋友信义）为前提的诗友关系中，诗人们得以尽情地以诗友的语调袒露自己，同时也实践着自我。

从本诗的题目中可以清楚看到，它是诗人写给一位伴他同游山水的歌妓的。这个女子年纪尚幼，大抵只有十五岁的光景，可是作者本人却已年岁陈旧，不堪风月。所以诗人在同这位歌妓嬉游山水以及观赏她美妙歌舞的时候，发出了这样的感慨：千万不要唱那断肠的歌曲，因为我已年老，再也无法忍受其中强烈的情感波动。显然，这种不堪是诗人对自己流逝的青春、追迫的晚景以及无望的前程之间最为强烈的疼痛。但是作者却没有使用任何过激的措辞，这种静水流深的激情是从一个委婉的建议中缓缓流淌出来的。唯其沉缓，所以它所达到的效果比那种强烈的自我表白来得更为深沉动人。而我想，这一点完全可以通过两位美国诗人在千年之后读到这首诗，并激起内心冲动而写下的诗歌来回应它清楚地看出。

W.C. 威廉斯在 1921 年写过一首《致白居易之魂》，内容正是回应这首《山游示小妓》。诗这样写道：

工作沉重。我看见

光秃的树枝载满了雪。

我试着安慰自己

因念及你的年老。

有个少女经过，戴顶小帽，

在她敏捷膝盖上的大衣

由于跑步，跌倒，给雪弄脏了——

现在我会想到什么？

除死之外，是那明艳的舞者。

关于这首诗，学者钟玲在《美国诗与中国梦》中这样解释道：

这首《致白居易之魂》写的是 W.C. 威廉斯在美国冬天的经验：路上一位
美丽活泼的少女令他联想到白居易诗中十五岁的舞妓。可见《游山示小妓》
（应作《山游示小妓》，可能是钟玲的笔误）在 W.C. 威廉斯心中留下了鲜明
的印象。我想，韦理（白居易此诗的英译者）笔下的这位"舞者"的概念与
形象对现代英美人而言，很有异国风味，非常有吸引力；她不但擅长歌舞，
而且是一位着"纱衣"（silks）与"缎袍"（satins）的年轻贵妇（lady），
并且是一位令人心醉的"祸水美人"(femme fatale)。韦理把地位低下的"小妓"
的形象改写为高雅的淑女，而且她心甘情愿地伴随一老人，这对西方男性而
言应该是很能满足其虚荣心的。雷克思罗斯曾为他的女儿写过一首诗，《轮转》
（"The Wheel Revolves"），诗中也曾提到白居易这首诗，因为他的女儿也
是一位舞者。由此可见韦理这首译诗的魅力。

你曾是个着缎袍纱衣的女孩

如今你是我登山观瀑的游伴。

很久以前我读过白居易

在中年写的几句诗。

我虽年轻却深受感动。

没想到当我年届中年

也会有一位美丽年轻的舞者

陪我在水晶帘前漫步

在雪与花岗岩的群山之中。

与白居易的少女的最不同的是

这女孩竟是我的女儿。

235　白居易的江南情结

钱塘湖春行　白居易

孤山寺北贾亭西，水面初平云脚低。几处早莺争暖树，谁家新燕啄春泥。
乱花渐欲迷人眼，浅草才能没马蹄。最爱湖东行不足，绿杨阴里白沙堤。

　　白居易后期的诗歌几乎篇篇都是江南，他生活在对江南山水、风物的追念之中，写下了许多脍炙人口的诗篇。其中尤以《忆江南词》最为出名，其中一句"日出江花红胜火，春来江水绿如蓝"更是万口相传、经久不息。词中流露的挚爱江南之情一如青春少年。

　　可以说，从少年时代避乱吴越，到二十八岁贡举宣州，再到晚年出任苏、杭两州刺史，白居易的一生都与江南结下了不解之缘。这里的风月，这里的人情，都镌刻着他一生的情结。而此处一首《钱塘湖春行》更是将江南之春的美好清新以婉妙画笔出之，让人心为之往，情为之动。

　　"孤山寺""贾亭（西）""白沙堤"，作者点染二三处西湖胜景，仿佛山水画中那主要的浓彩一笔，中间再配置以山、水、云、燕、乱花和马蹄，这又似浓淡穿梭，轻重缓急，已经层次分明，最后还铺陈以"迷眼""没蹄"的情态补写其中韵致，不可不谓"淡妆浓抹总相宜"。虽然苏先生的这句诗生动，可惜是总笔，为概括式的，有情致而无意态，而白居易的这首诗却是十足的工笔细描，意态鲜活，美得具体而微。方东树赞说"象中有兴，有人在，不比死句"。即这景中含情，情语皆成景语。

　　而这情景交融的缘由，又当是我们上面说的这江南情结。既然上面开了头，我们下面就不妨再耗费些篇幅来一谈这情结到底是如何出入白氏诗歌的。

　　尽人皆知，江南为诗酒文会的佳地。由东晋王羲之开其先河，而后文人雅集、宴饮便成了江南文人的日常功课，流风余韵代代不绝。

　　时至中唐，江南诗人的雅集更有特色：

较多的是以那些任职江南爱好文学的地方长官或江南本土颇负盛名的文士为中心，周围聚集一批文士进行群体诗歌创作。诗会中诗歌创作形式多种多样，常见的是同咏、分题、分韵、联句等。其中最能体现诗会社交性、群体性特点的莫过于各种或大或小的诗会联句。联句为多人共作一首诗，注重意脉的关联、对偶的精当及语言的丰赡，形式技巧要求很高，颇能显示作家的学识与才华，同时又带有很强的社交娱乐性质，所以成为文人集团群体创作的最好的形式。（景遐东：《江南文化与唐代文学研究》）

韦苏州（韦应物，苏州刺史）就曾在苏州大兴诗酒文会。白居易曾回忆道：

> 韦应物为苏州牧，房孺复为杭州牧，皆豪人也。韦嗜诗，房嗜酒，每与宾友一醉一咏，其风流雅韵多播于吴中，或目韦、房为诗酒仙。（《吴郡诗石记》）

韦苏州这人，早年属泼皮无赖，后又狂热读书作诗，性格为之巨变。"为性高洁，鲜食寡欲，所居焚香扫地而坐。"（李肇：《国史补》）

以上从《吴郡诗石记》引来的文字是白居易后来回忆他少年时的情形，可见诗酒文会对一个儿童的影响，广而大之，即对社会的影响。后来，白居易成为江南诗坛盟主，号称"诗酒主"，有其诗为证："杭州风光诗酒主，相看更合是何人。"（《元微之除浙东观察使喜得杭越邻州先赠长句》）在杭州，他称"诗酒主"；在苏州时，又称"诗太守"："何似姑苏诗太守，吟诗相继有三人"（《送刘郎中赴任苏州》）；而且还高唱："吴中多诗人，亦不少酒酤。"这位中国历史上最著名的头号"快活人"一生只是不停地在江南行诗酒文会，观吴越歌舞，要么就是携众妓（有时多达几十名）遨游苏杭二地。他有一幅自画像："两地江山游得遍，五年风月咏将残。"（按："两地江山"指苏州、杭州，"五年风月"指他在苏杭二地轮番所过的诗酒生活）这样的生活是要有条件的，这个条件他有。他在《中隐》（此诗虽写于洛阳，也可见他在江南的作风）一诗中这样告白："终岁无公事，随月有俸钱。君若好登临，城南有秋山。君若爱游荡，城东有春园。君若欲一醉，时出赴宾宴。洛中多君子，可以恣欢言。君若欲高卧，但自深掩关。"如此频繁的诗酒文会，他自己也有交代：

"吟山歌水嘲风月，便是三年官满时。"可想而知，他任官杭州时，几乎无事可做，仅行他那夜以继日的诗酒文会，难怪他要说："月俸百千官二品，朝廷雇我作闲人。"但也不要小视这诗酒文会，"通过他在杭州诗酒文会的示范，带动了江南社会更加热爱诗歌倒是事实"（景遐东）。

白居易在江南最终形成了他的人生观："外以儒行修其身，中以释教治其心，旁以山水、风月、歌诗、琴酒乐其志。"（《醉吟先生墓志铭》）而吴越日趋精致享乐的风尚也让他不停地在诗酒文会上体认到："人生百年内，疾速如过隙。先务身安闲，次要心欢适。"看来，身心的逸乐是乐天的头等大事。另外，作为江南"诗酒主"，他在整个江南可谓一呼百应。不仅诗人，连稍有文化的百姓都模仿他。他任官杭州时，"江东进士多奔杭取解"，在众星捧月之下，他简直堪称不折不扣的江南诗坛领袖。

236　逸乐生活的开创者——白居易

舟行　白居易

帆影日渐高，闲眠犹未起。起问鼓枻人，已行三十里。
船头有行灶，炊稻烹红鲤。饱食起婆娑，盥漱秋江水。
平生沧浪意，一旦来游此。何况不失家，舟中载妻子。

　　在通常的唐诗选本中，也许不会出现上述的这首《舟行》。因为从内容上来看，它描写的只是一次琐碎的日常饮食活动，与那种代表崇高的或者至少正经的忧国思想、感遇心态截然不同。从某种意义上讲，这类诗歌有着某种浓烈的个人气味，甚至颓废气息，即它过于专注享受、品味，而不是讲求对国家、社会的责任和义务。但是，我们决不能因此就将这类诗文仅仅看作是一种单纯的贪图享乐、放纵生活。"逸乐"作为一种生命形态，它不仅可以是文学作品所要表现的重要内容之一，而且它本身就是一种积极的价值。这一点可以借李孝悌的一段话来说明，他在《恋恋红尘》一书的序言中如下写道：

　　　　在习惯了从思想史、学术史或政治史的角度，来探讨重要影响的历史人
　　物后，我们似乎忽略了这些人生活中的细枝末节在形塑士大夫文化中所扮演
　　的重要角色。其结果是我们看到的常常是一个严肃森然或冰冷乏味的上层文
　　化。缺少了城市、园林、山水，缺少了狂乱的宗教想象和诗酒流连，我们对
　　明清士大夫文化的建构，势必丧失了原有的血脉精髓和声音色彩。

　　事实上，不论是明清的士大夫，还是唐宋诗词的作者，他们都应当拥有完整和鲜活的生命，不必局限在感伤、悲愤以及苦难之中，快乐也应该是他们生活的重要组成。而了解这些快乐，我想最好的通道就莫过于《舟行》这类描述日常生活的诗篇。其实，从《诗经》时代开始，对日常生活的联想就已经出现

在中国的抒情诗中了，其表现之一便是对饮食生活的描写。拿本诗的作者白居易来说，他诗歌的一大特色就是专注于去描写饮与食。在《中国古代的诗人与他们的饮食生活》一文中，日本汉学家兴膳宏这样写道：

> 白乐天对竹笋似乎情有独钟，竹笋在他的诗中经常出现。此外还有以食葵（《烹葵》）、自己酿酒（《咏家酝十韵》）等为题材的诗。白居易的饮食生活相当平淡，使人感到"蔬食"一词似乎成为他生活中的信条。但是，白居易的饮食生活也并非完全平淡，对于自己喜欢吃的东西，他也是要强烈地反映出来的。
>
> 在白居易的诗歌中，还有一个特征是关于饮茶的诗也非常多。饮茶在杜甫的诗歌中几乎没有，但恰在白乐天之前，陆羽写出关于饮茶的经典著作《茶经》。从这本书可以推断出，饮茶大概已是极为普及的事了。白乐天的诗，正是对这种状况的反映，饮茶成为易于博得好评的生活方式。从整体而言，白居易的诗歌对饮食生活的描写，与杜甫完全不同，他是以一个美食家的眼光来看待这类问题的。（《中国古典文化景致》）

除了对美食的偏好外，白居易的饮酒生活也显得颇为风雅，这一点在《问刘十九》一首中已小露端倪，此处再说一点关于其"晨起饮酒"的故事：

> 白居易五十九岁时作于洛阳的《桥亭卯饮》，诗意表现为于桥亭之下卯时（上午五时至七时）的饮酒之情趣。所谓卯时酒，是指从卯时开始饮的酒，其关键是指早晨喝酒。

卯时偶饮斋时卧，林下高桥桥上亭。

松影过窗眠始觉，竹风吹面醉初醒。

就荷叶上包鱼鲊，当石渠中浸酒瓶。

白居易早晨喝酒已渐成习惯，在桥亭之下的饮酒是非常快乐的。饮酒时，就着荷叶包着的鱼鲊更是别有一番风味。鱼鲊，是用琵琶湖周围有名的鲥鱼做成的，它虽然不能当作主食，但却是下饭的好菜，因而白居易对其情有独钟。把酒瓶浸泡在河中使其冷却，这种饮酒的方式也是颇为优雅的。与杜甫描写饮食生活的诗歌相比，白居易的诗歌更显得富于情趣并且内容丰富。(《中国古典文化景致》)

在兴膳宏另一篇专门谈论白居易饮食生活的《诗人与"食"》中，还说到了《舟行》这一首诗，其分析现录于下，以免去笔者的一堆闲话：

> 任江州司马一职，可以说是白居易一生中最不得志的一段经历，但关于饮食生活的研究，一直到晚年他几乎都没有怎么改变过。即使看到粗糙的食物，他也能品到其中的香味，这确实十分难得。从长安赴江州任的行船途中所作的五言古诗《舟行》，吟咏的是他当时"闲适"的心境。太阳已渐渐升高，白居易仍旧卧床未起，当他问船上的艄公时间时，回答是"已行三十里"了。于是他便开始吃起这顿迟到的早餐。
>
> ……
>
> 白居易在舟中设置了灶具，因此能烹红鲤而食。当他喝完酒之后，便下船散步，在澄清的秋江水中洗漱。白居易平生具有任意处事之意，却没有想到会漂流到这个地方。好在自己的家庭尚在，妻子也与之随行，这又不算什么遗憾了。对左迁江州司马一职而深受挫折的白居易，在此时的意识中，与他作为官僚精英的境况相比，确实可以说是到达人生逆境的底层了。对如今环境状况的安心，也是他对现实的一种肯定。因为即便是一些微小愿望的满足，对他来说也算是一种安慰了。(《中国古典文化景致》)

在这篇长文的最后，兴膳宏说："如果说唐代也有美食家，那么白居易便可以说是其中最当之无愧的了。"而我亦还要补上一句："白居易不仅是位美食家，而且还是中国逸乐生活之开创者！"

237　元稹歌颂了贫贱夫妻的百事哀

遣悲怀三首　元稹

谢公最小偏怜女，自嫁黔娄百事乖。
顾我无衣搜荩箧，泥他沽酒拔金钗。
野蔬充膳甘长藿，落叶添薪仰古槐。
今日俸钱过十万，与君营奠复营斋。

昔日戏言身后意，今朝都到眼前来。
衣裳已施行看尽，针线犹存未忍开。
尚想旧情怜婢仆，也曾因梦送钱财。
诚知此恨人人有，贫贱夫妻百事哀。

闲坐悲君亦自悲，百年都是几多时。
邓攸无子寻知命，潘岳悼亡犹费词。
同穴窅冥何所望，他生缘会更难期。
惟将终夜长开眼，报答平生未展眉。

元稹（779—831），字微之，河南(今河南洛阳)人。早年家贫。举贞元九年（793）明
经科、十九年（803）书判拔萃科，曾任监察御史。因得罪宦官及守旧官僚，遭到贬
斥。后转而依附宦官，官至同中书门下平章事。最后以暴疾卒于武昌军节度使任所。
与白居易友善，常相唱和，世称"元白"。有《元氏长庆集》。

　　元稹的诗名虽没有白居易大，但二人的名字(由于共同致力于"通俗诗派")
却历来连在一起，世称"元白"。苏东坡说二人是"元轻白俗"，即一个轻薄，
一个浅俗。但晚唐的黄滔却又另说："大唐前有李、杜，后有元、白，诗若沧

溟无际、华岳干天。"因此自古以来对元、白的褒贬都有。这里不对此作深论。笔者较为同意清人赵翼的说法："元、白尚坦易,务言人所共欲言。……坦易者,多触景生情,因事起意,眼前景,口头语,自能沁人心脾,耐人咀嚼。"元稹这里的三首《遣悲怀》就最能体现赵翼的评价。诗中虽也用"谢公""黔娄""邓攸""潘岳"四个典故,但通篇均是以叙事实写之笔,其中抒情也十分浅俗。可正因为叙事的实在与抒情的浅俗才达到了踏踏实实沁人心脾的感人程度,也才有蘅塘退士(《唐诗三百首》的选编者)的崇高赞誉:"古今悼亡诗充栋,终无能出此三首范围者,勿以浅近忽之。"而且元稹这三首《遣悲怀》经雷克思罗斯翻译后在当代美国诗坛十分出名。

这三首诗是元稹为悼念亡妻韦丛而写的。有关元稹这段婚姻还有一节故事(这个故事后来演绎成《西厢记》):元稹年轻时曾去山西蒲州游历、读书,寄寓于普救寺西厢。在那里由于一个偶然的机遇,认识了当时也住在寺内的美女崔莺莺,二人通过侍女红娘的暗中帮助,得以度过了几个月的"花非花,雾非雾,夜半来,天明去"的如胶似漆的恩爱光景。不久,元稹要去长安赴考,遂与美人洒泪作别。再下来,便是元稹高攀了一门婚姻,与太子少保韦夏卿的幼女韦丛结婚。二人的婚后生活非常美满(《遣悲怀》第一首中便是证明),但好景不长,七年之后元稹的妻子便去世了。

第一首诗,诗人回忆了与妻子患难与共的恩爱情。一二句借"谢公""黔娄"两个典故来说他们的姻缘。"谢公"即东晋宰相谢安,而谢安最宠爱的小女后来嫁给了齐国的寒士黔娄。这里不言自明,以典作比,即韦丛出身豪门却也下嫁给他元稹这位寒士。既然嫁给了寒士,生活当是件件困难,百事乖觉。然而妻子呢?中间四句却为我们描绘了一个贤惠妻子的形象。她看诗人无衣替换,便去翻箱倒柜找寻;诗人无钱买酒,只需软磨一会儿嘴皮,妻子便取下头上的金钗去换酒来喝;家中的饮食也是粗茶淡饭,有时还用豆叶(即"长藿")一类野菜充饥;甚至有时连柴都没有,只好收集古槐飘零的枯叶当柴烧。但如今呢?诗人已经发达了,在朝中也做了高官,薪俸早已超过十万,可妻已作古,再不能与之共享荣华了。共苦的夫妻却无法共甘,诗人只有用祭奠来寄托哀思、超度亡灵。

第二首,诗人续写触景生情,对亡妻的思念可谓字字泪、声声血。诗人将亡妻的衣裳施舍了,过去做过的针线活也不忍打开。这一切都是为了避免痛苦的回忆，然而回忆仍"剪不断，理还乱"。想着妻子的旧情不免怜惜起那些过去的女仆来。而且苦命妻子未享富贵，如今诗人竟在梦中送钱给她，可谓痴心一片终不改。末二句虽极浅白，却给人以至痛之感。同时也道出了一个普遍的道理，即人总是要死的，而贫贱夫妻也终逃不脱悲哀。

第三首，诗人从对亡妻之悲转入"自悲"。诗人想到了"人生几何"的问题，"人生飘忽百年内"，而百年又有多长呢！西晋人邓攸再善良也无后代，潘岳的《悼亡诗》写得再好也是多费口舌。在此诗人借这两个典故以表内心无后、丧妻的大悲痛！接下来诗人越写越悲，以为死后同葬也无望，来生续作夫妻更无望。最后诗人想到了一个解脱的妙法，即诗人终夜大睁双眼，以思念、以不睡去面对、去报答亡妻的"平生未展眉"（即妻子的苦相）。

这对贫贱夫妻的大悲苦，诗人不仅体会得肝肠寸断，也歌颂得理直气壮。

238   人到底能干什么？

行宫　元稹

寥落古行宫，宫花寂寞红。
白头宫女在，闲坐说玄宗。

在寥落的古行宫里，宫花年年开放，为何"寂寞红"呢？这红花如宫中美
人无人眷顾，只有独自盛开、零落。此一比喻暗含了多少寂寞而难熬的青春。
如今这行宫里的宫女已是白发老妇人了，她们就这样深闭于宫中，从青年直到
老年，红颜已逝，一脸皱纹。她们或走或坐，一天到晚闲来无事，只有说些闲
话，说些过去的故事。这时，她们又在说着什么呢？在说着天宝年间的逸事，
说着当年的玄宗皇帝。眼前依然是红艳明丽的春色，而昨日的繁华已成旧事，
盛衰也在转眼之间。这些白头宫女一生都未得到过皇帝的恩宠，一生都这么懒
懒地说着闲话，看着花开花落，内心不免颇多哀怨了。但这哀怨并未直说，读
者自可从诗中读到。此诗如洪迈在《容斋随笔》中所说："语少意足，有无穷
之味。"此诗确有无穷之味。在短短的二十字里，诗人说透了人的命运以及人
生的无聊与无奈。年复一年，人到底能干什么？其实，什么也不能干，什么都
干不了！因此也可以说诗人是借诗中宫女辗转含蓄地表达了自己无所事事的人
生观。

239　痴心男子的忠贞诗

离思　元稹

曾经沧海难为水，除却巫山不是云。
取次花丛懒回顾，半缘修道半缘君。

　　元稹最为人称道的是他的悼亡诗，就连美国已逝的现代诗人雷克思罗斯也大为叹赏。另，前人有诗证云："悼亡诗满旧屏风。"这些诗篇可以说不仅写得情深思远、哀婉动人。而且还能将律诗口语化，读来自然爽朗，故而较之潘岳的悼亡诗尤为人所爱读。

　　前面已经说了，元稹曾以《遣悲怀》三首诗痛悼亡妻。而这首《离思》（此组诗中的第四首）更是以盖世无双的忠贞再次痛悼亡妻。

　　人们常说海枯石烂不变心，那么这句话的意思在元稹这首小诗中才最终找到最完美的解释或注脚。经历过大海的人当然看不起河水了。同样，经历过巫山云雨的人自然也视别处的云雨不足挂齿。诗人在此以比兴手法，进一步说自己对亡妻的忠贞不渝。他曾经历过世间最贤惠的妻子（《遣悲怀》里有最为详细具体的描写），当然对其他所有女人都不屑一顾了。这头二句诗如今早已成为人们表达心中至爱的口头禅。当一个现代人经历过一场他以为最美、最难能可贵的爱情时，他会脱口说出元稹这流芳百世的二句诗："曾经沧海难为水，除却巫山不是云。"他可以不知道这是谁写的，但这没有关系，而元稹的灵魂却经过这两句诗进入了他的心间，进入了亿万中国人（包括青年、中年和老年）的心间。

　　一般人都会说头二句诗，但很少知道这后二句。其实，这后二句是对前二句的补充，写得更细致具体。前二句立意甚是高远伟岸，因此需要一点细节补足。诗人在后二句中又说他走过花丛时懒得回顾，半是修道半是怀念亡妻。这意思又往深一步流连了，即诗人后来遇到许多女人都懒得去接触，唯有在修道中提升自身的心灵以此来怀念亡妻。解脱痴心思念的办法又找到了，那就是"半缘修道半缘君"。为此，我们还可以说，元稹写出了中国最忠贞的爱情诗。

240　此诗可以消睡

雁门太守行　李贺

黑云压城城欲摧，甲光向日金鳞开。角声满天秋色里，塞上燕脂凝夜紫。
半卷红旗临易水，霜重鼓寒声不起。报君黄金台上意，提携玉龙为君死。

李贺（790—816），字长吉，福昌(今河南宜阳西)人。皇室远支，家世早已没落，生活
困顿。曾官奉礼郎。因避家讳，被迫不得应进士科考试。早岁即工诗，见知于韩愈、
皇甫湜，并和沈亚之友善，死时仅二十七岁。其诗善于熔铸词采。有《昌谷集》。

说起李贺，我们自然会想到有关他的各种说法：天才、鬼才、怪才……当
然我们也会想到他那奇特的样子与行为：一个在唐朝只活了二十七岁的青年，
身体细长，通眉长爪。

《唐摭言》载："贺年七岁，以长短之制名动京华。"又说他以《高轩过》
一诗得到韩愈、黄甫湜的赞赏。这些事虽经考证不可信，但李贺的诗才早熟确
是不争的事实。唐人张固《幽闲鼓吹》中记录："李贺以歌诗谒韩吏部，吏部
时为国子博士分司，送客归，极困。门人呈卷，解带旋读之。首篇《雁门太守
行》曰：'黑云压城城欲摧，甲光向日金鳞开。'却缓带，命邀之。"这是元
和二年（807），当时李贺才满十八岁。

李贺创作很是刻苦。他整天骑一匹瘦驴，背一个旧锦囊（专用于装他随手
写下的诗句），还带一个书童四处漫游，寻觅诗句。其母见状，欲哭无泪，只
有深叹："吾儿呕心沥血矣！"而正是这位呕心沥血、英年早逝的诗人以其瑰
丽的词句、超人的想象独自辟出了一条诗歌的新路。千百年来，李贺的诗名已
不下李、杜二人。鲁迅曾说过，他从青年时代起就一直喜欢李贺。毛主席也多
次说过："李贺的诗很值得一读。"

这里先让我们来看这首让韩愈顿消睡意的《雁门太守行》。燕门边关是历

来征战之地。此诗专写战争，却与唐代其他所有写战争的诗人大不相同。其他人全都喜直抒胸臆，而李贺却以浓烈之彩笔别开了一番生面。

"黑云压城城欲摧"，表面似乎写景，其实是在写战事。"黑云压城"也是敌军兵临城下。而我军呢？我军将士站立城头，日光照射在将士们的铠甲上正发出鱼鳞般耀眼的金光，"甲光向日金鳞开"一句写出了汉军将士严阵以待的热血气势。此二句诗既有景语，也有情语，而且可见诗人的确是营造气氛的顶尖高手。这里既有倏阴倏晴、瞬息万变的秋光，同时也有战云密布一触即发的战事。

接下来诗人又从听与看这两方面来写战争。首先听到的是敌我双方的鼓角之声在秋色里满天震响。一场激战之后（从白昼直杀到夜晚），边塞的夜幕呈一片紫色，犹如冻凝着的燕脂色的鲜血。一种战地悲壮的氛围在"塞上燕脂凝夜紫"中浓浓透出。从这句也可见出李贺的画家手笔，以浓墨重彩涂抹战争画面。

而战争又是何等艰苦，边塞的秋天已是天寒地冻，因此才有"半卷红旗"与"霜重鼓寒"之描绘。这五六句又浓浓透出一股"风萧萧兮易水寒，壮士一去兮不复返"的肃杀之气。末二句点明主旨，即为主捐躯或"士为知己者死"。"黄金台"是战国燕昭王在易水东南所筑，他曾在台上放置大量黄金，以表不惜重金招天下英雄之意。诗人用此典，不仅勾连上句的"临易水"，而且也说明末句的"提携玉龙为君死"的本意。"玉龙"当指名贵沉重的宝剑。

此诗在理解上曾出现过众多解释，这正是李贺奇诡神秘的地方，在此不必一一举出。

241 妓女的身上有我们平生的抱负

苏小小墓　李贺

幽兰露，如啼眼。

无物结同心，烟花不堪剪。

草如茵，松如盖。

风为裳，水为佩。

油壁车，夕相待。

冷翠烛，劳光彩。

西陵下，风吹雨。

古乐府中有一首《苏小小歌》："我乘油壁车，郎乘青骢马。何处结同心？
西陵松柏下。"此诗是写生前的钱塘名妓苏小小。李贺无疑很欢喜这首诗，因
此也取其意写了一首，不过他写的是死去的苏小小。

在这首美丽的小诗中，李贺只用了一些简单的词汇便为我们营造出一股幽
灵的气氛。死去的苏小小依然是美貌绝伦。寂静的墓畔，幽幽的兰花上尽是露
水。诗人却从这兰花的露水上看到了苏小小哭泣的双眼。人死之后，当然无法
再结同心之爱了。一切都化为烟云，昨日的烟花（代指妓女）早已不堪剪取了。

写完苏小小的样子，诗人又写她的服饰，而这亡魂的服饰其实只是些墓畔
的景物，茵茵碧草（象征床榻），亭亭松盖（象征金屋）；清风是她的衣裳，流
水是她的玉佩。真是灰飞烟灭一身轻啊！苏小小就这样活在幽冥的地府里。但
她生前幽会时常乘坐的"油壁车"如今仍在夕暮时分空空地等待。"夕相待"
在此又应和了前面的"无物结同心，烟花不堪剪"，人已作古，物事是何等的
荒凉。

生前，苏小小结同心处为"西陵松柏下"。而现在呢？西陵下面是凄风苦
雨，"冷翠烛"即鬼火。这鬼火在黑暗中闪烁，发出徒劳的冷光，依然是"无

物结同心"。诗人在此借苏小小美丽哀怨的亡魂述说了自己平生不得意的心境。须知，李贺的一生也是"无物结同心"啊。生不逢时的李贺与死去的苏小小可是心心相印了。这又使我想起了自古以来，中国文人爱歌唱妓女的原因：他们在这些"烟中之花"身上也看到了自己的幻灭与徒劳的美。就连 20 世纪中国最伟大的学者之一陈寅恪，也以平生功力写出了厚厚二卷《柳如是别传》。他又在柳如是（秦淮八艳之一）身上寄托了什么呢？或许正如李贺在苏小小身上寄托了他平生不展的抱负吧。他们的一生都是"无物结同心"的一生。

当然这种寄托或许几经转移，如今也已要慢慢在新的江南诗人身上出现，比如下面这首潘维的《苏小小墓前——给宋楠》，未免没有人生的愁痕：

一

年过四十，我放下责任，
向美作一个交代，
算是为灵魂押上韵脚，

也算是相信罪与罚。
一如月光
逆流在鲜活的湖山之间，
嘀嗒在无限的秒针里，

用它中年的苍白沉思
一抔小小的泥土，
那里面，层层收紧的黑暗在酿酒。

而逐渐浑圆、饱满的冬日，
停泊在麻雀冻僵的五脏内，
尚有磨难，也尚余一丝温暖。

雪片，冷笑着，掠过虚无，
落到西湖，我的婚床上。

二

现在苏堤一带已被寒冷梳理，
桂花的门幽闭着，
忧郁的钉子也生着锈。

只有一个恋尸癖在你的墓前
越来越清晰，行为举止
清狂、艳俗。衣着，像婚礼。

他置身于精雕细琢的嗅觉，
如一个被悲剧抓住的鬼魂，

与风雪对峙着。
或许，他有足够的福分、才华，
能够穿透厚达千年的墓碑，
用民间风俗，大红大绿地娶你，

把风流玉质娶进春夏秋冬。
直到水一样新鲜的脸庞，
被柳风带走，
像世故带走憔悴的童女。

三

陪葬的钟声在西泠桥畔
撒下点点虚荣野火，
它曾一度诱惑我把帝王认作乡亲。

爱情将大赦天下，
也会赦免，一位整天

在风月中习剑，并得到孤独
太多纵容的丝绸才子。

当，断桥上的残雪
消融雷峰塔危险的眺望；

当，一座准备宴会的城市
把锚抛在轻烟里；

我并不在意裹紧人性的欲望，
踏着积雪，穿过被赞美、被诅咒的喜悦：
恍若初次找到一块稀有晶体，
在尘世的寂静深处，
在陪审团的眼睛里。

242   李贺的肚肠因愁而直

秋来　李贺

桐风惊心壮士苦，衰灯络纬啼寒素。谁看青简一编书，不遣花虫粉空蠹？
思牵今夜肠应直，雨冷香魂吊书客。秋坟鬼唱鲍家诗，恨血千年土中碧！

顾随评说李贺，说他幻想极丰富，可惜二十七岁卒，故而不能与屈原比，
因为他的幻想像是空中楼阁，内中空洞。但是又说：

> 李长吉之幻想有与西洋唯美派相通处，有感官的交错感。唯美派常自声
> 音中看出形象，颜色中看出声音。看见好的东西想吞下去，即视味觉有交错感。
> （《顾随诗词讲记》）

而这一点正是我们前面说过的"通感"。其实，如果我们把这"通感"二
字放得再开些，那就是讲的一种共通的感受，即不论古今中西都会有的情感。
比如，这首《秋来》，即可以看作是天下人对秋天的普遍感受之一。

我们知道，古今中外诗人笔下的秋天不外两个方面，要么是平静中的欣喜，
要么是烦躁中的愁苦。前者属佛界（或凡界）诗人，后者属魔界（或鬼界）诗人。
李贺这首《秋来》正是魔界诗人的泣血悲歌。这悲歌犹如"国际悲歌歌一曲，
狂飙为我从天落"（毛泽东《蝶恋花·从汀州向长沙》），它使我想起了另一位
比李贺晚出生一千多年的法国诗人波德莱尔。这来自法国的魔界诗人写过一首
《秋歌》，其烦躁、其悲苦与李贺不相上下，只是写法上更直白一些。下面让
我们先听一听他的《秋歌》：

> 不久我们将沦入森冷的黑暗；
>
> 再会罢，太短促的夏天的骄阳！

我已经听见，带着惨怆的震撼，

枯木械械地落在庭院的阶上。

整个冬天将窜入我们的身；怨毒，

恼怒，寒噤，恐怖，惩役与苦工；

像寒日在北极的冰窖里瑟缩，

我的心只是一块冰冷的红冻。

我战兢地听每条残枝的倾坠；

建筑刑台的回响也难更喑哑。

我的心灵像一座城楼的崩溃

在撞角的沉重迫切的冲击下。

我听见，给这单调的震撼所摇，

仿佛有人在匆促地钉着棺材。

为谁呀？—— 昨儿是夏天；秋又来了！

这神秘声响像是急迫的相催。

　　秋天在波德莱尔的眼中，带着森冷的黑暗和躁动不安的恼怒急迫地到来了。而早在一千多年前，一位更伟大的中国诗人李贺却以一句"桐风惊心壮士苦"宣告了悲苦之秋的降临。这"壮士"当然是诗人对自己形象的升华，他感到秋风的惊心之苦！接着诗人又细着一笔，而不像波德莱尔那样直说秋日是"森冷的黑暗"。衰弱的灯盏，墙边的络纬在哭泣，那哭声似乎在织着寒冷秋日的布匹。这第二句，诗人用了拟人手法，将秋日"森冷的黑暗"写得惊心夺目，栩栩如生。

　　三四句，诗人自问自答，表达了对文人工作的自哀自叹，犹如波德莱尔所说的他倦于工作。李贺连孤苦自赏这一步都难得到，他知道没有人来阅读他写的那些杜鹃啼血般的诗句，这些白纸黑字的诗篇的命运只能是被花虫蠹鱼蛀蚀一空，成为粉末。

　　这"壮士"是何等苦呀！再接下来可是苦上加苦，他不是一般中国诗人述说愁苦时所说的"肠断""肠牵"之类，而是在剧烈的悲愤中呼出"肠直"的声音。为何他的愁思在今夜使其肠都直了？因为诗篇无人欣赏，在秋风冷雨中，另一位更古老的"香魂"（指诗人）如同另一位遥远的难兄难弟的亡魂前来凭吊这"衰灯"下的"书客"（指李贺）。这死鬼来吊生鬼，气氛与画面可谓令人毛骨悚然，而又悲痛无比。

诗人接下来开始在幻觉中进入浮想状态。他似乎听到秋雨中的秋坟里发出鬼在唱歌的声音，那可是南朝诗人鲍照在唱着他那"长恨"歌啊！而他憾恨的碧血在坟中千年也难以消释。末句，李贺用了一个苌弘碧血的典故，《庄子》曰："苌弘死于蜀，藏其血，三年化为碧。"末二句也将全诗的主题提升至最高点，这就是"秋来"了！这就是千年遗恨的怀才不遇！这就是真文人共同的命运！诗人只有在秋日的一夜，借秋鬼大浇其一个"愁"字。而这"愁"字亦是所有魔鬼诗人的心中块垒及内心隐痛。为此，我们可以说，李贺此诗达到了"国际悲歌"的高度。

243 文人"出轨"的重要原因

南园十三首（其五）　李贺

男儿何不带吴钩？收取关山五十州。
请君暂上凌烟阁，若个书生万户侯？

李贺生年不长，却是悲苦连连，二十七年里竟是怀才不遇的悲声。前一首
《秋来》已是一例。其他的如《开愁歌》，内云：

我当二十不得意，一心愁谢如枯兰。
衣如飞鹑马如狗，临歧击剑生铜吼。

在《致酒行》里又说：

我有迷魂招不得，雄鸡一声天下白。
少年心事当拏云，谁念幽寒坐呜呃。

抱负宏远，却现实无情；一生积极追求，最终一无所得。这样的情况下，
最后的退路自然是连自己也不要当了，干脆去当别人好了。于是这般，便有了
李贺的这首诗。身体细长、弱不禁风的李贺写出这样的诗也是最正常不过的事
了。由于心理的对立原理，人总想成为他人，也就是说人总想拥有另一个完全
不同的自己。文人想成武人，武人也想变文人，反正人都有这山望到那山高的
通病。正是出于以上心理原因，李贺才在诗中抒发出另一个（根本不可能）李
贺形象，那是一个威风凛凛的武将形象：好男儿都身佩宝刀，都策马扬鞭、征
战杀伐、收取关山，也就是"功名只向马上取"，岂能在家做书生。好男儿都
想蒙皇上恩泽，博得个封妻荫子，青史留名。而这一切又必须以刀枪棍棒杀出

一条功名路来，为此，李贺又只有感慨了，他以他瘦弱之躯向天下所有书生发出诘问，即凌烟阁上的英雄绘像，可没有一个是书生呀！凌烟阁是唐太宗贞观十七年（643）在长安建的一所殿堂，阁内画了二十四名开国元勋，个个都是武将。看来李贺对此是十分艳羡的，只可惜他身体不行。写到此处，笔者还想到20世纪上半叶另一位美国作家塞缪尔·麦考德·克罗瑟斯所说的一番话来：

> 这种人人想当别人的天然欲望往往正是人生当中许多细小不快的背后原因。它使社会不能组织得圆满合理，它使人们不能各明其职和各安其位。想当别人的欲望每每引得我们去舍己耘人，去操持一些严格来说并不属于我们自己范围的事务。我们所具有的才干本领有时也确乎超溢于我们自己行业与职务的狭小范围之外。每个人都可能认为他自己是才过其位、大材小用，因而他时时刻刻都在做着那神学家们所常说的"额外余功"。

接着克罗瑟斯一针见血地指出：

> 人人想当别人这种思想也是造成许多艺术家与文人学士好出现越轨现象的重要原因。

244　从"雕龙"到"雕虫"

南园十三首（其六）　李贺

寻章摘句老雕虫，晓月当帘挂玉弓。
不见年年辽海上，文章何处哭秋风？

　　南朝刘彦和的大著，美其名曰《文心雕龙》，取其巧心，取其锦绣，可见其对自己的著作的看重与珍爱。可如今，你看李贺竟说自己写诗是"寻章摘句老雕虫"。"雕龙"已成"雕虫"，其间多少悲苦满自飘荡，不可收拾啊。

　　如果说前面的李贺还只是想成为另一个李贺的话，这里的李贺就对自己的天才完全瞧不起了，对自己舞文弄墨的才能一点余地也不留了。而他这个自我"贬抑"的说法，使我突然想到另一位 20 世纪现代派诗人卞之琳，他为自己的诗集取名为《雕虫纪历》，这一取名是以小见大的意向，看得出作者极有底气的自信与抱负。笔者以为卞之琳是中国现代派诗人中的第一人，不过这里不谈他。还是回头来说李贺，且看这"老雕虫"如何"雕"法。他可是彻夜不睡，在陋室里惨淡经营他那泣血诗篇呀。下弦月已似玉弓般挂在窗帘上了，这说明天将破晓，新的一天又来了。就这么夜以继日，李贺在残月下精雕细刻着他的诗句。

　　正因为他视自己为"老雕虫"，所以他对他在残月下作诗的形象并不高兴。后二句中，他干脆以一句婉曲之笔带出兵象，即年年辽东海上都有战事，那正是男儿金戈铁马、博取功名之时。而诗人何为呢？所写的辞章连"哭秋风"的地方都没有，真是惨不忍睹，诗人的诗文只能一文不值。这儿的李贺没有像前面那首诗那样羡慕武夫，而是完全瞧不起自己。

245　天若有情天亦老

金铜仙人辞汉歌　李贺

茂陵刘郎秋风客，夜闻马嘶晓无迹。画栏桂树悬秋香，三十六宫土花碧。
魏官牵车指千里，东关酸风射眸子。空将汉月出宫门，忆君清泪如铅水。
衰兰送客咸阳道，天若有情天亦老。携盘独出月荒凉，渭城已远波声小。

李贺诗风奇崛冷艳，王思任《昌谷诗解序》曰："以其哀激之思，变为晦涩之调，喜用鬼字、泣字、死字、血字。"这抓住了李贺的特点。有关于此，近人顾随也说过类似的话，他讲：

> 长吉除幻想外尚有特点，即修辞之功夫——晦、涩。晦，不易解；涩，不好念。诗本应念着可口，听着爽耳、和谐，表现明了。但长吉诗可读，虽不可为饭，亦可为菜；虽不可常吃，亦可偶尔一用。且"晦"可以医浅薄，"涩"可以医油滑。（《顾随诗词讲记》）

为了一探李贺的诗作是否真是以奇崛幻想加晦涩文风来写，我们不妨就来一读这首《金铜仙人辞汉歌》。

李贺在这首著名诗篇的前面写过一个小序，记其诗之缘由，先前汉宫铜人，即"金铜仙人"，被拆迁运往魏都洛阳，铜人辞别汉宫时不禁潸然泪下。李贺据此美丽动人的传说，幻化出一首寄寓身世的感慨诗篇。诗中的铜人也是诗人的写照。

汉武帝，曾几何时是何等辉煌的人物，他正是毛泽东在《沁园春·雪》中吟咏过的"一代天骄"，而在李贺的笔下却是"茂陵刘郎秋风客"。伟人早已在黄土下安息了，"刘郎"就躺在埋葬他的"茂陵"里。人之一生犹如秋风扫落叶，也如白驹过隙。这坟墓里的"秋风客"也如短暂的秋天走完他短促的一生。"夜闻马嘶晓无迹"使"秋风客"的形象更令人动容、难忘。一切都将成为过去,一切都将转瞬即逝。武帝在世时,可是夜夜车马嘶鸣、笙歌宴舞,而如今都成转头空,仿佛只一夜(其实是几百年),一个时代就结束了,拂晓降临,而马嘶声早已渺无踪影。人虽死而树长存。画栏内的桂树依旧空悬着飘飘香气,而武帝生前的三十六宫却早已人去楼空,青苔生满了庭院,正是一片凄迷啊!

古老的金铜仙人如同那株古老的桂树目睹了人的命运和历史的变迁。这时就要作别汉宫的铜人不免生起了一番感叹。中间四句以拟人手法将铜人的感叹写来:魏官将铜人装上车,便驾车奔千里之外的洛阳去了。金铜仙人一面悲从中来,一面难以忍受。此时,一路上东关的酸风刺得铜人难受至极。然而汉时的明月依旧在伴着这铜人步出宫门,他在离去的时刻,已用心去感受了。但铜人依旧在缅怀故君武帝,不觉"泪如铅水",滔滔而下。以"铅水"比喻泪水甚是奇妙,但也十分精确传神。铜人本由铜铸,而"泪如铅水",又显出铜器的厚重。

汉代的江山如今早已是"秋风客""晓无迹""悬秋香""土花碧"了。顺着这一脉络写来,铜人出门后自然又只有看到咸阳道上的一片"衰兰",而也只有"衰兰"为其作最后的送行。"天若有情天亦老"此句曾被司马光誉为"奇绝无对"。在这里,金铜仙人辞别汉宫的悲情达到高峰。当然天不会有情,天也不会老。但李贺以这句沉雄深痛的反问句寄托了铜人(当然也有他自己)的至悲之情。铜人的主人已被换了,犹如李贺这位"唐诸王孙"如今也时运不济,只有在陋室里做一名"老雕虫",而不能"收取关山五十州"。顺便说几句,笔者曾在《毛泽东诗词全集》一书中赏析过《七律·人民解放军占领南京》,其中最后二句为:"天若有情天亦老,人间正道是沧桑。"这里,毛泽东化用李贺这句诗,但出了新意,他没有金铜仙人的悲憾之情,而是以无畏之情向"天"挑战。那意思是天若敢有情天也会衰老,然而诗人笃信天不会站在国民党一边,天将站在他及共产党一边。因为诗人所行的是"人间正道",所以这沧桑之变是合其大道的。而金铜仙人由于改朝换代流下的铅泪,在诗人(毛泽东)诗里只是另一番诗意了。

最后,金铜仙人不得不擎盘独出,面对冷月的荒凉,渐行渐远,而此时渭城已愈发远了,旧时的水浪之声也愈来愈听不清了。末二句若电影画面的淡出,铜人满怀缠绵的长恨消失在苍凉的夜色里。最后顺便说一句,1989年3月自杀的诗人海子曾创造性地改写过李贺这首诗,本想录来,一时遍寻不得,只好作罢,但在此专门指出,仅为有心的读者做一个提示。

246   瘦比肥好的心理与生理妙处

马诗二十三首（其四） 李贺

此马非凡马，房星本是精。
向前敲瘦骨，犹自带铜声。

　　此诗开首二句直截了当，虽无什么婉曲之诗意，但也可见李贺大诗家的自信口气。这马非同一般，因为"马为房星之精"（《瑞应图》）。自古就有超凡之人与物出自天上星宿的说法，而这马来自天上星宿，当是非凡之马了。后二句细说这马的瘦骨清相。同样，自古以来望气者或观相者都推举"瘦骨清相"之人与动物为一流之相。为此，诗人不禁叫我们上前去敲敲这天马的俊骨与锋棱，敲者无不从瘦马身上听到一阵清脆悦耳的铜声。这末一句极为传神并让人信服地承认"此马"的确"非凡马"。
　　虽然自古以来有人穷志短、马瘦毛长之说，但也有肥马不是好马的鉴定法则。杜甫在一首写马的诗中曾说过："胡马大宛名，锋棱瘦骨成。"良马多从瘦马出之，亦是定论。只有瘦马才能"快走踏清秋"（李贺《马诗其五》），"且去捉飘风"（李贺《马诗其十六》）。不仅马如此，人亦如此，民间有千金难买老来瘦、瘦人精干等说法；张岱还说过"扬州瘦马"一类，这里的"瘦马"指妓女，也就是说女人并不一定肥好，内行之人都懂个中妙处，还是瘦的好。古代道家高人及各种方外之人，隐者或仙者都是瘦相。这些闲话都是说瘦胜于肥。

247 这青春瑰丽里有晚年的感受

将进酒 李贺

琉璃钟，琥珀浓，小槽酒滴真珠红。
烹龙炮凤玉脂泣，罗帏绣幕围香风。
吹龙笛，击鼍鼓，皓齿歌，细腰舞。
况是青春日将暮，桃花乱落如红雨。
劝君终日酩酊醉，酒不到刘伶坟上土。

如果一生仅有二十七岁，那么出生就是青春，死亡便是成长。在他人悔叹时间带来的酸痛流逝之时，或许，李贺最能感受到的是生的悲壮，套用一句说滥了的话，这就是"生命不能承受之轻"。

英年早逝的李贺似乎早有一种活不长的预感，这位"壶中唤天云不开"的瘦诗人曾在《开愁歌》中痛叹过："我当二十不得意，一心愁谢如枯兰。"但他也深懂得怎样让自己短促的生命在光华夺目、五彩缤纷的辞藻中若流星般燃亮并死去。他知道一位诗人应该以"少年心事当挐云"（李贺《致酒行》）这样风神俊逸的形象永驻人间。正是如此，李贺才写出了这首瑰丽绝伦、春风拂面的《将进酒》。

这首《将进酒》虽没有李白那首具有气吞河山之势，却更有一番经过精心整理的青春之色，是美艳、典雅、浓烈、穷其春日（青春）行乐的经典。诚如杜牧在其《李长吉歌诗序》中所说："时花美女，不足为其色也；牛鬼蛇神，不足为其虚荒诞幻也。"

青春饮酒图在这个春日为我们展开了，青春就是对生命华美而热烈的沉醉。当盛唐李白豪气干云地唱出"烹羊宰牛且为乐，会须一饮三百杯"时，李贺却以更精致的语气浓重唱着"琉璃钟，琥珀浓，小槽酒滴真珠红"的诗句。酒杯是如此名贵，酒色又是如此璀璨。而华宴上的下酒菜呢？那更是珍奇绝伦，"烹龙炮凤"般的山珍海味在煎锅里发出"玉脂泣"的声音；酒菜的"香风"正在"罗帏绣幕"的华屋里缭绕，一个"围"字足见香气的浓郁与酒宴的集中。这前四句诗中，李贺将饮酒的声、色、香、味写到极致。

春日饮酒，除美酒佳肴外，当然还有音乐歌舞来助雅兴。于是吹笛击鼓声不绝，而"皓齿歌""细腰舞"又将歌伎的声色写绝。

然而生命的光华转瞬即逝，眼前已是"桃花乱落如红雨"的时节，诗人在沉浸于美酒歌舞的中途，不免又要发出"况是青春日将暮"的人生感叹了。既然青春要消失，那还是让我们陶醉在春日的行乐中吧，让我们终日酣饮，死后犹如魏晋时的大酒徒刘伶，可是再也没有畅快淋漓的好时光了。

"白日放歌须纵酒，青春作伴好还乡"，当杜甫如是感到光阴的胁迫及催促时，李贺当然也同样感到了"惟见月寒日暖，来煎人寿"（《苦昼短》）。李贺不仅要在瑰丽的青春中畅饮，他还在另一首诗中向时光发出呼吁："飞光飞光，劝尔一杯酒。"人与时光一起共醉，消解那万千愁绪吧！

248   一曲菱歌值万金

闺意上张水部　　朱庆馀

洞房昨夜停红烛，待晓堂前拜舅姑。
妆罢低声问夫婿，画眉深浅入时无？

朱庆馀（生卒年不详），闽中（今福建）人。一作越州（今浙江绍兴）人。宝历进士，官秘书
省校书郎。其诗辞意清新，描写细致，为张籍所赏识。有《朱庆馀诗集》。

以夫妻关系或男女爱情关系比拟君臣以及师友等其他社会关系，乃是从《楚辞》就开始出现，并在其后得到发展的一种传统诗歌表现技法。而此诗用的正是此法。

古代诗文中，称呼诗人（若是官）多用官名，如韩愈为韩吏部，张籍为张水部，即水部员外郎。这诗题乍一看似乎有些古怪。"闺意"是写闺阁中情事，但朱诗人将此诗敬献给张水部到底有什么意思？原来这诗以比兴手法写来，是另含一个故事的。

张籍在当时是诗坛前辈，经常以提拔后进诗人为乐事，朱庆馀便是张老前辈较为看重的青年诗人。朱诗人平日也好写一些诗给张籍，以求指教。而这首诗却是专门为应进士科举特意呈献给张籍的，诗人在此自喻为新婚妇人；考官当是诗中的舅姑，即公婆；而张籍却是诗中的新郎官了，即"夫婿"。

洞房红烛通宵达旦，新婚妇人紧张得很，因为明天她就要去堂前拜见公婆。其中另一番意思当是朱诗人通宵准备第二天的考试，想到要见主考官，内心也紧张异常。

那妇人妆扮停当，低声问夫君：我的眉毛是否画得深浅合度？是否符合潮流？这后二句诗，当是朱诗人对张籍的叩问：我的诗是否应合了当代时尚？是否讨考官欢喜？

张籍一看此诗，自然明白朱诗人的意思。当即也用比兴手法回赠一首《酬朱庆馀》：

越女新妆出镜心，自知明艳更沉吟。

齐纨未足时人贵，一曲菱歌敌万金。

张籍此诗便是直接对朱庆馀诗才的肯定。朱诗人是越州人，因此起首二句便说朱诗人这位"越女新妆"对镜自览，"自知明艳"，为何还不敢自信呢？后二句更是进一步打消朱诗人的担心：哪怕众多的妇人穿上齐地生产的贵重丝绸衣裳，但依然难得别人的看重；而明艳的越女一展歌喉，可抵万两黄金呀。这末句"一曲菱歌敌万金"便是对朱诗人的充分肯定。望他不必顾虑，大胆写诗，大胆应考就是了。切莫在临考前东想西想，畏首畏尾，乱了方寸。

据史另载，朱庆馀正是通过这首《闺意上张水部》而诗名大振的。

249 　怀地皆因怀人

忆扬州 　徐凝

萧娘脸薄难胜泪，桃叶眉长易觉愁。

天下三分明月夜，二分无赖是扬州。

徐凝，睦州(今浙江建德)人。元和中官至侍郎。《全唐诗》存其诗一卷。

"忆扬州"是怀人之作，但标题中却不言明是怀人，而偏曰怀地。大抵这是情景交融之意，睹物思人之举。自古以来，各处风物皆因有人事而成就其美名，各处风景也因为与己有关才有意义。而此处正是因为扬州埋伏着作者的一段旧爱，所以他怀地那都是在怀人。

而且"忆扬州"是一个多美的诗名，温婉而带惋惜，这三个字本身就具有"爱情"的意味：回忆与预感，缠绵与轻叹。当我们轻轻地说出"忆扬州"时，就是在呢喃着昨日的爱情，呢喃着姜白石的诗句："杜郎俊赏，算而今，重到须惊。纵豆蔻词工，青楼梦好，难赋深情。"

此诗头二句当是诗人在追忆离人泪、离人愁。中国古代诗词中，相恋的男女有"萧郎""萧娘"的说法，"桃叶"自古以来也是佳人的代称。

而此诗最激动人心的地方应是后二句，这二句如今早已成为千古名句。犹如西方人爱在神秘的半月下怀乡，中国人最爱在明月下想起佳人。如果说前二句是实写，后二句则是虚写。在美丽的扬州月夜下，诗人想起了曾经发生过的一桩爱情故事。这爱情之深入、之博大、之缠绵、之悲痛，诗人并不作具体描述，只以"天下三分明月夜，二分无赖是扬州"这一婉曲而寄寓的意境为我们说出。"明月无赖"也就是爱情不称意，这其中的故事自然留给读者去想象了。我们从这二句诗中还可体会出佳人的风姿，虽表面只写扬州的美色。

如今人们对这后二句诗的理解已超出了作者最初的爱情原意。人们对扬州的向往，并非全出自女人或爱情，而是出自它人文景象的繁华，它成了人间温柔富贵之乡的象征。天下三分明月，扬州占了二分，可见扬州已成了美的核心，这一评断也早已刻骨铭心。另：以数目字入诗，常常起到出其不意的惊人效果。苏东坡也有："春色三分，二分尘土，一分流水。"张祜也有："两三星火是瓜州。"辛弃疾也有："七八个星天外，两三点雨山前。"

250　不堪风月满扬州

到广陵　张祜

一年江海恣狂游，夜宿娼家晓上楼。嗜酒几曾群众小，为文多是讽诸侯。
逢人说剑三攘臂，对镜吟诗一掉头。今日更来憔悴意，不堪风月满扬州。

张祜（？—849），祜或误作祐，字承吉，清河（今属河北）人。初寓姑苏，后至长安，为
元稹排挤，遂至淮南。爱丹阳曲阿山水，隐居以终。卒于宣宗大中年间。有《张处士
诗集》。

自从隋堤的杨柳开始在东风里垂缕飘动之后，扬州这个繁荣精巧的芍药之
乡，就开始变成青年才俊们的温柔富贵乡。在这座水木清华的城市中，诸多诗
人度过了他们艺术上的黄金岁月，他们在这里获取写作的灵感和情感的依托。
杜牧、徐凝一路写来，当然也少不了年少轻狂的张祜，张处士。
　　张祜在中唐诗人中虽不是大家，但诗写得极为轻灵，颇富神韵。这不仅与
他的气质，也与他的生活很有关系。张祜一生行侠仗义，志向高远，浪迹于江
湖，属真名士自风流的诗人。这首《到广陵》便是他自己对青年时代放浪生活
的回忆。
　　他回忆起有一年在扬州疯狂的生活。那可是夜里住在妓女家中，白天就
去茶肆酒楼，当时的光景是何等快活呀！这也是扬州人的生活写照。自古以来，
扬州有上午"皮包水"、下午"水包皮"之说。也就是扬州人上午去茶社吃
细点、品茶、清谈，当然其中也有生意等，喝一上午的茶，自然是一肚皮包
裹着水了；下午又去洗澡，扬州人洗澡十分特别，用大木桶当澡盆，人泡在
里面，自然是水包着皮肤了。从这里可见出扬州人细腻、讲究、颓唐的生活。
张祜当然迷醉于这种生活。不过他作为诗人还是很清高的，犹如第三四句所
说，他吃酒从不与小人为伍，写诗文也大半是讽刺当官的。五六句又是自我

写照，说自己文武兼备，既能路见不平拔剑相助，又能在象牙塔里吟咏风月、孤芳自赏。最后一句便说自己已落魄的情怀，与杜牧的名句"十年一觉扬州梦，赢得青楼薄幸名"颇为相通。二人的心灵也的确相通。两人不仅是扬州的热爱者，而且杜牧还极力推崇张祜的诗，他曾说过："谁人得似张公子，千首诗轻万户侯。"可见他对张祜的诗才与人品是相当熟悉的。两位纵情声色的浪漫诗人当然是"不堪风月满扬州"了。

251   生与死的好去处

纵游淮南 张祜

十里长街市井连，月明桥上看神仙。
人生只合扬州死，禅智山光好墓田。

扬州在中国诗人的眼中，不仅是生的好去处，如"腰缠十万贯，骑鹤上扬州"；也是死的好去处，若"人生只合扬州死，禅智山光好墓田"。从此"扬州死"成为我们民族的"人造天堂"或人间神话。

扬州自古繁华，这"十里长街市井连"一句让人想起柳永赞杭州的二句诗："风帘翠幕，参差十万人家。"扬州也有这样的热闹呀。而"月明桥上看神仙"又是张祜的风流写照了。"神仙"二字在古代是妓女的代称。扬州有二十四桥，杜牧的名句"二十四桥明月夜，玉人何处教吹箫"，看来诗人又欢喜在桥上"观花"，用一句现在的四川土话说就是"打望"，即看女人。这头二句诗将扬州的美细致而概括地说尽，其中有和平、丰足的市井生活，也有风景中的美色可供流连。既然如此，诗人才突然发出"人生只合扬州死"这样幸福的大浩叹！

而"扬州死"，自张祜开创这一先锋说法以后，可谓响应者层出不穷。明代诗人黄周星有："墓田虽好谁能死，桥上神仙不可寻。"清代诗人卢见曾有："为报先畴墓田在，人生未合死扬州。"近代诗人魏源有："山外青山楼外楼，人生只合死扬州。"连文天祥也有："若使一朝俘上去，不如制命死扬州。"而《金瓶梅》第七十七回中有一句道："好，好，老人家有了黄金入柜，就是一场事了，哥的大阴骘。"《儿女英雄传》第十七回中也有一句道："这是你老太太黄金入柜，万年的大事！"这里的"黄金入柜"就是说死后埋葬在扬州。据《明一统志》："金柜山在扬州府南七里，山多葬地。谚云：葬于此者，如黄金入柜。"

而《太平广记》中更有一则有关扬州的故事，甚是有趣。且听我如下转述出来：

    有四人言志，一人欲贵，愿为扬州太守；一人欲富，愿腰缠十万贯；一人欲成仙，愿骑鹤升天；又一人云"腰缠十万贯，骑鹤上扬州"，殆欲兼富贵神仙于一身也。

后来人将这第四种人称为"快活三"之人。

252　赏玩旅愁

题金陵渡　张祜

金陵津渡小山楼，一宿行人自可愁。
潮落夜江斜月里，两三星火是瓜洲。

张祜一生"性爱山水，多游名寺"，所到之处"往往题咏唱绝"（见《唐才子传》卷六）。这位终生漫游的诗人，在游历江南时曾写过一批十分隽永的小诗。这首诗即收在他的《江南杂题》三十首之中。

金陵渡就是今天镇江的西津渡。此渡口隔着长江与瓜洲古渡头遥遥相对。

这一天漫游的张祜来到金陵渡口，住在一座依山傍水的小楼里。而这一夜，诗人的内心不免起了羁旅的愁思。他凭楼远望长江，只见迷蒙西斜的月光荡漾在水波里，江潮也在夜色里退落了。再朝更远的前方看去，对面的江岸上闪烁着几点星光，诗人知道那就是瓜洲古渡口啊。

这首诗虽写旅愁，但并不哀怨，而是给人一种恬淡清凉的感觉，仿佛让人觉得这旅愁是可轻唱的，是幸福的。诗人虽有"自可愁"三字，但前面的"小山楼"似乎又让这愁绪添了一些赏玩的风雅。而凭楼远眺的"两三星火"，当是一种悠远而轻灵的感叹，这感叹充满了一股温暖，因此又让人觉得这旅愁也是温暖的。"两三星火"中的数目字用得传神，极有诗意。读者不必将其只看做江上夜景的实写，而应从神韵空灵方面去细细体会。古代诗人善用数目字，如张岱写杭州湖心亭雪景，就说过："湖上影子，惟长堤一痕，湖心亭一点，与余舟一芥，舟中人两三粒而已。"辛弃疾也有一句："两三点雨山前。"这个传统直到现在仍被众多的现代派诗人们运用自如，例子许多就不必举出了。仅指出这点，逗引读者去想象一番"两三星火是瓜洲"的清幽画面。

253　用"破心"写好诗

闲居遣兴　姚合

终年城里住，门户似山林。客怪身名晚，妻嫌酒病深。
写方多识药，失谱废弹琴。文字非经济，空虚用破心。

姚合（约779—846），陕州峡石(今河南陕县南)人。元和进士，授武功主簿。官秘书少监。世称姚武功，其诗派也称"武功体"。所作诗篇多写个人日常生活和自然景色，喜为五律，刻意求工，颇类贾岛，故"姚贾"并称。其诗为宋江湖派诗人所师法。有《姚少监诗集》。又编有《极玄集》。

　　姚合自称"野性多疏惰"，是一个性格疏懒、不习礼法、追求野趣的人。但正是这样一个怪癖患者，却是写五律的能手。他在诗情上极赞赏王维的诗，特别追求王诗中的"静趣"和"闲心"，而此诗就颇有个中况味，人生无赖，却诗风自成。

　　《唐才子传》中说："岛难吟，有清冽之风，合易作，皆平淡之气。"意思是说贾岛属苦吟派，而姚合却安闲冲淡。二人诗风虽不同，但却是一对诗歌朋友。

　　姚合曾在武功县做过主簿，这一时期他写过一些风雅和平的小诗，如"悠悠小县吏，憔悴入新年"。这位闲闲的小县吏常常是"恋花林下饮，爱草野中眠"，这一做派颇有隐者风度，看来他是深懂闲淡静趣的诗人，做官也喜好无为而治。

　　在这首诗中，他依然写他在小县城的闲居生活，不过这"遣兴"之中有一点小小的牢骚。犹如《增广贤文》中所说的那样"贫在城里无人问，富在深山有远亲"，他"终年城里住，门户似山林"。虽然他过着一种"过门无马迹，满宅是蝉声"的所谓"大隐隐于市"的生活，但这种闲居生活也有一些小不快，不仅妻嫌他吃酒太多，连客人也怪他名声不大。诗人赋闲养病，天长日久，也懂得了许多药物的用途；但琴已很少弹奏了，乐谱似乎也丢失、忘却了。那就写诗吧，犹如他在另一首《闲居》中所说："带病吟虽苦，休官梦已清。"如今姚合才深知文字不像钱那样越用越少，文字也有"空虚"般的神韵，只要善用那一颗"破心"，就能写出清幽静谧的好诗。

卷四 　晚唐诗：落日熔金

世间万物，有兴必有废，有生必有死。唐朝结束之时，自然也是唐诗寿终之时。但最后的歌声总是瑰丽夺目、催人泪下的，在"梦里不知身是客，一晌贪欢"的晚唐，当杜牧这位"嗜酒好睡"的风雅公子梦醒"玉人何处教吹箫"的扬州后，温庭筠却再接再厉，走马灯式地迎接着满楼红袖。韩偓这位"雏凤清于老凤声"的诗人在一边悄悄写着色情的《已凉》，韦庄只为古金陵的消失而连连叹息。富贵温柔的暖风、江南熔金的楼头，晚唐诗人争相陶醉在这迷人的风月里。

而另一颗星辰却以无限忠贞与痛苦唱着"昨夜星辰昨夜风"，他就是李商隐。这位晚唐最守身如玉的诗人以"夕阳无限好"预感到了黑暗将临的那一刻。短暂美丽的夕晖是那样刺人心肠、让人流连，那可是大唐最后的白银啊！李商隐点燃了这光，杜牧及其他诗人也点燃了这光。之后，一切很快沉入了黑夜。

254　错失的姻缘招来满腹惆怅

叹花　杜牧

自是寻春去较迟，不须惆怅怨芳时。
狂风落尽深红色，绿叶成阴子满枝。

杜牧（803—852），字牧之，京兆万年(今陕西西安)人，杜佑孙。大和进士，曾为江西观察使、宣歙观察使沈传师和淮南节度使牛僧孺的幕僚，历任监察御史，黄、池、睦诸州刺史，后入为司勋员外郎，官终中书舍人。后人称为"小杜"。有《樊川文集》。

盛唐时，文坛有被郭沫若誉为"中国诗歌史上的双子星座"的李白和杜甫，而晚唐时，亦有两个重要诗人，即此处的杜牧和后边要讲的李商隐。前有"李杜"，此又有"李杜"，实乃巧合。为示区别，后来者便冠之以"小"的称谓。顾随说：

> 义山近于工部，小杜近于太白。义山情深，牧之才高；工部、太白情形同此，工部情深，太白才高。有趣情形一也。工部、太白为逆友，彼此各有诗赠送，义山、小杜亦为契友。工部送太白诗多于太白送工部诗，可见工部之情深；小李杜亦有诗往还，情形同此。有趣情形二也。义山有二诗赠牧之，推崇之极，而樊川集中无赠义山者，亦见义山情深，似觉牧之寡情。不过诗人交往绝非世俗往来、半斤八两，故其厚谊固不限于此也。（《顾随诗词讲记》）

说过了这些趣话，再回头来说杜牧。我们知道，出身于名门世家的杜牧，生性俊逸风流，二十六岁时就"制策登科，名振京邑"。

这位被李商隐认为"刻意伤春复伤别，人间唯有杜司勋"的清贵公子于大和末年去了宣城沈传师那里当幕僚。一日，他听朋友说起湖州"风物妍好，且多丽色"，便乘兴前去游玩。湖州的崔刺史十分仰慕杜牧的诗才，特意为他准备了许多秀色。崔刺史将全城的名妓都一一找来，供杜牧挑选；接着又举行赛船嬉水大会，逗引全城少女前来观赏，可杜牧却一个也未看上眼。就在赛船大会将要结束的黄昏时分，有些许惆怅的杜牧突然发现一个老太婆领了一个十多岁的小姑娘。杜牧一下眼亮了，脱口道："真国色也。"当即，杜牧就与老太婆约定，十年后前来娶这小姑娘，而且还夸口十年后要来此地做刺史，到时如果不来，小姑娘可另嫁他人。接着杜牧还送了许多贵重的聘礼。

光阴荏苒，转眼已是十四个年头了。杜牧果真再到湖州，而且当上了刺史。上任伊始，杜司勋便立即打听十四年前那个他要娶的姑娘。结果那姑娘三年前已嫁他人并生下两个小孩。这一消息令杜牧这位性情中人不觉大为伤感惆怅，只有饮酒赋诗以消心中情结。而这首《叹花》正是记录了诗人的这个浪漫故事。

255　官场失意，才会情场得意

遣怀 <small>杜牧</small>

落魄江湖载酒行，楚腰纤细掌中轻。
十年一觉扬州梦，赢得青楼薄幸名。

唐大和七年（833），年届而立的杜牧去了淮左名都扬州牛僧孺幕下任书记官。这位浪漫的书记官不像杜甫那样过着"清秋幕府井梧寒，独宿江城蜡炬残"的清苦幕府生活，而是夜夜醉卧花丛，把玩着一个又一个扬州瘦马，做着他风月繁华的"扬州梦"。这位放浪形骸、耽于声色的书记官在供职以外，唯以宴游狎妓为事。这正是"乘星冒风流，还侬扬州去"也。

"烟花三月""十里春风"的扬州自古为江南胜地，每到傍晚，"娼楼之上，常有绛纱灯万数，辉罗耀列空中。九里三十步街中，珠翠填咽，邈若仙境"（于邺《扬州梦记》），就在这歌楼酒馆的"仙境"里，杜牧过着他日复一日的销魂人生，犹如汤显祖《南柯梦记》中二句："肠断江南，梦落扬州。"

一晃几年过去了，杜牧接到新的任命，被召入朝做御史，就在他欲离开扬州的前夕，牛僧孺为他举行了一个告别宴会。酒席上，牛僧孺对他说：你才气与志向都非同一股，只担心你太沉湎声色，伤了身体。杜牧却答道：我一贯规规矩矩，不必多虑。牛僧儒笑而不答，唤人取来一个大盒子，里面全是几年来探子所写的有关杜牧行踪的报告。如"某夕杜书记在某处宴饮""某夜杜书记在某妓院过夜""某夕宴某家亦如此"，这样的报告有千百件之多，杜牧阅后大惭，当即"泣拜致谢，而终身感焉"。

离开扬州之后，杜牧写下这首《遣怀》，以纪念和回忆他在扬州所度过的"落魄江湖"、薄幸浪子的风月生活。杜牧是否因了牛僧孺的一席话和一盒子的"报告"而触发了这首诗呢？这很难说清。但从诗来看，似乎还是有一点关系。《遣怀》一诗依稀透出一股追悔以及内心暗藏的壮志难酬的抱恨。诗人也有他的隐曲与苦衷，"人生在世不得意"，只有携妓纵酒，以浇心中块垒了。那"扬州梦"虽是"十年一觉"，但红巾翠袖、青楼留名（哪怕是薄情负心）也有另一番真英雄的风流慷慨之本色。

说过了此诗的写作背景及传奇故事之后，不妨再让我们听一段议论，且看日本学者吉川幸次郎是如何解说这一首"风流情债诗"的。他说：

> 如把这首题为《遣怀》的七言绝句，仅视为放荡无赖的纨绔弟子的述怀，那就颇为遗憾了。在这诗里，有着某种感慨。杜牧也与通常的中国诗人一样，一直十分关心当时的政治局势。他研究、注释了古代的兵书《孙子》，并把从中所获取的知识运用于实际，写了许多如何制裁当时暴虐横行的地方军阀，如何对付处置西边其他民族的策论。他的策论有的被政府采纳，而有的则没有被采纳。也就是说，他对于政治的热情，多被冷遇，而赢得的，只是青楼薄幸之名。（《中国诗史》）

256　轻薄中仍不失风雅与缠绵

赠别二首　杜牧

娉娉袅袅十三余，豆蔻梢头二月初。
春风十里扬州路，卷上珠帘总不如。

多情却似总无情，惟觉樽前笑不成。
蜡烛有心还惜别，替人垂泪到天明。

选诗者，如要挑小杜诗，则必不可少这二首，以及上述的一首《遣怀》。何故？谓之情深有义。但顾随以为，这两首诗虽小巧，但仍失之轻薄，比不得义山的深厚。

为什么？因为"抒情诗人多写私生活、个人生活，因抒情诗人所写者，自我、主观、小我。义山写来有时广大，所写有普遍性；小杜所写者则只是他自己"。

这不，并非想象，而是又一桩浪漫故事马上就要登场。在杜牧离别扬州之时写下了这二首温婉流转的情诗，一来是赠予他一直相好的妓女，二来也为纪念他那即将成为过去的爱情与欢乐。

在第一首诗中，诗人笔下的亭亭少女是如何模样呢？头二句已将其美妙情影活脱脱勾出，其手笔是何等空灵入妙！犹如俄国作家蒲宁为全世界最美的少女所定下的标准"轻盈的气息"一样，杜牧也为他所钟爱的小情人定下了一个美的标准，即"娉娉袅袅"。一位十三岁少女的轻盈身姿出现在了我们的眼前。她若早春梢头上的豆蔻，正是含苞待放的美妙年华啊！后二句，诗人又升发开来，扬州路上，春风吹度；十里长街，美人云集。而夜夜笙歌与珠帘之下不知有多少可餐的秀色。那么为何"卷上珠帘总不如"呢？诗人在此以众美托一人之美，那总不如的一位正是"众里寻她千百度"的那一位，那位十三岁的豆蔻少女。这末一句不仅写出扬州众佳丽中为何这一位是第一名（写法别致而含蓄），同时也写出扬州的华贵。这正是"竹西歌吹古扬州。二分明月，十里红楼。绿水芳塘浮玉榜，珠帘绣幕上金钩。列一百二十行经商财货，润八万四千户人物风流"（乔吉《扬州梦》第一折）。

这第二首诗可见杜牧用情之深，似乎在深情的幻觉中才吐出一句"多情却似总无情"。正由于诗人太多情，以至于似乎"总无情"。天下没有不散的宴席，就像有了矛才有盾一样，人间有了情才有无情。而往往无情之至正是有情，因此爱得深的人才有冤家对头之说。

在最后离别的酒宴上，诗人一改平日的欢笑，他知道他要走了，此时此刻，唯有离人之泪，当然只有把酒垂泪"笑不成"了。接着诗人又用宴席上燃着的蜡烛作比，说蜡烛虽有心（以拟人手法写来），但终将"惜别"，即燃尽。诗人又只有盯着这替人垂泪的蜡烛直到天明了。这烛泪当然也就是诗人的眼泪。

在这两首诗中，我们不仅记住了这位令人铭心刻骨的歌妓，同时也感到了杜牧这位贵公子的风雅与缠绵。

257　真名士自风流

寄扬州韩绰判官　杜牧

青山隐隐水迢迢，秋尽江南草未凋。
二十四桥明月夜，玉人何处教吹箫。

虽然顾随对杜牧的遣怀诗、咏史诗颇有微词，常用"轻薄"二字，但是对
于他描写景致的功夫又大为赞叹，曾诩之以"半边俏"的名号。他说：

> 小杜写景、写大自然之诗（七绝）特佳。此与其个人之私生活有关，非
> 纯粹写大自然。此关乎大自然、私生活，乃非常之调和、谐和。（《顾随诗
> 词讲记》）

如果要举这样一例，那我们大不妨就用此诗好了。

韩判官是杜牧在扬州时的同事兼密友。二人不仅同在牛僧孺手下做事，同
时还是游山玩水、寻花问柳的诗酒之友。

江南多少楼台俱在烟雨之中，杜牧深谙江南山水之美，正因为它的烟雨迷
蒙，因此才有"青山隐隐水迢迢"的诗意与感受。而此时秋天的扬州也是风光
正艳，哪有半点草木凋零之感。在这"柔情似水，佳期如梦"的深秋，杜牧想
到了远在风月繁华的扬州故人，一些昨日同游的美好往事不禁浮上心头。

犹如张祜的"月明桥上看神仙"，杜牧曾与韩判官一道在月光朗照的
二十四桥上观赏来往如织的美人。如今"二十四桥仍在，波心荡，冷月无声"，
这一切都已成为过去的风流韵事。而韩判官这时又在哪里（哪座桥上）教歌妓
"吹箫"呢？这末一句最意味深长，也最为款洽温柔：这里我们不仅感到，也
可以说看到了二人在扬州时如何消得良夜、青楼留名的欢乐生活，同时也感到
并又看到了韩判官作为一名风流俊逸的花花公子形象。杜牧为我们描出一幅温

柔蕴藉、清丽凉爽的画面。在这画面里，"玉人"（在此指风流才子韩绰）在秋凉月辉映照的桥上正在教一位多情歌伎"吹箫"。这里有一种只有他们二人才能体味至深的故事，有杜牧对扬州的缅怀，有他对韩判官的调侃，也有他对"赢得青楼薄幸名"的旧梦重温与绵绵追忆。当然，此诗也是真名士自风流的最好写照。夜色温柔之时，教人"吹箫"之时。

258　小杜的"巧取豪夺"之法

兵部尚书席上作　杜牧

华堂今日绮筵开，谁唤分司御史来。
忽发狂言惊满座，两行红粉一时还。

所谓"巧取豪夺"自然是卑鄙行止。变相索要，无所不用其极，当可恨可恼，更可詈责。但是，君不知亦有另一"巧"法，既能得芳心，又能不失礼仪，而这便是"风流"之法，即所谓的文采风华，口占一首赢红粉。

且看在杜牧走马灯式的爱情故事中，又一个风流传奇故事登堂入室了。

要说这首诗还得从杜牧离开扬州后说起。惜别维扬之后，杜牧回到京都，当上了监察御史，也就是专管检查官员的廉政问题的干部。由于杜牧分司（即分管之意）东都洛阳，所以一直在洛阳办公。当时朝中大官李愿正罢官闲居洛阳，此人也是一位沉湎于酒色之人。他在洛阳以"声伎豪华为当时第一"而享得大名，此外他还喜欢一天到晚大开筵席广邀名流（用今天的话说就是热衷于开 Party）。一次他在家中大宴宾客，独独不邀杜牧，或许是出于对这位纪律检查委员会官员的害怕，怕他给朝中打小报告。然而杜牧却不请自到，正如他在诗中所说"谁唤分司御史来"，没人唤，他自己就来了。在酒席上，杜牧一边喝酒，一边瞪大双眼看周围一百多名妓女。酒酣耳热之际，杜牧问李愿："听说有一位姑娘叫紫云，她是谁？"李愿只好指给他看。杜牧看后坦言道："果然名不虚传，是否该送给我呢？"李愿笑而不答，众妓女也看着杜牧大笑。杜牧意定气闲地又饮下三大杯酒，然后起身口占了这首诗。当场李愿就将这名叫紫云的妓女送给了杜牧。

杜牧因酒席上吟诗而艺惊满座，后又得红粉回家，内心当是十分欢喜。正是由于人间唯有这风流旖旎的杜司勋，才有了这才气直逼七岁成诗的曹子建的《兵部尚书席上作》。

259　这个冬饮，没有闲心

初冬夜饮　杜牧

淮阳多病偶求欢，客袖侵霜与烛盘。
砌下梨花一堆雪，明年谁此凭栏杆？

顾随先生曾说：

> 小杜的生活不是忧愁的，虽然他自己对其生活不满意。而从旁观看来，
> 其生活至少是不愁衣食的。谈到此，老杜便不如小杜幸福，无论身体、精神
> 皆难得有闲。有花月不如有窝头，此固然也。然既为诗人便须与常人不同。
> 一个诗人无论写什么皆须有一种有闲的心情。可以写痛苦、激昂、奋斗，然
> 必须精神有闲，否则只是呼号不是诗。如老杜"朱门酒肉臭，路有冻死骨"，
> 这样诗可以写，而太没有有闲之心情，快不成诗了。肉可臭酒何能臭？且人
> 可冻死骨何能冻死？此种事可写成诗，而老杜写的是呼号不是诗。可以写而
> 不能如此表现。老杜写时，至少精神上不是有闲的。而又如韦庄之《秦妇吟》，
> 写黄巢起义前后情形，所写事情尽管惨、乱，而韦庄写此总是抱有有闲心情。
> 虽非最好的诗，然至少不是失败的诗。

尽管杜牧在顾随看来是那种能够自我欣赏的人，但是这种闲心仍不如我们
之前谈到的白居易来得雅致。同样是雪中饮酒，一个是"红泥小火炉"，而此
处却是"梨花一堆雪"，境界多有不同。所以，闲虽闲，这中间还真有境界之
分别的问题。当然这并非我们此诗讨论的重点，点到即可。还是让我们回到诗
中去吧！

今夕是何年，明年又在何处？当此初雪夜，杜牧以"淮阳多病"的身心，
偶然求欢于老酒。这也是他一贯的生活方式，"逐日愁皆醉，随时醉有余"。

也如他在《上李中丞》一文中所说："嗜酒好睡，其癖已痼。"然而今夜，杜牧并未大醉睡去，只是"樽前自献自为酬"，在孤灯下自我怜惜着他那客子的心情，天冷地冻，蜡烛暗淡，一杯二杯残酒犹如"残寒正欺病酒"（吴文英）。

痛饮之后，诗人又起身到得室外，凭栏独望，只见台阶下一堆堆细雪以及夜空中纷纷扬扬的雪花。"砌下梨花一堆雪"，给人以英俊清丽之感，画面美丽而又细致入微。而头二句却给人以颓唐落寞之感，饮酒人初冬夜饮的幽独跃然于纸上，而末一句身世感怀、飘零天涯的喟叹又令人掩卷而泣。看来贵公子有潇洒之时，也有辛酸之时。犹如人之一生，要经历春夏秋冬，有此一时也有彼一时的欢乐与痛苦。过了今天就是明天，而明天又将酒醒何处？过了今年又是明年，而明年谁又将在此对雪凭栏？

260　杜牧的逆向思维法

题乌江亭　<small>杜牧</small>

胜败兵家事不期，包羞忍耻是男儿。
江东子弟多才俊，卷土重来未可知。

　　如今的考试，作文常有制胜宝典，而诸多制胜法中常不缺的正是这"逆向思维法"。既为逆向，那就不能人云亦云，那就不能按常规出牌。中国文学史上，最著名的逆向写作便是刘鹗《老残游记》里提出来的"清官比贪官最可恨"一说。何故？因为贪官固贪，但心有顾忌，所以多是暗箱操作，不敢正大；而清官自以为廉洁，秉此正义行事，只要一着不慎，自然破坏更大也。所以，清官可恨。

　　好了，闲话少说，回头来看杜牧这逆向作文如何写来。

　　西楚霸王兵败乌江，羞愤自杀，其原因是"无颜见江东父老"。项羽这一行为似乎历来为人所称道，连宋代女诗人李清照也写过一首小诗表示首肯："生当作人杰，死亦为鬼雄。至今思项羽，不肯过江东。"而杜牧却反其道而行之，认为胜败乃兵家常事，"包羞忍耻"是真男儿之本色，犹如韩信还受"胯下之辱"一样。霸王不该自杀，而应过得江东、重整旗鼓、卷土重来，如此这般才不愧为一世英雄。

　　这后二句诗如今早已成为人人传诵的名句。它的意义也早已脱离了楚汉相争、霸王自刎于乌江的历史故事。它道出一个普遍的真理，那就是自强不息、自我激励、自我超越的奋斗精神。任何人只要有这种"江东子弟多才俊"的自信心，就可以有朝一日"卷土重来未可知"。"士别三日当以刮目相看"，更何况才俊之士重新出山了。这首小诗正包含了这个深刻而丰富的哲理。

261　没有走的路

赤壁　杜牧

折戟沉沙铁未销，自将磨洗认前朝。
东风不与周郎便，铜雀春深锁二乔。

对于杜牧的咏史诗，尤其这首《赤壁》历来褒贬不一。如宋代许彦周批评他"措大不识好恶"，而吴景旭又赞扬他"正意益醒"，起到"死中求活"的作用。笔者在准备评说这首诗时，也看过众家解说。事情很巧，在读过哈佛大学比较文学教授斯蒂芬·欧文对这首诗的解读后，我深为钦佩。在此特意将他的解说抄录如下（而自己本欲说之话只好暂时收回了）：

　　同许多发现古物的诗歌一样，这里也涉及许多除去覆盖物、擦掉水垢和试着补上失去部分以恢复原貌的工作。这一系列工作的目的是要认出找到的究竟是什么东西。在这里，找到的东西最初显得有些神秘，它没有全部埋在沙里，可是露出的部分又不易察觉，不过还是引起了诗人的注意，使得诗人拨去沙子，把它掏出来。掏出的残余物还能使人辨认出它原本是哪一类东西——"戟"——但是，要知道这件器物究竟是什么，光有这个类名还不够。最终，当他经过磨洗让物体显露出本形时，他没有发现事情是什么，只是发现了事情不是什么。这里包括有某种不能肯定的、臆测的和并不当真的成分在内。

　　在这首绝句的前两行里，作者为我们凝练地描绘了揭示物体原貌和认识它的场面，我们被这种场面吸引住了。每发现一样东西，人们通常忍不住要去揭示它、认识它，就像在这里一样。同杜牧一起，我们也认出了前朝的事（"认前朝"）。我们认出了这柄戟是一件旧物，是前朝的出品，接着我们又认出了它属于哪一个朝代，最后，将要达到我们的真正目的，通过这柄戟来认识这个朝代以及它的命运。一旦我们了解了它，一旦我们把围绕在它周围的、被遗忘的过去全部重新拼拢起来，这件蒙着泥沙锈迹的物品自身就将失去意义。

然而，就在我们刚要完成我们的认识时，我们的思维轨迹却像曹操的战事一样，受到阻碍而力有不逮了。我们没能越过眼前的障碍而把握住这种神秘的美；由于无目的地幻想着假如事情发生的话可能会是什么样子，我们向知识的推进偏离了方向。向前疾刺的戟被人挡开了；它落到沙里，埋藏了几个世纪，长满了锈，一面在幻想着，如果事情的结局不是这样的话，那么，不是我们陷在沙里生锈，而是二乔陷在铜雀台的春闺中等待老之将至了。要是风伯长眼，不去帮周瑜放出那股东风，而是帮我们的忙，让东风留着，等二乔进了铜雀台，吹绿铜雀台周围的树枝，那该有多好。偏离了目标的载体现了一种没有实现的可能性：它"回想着"事情可能是怎么样，并且找到了答案，我们也幻想着它所幻想的东西。

这首诗的美，就在于进入后两句诗时思维运动出现的倾斜。当我们涉及古物时，举隅法是经常出现的，一个部分能使我们认识和了解不复存在的全部整体。但是，在这里，向前疾刺的戟偏离了它的方向，使得我们也随之偏离了举隅法，而采用起换喻来，在其中，原因和结果相隔遥远，中间隔着一层又一层的各种条件。要是春日的东风不是为周瑜提供了方便，帮他把火船吹进曹操的舰队，那么，曹操就会打败吴国，把乔氏姐妹带回他的后宫。如果是这样，那么曹操死后，同样是春日的东风就会吹绿铜雀台周围的草叶，铜雀台中幽禁着二乔，二乔春心荡漾；由于曹操死了，这种欲望永远得不到满足。出现在诗的末尾的这种无法满足的性欲的形象（这样的形象在有关铜雀台的诗歌中屡见不鲜），是幻想者在为曹操报赤壁之仇，因为曹操在赤壁大战中没有能够实现他的欲望，而这柄戟在其中似乎也有一份。除掉蒙在这件物品外的污垢，我们找到的是欲望，以及由欲望转变而来的未曾实现的可能性。

杜牧的这首诗同这些"可能会是"的推测是分不开的，在中国古典文学里，这样的推测几乎没有立足之地。它们只出现在某种事关何去何从的时刻，出现在当事情可能会朝这方面也可能会朝另一方面发展时，面临机遇、鲁莽的抉择和"尝试"的时刻，杜牧的诗似乎是在告诉我们，如果不是那一天起了东风这个偶然事件的话，历史可能会转向另一个不同的进程朝前发展。

行文至此，欧文的这段精彩论述又不禁使我想到了另一位异常优秀的美国诗人弗洛斯特的一首长诗——《未走之路》（*The Road Not Taken*）。该诗也探讨了世界上那些无尽的偶然与可能，此处也一并录来，供读者朋友对照阅读：

黄树林里分叉两条路，
只可惜我不能都踏行。
我，单独的旅人，伫立良久，
极目眺望一条路的尽头，
看它隐没在丛林深处。

于是我选择了另一条路，
一样平直，也许更值得，
因为青草茵茵，还未被踏过，
若有过往人踪，
路的状况会相差无几。

那天早晨，两条路都覆盖在枯叶下，
没有践踏的污痕：
啊，原先那条路留给另一天吧
明知一条路会引出另一条路，
我怀疑我是否会回到原处。

在许多许多年以后，在某处，
我会轻轻叹息说：
黄树林里分叉两条路，而我，
我选择了较少人迹的一条，
使得一切多么地不同。

262　江南春日的酒旗与佛寺

江南春　杜牧

千里莺啼绿映红，水村山郭酒旗风。
南朝四百八十寺，多少楼台烟雨中。

　　江南的春天正是群鸟啼唱于绿树红花之间，到处是依水的乡村、傍山的城镇以及风中的酒旗。而南朝四百八十座寺庙，多在烟雨之中。这首诗不如说是一幅色彩迷人的山水画。但是如果将后二句诗译成外文，似乎诗意顿失。那么作为一首非常有名的唐诗，它的诗意在什么地方呢？正在于其迷蒙缥缈的意境，而不是具体的"四百八十寺"。这一数目字应看作虚数，只是说寺庙之多，并点缀于江南的山水林木之间。春日的江南细雨纷纷，而烟雨中的寺塔楼台当然会让人产生一种迷离掩映的美感。如在晴日，又是另一番景致了。莺鸟啼唱，万紫千红，水村山郭，酒旗飘扬。然而不管是在江南的雨天或晴天，诗人都发现了它不同的美之所在。为此诗人寄情于江南的湖光山水，流连于明艳而又迷蒙的风景之中，喟叹出这首意境透脱空灵的小诗。

　　末二句诗还令人想到杜牧在另一首诗《念昔游》中的二句："秋山春雨闲吟处，倚遍江南寺寺楼。"看来诗人对江南的寺庙楼台是情有独钟、分外留恋的。这位"闲爱孤云静爱僧"的诗人不仅神往江南的春色，也神往那春色中宁静的佛寺。

263　亡国之音不可听

泊秦淮　<small>杜牧</small>

烟笼寒水月笼沙，夜泊秦淮近酒家。
商女不知亡国恨，隔江犹唱后庭花。

六朝金粉之气的秦淮河畔，红袖凭楼，酒家林立，历来为豪门望族、富家子弟、清贵公子们消磨光景的好去处，难怪后人称这一地区为"肉池酒林"。虽然唐时扬州风貌已不可复得，但借清人余怀的《板桥杂记》仍可窥看百年之前的金陵之美：

> 金陵为帝王建都之地，公侯戚畹，甲第连云；宗室王孙，翩翩裘马；以及乌衣子弟，湖海宾游，靡不挟弹吹箫，经过赵李。每开筵宴，则传呼乐籍，罗绮芬芳；行酒纠觞，留髡送客；酒阑棋罢，堕珥遗簪。真欲界之仙都，升平之乐国也。

秦淮河上，桨声灯影，画舫游荡，夜夜锦绣：

> 秦淮灯船之盛，天下所无。两岸河房，雕栏画槛，绮窗丝障，十里珠帘。主称既醉，客曰未晞。游揖往来，指目曰：某名姬在某河房，以得魁首者为胜。薄暮须臾，灯船毕集，火龙蜿蜒，光耀天地，扬槌击鼓，蹴顿波心。自聚宝门水关至通济门水关，喧阗达旦。桃叶渡口，争渡者喧声不绝。

正是在这样一个"欲界仙都"，当人们整日陶醉在这"销金窝"里时，杜牧却在此发出了另一番感慨。

发句便将我们带入一片朦胧清淡的秦淮夜色里。这"笼"字用得极好，柔和而婉约。如用罩字，诗意当顿时死于此字之下。"笼"字给人的感觉要轻许多，不像"罩"字那么坚硬，也不像"遮"字那么直接。"笼"字与烟、水、沙相配更为和谐，其中还有缓缓飘浮流动的意味，同时也将诗人迷惘的心情非常自然地揉了进去。就在这"烟笼寒水月笼沙"的夜色里，诗人的游船慢慢地靠岸了，"近酒家"中的"近"字与前句音律十分吻合，情绪若酒正在款款地到来。这样从秦淮河畔飘来的歌声也就自然而然地幽幽传入诗人的耳中。

那是什么歌声呢？那是不知亡国之恨的商女（即歌女）在唱着《玉树后庭花》这首曲子。

对于这后二句诗，陈寅恪先生曾在他著名的《元白诗笺证稿》中这样说道：

> 牧之此诗所谓隔江者，指金陵与扬州二地而言。此商女当指扬州之歌女而在秦淮商人舟中者。夫金陵，陈之国都也。《玉树后庭花》，陈后主亡国之音也。此来自江北扬州之歌女，不解陈亡之恨，在其江南故都之地，尚唱靡靡之音，牧之闻其歌声，因为诗以咏之耳。

这样的《后庭花》，杜牧当然要罢酒掩泣，凭栏长叹了。

这首诗如今已成家喻户晓之作，其原因有三：一是明白如话，自然易于流行；二是诗艺甚高，尤其是头二句，可看出诗人用字炼句的功夫；三是颇有历史感及忧患意识（这个意识是中国人最喜欢具有并且也实际具有的），诗人以陈朝衰亡来影射那些仍一晌贪欢于纸醉金迷的人。不过，杜牧本人也是一个常常沉湎于声色歌舞的人。然而，此一时彼一时，这一次杜牧的表现却令我辈后来文人足以肃然起敬。他知道这一桌亡国酒不能吃，当然他也肯定没有吃。看来作为诗人的复杂性，我们还须大力理解。

264　文人骚客的找酒歌

清明　杜牧

清明时节雨纷纷，路上行人欲断魂。
借问酒家何处有，牧童遥指杏花村。

　　清明时节正值郊野踏青或阖家扫墓的时节。而此时纷纷细雨，当然将十分扫兴，"路上行人"的精神也为之受挫，情绪沮丧低落自不在话下了，这便是"欲断魂"的意思。

　　春雨凄迷，魂魄欲断，何以解忧呢？诗人又自然想到了酒的温暖与快意。杜牧这后二句诗既自然干脆又颇具灵气。问酒家在何处？雨中天真快乐的牧童"遥指"前面的"杏花村"。这亦是一幅典型的中国山水图，春雨中灿然的杏花深处正掩映着一个小酒店，而"欲断魂"的诗人却在牧童的指点下冒雨前去。

　　这首诗前二句给人以沉重、阴郁之感；后二句给人以轻盈、明丽之感。前后虽是一个矛盾，但配合在这里却十分和谐，读来起伏有致，同时还应了"清明"二字的神韵。我们一想到清明，就会立即想到这首诗所传达出来的感觉，想到"雨""断魂""酒家""牧童"，当然还有美丽的"杏花村"。为此，杜牧这首小诗已成为我们一代又一代人的清明之歌，当然也是"欲断魂"时文人骚客的找酒歌。

265　　悲愤、放达，无所不可

九日齐山登高　杜牧

江涵秋影雁初飞，与客携壶上翠微。尘世难逢开口笑，菊花须插满头归。
但将酩酊酬佳节，不用登临恨落晖。古往今来只如此，牛山何必独沾衣。

九九重阳，中国古代诗人必登高抒怀、痛饮菊花酒。在这江天辽阔、大雁初飞的时节，当然也是在九月九日这一天，杜牧与友人携酒登临齐山。面对眼前千里秋光，杜牧心中不觉升起一股悲凉之气，唯有"对酒当歌"，叹"人生几何"。在此"日月逝矣，岁不我与"（孔子语）的感慨之下，他深感人之一生欢喜少悲伤多，也就是哭多笑少，恨多爱少。没有出路，杜牧只得"尘世难逢开口笑"了，同时也只得将菊花遍插头顶独自而归。为不虚这次登临，当然还要以大醉来酬答这重阳佳节。在沉醉之中，直可以忘掉烦忧，不用去感叹人生迟暮与落日余晖，这正是"得醉即醉，又何怨乎"。末二句，诗人突然急转，将前面"抑郁之思以旷达出之"，"只如此"三字包含了无穷诗意及诗人内心的痛叹，犹如金圣叹所赞：

> "只如此"三字绝妙！醉亦"只如此"，不醉亦"只如此"；怨亦"只如此"，
> 不怨亦"只如此"。

"牛山"句典出《晏子春秋·谏上》：齐景公登牛山远望国都，突然为人终有一死而潸然落泪。而杜牧在此却反其意而用之，他以为古往今来人终有一死，景公何必"牛山下涕"呢？这又是杜牧"旷达出之"的神笔。然而还是金圣叹说得妙：此诗"或说是悲愤，或说是放达，或说是傲岸，或说是无赖，无所不可"。

"尘世"句虽是诗人自己的体验，但同时也是所有中国人的感受，因此才

得以引起共鸣。毛泽东在《贺新郎·读史》一诗中也化用过这句："人世难逢开口笑，上疆场彼此弯弓月。"人生悲凉肃杀，岂有笑口常开；而打打杀杀，又流尽多少鲜血。

266   人生短暂，自然永恒

题宣州开元寺水阁   杜牧

六草文物草连空，天淡云闲今古同。鸟去鸟来山色里，人歌人哭水声中。
深秋帘幕千家雨，落日楼台一笛风。惆怅无因见范蠡，参差烟树五湖东。

对于杜牧的诗，顾随做过一个很好的分类，他讲：

> 小杜诗一为人生之作，二为婉妙之作，三为热衷之作。小杜所有诗皆可
> 归入此三种，若不能归入者，便不是好诗。此外，还要说道其第四类——咏
> 史之作。

> 此类作品小杜见解不甚高，闲情又不浓厚，且稍近轻薄，不厚重，虽有
> 周公之才、之美，是骄、轻、吝、薄，其余不足观也矣。（《顾随诗词讲记》）

且不论顾随此说非议之处是否恰切，但就其对杜牧优点的指教倒是一清二
楚的。不信，只管来看这一首诗。

诗人起句便以大感叹出之：一切都会成为过去，古往今来，兴废不止，曾
几何时的六朝繁华如今也只是荒草连空。人会死去，朝代会更替，唯有自然不
变，唯有"天淡云闲"不变。接下二句又往深处作细腻的流连。"鸟去鸟来""人
歌人哭"亦是自古不变，古今相同。面对千家秋雨、一笛风声，这一眼前景，
诗人不禁起了"惆怅"，"约今年已是深秋，约今日又复落日，嗟乎！嗟乎！
日更一日，秋更一秋，天淡云闲，固自如然，人、鸟变更，何本可据？望五湖，
思范蠡，真欲学天学云去矣！"（金圣叹语）末二句，诗人的怅然是因范蠡而起。
春秋时，范蠡助越王勾践打败吴王夫差后，功成身退，弄扁舟逍遥于江湖之中。
这一隐于山水之间的行为历来为人们所称羡。既然一切都将成为烟云，既然生
之有涯，杜牧只有思念范蠡并在想象中去美丽的江河湖海做一名游山玩水的隐

者了。

　　谈到此处，读者立马便知，人生短暂、自然永恒当是此诗主旨。这一主旨不仅是杜牧歌咏的对象，也是古今中外所有诗人歌咏的对象。苏轼《赤壁赋》中有："哀吾生之须臾，羡长江之无穷。寄蜉蝣于天地，渺沧海之一粟。"为此，苏诗人才想"抱明月而长终"。萨特这位存在主义大师与波伏瓦在一次去北欧的旅行中也产生过如此感受。他们过了斯德哥尔摩，继续向北，进入北极圈，来到一个拉普人的村庄，它处在莽莽森林中，周围是荒凉的群山。他们爬上一座山头，在海拔四千五百米的高度，看到终年不化的积雪，不禁感叹起生也有涯。这时，波伏瓦说道："面对这荒山野岭，我比萨特更为伤感，可他也被感动了。我们再也见不着它们时，那大雪覆盖的美丽景象，那一尘不染的山石，仍然在我们的脑海中浮现出来。"

267　唐诗的另一面

秋夕　_{杜牧}

银烛秋光冷画屏，轻罗小扇扑流萤。
天阶夜色凉如水，卧看牵牛织女星。

此诗明净如水，有清凉之感。浅近的言语直写失意宫女孤寂的生活，不着
一字，而幽怨自出。首句写秋景，用"冷"字，暗示寒秋气氛，又衬出主人公
内心的孤凄。二句写借扑萤火以打发时光，排遣愁绪。三句写夜深仍不能眠，
以待临幸，以天街如水暗喻君情如冰。末句借羡慕牵牛织女，抒发心中悲苦。
蘅塘退士评曰："层层布景，是一幅着色人物画。只'卧看'两字，逗出情思，
便通身灵动。"

另外，关于此诗以及此诗所在的（日文）选本——《三体诗》，日本学者
小川环树也有过如下评述：

> 在日本，很难说究竟《唐诗选》的影响大，或是《三体诗》的影响大，
不过将两书对照，差别还是不小。李白、杜甫这两个大诗人的作品，《唐诗选》
都有收录，《三体诗》里却是一首也没有，编者似乎有他特殊的理由，且不
去说它，但从结果上看，这就把重点从盛唐的大诗人那里，转移到了中、晚
唐。《三体诗》突出的是唐诗的另一侧面，尤其是纤细艳丽的一面。换言之，
也可以说表现崇高壮大之美的不多，反过来，倒是比较好地传达了悠闲寂寞
与亲切优雅的感受。
>
> 譬如收在这个诗集里的王建的《官词》（实际为杜牧所作）：银烛秋光
冷画屏，轻罗小扇扑流萤。天阶夜色凉如水，卧看牵牛织女星。
>
> 这有多么香艳。手执纨扇的美女，横卧在银白蜡烛的光照下面，轻轻地
扑打着飞进屋里的流萤。就好像春信（指日本18世纪的画家玲木春信）版

画中的图案，是道地描绘温柔女性的姿态。这里并没有写出"女"字，只以"轻罗小扇"四个字作为暗示，但是所描写的情景却很活泼。

"银烛""画屏"，都让人联想到宫中或贵族的宅邸。（《对中国文化的乡愁》）

268　为日常生活加上梦的美

锦瑟　李商隐

锦瑟无端五十弦，一弦一柱思华年。庄生晓梦迷蝴蝶，望帝春心托杜鹃。
沧海月明珠有泪，蓝田日暖玉生烟。此情可待成追忆，只是当时已惘然。

李商隐(约813—约858)，字义山，号玉谿生，怀州河内(今河南沁阳)人。开成进士，
曾任县尉、秘书郎和东川节度使判官等职。因受牛、李党争影响，被人排挤，潦倒终
身。"无题"诗很有名。擅长律、绝，富于文采，具有独特风格，然有用典太多、意
旨隐晦之病。有《李义山诗集》。

梁启超在谈到李商隐的诗时曾这样说过：

　　我理会不着，拆开一句一句叫我解释，我连文义也解不出来，但我觉得
它美，读来令我精神得到一种新鲜的愉快。

对于梁先生的这一大实话，笔者不仅有同感，我想一般读者也有同感吧。
这首《锦瑟》千百年来一直为人们喜欢，但在解读方面却众说纷纭、莫衷一是，
不过这从来没有让人不觉得它美。犹如"诗无达诂"一样，诗之美在于各人的
发现与创造。哪怕"读起来令我精神得到一种新鲜的愉快"也就足矣。
　　顾随也曾在论及此诗时大发感叹，说：

　　义山《锦瑟》可谓为绝响之作……所谓绝响，其好处即在于能在日常生
活上加上梦的朦胧美（美的色彩）。
　　一个诗人是 day-dreamer，而此白日梦并非梦游。梦游是下意识作用，
脑筋不是全部工作，此种意识为半意识。诗人之梦是整个的意识，故非梦游。

且为美的，故不是噩梦。且非梦幻，因梦幻是空的、缥缈的。而诗人之梦是现实的，诗人之梦与幻梦相似而实不同。幻梦在醒后是空虚，梦中虽切实而醒后结果是幻灭。

《锦瑟》之"沧海月明"二句真美。烟雾不但散后是幻灭，即存在时亦有把握不住之苦痛，不能保存。种花一年看花十日，但尚有十日；云烟则转眼即变，此一眼必不同于彼一眼。诗人之诗则不同，只要创造得出，其美如烟如雾，且能保留下来。千载后后人读之尚感觉其存在。故诗人之梦是切实的而非幻梦。诗人之将日常生活加上梦的美是诗人的天职。既曰天职，便不能躲避，只好实行。实行愈力则愈尽天职。（《顾随诗词讲记》）

说过了这许多之后，再让我们来看李商隐这个人。李商隐与杜牧可谓晚唐诗坛上最炫目的两颗明星，号称"小李杜"。但二人从人到诗都大为不同。杜牧出身贵族，天性俊逸洒脱，诗风绚烂热烈，风流蕴藉；而李商隐出身低微，内心压抑，诗歌虽写得华美但用情很苦，读来不免给人以苦涩沉郁朦胧之感。总而言之，杜牧是晚唐诗歌中的欢乐英雄（如李白），而李义山却是一个悲苦英雄（如杜甫）。李商隐的诗有三个来源，那就是"杜甫的句法，韩愈的文法，李贺的辞藻"（施蛰存语），而杜甫、李贺虽是天才，但又同是苦命人，李商隐与他们惺惺相惜，当然也是苦命人了。但正是这位苦命人创造了一个奇迹，他成了后来最有影响的一位诗人，喜欢他的人的数量甚至超过了喜欢李白、杜甫的人的数量。为什么呢？或许因为他飘浮迷离、深奥难懂、凄艳悱恻吧。另外，李商隐作诗文时，最爱查资料翻阅各种书册，因此得了一个"獭祭鱼"的名号。据说水獭去河里捕到鱼后，先并不吃掉，而是一一放在面前，如同在祭鱼一般。后人从此便将那种以资料堆积来写诗作文的人叫作"獭祭鱼"。李商隐在作诗时，不仅多检阅书册，而又好频频用典，当然是"獭祭鱼"了。不过这"獭祭鱼"用典也有用得极好的时候。比如《锦瑟》一诗中间四句用了四个典故，却十分切合本诗追忆逝水年华的主旨，产生了一种迷惘、悲伤、恍惚的感觉，并不显得多余或难看。

《锦瑟》一诗起头二句便以沉郁逗人，追忆年华的旋律显得非常从容不迫。"无端"二字极好，使人想到另一位德国诗人里尔克的一首《严重时刻》：

谁此刻在世界上某处哭，

无端端在世界上哭，

在哭着我。

谁此刻在世界上某处笑，

无端端在世界上笑，

在笑着我。

谁此刻在世界上某处走，

无端端在世界上走，

向我走来。

谁此刻在世界上某处死，

无端端在世界上死，

眼望着我。

世界本就是无端端的（在此特别要感谢梁宗岱先生，正是由于他深厚的中国古典文学修养才使他在翻译此诗时，神妙地从《锦瑟》中化出了这"无端端"三字），锦瑟的乐弦当然也是无端端的，正因为这"无端五十弦"才给人一种莫名的难过、感动、怀念，也因了这"无端五十弦"才让人"一弦一柱思华年"。青春不在，岁月难留，又正是"锦瑟华年谁与度"（贺铸《青玉案》），而如今在义山的眼中心里，华年盛景可要"成追忆"了。

以下四句诗人以四个典故来细说"思华年"。先是以众所周知的庄周梦蝶来喻往事如梦，华年如烟。接着又以蜀国君王杜宇死后魂魄化为杜鹃鸟，悲泣啼血之事来喻自己的伤春之心及怀念之情。再接下以《博物志》中海里鲛人（神话中的人鱼）出水，泣别主人而泪成珠之事来抒发自己一生的悲哀。最后又以蓝田山产玉，及戴叔伦所形容的诗之意境"诗家之景如蓝田日暖，良玉生烟，可望而不可置于眉睫之前也"来表达自己的美好意愿如蓝田云烟，只在恍惚迷离的美景之中，终不可即。

此等种种情事只能叫人怅然追忆，而追忆中更平添了许多"无端端的"苦痛与迷惘。这等迷惘何待今日回忆，就在当时也让人愁肠百结呀！

　　纵观"玉谿一生经历，有难言之痛、至苦之情，郁结中怀，发为诗句，幽伤要眇，往复低迴，感染于人者至深"（周汝昌语）。义山一生的确苦难得很，先是出身低下的事实就把他搞成情结，他一直说"我系本王孙"，但那都是陈年往事了，"君子之泽，五世而斩"，他一辈子都未沾上丁点皇恩；接着是十年应考，考了十年才勉强考上了一个进士，其中头悬梁锥刺股的悲苦自不待言；接着又是东奔西走，一直只能当一名幕府小官，落得个"心比天高，命比纸薄"的场面，他那"速拟上青云"的大志只能是一场秋梦。再加上恋爱次次失败，又不像杜牧是一个懂得风月的"花花公子"；中年又丧妻，更是没有家庭温暖。但正是这个如此大苦大难的李义山，才能写出这"感染于人者至深"的诗篇。

269 人生是何等之美，又是何等之苦

无题 李商隐

昨夜星辰昨夜风，画楼西畔桂堂东。身无彩凤双飞翼，心有灵犀一点通。
隔座送钩春酒暖，分曹射覆蜡灯红。嗟余听鼓应官去，走马兰台类转蓬。

那是十年前的一个春天的夜晚，我写下了一首小诗的第一节：

> 我在初春的阳台上回忆
>
> 一九八六年春夜
>
> 我和你漫步这幽静的街头
>
> 直到天色将明

当这蒲宁式的春夜回忆早已又成为回忆时，我又开始重读李商隐的这首更加遥远的春夜回忆之诗。那是另一个春风沉醉的晚唐之夜，星星与和风点染着画楼桂堂，一场春宴开始了。"春酒暖""蜡灯红"，气氛是何等风雅与热烈呀。酒宴上"隔座送钩"（古代一种酒席上行酒令的游戏，近似于击鼓传花，即传钩于某人手中藏着让对方猜）"分曹射覆"（也是一种酒令之游戏，相当于猜字谜，即分队用巾盂等预将物件覆盖，叫人猜测），而在这醉人的热闹之中，诗人却感到某种清寂与苦痛，他似乎在这里感到了许多……不觉天色将明了，诗人在晨鼓的催促声中，又得去"兰台"（即秘书省，诗人当时在那里任一个低下的职位）上班了。末一句可知诗人是不想去上这个班的，在他眼中这种上班犹如蓬草一般可怜又飘零，寂寞而无聊。

人生是何等之美，又是何等之苦，诗人在这个矛盾之中又感到是何等的身心分割之痛。在这华美的宴席上，诗人一边流连着温暖的春酒，一边为看上了某位佳丽但得不到而内心难受。生活是这样美丽，但美中终有不足，"身无彩

凤双飞翼"，诗人痛叹自己身上没有长出彩凤的双翅，为此爱情当要受阻，难以翩飞与之幽会；然而诗人又一厢情愿地认为他们二人是"心有灵犀一点通"，真的能相通吗？其实不然，从诗人众多失败的爱情故事中，这里不过又多了一桩而已。也正因为诗人无穷的失恋，他才能说出这二句刻骨铭心又万古流传的爱情誓言。当此温暖而绚丽的春夜，失败的爱是苦涩的，也是美丽的（因为诗人已为我们编织了这么一个苦与美交织的画面），而在这美与苦的内心冲突下，诗人还感到了自己地位的卑微（在兰台做一名小职员，还得去上班）以及身世的飘零。爱又爱不成，工作又不满意，这如何是好呢？诗人只有望空长叹，发而为歌，以"昨夜星辰昨夜风"独抒情怀了。

从这首诗我们可见出诗人的内心活动极其复杂、细腻、微妙，而且郁结了许多情结，因此此诗才写得曲折迂回、躲躲闪闪、欲言又止，总之，隐藏极深。也正因为如此，此诗在写法上才跳跃极大（因便于遮掩）。诗人并不将一种情绪一贯到底，而是一会儿叹良辰美景，一会儿发秘密的爱之感慨，一会儿又写纸醉金迷的华宴，一会儿又自叹自怜个人生活与处境的悲哀。这种发散式的写法正是诗人制谜式的无题诗的高妙与迷人之处。他留下的空白与空间让后人去猜测，去想象，去破译，去串联。

270　爱情的本色

无题　李商隐

相见时难别亦难，东风无力百花残。春蚕到死丝方尽，蜡炬成灰泪始干。
晓镜但愁云鬓改，夜吟应觉月光寒。蓬山此去无多路，青鸟殷勤为探看。

　　李商隐年轻时曾经"学仙玉阳东"，在那里他曾与一位美貌的女道姑发生热恋，但结局又是以悲剧收场。然而正是这场爱情悲剧才使得诗人写出了这首千古传诵、妇孺皆知的《无题》诗。此诗在诗人众多"无题诗"中写得最为单纯、鲜明，而且还一反其爱用典的习惯。正因为如此，此诗在今天还被谱成一首流行歌曲传唱于大街小巷，而一般读者对此诗的理解与欣赏也从无任何障碍。不过笔者在此仍要稍稍点评两句。

　　开篇二句当见李义山香艳风流的一面。暮春时节，百花凋残，这正是诗人感时伤春、万种闲愁之时，而当头又遇别易会难的缥缈爱情，这就更让人辗转徘侧、郁结中怀了。三四句，诗人又吐露出一贯的至苦、至痛之情怀，以春蚕吐丝、蜡炬燃尽来比喻自己用情之专、之烈、之酷，可谓登峰造极，令人悚然。而这二句诗如今意义也广为扩大，已不仅限于爱情（当然它早已是表达忠贞爱情的至理名言或经典话语），譬如就有人用来形容教师的伟大或专注于某项职业的人的专注精神、牺牲精神等。

　　别后情景如何，五六句诗人如是写来：清晨览镜，只见憔悴之容颜；夜晚吟诵，又感念其身若春月之寒。此二句又进一步将相思之苦写尽，个中苦寒凄凉无不令人掩泣。末二句，诗人将情思聊作了另一番寄托，对自己算是一个宽慰与交代吧。"蓬山"即蓬莱仙山，这里借指恋人居处；"青鸟"当是西王母"信使"，专为其传达信息，在此，当又借来喻爱情使者。此去蓬山真的"无多路"吗？诗人实是从反面痛叹这爱情的心路历程是何其遥远，唯有借青鸟爱情的双翅去"殷勤探看"了。其结尾处，又可见诗人用情之绵长细密、妥帖周致的一面。这也是诗人性格专心痴迷、绝不回头之真本色也。在其真本色的推动下，诗人第一次以无畏之情痛快酣畅地对自己的内心作了一次大吐露。

271　以女人之心测爱情之痛

无题　李商隐

飒飒东风细雨来，芙蓉塘外有轻雷。金蟾啮锁烧香入，玉虎牵丝汲井回。
贾氏窥帘韩掾少，宓妃留枕魏王才。春心莫共花争发，一寸相思一寸灰。

此诗头二句写得俱妙！东风、细雨、轻雷，为我们环环渲染出一种气氛，
一幅画面，在其中女人的春心已在步步逼来。如撇开此点不谈，单就写景状物
来看，又是何等神妙，诚如梁宗岱先生所说："'细''来''外'等字简直
是'雷'字的先声，我们仿佛听见雷声隐隐自远而近。"也如清人纪昀所说：
"起二句妙有远神，可以意会。"而"远神"与"意会"之处，正是妇人美而
动人的春心之处。

接下六句当全面尽写妇人春心之痛也。

三四句，诗人只裁取妇人日常生活中之两件小事来说她寂寂之幽居与落寞
之情怀：开启香炉（即"金蟾"）的鼻钮（即"锁"），烧香祈祷；转动辘轳
（即"玉虎"）的吊索（即"丝"），提水回屋。

五六句，诗人用了两个典故来写妇人内心的恋情，那妇人暗恋着的男人都
是才俊之人。"贾氏窥帘韩掾少"出自《世说新语》：晋贾充的女儿有一次在
帘后窥见其父亲的僚属韩寿青春美貌，不觉心动，就与他私通。后被其父发觉，
遂将她嫁与韩寿。"宓妃留枕魏王才"是说甄后与曹植的不幸爱情。本来曹植
要娶甄氏为妃，后来却被曹丕娶去。甄氏死后，曹丕将其遗物玉带金镂枕送给
曹植。曹植离京归国途中，夜宿洛水边，梦见甄氏来相会，表示把枕头送他以
作纪念。梦醒之后，曹植写下美文《感甄赋》，后明帝改为《洛神赋》。诗中
的"宓妃"便指甄后。

这三四五六句已将妇人里里外外春心之隐痛写足，而结果又一次抵达了李商隐
式的大悲剧。末二句公然再说爱情的结局：春心切莫与春花相竞发，因为寸寸相

思终将被烧成灰烬。在此，诗人将妇人春心之痛推向极致。而在这春心之痛（也可以说是爱情之痛）的最后高潮中，我们也窥见了诗人身体内那颗激烈燃烧着的心。那该是怎样的一颗滚烫的心啊！

272　把生活中的美坚持到底

花下醉　李商隐

寻芳不觉醉流霞，倚树沉眠日已斜。
客散酒醒深夜后，更持红烛赏残花。

顾随以为：

> 晚唐人最能欣赏自我。吾人不但要像宋人之用功在字句上、锤炼上，而且如晚唐诗人之修养诗情。然如此必须有闲，精神上有闲（通常所谓有闲多为物质——不用奋斗挣扎去生活）。（《顾随诗词讲记》）

前面已说，义山一生悲苦不迭，但虽如此，他的为人还是深有雅致的。这不，你看他正眠于花下，醉于流霞（流霞为神话中的一种仙酒）了。

这是深春的一天，春宴从向晚直到深夜，此时参加酒宴的人都已归去，唯独义山手持红烛流连残花之美景。

为何诗人独爱残花？这残花之美又在何处？且再看斯蒂芬·欧文的一段精彩解说：

> "残花"的"残"可以大致解释为"最后"，这个词不为人觉察地把这些对于断片的片断的沉思统一起来了。"残"把"毁灭"和"消逝"的意义同"存留"的意义结合在一起：因此在最后一行诗里我们不能肯定"残花"究竟是指撒落在地上的开败的花，还是指花枝上仅存的花。然而，不管他看到的断片是处在哪一种状态，他都不是就花而看花的，他所看到的是它同先前花团锦簇时的一种联系。他曾经同其他人一起来观赏过这棵树上满枝的花朵；这应当是一次短暂的、与人共享的经验。然而，他喝着使人醉生忘死的

流霞酒，没有留意于时光的流逝。这是一个为了忘却，为了对某些事有所"不觉"而痛饮的人；尽管我们在得出他是有意把这段经验阙而不言的结论时或许还要踌躇一番，然而，我们在表达事情这种方式里，确实可以觉察到某种骄傲和愉悦。我们逐渐认识到，李商隐宁愿要断片而不是整体。"残花"作为花，并没有什么与生俱来的更美的东西；它们的价值就在于它们是"最后的"，在于它们同另一段时间的一种联系。不过，黑夜里烛光照亮只有稀稀落落花朵的花丛，这幅残破不全的景象比起大白天盛开的花簇来更有它的魅力。在这种特殊的美里，孤寂感是必不可少的；参加酒宴的其他人都已经回家了。然而，通过诗来告诉别人美就美在只有他一个人，同样也是必不可少的。

273 中国少女的成长史

无题 李商隐

八岁偷照镜，长眉已能画。

十岁去踏青，芙蓉作裙衩。

十二学弹筝，银甲不曾卸。

十四藏六亲，悬知犹未嫁。

十五泣春风，背面秋千下。

李商隐在多数人的眼中是苦命人写富贵诗，富贵里尽是寒酸气。为什么这么说呢？因为李商隐的富贵和华丽是不健康的。吉川幸次郎就是这个观点：

> 他（李商隐）的诗歌不仅手法不健康，题材也往往是特地选择病态性的内容。比如《北齐》那首诗中写到"小怜玉体横陈夜"，这就是摄取了一个少妇最艳冶的姿态——裸体作为形象，不是很健康的场面。还有《无题》诗中：
>
> 贾氏窥帘韩掾少，宓妃留枕魏王才。
>
> 这是运用他最拿手的暗示方法，由于使不正确的形象变幻飘忽，就越发艳冶。还有，这个选集（指日本的李商隐诗选《三体诗》）中未收录的《戏赠张书记》诗云：
>
> 池光不受月，野气欲沉山。
>
> 在这里可以感到，他吟唱时，连自然景色都是病态的。（《中国诗史》）

其实，李商隐不仅仅只是这病态的一面，人都不是单向的，如果吉川幸次郎看了这首小诗，或许就不会急着给李商隐下结论了。

这是李商隐难得的一首单纯的小诗，他以传神的笔触为我们定下了中国少女（广而言之亦可是东方少女）的美之标准，那就是既天真烂漫（前四句）又含蓄复杂（后六句）。她照镜画眉、踏青游春；她弹琴学艺，又谙男女之别，甚至躲避亲人；而最终她却是满怀心事在春风中的秋千下悄悄地哭泣。这里，她呈现的美之奥妙与核心可以用两个字来概括：回避。

而西方少女呢？那却是另外的一种美，一种公开的、纯身体的美。俄罗斯作家蒲宁也为这种美定下了一个标准，且听他如何说来：

> 我在爸爸的一本书里（他有好多逗人发笑的古书）看到过一篇文章，谈的是一个女人应当怎样才算美……你可知道，那里面讲的东西多极了，多得你连记都记不完，唉，当然喽，有几条是记得住的：要有黝黑的、油亮的眼睛，真的是这样写的，油亮的眼睛！夜幕似的浓黑的睫毛，泛出柔和红晕的面颊，苗条的身材，比常人稍长的手臂，你懂吗，比常人稍长的手臂，纤细窄小的脚，大小适度的胸脯，匀称的、圆鼓鼓的小腿肚，柔润的贝壳色的膝盖，稍微有点斜度的肩膀，好多条我几乎都能倒背如流。这些说得都对，但主要的一条，你知道是什么吗？这就是轻松的呼吸！要知道，这一条我倒有！你听，我是怎么呼吸的……真的有吧？（选自蒲宁短篇小说《轻松的呼吸》中一节）

274　今日景是明日事

夜雨寄北　李商隐

君问归期未有期，巴山夜雨涨秋池。
何当共剪西窗烛，却话巴山夜雨时。

某年某月某日，诗人滞留巴蜀，有家归不得。是夜，又遭夜雨如注，诗人唯有独守残灯，聆听秋雨。故乡又远在天边，寂寂无赖之时，只好写此诗以寄内人。

起头二句以一问一答的形式来写，似乎二人对话，其实是诗人喃喃自语：你问何日归家，我说这归期还定不下来。为何？"巴山夜雨涨秋池"，秋雨当空、道路泥泞，不是上路的时刻。后二句，诗人大跳一步，以想象中的虚景来写日后重聚时共话此时巴山夜雨的情景：那时我俩又将在西窗之下，剪烛夜话，漫叙别情。

这首明白如话的小诗在时空运用和转换上非常独到，为此显得十分曲折深婉，富有余韵。犹如姚培谦在《李义山诗集笺》中说："（白居易诗）是魂飞到家里去。此诗则又预飞到归家后也，奇绝！"桂馥《礼朴》卷六也说："眼前景反作后日怀想，此意更深！"前人的评说也是从时空运用这一点来予以肯定的。

行文至此，笔者不禁想到拉丁美洲作家加西亚·马尔克斯的一部魔幻现实主义小说《百年孤独》。文章的一开始便是这时空交错的写法，如今引来，可以一证中国古典诗歌其实早有了那些后来人津津乐道的西方现代主义、后现代主义艺术技巧：

　　许多年之后，面对行刑队，奥雷良诺·布恩地亚上校将会回想起，他父亲带他去见识冰块的那个遥远的下午。

另，有心的读者还可把李商隐此诗拿来与卞之琳的尽人皆知的《断章》做一番比较阅读，从中可见卞之琳是如何化用中国古典的，即如何化用李商隐这首诗的。

275　同床异梦

闺情　李商隐

红露花房白蜜脾，黄蜂紫蝶两参差。
春窗一觉风流梦，却是同衾不得知。

　　"释梦"理论在20世纪，因弗洛伊德的提倡而走俏世界，蔚然成风。可殊不知，这写梦、释梦最多者乃是我华夏中国矣。民间有所谓的"周公解梦"，占卜旦夕祸福，姻缘前程；文学中有写富贵难长的"黄粱梦""南柯梦"，也有写爱情悲戚的"临川四梦"，更有内蕴深沉、哲理良多的"庄生晓梦"，凡此种种，琳琅满目。这里，李商隐又为我们补来一个"同床异梦"。

　　唐诗中的闺情诗皆写离愁别绪，而义山此首《闺情》却完全另辟一片风景，单写一妇人与丈夫同床异梦的情形。春窗下，夫妇共被而眠，妇人却梦到自己与另一个情人偷情，即做着她那甜蜜的"风流梦"，而丈夫却完全不知道此事（或此梦）。真是咫尺天涯，人各有思也。头二句写得含蓄别致，以象征手法对后二句的明说起到了贴切的铺垫作用。红花、白蜜、黄蜂、紫蝶均是暗指下面这对"同衾不得知"的男女。而这对男女不正是"黄蜂紫蝶两参差"吗？"两参差"极为神妙，它既是说"黄蜂紫蝶"翩飞时不同时飞到一朵花上，也是说这对男女不能同时抵达一个共同点上。如此"闺情"自是那男人的悲哀了。此种男人的悲哀当代尤多，而这种悲哀在遥远的唐代已存在了。看来香艳执着的李义山对此早有洞见。

276　这"高难饱"的生活如何是好

蝉　李商隐

本以高难饱，徒劳恨费声。五更疏欲断，一树碧无情。
薄宦梗犹泛，故园芜已平。烦君最相警，我亦举家清。

　　此诗写蝉也写自己，咏物抒情正是诗人之目的。钱锺书在谈到这首诗时，曾这样说道："蝉饥而哀鸣，树则漠然无动，油然自绿也。树无情而人有情，遂起同感。蝉栖树上，却恝置之；蝉鸣非为'我'发，我却谓其'相警'，是蝉于我亦'无情'，而我与之为有情也。错综细腻。"钱先生这节谈诗人咏蝉与抒情的关系极为精当，笔者专门录在这里，读者可对照此诗来读，当玩味至深。

　　我们知道蝉一贯栖于高树，以吸风饮露为生，因此诗人说它是"高难饱"了。同时诗人也暗说自己一生困顿，与蝉一样过着"高难饱"的生活。这"高"字当然也有诗人自视清高之意。既然是这样一种生活，又只有"徒劳恨费声"了。蝉鸣即费声也，然而无人理会，因此寄恨无穷。诗人终日吟唱，又如同蝉，费声而又徒劳。到得五更天时，蝉鸣声早已稀疏断绝下来，而它栖息的树木却无动于衷，依然碧绿如故。诗人自己孤立无援的神情也从中见出了。

　　末四句，诗人干脆由蝉引出自己悲凉的身世。说自己当一名小幕僚，四处讨营生，过着一种漂泊无定的生活，不由起了"田园将芜胡不归"的念头。最后诗人还感谢这蝉鸣，由于它的鸣声才唤起他的一番身世之感，诗人又与那蝉儿一样，也是举家清贫、一筹莫展呀！

277　英雄的下场

风雨　李商隐

凄凉宝剑篇，羁泊欲穷年。黄叶仍风雨，青楼自管弦。
新知遭薄俗，旧好隔良缘。心断新丰酒，销愁斗几千。

　　义山一生四处飘零，且又在凄风苦雨中迎来了他的晚年。此首《风雨》便是他暮年的感怀与写照。

　　开篇二句颇有气魄，读来沉痛悲凉又兼慷慨英迈。"宝剑篇"为唐代前期将领郭震所写的诗篇，以寄托身世感慨。这里义山化用此典来说自己壮志难酬的情怀。而羁旅漂泊的命运一直伴着诗人，"欲穷年"，即注定要在漂泊中终此一生了。这头二句有英雄末路所发出的金石之声。这声音是那样苍凉沉郁，顿时振起全篇。这二句诗也使我产生一种亲抚"凄凉宝剑"的幻觉，那是有关晚唐、有关义山写作此诗时各种情形的幻觉。那是在怎样的一个壮怀激烈的当口吐露出这悲剧英雄的声音的呢？反复读着这二句，我震惊于每一个字，这十个字连缀在一起让人感受到一种难以言说的美与境界。

　　正由于这头二句起得好，下面便可随意随手，任从承接。黄叶风雨，青楼管弦，这两相对照正是诗人作为一介寒士与大富人家不同生活图景的真实写照。当诗人若一片黄叶裹在凄风苦雨中之时，也是富豪们在青楼中宴饮欢乐之时。然而苦上加苦，诗人不仅吃不饱穿不暖，犹如万夏所说的"诗人无饭"，而且连友谊的温暖也不够，新知旧好要么遭薄俗诋毁，要么又友情疏远。如此生活怎样度过呢？唯有借酒浇愁，一醉方休了。末二句虽有颓唐之气，却也是英雄不得意的高亢大气的颓唐，"心断新丰酒"显得果敢，"销愁斗几千"显得气魄宏大。清词丽句的李义山也有慷慨悲歌的一面，这也正是笔者欢喜见到的一面。

278 唐代的怕和爱

为有 李商隐

为有云屏无限娇，凤城寒尽怕春宵。
无端嫁得金龟婿，辜负香衾事早朝。

　　既然是金屋藏娇、两情温柔款洽（加之京城冬寒将尽），这对夫妇为何怕
起"春宵"来了？其中必有蹊跷。后二句，诗人将这"怕"之原因借妇人之口
说了出来，那就是她没想到虽嫁了一个"金龟婿"，但他天还未亮就去"早朝"
（即上早班），如此这般不是辜负了她的一片春心吗？古人说春宵一刻值千金，
而这对夫妇本正共拥香衾、其乐融融，没想到这"早朝"一事败了他们的春梦。
这等扫兴之事不仅令二人害怕，也令二人平生出一股怨气来。但又没有办法，
谁叫丈夫要当金龟婿呢？"金龟婿"指佩有金龟袋的夫婿，也就是说他位于朝
中三品以上的官阶。唐人有"悔教夫婿觅封侯"，看来那妇人并不想丈夫去做
官，因做官就得事早朝。而事早朝，那妇人就得独守空床，其中痛苦真是不言
而喻，无须多说了。
　　然而，前人又说此诗"言外有刺"。诗人在借妇人之口来感叹自己不幸的
命运，"玉谿以绝世香艳之才，终老幕职，晨入暮出，簿书无暇，与嫁贵婿、
负香衾何异？其怨也宜。"（屈复《玉谿生诗意》）屈复此说正是言外之刺的
所在。义山奔波辛劳的一生与那"嫁贵婿、负香衾"的苦痛如出一辙，为此他
当然要在这里曲曲折折地发一通怨气了。
　　记得几年前，我的同乡刘小枫先生写过一篇文章《我们这一代的怕和爱》，
看来每一代人都有他各自不同的怕和爱。李商隐的《为有》就写出了唐代的怕
和爱。

279　当神仙也当后悔

嫦娥　李商隐

云母屏风烛影深，长河渐落晓星沉。
嫦娥应悔偷灵药，碧海青天夜夜心。

在谈论李贺的时候，我们曾经说过，因为人生不如意，所以觉得自己难做，故而要越轨去做别人。这别人当然是比我们活得更轻松、更滋润的人物了，否则，成为他也没有什么好的。那么这人世上什么人最逍遥呢？答案自然是神仙了。而且据说神仙本来就是由凡人做成的，有诗可证：

　　三十三天天重天，白云里面有神仙。
　　神仙本是凡人做，只是凡人心不坚。

据此看来，凡人只要下定决心，一以恒之，那便是可以做成神仙的。但因为谁都没有真正当过神仙，这神仙到底是否真的无忧无虑呢？那又不得而知了。如果你要问李商隐的意见，那么此诗就是最好的回答，而且一看便明：当神仙也是要当后悔的！

这首诗用了一个家喻户晓的"嫦娥奔月"的传说（或典故），用此典来说什么呢？"碧海青天夜夜心"这一清词丽句便透出个中机密，那就是寂寞。嫦娥寂寞，人亦寂寞，而义山我本人更是寂寞也。头二句诗中，义山寂寞的形象自出。漫漫黑夜里烛影深长并冷冷地映照在"云母屏风"之上；而银河渐渐西落，天光将明，这一切都被永夜枯坐的诗人默默地感受着。后二句，诗人宕开一笔，作翻进一层的写法，说后羿之妻嫦娥后悔不该偷食丈夫的不死之药。为何不该？因吃药后的嫦娥飞升长空，在月宫里成为孤苦无伴的仙子。如此仙子在诗人眼里岂有快乐可言。年年岁岁，日日夜夜，嫦娥只有面对碧海青天讨生活了。诗人以自己的寂寞与嫦娥的寂寞互文对举，是在暗说自己的寂寞如嫦娥仙子一样高洁深广，二人共对"碧海青天"夜夜守着那颗孤独的心脏了。

最后，随便提一句，鲁迅曾说："玉谿生清词丽句，何敢比肩，而用典太多，则我所不满。"然而还是有许多人欣赏他的用典。为何？因诗贵在含蓄，而不必（也不应）浅白直说。而此诗就是一例。

280   不问苍生问鬼神

贾生   李商隐

宣室求贤访逐臣，贾生才调更无伦。
可怜夜半虚前席，不问苍生问鬼神。

义山不仅是吟咏爱情的高手，也是吟咏历史的高手。如果说他的爱情诗均出自个人生活的感受，那么他的历史诗多出自对历史书册的阅读。而这部分诗卷多有讽喻之意。比如《隋宫》就借隋炀帝亡国的教训，为唐末帝王敲响了警钟；而《瑶池》一首则借周穆王讽刺了唐皇求仙的事情。在他众多的吟咏历史的讽刺诗篇中，笔者选了这首《贾生》来略说一二。

此诗之题材出自《史记·屈贾列传》中一段故事：

> 贾生征见。孝文帝方受厘，坐宣室。上因感鬼神事，而问鬼神之本。贾生因具道所以然之状。至夜半，文帝前席。既罢，曰："吾久不见贾生，自以为过之，今不及也。"

我们都知道贾谊与屈原一样同是古代的大诗人、大才子，因此诗人才有"贾生才调更无伦"这句激赏之诗。而这首诗其实是对《史记》中这段故事的浓缩与提炼，也可以说是重写或改写。头一句便是说文帝在"宣室"（未央宫前殿正室）召见"逐臣"贾谊。贾谊曾被文帝贬至长沙为长沙王太傅，这次召他回宫到底为何事由？后二句便说得明白。当文帝"受厘"（即祭祀）后，便想知道一些有关鬼神的问题。他约才调无伦的贾谊来宣室谈此事，直谈到半夜三更。或许因为谈得投机，或许是由于在夜半之时受到鬼神气氛的渲染，文帝不觉"虚前席"，即越来越移近贾谊的身边。末一句既是点题，即文帝不问民生之事，只问神怪之事；又是诗人暗中对帝王的讽刺，当然也是世态炎凉的个中原因。

281 凡是好的文学作品，必然要给人以某些毒素

登乐游原　<small>李商隐</small>

向晚意不适，驱车登古原。
夕阳无限好，只是近黄昏。

　　如果我们把这首本来就如同白话的诗再翻译一下，就是说：黄昏时分，诗人心里不快乐，便驾车去长安东南的高地乐游古原，登高远望，但见无限夕晖洒在广大的田原上，多美的风景啊，只可惜黄昏已近，一切又都将消失在暗夜里。顾随说，"夕阳无限好，只是近黄昏"一句，"如同说吃饱了不饿，但实在是好，我们一度便感到太阳圆圆的，慢慢地落下去了，真好"。

　　正是因为这日常小语式的大白话，使得这首诗人人会诵又人人都觉得是绝对一流的好诗。那么我们如果又问一句：这首诗到底好在何处，它的美又在哪里？我想能回答这个问题的人不会多，即使有人说上一二，也是随意说说而已。其实，笔者要回答这个问题也深感棘手，即不知从何下手解说。但我既然选了此诗来说，也只好斗胆说上两句了。

　　登临之慨，古人多有发之。最惊心动魄的是陈子昂的《登幽州台歌》，他写得青春英迈，不吐不快。而这首《登乐游原》却风神迥异，义山写得如同中年人一般沉着含蓄。"向晚意不适"，如何"不适"义山并不多说，只留下空处让人去驰想。人人皆有不适，有人在清晨，有人在正午，有人在下午，还有人在夜里，总之，不适乃全人类之宿命矣。此时正值义山意绪不适，何以解此不适？当驱车登临古原，在晚风中一览山河，以荡不适之气。古人有望气之说，亦有吐纳天地精气之说。义山登上乐游原，虽是黄昏光景，却夕阳无限。面对此景，诗人脑中将涌起多少慨叹。末二句以概括又浓缩的笔法将诗人的身世之悲、古今之情、家国之痛等无数情思均错综复杂地融入这无限夕阳中。而这诸多情思，诗人并不一一指出，而是省掉，又留出一大片空处来让读者骋想。

"夕阳无限好，只是近黄昏"，这也是对人间每一个人的短暂生命的惋惜，而这惋惜中又有多少流连、多少幸福的往事以及辛酸的岁月。但活着并度过一生总是美好的。这又使我想到义山《晚晴》中二句诗："天意怜幽草，人间重晚晴。"晚晴亦若匆匆即逝的生命，堪当万分珍重，犹如这里无限的夕阳，我辈也应徐徐流连、徐徐叹赏。

以上这些解说，笔者深知并无多少对美的发现。因为"美的东西，就意味着难"（希腊谚语），用这句话来说这首诗当是十分准确。甚至，美的东西在必要的时候也意味着"恐怖"与毒素。这是吉川幸次郎的意思，他说：

> 不久前，从治法国文学的友人那里，听到了"凡是好的文学作品，必然要给人以某种毒素"这种颇为奇特的论调，把加深对昏暗世界的恐惧比作毒素，这是我的演绎。它在文学上一般通用的定义如何，我们暂且不论，至少，李商隐的文学作品，就有着这样的倾向。宋朝西昆体以下，他的追随者大多不足道，那是因为只模仿他的外貌，却不带有这种毒素，而正因为如此无毒，所以也就无药性；那是因为他们对于内心的昏暗的世界没有知觉，即使有所知觉，对它的态度也不是虔敬的。（《中国诗史》）

282　英雄一去豪华尽

金陵怀古 <small>许浑</small>

玉树歌残王气终，景阳兵合戍楼空。松楸远近千官冢，禾黍高低六代宫。
石燕拂云晴亦雨，江豚吹浪夜还风。英雄一去豪华尽，惟有青山似洛中。

许浑（生卒年不详），字用晦，一作仲晦，润州丹阳(今属江苏)人。大和进士，官虞部
员外郎，睦、郢二州刺史。自少苦学多病，喜爱林泉。其诗长于律体，多登高怀古之
作。有《丁卯集》。

许浑在晚唐诗人中是一个颇有争议的人物。有人说他的七律在李、杜之后
当属名家；有人又说他圆熟律切、丽密或过杜牧，只是抑扬顿挫稍逊；还有人
说他浅陋之极，乃晚唐之尤下者。然而尽管有这些大起大落的批评，这位多产
诗人还是留下了一些让人口口传诵的名句，如"溪云初起日沉阁，山雨欲来风
满楼"（《咸阳城西楼晚眺》）。

说了上面这段闲话，让我们再回过头来单看许浑这首十分有名的《金陵怀
古》。

陈后主亡国之事历来为诗家吟唱。此诗起首二句便直说此事。"玉树"乃
《玉树后庭花》这一曲子。陈后主风流旖旎，自谱此曲并教宫女演唱，然而已
是"歌残王气终"的时刻了，因隋文帝已兵临城下，镇守边关的戍楼也早已空
空荡荡，此时敌兵已攻进金陵城内，在景阳宫中活捉了后主与美人张丽华，这
正是"景阳兵合"。头二句便可见诗人布局之严谨，用词之倩丽。犹如金圣叹
所说：

> "玉树歌残""景阳兵合"，对写最妙，言后庭之拍板初擎，采石之暗
> 兵已上；官门之露刃如雪，学士之余歌正清。分明大物致命，却作儿戏下场。

又加"王气终""戍楼空"，对写又妙，言天子既去，人皆不应，真为可骇可悯也。

诗中的"王气"也有一番故事。刘禹锡在《西塞山怀古》中亦有一句："金陵王气黯然收。"自古以来，中国有气象、气数之说。望气者（用通俗的话来说即风水先生）专观人与天地之气象。秦始皇时，有一望气者就对始皇说，金陵虎踞龙蟠，有王者之气，五百年后必出天子。始皇听后即发兵将城北的山开掉，并取名为秣陵，其意便是破金陵的王气。楚汉相争时，范增远望刘邦之气，也见出他的王者之气，并多次叫项羽下手除掉刘邦。孔明在五丈原夜观天象，知自己死期已至。而文气很重的陈后主在隋兵已攻至城下时，还在说："王气在此，敌将自败。"然而世间万物有兴必有衰，人生之暂如斯，朝代之暂亦如斯，又犹如孔子所说："逝者如斯夫，不舍昼夜。"另外，笔者从前亦出于对"望气"行为的惊艳，写过一首诗，现录如下，以供读者参照阅读：

> 望气的人行色匆匆
> 登高眺远
> 眼中沉沉的暮霭
> 长出黄金、几何与宫殿
>
> 穷巷西风突变
> 一个英雄正动身去千里之外
> 望气的人看到了
> 他激动的草鞋和布衫
>
> 更远的山谷浑然
> 零落的钟声依稀可闻
> 两个儿童打扫着亭台
> 望气的人坐对空寂的傍晚
>
> 吉祥之云宽大

一个干枯的导师沉默

独自在吐火、炼丹

望气的人看穿了石头里的图案

乡间的日子风调雨顺

菜田一畦，流水一涧

这边青翠未改

望气的人已走上了另一座山巅

——《望气的人》

"王气终"后，眼前又是如何景象，诗人续发怀古之幽思。曾经繁华温柔的金陵，可是朝朝琼树、夜夜碧月之地也。而如今万千显贵达官的故冢都在一片远近的松楸之中；六宫台殿，早成瓦砾，只有些高低不平的禾黍取而代之了。

接下来，诗人的顿悟又如金先生所说：

> 言当时英雄有英雄之事，近日石燕有石燕之事，江豚有江豚之事。当时英雄有事，而极一代之豪华；今日石燕江豚有事，而成一日之风雨。前者固不知后，后者亦不知前。

"石燕"典出"零陵有石燕，得风雨则飞翔，风雨止还为石"（《浙中记》）；"江豚"典出"江豚如猪，居水中，每于浪间跳跃，风辄起"（《南越志》）。"石燕拂云""江豚吹浪"犹如杜牧二句："六草文物草连空，天淡云闲今古同。"人将死去，朝代会兴废，而唯有自然不变，石燕江豚不变，"天淡云闲"亦不变。个中感叹可谓沉着痛快又曲曲折折也。

由"王气终"到"豪华尽"又是首尾呼应、布局考究之笔法。末句又是说"不变"之理。青山不改，绿水长流，江山依旧在，只是朱颜改，世事沉沦变幻又当令诗人叹息连连了。"青山似洛中"是从地理形势上说，金陵与洛阳地貌相似。李白曾在《金陵三首》中说："苑方秦地少，山似洛阳多。"

283　最露骨的不遇之感

过陈琳墓　温庭筠

曾于青史见遗文，今日飘蓬过此坟。词客有灵应识我，霸才无主始怜君。
石麟埋没藏春草，铜雀荒凉对暮云。莫怪临风倍惆怅，欲将书剑学从军。

温庭筠（约812—866），原名岐，字飞卿，太原（今属山西）人。每入试，押官韵，八
叉手而成八韵，时称温八叉。仕途不得意，官止国子助教。其诗辞藻华丽。原有集，
已散佚，后人辑有《温庭筠诗集》《金奁集》。

曹丕有云：“文人相轻，自古而然。”文人之间真正能够引为知己、视为
知音的，多是阴阳两隔、时序不同的诗人，所以刘勰《文心雕龙·知音》里说：

> 知音其难哉！音实难知，知实难逢，逢其知音，千载其一乎！夫古来知音，
> 多贱同而思古。所谓“日进前而不御，遥闻声而相思”也。昔《储说》始出，《子虚》
> 初成，秦皇汉武，恨不同时；既同时矣，则韩囚而马轻，岂不明鉴同时之贱
> 哉！至于班固、傅毅，文在伯仲，而固嗤毅云“下笔不能自休”。及陈思论才，
> 亦深排孔璋，敬礼请润色，叹以为美谈；季绪好诋诃，方之于田巴，意亦见矣。
> 故魏文称：“文人相轻”，非虚谈也。至如君卿唇舌，而谬欲论文，乃称“史
> 迁著书，谘东方朔”，于是桓谭之徒，相顾嗤笑。彼实博徒，轻言负诮，况
> 乎文士，可妄谈哉！故鉴照洞明，而贵古贱今者，二主是也；才实鸿懿，而
> 崇己抑人者，班、曹是也；学不逮文，而信伪迷真者，楼护是也；酱瓿之议，
> 岂多叹哉！

正因知音隔代，所以怀古之作、怀人之作里都有自我的身世倾诉。今人不
懂，自然要求问古人了。这里的温庭筠对陈琳之感怀，就可以视为一例。

我们知道，历来有温、李齐名之说，其实二人有所同也有所不同。相同之处在于二人身份相近，都是当一个小幕僚过了一生；二人都自以为出身王孙而后衰没了，二人都是写爱情诗的高手。不同之处在于李商隐用情专一，吐词朦胧；而温庭筠则一天到晚在脂粉中厮混，行为放荡，酒、色、赌均沾，可谓五毒俱全之人，但其"文思清丽，庭筠过之"（《旧唐书》），商隐却"繁缛过之"。

说起温庭筠，人人都知他是花间派词人中的首席诗人，人人都能背诵他那首"小山重叠金明灭"的《菩萨蛮》。

然而正是这位侧艳诗人，这位被金圣叹认为"如此纤浓之笔，真为不忝义山也"的诗人却写出了这首阳刚毕露、口气颇大的《过陈琳墓》。

陈琳本是汉魏著名的建安七子之一，曾几易其主，先是跟何进，后又跟袁绍，最后是曹操手下的一员主笔。既然是过陈琳墓，温庭筠在此便借这古代文人的亡魂来抒发自己怀才不遇的遭际。

一二句用正面点题法，直接说出昔日读其文，今日过其坟的情事。而当中"飘蓬"二字为后面诗人尽写自己铺下一个预笔。接下二句应是全篇重写之处。词客当指陈琳，意思是如陈琳魂魄有知就应该认识我的才气，而诗人自己又觉得不如陈琳，陈琳一生还霸才有主；而自己却是"霸才无主"，即无高人识其才，如此这般，也只有羡慕陈琳的命运了。想当时诗人读陈琳文章时，也自比"霸才"，而今日过君坟时又感慨其"无主"之悲哀。这正是"我识君，君应识我；我怜我，故复怜君也"。自古以来，才人相通，心心相印，诗人在这里表达得最为极致。

五六句，诗人又掉过笔来写古坟的荒凉落寞，其中也再次暗示自己飘零不得志的命运。末二句，诗人在万分惆怅之中，又起了一个投笔从戎的念头，即中国文人一贯地瞧不起自己的本职工作，只一味地做着"功名只向马上取"的美梦。而以温庭筠这样的风流浪子，岂能血战沙场而后青史垂名？

施蛰存先生有一段说得好：

> 温庭筠是个逞才气而生活放诞的文人，他当然也有牢骚，也有不遇之感，但他不是屈原式的人物。他的诗极少用比兴手法，《过陈琳墓》诗的"词客有灵应识我，霸才无主始怜君"已经是他表白得最露骨的不遇之感了。

284   总是轻轻一手

和友人溪居别业   温庭筠

积润初销碧草新，凤阳晴日带雕轮。风飘弱柳平桥晚，雪点寒梅小苑春。
屏上楼台陈后主，镜中金翠李夫人。花房透露红珠落，蛱蝶双飞护粉尘。

这是一首写初春风景的诗，但亦可见诗人一贯文辞清丽、香艳纤浓的特点。此诗也如金圣叹所说："先生诗总是此轻轻一手。"

初春细雨刚过，碧草清新，"积润初销"四字颇为传神，起句便显得十分轻盈可人。这日诗人心情大好，出得门来踏青游春。春雨销息，春阳即出，诗人途经柳桥，又访梅院。"风飘弱柳"正是江南最美的早春光景，"雪点寒梅小苑春"，使人联想起李后主的"砌下落梅如雪乱，拂了一身还满"之意境。梅花似雪，小院添香，这又是何等宁静、温雅的小风景。

接下来，诗人才轻轻转至写友人的溪居别墅，画面又是何等的温柔富贵。"屏上楼台"当说别墅的亭台高低有致，而"镜中金翠"又说别墅旁湖水波光粼粼。"陈后主""李夫人"一写景致的娇红嫩绿，再写别墅内春风送暖，两情缱绻，别墅主人金屋藏娇，共度大好春光。

末二句，诗人只用一细笔写红花滴翠，蛱蝶双飞，以喻别墅内主人两情款款、风流绮丽。如此结束，又如金先生所说："总是轻轻一手也。"

庭筠此诗的意境已十分接近于宋词了，尤其是接近他所开创的香软丽密的"花间派"。"轻轻一手"在他的词中更是随处可见。

285   乡间早行的快乐

商山早行 温庭筠

晨起动征铎，客行悲故乡。鸡声茅店月，人迹板桥霜。
槲叶落山路，枳花明驿墙。因思杜陵梦，凫雁满回塘。

温庭筠给人以只写艳诗的形象，其实亦不尽然。清人贺裳曾在《载酒园诗话》中说"大抵温氏之才，能瑰丽而不能淡远，能尖新而不能雅正，能矜饰而不能自然"，而这首《商山早行》却是既淡远，又雅正，也自然。诗人仅用几笔淡淡的水墨便为我们画出一幅秋日山村的早行图来。

清晨时分，旅人们已在套马、驾车，客栈外响起了车马的铃铎声，那声音似在催促客子们快快上路，远走他乡。此时的客子一边为远行的到来感到兴奋，一边也动了些许乡愁。三四句最为人们传诵，笔者以为是写乡间早行最快乐、最美丽的诗句。李东阳曾在《怀麓堂诗话》中作过精彩的评说："'鸡声茅店月，人迹板桥霜'，人但知其能道羁愁野况于言意之表，不知二句中不用一二闲字，止提掇出紧关物色字样，而音韵铿锵，意象具足，始为难得。"此二句的意象十分鲜明，均用名词，而起到描绘之效果。没用动词或形容词之类，这正是李东阳所说"不用一二闲字"。既是早行，便又只是与早行有关的"物色字样"。雄鸡报晓，旅人从茅店起身，常言道"鸡鸣早看天"，旅人抬头一望，残月当空还未褪去，此时出得门来，却又是另一番景致，小桥流水，薄霜润湿，可已有人迹了。这又是新的惊讶与欣喜，真是"东方欲晓，莫道君行早"（毛泽东《清平乐·会昌》）。

五六句又写路上遇见槲叶、枳花的乡村小道上的风物。末二句转头写昨夜梦中思家之情，故乡杜陵此时已是池塘水暖、凫雁畅游闹春的时候了。在此，诗人又婉转地回到了"客行思故乡"的主旨。这正是"道路辛苦，羁旅愁思，岂不见于言外乎？"（欧阳修《六一诗话》）

286　大小俱在的边塞诗

出塞　马戴

金带连环束战袍，马头冲雪过临洮。
卷旗夜劫单于帐，乱斫胡兵缺宝刀。

马戴（生卒年不详），字虞臣，曲阳(今江苏东海西南)人。会昌进士。在太原幕府中任掌书记，以直言获罪，贬为龙阳尉，得救回京，终太学博士，与贾岛、姚合为诗友。擅长五律。诗见《全唐诗》。

在所有边塞诗中，此诗写得最为英俊精美，大小俱在。所谓"大"，即是指它有一半边塞诗那种激越的诗情和奔腾的气势，场面宏阔，万马千军；而所谓"小"，则是说它有语言的精美与细腻，在雄壮中插入了细节的描写，酝酿诗情，勾勒形象，因而能神完气足，含蓄不尽。

此诗首句写汉军将士装束之美奂美轮，战袍为金带连环，挺拔华贵的丰姿可谓呼之欲出。接写万马奔腾的壮景，"马头冲雪"更是惊心动魄，令人叹绝。这"冲"字俱妙，如用"拂"字、"飘"字等，均顿失俊迈之诗意。"冲雪"二字是何等威武、疾速，若惊雷、若闪电，刹那间就掠过雪原。汉军将士运动的美感在此更是快慰平生、可歌可泣也。接下写夜袭敌营之事，"卷旗夜劫"着笔又是何等细致入微，"卷旗"乃悄悄疾进，而一场白刃战随即到来。"乱斫胡兵缺宝刀"中"乱斫"二字顿显战斗场面的酷烈、凶猛，同时也显汉军将士笃定必胜的豪气，大汉军队正当有大砍大杀、摧枯拉朽之本色。而一个"缺"字又是细入毫发的大手笔，细处见粗犷，且看两军直杀得血肉横飞、天昏地暗，我军将士杀敌之人头犹如砍瓜切菜般，连宝刀都砍缺了。地上翻滚的人头，将士手中的缺刀，这场面又是何等壮怀激烈、丰神快朗啊！

一句话，此诗写得痛快、精细、俊迈、潇洒，实在是一首难得的边塞诗。

287　正话反说，一语百情

赠妓云英　罗隐

钟陵醉别十余春，重见云英掌上身。
我未成名君未嫁，可能俱是不如人？

罗隐（833—909），字昭谏，余杭（今属浙江）人，一作新登（今浙江桐庐）人。本名横，
以十举进士不第，乃改名。光启中，入镇海军节度使钱镠幕，后迁节度判官、给事中
等职。有诗集《甲乙集》，清人辑有《罗昭谏集》。

　　所谓正话反说，顾名思义，那就是睁着眼睛说瞎话，明明如此却反而言之。
这样的措辞大多是要导引出一种更为强烈的反讽情绪来，将愤慨寓于调侃，化
严肃为幽默，表面上亦庄亦谐，但暗地里却耐人推寻。在此，我们来看罗隐登
场说话。
　　我们知道，罗隐这人虽然终生飘零潦倒，又屡屡考不上进士，然而也有几
桩幸事。一是诗写得还不错，十分俊敏；二是酒友多，且艳遇不断；三是命活
得长，享寿八十。
　　说了上面这段入话，下面转谈这首诗。
　　歌妓云英是钟陵县城一枝花，也是罗隐十多年前的旧相好。十多年后，罗
隐重过钟陵，又见到了云英，面对逝水年华，不免生出了一番感慨。二人鸳梦
重温、共话别事当不在话下，哪知云英突然问道："怎么先生还未考上进士？"
这句话刺中了罗隐的隐痛，诗兴也随之翻将起来，即命笔写了这首小诗，以此
作答，亦以此作赠。
　　诗从十多年前的往事写起。起句从容平实，而其中一个"醉"字却含有万
种风情，想当年两人正是才子佳人，情意欢悦，对酒当歌，共度了多少令人沉
醉的夜晚。十年醉别之后，当诗人再见到云英时，却又产生一种初逢的惊喜，

一切似乎又回到了昨天。云英竟然是红颜未逝，青春永驻。第二句"重见云英掌上身"这"掌上身"三字便是说她身姿轻盈，仿佛仍在妙龄。

　　三四句，诗人掉过头来说二人的现实处境，同时以一句强有力的反问来一吐二人心中不平。诗人真的未成名吗？那只是未考上进士而已，但普天之下谁又不识罗隐呢？当时诗歌江湖上就有"四海闻有罗江东"之说。云英未嫁人也不是不如人。从"掌上身"中可见云英美色依旧。然而末句反说：我们两人落得如此下场或许是都不如人吧？真的不如人吗？恰恰相反。其中郁结、愤懑、自嘲等各种情绪俱在此句之中。这正是一语百情，读者可以细细玩味。

288 醉酒也是一种境界

自遣 罗隐

得即高歌失即休，多愁多恨亦悠悠。
今朝有酒今朝醉，明日愁来明日愁。

常言道，人生不如意者十之八九，面对人世的坎坷到底如何是好？有人愁，有人避，也有人迎头一击。各人自有各人不同的活法，无所谓高低贵贱，生活而已。他人有春花春水般的一生，我亦不妨可过冰雪兼风雨的一世。快活也是一生，悲痛也是一生，主要是看你有没有在这里头领会了你自己。

说过了闲话，再回到这首诗里面来，看看潦倒的罗隐用怎样的方法自遣。

相信四句读后，答案即有，那便是以旷达出之。悠悠之愁、悠悠之恨可谓何其多多，然而这也不足道，便任其多多而已；成功之时当高歌一曲，失败之时就免唱而已。诗人形象在此又是何等的洒脱。既然高歌便须纵酒，犹如老杜所唱："白日放歌须纵酒。"但求一醉才是真洒脱也！

接下来，诗人吟出一句万人皆吟的名句："今朝有酒今朝醉。"诗人为何要将生命如此密集浓烈又见缝插针般地投入？末句便是说明。人之一生，怎一个愁字了得：今日有愁，明日有愁，天天有愁，万古有愁。愁之当头，刺人心肠，烦闷难眠，那么解愁之法便"何以解忧，唯有杜康"。一醉方休，当可将愁置之脑后，延至明日。若天天求醉，便可天天将愁推却。如此下去，今年之愁留待明年，明年之愁留待后年，无穷无尽的这另一种劳动，又不免让笔者想起"老三篇"中的名篇《愚公移山》了。罗隐"自遣"之法或"自遣"式的劳动似乎也有一点愚公精神呢？

289　童心与活力

闲夜酒醒　皮日休

醒来山月高，孤枕群书里。
酒渴漫思茶，山童呼不起。

皮日休（约834—902），字逸少，后改袭美，襄阳(今属湖北)人。早年住鹿门山，自号鹿门子、间气布衣等。咸通进士，曾任太常博士。后参加黄巢起义军，任翰林学士。旧史说他因作谶词犯了黄巢的忌讳为巢所杀。又说巢兵败后为唐室所害。或谓巢败后流落江南病死。皮日休的诗文继承了白居易新乐府的传统。有《皮子文薮》。

明人李贽有名文《童心说》，文中称文章之活力来自作者所秉持的一念天真童心，心不变而文即有活泼。文章一开头便说：

> 夫童心者，真心也。若以童心为不可，是以真心为不可也。夫童心者，绝假纯真，最初一念之本心也。若失却童心，便失却真心；失却真心，便失却真人。人而非真，全不复有初矣。童子者，人之初也；童心者，心之初也。夫心之初，曷可失也？

童心不可失，初心不可忘，但是人，总是无时无刻不在变，所以文风也跟着转移。皮日休在中举之前，诗写得"朴涩无采"（胡震亨语）；中举之后，便写得美艳华贵了。此首《闲夜酒醒》写于中举之前，而另一首《春夕酒醒》却写于中举之后。二首诗同是说吃酒之事，心境与文辞却迥然不同，真是各有一番滋味也。

《闲夜酒醒》里，我们读到并看到了一位高卧松月、清风下的隐士，也可以说是自然之子。他酒醒之后已是半夜了，山月高挂，诗人从孤枕中爬起来，身边抑或床榻的四周散漫地摊着好些书册。头二句，诗人古朴率兴的形象可谓呼之欲出。接下二句，写醒后酒渴想饮茶，呼书童端茶来，哪知这童子并不饮酒，又恰值少年贪睡的年龄，此刻正呼呼大睡也。诗人思茶与童子不起，画面尤其谐趣，令人神往。在此我也要说出二句话来：这山居生活真神仙生活也！如此隐幽人生（还有天真童子相伴）才是中国文人正正确确的大快乐！

然而皮日休这位隐士也受不了世俗的诱惑，硬要中举入世，去灰尘扑面的都市，过所谓的富贵生活。从此他变了，变得再不"朴涩无采"了，而是变得华丽多彩了。且看他另一首《春夕酒醒》的自画像：

四弦才罢醉蛮奴，醹醁余香在翠炉。

夜半醒来红蜡短，一枝寒泪作珊瑚。

此诗似乎更文学呢？或更文人呢？也可以说是，也可以说不是。不过笔者欢喜《闲夜酒醒》中的皮日休，当然也以为那更是文学，更是文人；而在《春夕酒醒》中，一切都被都市化了，诗虽写得更"文学化"，也似乎更比喻更形象，却少了一股真生命的活力。这里诗人在华宴中醉了，周遭是美妙的歌舞音乐，翡翠色的酒炉还烫着美酒。诗人再也没有那种"酒渴漫思茶，山童呼不起"的率真之性，他在此竟称自己为"蛮奴"，真是可悲可叹，诗人岂能自称为奴呢？醒后呢，再无"山月高""群书里"的快乐了，而是华屋里的"红蜡短"，诗人甚至将红蜡之"寒泪"喻作"珊瑚"，自以为高明！其实错矣！但又有什么办法呢？在这个世界上，人人都没有办法，因为人人都难得将自己的形象贯彻始终，犹如此文原来的标题所说：人是会变的。写至此处，笔者又想吃一口大酒了！

290　汉风之美

怀宛陵旧游　陆龟蒙

陵阳佳地昔年游，谢朓青山李白楼。
唯有日斜溪上思，酒旗风影落春流。

陆龟蒙（？—约881），字鲁望，姑苏(今江苏苏州)人。曾任苏湖二郡从事，后隐居甫
里，自号江湖散人、甫里先生，又号天随子。与皮日休齐名，人称"皮陆"。诗以写
景咏物为多。有《甫里集》。

　　时谓江湖散人的陆龟蒙一生热爱茶、山水、垂钓。他主要的成绩是在讽刺
小品文的创作上。这些作品或用譬喻、寓言，借物寄讽，或用历史故事，托古
刺今，都有较强的讽刺性。而这种散文上的创作不免累及诗歌写作，某些小诗，
讽刺也很尖刻，甚至无孔不入。不过好在人都不是绝对的，不然今日我们就看
不见这首有着栩栩汉风之美的作品。

　　此首诗是他对昔年游历安徽宛陵小城的追忆之诗，其中对江南山水的眷念
与热爱也由此可见。

　　清人沈德潜曾评此诗末句为："佳句，诗中画本。"的确，此诗堪称一幅
十分清丽的小山水画。第二句、第四句尤见作者运用文字来上色彩的功夫。江
南灵秀之地，多青山酒楼，而以谢朓、李白两位大诗人的名字嵌入此中，让人
有一种初逢谢、李二人的欣喜。名字入诗使诗美而自然，而且也将二人当时的
游踪间接带出，让我辈读来又骋想翩翩：青山是谢朓曾登临的青山，而此时青
山依旧；酒楼是李白曾狂歌当醉的酒楼，而目前酒楼宛在。如此风景在傍晚时
分，在余晖洒向水溪之时，当更令诗人生出些许思绪来。这是些什么思绪，又
令人想象一番，不必直说。这思绪有对"昔年游"的感怀，有对"谢朓青山李
白楼"这一江山胜迹的凭吊，有对眼前的景致与逝去诗人的眺望与追念。

"酒旗风影落春流"一句，音、色、形俱佳，汉风之美在此轻盈飘出。又不禁让笔者感到（似乎是头一次感到）汉字竟如此美丽、神妙，仿佛汉字之美是从"酒旗""风影""春流"开始的。这几个词虽是从大处着笔（并不细腻），但却包含了唐诗的魅力以及唐人大气的风度。这句诗也使我想到俄国作家巴乌斯托夫斯基所言："许多俄国字本身就现出诗意，犹如宝石放射出神秘的闪光。"换句话说，陆龟蒙这首诗的第二句、第四句亦是这样，这些字本身就现出了诗意，但它们并不像宝石放射出神秘的闪光，而是像一幅清雅的水墨画，为我们传达出一种欲说还休的气氛与意境。这也是汉字常常让人出其不意、羚羊挂角之处。汉字的轻重缓急、声音与色彩从来是妙不可言，可惜许多人（尤其是现代人）穷其一生不知个中一二。笔者曾在一首诗中有意对此学习了一点点，写过一句还说得过去的好诗"酒呈现出殷红的李白"，读者觉得此句如何呢？

291　人到中年愁当头

中年　郑谷

漠漠秦云淡淡天，新年景象入中年。情多最恨花无语，愁破方知酒有权。
苔色满墙寻故第，雨声一夜忆春田。衰迟自喜添诗学，更把前题改数联。

郑谷（生卒年不详），字守愚，宜春(今属江西)人。光启进士，官都官郎中，人称郑都
官。又以《鹧鸪》诗得名，人称郑鹧鸪。其诗多写景咏物，风格清新通俗。原有集，
已散佚，存《云台编》。

对于时间或者说年岁的看法，各个时代有自己不同的准则。如今时髦的说
法是，男人四十一枝花，仿佛人入中年，还有那么一点老来俏的意味。当然啦，
这中间是因为人生阅历、财富的增加而综合形成的，不真是说他如同十八九的
青年那般风华正好、娇艳如花。现在的人有大气魄，年龄上无所谓，可是你看
以前的人对待这中年是个怎样的态度。

以前的中国常言是："人到中年万事休。"对于逝去的青春，中国人又最
爱感叹一句："良辰美景奈何天。"辛弃疾说过（或许在中年时）："而今识
尽愁滋味，欲说还休，欲说还休，却道天凉好个秋！"

中年，尤其让中国人，也包括东亚人都大发感慨。丰子恺先生（笔者最热
爱的现代中国文人）曾在他的《秋》中这样说过：

> 我的年岁上冠用了"三十"二字，至今已两年了。不解达观的我，从这
> 两个字上受了不少的暗示与影响。虽然明明觉得自己的体格与精力比二十九
> 岁时全然没有什么差异，但"三十"这一观念笼在头上，犹之张了一顶阳伞，
> 使我的全身蒙了一个暗淡色的阴影，又仿佛在日历上撕过了立秋的一页以后，
> 虽然太阳的炎威依然没有减却，寒暑表上的热度依然没有降低，然而只当得

余威与残暑，或霜降木落的先驱，大地的节候已从今移交于秋了。

中年的重锤在继续敲下。日本作家夏目漱石在而立之年时也说过：

> 人生二十而知有生的利益；二十五而知有明之处必有暗；至于三十岁的今日，更知明多之处暗也多，欢浓之时愁也重。

中国的民间还有一个说法：十岁的神童，二十岁的才子，三十岁的凡人，四十岁的老不死。这意思很明确，那便是人过中年就成废人，如是看来，汉人生命力还真有一些问题，但这一问题如今愈显复杂，我也不想在此做长篇讨论，只是引出问题，逗人寻思罢了。

中年又怎一个愁字了得！郑谷这首《中年》正是以深沉的愁思从西北淡漠的新春开始的。这位情多、愁破的诗人在中年之时只有作"身世酒杯中，万事皆空"之状了。一番"花下醉"之后，又去作昔日游，寻访旧日住宅；连夜细润的春雨又使他想念并回忆起家乡的田畴。而回忆多多正是中年人的征兆。但日子还得过下去，"此情可待成追忆"，仅仅靠追忆还不能打发后半辈子，郑谷自有一套闲人的活法，末二句诗便对自己的平日饮食起居来了一个交代：虽然年岁衰老、渐近迟暮，但也有私下欢喜的地方，比如回避了世俗杂务，在家里研习诗艺，将旧作找出来慢慢细吟修改一番，这也不失为一位中年文人的快乐呀。

最后顺便说几句郑谷这个人。郑谷在晚唐是一位相当不错的诗人，司空图曾评价他是"当为一代风骚主"！郑谷还以《鹧鸪》一诗出得大名，时谓"郑鹧鸪"。犹如我们现在说到非非第一诗人杨黎时，称他为"杨怪客"一样，因他是以《怪客》一诗登上诗坛并获得声名的。

292　无情的感受

台城　韦庄

江雨霏霏江草齐，六朝如梦鸟空啼。
无情最是台城柳，依旧烟笼十里堤。

韦庄（约836—910），字端己，长安杜陵(今陕西西安市东南)人。乾宁进士，后仕蜀，官至吏部侍郎兼平章事。有《浣花集》。

韦庄这位晚唐时清丽飘逸的诗人，他的诗绝大多数是怀慕承平、追思往日繁华，或抒发及时行乐的颓废心情。生逢乱世，国家飘摇，王朝将尽，会有如此心绪也自然难免。他曾在另一首《金陵图》中这样唱道：

谁谓伤心画不成，画人心逐世人情。
君看六幅南朝事，老木寒云满故城。

而在这六幅金陵图中，他又写下"台城"这一幅烟雨迷蒙的金陵图。

台城也就是禁城，谓皇宫重地，今在南京鸡鸣寺一带。韦庄所吟咏的台城似乎已全无六朝时的繁华富贵景象了。在他的眼中只是江雨霏霏，江草葳蕤，六朝如梦，春水东去。

延绵的十里柳堤在"烟笼"之中，却为诗人带来"无情"的感受。杨柳本无"有情"与"无情"之说，诗人只是在此以拟人化的手法将自己痛切的伤感植入杨柳之中。诗人感叹着这春风中的杨柳竟然未记住陈后主盛时的繁华，依旧年年吹绿十里长堤。其间人世的变迁沉浮与大自然的勃勃生机形成鲜明的对比。岁岁年年，鸟空啼，柳自绿。此等光景又令人想起杜牧的二句诗："六朝文物草连空，天淡云闲古今同。"朝代有兴废，人事有代谢，而唯有"天淡云闲"终古如斯，台城十里垂柳终古如斯。

古往今来，不知有多少诗人歌吟过金陵这风花雪月的六朝古都。在今天，另一位上海诗人陈东东也曾在游历中写过一首吟咏"台城"的美丽小诗。他的这首诗是又一次对"六朝如梦鸟空啼"的回应。全诗抄录如下，读者可与韦庄的《台城》对照读之，细细体味：

> 暗夜掠过了冬天的风景。
> 僧侣之家。渡江的细雪。
> 树和天空追随着亮光。
>
> 飞鸟的影子残留于井底。晨钟孤单，
> 一样的鸡鸣。
> 时间之书一页页散落。
>
> 我重临这空阔久远的旧地，
> 见一个导师
> 停止了布诵。

——《旧地（古鸡鸣寺）》

当"时间之书"在 20 世纪 90 年代的中国南京"一页页散落"之时，诗人的眼里不正是"无情最是台城柳，依旧烟笼十里堤"吗？

293　为牢骚找一个出口

与东吴生相遇　韦庄

十年身事各如萍，白首相逢泪满缨。老去不知花有态，乱来唯觉酒多情。
贫疑陋巷春偏少，贵想豪家月最明。且对一尊开口笑，未衰应见泰阶平。

　　韦庄这个人出身孤贫，但才敏过人又肯下苦功，后来还是中了进士。但一生
饱受战乱之害，终年漂泊流离，最后还到了"美酒堪送老"的成都，在蜀王王建
手下做一名高级幕僚。

　　韦庄作诗喜感时伤怀，有时文辞之间还流露出对富贵生活的向往。如《忆
昔》中所写的贵族生活场景："昔年曾向五陵游，子夜歌清月满楼。银烛树前
长似昼，露桃花里不知秋。"对于这种笙歌达旦的神仙生活，韦庄真有一番想
象力。另，在其《陪金陵府相中堂夜宴》一诗中更是对那里的满楼红粉、豪华
春宴艳羡不已。

　　羡慕归羡慕，韦庄也还得回到自己的现实处境中来。这首《与东吴生相遇》，
便又可见其飘零可怜的样子。真是十年生死两茫茫，韦庄与故人相逢时，已是
白发泪眼混成一片了。两位老人对酒叙话，也已不像年轻时代那样吃酒赏花、
意气轩昂了。生逢乱世，四处流离，何以解忧，唯有酒才是情感的依托。

　　老且贫之人身居陋巷自然是"春偏少"（在诗人眼里似乎春光也讨厌穷人），
而富贵之人的家里却连头顶的月色都要明亮一些。二句诗虽有痛叹与不平（犹
如老杜那二句家喻户晓的诗"朱门酒肉臭，路有冻死骨"），但也如前面所说，
也有羡慕之意。韦庄还没有修炼到颜回的那个高度。孔子曾对颜回的安贫乐道
盛赞道："贤哉，回也！一箪食，一瓢饮，在陋巷，人不堪其忧，回也不改其
乐。贤哉，回也！"常居陋巷，而无牢骚，颜回的确是真君子。而韦庄却要在
陋巷里发一通怨言，其境界自比颜回低了一等。

　　然而，撇开境界不说，韦庄也得给自己的牢骚找一个出口。此诗末二句便

是对自己的宽解语：他劝老友放开酒量大饮一场，在多情的酒中寻找欢乐，并祝在未衰之年能过上好日子。"泰阶"，星宿之名，古代星相学家认为泰阶星显现，将预示好兆，即国泰民安、风调雨顺。

294　闲人的恨与愧

春尽　韩偓

惜春连日醉昏昏，醒后衣裳见酒痕。细水浮花归别涧，断云含雨入孤村。人闲易有芳时恨，地迥难招自古魂。惭愧流莺相厚意，清晨犹为到西园。

韩偓（842—923？），字致尧（一作致光），小字冬郎，自号玉山樵人，京兆万年(今陕西西安)人。龙纪进士，官翰林学士、中书舍人。天复初，随昭宗奔凤翔，进兵部侍郎、翰林承旨。后以不附朱全忠被贬斥，南依闽王王审知而卒。其诗多写艳情，辞藻华丽，有香奁体之称。后期诗风转变，多有感时伤乱之作。原有集，已散佚，后人辑有《韩内翰别集》。

韩偓十岁时曾在一次酒宴上即席吟诗，其清丽之才震惊四座，尤其让李商隐大为赞叹。事后，商隐还专写一诗相送：“十岁裁诗走马成，冷灰残烛动离情。桐花万里丹山路，雏凤清于老凤声。”末句，商隐还认为韩偓这“雏凤”比他这位“老凤”还更声清亮丽。

此首《春尽》是韩偓暮年寓居闽南之作。借流逝的春光，叹迟暮的年华才是诗人的用意。且看他如何说来。

岁岁年年春将归去，伤春、惜春之情正是诗人留恋处。韩偓的惜春只在于酒字上。劈头二句便说连日大醉之事，似以沉醉来挽留春光。在醉与醒之间，诗人也流连着暮春的光景“细水浮花”“断云含雨”，又正是“流水落花春去也，天上人间”。正如金圣叹所说：“水归别涧下，再加雨下孤村，写春尽真如扫涂灭迹。”

接下来诗人又从惜春转入恨春之心境。“人闲易有芳时恨”，为何人闲才有春恨呢？须知人闲之时正是东张西望之时，无聊之时，颓废之时，最易出事之时，甚至生病之时也往往出在闲时。契诃夫曾说：“所谓‘闲人’，是在于不自觉地专去听别人说的话，专去看别人做的事；那些工作忙碌的人，几乎是不会去听或去看别人的。"韩偓在此虽未去听或看别人，只是看春天，起春恨，但其实质同契诃夫所说的闲人相去不大。生恨之时不正是生病之时吗（中国自古盛产闲人，顺便说一句）？

韩偓不仅人闲生恨，还埋怨自己住在闽南的偏远之地（即地迥），住在这鬼地方又怎样能招得古代先哲的亡魂呢？韩偓气煞也！

末二句宕开一笔写法。愧流莺清晨飞来西园殷勤相顾，其意甚厚。看流莺飞来啼唱，又如何起了愧意？又如金先生所说："相厚在清晨，惭愧在独为。"意思是诗人对流莺的情意既感珍惜又觉辜负，因为诗人只身飘零、垂垂老矣，如此人生结局岂不大愧！

295　此时不乐，将待何时

已凉　韩偓

碧阑干外绣帘垂，猩血屏风画折枝。
八尺龙须方锦褥，已凉天气未寒时。

前面我们已说，唐人或者说古人写秋，多悲凉，多萧瑟，那时因为寒冬将来，万物皆眠，了无生机。然而，秋又是酷热消退时的轻松惬意之时，那层层到来的凉爽较之酷暑无不透出逸乐的消息。所以，秋亦可爱，亦欢乐，不必是悲惨一个调子。此处便是一例。

韩偓一生写过两部诗集，一部为《翰林集》，一部为《香奁集》。后一部诗集对后世颇有影响，它是专写女色与艳情这一类的。这首《已凉》便出自《香奁集》。

"已凉"，一个多么清朗而风雅的题目。它正是酷暑方退，初秋降临的光景。"已凉"便是初秋，初秋又有许多写法，但诗人却独出只眼，专写妇人卧室，着笔也极为细心而锦绣。

那妇人住的华屋外是碧色阑干，门窗俱是绣帘深垂；室内的屏风却是大富大贵的猩红色，而且上面画着折枝图；床是八尺大床，上面铺着龙须草与织锦被。这三句诗均是实写，但其中也透出享乐及莫负青春的消息。男女主人公在这华屋内两情欢悦当是不说自明，可以想象了。而末句"已凉天气未寒时"又透出享乐之最佳时节，夏日消歇，秋光初临，冷暖适宜。如此柔和温润的天气，男女主人何不在"八尺龙须方锦褥"上行云雨之事，度似水流年，一晌贪欢呢！这里还透出诗人对这清秋美梦的向往，谁人又不向往呢？

笔者写到此处，又想到李笠翁《秋季行乐之法》中一小节："过夏徂秋，此身无恙，是当与妻孥庆贺重生，交相为寿者也。又值炎蒸初退，秋爽媚人，四体得以自如，衣衫不为桎梏，此时不乐，将待何时？"

296　这样的贫困形象也是英雄形象

自叙　杜荀鹤

酒瓮琴书伴病身，熟谙时事乐于贫。宁为宇宙闲吟客，怕作乾坤窃禄人。
诗旨未能忘救物，世情奈值不容真。平生肺腑无言处，白发吾唐一逸人。

杜荀鹤（846—907），字彦之，号九华山人，池州石埭（今安徽太平）人。四十六岁
才中进士。最后任五代梁太祖(朱温)的翰林学士，仅五日而卒。有《唐风集》。

　　杜荀鹤写此诗之时，看来已是一位颓废潦倒、贫病交加的老人了。而这位
苦痛的老人却依然有一颗真心，一腔热血，真是难能可贵。
　　开篇一句便将其形象活盘脱出；一个衰老的诗人唯有琴书酒瓮陪伴，而这
几件物事正是浇愁抒怀的灵丹妙药，也正好用来"伴病身"或治创伤。接下一
句又公开说自己乐于贫穷，即安贫乐道，为何？因为诗人谙熟时事与命运。时
事就是世事，而世事是何等炎凉，国事又是何等不景气，大气候如此，真君子
又有何作为办法，贫穷这条路也只有硬着头皮走下去了。以"乐于贫"的襟怀
对之，岂不处之泰然，不失诗人之潇洒。
　　贫穷之中也还做些事情，比如吟诗。诗人在三四句中透出一番心迹，那就
是宁可做天地间的一位"闲吟客"，也不做（甚至怕做）世间的"窃禄人"（即
那些尸位素餐的贪官污吏）。此二句诗是何等响亮，何等坚决。
　　诗人真的是一位"闲吟客"吗？第五句做出了否定的回答。诗人并非闲吟，
而是时时未忘以诗言志，就是要救物济世，以诗篇振醒世人，起到醒世恒言、
喻世明言、警世通言之大功效。第六句又陡地一转，直下三句尽是壮烈悲哀之
音：世事人情从不容忍一个"真"字，假与虚充塞于天地间。为此，诗人一片
肺腑之言只能是无处诉说，世人听来也是耳边风。最后诗人只有以一句"白发
吾唐一逸人"作结。此句之意与屈原"举世皆浊我独清，众人皆醉我独醒"的

意思又正是英雄所见略同。"吾唐"之大，却只有杜荀鹤这一位"白发逸人"，诗人在此将自己的形象塑造到了极端，将自己内心的悲愤也燃烧到了极端，读之无不令人可歌可泣也。

297　人际关系中的高手

赠质上人　杜荀鹤

枿坐云游出世尘，兼无瓶钵可随身。
逢人不说人间事，便是人间无事人。

西谚有说：No news is good news（无事便是好事）。那是生活的智慧，不对为无法预知的事情妄加推测，这是减少无端忧愁的最好方法。事实上，这样的话中国人千年前也说过了，但是那不是为不必要的担心而说的，而是对人际中复杂的关系而言的。

这首诗是杜荀鹤送给一位高僧的诗，天下有这样的高僧算是让笔者开了眼界了。

第一句写和尚日日修行功课，"枿坐（即枯坐）云游"并无妨，乃其本职工作也。第二句便有飘飘欲仙之气了，说这四海云游的和尚连随身携带的"瓶钵"之化缘工具都不带，简直是彻底无畏地"出世尘"了。这不吃不喝的高僧是非人还是神人，读者可自由联想一番自下结论。

"逢人不说人间事，便是人间无事人"，此二句既有"质上人"一心向佛的形象，也有普遍的禅机与世俗为人的道理。僧人不说人间事当然就是人间无事人了。推而广之，一个人若要干干净净、清清白白做人也可循此法。一个人只要做到不论是非曲直，不关心家事、国事、天下事，当然也不当小人背后说人闲话，这样的人就可也算一个高人了。但这样的高人在人世间是恐怕只有质上人这万古一人也。这样的人犹如杜甫《赠花卿》中二句："此曲只应天上有，人间能得几回闻。"改第一句中一个字，那就是此人只应天上有了。

298　昨日的爱情故事

寄人　张泌

别梦依依到谢家，小廊回合曲阑斜。
多情只有春庭月，犹为离人照落花。

张泌，字子澄，淮南（今江苏扬州）人。南唐时为句容县尉，官至中书舍人。《全唐诗》存其诗一卷。

　　此诗的主旨，如按今天的话说，那就是失恋。张泌对其失恋的哀痛并没有直接说出来，而是以美丽含蓄的词语来说，这也是古人胜于今人的地方吧。

　　诗中说，在旧梦（或别梦）中，诗人又回到了往日一位姓谢的女人的家中。在那里，他与她曾有过两情欢悦的时光。旧日的小廊依旧如故，曲折的阑干似乎还留着他俩手拍过的余温。然而一切都已过去，一切都成云烟，诗人多情却良人已不在，只有春庭的月色在寂寞地映照着庭前的落花。

　　此诗与崔护的《题都城南庄》颇为相似：

　　　　去年今日此门中，人面桃花相映红。
　　　　人面不知何处去，桃花依旧笑春风。

　　崔护先是寻春遇艳，接着又重寻不遇。张泌亦几乎如此，他在某一年的春天与谢家女子在小廊曲阑内闲庭信步，款款私语。而如今又一年春夜，当他再次梦回谢家时，已是另一番落寞的情形了。谢家女子已不在了，唯有多情的月色与飘零的落花在喃喃讲述着一个昨日的爱情故事。

299　光阴的故事

金缕衣　杜秋娘

劝君莫惜金缕衣，劝君惜取少年时。
花开堪折直须折，莫待无花空折枝。

杜秋娘，《金缕衣》作者为无名氏，杜秋娘因演唱此曲而闻名。杜秋娘生平亦不可考。

　　自来时间最珍贵，长者叹流逝，幼者不知愁，待到春光老，空叹岁月无。所以，教人珍惜时间的格言也常响耳畔。后来，干脆诗意不要，直接用"时间就是金钱""时间就是生命""时间就是速度"一类的标语试图警策人们。但是，这些标语自然不如诗词来得雅驯，你听杜秋娘正娓娓唱来一曲惜时歌。

　　此诗一看便知，与中国 20 世纪 30 年代流行于上海滩的一首美女唱的《何日君再来》极为相似，其主旨均是劝人及时行乐，因为"好花不常开，好景不常在……"，人生有涯，更须努力珍惜青春时光。而《金缕衣》的确也就是晚唐的一首流行歌曲。

　　须知"金缕衣"为华贵衣裳，为何杜秋娘（当时一名妓）"劝君莫惜"呢？因为莫道此物贵，还有更贵之物，那就是光阴。又犹如罗大佑那首唱遍大江南北的歌曲《光阴的故事》一样，秋娘劝君要倍加珍惜"少年时"。那可是寸寸光阴寸寸金呀。快乐的事在一个人的一生中总是很少的，"尘世难逢开口笑"（杜牧），人之一生哭多笑少啊。"对酒当歌，人生几何"（曹操），既然人如朝露，苦又多，更须抓紧时间，分分秒秒行大快活也！秋娘在三四句中，以比兴手法来说行乐之事，当花盛开之时应尽力赏玩折下，"行乐须及春"，莫负大好春光。到时花儿开败，秋冬降临，犹如人生之晚景，可要欲哭无泪，后悔不已了。

300 在断肠中落幕

幽恨诗 安邑坊女

卜得上峡日，秋江风浪多。
巴陵一夜雨，肠断木兰歌！

安邑坊女，生卒年不详。

　　唐诗到底是在怎样一种状态下落下帷幕，并又蓄势待发的，这已经完全不可考，也不能考了。但是，可以肯定的是，正像本诗的题名所示，它应当是在一种断肠幽恨的声音中渐行渐远的，仿佛一个风华正茂的王朝历时兴衰成败，最终必进入历史一样，一种无限的凄婉之情也必将历历在目，也声声入耳。

　　且看这里，一位女子如何抒发幽怨，遣散愁绪。

　　此诗四句，刚好前后两分，一分为叙事，一分为写情。前二句诗写一个占卜场面，卦象显示事有不吉：上峡之日，秋江风多浪急。此二句虽平空起语，主语缺省，但仍可由此诗题目推知，应是一个商人之妇在为即将启程去做买卖的丈夫预测前程吉凶，但是卦象险恶，多有不测。后二句紧承其后，重在造境。说凶卦应验，巴陵地区淫雨大作，绵绵不绝。女子为此忧愁一夜而辗转不能入眠，其内心的悲苦正像六朝的女子木兰一样，于是乎就不由自主地唱起了那悲哀的木兰之歌："唧唧复唧唧，木兰当户织。不闻机杼声，惟闻女叹息。"

　　虽然作为"乐府双璧"之一的《木兰诗》本来表达的乃是女子不让须眉的英姿豪迈之气，但是此处作者却故意断章取义，只述木兰之愁，而不用其英俊之气。幽怨的女子既无法安睡，又无心织作，唯有长吁短叹，哀歌当哭。雨声与歌声交织，境界凄凉，并最后以"断肠"煞尾，戛然而止，宛若一个没有说完的故事，余韵不绝。而这正好像我们的唐诗，虽已落幕，却代代余韵不绝，可以日日常新一样。

图书在版编目（CIP）数据

柏桦唐诗三百首 / 柏桦著 . —北京：中国长安出版社 , 2018.5

ISBN 978-7-5107-1005-6

Ⅰ . ①柏… Ⅱ . ①柏… Ⅲ . ①唐诗—诗歌欣赏　Ⅳ . ① I207.22

中国版本图书馆 CIP 数据核字 (2018) 第 107186 号

柏桦唐诗三百首

柏桦　著

策　　划	何崇吉	
责任编辑	刘英雪	
特约编辑	史开俊	
封面设计	陆红强	
出　　版	中国长安出版社	
社　　址	北京市东城区北池子大街 14 号 (100006)	
网　　址	http://www.ccapress.com	
邮　　箱	capress@163.com	
发　　行	中国长安出版社　全国新华书店经销	
电　　话	(010)66529988 转 1319	
印　　刷	北京中科印刷有限公司	
开　　本	710 毫米 ×1000 毫米　1/16	
印　　张	34	
字　　数	573 千字	
版　　次	2018 年 8 月第 1 版　2018 年 8 月第 1 次印刷	

书　　号　ISBN 978-7-5107-1005-6

定　　价　65.00 元